西部文学论坛文论萃编

四川省作家协会　编

四川文艺出版社

图书在版编目（CIP）数据

西部文学论坛文论萃编 / 四川省作家协会编. —成都：四川文艺出版社，2017.12

ISBN 978-7-5411-4833-0

Ⅰ.①西… Ⅱ.①四… Ⅲ.①中国文学—文学研究—文集 Ⅳ.①I206-53

中国版本图书馆CIP数据核字（2017）第307801号

XIBU WENXUE LUNTAN WENLUN CUIBIAN

西部文学论坛文论萃编

四川省作家协会　编

责任编辑　余　岚
责任校对　蓝　海
封面设计　叶　茂
内文设计　史小燕
责任印制　喻　辉

出版发行　四川文艺出版社（成都市槐树街2号）
网　　址　www.scwys.com
电　　话　028-86259287（发行部）　　028-86259303（编辑部）
传　　真　028-86259306

邮购地址　成都市槐树街2号四川文艺出版社邮购部　610031
印　　刷　成都勤德印务有限公司
成品尺寸　169mm×239mm　1/16
印　　张　32.5　　　　字　　数　520千
版　　次　2017年12月第一版　印　　次　2017年12月第一次印刷
书　　号　ISBN 978-7-5411-4833-0
定　　价　88.00元

西部文学论坛文论萃编

四川省作家协会 编

顾 问

阿 来

编 委

侯志明　张 颖　张渌波　罗 勇　杨 青

资料收集

赵 雷　童 剑　刘小波　任 皓

目 录

现象研究

群体研究

个案研究

现象研究

西部文学：西部，还是文学？

——论西部文学及其走出西部的可能性

杨光祖

西部文学在新时期文学和当下文学中有着比较出色的表现，涌现了一批在全国甚至国际有知名度的作家和作品，作家如路遥、贾平凹、陈忠实、昌耀、阿来、张贤亮、周涛、何士光、欧阳黔森等，作品如《人生》《废都》《白鹿原》《昌耀的诗》《尘埃落定》《男人的一半是女人》等。而近年来涌现的青年作家也很有一些，如新疆的董立勃、刘亮程，甘肃的马步升、雪漠、叶舟、弋舟，宁夏的石舒清，云南的范稳、雷平阳等等，都已经在全国文坛小有名声。但是西部文学相较于全国文坛，力量还是比较弱，代表作就数量来说并不是很多。我本身是西部人，对西部文学比较关注，现在借本文，谈一点我的体会，以就教于方家。

一　文学的内涵与开放性

我一直认为文学就是文学，它只属于个人，在个人的意义上属于人类。只有那些能够超越时空的文学作品，才是真正属于人类的精神财富。我曾在一篇文章里说过，作家不是为一个地区而写作。他们的心灵应该是博大的，他们的胸怀应该是属于蓝天的，他们的情感应该是人类的。美国文学理论家乔纳森·卡勒在《文学理论》一书中说："文学就是一个特定的社会认为是文学的任何作品，也就是由文化来裁定,认为可以算作文学作品的任何文本。"①"文学一直具有通过虚构而超越前人所想所写的东西的可能性。""文学是一种自相矛盾,似是而非的机制。"②这些关于文学的言论,对我们来说,是一种解放,真正的文学创作就是忠实于自己的心灵,而不是什么概念,概念只会害人,鲁迅说文学概论里从来出不来作家。我们要知道,文学是无边的,它向一切敢于创新的人敞开着,真正的文学大家就是拓荒者、创造者,而不是理论框架下的工匠。西部文学要想走出西部,关键就是不要自我束缚,不要把自己限定在西部,连"文学"都没有边界,何谈"西部文学"?相对于"文学",我们更应该重视"文学性"这个概念。我想只要是在中国写出的具有文学性的作品,就都是中国文学,而只要是在西部写出的具有文学性的作品,或者说有关西部的具有文学性的作品,就都是西部文学。其实,我们在进行文学创作时,完全不应该先验地注入某些概念,而应该首先想到如何写出自己真实的灵魂、思想等。血管里喷出的总是血,而水管里流出的总是水。

二 西部文学创作的两大误区

西部作家在创作时,有两个比较大的误区:一是沉迷于西部风俗及其暴力色情描写;二是过于拘泥于具体的政治战略。第一种情况虽然代表作不是很多,但在国人心目中却成了西部的象征和当然代表。这是一种没有深度的写作,甚至是一种不负责任的写作,是一种炒作,一种类殖民写作。在国人的心目中,西部尤其西北作家只会写暴力、血腥、性,在极力描写西部的落后、愚昧的同时,大力渲染人物的嗜血、性疯狂,对人类的一些重大问题,对人性的深度思考,都缺乏得很。为什么中国没有《静静的顿河》那样的战争小说?我想一个极其重要的问题就是中国作家缺乏肖洛霍夫那样的人文关怀,那样的大胸怀,或者说那样的哲学高度!我们的有些作家不是为人类写作,为祖国

---

① [美]乔纳森·卡勒著:《文学理论》,李平译,辽宁教育出版社、牛津大学出版社1998年版,第23页,第43页。

② [美]乔纳森·卡勒著:《文学理论》,李平译,辽宁教育出版社、牛津大学出版社1998年版,第23页,第43页。

写作，为人民写作，有很多作家是为功名写作，为身外之物写作，或为一个地区写作。如果仅仅把目光局限在西部，那又怎么能写出真正的西部文学呢？南宋诗人陆游说："汝果欲学诗，功夫在诗外。"西部不是表面的，而应该是内在的，化在血液中的。陕西作家红柯发表于《收获》2001年第4期的长篇小说《西去的骑手》，它的语言非常精彩，有神力，小说揭示的"骑手永远不是卑劣的政客的对手"的道理，也是发人深思的。但作为一部有分量的长篇小说，它表达的主要理念是有问题的，作家在叙述中对暴力的宣扬，对血腥的描写，让人对这部小说发生质疑。小说本来是要歌颂英雄，但在歌颂嗜血英雄的过程中，迷失了自己。孙皓晖《大秦帝国》也有这个毛病。唐代诗人还能说出"一将功成万骨枯"，而现在的小说家就只剩下对暴力的张扬？

而过多的表面化的西部风俗描写，对小说的读者也是一种拒斥。我曾在《丰富与空灵》一文（《飞天》2003年第4期）中有这样的论述：

过多地局限于地域性，过多地使用地方语言，缺少了文学的超越性，影响了作品的接受和传播。大家都知道，文学不只是文献资料，也不只是供人玩赏的花瓶。文学本质上是交流的，它能沟通生命与生命之间的联系，促进人与人之间的交流。文学阐释就是显现文学的美，对文学进行理性把握，通过作品的表层发现它内在的精神价值。对语言的使用也是一个值得研究的问题，因为理解是对语言的理解，语言，不仅是文学存在的本体，而且是人的本质特征，还是对话交流的中介。人和文本不能离开语言而存在，人与文本的对话、问答、交流都不能离开语言。语言是我们生存的家园。伽达默尔说，语言"既是桥，又是墙"，它既可以敞开，也可以遮蔽。苏雪林也说，鲁迅记述乡民谈话，并不用绍兴土白，胡适常惜《阿Q正传》没有用绍兴土白写，以为若如此则当更出色。许多人都以这话为然，我则不得不略持异议。要知道文学应具"普遍性"，应使多数读者感兴趣和满足，不能以一乡一土为限。乡土文学范围本甚狭隘，用土白则范围更小。这类文艺本土人读之固可以感到三倍的兴趣和满足，外乡人便将瞠目而不知所谓，岂不失了文学的大部分功用？法国文学家都德生于法国南部，所作《磨坊书札》多外省风土色彩。这书在法国几于家弦户诵，而译到中国来趣味竟大减。因此他又说，这可见《阿Q正传》不用绍兴土白，正是鲁迅的特识。这可谓是一语中的，令人三思。

博尔赫斯说："作家应该寻找他们各自国家的题材，也是专断的新概念"，"我们应该把宇宙看作我们的遗产，任何题材都可以尝试，不能因为自己是阿根廷人而囿于阿根廷特色：因为阿根廷人是预先注定的，在那种情况下，无论如何，我们总是阿根廷人，另一种可能是作为阿根廷人只是做作的，是一个假面具"①。也就是说，真正的民族特色，大概还是指那些看似无形，但却分明存在着的精神、格调、思维方式以及美学情趣等。

西部作家的第二个误区就是政策写作倾向比较严重，比如，中国农村改革，他们歌颂农村改革；中国农村实行村民自治，他们表现村民自治；中国政府反腐败，他们也来反腐败，等等，这样的作品发表当然比较容易，但距离真正的文学也比较远。西部相对于东部和南部，经济文化发展比较落后，而且也不占有文化话语权，要想在全国有一定影响，必须比东部南部作家付出更多的劳动，为了能够发表的急功近利之作，对文学的侵害是有目共睹的。限于篇幅，这方面我就暂时不展开论述了。综合西部文学来看，我觉得缺乏现代意识和现代理念，是西部作家目前面临的一个大问题，他们的写作往往流于形而下，缺乏形而上的思考，作品缺少一种震撼力及启示性。曹文轩在《20世纪末中国文学现象研究》一书里说："在西方文学中，贵族文化一直占着显赫的地位。……贵族文化并不是一种阶级意义上的文化。它是一个民族，一个国家所追求的一种高度，一种境界，一种趣味。……它追求崇高，追求优雅，追求生命的高度张扬，追求典雅的艺术，追求悲剧快感，追求诗化与哲学化的生活方式等等，这些才似乎是这种文化的主要东西。"②而西方从事文学创作的人，出身贵族的很多：歌德、托尔斯泰、屠格涅夫、陀思妥耶夫斯基等，有些作家即使非贵族出

---

① ［阿根廷］博尔赫斯著：《讨论集》，许鹤林、王永年译，上海译文出版社2015年版，第185页，第192—193页。

② 曹文轩：《20世纪末中国文学现象研究》，北京大学出版社2002年版，第49页。

身，也大多具有一种高贵的贵族精神。而在中国，从事文学艺术的大都出身寒门，到了明清，尤其如此。1949 年后，社会认可的只是寒门。他们中很多人，正是因为出身寒门，才选择了文学艺术，文学艺术可以改变他们的地位、身份。他们所接受的教育，又是平民文化教育，这种文化，是由寒士们创造的，大多免不了顾影自怜，以贫寒为荣，似乎唯有贫寒，才能风骨常在。因此，在写作过程中，往往多写现实悲剧，而不是悲剧的悲剧。海德格尔说，凡没有担当起在世界的黑暗中对终极价值的追问的诗人，都称不上这个贫困时代的真正诗人。即便那些城市作家，流于大众文化的影响，追求娱乐性、当下性，在终极关怀方面差距尚且较大。

三　人文关怀的大视野大胸襟是西部文学走出西部、超越时空的关键

让文学回归文学，卸掉它身上那些多余的尘埃、重负，而要真正回归文学，关键就是作家的素质、作家的修养、作家的视野、作家的胸襟、作家的人文关怀。谈西部文学的走向与发展，不谈作家的素质、眼界的提高，等于是纸上谈兵。西部文学要在思想和文学的创新中走在全国前列，是一件很难的事情。首先，就是作家自身的问题，有人提到政府的支持，支持是很重要，但文学并不是外力能够支持上去的。作家的创作总离不开自己生活的土壤，西部作家生在西部，长在西部，也最好写西部，只有在西部的土壤上才能开出自己文学之花，但仅仅限制在西部，也不会走在全国前列，还必须眼观世界，吐纳风云，有全国胸襟，才能写全国文章，有世界胸襟，才能写世界文章。20 世纪 30 年代鲁迅那批作家为什么写出了那么好的作品？我想与他们的博大胸怀、广阔眼界、世界视野，关系甚大。他们吸纳着当时世界的最新知识，与世界同步。新时期以来，中国文学开始与世界接轨，渐渐地在世界上有了反响，出现了一批好作品。西部文学也蒸蒸日上，呈现一派新面貌，尤其以路遥、贾平凹、陈忠实、张贤亮、昌耀、阿来、周涛等为代表的一批作家，为西部文学赢得了全国甚至世界声誉。但就整体文学水准来说，依然不是很乐观，有影响的作品和作家还是太少。即便张贤亮、贾平凹这样的大作家，依然有着许多他们自身难以克服的缺点，影响了他们文学的进程。贾平凹的农民视角、农民情结、士大夫情怀，现代意识

的欠缺对他的文学创作负面影响很大，直接抑制了他文学精神的张扬。①而张贤亮的小说大多除了倾诉苦难以外，并没有提供给读者什么新东西，那种忏悔意识的缺乏使得中国当代作家普遍缺乏深度和高度。洪子诚先生在《问题与方法》第七章中这样写道：

> 猥琐也可以，但叙述者同情这种猥琐，这是很奇怪的。当时我读了《绿化树》，读了《男人的一半是女人》，对章永麟的感觉非常复杂，我觉得很厌恶。最不能忍受的是那种"自虐"和"自恋"。②

关于张贤亮小说的缺陷，我发表过一篇万字长文《罪感的缺失与苦难的倾诉》，这里不再展开。

俄罗斯哲学家别尔嘉耶夫在《俄罗斯思想》一书中说："而托尔斯泰的呐喊则是那种处在幸福的环境中，拥有一切，但却不能忍受自己的特权地位的受苦人的呐喊。人们追求荣誉、钱财、显赫地位和家庭幸福，并把这一切看成是生活的幸福。托尔斯泰拥有这一切却竭力放弃这一切，他希望平民化并且和劳动人员融为一体。在对于这个问题的痛苦中，他是个纯粹的俄罗斯人。"③有论者指出，托尔斯泰的罪感不是个人现象，他是俄罗斯民族的一个突出代表。只要想一想在俄罗斯文学中，从普希金的叶甫盖尼·奥涅金开始的"忏悔的贵族"、"忏悔的知识分子"系列形象就知别尔嘉耶夫所言非虚。

而中国文人没有这种罪感，因此也就很难有这样足够深刻的文学作品。清华大学中文系徐葆耕先生说："罪感，只是一种情感。对于改造社会现实而言，它的作用很有限。但对置身于不公正的现实中的知识分子来说，它意味着尚未泯灭的良知。在19世纪俄罗斯的条件下，艺术家们对于罪感的自我忏悔促使他们的笔触突破表层而到达社会与人的心灵深处。对人的灵魂的深层表现，使俄罗斯文学超越英、法、德，成为19世纪欧洲现实主义文学的勃朗峰。没有

---

① 杨光祖：《疲惫的贾平凹》，《山西文学》2002年第9期。
② 洪子诚：《问题与方法》，生活·读书·新知三联书店2002年版，第297页。
③ ［俄］别尔嘉耶夫著：《俄罗斯思想》，雷永生、邱守娟译，生活·读书·新知三联书店1995年版，第139页，第27页。

这种'罪感'意识，就不会有《叶甫盖尼·奥涅金》《当代英雄》《战争与和平》《安娜·卡列尼娜》《罪与罚》《卡拉马佐夫兄弟》这样的力作。"①

中国文人往往把一切过错都归咎于深刻的社会历史根源，每一个错误甚至罪恶后面，往往没有责任人。在文学创作中也往往满足于一种乐观精神。中国农村改革，他们歌颂农村改革；中国农村实行村民自治，他们表现村民自治；中国政府反腐败，他们也来反腐败，等等，人云亦云，如何产生大作品、大作家？他们写农村的小说，甚至还远远没有达到赵树理的水准。陀思妥耶夫斯基，"这个病贫交迫的人忧伤的目光，既是人间又非人间的，爱与恨，罪与悲痛，他的所有声音都是人的挣扎，一边是茫茫黑暗，一边则通向光明"。鲁迅在1908年说过："托尔斯泰也……伟哉其自忏之书也，心声之洋溢者也"②。鲁迅对陀思妥耶夫斯基的理解是中国作家里最到位的。因为鲁迅也是挖掘自己灵魂最彻底的，他说，我经常毫不留情地解剖别人，但我更毫不留情地解剖自己。鲁迅最反感那些自命不凡，瞧不起中国人尤其农民的人，这也是他和林语堂反目的一个原因。

同样是现实主义写法，我们更多的是爬行的现实主义，而没有站起来，更没有飞起来。这与作家的精神世界关系甚大。我们的作家缺乏一种知识分子精神。

什么是知识分子？别尔嘉耶夫在《俄罗斯思想》里说："俄罗斯的知识分子的始祖是拉季舍夫……当他在《从彼得堡到莫斯科旅行记》中说'看看我的周围我的灵魂由于人类的苦难而受伤'时，俄罗斯的知识分子便诞生了。"③真正的知识分子应该是热爱人民的，怀有恻隐之心的，并且承认良知或良知至上的，懂得自省和悔悟。托尔斯泰的作品中充满"忏悔""出走""自救""复活"等题旨，他过着贵族式的生活，但对它抱有非常的反感，以至于"自己下田种地、不吃荤菜，心里产生负罪感"，他在一文中说："面对成千上万的人饥寒交迫与屈辱"，"而我，以自己的养尊处优，不仅是这一社会罪行的姑息者，而且还是

① 徐葆耕：《罪感的消亡》，《读书》2002年第8期。
② 童道明：《俄罗斯回声》，中国电影出版社2001年版，第86页，第53页。
③ ［俄］别尔嘉耶夫著：《俄罗斯思想》，雷永生、邱守娟译，生活·读书·新知三联书店1995年版，第139页，第27页。

罪行的直接参与者"①。

总之，文学就是文学，我们说西部文学，只是就其区域而言，只是为了阅读的方便，研究的方便，言说的方便，并不是文学真的可以划区域，或者有区域文学。文学只属于个人，如果没有个人，也就没有文学。没有鲁迅，哪来《阿Q正传》？没有福克纳，哪来《喧哗与骚动》？没有莎士比亚，哪来《哈姆雷特》？等等，我们可以列举一大堆。而西部文学目前在成就中有危机，在危机里也有机遇，我们的西部文学在写作中还有许多误区，超越或克服这些误区，作家的大胸襟、大视野，及其人文关怀、悲悯情怀，是最为关键的，它是产生大作品、大作家的前提之一，也是西部文学在思想和文学的创新中走在全国前列的关键所在。

---

① 童道明：《俄罗斯回声》，中国电影出版社 2001 年版，第 86 页，第 53 页。

"西部形象"及其人文话语批判

牛学智

中国"西部形象"与相应的"人文话语",是建立在西部艺术符号之上的一个凝练形式。没有相对独特的西部艺术符号、西部形象及相应的人文话语,就很难成立,更谈不上再生产。显而易见,这里所说的符号再生产,受到了文学理论分支中的结构主义或符号学研究成果的一些启发。法国著名结构主义文学理论家和文化评论家罗兰·巴尔特有本薄薄的册子叫《符号学原理》,可算是文学符号学的开山之作。严格说,巴尔特的符号学原理其实是文学文本的结构主义分析方法论,所谓"分析者和批评家应该透过文学和文化文本的表面意思,达到其底层及诸隐喻层上的'背后'意思"[①],实际重视的是文学和文化文本内因特殊视点而导向的作者意图。巴尔特之后,把符号学发展到成熟阶段的是苏联文学理论家洛特曼和把叙事学活用到符号学的法国学者 A.J.格雷马斯。前者通过古罗马诗人维吉尔作品中宇宙的两个空间轴和但丁《神曲》中不同层次空间感,得出结论说,在但丁那里,淫、贪、盗、诈等不是不同的罪恶,而是同一罪恶的诸种外显形式,由此可见"中世纪文化数字表达系统与当时意识形态的关联"[②]。后者以中国古典小说《聊斋志异·鸲鹆》为例,鸟最终抛弃有

---

① 朱立元主编:《当代西方文艺理论》,华东师范大学出版社 2001 年版,第 252 页,第 254 页,第 254 页。

② 朱立元主编:《当代西方文艺理论》,华东师范大学出版社 2001 年版,第 252 页,第 254 页,第 254 页。

钱有权的王爷回到原主人身边，说明鸟与原主人呈友谊关系，与王爷则呈金钱售买关系[①]，这个方法由对人物关系的清晰把握而被广泛运用于结构主义文化和文学研究。

基于西部人文情况的实际体验，使用这样的方法进行观照，或可获得一点收效。

一 苦难形象道德化

"苦难"有实体层、虚化层和概念层之分。实体层是指由物质上的极度匮乏、自然环境的异常恶劣、社会意识的严峻制约和人本身先天条件缺失或主观局限等造成的"自在的类本质"生活难以维持的一种困窘状况。按照匈牙利哲学家阿格妮丝·赫勒对日常生活的划分，"自在的类本质"代表被"理所当然地"占用的人的可经验的普遍原则，即使"个人"决无条件承担但因不得不被动接受致使经常陷于无助境地，日常生活的再生产因此被迫停止。而"自为的类本质"则代表着运用自由意志的对象化领域，赫勒认为，"自为的类本质对象化"领域包括传说、神话、思辨（哲学）、科学、视觉象征（艺术）等等。"这些成分的共同特点是，它们都为生活提供意义。它们能使现存秩序合法化，并能在同样的程度上对现存秩序的合法化提出质疑。"[②] 即是说，如果前者遭遇经常性困厄，人的主体性只会停留在最低限度甚至突破最低限度，以至于无法维持正常再生产；后者本来体现了人的自由，极端一点说，如果外部环境允许，那么人性可以在给定时代达到所应达到的最高自由程度，从而改写既有日常生活秩序，为重建新的秩序准备意识条件。

显而易见，虚化层是由实体层中的后者分化出来的，即从"自为的类本质对象化"领域抽象出来的精神和价值。在多数西部人文论述中，"西部精神"、"西部价值"似乎成了一个必然结论、一个论述套路，它可以完全不考

---

① 朱立元主编：《当代西方文艺理论》，华东师范大学出版社 2001 年版，第 252 页，第 254 页，第 254 页。

② 衣俊卿：《中译者序言》，转引自［匈牙利］阿格妮丝·赫勒著：《日常生活》，衣俊卿译，黑龙江大学出版社 2010 年版，第 5 页。

虑该精神该价值的参照物是什么，以及该精神该价值在何种条件下是有效的和成立的，真正在乎的是其发源地。只要是西部的，似乎都是值得价值眷顾和意义首肯的。但事实恐怕并非如此，所谓西部精神、西部价值，究其实质是对苦难的实体层的美学赋形和修辞处理。其一，它把西部想当然地看成了未被现代化所"化"的纯净之地，在思想意识中西部仿佛是用以抵制现代性^①的大后方，在幻觉中想象似乎中国曾经有过人心朴实的一片净土，它就在西部；其二，借着西部少数民族的文化多样性和人类发祥地的悠久历史，争论了一百年的东西方文化优劣之论又兴起了，出现了"国学热"，西部后发展地区好像恰好成了佐证"国学热"之必然并使"国学"重新生根发芽的土壤，成了中国现代性药方的现实样品。概括来说，支撑这一观念的条件不外乎两个：一个是西部在可预见的将来，它可能始终是、永远是传统意义上的乡村世界；另一个是在城市化规划中，西部民间宗教文化在信仰缺失的中华民族本土文化建设中，无疑增添了信仰的底色，而且这个信仰文化底色纵可以打通古今血脉，横似乎也可以确立与基督传统的西方现代价值系统对话的资质。前者负责垫底，后者负责提升。二者合二为一之时，苦难的虚化层便被结实地绑架到实体层并且成为实体层华丽转身的理据。当苦难的实体层和虚化层遭遇语境性打造，人们接受的，实际是变异了的苦难或者说是内涵不同的苦难。在文学批评领域，有人还把这个变异了的苦难叙事称为"苦难美学"^②。这时候，苦难实体层实体的内涵显然已经被取消了，虚化层即无论什么环境人的主体性都是无比强悍的这一层意义被有意放大了。这恐怕是 20世纪 50、60 年代"人定胜天"到 80 年代"苦难大地"，再到今天"内在性"的一个宿命式复归。不同之处在于，今天的"内在性"是披上了文化外衣的，甚至是以寻求人自身的认同为目标的，它也就没必要再过多考虑苦难的实体层问题。有了"内在性"垫底，今天考虑的中心问题显然是苦难的虚化层及

---

① 最突出例子是英国社会学家安东尼·吉登斯的《现代性的后果》中译本于 2000 年出版面世，中国学者叶舒宪模拟"现代性的后果"的《现代性危机与文化寻根》，也于 2009 年出版于山东教育出版社，该书基本结论就是批判现代性而把理想社会形态托付给原住民或原始社会形态，这可谓是从哲学人类质疑文化现代性的较早范例了。

② 陈晓明：《乡土叙事的终结和开启——贾平凹〈秦腔〉预示的新世纪的美学意义》，《文艺争鸣》2005 年第 6 期；狄马：《荒谬的苦难美学》，《随笔》2005 年第 6 期。

其给虚化层以理论形式的概念层。在概念层的构建过程中,重中之重不是别的,是其中经过美学修饰后的苦难的道德化。因为只有道德化,苦难在新意识形态下的形象才是合乎情理的,同时也是大体符合"全面实现小康社会"这个顶层设计意图的。另外,道德化后的苦难形象,才配文化自觉这个来自日常生活秩序内部的价值诉求。那么,什么是概念层苦难呢?概念层指的是用来讲述、叙述、建构虚化层的话语方式和理论理念,从某种意义上说,概念层就是某种强势的意识形态本身。

西部文学及其批评和西部历史文化论述,在苦难概念层的重建上担当了重要角色。而这两个议题在实际构建过程中,关系的确比较微妙。简单地说,西部历史文化论述的角色主要是给西部价值和西部精神赋予一定的学术合理性;文学及其批评话语,则是以形象的完整性和审美为主的方式,反过来对历史文化论述进行进一步的日常化处理。只有到了日常生活层面,苦难形象的道德化才能形成并得到广泛认同。

被纳入这两系的西部现当代文学,的确以感性的形式清晰地再现了一般西部社会现实的观念形态,意志的坚忍和坚强,被迫流寓迁徙的卑微与负罪感,再加上"大开发"之前西部大地的荒芜与贫穷、文化观念的保守与迟滞、生产力的相对落后等等,这时候的苦难,应该专指物质的极度匮乏和观念意识的异常保守。正像作家路遥的三部曲长篇小说《平凡的世界》所全方位展示的那样,以陕北黄土高原为圆心向四面八方扩展开去,除游牧区以外,整个西北农村的情况,差不多就是孙氏父子赖以生存的石圪节双水村的模样:农民全部的生活围绕种地展开,破衣烂衫、缺吃少穿,农民的终极理想只是把黑面馍变成黄面馍或白面馍而已。"典型环境典型人物"是恩格斯用来评价"批判现实主义"文学的一个理论概念,本来是讲人物的主体性能否能动于环境、多大程度能动于环境的问题,可是,当这样一个经典论述方法被新的意识形态撑破,即把人物交给文化来处理时,环境的制约就变成了体现人的主体性的一个衡量尺度,完全成了积极的因素。于是,"励志"、"理想"、"浪漫"、"梦想"、"好心态"、"幸福故事"等等,配合着与之一同兴起的"内在性"观念,共同承担起了把环境对人的制约变成人在有限的环境条件下无限的精神能量。而且因为这种精神能量,来自于传统农耕文明,来自于农耕文明下的宗法文化秩序,以家为单位，以貌似"自由"表达的个体意愿为核心的价值追求和精神预期，只用了一步就跨到了道德伦理的一边。如此一来，实体层的苦难便顺理成章地转化成了虚化层的苦难。紧接着，中国经验中最有说服力的部分——概念层的西部苦难，便成型了：那就是用"典型环境典型人物"中的"典型人物"蜕变而来的具有绝对道德优越感的西部底层民众，来替代原来的那个无助者、弱势者和迷茫者，甚至沉默者。

道德化形象的最大特点就是在合适的时候发声，在该行动的时候率先行动，在价值混乱的语境主动输出正能量。产生于并形成于西部典型环境的道德形象及其道德力量，正是在需要励志故事、需要率先行动的环境、需要适当发音扬声的时候一次规模化的文化思潮运动，它对应并消解着都市文化中的"慵、懒、散、软"，也对应并消解着商业文化中呈甚嚣尘上之势的私利主义和金钱至上主义，亦对应并消解着经济主义价值观中的一次性消费和破坏行为。一句话，当实体层的苦难形象被道德化后，它是正面的、积极的和强烈向上的力。这种力的背后支撑，不是别的，是中国传统文化——或者直接说是古典西部历史文化知识。

当然，用文化来处理这样一个社会学问题，可想而知，结果一定不那么乐观。关于这一点，可以举个例子来进一步说明。比如在贺雪峰著的《新乡土中国》及其主编的《回乡记：我们所看到的乡土中国》等著作中，除西南以外，按西北这个通常代表西部的范畴来说，两著中只有两三篇调查报告涉及西北的陕西农村，其余均为西北之外的农村。而就陕西农村而言，相比较宗祠意识非常强的其他农村社会，陕西农村基本没有什么宗祠文化，有的只是西北非常普遍的城镇化后果——"386199"部队，即留守妇女儿童和老人。另外的一大特点，就是年节返乡的农民工、学生、城市工作人员在乡村短暂逗留期间，对乡村既定生活格局的冲击，有时可能构成颠覆性改变。根据贺雪峰等人不多的调研信息可知，陕西农村的祭祖远没有有宗祠的地方那么浓重，因为没有固定宗祠，也因为家族早被分离成了小家庭，祖坟也如同分家一般，五代以上可能有共同祖坟，五代以内则基本各有各的血缘最近的人可供祭祀（所谓"一代亲，二代表，三代就没了"），共同的祖坟也就基本处于被荒疏和遗忘的境地，再加上暂时逗留人口的不重视，祭祖也就变成了小年大年乃至清明节简单的焚香烧纸，认祖归宗的巨大象征意义被城市生活的实利实惠，以及流寓城市的无助感、迷茫感所打断，人们处在认祖归宗虚无和在城市中倍感煎熬的矛盾状态，只好选择活在当下，见机行事罢了。社仪活动也仅限于应付性的参与，谁也不把它当作真正的仪式，仪式应有的庄重、威严和神秘性、神圣性也被嘻嘻哈哈的氛围消解了，社仪只因为是某种习惯而被有一搭没一搭地潦草对待罢了①。毫无疑问，乡村壮年季节性返乡，忙着去办其他一些应急性事情，显然比四平八稳想象性地勾勒象征意义更实惠。

不言而喻，苦难本身包含着笃定的道义担当，临阵脱逃、见风使舵，本来就谈不上苦难。但问题的关键是，当道德化构建抛开已经失去了稳定的使之赖以生长的社会结构，只奔某种相当正确的、正面的形象之时，人文学术上的自洽，能否弥合西部农村普遍城乡二元分化而带来的一系列具体社会问题？能否解释即便不被城市化也已经深受经济社会致命影响的西部乡村在精神实质上的断裂呢？答案是否定的。它们摇摆于现代市场运行机制与传统社会宗法文化模式之间，似乎两边都有链接，其实两边都严重脱节，价值认同处于半飘浮或完全飘浮的状态。结合我们这里重点讨论的苦难形象道德化现象来说，切实的现实问题是不是与人文论述中的概念层苦难——一种经过了几重修辞掩盖的话语表述相吻合呢？苦难形象的道德化，作为西部人文话语再生产的一种，并不是越走越贴近现实，而是表现出了诸多相反的迹象。

二　神秘主义文化普遍化

苦难形象道德化作为西部人文话语再生产的一种表现形式，本质上属于文化传统主义，充满着人文构造的浓厚色彩。首先，它的生成依赖于西部神话学传统，比如文学艺术表达上的"元形象"夸父一系和扶伏民一系的叙事学影响，就明显贯穿于西部文学的各个阶段。在这个传统中，西部人文形象有了自觉的面目，但同时也在等级制的文化格局中被赋形为一种道德伦理的

---

① 贺雪峰主编：《回乡记：我们所看到的乡土中国》，东方出版社 2014 年版，第 128 — 133 页。

承担者。慢慢地，这种臣子对君王、在野对庙堂的负罪感便开始有所扩散、有所蔓延，直到把它普遍化为下对上、小对大、弱对强、低对高的一般性道德伦理格局。我们所见到的西部文学艺术形象，于是或多或少会体现这样一种读之令人别扭令人极为不舒服的不平等感。无论劳动者之间、家庭成员之间，还是单独的个体与个体之间、不同属性的社会化身份之间，交流总免不了支配与被支配、给予总免不了施与与受施的关系，所谓隐忍、承受，以及由此衍生的坚忍与决绝等等品性，不由分说构成了外界识别西部的首要符号。其次，它赖以建构的历史知识来源于西部民族记忆或原生态文化诉求。西部先民日神一统的多元图腾综合体形成的民族背景，无疑是西部苦难形象道德化塑造的原初知识谱系。从信仰龙图腾的氏族到传说中的原始三大部落，再到《礼记·王制》《史记·匈奴列传》《汉书·地理志》《水经注·渭水注》或者《太平御览》以及各级地方史志、史话等正规的文人叙事，西部形象的话语合法性便有了依据。盘古与龙图腾、伏羲女娲与龙凤虎图腾、炎帝黄帝与龙凤虎龟图腾、西王母与龙凤虎图腾，乃至龙、凤、虎、龟的神秘化。由太阳崇拜而下降到日常生活世界的火祀与祀火，由龙图腾的变体——文身与五彩丝的象征符号成形，神秘性可以说无处不在。西部婚礼中的生殖意识和葬礼中的灵魂观念，无不打上以上图腾物的烙印。比如长命水与生育旺盛的象征，蛇蛙礼馍对性交行为的模拟，还有灵魂的复活与形变、丧葬礼仪中的灵魂情结等等，在今天西部人的生活细节中都能找到它的变异形式，集中的体现是传统节日中越来越邪乎玄乎的文化加码行为——比如年节的天人交际、清明节的神鬼祭、端午节的五行意识、乞巧节的宗教世俗化、中秋节的巫术体验和重阳节的阴阳观念[①]。而仔细审视这一成体系的意识框架，人的被动性，即人与物的不平衡性皆被合情合理地统摄于一种显而易见的传统知识中。在此前提下，人对自然的冒犯或者说人对自己置身其中的知识、神圣性仪式的冒犯，都将意味着对正统道德的僭越，是最大的不道德行为。苦难形象的道德化走到这里，已经不单是一个单纯的文化学问题了。

除了文化传统主义惯性的原因，苦难形象的道德化再生产，当然还有它

---

① 详细论述参见武文、武圣华：《民族记忆与地域情韵：中国西部原生态文化论稿》，中国人民大学出版社、山西教育出版社 2009 年版，第六、七、八章。

迫切的意识形态因素在里面。自从被称为"新西部电影"发轫之作的《美丽的大脚》(2003，杨亚洲导演) 等开始，西部所有问题好像都被收缩成一个问题，即人心的不古。于是如何能解决好这个问题，便成了判断西部乃至整个价值问题的核心。这时候，解决道德问题既成了弥合人与人恒定情感的纽带，同时也被无限放大为解决尖锐现实问题的良策，苦难叙事消沉，温情故事兴起了。

在此背景下，生成于古代社会并构成今天具体方式方法的道德文化，获得了进一步发展的时代契机。换句话说，民间民俗宗教文化也罢，文学艺术形象也罢，抑或西部日常生活中的诸种仪式化现象也罢，只有重新象征化或神秘化，方有能量突出于消费主义语境，也就才有可能成为西部特征而具有从根本上撰写传统文化的魅力。之所以如此，是因为这样做，向上可以对接信仰缺失这样一个前提性判断，神秘体验或神秘主义文化正好是宗教神秘主义的另一存在形式，何不就地取材加以改造利用呢？向下则可接通地气，既然它产生于民间民俗自在性文化氛围，那么"个体"自发性意愿及由此构成的围绕个体展开的民间世界便是自足和自洽的了，这无疑是符合哲学所构想的从个体到集体乃至民族的构建蓝图的。如此主题预设一旦构思完成，西部话语的再生产就有了前进方向和哲学底蕴，这是神秘或神秘主义文化构成西部话语再生产的另一显著现象的重要原因。

一般意义的神秘主义文化，也是比较宽泛的，比如，它可以是特指艺术创作过程中，创作者私密性个人经验体验，像徐岱在《论神秘——审美反应的体验性阐述》一文中讲到的那样，神秘的不是世界，而是我们对世界的把握，是一种精神活动。徐岱强调了审美的神秘体验与宗教的神秘体验不同。这两个状态能使我们直接面对、触及生命本身："空"能容纳"无限"，它不仅包孕着"有"，而且是"万有"。"因为在审美的神秘体验里，生命主体能够与外在于自身的遍布整个宇宙时空的生命力相认同，从而获得一种生命力释放的喜悦感。与此不同，在宗教的神秘体验里，生命主体无法与生命本体相认同，因为他体验到的是生命借助于异己的上帝的力量，来对生命中的失控现象做出控制，他感到仿佛有一只看不见的手在不断驱他走向毁灭的深渊，为此生命主体感到恐惧，而不再像在审美体验里那样，是一种惊惧。因为这是生命力的负面：是一种破坏力而非创造力"①。所以,美感与宗教体验终究还是同"路"而不同"道",貌合而神离。

文学艺术创作状态中经常出现的这样一种神秘体验,显然构不成"主义",也就不是这里要谈论的神秘主义文化了。与西部这个地域规定性有关,并形成了一般形式的神秘主义文化,特指西部民间宗教文化经过典型化处理后,构成西部话语再生产的某种普遍现象。它与地方性知识、政治权力、制度之间形成的微妙关系,决定了它不单是宗教的,或者说它主要是以"修辞化"的方式存在。

当然,这里仍然有必要先解释一下学者眼里的"神秘主义文化",如何达到"修辞化"的功能。首先可以认定,神秘主义文化在其产生之初所具有的反叛性和非理性本质。正是这一点,在其泛化或者说世俗化的过程中,渗入了日常生活并且生成另一新事物。按照相关学者的梳理,在宗教范围,神秘主义与苏非主义密切相关,在历史上,苏非主义曾作为对奢侈时尚、权力斗争等世俗化倾向的抗议,并因为对外在化和制度化的体制性宗教的反动而兴起。"神秘主义以个人的主观直觉和内在体验来突破教法的外在束缚,给严峻冷漠的教义礼仪注入新鲜的宗教情感,从而对民众产生强大的感染力。"②威廉·詹姆士的《宗教经验之种种——人性之研究》(1902),将神秘体验归纳了四个特征,即超言说性、知悟性、暂现性和被动性。根据以上特征,神秘主义的实践既包含身体和思想的训练,也包括生活方式的因素,"通常说来,这种实践有长期的礼拜和祈祷,隐身独处和流浪乞讨,咏唱圣歌和诵读赞词,变换身体姿势和呼吸吐纳的技巧,饮食禁忌和斋戒绝食,集体舞蹈和运动训练,以及使用陶醉品等"③。基于神秘实践的这一特点,黑格尔发展了宗教神秘主义文化,把它延伸为一种具有隐喻功能的文化政治形式,发挥了神秘主义的颠覆性、解构性社会批判作用。他说,神秘主义"认为人的精神直接知道上帝这个观点的伟大之处,即在于承认人的精神自由。在人的精神自由中

---

① 徐岱:《论神秘——审美反应的体验性阐述》,《文学评论》1997 年第 3 期。
② 周燮藩、王俊荣、沙秋真、李维建、晏琼英:《苏非之道——伊斯兰教神秘主义研究》,中国社会科学出版社 2012 年版,导论。
③ 《苏非之道——伊斯兰教神秘主义研究》,中国社会科学出版社 2012 年版,导论。

包含着（直接）认识上帝的源泉；在这个自由原则里，一切外在性、一切权威都被取消了"①。

黑格尔的观点不见得就是为支持西部这一显著人文话语再生产而生，但这一显著话语再生产的集体诉求，对人主体性方面的理解却吻合了黑格尔观点。西部现当代文学创作主体的经验肯定首先来源于一般社会现实，但精神文化方面西部的一般社会现实可能更包括分散在西部诸省（特别是西北地区）的信教群体经验，这是由文学的特点所决定的。但当这种集体无意识一旦触碰宗教元典话语，其结果往往是前者对后者的变异处理，即通过世俗化后者来适应并凸显前者的日常性——使日常性变得"自为"而超越于此时现实，成为某种想要的理想世界的标准，达到文化建构的目的。大德大能、尽美尽善因高度抽象而无法具体化，但西部大地的雄伟、苍凉、严酷、贫瘠、荒寒却能被感知性主体领悟为造就奇人异事的原始神秘、雄浑大气的氛围来，"奇异叙事"便被披上了寓言色彩，"非解释性"好像反而更接近并捍卫了人们孜孜追寻的那种极致境界，"大而化之"的致思方式于是成了获得并呵护神秘主义文化——一种强烈地针对工具理性或物化思维的价值观②。永远"在路上"的漂泊状态、别无选择的"承担"和寂静缄默的"领悟"，既是形而上所需要的提升结果，更重要的是，它还因其"静""无为""沉思"而被想象为一般个体对政治经济话语所鼓励的"发展"机制而导致越来越"浮躁"的现实人生的制衡。有了这样一个神秘主义文化发现，能不能形成有效的社会机制，是否具有内在于消费主义的实践有效性，研究者并不想过多考虑，他们考虑最多的是借着宗教文化的东风，直接把"受苦意识"和"坚忍精神"转化成普遍性"受难与救赎"，从而以死亡来反观活着的意义、以仪式化生活来穿越生死阈限的终极意义③。如此，神秘体验是有了一定的形式，但得来的神秘主义文化却只徒有哲学色彩而无一

---

① ［德］黑格尔著：《哲学史讲演录》，商务印书馆 1960 年版，第 253 页。

② 杨经建：《神秘主义文化与神秘主义文学——伊斯兰文化与中国当代西部文学论之一》，《天津社会科学》2002 年第 3 期；《伊斯兰文化与中国西部文学》，《人文杂志》2003 年第 2 期。

③ 参见苏文宝：《文化与原型——回族文学原型概说》，《西北民族大学学报》（哲学社会科学版）2013 年第 2 期；《受难与救赎原型视野下的回族美学思想解读》，《民族文学研究》2013 年第 6 期；《死亡：最后的生命仪式——石舒清作品的"死亡"原型研究》，《宁夏师范学院学报》2010 年第 5 期。

般性特质。也就是说，此神秘主义，只能在超时空中存在而不具有普遍适用性，终因纯粹的个人宗教修为使研究结论变得越来越修辞化，现行经济社会运行机制由开始的导因地位终而屈居其次的诉求，终究走向与该个体内在性生活无关的地步了。

不过，从修辞化程度来看，这一路神秘主义文化，的确还是希望指向现实社会状况的，问题就出在对宗教元典文化的理解上。宗教文化的确分布在西北诸省，西北诸省的确也都是"西部大开发"或城市化中城与乡价值错位最严重的地区之一，但要能动于"快速发展"所导致的诸多社会问题，宗教神秘主义文化显然不能总在元典话语层面周旋，那意义不大。这是这一类论述脱离当前现实的根本原因。

另一类似乎更有历史雄心的西部话语研究，面好像铺得更宽，根基也好像扎得更稳健，然而，正因如此，宏伟的构想反而使西部话语再生产进一步成了"神话化"，而不是"去神话化"①。与西部民族集体记忆或原生态文化作为知识的建构稍有不同之处在于，在人类学视野"穿越"西部时空生命的"韵律"，西部人文话语的根基不是文人们感性十足而又充满语境驱赶的创作和编排，是通过学术范式推演的结果。程金城和韩伟所著《穿越时空的生命韵律——人类学视阈中的中国西部艺术》就具有这样的特点。全书结构框架相对封闭，中心词围绕人类共同情感模式展开，先立人类学理论范式，再讲文艺人类学基本范式，然后是维柯文艺人类学著作《新科学》和弗雷泽文学人类学著作《金枝》

---

① 哈贝马斯批判维柯《新科学》中"神话"思维和霍克海默、阿多诺《启蒙辩证法》建立在再度神话化立场的对启蒙理性的质疑，非常深刻也非常正确。他说他们的"全面拒绝现代社会"和"告别现代性"，其实是"自然的非社会化和人类世界的非自然化"的过程，神话使用的语言，尚未抽象到与现实完全分离的程度，还不能使常规符号与它的语义内容和所指彻底分开，语言世界与真实世界秩序仍然是绞合在一起的。而"解神话化"，即"去中心化"，就是我们不断打破对世界的现有认识，采纳新的认识范式，用所谓"可理解性较高的复合物替换可理解性较低的复合物"的方式，更新我们对世界的理解。"而这样一个过程，实际上也就是'启蒙理性'在建构'现代性'过程中的必由之路"。西部神秘主义文化话语力求普遍化的过程，与哈贝马斯批判的对象如出一辙，都是想通过再度神话化并使用神话思维和语言，在"总体性"框架内想象西部的一种方式。相关观点转引自盛宁：《现代主义·现代派·现代话语——对"现代主义"的再审视》，北京大学出版社，2011 年版，第 108—109 页。另外，主客体混为一谈而妄论类似中国古代哲学"天人合一"、"物我相融"的，在哲学人类学家那里也早有结论，"互渗律"这一概念分析的就是此现象。相关论述参见［法］列维 - 布留尔著：《原始思维》，丁由译，商务印书馆 2014 年版，第二章。

作为经典的支撑，最后具体分析藏族史诗《格萨尔》与后发展起来的藏族审美延伸、西南诸省由傩衍生的宗教民俗象征仪式等详细内容，达到维柯所谓"诗性智慧"的终极目的。作者的核心结论之一确实具有一定代表性，"维柯对诗性智慧的探讨在今天亦显现出重要的价值，当今天的人类学家用'原住民'取代了欧洲中心主义色彩浓重的'原始人'、'原始社会'的时候，或者说不再把'原始'与野蛮、落后联系在一起的时候，'诗性智慧'的价值就凸现出来了"①。叶舒宪的一本书叫《现代性危机与文化寻根》，其实结论也是这样，都或多或少从神话学及原型理论得到启发，进而再通过变化称谓而达到以"原住民"对应逻辑推理中的现代性危机，并把决策层面的科技主义、发展主义所引起的一系列社会学问题，推到所谓过度的现代性思想头上，其逻辑旨归仍然主要在个体精神内部，而不是外部现实。这样一来，"回不去"或者说"怎样回去"这一硬性指标和方法论，同样不是论者的主要关切。原住民也罢，原始社会文明形态也罢，笼罩其上的神秘体验和形式化了的神秘主义文化诸仪式，也就很难进入经过再三改造乃至重新组织为经济主义思维神经的人们实际物质的和精神的生活秩序。

三　结语

西部人文话语再生产走到神秘主义文化普遍化的地步，暴露的是从一个极端到另一个极端的问题。因为比全国其他地区在经济上后发展一步，它们选择用边远的和少数民族的知识、语言、神话和仪式，有了语境性支持；又因为语境性支持的误区，使得它们相当错位地只用文化传统主义眼光来讲述西部（我们已经看到所谓多元其实最终指向了一个结论），由于共用的话语并未自觉内在于当前社会现实，造成一个事实是，越是传统或者传统力量越强大，文化现代性的机制就越发变得脆弱和无力。这就意味着，神秘主义文化话语作为西部话语的再生产，实际已经从内部消散了。在今天的特殊语境和文化背景重塑少数民族传统、民间民俗文化，力争"非遗"保护，演变为

---

① 赵学勇主编：《穿越时空的生命韵律——人类学视阈中的中国西部艺术》，中国人民大学出版社、山西教育出版社 2010 年版，第 101 页。

替旅游及文化产业保驾护航，说到底，仍是一个较低的层次。较高的层次恐怕在于通过重构，真正起到文化的社会学功能，以至于最终作用于人的现代化进程。

论西部散文的"游历－文化再现式"创作模式

王贵禄

一

西部散文作为 20 世纪 90 年代以来深具影响力的散文流派[1]，涌现出了足可视为经典的散文作品。但西部散文是一个发展中的流派，由于参与其中的作家众多，且创作的作品层出不穷，容易给人造成一种"混乱"的印象。毋庸置疑，如何从宏观视野上把握西部散文的创作动态以获得整体认知，已成为研究者必须要面对的问题。苏联文论家赫拉普钦科曾言："任何文学流派都不是语言艺术家的偶然的集合。它作为一个由生活和文学本身决定的统一体而出现。与此同时，其中也存在着本身内部的、经常是很复杂的进一步划分。所有这一切就使得我们能谈论文学流派的结构问题。"[2] 循赫拉普钦科的理路，我们认为，西部散文是由西部作家的生活体验和文学实践所决定的"统一体"，而其内部存在着"进一步划分"的可能，这就指向了它的创作形态问题。从这样的观念出发，"创作模式"最先进入了我们的视野，它无疑为我们观察和解读西部散文提供了一种重要思路。"模式"这个词，《现代汉语词典》解释为"某种事物的

---

① 参阅范培松《西部散文：世纪末最后一个散文流派》，《中国文学研究》2004 年第 2 期。

② ［苏联］赫拉普钦科著：《赫拉普钦科文学论文集》，刘捷、刘逢祺译，人民文学出版社1997 年版，第 186 页。

标准形式或使人可以照着做的标准样式"①。在英语语言中，"模式"用 pattern 来表示，并通过同义词 model、sample、way 等词来释义②，也认可"模式"有"范式"、"样式"、"方式"等义。模式这个词的指涉范围很广，它标示着事物之间具有某种隐藏的规律性的关联，只要相类似的事物不断复现，就可能存在相应的模式。综上所述，所谓"创作模式"，是指在众多相近而具体的作品创作的基础上所形成的显示着类型属性的创作形态或创作趋势。那么，西部散文的创作模式到底是怎样的呢？从已有的西部散文作品来看，其主要呈现了三种创作模式，即"游历—文化再现式"、"体验—生命感悟式"和"追寻—精神还乡式"。本文将结合西部散文作品着重分析第一种创作模式。

二

西部作家不约而同地选择"游历—文化再现式"创作模式有着多方面的原因。西部的历史在某种意义上说就是一部"在路上"的历史，是一部与迁徙、流离和抗争相伴而生的历史。以游牧民族而论，其生活就始终"在路上"，他们的生活方式是逐水草而居的不断迁移，更何况大量的汉族移民涌入西部。据《汉书·地理志》记载，汉武帝时期曾向甘肃武威以西的广大地区大量移民，其对象"或以关东下贫，或以抱怨过当，或以悖逆亡道，家属徙焉"，说明当时的移民成分主要为内地的无业游民、刑事犯、政治犯及其家属，西汉以后的历代王朝基本沿袭了这一传统。而新疆的地方史将"在路上"的西部意象演绎得分外鲜明，有研究者做过这样的统计，以移民的类型而言，根据移民的人数、持续时间、涉及范围及其影响等维度，将西汉至晚清新疆历史上的汉族移民分为官方组织的移民、出于政治目的的移民、自发性的移民，以及由于其他形式如战争、商贸、宗教和掠夺买卖而导致的移民等四大类型③。中华人民共和国成立前后，新疆也是移民的主要集散地，来自陕西、甘肃、河南、山西等省的难民、

---

① 中国社科院语言研究所词典编辑室：《现代汉语词典》，商务印书馆 2002 年版，第 894 页。
② 参阅《牛津现代高级英汉双解词典》，商务印书馆 1995 年版，第 822—823 页。
③ 李洁等：《历史上新疆汉族移民的类型及其作用》，《烟台大学学报》(哲学社会科学版)2008 年第 3 期。

灾民、穷人纷纷到新疆讨生活。西部在历史上更留下了许多开拓者的足迹，如周穆王的西行，张骞、班超的出使西域，朱士行、法显、玄奘等名僧的西行求学取经，解忧、弘化、文成等汉、唐公主们分赴乌孙、吐谷浑和吐蕃联姻，以至近代林则徐流放新疆时的垦辟屯田和左宗棠的收复乌鲁木齐，无疑都为历史增添了开拓者西行的绝响。由此可见，"在路上"其实是一个渊源深广的西部意象。

除了历史积淀的深度影响之外，西部散文传统的巨大存在对西部作家选择这种创作模式构成了较大的引力。这其中，国外探险者、科学家和传教上的西部考察，特别是辛亥革命前后国人的西部考察，对西部作家产生的影响更为直接。尽管那些外国人怀着各自的目的来到西部，他们对中国文化和中国社会也难免流露出某种轻薄，但他们的考察记录却较大规模地再现了西部特有的地理环境与人文图景，以文字的形式保存了 20 世纪初西部的某些生活模态与社会形态，"从探险游记的艺术视阈和总体风格来看，无论是大漠深处的生死之旅，还是征服雪山冰川无人区的历险，都洋溢着历史沧桑感和生命的悲怆感，充满了鲜明的人格力量和地域文化色彩"[1]。较有代表性的著述，如斯文·赫定的《丝绸之路》、科兹洛夫的《死城之旅》、兰登·华尔纳的《在漫长的中国古道上》、河口慧海的《西藏旅行记》、戴安娜·西普顿的《古老的土地》。

倘若我们将国外探险者、科学家和传教士的西行考察看作是殖民势力强行介入的镜像的话，那么辛亥革命前后国内的作家、学者、科学家以及新闻工作者的西行考察则旨在呼吁国人对西部的重新审视与发掘。他们虽然不时以赞叹的笔触描述西部壮观的自然景色，但更多的是对西部人文图景的呈现，而无不弥散着强烈的忧患意识与精神焦虑，这些考察记录集体释放了"游历—文化再现式"创作模式的可能张力。如裴景福的《河海昆仑行》，记录了其 1905 年谪戍伊犁的旅途见闻，沿途所见自然、人情、风物都被描述得神情具现。谢彬的《新疆游记》以日记体的形式记录了新疆的自然概貌、日常生活和民俗民情。陈万里的《西行日记》在对西部民俗风情和社会形态的描述中，倾注了作者对民生疾苦的深刻关注。徐炳昶虽为历史学家，但 1927 年问世的《西游日记》

---

① 丁帆主编：《中国西部现代文学史》，人民文学出版社 2004 年版，第 41 页。

却可视为出色的西部散文，其将历史考古的视角引入西部考察的书写，在西部自然和人文的叙述中折射出对历史与现实的双重反思，从而使这些记录呈现出历史的厚度与现实的深度。范长江的《中国的西北角》，全方位地展现了其西行的所见所闻，表达了对西部历史文化的追怀，他将西部命运与民族国家命运紧紧联系在一起，赋予了其考察记录以深邃的现实意义。林鹏侠1932年出版的《西行记》，详细记述了其从咸阳到兰州的路途中所见的一幅幅令人心碎的流民图以及饱受匪盗侵扰的西部村落，而充满了人道主义的关切、悲悯及批判。20世纪初国人的这些考察记录，无疑为西部散文创作确立了一种范式，并逐渐固态化为一种创作传统。

三

可以看出，西部散文的"游历—文化再现式"创作模式具有较大的辐射空间，它犹如类型电影中的"公路片"，叙述者虽"人在路上"，却不断引领读者向西部更深处走去，使读者在饱览西部苍凉壮美的自然奇观的同时，目睹西部富含历史情韵的人文图景，并感受到作家释放出来的情感能量与思想灼力。但这种创作模式却不是西部散文的专利，毋宁说它是西部作家对中国文学史上"游记"体式的现代转换和再创造。游记散文在中国文学史上可谓源远流长，南北朝时期就有谢灵运的《游名山记》、吴均的《与宋元思书》、鲍照的《登大雷岸与妹书》等名篇问世，而郦道元的《水经注》和徐宏祖的《徐霞客游记》更是将这种散文体式推向了极致。新文学同样重视这种散文体式，如冰心的《寄小读者》、朱自清的《欧游杂记》等，就为现代游记散文打开了某种通道。那么，作为西部散文的"游历—文化再现式"创作模式对游记散文进行了怎样的现代转换呢？古代的游记散文重在地理、山川、风光的描摹与再现，作家的书写重心显然是"寄情于山水"，其主体性的审美对象是自然，在这样的叙述中，"人的存在"并不是关注的焦点。现代游记散文则不限于山川风物的抒写，而是能够"以人为中心"展开叙事，故对西部散文的启示就更大。西部散文不仅汲取了现代游记散文"以人为中心"的叙事经验，而且更强调对"文化与人的存在"的思考。这样，我们也就能够理解，为什么西部散文的"游历—

文化再现式"创作模式，要将西部人的生产方式、生存方式和生命方式作为叙事的重心而展开，因为这些文化行为深刻体现着西部人的"此在"与"历史"。

马丽华的"走过西藏纪实"（包括长篇散文《藏北游历》《西行阿里》《灵魂像风》《藏东红山脉》），可看作是西部散文"游历—文化再现式"创作模式的典范。作者以镜头般聚焦的笔触，将我们引向人迹罕至的藏北、藏东、藏南、阿里等西藏荒原或谷地，再现了藏民族沿承久远的生产方式、生存方式和生命方式，以及现代文明的冲击下其生活方式正在发生的微妙变化。在叙述者看来，西藏是一个布满神灵的地方，这里有常年香火弥漫的古刹寺庙，经幡飘扬的雄山圣湖，英雄传奇格萨尔王传，千年不荒的茶马古道，口念六字真言的信徒香客，惊世骇俗的天葬火葬……但马丽华并不是要将西藏神秘化，而是以"神秘"西藏的"运动镜头"来表现西藏人的存在状态，缘于此，马丽华笔下的西藏也就成了"马丽华的西藏"。正如研究者所论，"马丽华以她的浪漫诗情和人文敏悟建构起了一个'马丽华的西藏'（在成为'西藏的马丽华'的同时）——这一建构集中在其'走过西藏系列'中，即按照她的话来说由'农村、牧区和古史之地'构成的'一部民间的形而上的西藏'。"①青海作家梅卓的散文集《人在高处》《走马安多》《吉祥玉树》同样采用了"游历—文化再现式"的创作模式，作者似乎一直奔走于青、甘、川等藏民族的生存栖居之地，在青海的茫拉河上游、神话萦绕的安多雪峰、天然纯净的祁连山脉、积雪环抱的甘南玛曲、一望无际的阿西大草原、石头上刻满经文的玛尼石城、三江之源的玉树大地，都留下了作者不倦的足迹与无尽的感叹。如果说马丽华作为一个多年客居藏地的外来者，对藏民族的生活方式还多少有些浪漫主义渲染的话，梅卓作为一个藏族作家，对藏地生活方式的描述更趋于本真，也更注意其生活方式的细节，却同样能体现出丰富的文化意味来。《孝的安多方式》叙述了一个为藏民族所特有的"松更节"，这是老人在世时儿女为其举办的礼敬佛法、布施大众的善事活动，作者的描述似乎是信手拈来却极富文化意味，如"节日当天，一大早时，老人已经穿上镳镳藏装，首先要去'莫洪'神庙祭祀，莫洪是本村的保护神，这是一座马脊式建筑，里面供奉有莫洪的巨大塑像，他的身上挂满着累积了上百年

---

① 尼玛扎西：《颠簸的生存之流与激变的时代之潮》，《西藏文学》2000 年第 6 期。

的各色哈达。神庙旁是几株繁茂的大树，华盖似的冠枝遮天蔽日，其间有高耸入云的箭杆堆，挂着经幡，前面是桑烟台，老人带着柏枝，点燃了今天的第一炉桑烟"①。

贾平凹的《定西笔记》是其 2010 年冬行游甘肃定西的感慨之作。他一路走来，看到的尽是令其颇感不安的"破败"景象，在农业生产已走向机械化、现代化的时代，这里却因为贫穷与闭塞，仍延续着传统农耕的作业方式。但物质生活的落伍，却不能阻碍定西人对文化的追求，他们将字画看作"文化"的表征，再穷的人家都挂着字画。他们看重"历史"，村子里那威严的石狮和肃穆的大树，俨然是永远的守护神，传达着乡土社会曾经的那份古朴与厚实。作者坦言其之所以选择定西之行，正是为了感受传统文化的在场，如其所言："在我的认识里，中国是有三块地方值得行走的，一是山西的运城和临汾一带，二是陕西的韩城合阳朝邑一带，再就是甘肃陇右了。这三块地方历史悠久，文化纯厚，都是国家的大德之域，其德刚健而文明。"② 红柯的散文集《手指间的大河》，是作者 1999 年分三次对青海、甘肃、内蒙古、陕西四省区进行文化考察的收获，他循着黄河的发源地和流经地青藏高原、黄土高原及内蒙古大草原顺流而下，重点考察了这些地域的民间文化，并采访了众多的民间艺人。在作者看来，黄河的流经之所，"正好也是一条大河的童年、少年到壮年"，而"一条河其实是一个渐渐辽阔起来的生命，包含着一个民族的神话、史诗和梦想"③。在这部散文集中，"文化"是作者展开叙事的支点与重心，而这"文化"又与西部人的存在血肉般地融合在一起，寄寓着西部人对生命的理解、对历史的记忆和对生活的期待。无论是甘南的木雕艺术、唐卡绘画、龙头琴弹唱、河州的钢刀制作、壮汉绣花、砖雕工艺，兰州的刻葫芦艺术、瓷器上临摹的敦煌艺术，还是青海的土族刺绣、皮影、撒拉族刺绣，内蒙古的包头剪纸艺术、鄂尔多斯高原上的根雕艺术、呼和浩特的蒙古族服饰艺术，乃至陕西佳县的剪纸艺术、华县的皮影艺术，都以其质朴的艺术气息传达着西部人的大苦、大悲和大乐。因为民间文化的在场，西部大地便升腾起了某种神性的光芒。

---

① 梅卓：《走马安多》，青海人民出版社 2009 年版，第 24 页。

② 贾平凹：《定西笔记》，人民文学出版社 2011 年版，第 3 页。

③ 红柯：《手指间的大河·前言》，中国青年出版社 2001 年版，第 1 页。

高旭帆的《牧场深处》《深山里的十字架》《金沙水柔》《茶马古道》《最后的驮队》等散文以游记的方式再现了四川藏区的"此在"与"历史"。郭从远的《阿勒泰素描》《汉人街》《祖先留下的》等散文，从容复现了伊犁地区极具民族风情的生活方式。王若冰的《迷途玛曲草原》，抒写了其闯入郎木寺的难忘经历，这次闯入使作者真切体验了宗教文化在藏区牧民生活中的重要性。叶舟的《西宁的街道上走过》以诗性的语言叙述了西宁充满宗教氛围和浪漫气息的文化情态，其《半个兰州城》叙述了兰州既不失古典情味又带有现代节奏的生活状态。冯剑华的《遥远的泸沽湖》描述了一种桃花源般的现代生活，泸沽湖地区的摩梭人与世无争，沿袭着古老的母系传统。史小溪的《陕北八月天》是对陕北生活方式的一次大展览，作者以赞叹的笔触叙述了陕北进入中秋时节五谷丰登、山川富饶、农家欢欣的峥嵘气象，以及种种与丰收、农事有关的民风民俗。藏族作家次多的《拉萨八角街》全方位地展示了拉萨八角街的文化、历史及商业活动，叙述了雪域高原上的这座千年老城既充满宗教意味又富于现代品质的生活情态。不难看出，这些作品同样采用了"游历—文化再现式"创作模式，将"文化"与"审美"有机结合了起来。

四

西部散文对"游历—文化再现式"创作模式的广泛采用，给读者清晰呈现了西部多姿多彩的文化形态，使人们触摸到了一个内涵丰富的西部。但"游历—文化再现式"创作模式虽然具有其不可替代的优势——最大限度地呈现西部的文化形态，但是单纯采用这种创作模式则可能使作品停留在表述的浅层次上，甚至导向"文化猎奇"的创作误区。正因为如此，西部作家往往将"游历—文化再现式"与"体验—生命感悟式"和"追寻—精神还乡式"创作模式结合起来，在大规模地呈现西部文化形态的同时，也使西部散文向"生命感悟"和"精神还乡"的纵深推进。诚如研究者所论："中国诗学是以生命作为它的内核，以文化作为它的血肉；也就是说生命点醒了文化，文化滋养着生命;有生命的文化才是精彩鲜活的文化,有文化的生命才是博大丰厚的生命。"①
以我们上述所举西部散文而言,它们其实都体现了创作模式的某种兼容趋势。
但无论如何,"游历—文化再现式"创作模式还是以"文化再现"为主,如
果散文作品中"生命感悟"或"精神还乡"的比例大于"文化再现",那就
不再是"游历—文化再现式"创作模式的运用,而是转变为其他创作模式的
实践了。

---

① 杨义:《重绘中国文学地图》,中国社会科学出版社 2003 年版,第 43 页。

西部民族文学的审美特性及其文化渊源

李天道　　何燕李

中国文化具有某种同一性，但民族与地域文化特性的悬殊，又使之具有民族与地域的"差异性"，并从而形成民族文化心态与性格的差异。作为中国文化的重要组成，西部审美文化是西部民族在长期的生产和社会实践活动中形成的。西部的地域环境是西部审美文化形成和发展的生存空间。受西部宗教氛围和地域文化的影响，作为西部审美文化之一的既古老又年轻而又绚丽多彩的西部民族文学，呈现出多样的审美特性。

一　多元性、整一性

从原始部落到氏族联盟到形成民族，各个民族都经过一个漫长的过程。在漫长的历史发展中，由于社会经济发展的不平衡，政治历史背景的差异，不同民族的文学有不同的特点，这就造成了西部审美文化结构不是单一的，而是多元的。同时，由于西部民族所生存的地域环境大体一致，物质生活条件也大致相同，从而决定了西部审美文化又呈现出整一的特点。多元与整一，体现了西部审美文化形态的个性与共性。并且，正是有了多元与整一的特色，才使得西部审美文化重要组成的民族文学形态显得异彩纷呈而又不乏西部特色的整体意味。

作为西部审美文化重要组成的民族文学形态的多元与整一的特色突出地呈

现在西部宗教神话中。宗教与神话是两种不同的文化现象，但它们具有极其密切的联系。从艺术的角度来说，它们之间似乎存在着一种说不清的亲缘关系。在远古时代，宗教神话与巫术魔法也以仪式等手段密切地混融在一起。宗教神话之源远流长，倘若溯流而上，则可追寻到人类远古文化之印迹。原始宗教产生于原始社会，在原始社会中，人和自然的矛盾是社会的主要矛盾。反映这种意识形态的神话便应运而生了。正如马克思所说的："任何神话都是用想象和借助于想象以征服自然力，支配自然力，把自然力加以形象化。"[①]宗教与神话是互相依存的。神话是宗教的注脚。在社会生产力极其低下的原始社会，人类对整个世界的认识，处于极为蒙昧的状态，他们常常从自身出发，用类比方法去理解外部世界，把自己同外部世界混同起来，于是便产生了对自然界的人格化过程，也就具备了原始宗教崇拜的雏形，而自然万物在人们的心目中，也都变成没有灵气的、幼稚生命的神灵和精怪，亦即所谓"人格化"的神。从而产生了图腾崇拜的思想意识，同时图腾崇拜的发展亦已为祖先崇拜的萌芽打下了基础。

宗教神话产生的因素与稚拙的文化心理相关。早期人类由大自然的动物世界中分离出来，他们在物质和精神上只拥有赤贫，所以文化也只有以"稚拙"为其基本特征。精神上单薄、虚弱，没有什么文明的符号，物质上粗陋简朴，没有相当的生产能力和生活能力。这种由简单的社会关系和狭隘的自然关系所构成的人类童年稚拙的文化土壤，构成了人类宗教神话发生的土壤。马克思说："古代各族是在幻想中、神话中经历了自己的史前时期。"[②]在这一意义上，中国西部民族宗教神话的产生与生成是一致的，但其宗教神话内容却有多种。如西部民族有关氏族起源的神话就多种多样，藏族神话有什巴杀牛化万物、猕猴生人等多种，珞巴族也有《九个太阳》的传说和《斯金金巴巴娜达明和金尼麦包》中关于天父地母的观念。多样中又有一致，异中有同。如共同生活在西藏高原的藏族、门巴族和珞巴族，都把猴子视为本民族的始祖。哈萨克族视白天鹅为始祖，还流传有《迦萨甘创世》的神话，柯尔克孜族的英雄史诗《玛纳斯》也

---

① ［德］马克思著：《政治经济学批判·导言》，《马克思恩格斯选集》第二卷，人民出版社1995年版，第113页。

② ［德］马克思著：《马克思恩格斯选集》第一卷，人民出版社1995年版，第6页。

记载了柯尔克孜族来源于"四十个姑娘"的传说。但这两个民族又有共同的狼图腾崇拜。哈萨克族以狼为有些氏族命名，柯尔克孜族在《玛纳斯》中也把英雄玛纳斯描绘成一只大公狼。

西部民族文学多元与整一的特点在宗教信仰方面也有明显的表现。如前所述，宗教发展的进程，在原始宗教信仰和系统宗教信仰之间，有一个过渡性宗教系列，在西部就是萨满教和苯教信仰。苯教的细微称谓名目繁多，据苯文探索，"苯"字原意指"瓶"，系早期巫师施行法术时所依助的神坛或一种宗教器皿，遂称巫师为"苯"，逐渐竟成了一种宗教的教名。它是在西藏境内产生并发展起来的，在其漫长的历史发展过程中也掺进了外来成分，特别是注入了佛教的"血液"。随着社会的进步、生产力的发展、阶级的出现，苯教乃由祈神禳鬼崇拜自然的原始宗教，成为一种"护国奠基"的社会力量，演变为阶级的宗教，并出现了派别。作为过渡性宗教，萨满数和苯教都具有原始宗教和人为系统宗教的二重性，当然更多的是保留原始宗教的色彩。萨满教中的萨满是作为人与神或精灵之间的调停者出现的。萨满可使精灵附体，手舞足蹈，口念咒语，为人驱邪治病，或祈求狩猎成功。在中国西部，萨满教主要流行于维吾尔、哈萨克、柯尔克孜等族。而苯教则是发源于作为古代蕃地政治宗教中心的象雄地区。苯教既相信万物有灵，类似原始宗教信仰，也带有阶级社会等级伦理色彩。除中国西部外，萨满教主要流行于跨洲际的各国狩猎民族中，而苯教只局限于青藏高原山地的藏民族中，各具有不同的特色。但是萨满教和苯教也有惊人的相似之处：一是将世界划分为地下的魔鬼界，地上的人间和天神生活的天界；二是将动物神化。所以说，苯教是古代西藏地区生产力发展到一定阶段发生的一种社会现象。因其特征同萨满教有某些相同之处，故有人认为它是萨满教在西藏地区的表现形式。不难理解，之所以呈现这种文化的整一现象，是因为生活在西北草原和青藏高原山地的不同民族从事共同的牧业经济，同属一个文化圈，有着共同的物质和精神需求，以及共同的自然生存环境。

又如西藏审美文化。西藏审美文化是由藏族、门巴族、珞巴族共同开拓、创造的。但如果将这三个民族的审美文化作为"共时"性形态放在同一层面上进行研究，不难发现，又明显地反映出"历时"性特征，即各自代表了不同的历史类型。珞巴族审美文化是原始型的审美文化；门巴族审美文化是由原始型向阶级型过渡的过渡型的审美文化；而藏族审美文化是完成形态的、成熟的阶级型的审美文化。这就是西藏民族文学的多元性。珞巴族审美文化、门巴族审美文化、藏族审美文化，完整地反映了西藏审美文化结构的历史序列。在某种意义上说，西藏审美文化的多元性，反映了人类审美活动的发生与发展史。这对研究人类审美活动的规律具有特殊的意义。但这三个民族毕竟共同生活在青藏高原，地域相接，文化互渗，显然，这又使西藏审美文化明显表现出整一性特点，共有的"猴子变人"的神话传说，使三个民族在族源上有认同心理。在藏区、门隅和洛渝地区发现的新石器时代原始文化遗存，均属于同一文化类型，也是文化呈现整一性的有力物证。西部民族审美文化呈现出的多元与整一性，揭示了审美文化构成共性与个性的辩证统一的内在规律。

随着社会的发展，西部审美文化多元性的差异特征也愈来愈明显。除了从神话传说、图腾崇拜乃至古老的宗教信仰中容易找到西部民族的共同点，而且从西北的马家窑文化遗存和西南的卜若文化遗存中也不难发现古代氐羌人和藏族先民之间千丝万缕的联系和共同的审美追求。应该承认，属于西部民族审美文化共性的特点一直在延续，但同时必须看到，体现西部民族审美文化个性的多元化特色随时间的推移，也愈来愈鲜明和突出。这是审美文化史的进步，是社会文明的进步，从根本意义上说，它体现了人类与自然的关系所发生的由恐惧、依赖到征服的变化，是人类自由审美创造力不断发展的体现。

二 深厚性、神秘性

神秘性是西部民族文学的又一突出特性。这一特性的形成与西部民族审美文化浓重的宗教色彩分不开。众所周知，远古人类原初的审美活动是和其他实践活动，包括信仰膜拜活动混融不分的。因此，任何民族的历史都伴随着宗教活动。刚由大自然的动物世界中分离出来的早期人类，对整个世界的认识，还处于极为蒙昧的状态，其意识活动还属于普泛的生命意识。而宗教活动的产生则与普泛的生命意识相关。早期人类认为，自然生命之上有一种超自然的东西，即便是人停止了生命运动，这种东西仍然存在，它就是灵魂，即所谓"万物有灵"。这就是宗教活动产生的原初意识。人类对大自然的依附感，是宗教活动产生的根本原因。这是由于自然界为人类提供了赖以生存的条件。如人类狩猎时期，要设法捕获野兽。此外，劳动工具、生活用品以及生活环境等都要依赖大自然的赏赐，成为早期人类生存必不可少的物质前提，也是早期宗教活动赖以产生的土壤。人类在依赖自然、利用自然的过程中，往往采取表达愿望的宗教仪式活动，这是宗教活动产生的直接因素。这种仪式，常常与巫术、魔法紧密联系在一起，成为宗教活动赖以生存的土壤。如中国南方的傩仪形式。民族审美文化在萌发、发展、畸变到走向成熟的过程中，和宗教文化结下不解之缘，信仰崇拜与审美体验交织，始而熔为一炉，继而相互影响、渗透，从而促使民族审美文化带有鲜明的宗教色彩。

西部民族和其他民族一样，远古时期原始的宗教信仰是先民统驭一切的精神支柱，为带有全民性的心理倾向。同时，作为原始审美文化的主要形态，原始宗教艺术的胚芽也在人们制造劳动工具和交际活动中产生了。大自然是严酷的，为了生存和发展，出现了先民们企图借助超自然的力量影响周围事物以摆脱困境的巫术，人们进行巫术活动企图把愿望当作现实。在原始社会，巫是最有知识、最有学问的人。他们往往在盛大的节日，以唱"根谱"的方式，将大量神话融进民族史诗而得以保存。鲁迅在《中国小说史略》中论及《山海经》时，就肯定了巫师的作用。他说："所载祠神之物多用糈（精米），与巫术合，盖古之巫书也。"袁珂也认为这是"古代楚国或楚地的巫师们留下的一部书"[1]。这里是巫术的场所，又是神话的世界，巫术性质非常明显。其中保留了大量的原始神话和古帝王传说，几乎和巫术都有密切的关系。

在原始社会，巫最初没有专业化，到了原始社会末期，随着私有制和阶级的出现，巫便成为宗教领袖，有的由部落首领兼任，能沟通于人神之间。他们天地之间无所不知，无所不晓，集天文、地理、历法、历史、医药……各种知识于一身。在神权至上的原始社会有崇高的威信。马克思在《摩尔根·古代社会》一书摘要里，提到辛尼加部落曾有一种巫医会，是他们"宗教上的最高仪式和宗教上最高的神秘祭"。"每个巫医集会是一个兄弟会。加入的新成员都要经过正式的入会仪式"。这一"巫医集会"组织，实际上行使部落首领

---

① 袁珂：《山海经写作的时地及篇目考》，《中华文史论丛》1978 年第 7 期。

的职能。他们在氏族社会末期的确起着十分重要的作用。而此时，原始艺术就成为巫术活动的载体，巫术活动也促进了原始艺术的发展。在原始社会一定阶段上，"巫术和艺术是混融和交织在一起的。这种混融和交织见于仪式"。就西部民族的先祖而言，原始巫术活动主要是狩猎巫术仪式，歌舞、绘画、文身、面具等是巫术仪式中的重要组成。这种"多职能混融性结构"的仪式，对先民来说，能"满足他们在求知、教育、抒情和审美等方面的需要"。他们可以认识狩猎对象，学到狩猎本领，抒发炽热情感，"处于萌芽状态的审美需要也得到满足"①。巫师在仪式中的祝词和咒语，是古诗歌的一部分。巫师在仪式中的跳神活动，是原始舞蹈的一部分。原始先民的文身、跳神时所戴的面具，既有图腾崇拜意义，也是原始的绘画形态。就分布于西部广阔地区的岩画来看，从西藏的日土县到青海刚察县的哈龙沟，从宁夏贺兰山到甘肃嘉峪关的黑山，乃至新疆天山南北的广大地区都有发现。这些岩画的内容异彩纷呈，除了反映游牧生活的特点外，巫术仪式活动是一个共同的突出的主题。西藏日土县任母栋山的岩画画面上有 4 个戴鸟首形面具的人正在舞蹈，跳舞的左下方排列 10 个陶罐，其下分 9 排横列 125 只羊头。这幅岩画生动地表现了藏族先民为祈求人畜兴旺而进行的原始宗教祭祀活动的宏大场面。又如新疆天山以北岩画中的一幅行猎图，图中猎人用长长的箭杆控制了猎物，画面上还有一只山羊，显然已经被巫术所制伏。显然，这些伴生于巫术活动的原始歌舞和绘画所创造的艺术形象都包含着处于萌芽状态的西部民族审美意识。

继原始宗教信仰而起的是过渡性宗教苯教和萨满教。苯教大约是在公元前 3 世纪聂赤赞普时代直到公元 7 世纪松赞干布时代漫长的岁月中，从原始宗教衍化生成的，是随着原始社会瓦解、奴隶制社会逐步形成时期所产生的一种早期宗教。苯教不同于原始宗教，其所主张的不是众神平等，各领一方，而是有信仰的主神"斯巴"，有系统化的宗教仪式和仪轨，并且有宗教经典和带有理论色彩的宗教哲学。信仰苯教的主要是藏族。苯教审美文化中的面具藏戏、崇神舞蹈、"斯巴"祭歌，以及神山、神水、神石的传说，既和苯教祭祀仪式有关，也是西部民族审美文化的重要组成部分。

---

① ［德］马克思著：《摩尔根·古代社会》，人民出版社 1965 年版，第 134 页。

的确，西部是一个多民族、多宗教地区，不同民族、地区都有不同宗教信仰。其俗信巫尚鬼，敬巫师，赛神愿，吹牛角，跳仗鼓等等，其形象或美除了其内含或潜藏的真善性质、功利内容之外，必须具有愉悦性和形式性。一旦原始宗教活动产生了这种愉悦性和合律性的形象机制之时，巫术便被选择为艺术，巫师或术士也就自然升级为艺人乃至艺术大师了。作为宗教文化，伊斯兰教和伊斯兰艺术虽有明显的区别，但还应该看到，"伊斯兰艺术是一种与伊斯兰教有着千丝万缕联系的艺术"；"伊斯兰艺术是通过伊斯兰教，审美地表现人、生活和世界"①。应该说，伊斯兰艺术和信仰共同存在于人们的心灵深处，也同在存在之中。伊斯兰教反对偶像崇拜，有节制歌舞、禁止绘画人物和动物的教规，因而在一定程度上影响到音乐、舞蹈、绘画、雕塑艺术的发展。生活在中国西域的维吾尔、哈萨克等民族的先民，在历史上都以酷爱音乐、舞蹈著称，而且早在佛教进入西域之后，还在石窟中创作了大量的佛像雕塑和佛教壁画，至今还保存着一部分。改变信仰之后，这些民族仍保留了能歌善舞的传统，还出现过突厥族法拉比这样的大音乐家和维吾尔族"十二木卡姆"这样的举世闻名的音乐杰作。伊斯兰宗教活动也有音乐相配合，比如宣礼的招祷歌、咏经曲调、礼拜歌、赞美歌等均出现在伊斯兰宗教活动中。据《西域闻见录》等著作中记载，伊斯兰宗教活动中还有西域各族群众在毛拉、阿訇组织下参加拜天、迎日、送日等活动时演奏"鼓吹"（即音乐）的情景。在伊斯兰审美文化中颇具特色的是建筑艺术。伊斯兰建筑外观的最大特色，在于它的穹窿形拱顶以及大面积装饰中的几何纹饰。遍布穆斯林居住地区的清真寺风格别致，高耸的精致的宣礼塔引人瞩目，寺院大殿的建筑宏伟壮观，其藻井、横梁、门、柱、壁上都彩绘着具有伊斯兰特色的花卉和几何图纹，和藏传佛教建筑大异其趣。新疆吐鲁番清真寺有一座建于清代中期高 36 米的额敏和卓塔，塔身外有精美的型砖镶饰，共嵌组出 15 种图案花纹，显得严密、巧妙，具有阿拉伯艺术的细密风格和数学式的严谨格律美。

　　从宗教发展历程中宗教文化和审美文化的交织，不难看出：审美由艺术走向宗教，同时，宗教也借艺术而走向审美。作为审美文化重要方面的艺术和宗

---

　　① ［英］贝尔纳·迈耶尔、特列温·科泼斯通著：《麦克米伦艺术百科辞典》，人民美术出版社 1989 年版，第 109 页。

教的关系之所以如此密切，是因为它们具有某些共同的特点。马克思将对世界的艺术和宗教的把握称为对世界"实践—精神"的把握，是抓住了这两种意识形态的根本特点的。艺术创作离不开幻想（即创造性想象），而宗教的观念相信信仰离开幻想也无由产生和发展。可以说，幻想是艺术和宗教一个共同的必要的因素，尽管艺术幻想激发人积极进取而宗教幻想使人脱离现实，两者有原则区别。艺术和宗教另一个更重要的共同因素是情感。艺术创作和艺术鉴赏无不伴随着审美情感体验；宗教信仰之所以能主宰信徒的世界观和人生观，是因为它是建立在信徒对超自然的神佛强烈的情感体验基础上的。尽管人们的审美情感指向实在的客体而信徒的宗教情感指向虚幻的客体有根本的不同，但不可否认的是，无论是对世界的审美态度或者是对世界的宗教态度，都蕴含着情感体验过程。应该说，幻想和情感使审美和宗教在共同的心理基础上找到了契合点，从而使审美文化明显地带有信仰膜拜性。但这里要强调指出的是："审美活动和宗教活动（膜拜活动）在远古时代尚未分家这一事实并不能得出结论说，这两种活动一种导衍于另一种，一种派生出另一种"①。因为产生审美活动和宗教活动的社会需要有原则区别："艺术植根于人们的豪放不拘的创造性活动，植根于人们的才能、本领和知识的施展和应用，那么巫术乃至整个宗教的根源则应当到人类实践的局限性中，到人们的不自由中，到人们对统治他们的自发力量的依赖性中去寻找。"值得一提的是，一些民族艺术，包括民间艺术和民族艺术家的创作，由于种种原因在历史的尘埃中湮没，但和宗教信仰有关的艺术却由于宗教的庇护而保存下来，如西部的藏传佛教建筑、伊斯兰教建筑，寺院和石窟雕塑、壁画，宗教音乐、舞蹈等等。当人们有机会观摩西部藏传佛教寺院庄严的佛事活动，听到那神圣、典雅、婉转、优美的佛教乐曲《咏叹词》，并进而了解到是由于古代高僧用特殊的记谱方法使佛教名曲保存下来时，一定为藏族人民的智慧和创造精神而惊叹；当你有机会观赏藏传佛教的大型法会活动，一定会被大型的"跳神"即"羌姆"这种古老的宗教舞蹈所吸引。"跳神"有的地区叫"跳曹盖"。"曹盖"即面具的意思。喇嘛们穿着特定的服装，戴上不同的面具，表演酬神驱鬼的故事。扮演者或独舞，或对舞，或群舞；时而威猛

---

① ［苏联］乌格里维奇著：《艺术与宗教》，生活·读书·新知三联书店 1987 年版，第 1 页。

狞厉，时而流畅柔婉，时而滑稽幽默。这种典型的藏传佛教庆典仪式舞蹈，实际上是古老的傩舞。这被人们视为傩文化的活化石的舞蹈之所以有如此旺盛的生命力，宗教无疑是它的保护神。

综上，可以说，正是由于西部民族审美文化和宗教文化有千丝万缕的联系，具有浓厚的宗教色彩，从而才使西部民族审美文化呈现出强烈的神秘性。

三 小结

应该说，就整体而言，作为西部审美文化重要组成的民族文学的生成基因是多元的，是多元美学元素的交汇、借鉴、融合和创新，与西部审美文化突出地体现为放牧游牧文化特性的自由创造精神分不开。西部审美文化是西北、西南地区民族歌舞与民族生产、生活的遇合，交汇着土风民情的民间歌舞，弥漫着神灵佛光的宗教歌舞，洋溢着人民朴素而浪漫的审美意识的图腾神话、创世神话与英雄神话融合，其中恢宏与野性的魅力、人性的觉醒和张扬、奋发而又富于意味的表现形式、积极昂扬和达观忧患的审美意趣，都是生成西部审美文化率真、厚重、悲怆、风趣审美精神的重要基元。

民族、地域文化特色的审美意象群，崇高、雄壮的英雄主义精神是西部民族史诗的基调，高度理想化的造型使民族史诗充满雄浑之美，口耳相传的演唱吟诵使民族史诗有了特殊的光辉。质朴厚实的劳动歌、庄严风趣的礼俗歌、浪漫率真的情歌、情趣盎然的生活歌、隐含锋芒的时政歌，山的气息和悠扬的基调、勇敢的人格和豪迈的吟唱、伟岸的意象和缠绵的情调、悲剧精神和幽怨的意绪、浓烈的宗教气息、崇高的审美追求、坦荡的胸怀、直露的情感、丰富多样的风格，雄奇而又神秘、绚丽夺目的姿采，撼人心魄的定礼塔"阿赞"，飘动的经幡，屹立的玛尼堆，寥廓、悠远的历史时空中西部民族先民的足迹：古羌人、突厥人、匈奴人、回纥人、吐蕃人、党项人、吐谷浑人和他们的子孙们正是用这些共同创造出了人类审美文化宝库。

如何从更深层面揭示多维审美文化交汇中所熔铸出的西部审美精神及其在当代多元文化建设中的作用是意义所在。西部审美文化不仅仅是在单层面上陶铸的，更是多层融会和穿透的。如佛教文化在中国西部漫长的流传过程中，不断汲取各地的宗教文化，发生了多次变异，从而才得以形成今天神秘而独具异彩与饱含人性化关怀的宗教精神。西部在多维文化多层向心交汇中所形成的四圈四线网络结构，不但明显地表现于古代，也绵亘至今天。

差异文明能够较快地向本位文明转化，能以博大的胸怀将多民族、多地域、多流派的文明熔铸为西部地区的审美精神传统。就审美文化而言，反映或感应着西部地区多民族、多文化丛生的现实状况，对人物杂色风情、复杂性格和杂化心态的描绘成为这些地区各类审美文化作品对世界审美文化宝库的独特贡献；而宏阔壮丽的景观，艰难的生存条件和每一步都需要搏斗的人生道路，又使这些地区的审美文化从各个角度追求以刚美为主的多种审美形态的结合。在中国西部审美文化中，"浑厚、悲壮、苍凉"审美精神的呈现一度雄踞一时，展现严峻豪迈、刚毅强健的文化性格，成为西部审美文化的突出风貌。

在心与梦的探寻里寻找自由

——论中国西部民族散文的意识流表现方式

赵　锐　涂　鸿

随着回族的张承志、霍达、马瑞芳，仡佬族的潘琦、包晓泉，藏族的阿来、扎西达娃、唯色、央格、色波、多杰才旦、章戈·尼玛，苗族的第代着冬、杨明渊，土家族的喻子涵、温新阶、杨盛龙、阿多，蒙古族的特·赛巴雅尔、鲍尔吉·原野，撒拉族的闻采，哈尼族的诺晗，侗族的潘年英等人的散文创作的各种尝试与开拓，中国当代西部民族散文在艺术上取得了令人瞩目的成就，为中国民族文学的现代化进程与新发展做出了重要贡献。中国西部民族作家的散文以其表达方式的自由与灵动，开放多元的结构，锐意创新的手法以及厚重的思想内涵，对以抒情为主体的散文传统形成了有力的冲击与挑战，为中国20世纪80年代以后的散文文体变革与建构注入了新的意义，开始改变长久以来散文创作"繁华与遮蔽下的贫困"状态。

中国西部民族地区独特的地域风光与多元的文化背景，边地的生存状态与心灵体验，为作家的创作提供了丰饶的土壤，无论是张承志的独语体散文，阿来的自传体散文，还是唯色、霍达等人以故乡旁观者的姿态所做的言说，以及杨盛龙、潘琦、第代着冬、闻采、潘年英与鲍尔吉·原野等一些年轻的少数民族作家更多地倾注于内在的体验与自省，精神的困惑与焦虑，他们的创作都出现了"向内转"的倾向，对民族历史与传统文化的重审以及个体生命的超越意识，构成了散文的整体，而灵动飘忽的意识流动，热切直呈的情绪奔涌，使得作家们难以避免并且不由自主地选择将意识流的手法纳入到散文创作中来。

意识流作为一种文学创作技巧，最早源于西方的意识流小说，以普鲁斯特的小说《追忆似水年华》、英国作家伍尔芙《墙上的斑点》，以及乔伊斯《尤利西斯》最为人们所熟悉。它的主要特点是从心理结构表现整个意识范围，尤其强调发掘潜意识领域，描写意识流活动的非理性内容，常常运用自由联想、内心独白、回忆、梦境、幻觉、瞬间即逝的片段印象等手法来表现变幻的意识流程。意识是不受客观事实制约的纯主观的东西，是自我的表现形式，意识流文学通过内心独白与感官印象等手法来表现潜意识和无意识，这就必然带来意识流动的超时间性和超空间性，从而打破了传统文本的结构框架，拓展了文本的开放空间。在散文创作中，作家利用该手法来表现主体的心理活动范围和过程，在这一过程中，人的感觉、经验情绪与意识的或半意识的思想、回忆、期望、感情和琐碎的联想都融合交杂在一起，依感觉与情绪顺势成文，使其表达的内容与文本形式更加契合。这种手法展现出人物意识活动的多层次性、复杂性、隐秘性，增强了散文的层次感与立体感；也将散文由载道言志的单一文化意识形态转向了文学审美独立性与艺术自主性的倾向。中国西部少数民族作家张承志的《牧人笔记》《风土与山河》，扎西达娃的《聆听西藏》《古海蓝经幡》，阿来的《大地的阶梯》，唯色的《以心为祭》，色波的《你在何方行吟》，鲍尔吉·原野的《善良是一棵矮树》《跟穷人一起上路》《培植善念》，诺晗的散文集《火塘边的神话》，闻采的《骆驼泉流淌的传说》《藏家父子》《谒尕勒莽墓》等都彰显了这样的特征，为散文的自我表达打开了新的视阈。意识流的手法让作家轻松自如地表达自我，使散文的肌理与骨架密切融合，用具有先锋意义的笔法展示人潜在的意识流动，将内心深沉的爱欲、情欲和生命欲望，以及生命感觉的存在、想象中的追寻等内容切入到散文中，并使得文体语言畅达自然。

一 向内转：灵魂的书写与生命的喟叹

中国西部民族散文都难以回避对西部人与自然的观照，对西部边地瑰丽的风景与民俗风情的描摹，即便如此，与西部地区人文自然地理进行对话之前，作家着笔的起点依然是内在的情绪与意念，是经过荒寒粗粝所锤炼过的生命体验，而不仅仅只是简单的某一地区、某一民族的代言人与记录者，他们的笔锋"向内转"，是追逼灵魂的自我书写，包含了个体生命在求索过程中所经受的苦难与迷惘、对民族历史文化的认同与悖逆、主体精神的遮蔽与张扬，以及诗意的激情。

张承志在当代民族散文的创作中算是颇具特色的作家了，从他 20 世纪 80 年代的小说《黑骏马》开始到《一册山河》《以笔为旗》《牧人笔记》等散文集出版，他都在追寻心灵的皈依，这是他"一个人的寻索历史"，"努力拒斥这一种或那一种框限，无止境地追求心灵的阔大，寻索足以容纳这追索的对象，并借以将自我期许对象化"①，他总是试图通过对自我的拷问来抵达外在的文化之旅与内在的心灵苦旅的某种契合。在张承志的散文中，从湟水到六盘山，从黄土高原到游牧草原，不断把自我投入漂泊中。伊斯兰教的宗教文化与现代都市文明的双重乃至多重视野奠定了张承志书写心灵史的独特立场，承受着灵魂被撕裂的痛楚，他在《二十八年的额吉》中写道："如同你，蹒跚走完自己的路，哪怕一生穷愁潦倒。不去向世界开口，追逐着水草变移和牛羊饱暖，径自完成自己的生命。我并没有解决关于文明发言人的理论，不过我想，也许我用一生的感情和实践，为解决这个问题提供了参考。"②这是张承志借额吉所做的提问与回答，表达了他内心的矛盾与疑虑，主体对精神家园的寻找和文化命题的思考，他的散文是一个理想主义者浪漫而执着的精神之旅。

藏族作家阿来的散文则是毫无遮蔽地直诉内心的孤独体验。从马尔康高原大地到岷江河水，阿来行走的步履不断加快，终极关怀与自我救赎的热情却始终执着，他以略带伤感的笔调，将内心的深刻体悟直呈纸上。袒露心胸、纵横议论而又挥洒自如，在《大地的阶梯》中他直言其心灵深处的不安惶惑以及难以逃脱的宿命感：

　　我看那些山，一层一层的，就像一个一个的梯级，我觉得有一天，我

---

① 程秋莹：《为草原而歌——评张承志散文的理想主义精神追求》，《开封大学学报》2007 年第 3 期。
② 张承志：《文学作品选集散文集》，海南出版社 1995 年版。

的灵魂踩着这些梯子会去到天上，故乡在我已经是一个害怕提起的字眼。那个村子的名字，已经是心上一道永远不会愈合的伤口。而我的卡尔古村并不是一个绝无仅有的例子。卡尔古村的命运是一种普遍的命运。所有坐落于我在这本书里将涉笔的大渡河流域、岷江流域、嘉陵江流域的村落，没有任何一个可以逃脱这种命运。

江河无语，大地无言，这位来自青藏高原的作家，以他独特的心灵体悟与独特的生命感受抒写自我、历史与现实，他始终在寂寞与苍凉、寻找与期盼的痛苦里，唱出发自内心深处忧伤的歌，人们在那些包含忧郁与苍凉的心理独白里，可以深切地感受到他渴求一种情感的依托与一种精神的慰藉。

在藏族女作家唯色的散文中也同样突出了面向内心、面向自我这一意识流文学的特征，透过支离破碎的现实表达主观的感受，表现出对文化的反思、主体人格的重建，以及唯色故土意识的凸现。唯色的边缘文化意识与故土感情植根于她的脑际中，文化原乡的指认与异族文化纠结缠绕，使得她的笔触也透露出焦灼与痛感，试图找寻自我而又湮没于民族文化记忆中，在《我的德格老家》中她如是说："可不可以这样说，它像一条隐蔽的河流，只有溯流而上，便能到达真正的老家或故乡了。"① 我们可见意识流作为一种艺术手法，致力于再现人物似水流淌的意识过程，但在散文中意识流并不仅仅是纯粹的技巧和形式，而且是一种自我内心观照和身份体认的方式。

中国西部民族散文除了呈现出令人醉心的边地独特风光，都主动接近于边地的生存形态与文化创造，以他者的身份书写多重文化面影下的心灵真相，他们在故土与历史的凭吊与依恋中，找寻到个体生命的价值，从而获得一种自我完善感和灵魂的归宿感。

在西部民族作家的散文创作中，他们脱掉了虚构的艺术外衣，敞开胸襟，把生命的感知、理智和生活的动态形式纳入散文的形式。在这种生命形式与艺术形式的异质同构中，学术性的思考具有了文化内蕴，艺术直觉转化为强烈的审美力量，生命体验变成了理想的载体。

---

① 唯色：《西藏笔记》，花城出版社 2003 年版。

张承志、唯色、阿来、杨盛龙、潘琦、第代着冬等西部少数民族作家放弃了虚幻、间接的生活幻象，选择了真实、直接的生命诉说。他们穿越了小说、诗歌与散文的界限，将小说所注重的内涵主题、场景构设以及诗歌所注重的哲理思考、意象营造注入散文的创作中来，从而形成了更为自由与醇美的散文气象。他们对生命的感性书写，由于嫁接在生命意识的流程里而呈现出崭新的传统理念与现代意识交融的生命观，意识流于此成为一种表达的区域，它模糊了理性与非理性、逻辑与非逻辑之间的界限，可以说，他们的散文用意识流印刻上的是人性与灵魂最真实的模样。

二 无定型：情绪的喧哗与意识的流动

意识、潜意识、思想、回忆、期待、情绪，以及忽东忽西的自由联想是意识流手法的主要表现形式，比之于詹姆斯、乔伊斯、弗吉尼亚·伍尔芙等的"正宗"意识流手法对潜意识、非理性意识活动的全面表现，西部民族散文则更多地表现为与现实关系较为密切的显意识领域，不确定的情绪的飘忽与喧哗。

广西壮族女作家岑献青《永远的魂灵》便体现了对传统的理性尺度进行消解和重构。不再是传统式的"载道"散文，而是以人为中心，以表现与刻画人的心理、意识为主体的真情文学。

> 在一个春日，我终于站在了壮乡花山崖壁面前。
>
> 这便是我的先民么？
>
> 上千个魂灵，簇拥一个无形的世界，带着一个赭红色的秘密，化作了大山的一壁。在那没有五官的人形上看不清是欢乐还是悲愤，分不清是兴奋还是沮丧。那平举的双臂，下蹲的马步，是在歌舞么？或是在挽弓？那光芒四射的圆状物，是激越亢奋的战鼓呢，还是主宰万物的太阳神？还有那似奔似跃的小兽，是战士的坐骑，还是祭祀的牺牲？
>
> 大山不语。

该文从对壮族历史文化带有强烈主观色彩的描绘中，多视角、多角度、多层次地展现人物的精神世界，它开拓了心理空间、缩短了人的精神世界和现实世界的距离，展示了人的丰富的精神世界与意识的流动，其表述的语言带上了作者强烈的主观色彩。

在《大地的阶梯》中，阿来以纯美的语言、超拔的意象表现了辽阔寂静的高原生活。他把从成都平原开始一级级走向青藏高原顶端的一列列山脉看成大地的阶梯，用深潜于灵魂深处的意识流笔法，以诉诸感官印象的描写，让文字像景色一样气象万千。显然，这样的写作更能便利地直接传达给读者写作者的动机、意图、心理状态，带有一种倾诉和释放味道的"独白"，更能切合作者的写作心态。于是它不再是四平八稳、有条不紊地叙述或描写，也不再细细地咀嚼，而变为一种抒情的浩叹和絮絮的倾诉，听任情绪的一泻无余。

张承志的作品《潮颂》便写了作者在宁寂中独望漆黑的夜，思绪的千军万马一跃而过，不寄情于任何的客体状态，肆意地将过往的感知交叠，任万端情思奔涌而出。从乃林高壁、汗乌拉峰到灰蒙的原野、怒吼的海面，用意念来组接一幅幅场景与画面。作者以独白式的意识流动为结构框架，面对主体的探询与驳诘，用一种内省式的复杂语态代替了夸饰性的抒情语态。张承志也将当代散文文体的革新指向了一块新的高地，彻底打破了闻捷、周涛等人题材宽广、笔法自由、形散而神不散、卒章显其志的散文体式，用无定型的文章体式颠覆了传统散文中完整的叙述模式与抒情调子，改变了散文的超稳定状态，也将散文的创作指向了现代主义的潮流中。

不难发现在西部民族散文的创作中，作者刻意地离间了主客体对象，去认识和把握其抒情对象的方式，是在其意识深处与其产生一种精神实质上的共鸣，从而达到物我相融的状态，从整体上本质上把握客观世界，直觉或者说感觉便是交融的自然结果。柏格森 (Henri Bergson，1859—1941) 所言：唯有通过直觉才能认识生命之流，才能认识被表象遮掩了的本质。感觉在散文中便显得尤为重要，在《北庄的雪景》中张承志的感觉成为流贯其中的线索结构：一幅幅或"惨烈"或"寂静"的雪景，如蒙太奇般闪现转换。北庄的雪融入张承志的血脉之中，没有始端和终结，相互延展，构成了张承志的生命冲动和心理感受。散文作为一种特定的表现和感知世界的方式，我们所见的只是非个人的抽象的一面，意识的流动是我们表达的载体。

物质与生命的文化叠影促使着作家去寻找生命的存在方式，寄兴于纸笔，在散文这个带有内省倾向和自由天性的空间中，张承志、扎西达娃、阿来等凭借诗意的想象虚构，来表达对人类命运的终极思考与关怀，兴之所至，思之所至，完全打破章法限制，摒弃逻辑关系与深层的理性思索，以心理时间取代了线性的物理时间。他们的思辨与感悟展示了心灵的自由维度，将过去的时间与现时的经验交汇，在无意识的潜流中弥散开来，充分运用了意识流文学中的非逻辑性的"心理时间"叙说的手法。在西方现代主义的理论中，时间分为心理时间和空间时间两种。空间时间指各个时刻依次顺延的时间，是表示宽度数量的概念；心理时间是表示强度的质量概念，将过去、现在、将来各个时刻互相渗透，在创作中一进入意识深处，空间时间便不再发挥作用了，人的内心深处的意识流无不包含着过去、现在和将来，不能按过去、现在、将来的先后顺序来分割来描述意识的流动状态。意识流使表面上不相关的意念用松弛的联想将其聚拢起来，心理时间与空间时间常表现得不一致，甚至是相互冲突的，只遵循意识本身的规律。扎西达娃的散文创作便延续了他小说创作中一贯的时空颠倒的风格，抛弃了按空间时序叙述客体和心理过程的传统方式，在意识活动的深入过程中将对象本来的样子呈现出来，体现出时空渗透交融的特征。在他的散文集《古海蓝经幡》中时间被不断地锻造，形成种种形态。

"心理时间"将过去、现在、将来交叉和重叠，呈现出非逻辑性和非理性，但在具体的作品中并不是毫无组织的一片混乱，回忆与期待并不是毫无依据，自由联想也不是漫无边际的。意识中每一个鲜明的意象都是浸染在围绕它们流淌的"活水"之中，意识活动向四面八方发散又收回，作为触发物的意象唯有在意识活动中才有意蕴见出。

如果把传统的叙述称为线性叙述，那么意识流式的叙述则可以成为"场性叙述"，藏族作家阿来在《大地的阶梯》中对西藏的描述提供了这样先锋的范例：

> 我，一个牧羊少年的手，曾经为拿起了那饱蘸油彩的画笔而颤抖过，因此我很奇怪，为什么自己没有最终成为一个画家，而是操起了文字的生涯。也正因了这文字的因缘，在 80 年代中期，我循着当年运送卡车的忠

字木所走的那条路线，第一次来到成都。所要寻找的目标，就是那座在卡尔古村人想象中比土司官寨，比布达拉宫还要巨大的建筑。

阿来将现在的景象、情绪、心理活动与过去的回忆并置排列，中间没有任何过渡性的语言，心理时空突破了客观时空的限制，呈现出人物内在情绪复杂、隐秘的变化。意识流的手法让作品的字里行间或激荡或流动着一种气韵，形成一种整体的审美感染力。

三　新语体：语言的灵动与结构的自由

中国西部民族散文面向感觉的开放、向人本心理深处的掘进、情绪意识流动状态的强化等趋向，不但拓展了新的表现领域，更带来了散文语体上的别具一格。从 20 世纪 50 年代起的很长一段时间中散文给人的语体风格是：说明性叙述语言，追求说明叙述的清晰准确，句子结构的完整与规范，简单明了而往往是枯燥的准确。呆板的语体风格在西部民族散文中被彻底瓦解，"向内转"带来了语言表达的内心化、感觉化、情绪化，使张承志、阿来、杨盛龙、潘琦、第代着冬、岑献青等人的语言灵动活跃起来。如张承志的"独语体"散文，出于内心的复杂、隐晦，感觉的细腻、深致，而呈现出含蓄、朦胧、飘忽诗化的言语状态。阿来、鲍尔吉·原野、阿多则从空间性的话语视角，来进行诗性的语言表达和多角度的情绪流辐射。

闻采的散文《面向高原》，给我们呈现了这样一幅内心图景，来面对高原的空间性话语转换：

> 面向高原，世间一切的色彩顿然失去光泽；面向高原，人类所有的词汇瞬间变得干瘪……七千万年过去了！高原寿星，微眯圣哲的目光，审视脚下历史的变迁，帝王的角逐，朝代的更迭，不慌不忙编写着纪年史。世俗的眼光，爱把这方疆土同一些字眼连接起来，给人描绘出一幅幅死亡地带的恐怖画面。君不知：风多狂暴，云多霹雳，气候多变，这正是宇宙大手笔的奥妙所在。赋予其阳刚之气，使其独领风骚，绝世之勇者散发永恒

的魅力。试问：一湾常年不见风浪的海面，对于真正的水手，还会产生什么诱惑呢？

意识流就像一只鸟儿，不停地变更着飞翔和栖息的节律，而语言的节奏也恰好表现了这一点，意识的大幅度跳跃，使得文字的排列合乎诗的性质，而不是逻辑性的。

在具体的言语组织、语段转换乃至整体结构方面，意识流的手法掘进其中，追求与心灵更为对应接近的言语形式，许多语段或意象在外在形式上根本连接不起来，而靠流贯于其中的意绪来串接。张承志的散文因为心灵性的书写占据主导地位，而显得开放和自由；扎西达娃的散文以其独行人的步履跳跃向前，深沉而又不失其张力；阿来的笔端细腻而又伤感，却从不失其随意与洒脱。如果说传统的散文呈现的是一种静态的美，常常是回忆之中或者是在已经成型的文化现象之中去体悟和感受，且在文本语言上也是静态的，即它是经过作者的审美过滤后的理性表达，那么意识流则彻底表现的是动态的非理性。

意识流在散文中的非完整性、散漫性表现还在语言上与之相呼应，有的往往通篇都以散句构成，有的甚至一句话或一个词就是一个自然段。意识流运用到散文创作中使得语言的表述疏朗大于细密、错落大于平实，其在散文创作中的介入打破了传统散文的书写模式，更加扩展了散文表现领域的空间，加强了散文创作的开放性和自由度。我们可以看张承志的《静夜功课》，妻儿都已入睡的深夜，"我"独自在黑暗中点烟思索。在眺望黑夜的冥想中，"我"想起了高渐离的故事，高渐离的盲眼，高渐离的筑声，又想到了墨书者鲁迅和春秋的王公、民国的官僚。随后又回到黑夜中的闭室，并生出了久久的感动。伴随着意识的流动，情绪、幻觉的波动跳跃，作品呈现出灵动朦胧且不确定的诗的意蕴。作者不在乎情节框架是否完整，过程推进是否谨严，有意拆掉一些过渡性场面细节，从而在段与段、层与层，甚至形象颗粒之间断裂出一些空隙，以意绪化的结构来表达自我感思。

此外，在他们的散文中打破惯常语法规则，非常规的词语组合、词性转换、褒贬颠倒的修辞方式都不鲜见，这也恰是意识流手法中的颠覆性、非逻辑性的表现形式。他们的散文大多以主体的人为中心，以心灵世界为基点，因而在结构上，常以人的情感流动和情绪的宣泄为隐约线索，常表现为无所谓开头、无所谓结尾的首尾全开放式的特点，往往开头波澜乍起，结束余韵悠悠。蒙古族作家鲍吉尔·原野在《一些片断》中指出：

> 语言，除了语言之外，散文之中几乎一无所有了。生活含量是散文的骨架，而语言是血液。如果不讲究语言，散文中还有什么东西呢？我们看到好的语言都富有生命感，即"活的"，同时它又是明净的、有弹性的，滴溜溜转的珠子。

因此，就散文本身的秉性而言，它应该是强烈地意识到自己的存在之意义和价值的人们，从心灵深处所迸发出来的自由自在的宣泄，标志着对于人性的解放和对其终极命运的热忱探索。

西部少数民族文学中的文化意识

白晓霞

西部地区自古以来就是多民族杂居的地区，在新世纪里，这种历史文化基因已经内化为一种相对稳定的作家文化意识，以一种或隐或显的方式存在于当代西部少数民族作家的作品中。西部少数民族作家以自己特有的方式解读着这片土地的文化形态，用自己的心灵去体悟着这片土地上民众的生活和性格。本文拟从三个方面来解读这种鲜明的文化意识所表现出的文化特征。

一　人物形象：“先赋角色”和“自致角色”的互动

每一个生命降生之初，就开始了其社会化的过程，对此，人类学有这样的表述：“就每一个人类个体而言，其诞生之初不过是一个与世界上林林总总生存着的动物相差无几的生物体。欲使这个生物体演变为符合社会要求的文化人，人类群体便要施加种种社会文化的影响。这样一个后天教育的过程，在人类学中被称作文化濡化（enculturation），其基本含义为：‘人类个体适应其文化并学会完成适合身份与角色的行为的过程。’（许木柱著《心理人类学研究晚近的发展趋势》，载于《思与言》13 卷 5 期，台北，1976 年。）这个过程是极其曲折漫长的，对每一个个体，可纵贯其整个生命历程。”[1] 综观少数民

---

① 孙秋云：《文化人类学教程》，民族出版社 2004 年版，第 120 页。

族作家的生活历程，可以看到，相对于汉族作家来说，由于宗教、历史、地域、经济等多重因素的影响，少数民族作家的濡化过程是比较复杂的，他们经历着多种文化的选择、学习、继承和运用过程，而承载着这些文化的语言又是多样的，这样一种复杂的状态，导致了作家们角色意识的混杂，在文化场域中，他们的"先赋角色"和"自致角色"形成了互动的局面。这种状态，正如裕固族作家铁穆尔在其散文集《星光下的乌拉金》自序中所说"我是一个受现代汉文化教育的北方游牧人的后裔，我属于游牧在夏日塔拉的尧熬尔鄂金尼部落，从小接触的是两种完全不同的文化，生活在不只是一种历史、一种群体、一种文化中。"角色是一个习得的过程，文化人类学将人的角色大体上分为"先赋角色"（ascribed role）和"自致角色"（achieved role）。具体来说，"先赋角色"是"指一个人不是通过后天的努力，而主要因出身、性别、肤色等先天因素所获得的角色地位。"[①] "自致角色"是与先赋角色相对的概念，指的是"依靠自己的努力和行动而获得的角色地位"。对于西部少数民族作家来说，"先赋"的是童年时受到的民族民间文化教育，而"自致"的是成人后受到的学院精英教育。两者在不同的时段以不同的方式濡化着作家，在写作过程中，这两种文化背景同时制约和影响着他们的思维，构成了一种动态的写作场域，这一点，在尕藏才旦的长篇小说《首席金座活佛》中有鲜明的体现，而作者的这种角色意识，其实非常明显地体现在了人物形象的身上，如作品中的主要人物吉塘仓活佛，在作者的笔下，他既是藏区德高望重的活佛，又是一个深谋远虑的政治家，而且，还是一个非常有经济头脑的商人，所以，他在藏区具有很高的威信和口碑："吉塘仓交际广泛，来的客人很多，有内地请来观光旅游做买卖的汉、回、蒙各界人士，更有草地各部落的土官头人，还有吉塘仓所属神部拉德的教民，前来朝香拜佛、供经供饭或到金鹏镇出售土特产的农牧民朋友。"与此同时，作者还将吉塘仓描写为一个有血有肉、有情有义的正常男性，细致地刻画了他和恋人云超娜姆凄婉动人的爱情故事。因此，在这个人物身上生动地体现出作者双重角色的互动。作者并没有单纯地去表现人物的"神性"，而是将其置身于历史的场景中做最

---

① 林秉星：《社会心理学》，群众出版社 1985 年版，第 246 页。

贴近实际的表现，可谓融神性与人性于一体、神圣与世俗于一体。正因为进行了这样一种处理，使得作品中的人物既超越又亲切，既高尚又随和，在神性的辉映之下，充满了人性的光彩。我们可以将尕藏才旦称为"学者型的民族作家"，尕藏才旦也这样总结过他的创作目的：首先他想把历史小说、叙事小说和文化小说的创作合而为一，《首席金座活佛》是初次尝试；其次，他认为藏传佛教是藏族文化的核心内容，通过对寺院、活佛等的叙述描写，张扬藏族文化的个性；第三是想探索安多地区的民族关系；第四是希望通过《首席金座活佛》反映安多地区藏人的历史生活，向读者展示藏人对生活充满信心、对万事万物感恩的心理，从而让更多的人热爱藏民族和他们生活的土地。[1]从他的这段自白中，我们也可以看到作者自觉地将双重角色内化在了他的写作之中。

相似的例子出现在青海作家梅卓的短篇小说《出家人》中，在这篇小说中，作者塑造了生活在草原上的一对恋人，他们善良而痴情，作者用诗一般的语言展现了人间美好纯真的爱情："洛洛的手里握着曲桑的手。男子的手里握着女子的手。两个不相干的世界在这个温暖的夜幕下，渐渐合为一个完美的整体。"然而，好梦却没有成真，最终男子选择了寺院作为自己终生的归宿，爱情将成为悲剧。作者这样描写了两个人分手的场面，"洛洛说：'我能到寺里去看你吗？''那不行的，寺里不允许。'曲桑说着，伸手拭去洛洛脸上的泪珠。洛洛将下左手腕上的一串木质念珠，把它塞到曲桑的手里，说：'给你，拿去罢！'曲桑知道这串念珠是洛洛家祖传下来的，他握着念珠，那上面尚有洛洛的体温。曲桑说：'你已成我的施主啦……'女孩儿紧紧拉住他的手，哭着说：'别忘了我，你别忘了我……'曲桑说：'再见，洛洛，我们来世再相见吧！'"读之令人肝肠寸断，想来却有着深长的文化意味，是作者对自己所置身的民族文化的一种理性的思索，宗教文化和人文关怀水乳交融。最可惜的是结尾处女主人公写给男子的信的丢失，用笔可谓残酷。

总体上来说，作者写作时"先赋角色"和"自致角色"之间的隐秘互动使得作品体现出一种文化的张力。而这一张力是一股具有无限潜力的民族文学生

---

① 转引自藏人文化网。

命之水，将以其丰富的营养，孕育未来的文学之花。

二　理性认知："族群意识"和"人类意识"的整合

对于当代西部地区的少数民族作家而言，文化意识体现出鲜明的多元化特征。即一方面作家感觉到了比任何时候都强烈的民族文化所受到的巨大冲击，这使得他们自觉地用文学的语言去记述文化的实事，同时使得民族作家的族群意识空前觉醒，对于自己的族群身份有了鲜明的自觉和感知；另一方面，这一时期的民族作家又不同于任何历史时期的作家，他们面对的是全球文化趋于一元化的大背景，在这样的背景下，西方的强势文化形成了鲜明的优势，而发展中国家的文化正在遭遇前所未有的挑战，很多民族的文化甚至濒临灭绝。然而，基于经济基础之上的强势文化却不一定能够拯救人类的灵魂，甚至使人类在精神上走向了荒蛮而不是现代。所以，一些作家开始对本土文化进行深入的思考，试图从族群的"草根文化"中寻求治疗人类精神疾患的良药，作家们的文化意识呈现出这样一种状态："族群意识"和"人类意识"的整合状态。

这方面比较有代表性的是裕固族作家铁穆尔。铁穆尔是一个具有深厚史学功底和丰富的田野作业经验的散文作家，这样的认知结构使得他的作品在具有浪漫的诗性气质的同时，有着自觉的文化探索和思想追求。他力图从民族文化中提取一种积极的因素。从文本表象来看，铁穆尔心仪的是他的腾格里大坂下属于他自己的苍狼大地，所以他用自己所有的才华和热情在讴歌这片对别人来说完全陌生的土地。在《尧熬尔之谜》中，作者这样写道："草原上的尧熬尔人多是一些好客、心地诚实善良和粗犷质朴的人们。酷热的气候，残酷的历史，貌似强悍、坚忍的人民，如果深究其本质，他们像是很多北方游牧人一样，绝对是温情、人性和浪漫的。"在《狼啸苍天》中他说："阿妈每天都在帐篷边祈祷着，她在祈祷声中迎来日出送别晚霞。她在祈祷那云中的蓝峰、灿烂的北极星、汹涌的雪水河，还有那骑着棕色公山羊的火神……祖先的亡灵赋予了高山大河以生命力，它会保护、援助我们，使恶魔、强盗和奸邪之徒远离我们。我们的灵魂将在四季平安、幸福。我常久久地坐在山冈上，凝望远方蔚蓝的天空。朵朵白云向远方飘去，我知道在更远的地方还有许多草原、群山和江河湖泊。世界一片静谧、冷峭。"但是，作者其实深知生活的现实并非如此，这里的草原只是他梦中的蓝图，所以他在浪漫中流露着理性："夏日塔拉草原的冬天总是狂风呼啸，暴风雪遮天蔽日。我常听到一些熟悉的和陌生的尧熬尔人，在酒醉后因各种事故死去。"如果说，这是用一种写意的手法在表现人类的灾难，那么，在《歌谣的灵魂　心灵的力量》中他直接写出了这一担忧："还有多少多少宝贵的生命在那一个个超级灾难中丧身，1986年4月26日苏联切尔诺贝利核电站爆炸，……2003年的非典……还有那些无助的童工、雏妓……"所以，我们可以说，作家是理性的，他并不是一个狭隘的民族主义者，在其思想的深处，有一种平民主义的立场和人道主义的关怀。他面对现实中的问题，在苦苦探寻解决的方式，祈求着人类社会的安宁与祥和。这一过程，可以说是少数民族作家的一种文化自觉，他们发挥自己熟悉两种文化的天然优势，自觉地去探索本民族文化中的进步成分，希望从中发掘出对全人类有益的精神营养。正如铁穆尔所说："辨明自己的民族身份和文化根源，不要失去自己的特征是至关重要的。也就是在不丧失自己民族的独特性的前提下，一定要摆脱民族利己主义，自由地服务于全人类。知识分子的责任和义务就是要充满同情和爱去努力了解别的文化，别的社会，然后去挖掘、表达和叙述。尤其是需要去了解那些被时下的人们所忽略和蔑视的文化和社区。当然，这样做也许很困难，但必须这样。"作为一个严肃的作家，他发下了一个做人民歌手的誓愿。应该说，在铁穆尔的散文中，传承着一种文化精神，而这种文化精神，正是族群意识和人类意识整合之后的结果。做出与此相类似的文化选择的是青海的撒拉族诗人马丁，在其诗作《穿过草原》中诗人写下了这样的诗句："在那个雪夜，我们是迷途又饥寒的羊只 / 如果不是腰顶水桶的牧女停下脚步 / 如果不是母性的博爱与慈悲 / 我们怎么走向雪原深处的帐房 / 怎会有神话中的温暖和盛典 / 起初是酒，举过头顶 / 青稞的精髓高于一切 / 晶莹的露珠龙碗口沿 / 滴滴落下，落地无声（而滴在心上，却有纯金的颗粒滚落钢板的清脆之音）/ 而后是肉：整锅的绵羊肋骨 / 而后是奶茶、糌粑……"作者以其诗性的笔触讲述了一个感人的故事，在这个故事中，我们看到作者的伊斯兰民族身份已经不是很鲜明，代之的是一种各民族和谐共存的视角，所以，与作者不属同族的藏族牧羊女因为一种互助的精神而闪耀出伟大的"母性的博爱与慈悲"。

从上述两个作家的创作我们看到了他们的文化意识带有鲜明的整合性特征。一方面，作家在作品中细致、真实地记载了大量的民族文化实事，力图让文本成为传承民族文化的载体，在这个意义上可以说，文本讲述的是族群记忆；但另一方面，这种讲述又具有鲜明的人道主义特征，即作家的立场并不是只为某一个民族服务的狭隘的民族主义，而是试图在文本中探索全人类共同面对的问题。这种文化意识的终极目的是一种开放、宏阔的人文关怀。导致作家们文化意识整合的原因值得我们深入探究，但笔者认为有一点是可以肯定的，那就是作家们知识储备中的宗教文化影响了这种文化意识的形成，因为，对于受过精英教育的作家们而言，宗教的文化姿态是知性的，也就是说，相对于普通的宗教信仰者，作为知识分子的作家们更多地从文化层面上去理解和咀嚼宗教文化，通过对宗教文化意义的探询，作家们更多地思考着宗教文化对人类命运的终极关怀，这种哲学理念的形成，使得作家们将宗教文化的积极部分纳入了整个人类精神发展的蓝图之中，从而形成了比较宏阔的人类视野。

三　感情归依："牧人情结"和"城市谋生"的矛盾

西部的少数民族作家大部分有着丰富的基层生活经验，他们早年的生活同以牧区为代表的田野紧紧地联系在一起，成年后因为求学、工作来到了都市或者小城镇，许多人便因此而永远离开了自己深爱的田野，成为"城里人"。然而，前期的牧区生活经验和后期的都市现实归宿之间并非是和谐统一的，相反，因为"牧区"和"城市"这两种文化的异质性存在，给作家的内心世界带来了深刻的矛盾。于是，对牧区生活的眷恋和对城市生活的无奈便成为他们写作中的一条主线。当然，这种眷恋并非现实中的，而只是一种具有象征意义的虚拟想象，在这里，"牧人情结"只是一个美丽的人生理想，它给在城市深处苦苦挣扎的作家带来一种纯粹的心理安慰。

如藏族作家白玛娜珍的小说《拉萨红尘》中通过对拉萨和内地城市上海之间的空间比较来表现自己的文化理想。在上海这样一个金钱操控的城市里，雅玛，这个骨子里向往自由和真诚的拉萨女子却遭受了更大的人生打击。于是，这个霓虹闪烁的十里洋场，这个世俗女人梦中的天堂，却成为雅玛眼中的地狱："坐在面黄肌瘦的一群病态的陌生人中，坐在呻吟、眼泪和死亡中间，她体味着被抛弃、被遗忘的孤苦。"在作者眼里，都市文化是缺乏生命力的，于是，作品中作者借徐楠之口，用一种近乎戏谑的口吻去描摹了都市女郎的行状："他不由想到上海的那些女孩：衣着讲究，一丝不苟，在麦当劳或肯德基快餐厅，露出尖利的细牙，按鸡的纹路一条条把肉撕下来，嚼着。"这中间的喜好是分明的，来自藏区的作者喜欢自己所归属的游牧文化，张扬并赞美那份来自雪域高原的纯净生活，从内心深处对局促而斤斤计较的都市文化有一种天然的抵触。于是，拉萨成为作者心中的天堂，这里没有尔虞我诈的铜臭气息，只有通透清亮的拉萨河水流过世俗的生活，度化着时有落入物质陷阱诱惑之险的人心。然而，作者却不得不常常和自己不喜欢的城市文化有着联系甚至于纠葛，于是，小说中挥之不去的是一种淡淡的感伤。在青海作家龙仁青的小说《人贩子》中有这样一段非常温暖的牧区生活场景的描写："那一堆燃烧着的羊粪火上青烟袅袅，有着青草气息的羊粪的香味弥漫在院子里。尼玛的老婆达娃仍然忙碌着，那只不错的屁股依然向着尼玛高高地翘起着。尼玛悄悄走过去，朝着达娃的屁股轻轻拍了一巴掌。"而他们的儿子嘎玛的假期计划是"疯掉了玩，往死里睡"！这样略带幽默而生活质感十足的句子写尽了牧区生活的温暖与和谐。从这一家三口的幸福生活中我们看到了牧人是如此的勤劳而易于满足，充分表达了作者在书写过程中对充满温情的人间生活的极度重视。可是，在异化了的现代物质生活中，尼玛让儿子嘎玛把别人捐献的小课桌让给了同学，而嘎玛只能冒雨去同学家写作业，于是，为了一张所谓大款捐赠的普普通通的学生小课桌，这个善良勇敢倔强的藏族小男孩竟付出了生命的代价。而他的父亲尼玛，一个公而忘私的藏族村干部，在去城里购买小课桌以告慰儿子时，因为对儿子的过度思念，以至要拉着别人的儿子回家，最终的结果是尼玛被城里人误认为是人贩子，浑身是血地倒在了警察的拳脚之下……这是都市文明对牧业文明的残酷嘲弄，是作者对两种文明的深度思索。

以上的文化意识是"有意味的"，它表明当代的西部少数民族作家试图在历史和现实、传统和现代、民族和人类之间找到一个最佳的结合点，这是一种积极的文化姿态，体现了民族文化在新世纪里文化适应的路径，表现出少数民族作家的才智和胆识、气魄和胸襟。但是，这似乎也是一个不容易突破的文学困境，承载着少数民族作家的渴望和困惑、挣扎和无奈。无论结果如何，这一以集体性方式呈现出来的文化姿态，体现出了当代西部少数民族作家在向现代性跃进的过程中所做出的一种可贵的文化努力，在当今世界文化生态整体恶化的大背景中，是一种相对积极的文学策略。这一策略的现实意义是重大的，但其过程肯定是漫长的，需要一代一代的少数民族文学工作者的努力，更需要不同文化之间的真正交流、沟通和深度理解。时下，文学生态的问题成为文化界关注的一个重要问题，而少数民族文学的繁荣和良性发展应该是文学生态环境中不容忽视的一个支点，值得去思考和探索。

中国少数民族文学"走出去"

——机遇、现状、问题及对策

魏清光　曾　路

在经济全球化时代，国家之间的竞争已经由军事、经济等"硬实力"领域扩展到了文化等"软实力"领域，文化力对提升国家综合实力意义重大。文化最重要的载体就是文学。文学是民族文化身份的凭证，是一个民族满怀自信走向未来的牢固根基。文学比一般文献更具文化价值，更有助于文化的继承和传播。中国56个民族中有些少数民族没有自己的文字，但有口口相传的本民族语言。因此，笔者所讨论的"中国少数民族文学"，是指以书面或口头形式传承的，反映中国少数民族思想、情感、生产生活的语篇。

中国少数民族文学是中华文化的有机组成部分，中国少数民族文学"走出去"具有多重战略意义和价值。首先，优秀的少数民族文学蕴含着的"多维厚重的中华人文精神超越了单维度、平面化的西方启蒙理性与功利主义，对人类的生存发展有着深长久远的价值，对西方近代文化的缺失有补偏纠弊之功。"[1]其次，可以对外展示多彩中华的和谐之美，提升国家形象，增强民族凝聚力、自信心，维护民族团结和边疆稳定，增强中华文化的国际影响力和竞争力。最后，少数民族文学"走出去"是中国少数民族文学自身发展的需要。跨文化交流的一个重要功能即重新认识自己，让中国少数民族文

---

[1]　郭齐勇:《中华优秀传统文化是社会主义核心价值观的土壤与基础》,《光明日报》2014年4月2日。

学在国际秩序中通过检证而看清自己，是中国少数民族文学建设的一次重要机遇。

一 历史机遇和现状

推动中华文化走向世界，是不断增强中国文化软实力和国际竞争力，提升中国综合国力的必然要求。进入新世纪以来，中国开始从国家层面对中华文化"走出去"进行顶层设计。党的十六大正式提出，文化战略是国家"走出去"战略的重要组成部分，并强调文化对于增强国家综合国力的重要意义。党的十六届四中全会则将中华文化"走出去"提升到了"提高中华文化的国际影响力"的战略高度。党的十七大对文化建设提出了新的更高要求和规划，赋予文化产业提升中华文化国际竞争力的历史使命。党的十八大站在时代的制高点，将民族文化的认知提高到了"文化强国"的战略高度，把"中华文化走出去迈出更大步伐"作为全面建成小康社会的重要目标之一，明确把"中华文化国际影响力不断增强"作为建设社会主义文化强国要开创的五个局面之一。党的十八届三中全会更加明确地提出"加强国际传播能力和对外话语体系建设"，标志着中国已进入文化发展的新时代，是中国在全球文化竞争日益激烈的时代背景下，为强化民族文化认同、增强民族凝聚力和建构国家形象，而主动实施的具有战略意义的国家行为。

除了面向中华文化"走出去"的顶层设计之外，中国还对少数民族文化保护与发展、少数民族文化产业、少数民族文化"走出去"制定了倾斜性的规划和政策。党的十六大规划中提出："扶持体现民族特色和国家水准的重大文化项目和艺术院团，扶持地方对重要文化遗产和优秀民间艺术的保护工作，扶持老少边穷地区和中西部地区的文化发展。"《国家"十一五"时期文化发展规划纲要》对少数民族文学、传统文化典籍的整理、翻译出版做出了规划："做好格萨尔、江格尔、玛纳斯等古典民族史诗的整理出版和优秀少数民族文学作品的翻译出版工作。"国务院《少数民族事业"十二五"规划》明确了少数民族文化参与中华文化"走出去"的历史责任和使命："扩大少数民族文化对外交流与合作，打造一批少数民族文化对外交流精品，发挥少数民族文化在扩大中华文化国际影响力中的重要作用。"为推进社会主义文化强国建设，党的十八大提出"繁荣发展少数民族文化事业"的战略部署。

这些方针、政策是中国根据复杂的国内外形势和发展格局变化，审时度势，对中华文化"走出去"做出的顶层设计。依据"中国文学外译书目数据库"①、"中国当代文学外译作品图书目录"②以及"中国作协编辑并资助翻译和出版的书籍目录"③，笔者将涉及中国少数民族文学译介的书目进行梳理，并以启动"中国图书对外推广计划"的2004年为界，分析中国少数民族文学"走出去"的成效。

2004年至2012年"走出去"的中国少数民族文学作品仅有10部中短篇小说集，分别为鬼子（仡佬族）的《被雨淋湿的河》、乌热尔图（鄂温克族）的《琥珀色的篝火》、买买提明·吾守尔（维吾尔族）的《酒的故事》、白雪林（蒙古族）的《蓝幽幽的峡谷》、郝斯力汗（哈萨克族）的《猎人的道路》、石舒清（回族）的《清水里的刀子》、阿来（藏族）的《群蜂飞舞》和《空山（第一部）》、扎西达娃（藏族）的《西藏，系在皮绳扣上的魂》、蔡测海（土家族）的《远处的伐木声》。这10部小说分别辑入2007年俄罗斯出版的《雾月牛栏——中国当代中短篇小说选集》《歌声好像明媚的春光——中国当代中短篇小说选集》《红云——中国当代中短篇小说选集》，2008年在韩国出版的《〈吉祥如意〉——中国当代中短篇小说选》，2010年捷克出版的《琥珀色的篝火——中国少数民族小说选》，2010年波兰出版的《群蜂飞舞和其他故事》《波湖谣和其他故事》，2012年美国出版的《〈清水里的刀子〉和其他故事》。上述10部中短篇小说集是在中国作家协会的推动下，走进韩国、俄罗斯、捷克、波兰和美国，而我国同期共输出版权19013种④（因不涉及图书版权输出语言转换，统计未包括中国台湾、香港、澳门地区）。从数量上看，"走出去"的少数民族文学作品只占

---

① "中国文学外译书目数据库"［EB/OL］：http：//www. gddrcc. org/staticLs/look002/look002. do？ discode=BY0303000000

② "中国当代文学外译作品图书目录"［EB/OL］：http：//www. chinawriter. com. cn/fyzz/table/index. html

③ "中国作协编辑并资助翻译和出版的书籍目录"［EB/OL］：http：//www. chinawriter. com. cn/fyzz/list/index. html

④ 国家新闻出版广电总局网站［EB/OL］：http：//www. gapp. gov. cn/govpublic/60. shtml

同期中国大陆版权输出的 0.05%；从输出国数量上看，仅进入到五个国家；从文体上看，"走出去"的只是中短篇小说，体裁单一。中国少数民族文学"走出去"的效果极不理想。

再对中华人民共和国建立以来至 2004 年之前译介到国外的中国少数民族文学作品做一梳理。2004 年以前，进入外国的中国少数民族文学作品有以下九部：蒙古族历史文学长卷《蒙古秘史》分别于 1963、1982、2001、2004 年以英语文本的形式进入英国、美国、加拿大和澳大利亚。维吾尔族古典长诗《福乐智慧》英译本于 1983 年在美国出版。扎西达娃的中短篇小说集《风马之耀》分别于 1990、1991、1994 年在法国、日本和意大利出版。扎西达娃的中篇小说集《西藏：隐秘岁月》于 1995 年在法国出版。乌热尔图的短篇小说集《琥珀色的篝火》于 1993 年在日本出版。白桦描写摩梭人生活的长篇小说《远方有个女儿国》于 1994 年在美国出版。拉祜族叙事长诗《牡帕密帕》于 1995 年以英语文本的形式在泰国出版。阿来的长篇小说《尘埃落定》于 2002 年分别在塞尔维亚共和国和美国出版、2004 年在法国出版。阿来的中篇小说《遥远的温泉》于 2003 年在法国出版。2004 年以前"走出去"的中国少数民族文学，输出到九个不同的国家，其中既有长篇小说、中短篇小说集，也有富有哲学思想的古典长诗和口传文学作品，体裁丰富多样。

不论在文学体裁，还是输出国数量、语种类别上，实施文化"走出去"战略以后译介到外国的中国少数民族文学作品，都不如政策实施之前，但总体而言，中国图书"走出去"在国家顶层设计的政策引导下，取得了显著的效果，中国图书版权引进输出比"从 2001 年的 12.6∶1 缩小到 2011 年的 2.5∶1"[①]。但中国少数民族文学尚未把握好历史机遇，步伐缓慢，"走出去"的效果不理想。这表明中华文化"走出去"战略规划尚存在不足之处。

二　存在的主要问题

中国少数民族文学"走出去"不是孤立的，而是中华文化"走出去"的有

---

① 余守斌：《中国图书版权输出策略初探》，《对外传播》2014 年第 2 期。

机组成部分。因此，对问题的分析，不应仅仅分析中国少数民族文学"走出去"自身的举措，还要分析文化"走出去"这个大环境以及与其他文化形态"走出去"的互动影响。

（一）系统性不足。中国少数民族文学是中华文化密不可分的一部分。但是，政策规划的设计，往往以主流文化来审视中华文化，而从全民族文化的层面上来设计和把握中华文化整体的系统意识不强。尽管有统一的政策框架，但在执行过程中仍然最关注主流文化"走出去"，中国少数民族文学"走出去"反而受到冷落，造成资源配置不合理。从当前国际局势看，非传统安全因素威胁的挑战正在上升，中国在参与国际竞争、拓展国家利益的同时，面临的系统风险也会上升。一旦系统的某个环节出现问题，导致系统失灵，我们承受的代价可能更大。因此，中国的文化战略应该有更强的系统性。

（二）中层规划机制缺失。当前，中国文化"走出去"战略规划，只有顶层设计，缺乏具体的、可操作实施的中层规划。中华文化"走出去"过程中，各部门之间协调不到位，条块分割。这导致文化"走出去"的实施各行其是、杂乱无章、前后脱节、比例失衡。甚至有些执行机构十分看重眼前的绩效，总想文化"走出去"立竿见影，翻译起来费时费力的中国少数民族文学被有意忽视，这势必影响中国少数民族文学"走出去"的具体实施。

（三）路径规划缺失。"中国图书对外推广计划"工作小组是中国政府资助版权贸易的执行机构。"中国图书对外推广计划"的资助和扶持政策是开放式、粗放型的，执行机构坐等申请者上门，对输出国缺乏科学的评估机制。这导致中国少数民族文学"走出去"的地域狭窄、语种单一。

（四）内涵不足。当前，中国少数民族文化"走出去"主要以舞蹈、戏剧、杂技、服装展、艺术展等形式为主。这些艺术表现形式在当时热闹一时，给外国受众以新鲜感，但真正有文化内涵、能生根的、有持续影响力的中国少数民族文学"走出去"受关注度却不够。中国前驻法国大使吴建民曾感慨："现在走出去的中国文化，变成一个地摊文化、杂耍文化了。难道我们几千年的中华文明就剩这点玩意了？"①

（五）外国汉学家遮蔽中华文化要素、删改文本。美国汉学家葛浩文（Howard Goldblatt）是目前英语世界地位最高的中国文学翻译家。藏族作家阿来《尘埃落定》的英译本中，葛浩文将"土司"译为"chieftain"。在英语文化中，"chieftain"意为"the leader or head of a group，especially of a clan or tribe"，即"一群人（尤其是宗族或部落）的领袖或头领"。事实上，"土司"是中国元、明、清时期中央政府封授给西北、西南地区的少数民族部族首领的世袭官职。

"chieftain"与"土司"的文化蕴涵是完全不同的。将"土司"译为"chieftain"，译入语文本不能向英语读者传达"土司"所蕴含的中华文化信息。这样，中华文化信息就被译者遮蔽了。

外国汉学家翻译中国少数民族文学作品，往往还存在对文本进行随意删改的现象。《蒙古秘史》是中国蒙古族现存最早的一部历史文学长卷，被誉为解读草原游牧民族的"百科全书"。邢力研究了《蒙古秘史》的两个英译本，发现译者对原作的不同认识直接导致不同的翻译策略及对原文的不同操控。阿瑟·韦利（Arthur Waley）认为《蒙古秘史》"是世界上存在的最为生动的原始文学"，所以只选译《蒙古秘史》的故事部分，"全书共282节，韦利删掉了98节，占到将近35%的比例"②。《蒙古秘史》的史学价值被遮蔽。另一位译者乌尔贡格·奥侬出于对成吉思汗陵的崇拜，则视《蒙古秘史》为"记载蒙古民族历史的神圣文典，在译文中既处处凸显成吉思汗的核心地位，又在译文中添加详细的注解和解释，俨然成了一部成吉思汗传"③。《蒙古秘史》的文学性又被译者所遮蔽。表面上看，外国汉学家是对中国原作文字的删改，其背后暴露出来的则是对中国文化的不尊重，对中国文化主权的践踏。

当前，由于存在上述五个方面的问题，中国少数民族文学"走出去"仍处于边缘化状态。为扩大中国文化的覆盖面和国际竞争力，有必要对中国少数民

---

① 吴建民：《中国文化走出去要戒急功近利》，《新华日报》2010年10月26日。
② 邢力：《评阿瑟·韦利的蒙古族文学〈蒙古秘史〉英译本》，《解放军外国语学院学报》2010年第2期。
③ 邢力：《评奥侬的蒙古族文学〈蒙古秘史〉英译本》，《民族翻译》2010年第1期。

族文学"走出去"进行系统规划。

三 对策建议

中国少数民族文学"走出去"不是单纯的翻译活动或版权输出活动，而是一个系统工程。外部环境、文学选题、外语语种的确定、翻译策略的制定、译者选择等环节和要素是有机联系在一起的，每一个环节或要素出现问题，都会影响中国少数民族文学"走出去"的效果。因此，中国少数民族文学"走出去"除积极响应顶层设计之外，还需要通过其他规划环节实现与顶层设计的无缝衔接。

从系统论角度看，构成中国少数民族文学"走出去"系统的各要素之间以及系统与外部环境之间是一种非线性关系，各要素的简单相加不等于整体之和，因而，是一个复杂系统。在复杂系统中，不能通过对系统各要素的性质或各要素之间的相互关系的汇总来理解系统的性质，一个要素变化所产生的影响会因为其他要素的潜在互动而减弱或增强。如果忽略系统内外的其他要素，就很难判定一个要素的真实影响。在复杂系统中，由于各要素之间的相互关系是非线性的，所以问题的产生往往不是直接的、简单的因果关系，从孤立的行为中无法预测出结果，任何变化都是各种因素综合作用的结果。如果把中华文化"走出去"视为一个系统，中国少数民族文学"走出去"则可以视为其子系统。中国杂技、武术、戏剧、艺术展等文化形式的"走出去"影响到了中国少数民族文学"走出去"这一子系统。这就意味着，在很多时候，如果要达到一定的战略目标，就必须考虑系统要素及系统与环境之间的相互作用和相互制约。换言之，应将中国少数民族文学"走出去"视为一个整体而非孤立的、完整而非零散的、开放而非封闭的、动态而非静止的系统。因此，应从服务于国家战略的角度，对中国少数民族文学"走出去"进行系统谋划。

（一）优先路径规划。中国少数民族文学"走出去"对于我国意识形态的隐性对外传播战略意义重大。为增强中国少数民族文学"走出去"的效果，应注意区分"走出去"的轻重缓急的层次性，注意主次之分、远近之别。当前形势下，应从我国所处的国际局势、自身文化安全出发，对中国少数民文学"走出去"进行路径规划，这应成为中国少数民族文学"走出去"的优先方向。

要实现中华民族的伟大复兴，必须营造和保持和平的国际环境和良好的周边安全环境。而要实现中华民族的伟大复兴不能缺失文化战略的支撑，应积极与周边国家进行文化交流与合作。通过文化交流增强这些国家对中国的信任感和依存度，消除周边国家的疑虑，增强周边国家对中国的向心力。同时，中国的文化安全面临着西方文化霸权主义和信息殖民主义的严峻挑战。据中国文化软实力研究中心 2011 年提供的数据："美国的文化产业在世界文化市场当中占43%，欧盟占了 34%，而整个亚太地区只有 19%。在这 19% 当中，日本占了10%，澳大利亚占了 5%，剩下的 4% 才属于包括中国在内的其他亚太国家。"①中国已经进入了一个风险文化的时代。西方发达国家通过文化贸易，大肆传播西方价值观念，导致个人主义、种族主义、民族歧视、宗教仇恨等思潮渗透到中国有些群众的思想中，影响人们的价值取向，对社会主义价值观形成冲击，我们要主动走出去与外部文化进行交流。因此，推动中国少数民族文学"走出去"，应优先进入周边邻国和西方主要发达国家。

沿着优先路径向外传播中国少数民族文学，虽然难度较大，但对于营造更为良好和稳定的周边环境、保障国家文化安全，战略意义重大。

（二）选题规划。勤劳勇敢、热爱和平的中华各民族共同缔造了悠久灿烂的中华文化。中国少数民族文学是各民族智慧的结晶，是人类开启未来不可或缺的宝贵财富。中国少数民族文学作品浩如烟海，将其精华译介给世界目前尚存在一定的随意性，因此，需要对选题做比较统一的规划，有计划地选择蕴含"普世价值、公平正义、捍卫真理、伸张正义、兼爱非攻、亲仁善邻、以和为贵、和而不同、推己及人、立己达人"等具有优秀传统价值观的中国少数民族文学作品向外译介。如羌族英雄史诗《择吉格驳》就是一部体现"以和为贵"理念的优秀文学作品；彝族叙事史诗《支格阿龙》体现了中华民族历来尊重生命，与自然和谐共处的生态伦理意识；布朗族创世史诗《布朗人之歌》表现中华各民族历来就是热爱和平、团结互助、和谐共存的大家

---

① 张国祚：《中国文化软实力研究报告（2010）》，社会科学文献出版社 2011 年版，第 38 页。

庭意识。

将中国少数民族文学译介到全世界，向世界发出和平的声音，播撒和平的种子，消除外部世界对中华民族伟大复兴"中国梦"的疑虑、误解，是中国少数民族文学"走出去"应尽的文化责任。

（三）多语种规划。语言是最重要的文化传播手段。中国少数民族文学要真正进入目标国，在目标国生根、产生持久的影响，须译为该国的官方语言。翻译是架设国际文化交流的桥梁。现在学汉语的外国人数量在增加，"截至2014年10月，全球已建立471所孔子学院和730个孔子课堂，分布在125个国家（地区）。"[1] 来中国的外国留学生也在逐年增加，"2013年共计有来自200个国家和地区的356499名各类外国留学人员分布在全国31个省、自治区、直辖市的746所高等学校、科研院所和其他教育教学机构中学习。"[2] 但对汉语掌握的熟练程度能够达到如本族语一样的外国人，数量肯定极为稀少。犹如现在中国全民在学英语，但中国从英语国家引进、翻译出版的图书数量却最多。"改革开放30年来，我国从英语国家引进的翻译出版物有55323种，占所有翻译出版物数量的56.7%。"[3] 相对而言还有一些中国少数民族文学作品是以少数民族语言文字的形式记载的。因此，中国少数民族文学"走出去"，要通过二次翻译才能进行语言转换。为了扩大中华文化的覆盖面和影响力，更好地对外传播中国少数民族文化，有必要实施多语种战略。

截至2014年7月9日，中国共有2529所高等院校[4]，教育部《普通高等学校本科专业目录》中设立的外语语种有60种。从统计来看，所开设的非通用语集中在日语、法语、德语、俄语和朝鲜语（韩语）等5个语种，开设院校数量分别为日语426所、法语101所、德语89所、俄语88所、朝鲜语（韩语）103所。像罗马尼亚语、梵语巴利语、阿尔巴尼亚语、保加利亚语、波兰语、捷克语、斯洛伐克语、塞尔维亚语、希腊语、泰米尔语、世界语、孟加拉语、克罗地亚语等13种非通用语只在一所高校开设有本科专业。还有挪威语、

---

[1] 国家汉办网站〔EB/OL〕：http：//www.hanban.edu.cn/confuciousinstitutes/node_10961.Htm

[2] 中国排行网网站〔EB/OL〕：http：//www.phbang.cn/general/143691.html

[3] 魏清光：《改革开放以来中国翻译活动的社会运行研究》，中国社会科学出版社2014年版，第55页。

[4] 教育部网站〔EB/OL〕：http：//www.moe.edu.cn/publicfiles/business/htmlfiles/moe/s245/list.html

丹麦语、爱尔兰语、拉脱维亚语、斯洛文尼亚语、爱沙尼亚语、哈萨克语、乌兹别克语、拉丁语、冰岛语、立陶宛语、马耳他语、祖鲁语等 13 种非通用语，虽然列入教育部《普通高等学校本科专业目录》，但无一所高校开设这些语种。这说明，中国高等院校开设非通用语本科专业，仍然是以"内向需求"为主导的。当前世界格局已经发生了改变，中国已是世界第二大经济体、世界第三大对外直接投资国，我们需要融入世界，需要走出去主动向全世界说明中国。从国家战略出发，对非通用语本科专业的设置，应该及时转为"外向参与"为主导，培养多语种翻译人才向全世界讲述中国故事。

笔者从中国对外直接投资、中国外交关系、中国周边环境、中国加入的区域性合作组织、中国跨国战略合作等多个维度进行系统梳理，截至 2015 年 7 月与中国关系密切的国家有 152 个。再对这些国家所使用的官方语言进行逐一统计、排查，发现这 152 个国家共使用 81 种语言作为各自的官方语言。因此，在新形势下，中国的外语战略须及时做出调整，外语教育的语种设置应以英语加这 81 种非通用语为主，并且语种的布局还应当尽可能均衡。

（四）翻译规划。外国汉学家为顺应译入语文化所采取的归化翻译策略导致中国民族文化要素在译入语中被扭曲、误解、变形、删节。当代著名翻译理论家劳伦斯·韦努蒂（Lawrence Venuti）将当今英美文化中译者的翻译活动称为"隐形"（invisibility）。译者为了使译文读起来通顺，对原文的用词、文体特征、句法、文化要素等加以改写，采用偏离原文的词汇、语法、语义。译者所使用的约定俗成的表达、连贯的句法、明确的语义使得译文清晰易懂、透明，"给外语文本刻上了英语价值观的印迹"[①]。正如韦努蒂所言："译者的隐形彰显出英美文化在与他者文化关系中的一种自满情绪，这种自满情绪，可以毫不夸张地说，在外表现为帝国主义，在内表现为排外主义。"[②] 对英语国家的文化霸权及其与其他国家之间不平等的文化交流，笔者认为必须持清醒的反对态度，有必要通过翻译策略的改变来对西方文化霸权进行战略性干预。

---

① Venuti, Lawrence : *The Translator's Invisibility—A History of Translation*，上海外语教育出版社 2004 年版，第 15 页，第 17 页。

② Venuti, Lawrence : *The Translator's Invisibility—A History of Translation*，上海外语教育出版社 2004 年版，第 15 页，第 17 页。

每个民族的独特文化都有其存在的价值，都是人类的共同财富，是人类文明的主要组成部分，我们应当珍视各民族的文化多样性和丰富性，尊重不同文化的独特价值。《世界文化多样性宣言》第1条指出："文化在不同的时代和不同的地方具有各种不同的表现形式。这种多样性的具体表现是构成人类的各群体和各社会的特性所具有的独特性和多样化。文化多样性是交流、革新和创作的源泉，对人类来讲就像生物多样性对维持生物平衡那样必不可少。从此意义而言，文化多样性是人类的共同遗产，应当从当代人和子孙后代的利益考虑予以承认和肯定。"① 因此，中国学界应当通过翻译规划，向异域读者传播中国丰富多彩的民族文化信息，而不是将其遮蔽、过滤掉。

1. 翻译策略。民族文化语境是中国少数民族文学的母体，中国少数民族文学文本中蕴含着丰富的民族志信息，这是民族文化的身份表征。比如，普米族诗人鲁若迪基描写摩梭人爱情的诗歌《走婚》："牧羊的地方走 / 猪槽船上走 / 泸沽湖边走 / 歌声里走 / 锅庄舞中走 / 一天一天地走……"其中的"猪槽船"是摩梭人的文化符号之一，是摩梭人机智勇敢的象征。相传摩梭人居住地突发洪水，大水卷走了一切，只有一位正在喂猪的妇女，在危机时刻跳进猪进食的猪槽中得以幸免于难。后人受此启发，遂制作状如猪槽的船只，作为水上交通和劳作的工具。对"猪槽船"的翻译，若采取"归化"译法，译为"canoe"（独木舟），则完全屏蔽了摩梭人民族志文化信息；若采取"word for word"（从文本到文本）的翻译方法，译为"pig trough boat"，译文仍然脱离原语文化语境，令译入语读者不知所云，失去了对外传播的意义。为尽可能在译入语中呈现原文的文化表征，应采取深度翻译（thick translation）策略，即"通过添加评注和注释，将文本置于丰富的文化语境和语言环境之中"②。以译注的方式将摩梭人关于"猪槽船"的传说故事增补在译文中，有了这一丰富的文化语境，译入语读者就可获得与原文读者大致相同的感受，也才能真正将中国民族文化传播出去。

深度翻译不仅限于添加评注和注释，还可以在译入语文本中以前言、背景

---

① 联合国网站［EB/OL］: http : //www.un.org/chinese/hr/issue/docs/62.PDF
② Appiah, KwameA.ThickTranslation［C］//Venuti, The Translation Studies Reader. Londonand New York : Routledge, 2000, P427.

介绍、译后语等形式来增补原文的文化语境。如彝族主要居住在高寒山区，日常生活中对火的依赖性很强。彝族人生下来就在火塘边上命名，长大后在火塘边议定婚事，死后进行火葬；彝族民间的各类宗教仪式也大多借助火进行，火在彝族人眼里是神圣的。彝族谚语有"汉人敬官，彝人敬火"的说法。彝族很多叙事长诗中都有"火"这一民族志信息，如《勒俄特依》中的描写："远古的时候，天庭祖灵掉下来，掉在恩杰杰列山，变成烈火在燃烧，九天烧到晚，九夜烧到亮，白天成烟柱，晚上成巨光。天是这样燃，地是这样烧，为了人类起源燃，为了祖先诞生烧。"如果将彝族诗歌中的"火"仅仅机械地译作"fire"或"flame"，则完全屏蔽了"火"对于彝族人民的文化人类学意义。为了让译入语读者获得与彝族读者大致相同的文化感受，在译文中应首先把彝族文化中关于"火"的文化背景及知识向译入语读者做较详细的介绍。有了彝族文化和语境做铺垫，译入语读者再读到彝族文学中关于"火"的内容时，民族志信息就会被激活。

2. 翻译主体。中华文化博大精深，吸引着世界各国人民的关注，但将中国少数民族文学译介到国外的主体常常不是中国人，而是国外的汉学家。在推动中国文化"走出去"的今天，中国亦有学者赞同由国外的汉学家来主导中华文化的对外传播。如胡安江曾撰文指出："汉学家译者模式以及归化式翻译策略理应成为翻译界在中国文学走出去战略中的共识。"[①] 耿强亦认为："吸引国外译者及出版社参与译介中国文学，才能使译本符合异域的诗学标准、意识形态及阅读习惯。"[②] 对此笔者不敢苟同，国外汉学家的翻译固然符合西方读者的阅读趣味，但他们对中国少数民族文学的翻译会因文化背景的不同出现文化偏差。虽然在文本形式上，中国少数民族文学披上外语的"华丽外衣走出去"了，但中华文化的民族核心价值却在很大程度上可能被屏蔽，不利于中国"软实力"的彰显，有悖中华文化"走出去"的战略宗旨。

中国本土译者应担当起向外传播中国民族文化的重任。由于中国有些少数民族没有本民族文字，只能用汉字记载文本，在由少数民族语言转换为汉字的

---

① 胡安江：《中国文学之译者模式及翻译策略研究——以美国汉学家葛浩文为例》，《中国翻译》2010 年第 6 期。

② 耿强：《文学译介与中国文学"走出去"》，《解放军外国语学院学报》2010 年第 3 期。

过程中，会发生某些少数民族文化因素被改写、变形的现象；有些少数民族有本民族的文字，有用本民族文字记载的文学文本，但译介者往往不懂少数民族语言、文字，翻译依据的是汉语版本，由于转译之再转译原因，不可避免地增加了外语译本与中国少数民族文学之间的更大隔阂。因此，对外译介中国少数民族文学的重任应由我国少数民族译者来承担。中国的民族译者对于理解本民族文学有着天然的优势，即便对于以汉语版本留存的中国少数民族文学，本民族译者对隐含在文学文本字里行间的民族文化信息的理解和把握也具有得天独厚的优势。中国本土译者的翻译可能在某种程度上不符合译入语的阅读习惯，但这正是中国思维方式在译作中的体现。通过中国本土译者的翻译让国外读者逐步熟悉、接纳进而喜欢中国的民族思维方式和民族文化，可进一步加强融通与互识。

由于中国少数民族地区基础教育仍然较薄弱，导致很多少数民族人才尚不能胜任对外译介中国少数民族文学的任务。在这种现状下，可以采取"民汉"合作的翻译模式，即由深谙民族语言文化的少数民族学者与翻译水平较高的汉语译者合作翻译中国少数民族文学，少数民族学者负责民族文化信息的挖掘和还原，译者负责语言转换。对当代中国少数民族文学作品的翻译，亦可以采取"作者在场"的翻译模式，即作者参与到译者的翻译活动中来，帮助译者更准确地向外传播中华民族文化，增强中华文化的国际竞争力。

3. 尊重他者。中国少数民族文学"走出去"，肩负着传播民族文化的使命，中国本土译者作为中国少数民族文学翻译的主体，可以很好地避免本族文化被误读，能较准确地向国外传播中华文化。但中国本土译者还应具备跨文化认知意识，避免译入语误读，以实现顺利传播中华文化的目标；同时不能总是从取悦于国外读者的心理来翻译中国少数民族文学，而应通过翻译充分表达中国的文化自信。

不同的文化对同一事物的认知视角或认知框架往往不一致。如果译者没有跨文化认知意识，一味地按照自己的主观理解、想当然地翻译，会给译入语读者带来人为的阅读障碍。比如，对泉水出水口的命名机制，中国汉语是以人体器官"眼"来映射泉水的出水口，命名为"泉眼"；中国少数民族语言中的藏语、维吾尔语、哈萨克语等是以人体器官"头"来映射泉水的出水口，命名为"泉头"；英语文化中则是以"嘴巴"来映射泉水的出水口，命名为"spring mouth"（泉嘴）。再如中国彝族史诗《阿诗玛》中的诗句"拉弓如满月，箭起飞鸟落"。彝族文化将弓拉弯的程度投射到"满月"（full moon）上；但英语文化正好相反，将弓拉弯的程度投射到"弯月"（curved moon）上。因此，将该诗句译为英语时，须符合译入语的认知习惯，将"满月"的形状转换为"弯月"的形状，译作"When in the chase he bent his bow ; His quarry always fell."尊重他者文化，就能拉近双方的心理距离，赢得他者对中华文化更好的尊重。

中华文化"走出去"已经成为一项国家战略，当下，我们要把握住历史机遇，统筹规划中国少数民族文学"走出去"的优先路径，从选题、语种和翻译三方面制定战略规划，让中国少数民族文学共担中华文化"走出去"的重任，为实现中华民族伟大复兴的"中国梦"提供重要支撑。

对文学概论中区域性文学风格问题的思考

吴海进

纵观新时期以来的各类文学概论教材，存在诸多问题，比如文学本质、文学起源、文体分类等等，众说纷纭，对一些基本问题的认识尽管有一定的共识，但依然难以阐述我国这个多民族国家复杂的文学生产活动。从教材的编写意图来看，不外乎两个：一是试图建立文学艺术的元理论，在基本概念和基本范畴上着墨较多；一是试图从文艺思想史的角度来阐述文艺活动规律的演变，着重将新的文学现象、文艺思想及流派糅合进去。前者导致的结果使教材失去可读性，各概念之间的文艺关系不能很好地阐述，成为概念的堆砌；后者则是在教材编写中生搬硬套中外文艺思想的相关观念，成为缩减的文论思想史，抛弃了文学原理的"原理"属性。笔者在此仅就区域性文学风格问题进行论述，以期深化对此问题的认识。

一

区域性文学风格[①]在众多教材中，往往被称为"地域性文学风格"，笔者将两者通用。童庆炳主编的《文学理论教程》(修订版)中说："在同一时代和同

---

① 区域性文学风格，在众多的文学概论教材中，通常以"地域性文学风格"来使用，本文从文化学意义上来进行称呼，将二者通用。为便于文章表述和引证资料，在文中往往出现互换的情形。

一民族的不同地域中，由于环境条件的不同，民俗风情的不同，反映在文学风格上，可能形成不同地域的特点。"① 在此后的三次修订版中，基本形成这种认识，即"不同地域有不同的文化。作家总是生活在一定的地域中，不能不感受到地域文化的气息。作家的文学风格必然渗入地域文化的因素，表现出地域性"。认为地域性风格"除了与自然环境密切有关外，当然与在此自然环境中发展起来的社会环境，即生产力、生产关系、社会制度等同样密切相关"②。并在几个不同版本的教材中引用刘师培《南北文学不同论》的例子加以佐证，反映出对区域性文学风格在具体文学活动上认识的匮乏，以及对具有浓厚地域性风格的民族文学的漠视。童庆炳主编的文学概论教材最大的缺憾在于：将地理意义上的区域性和文化属性上的区域性等同观之，使文学的区域性风格问题成为地理差异的附属品，从而取消了地域性文学的文学属性。

其他一些教材也谈及地域性文学风格的问题，如杨春时、俞兆平、黄鸣奋合著的《文学概论》中说"地域风格指文学作品具有某一地理区域的民俗风情、生活风貌等特点"③。吴中杰著的《文艺学导论》没有直接言明地方性或地域性风格，而是将地方特色作为风格形成的客观因素之一，"在同一民族内部的不同地区，也会形成不同特色，这就是地方特色。我国自古以来，南北两大地区的文学艺术，在风格上就有明显的差异"。并进一步分析了造成艺术风格地方特色的原因，"首先是由于水土不同，民俗差异，以至人们性情也不同。其次，除自然条件之外，地方特色的形成还与政治经济条件有关"④。曹廷华主编的《文学概论》中则仅仅提出了一些风格分类，并未做任何分析，"文学风格主要是指作家作品的风格，但由于不同的时代、不同的民族、不同的地域、不同的流派，在文学表现上往往各自有着一定的共同特色，因而也用来指时代风格、民族风格、地方风格以及流派风格等等"⑤。

上述所举各类教材，要么先验地认定在区域性自然地理范围内必定有属于自己的原生性文化，要么将社会关系在某一区域内的存在作为依傍来确认

① 童庆炳主编：《文学理论教程》（修订版），高等教育出版社 1999 年版，第 267 页。
② 童庆炳主编：《文学理论教程》（第四版），高等教育出版社 2010 年版，第 294 — 295 页。
③ 杨春时、俞兆平、黄鸣奋：《文学概论》，人民文学出版社 2002 年版，第 304 页。
④ 吴中杰：《文艺学导论》，复旦大学出版社 2002 年版，第 201 — 202 页。
⑤ 曹廷华主编：《文学概论》，高等教育出版社 2004 年版，第 252 页。

其文化的性质。因此而推断出作家或在自然地理和某一社会关系中有一定的生活经历，其创作的作品就必定具有关于这个区域的文化元素和文化色彩。这些教材均简单地将区域性风格视为作家创作个性在文本中呈现出来的整体性风格的派生物，在很大程度上混淆了作家的个性与创作个性，把作家个性等同于作家创作个性。这种认识逻辑在学理上是不能成立的，作家在创作过程中，生活经验和体验总是会影响其创作素材的提取、题材的凝练、审美倾向和审美理想等的形成，最为重要的是地方性母语的表述和依托地方母语思维的独特方式，是造成作家在作品中对不同地域产生不同认识的根本原因。这与民族母语和国家统一用语在文学文本中的话语呈现存在巨大的区别。同时，作家是处于具体的历史时空中的存在个体，个人的生命记忆总是要依托具体的时空环境，叙述抑或抒情是以其内心符合生命体验中生活经验的那种洽适性为尺度的。

在这个层面上讲，地方性母语①、地域性文化心理和文化蕴含往往制约着作家具体的创作构思及其话语呈现方式。在上述各类教材中，大多以汉文学和外国文学为主要的论证实例，没有真正地从地方历史、地方性知识、地方性自然环境和人文环境进行思考。在我国，各大方言区内又存在众多的分支方言，地方性母语的普遍存在，使得人们的交流会选择一种通过接触彼此能理解的表述方式。由此观之，中原汉文学传统及其覆盖区域在长期的交融中，逐渐失去了地方性原住民的心理、语言和文化特色，多元共生的文化格局冲淡了明确划分汉文化的标准和尺度。因此，单纯地以汉民族文学为论述对象，在一定程度上，很难对区域性文学风格问题做深的认识。

二

诸多教材对地域性风格存在概念上的模糊性，要区分地域性风格是站在作家主体身份的角度判断还是从他者视野来判断。如果从作家主体身份的角度判

---

① 地方性母语是特指生命个体的出生地所使用的语言，通常为口语形式，其表述方式和广义的民族语言和国家统一语言有很大的区别。使用地方性母语的思维来命名和确认这个世界的独特性，在很大程度上影响着作家进行地域性书写的心理情思和构思方式。

断，那么又得细分出本地性作家主体和闯入者身份的作家主体。其中只有本地性作家主体的文学创作尤其是少数民族地区作家的文学创作，依据本地区独特的心理认知、思维习惯、地方习俗、文化底蕴等通过文字传达出来的形象、情感、理性和意蕴的文学作品才称得上是具有地域性风格的作品。在这样的作品中饱含着本地性的历史观、世界观和社会实践的丰富内容。如果从闯入者作家身份来判断文学作品的地域性风格，就好比一个旅游观光客，带走了些许的影像资料，却永远带不走他闯入的大地一样，作家是很难把握被闯入地区长期养成的微妙的心理和认知过程的。民间刊物《彝风》《独立》的创刊人发星在《自由野血》中道："地域，即遗留异域色彩与保留独特文学气质的属地。一般说来，在中国即是以少数民族文化为依托，保留其特性并随社会发展而发展的地域文化。"在少数民族地区，"人们生存的理由与归向还是其民族最初的自然法则与朴质理想"[①]。

在笔者看来，文学作品中地域性文学风格的判断尺度不仅在文本内，更应在文本创作主体的具体文化环境中。文化根性是促使作家进行写作，并使自己的作品体现本地域文化特色的重要依据，尽管存在文化的融合、变迁及其转化等现象，但其浸染其中的文化诸多细微元素总是会在不同的书写语境中表征出来，在深层心理中对根性文化具有不可割舍的依赖性。喻子涵在《民族精神的崇敬与地域文化的书写》一文中明确地阐述了地域概念、地域书写等重要问题："所谓'地域'，它除了指区域范围这层外在意义外，更重要的内涵是指某一人类群体在这个区域长期生存及其发展演变所形成的具有文化特质的时空环境。这样的'地域文化'所孕育的人们，对自己的时空环境具有长期的依赖性和聚合性，即使离开这个'地域'的个体仍然背负着自己的乡土，忘不了自己的民族，永远消退不了自己的文化根性。"那么"地域书写"就是将地域根性及地域文化体系进行诗性语言转换与传达的书写方式，"主要包括民族地域的风光、风景、风物、风俗的渲染与描绘，地域民族的生存、生产、生活和创造的歌颂与赞美，地域文化和民族性格、民族气质、民族精神、民族灵魂的彰显与弘扬，民族的历史轨迹、文化特征、发展现状和未来命运的关注与思考，落后、蛮昧、

---

① 发星：《发星诗歌评论专辑》，引自 http://tw.netsh.com/eden/bbs/717661/

狭隘等民族缺陷和弱点的审视、反思与批判……"①。这样详尽而全面的论述，足以反映地域性文学风格在具体的文学作品中存在的复杂性、丰富性和深刻性。那么在地域性书写中，最为关键的不是套用相关概念，而是应从基本的话语表述形式和视角入手，这是实现地域文化价值转换的合理方式，也是根性文化被重新激活为现实生命样态的有效途径。要判断一个关于地域书写的文本是否具有地域性，就应从是否有效地将这种区域性文化价值和作家所浸染的生命形态两个方面来认定。所以，在认识地域性文学风格的时候，不能仅看作家在作品中写了什么，更重要的是判断是否传达了具有文化根性的独特性和地域个体性。

三

同一作家在不同的居住环境中，其创作出来的作品往往会形成不同的地域风格。为什么会出现这种情况？依据作家的创作个性来判断这个问题，未必有很好的答案。据笔者看来，作家在生活活动中首先是人类学家、民俗学家和社会活动家，其次才是一个作家，通过审美的眼光来观察和审视周边的世界。当这个世界中的某些东西与自己的生活经验具有一定的洽适性的时候，作家才会使之转换为文学的话语系统加以传达。而且这种洽适性是需要经过较长的时间才能形成，在这段时间中，作家的前经验不再起主要作用，甚至会和新环境产生冲突，经过磨合，才会最终同自己所处的新环境相适应。在自我指认的层面讲，地域性文学风格的呈现就是唤醒沉睡于内心的根性文化的过程。沈从文之所以能写出《边城》这样具有地域性风格的文学作品，究其根本原因在于对都市文化的不适应或者排斥，也可以说是站在都市的壁垒中遥望那虚幻的世界（湘西），并在地域距离、心理距离产生之后去加以想象，最终被地域文化唤醒而形诸文字的结果。作家变动的居住环境（主要是居住地的人文因素）是促使作家不断找寻适合内心那份洽适性的推进剂，在横向的环境比较中来指认自己的文化之根，并主动从

---

① 喻子涵：《民族精神的崇敬与地域文化的书写》，《边疆文学·文艺评论》2010年第5期。

中寻找归属感。

从这个角度讲，同一作家不同作品呈现不同的风格，都是基于自身所依赖的地域根性文化。我们不能说一个诗人站在长江边上写了一首关于长江的诗，就说这首诗具有长江文化上的特色，也就有了所谓的文学风格。事实上，地域性文学风格的呈现类似于人类学家做田野调查发现地方、记录地方并使地方文化符号化为文字的过程，和融入当地的生命形态中为终极目的。在地域书写中，是地域文化的独特性成就了作家的艺术气质、艺术品质和创作个性，而不是作家的创作个性成就了地域文化和地域性风格。文化作为一种历史遗存，在长期的延续和发展过程中，逐渐转化为本地性原住民集体无意识中的深层心理，它以当地的神话和具体的生命个体所显现出来的行为、语言及其内含着的心理、思维等方面来传递，而作家在地域性书写中只不过有意或无意地将这种集体无意识表征出来而已。因此，具有地域性文学风格作品的创作主体，不是简单的描摹者，而是本地性（地域性）根性文化的传承者和发扬者、批判者和赞美者，也是重要的美的体验者和评价者。

四

强调区域性文学风格对区域特色文化的显现、民族文化的传承乃至整个国家的文化软实力的提升都具有重要的意义。一些学者认为，在当今全球化日益加速的时代，强调文学的区域性或地域性风格是坚持文学创作上的文化保守主义。持这种观点的人，就其逻辑而言，全球化进程应以牺牲地方性语言、地方性知识和地方性历史等一系列的本地性文化为前提，其预想的结果当然就是与世界发达工业国家能形成平等对话。这是典型的文化虚无主义观，也是其形而上的全球性普遍主义作祟的结果。全球化进程的推动结果并不能真正地实现所谓的"全球平均主义"，按照美国学者阿里夫·德里克的观点来说，是跨国资本时代的文化殖民，其目的是要消灭地方差异而建立资本的全球性霸权。[①]因此，强调和加强文学创作的区域性书写和传达，既是作家在文化上的主体性寻

---

① ［美］阿里夫·德里克著:《跨国资本时代的后殖民批评》，王宁等译，北京大学出版社2004年版，第106—137页。

根，也是建立其书写价值的根基所在，从文化学的角度来讲，也是真正意义上参与文化多元格局建构的方向。在我国，随着经济生产方式的快速转变和空间性地域生产的商业化冲击，地域性特色文化和资源被纳入到一整套政治体制中去，成为政治性的产品。这是符合当前我国多民族、多地貌国情的事实，也是地方性知识生产、地方性文化传播的一个重要契机。

区域性文学风格问题的显现恰恰就是这个大前提的必然性反映。对于作家的创作而言，可以从三个方面来加以论述。第一，区域性文学风格在话语形式上应具有地方母语色彩或地方方言色彩。目前学术界有学者从方言的特殊性来论述现代新诗的发展问题，如颜同林的《方言入诗与中国新诗的发生》一文以晚清世界格局的演变为背景，认为新诗发生是基于对原有的语言等级观念的有效颠覆，通过方言入诗这种话语形式加速新诗的快速转变和成形，无论晚清的黄遵宪，还是民国的胡适、郭沫若、徐志摩等，都是通过文学话语形式转变上的实践来确立其文学价值的[①]。作家的个体性地域文化及文学的地域性风格，在作品中比较容易识别。在当代的少数民族作家和具有浓厚地域体验的汉民族作家身上也显现得别具一格、清晰可辨，如阿来、张承志、汪曾祺、贾平凹、张炜、韩少功等作家的作品。第二，区域性文学风格在文化品格上应具有审视本地性特色的明确性。作家审视本地性特色的明确性可以包括地域风貌、认知命名、习俗信仰、思维方式等，是判断作品的文本内依据。往往这种区域性审视的前提是基于作家的本地性体验形成的，它具有客体呈现和主体审视的双向运动的特点，在这个过程中，客体对象化为主体的认知并内化为主体的感官体验、情感体验和理性体验，并最终定格在文化的思考中，突出其区域性文化特征。如当代藏族作家次仁罗布的作品《放生羊》就着力于探讨信仰者灵魂中的救赎意识和人的精神深度，无疑这样的作品融入了作家大量的本地性体验和对本地性宗教文化的深刻审视。第三，区域性文学风格在价值向度上应具有普世性。从小的范围来讲，这种普世性向度应尊重本地性的文化生成机制，应体现对本地性知识、历史和社会关系的热切关注，在文学价值上能引导地方性民众的共同体意识形成，并产生凝聚性合力；从大的范围来讲，这种普世性向度应升华为

---

① 颜同林：《方言入诗与中国新诗的发生》，《文学评论》2009 年第 1 期。

对整个社会、人类历史及真实存在的确认，以区域性为支点去探究人类的各种处境和生存状态。在这个意义上讲，地域性风格的文学才能成为我们人类共同的精神资源，才有其持续的影响力。

文学史写作的空间维度

——兼谈区域文学史写作的合法性

李　伟　魏　巍

在各个区域文学史铺天盖地雨后春笋般出版的时节里谈区域文学史写作的合法性问题，实在很不明智。作为一种既成事实，至少，我们可以反思一下这种可以说是重构文学版图意味着什么？大批在此之前被几本"古代文学史"或者一本"现代文学三十年"、"当代文学史"所"遗漏"的作家作品重新"浮出历史地表"又意味着什么？各种区域文学史的出现究竟是创作繁荣的标志，还是把一件类似紧身衣的文学史扩大成了没有纽扣的披风？毫不夸张地说，进入文学史是一种权力，虽然现代报纸、电视、互联网等等传播媒介几乎无孔不入地充斥着我们的生活，也从很大程度上拆解了权力对知识的操控，但不可能根本上排除权力对知识操控的野心。虽然现代传媒使得我们从某种程度上疏忽甚至忘记了福柯"谁在说话？在所有说话个体的总体中，谁有充分理由使用这种类型的语言？谁是这种语言的拥有者？谁从这个拥有者那里接受他的特殊性及其特权地位？反过来，他从谁那里接受如果不是真理的保证，至少也是对真理的推测呢？这些个体享有——只有他们——经法律确定或被自发接受的讲同样话语的合乎规定的传统权利，他们的地位如何？"[①]这样的追问，但是，面对各种区域文学史，我们不应该疏忽忘记他的另外一种追问："某种被遗忘、被忽视的非文学的话语是怎样通过一系列的运动和进程进入到文学领域中去的？这

---

① ［法］米歇尔·福柯著：《知识考古学》，谢强、马月译，生活·读书·新知三联书店2007年版，第54页。

里面发生了些什么呢？”①

很大程度上，我们的文学史的写作就是要确定作家作品的“经典”位置，创造一种共识，确立一种典范，它不仅规范了我们读什么，还规范了我们怎样去读的问题。在各个文学史著述中，我们能够看到不同时间段上的文学范本，时间点不同，出现的文学典范也就不一样。总有一个典范，总有几部“经典”得符合时世，符合时世便成为是否能够进入文学史叙述的一个标尺。但是，文学的发生不仅是时间意义上的，也是空间意义上的。依靠文学文本所写的文学史同样也就不仅仅是一个前后延续的时间概念，在很大程度上，更是一个空间概念。文学史的写作不仅应该是历时的，也应该是共时的。然而，传统文学史在历时的同一性叙述规范中遮蔽了文学史本身的差异性和丰富性。袁行霈先生曾提到一个很富洞见的问题：“中国文学的研究，除了史的叙述、作家作品的考证评论，以及文体的描述外，还有一个被忽视了的重要方面，就是地域研究。”②自 20 世纪 90 年代以来，在“重写文学史”口号的推动下，区域文学的研究蓬勃发展起来，区域文学史也得以提上议事日程。各地先后出版的有陈伯海主编的《上海近代文学史》、王文英主编的《上海现代文学史》、陈庆元的《福建文学发展史》、崔洪勋与傅如一主编的《山西文学史》、王嘉良主编的《浙江 20世纪文学史》、王齐洲与王泽龙著的《湖北文学史》、陈书良主编的《湖南文学史》、马清福的《东北文学史》、高松年的《吴越文学史》、邓经武的《20 世纪巴蜀文学》、乔力与李少君主编的《山东文学通史》、吴海与曾子鲁主编的《江西文学史》、李建平等人的《广西文学五十年》等。有的省区还出版了地市级的文学史，如辽宁省的《朝阳文学史》（戴言）、江苏省的《插图本苏州文学通史（4 册）》（范培松、金学智主编）、河南省的《商丘文学通史》（王增文、刘同般、王增斌）、广东省的《茂名文学史纲》（向卫国）等。这些区域文学史大多以现行的行政区划为自己的文学版图，从本地区的文化、政治、经济、自然等不同角度考察本地区文学的历史进程。在时间上往往上溯到古代本地区行政区划形成的原初时期，一直延续到当下，完全打破传统文学史“三段论”的人

---

① ［法］米歇尔·福柯著：《权力的眼睛——福柯访谈录》，严锋译，上海人民出版社 1997年版，第 90 页。

② 袁行霈：《中国文学概论》，高等教育出版社 1990 年版，第 46 页。

为分期，注重考察本地区文学自身发展的内在规律，尤其是从文化风习和自然景致方面探寻本地区文学的独特性和丰富性，充分挖掘本地区已有的和潜在的文学资源，在传统文学史之外开辟出一派丰富而生动的文学景观和话语空间。

以线性时间作为纵轴线建构起来的既往文学史，在很大程度上成为权力制导下的一种政治思想史的论证，它仅仅以精英作家与强势文化代替了整个文学史的叙述。例如，一部现代文学史，我们除了看到鲁郭茅巴老曹，外加屈指可数的几个作家作为点缀之外，中国现代文学三十年似乎就再无别的文学可言了。历史决定论使得文学史在写作的时候大有"顺我者昌，逆我者亡"的架势。尤其是在很多"思潮论争史""派别论争史"的叙述中，这种以历史决定论的态度来论述一个思潮或派别的最终消亡时，以"历史证明了"的方式来进行叙述更显出了它的"正确性"。在这种"正确性"下面，被掩盖的就是那些思潮或流派下所存在的文学的合法性。例如，多年前我们的文学史对沈从文、张爱玲等人的冷落，在20世纪末的一本"面向21世纪课程教材"的文学史中，在谈到朦胧诗时，编著者更是把北岛毫不犹豫地剔了出去，只字未提。

基于此，作为以空间建构起来的文学史，它首先在很大程度上把文学史作为文学的历史从政治权力的宰制下解放出来，还文学史以文学史的地位。以空间来建构文学史，并不是要摆脱时间的限制，事实上，任何叙述都摆脱不了时间的制约，它只是以空间为横轴，以时间为纵轴，以期能摆脱历史进化论的思维，摆脱政治上的时间而成为一项单纯的文学史的叙述。

虽然以空间来建构文学史能够在以往以时间为主轴的链条上部分地消解历史决定论给文学史写作带来的弊端，但是，目下仍有几个问题需要我们重点审视，这关系到区域文学史写作的逻辑基点。一是学术话语的确立问题。这种空间维度本身在概念上还需要我们认真思考，文学的地域性或者说文学的区域性，是个还没有能够完全理清的问题：文学史写作的区域性或地域性，它究竟应该是指向发生在某一区域内的文学？还是指向文学文本中所表现的某一区域内的文化现象？或者，还是这两者的结合，指为发生在某一区域内的描写有关于区域内的文化现象？文学史的空间维度在写作的时候自然要关注地域区域文学的地域区域性，乔力等在《论地域文学史学的学术源流与学理观念》中认为："地域文学史首要关注的，是有关文学活动和文学现象中所铭刻浸染着的地域印痕，而其普遍性的意义指向，也往往需要借助地域性特征去做表达。文学的地域性特征通常是以它那独特的文化功用和美学价值为标志，这主要包括作品里所描述的地域自然背景、社会历史文化传统、人文习俗等内容与表层显露的审美风貌、深层贯通的艺术精神。"① 陈庆元先生也认为："研究地域或区域文学史，不能脱离地域区域的地理环境。"② 地域文学首先要关注文学的地域性是对的，但问题是，如果出现在某区域内的文本不具有地域性，这样的文本该怎样对待？尤其是随着小说观念由"写什么"到"怎么写"的叙事策略的转变，这种不带任何地域性的文本层出不穷，卡夫卡的《地洞》《城堡》，卡尔维诺的《寒冬夜行人》等等，如果我们在这里把地域的划分从省或者更小的地域上升到国家一级的话，难道我们能判断说卡夫卡就不是奥地利作家，卡尔维诺就不是意大利作家吗？如果文本中根本就不带地域性的描述，那么，在研究过程中也就无所谓"脱离地域区域的地理环境"的问题。在这个时候，我们应该怎样去界定一部文学作品是否能够进入地域或区域文学史？或者说，进入地域或区域文学史的标准是什么？

二是作家身份的认定问题。一个作家生在一个地方，而写作却在另外一个地方，这样的作家在进入地域区域文学史时又怎么算？比如，当代作家马原生在辽宁，却写了很多关于西藏的小说，究竟应该把他算在西藏文学的名下还是算在辽宁文学的名下？尤其是现代很多作家，由于种种原因"寄人篱下"而创作的作品更是多不胜数。在这个时候，我们又怎样来界定？假如一个作家在同期内写的文章，有些带有地域色彩，有些却完全与地域无涉，那么，那些与地域无涉的文章是不是就不能进入地域区域文学史了呢？从目前来看，区域文学史多采取大胆拿来的态度，只要是祖籍、出生、生活或者创作与本地区曾经发生过关联的作家均可进入本区域的文学史叙述。在现有的几部区域文学史中，一个作家经常要进入多部文学史的视野。如鲁迅之于"浙江文学史"、"上海文学史"；巴金之于"四川文学史"、"上海文学史"；方方之于"江西文学史"、"湖

---

① 乔力、武卫华：《论地域文学史学的学术源流与学理观念》，《清华大学学报》（哲学社会科学版）2006年第6期。

② 陈庆元：《文学：地域的观照》，上海远东出版社、上海三联书店2003年版，第10页，第13—14页。

北文学史"等等。我们认为，在对地域区域文学史进行表述之前，我们首先应该对地域区域文学史做一个能为学界所认同的定义，就作为中国文学史整体下面的分支的地域区域文学史来说，我们很难想象那种为了撑门面而把所有只要与某一地域区域拉上点关系的作家都写进他们的文学史里面去的结局。

三是内容的选择与框定问题。地域或者说区域文学重在地域还是重在文学？作为一部文学史，应该重在文学史还是重在地域？很显然，地域这个概念不应该成为文学史的束缚，文学绝不能够成为地域存在的注解，每个地域的文化都是自身传统文化的继承和反叛，怎样处理好地域文化与传统文化、地域文化与现代化的关系问题，始终是地域文化研究中的重要课题。文学史的写作应该考虑到地域的因素，但是这种因素并不仅仅在于文学中是否描述了该地域的风土人情和历史沿革，也不仅仅在于文学文本中是否使用了俚言俗语，是否使用了本土语言，最为重要的是某作家在某个时间段内在该地域内所写的文字。这应该不是一个简单的归类问题，不管是一部国家的文学史，还是一部区域或地域的文学史，都应该是文学的历史，而不应该是论证国家或者区域存在的历史。既然是一部关于文学的历史，它就应该遵循文学自身的发展规律，描述出发生在这个区域内的文学现象。但在这里，似乎又出现了另外一个问题，即影响问题。

这里的影响至少涉及两个方面，一个是如严家炎先生所说的地域对文学的影响："地域对文学的影响是一种综合性的影响，绝不仅止于地形、气候等自然条件，更包括历史形成的人文环境的种种因素，例如该地区特定的历史沿革、民族关系、人口迁徙、教育状况、风俗民情、语言乡音等，而越到后来，人文因素所起的作用也越大。确切点说，地域对文学的影响，实际上通过区域文化这个中间环节而起作用。即使自然条件，后来也是越发与本区域的人文因素紧密联结，透过区域文化的中间环节才影响和制约着文学的。"[①]事实上，这种影响的标准似乎只有乡土文学才能够达到，但是，有纯粹的"乡土文学"吗？鲁迅先生曾说："蹇先艾叙述过贵州，裴文中关心着榆关，凡在北京用笔写出他的胸臆来的人们，无论他自称为用主观或客观，其实往往是乡土文学，从北京这

---

① 严家炎：《20世纪中国文学与区域文化丛书》总序，《理论与创作》1995年第1期。

方面说，则是侨寓文学的作者。"并且认为"侨寓的只是作者自己，却不是这作者所写的文章，因此也只见隐现着乡愁，很难有异域情调来开拓读者的心胸，或者炫耀他的眼界。"① 在鲁迅看来，这种"侨寓"的"乡土文学"也就只剩下"乡土"的幌子。以我们现在从空间维度来勾画的文学史角度来看，这种"侨寓"的文学是不应该归划入作者出生地地域文学史的，除非我们仅仅承认作者在文本中只描述了"乡土"中的一般性事物而不带任何现代性思考。既然没有完全就事论事的纯粹的"乡土"叙事，既然作家们都是在现实生活与理想乡土的比照中去挖掘作品的深意，那么，以"地域对文学的影响"来做文学史的描述似乎就有待权衡，或者说，不能完全以这样一个标准去做地域区域文学史的书写。

另一个影响是如陈庆元先生在《文学：地域的观照》一书中所认为的："地域与地域、区域与区域间文学的相互作用和影响，外地区籍作家对本地区文学发展的作用和影响，本地区籍作家对外地区（甚至全国）文学发展的作用和影响，在建构地域或区域文学史时也必须加以注意。"② 陈先生列举了陕西籍常衮、江西籍理学家朱熹等人对福建文学的影响，主张把他们写入福建的区域文学史，这都是很合理的，因为这些人都在福建待过，并确实对当地的文学创作起过影响作用。但是我以为，这种"影响"不能把它无限扩大下去，它必须要有在当地创作的实绩，文学史毕竟只是一部文学史，我们不能以"影响史"来代替文学史自身的写作，如果一个外地籍的作家在当地只有对其他作家的影响，我以为，在撰写地域区域文学史的时候，不管这个作家在国家文学史中有着多么高的地位，只要在当地没有创作实绩，都应该从简叙述，绝对不能因为他（她）在国家文学史上地位显赫就在地域区域文学史中也大书特书。如果某个作家在外籍没有创作实绩，而仅仅是靠文本在异地的影响而进入当地的文学史，那与一个外国作家通过文本而影响本土作家的创作有什么区别呢？我们不能把影响了残雪写作的奥地利作家卡夫卡写进中国的文学史，我们也不能把乔伊斯、博尔赫斯、马尔克斯等等影响了中国当代很多作家写作的外国作家搬到中国的文学史里面去，对他们的叙述，最多也就只应该在写到当代中国作家受到他们的

---

① 鲁迅：《中国新文学大系·小说二集导言》，上海文艺出版社（影印本）2003年版，第9页。
② 陈庆元：《文学：地域的观照》，上海远东出版社、上海三联书店2003年版，第10页，第13—14页。

影响时一笔带过。地域区域文学史的撰写不是靠打肿脸充胖子撑起来的门面，它需要实实在在的文学创作，而不仅仅是影响。

从空间维度去关注新一轮文学史写作，既观照地域区域对文学的影响，也观照某些作家对他们所居住的同一地域区域的作家的历时影响，更观照了文学作为文学的特殊性，在很大程度上排除了政治对文学史写作的干预。只要作家在当地的写作具有文学的价值，不管这个作家是"侨寓"的还是长年居住在本地的，都应该把他们写进所在的地域区域文学史里面去。当然，从空间维度去思考文学史的写作，并不是要我们把之前没有写入国家文学史的地方作家写进其所处的地域区域就算了事。在地域区域文学史的撰写过程中，不仅要注重作家进入文学史的量，更要注重作家进入文学史的质。在考虑到文学产生的地域区域的前提下，区域文学史无疑是对居住在该区域内的作家作品的质和量的有效检阅。

然而，有多少区域文学史的写作是在质与量上的结合呢？有多少这样的文学史写作不是相互攀比的产物？有多少区域内的作家作品是真正以作品质量，而不是因为著史之人人为扩充"文化"规模与字数而得以进入当地文学史的？有多少区域文学史不是因为在丰厚的课题经费这样的名与利相结合之下，打着文化的幌子出笼的？以此观之，很多区域文学史写作的合法性仍有待商榷。

藏族当代汉语文学批评的历史发展与学术建构

文　玲　任美衡

　　新中国成立 60 多年来，藏族文坛涌现出一批文学新人，诗歌、散文、报告文学、小说、戏剧、曲艺、电影电视脚本等，推动了藏族当代文学的发展。在全国和省区级文学评奖中，不乏藏族作家的身影。1995 年，阿来的《尘埃落定》斩获第五届茅盾文学奖，藏族当代文学进入了全面发展时期。随着藏族当代文学的繁荣，对它的研究也形成了一定的规模。研究队伍呈现高学历、专业化趋势，由从事藏族文学创作的作家或入藏知识分子扩展为高校教师，博、硕士研究生。这些研究者引入西方后现代文艺理论，使得藏族当代文学批评突破了传统的社会历史批评而趋于多样化，显示出较高的理论水平。视野从单一的思想内容扩展到对文学形式、文学价值的研究，研究层次从社会历史批评深入到对文化传统、民族心理、文明冲突的思考。研究水平的提高使得藏族当代文学批评在中国学术版图中的地位越来越重要。21 世纪以来，道吉任钦的《新中国藏族文学发展研究》、王泉的《中国当代文学的西藏书写》、杨柳的《双语背景下当代藏族作家创作研究》先后获得国家社会科学基金立项，发表论文的阵地也扩展到《文学评论》《文艺争鸣》《文艺理论与批评》《当代文坛》等综合性学术期刊。

一 研究阶段的初步分期

藏族当代文学研究可大致分为 20 世纪 80 年代初期、20 世纪 80 年代末至
20 世纪 90 年代、21 世纪以来三个时期。20 世纪 80 年代初期,藏族当代小
说遵循着现实主义创作原则,最早问世的长篇小说《格桑梅朵》(降边嘉措)、
《幸存的人》(益西单增)和中篇小说《清晨》(益西卓玛)都具有鲜明的政治
色彩,大多反映藏族同胞在党的领导下推翻旧制度、建设新生活的斗争。因此,
其文学批评也具有较强的意识形态倾向。这一时期活跃于批评界的多是早期入
藏军人,如汪承栋、于乃昌、张晓明等。《当代藏族作家的一部长篇小说——
喜读益西单增的〈幸存的人〉》(汪承栋,《新文学论丛》1981/3),迈出了藏族
当代文学批评的第一步。接着出现了《藏族当代文学的一朵奇葩——试论长篇
小说〈幸存的人〉的民族特色》(张晓明,《西藏文艺》1981/4)、《漫谈〈格
桑梅朵〉的民族特色》(于乃昌,《西藏民族学院学报》1982/2)、《西藏人民的
心愿 民族团结的颂歌——评长篇小说〈格桑梅朵〉》(高正、饶元厚,《西藏研
究》1983/1)等。这 4 篇文章采用社会历史批评,围绕内容、人物等方面肯定
了作品维护民族团结和祖国统一的积极作用。《爱的花瓣,开放在边卡哨所——
读饶阶巴桑的诗》(杨帆,《中央民族学院学报》1981/1),是当代藏族文学史上
第一篇诗歌评论。随后,《来自大自然的诗人——访藏族诗人饶阶巴桑》(陈建
群,《诗刊》1982/9)、《一位卓有才华的藏族诗人——读伊丹才让的〈雪山集〉》
(何联华,《中南民族学院学报》1982/4)等文章肯定了诗人对党和国家的讴歌。
1982 年第 6 期《西藏文艺》推出的"藏族评论作者专辑"刊发了藏族评论者勒
敖汪堆、莫福山、泽绒降初等的文学评论。藏族学者丹珠昂奔的《西藏的魔幻
现实主义 藏族文学的文化走向——浅析新时期藏族作家扎西达娃及其作品》、
拉巴群培的《再论藏族文学史分期》(克珠群培译)等入选了《新中国成立
60 周年少数民族文学作品选·理论批评卷》(中国作家协会编,作家出版社
2009 年版)。20 世纪 80 年代初期的藏族文学批评有如下特点:从批评形态上
看微观批评多、宏观批评少,批评视角相对狭窄,批评方法较为单一;多数
批评集中在单个作家或单篇作品上;批评方法大多属于社会历史批评,焦点

多集中在思想内容、人物塑造、民族特色上；评论者大多从"文学是社会生活的反映"角度来分析评价作家作品；社会历史批评突出地表现在文学批评的政治倾向上，作品的政治和意识形态成为批评的重要内容，一些批评者还把文学批评作为思考当代藏族社会现实的手段。

20世纪80年代末至20世纪90年代，专门从事藏族文学研究的耿予方和李佳俊将藏族当代文学批评推向一个新阶段。耿予方先后发表《〈格萨尔〉和藏族当代文学》（《格萨尔研究》，1985年创刊号）、《藏族当代文学的春天》（《民族文学》，1985/8）、《再论藏族当代文学创作》（《西藏研究》，1986/1—2）、《当代藏族文学巡礼》（《藏学研究文集》，1986）、《藏族当代文学面面观》（《安多研究》，1993年创刊号）、《情铸诗魂——饶阶巴桑和他的诗》（《雪域当代学人》，中国藏学出版社1995年版）等论文，从宏观和全局的视角总结当代藏族文学发展概况以及形成原因。李佳俊则在1989年出版了文学评论集《文学，民族两形象》，为研究西藏文艺提供了宝贵的资料。20世纪90年代藏族当代文学研究还出现了一个新的趋势，即以专著的形式将藏族当代文学纳入中国文学研究的总体版图。1994年耿予方的《藏族当代文学》由中国藏学出版社出版，1998年马丽华的《雪域文化与西藏文学》由湖南教育出版社出版，这两部专著都全面梳理了藏族当代文学的概貌。

21世纪以来，藏族文学批评呈现系统化、专业化趋势。研究队伍由专门从事藏学研究的专家及作家扩展为高校教师和博、硕士研究生，使得研究呈现理论化、专业化趋势。一批研究西藏当代文学的专著也陆续出版。耿予方2001年出版的《西藏50年——文学卷》梳理了1951至2001年西藏文学发展脉络，介绍了新时期的西藏诗歌、散文、小说、戏剧、影视、曲艺，拓展了藏族文学的研究视野。[1]2012年王泉出版了《中国当代文学的西藏书写》，在考察西藏书写的时代嬗变的同时又全面扫描每一时期西藏题材的小说、诗歌、散文、报告文学、戏剧、影视等。[2]同期对藏族文学进行全面、系统研究的著作当首推"藏族文学研究系列丛书"，该丛书是中央民族大学"985工程"文学研究中心的重要项目之一，是继《藏族文学史》之后针对藏族文学设立专项、全面研究的重

---

① 耿予方：《西藏50年——文学卷》，民族出版社2001年版。
② 王泉：《中国当代文学的西藏书写》，湖南师范大学出版社2012年版。

大举措。其中的《苯教神话研究》《藏族现代诗学》《加布青德卓研究》三部论著2013年已由青海民族出版社出版。

二 研究领域的全面拓展

小说研究：20世纪50至60年代，藏族文坛是诗歌的百花园。20世纪80年代，藏族文坛长篇小说创作崛起，1980年至1985年共有7部长篇小说出版，掀起藏族当代长篇小说创作的第一个高潮。小说批评也从此拉开了藏族当代文学批评的序幕。20世纪80年代末，扎西达娃、马原、色波相继推出的一系列小说，在主题开拓的深度和广度、作品的整体结构、语言的造诣等方面都已相当成熟，进入全国优秀中短篇小说之列。20世纪80年代末至20世纪90年代的藏族文学批评扭转了20世纪80年代初社会历史批评大一统的局面，开始从文学主体性、审美性等方面研究藏族当代文学。如周吉本从民族历史责任感和悲剧感、艺术风格的民族化、虚实混杂的创作手法将扎西达娃与马尔克斯进行比较。[1]正如陈墨评价多杰才旦的《早晨》时所说："政治主题再也不能成为囊括这部书的纲领，它超越了狭隘的、封闭的、单层次的和概念的社会政治学的图释，而走向文学本身。"[2]

21世纪以来，藏族当代小说研究主要围绕阿来、扎西达娃、卓玛、央珍等作家展开。更多汉族研究者开始关注阿来，越来越多的博、硕士论文以阿来小说为选题。研究队伍规模化的同时研究内容也日益多元化，从人类学、民族学、民俗学、叙事学、文化研究等角度研究阿来小说，从表层的内容、主题、人物分析深入到对文化底蕴、人类命运、民族心理、人性本真的思考。如《〈尘埃落定〉的空间化书写研究》（杨霞博士学位论文）、《阿来及其〈尘埃落定〉与藏族口传文学》（马烈硕士学位论文）、《阿来文学作品与苯教关系研究》（黄慧硕士学位论文）、《阿来小说与川西藏族文化》（刘琴硕士学位论文）、《阿来：边缘书写与文化身份认同》（李建，《西北民族大学学报》2004/2）等论文从民族史诗、民族寓言、宗教信仰、神话传说、图腾崇拜等角度深入挖掘阿来小说独特的文

---

① 周吉本：《马尔克斯与扎西达娃创作比较》，《西藏民族学院学报》1988年第4期。
② 陈墨：《藏族文学的新篇章——读三部长篇小说新作》，《民族文学研究》1986年第6期。

化内涵，进而探讨藏族作家在汉语文化语境中的民族身份认同。这些研究不仅视角新颖，而且方法多样。如刘涛采用比较研究的方法围绕"魔幻"分析扎西达娃和阿来如何在多种文化的交织之中进行文化身份认同的书写。① 丹珍草把"空间转向"引入当代藏族汉语文学批评中，从空间背景、空间记忆与文化表征、作家文化身份界定评价阿来的空间写作。② 王雪萍的硕士论文《生态批评视野下阿来的文化观》采用自然生态、社会生态和精神生态的角度阐释阿来的生态文化观。③ 吴道毅的《阿来关于藏族的叙事与生存》用新历史主义批评阐释阿来如何通过重述历史赋予作品文化、人性的内涵。④ 这些研究都从文化的角度深入发掘了阿来小说的民族性。研究者在方法上也实现了由外部研究向内部研究的转变，不仅采用文化研究的视角，也采用了文本研究的方法。如《阿来小说的叙事艺术》（胡立新、沈嘉达，《黄岗师范学院学报》2003/2）、《〈尘埃落定〉文本构成分析及其他》（郝巍硕士学位论文）等论文运用叙事学分析阿来的小说创作，从学理的高度总结藏族作家的汉语书写经验。杨霞的博士论文《〈尘埃落定〉的空间化书写研究》不仅运用"第三空间"理论分析阿来小说的语言特色，还以复调、狂欢等理论解读阿来小说，提出阿来的叙事方式是不同于陀思妥耶夫斯基的复调或巴赫金的狂欢的汉语表述与藏族思维的结合体，体现了中华民族文化的多样性以及文化内部的多元性。⑤ 研究者不是将阿来小说当作某种理论的注脚本，而是通过理论分析总结阿来小说的特质，为"跨语言写作"、"跨文化交流"提供理论支撑，对中国当代文论建设起到积极的推动作用。可以说，对阿来小说的研究使得藏族文学成为中国当代文学研究不可缺少的部分，为研究汉藏民族精神、建构民族文学做出了重要贡献。

扎西达娃是另一个研究热点。评论者主要围绕扎西达娃小说中的魔幻现实主义风格和藏族传统文化资源两方面展开，研究方法也呈现多样化。如周唯一

① 刘涛：《比较文化视域中的藏族作家的汉语创作》，陕西师范大学2006年硕士学位论文。
② 丹珍草：《阿来的空间化写作》，《百色学院学报》2009年第4期。
③ 王雪萍：《生态批评视野下阿来的文化观》，山东师范大学2012年硕士学位论文。
④ 吴道毅：《阿来关于藏族的叙事与生存》，《中国民族》2012年第1期。
⑤ 杨霞：《〈尘埃落定〉的空间化书写研究》，中国社会科学院研究生院2009年博士学位论文。

运用形式主义批评分析扎西达娃小说的魔幻现实主义特征，揭示了扎西达娃小说的语言特色。[1]李燕采用影响研究的方法，分析扎西达娃对拉美"魔幻"手法的借鉴与创新。[2]胡泽藩采用"原型"批评理论指出扎西达娃小说《西藏，系在皮绳扣上的魂》中"寻找香巴拉"这一模式是一个出自佛典且具有"原型"特征的故事，"寻找"母题是民族集体无意识的体现。[3]杨柳提出扎西达娃的创作是民族文化认同自我觉醒的开始，《西藏，系在皮绳扣上的魂》以象征性的形象来阐释现代文明与宗教信仰的冲突。[4]胡泽藩从民族心理的层次分析了扎西达娃小说的文化因子，杨柳认为扎西达娃的创作在努力寻找藏民族的精神内核的同时又在消解、质疑宗教文化在现代社会中的存在价值。研究界注意到藏族作家并非一味强化民族精神、表现民族认同，而是在反思民族传统，以及在现代社会继承与发展民族文化。

诗歌研究：诗歌一直是时代的强音、高原的心声。《仓央嘉措的情歌》是藏族古典文学一颗璀璨的明珠，汪承栋的诗歌是民主改革的赞歌。20世纪80年代饶阶巴桑、伊丹才让、格桑多杰的诗集相继出版。20世纪90年代，藏族诗坛不断发展，1997年由青海人民出版社出版了有史以来第一部藏族诗人用汉语创作的诗歌选集，收录38位藏族诗人的189首诗歌。诗歌研究成为当代藏族文学批评的另一个中心。20世纪80年代的研究者大多关注诗人的个人经历和诗歌的思想内容，如《谈谈饶阶巴桑的诗歌创作》（毕坚）、《藏族诗人饶阶巴桑》（华坚）、《论格桑多杰诗作的民族特色》（杨恩洪）。20世纪90年代的研究者则从内容、形式两方面阐释藏族当代诗歌的艺术成就，如黄波《伊丹才让诗歌写作的哲理表述形式》提出伊丹才让的诗歌通过艺术形式和章法结构实现了深刻的哲理表述，"七行诗体"就是其哲理表述的具体形式。[5]文学史也开始关注藏族当代诗人，如耿予方的《西藏50年》、马丽华的《雪域文化和西藏文学》、王泉的《中国当代文学的西藏书写》都介绍了藏族当代诗歌。出于"史"的规

---

① 周唯一：《扎西达娃魔幻现实主义小说创作简论》，湖南科技大学2010年硕士学位论文。

② 李燕：《论扎西达娃对魔幻现实主义的接受和过滤》，兰州大学2008年硕士学位论文。

③ 胡泽藩：《论当代藏族文学中的藏族传统文化资源》，《西藏民族学院学报》2009年第5期。

④ 杨柳：《成长·焦虑·建构——论双语背景下当代藏族作家的民族文化认同》，《青海师范大学学报》2013年第4期。

⑤ 黄波：《伊丹才让诗歌写作的哲理表述形式》，《西藏民族学院学报》1998年第1期。

定性，论者大多采取梳理方式介绍作家作品。2011 年高亚斌的博士论文《藏族当代汉语诗歌：本土经验的现代表达》较为全面地剖析了藏族当代诗歌的特征，从民族心理、宗教文化、汉语诗歌、农牧文化以及乡土情结等方面分析了藏族当代诗歌，偏重从文化内外因揭示藏族当代诗歌特点，但缺少对诗歌语言的分析。①

散文研究：散文是藏族文坛的轻骑兵，多角度、多侧面反映青藏高原的历史文化和发展现状。对藏族当代散文的研究大多散见于藏族当代文学或西部散文研究中。如耿予方的《藏族当代文坛巡礼》、朱霞的《20 世纪藏族文学嬗变的轨迹》、刘万庆的《新时期藏族文学述评》、郭茂全的博士论文《新时期西部散文研究》。同时，也有藏族散文专论，如李佳俊的《天然、灵气、困惑——浅析白玛娜珍的散文创作》，意娜的《意西泽仁散文：守望高原深处的记忆》。藏族当代散文成就最高的马丽华自然成为研究热点，不仅有大量期刊论文，还出现了硕士论文如王小花《马丽华的散文创作研究》、周涵维《马丽华散文研究》，从地域文化特征、民族心理等方面分析马丽华散文的特色。除论文外，一些相关著作也涉及藏族当代散文，如耿予方的《西藏 50 年》、王泉的《中国当代文学的西藏书写》、马丽华的《雪域文化和西藏文学》。

藏族当代女性文学研究：女性作家是当代藏族文坛的重要力量，其中用汉语进行文学创作的有梅卓、格央、白玛娜珍等，用藏语进行创作的作家有白拉、德吉卓玛、华毛、次仁杨尖等。她们用文字将“沉默”的藏族女性从被描述和被表达的角色转换成描述者和表达者的身份。研究者多将藏族当代女性文学作为藏族当代文学或民族文学研究的一部分，对推进藏族当代女性文学研究发挥了重要作用，如田泥用女性主义批评分析央珍《无性别的神》中的女性意识。②马燕把藏族女性文学创作纳入“西部少数民族女性作家文学创作”之中来探讨藏族女性文学与西部少数民族文学的共同特征。③

---

① 高亚斌：《藏族当代汉语诗歌：本土经验的现代表达》，兰州大学 2011 年博士学位论文。

② 田泥：《谁在边地吟唱——转型期中国当代少数民族女性写作》，《民族文学研究》2005年第 2 期。

③ 马燕：《试论西部少数民族女性作家文学创作的审美特征》，《中华女子学院学报》2004年第 2 期。

三 研究视野的不断深化

21 世纪以来，藏族当代文学研究主要围绕藏族当代文学概貌以及藏族当代文学与民族传统文化、宗教文化、民间文化、汉语文学等的关系。对藏族当代文学的概述研究有：1. 界定藏族当代文学。学界一致认为藏族当代文学是指1951 年和平解放西藏之后的藏族文学。然而，对具体篇目的确定存在不同意见。有学者将反映藏族社会生活的所有文学作品都归入藏族当代文学，也有学者坚持只有采取藏文写作的文学才属于藏族文学。道吉任钦从文学主题、人物塑造、作家队伍、读者群体、语言应用模式等方面概括了藏族当代文学的特征。①2. 划分藏族当代文学的界限。拉先在《刍议藏族当代文学的界定及各阶段的发展状况》中划分了藏族当代文学的三个阶段。②3. 描述藏族当代文学的发展历程。《藏族文学的现状与展望》（刘万庆）、《20 世纪藏族文学嬗变的轨迹》（朱霞）、《当代藏族文学的文化走向——浅析新时期藏族作家不同群体的审美个性》（李佳俊）等文章梳理了藏族当代文学的发展脉络。

新时期以来，藏族当代文学与民族传统、传统文学的关系一直是研究的热点，研究视野从表层的风俗习惯和人文景观延伸到深层的民族心理、精神传承。20 世纪 80 年代，研究界主要从社会历史批评的角度分析藏族当代文学的民族特色。如索朗认为藏族文学的民族特色体现在两个方面：一是要有反映藏族民族特色的内容，二是要采用藏语作为文学形式。③21 世纪以来，研究界对民族特色的探讨拓展至对民间文学、佛教文学、古典文学等文学传统的研究，采用文化研究的视角分析藏族当代文学继承和发展文学传统的民族特性。如《论当代藏族文学中的藏族传统文化资源》（胡泽藩）、《藏族当代文学的诞生、发展及其特性》（道吉任钦）宏观描述了藏族传统文学对当代文学的影响。《论藏族作家长篇小说中歌谣的艺术魅力》（徐美恒）和《古典名著〈莲苑歌舞〉对藏族当代文学的启示》（德吉草）分析了传统歌谣、寓言对当代藏族文学的

---

① 道吉任钦：《藏族当代文学的诞生、发展及其特性》，《中国藏学》2011 年第 3 期。
② 拉先：《刍议藏族当代文学的界定及各阶段的发展状况》，《西藏大学学报》2006 年第 3 期。
③ 索朗：《文学的民族特色与藏族文学》，《西藏研究》1986 年第 4 期。

影响。《当代藏族文学中的文化因素及表现形式片论》（胡泽藩）进一步挖掘了静观、顿悟等民族心理作为民族特性在当代藏族诗歌中的体现。[1]胡沛萍则采用形式主义批评和集体无意识理论，分析了当代藏族文学中的传统文体——歌谣和叙事伦理。[2]

藏族当代文学研究的另一个重心是藏族当代文学与汉语文学及多元文化的关系。双语背景下的藏族创作群体成为新时期藏族文学批评的关注重点，研究主要围绕三个方面展开：一是从民族身份认同的焦虑和危机分析作家的创作。如《成长·焦虑·建构——论双语背景下当代藏族作家的民族文化认同》（杨柳）、《当代藏族文学的多元文化背景与作家民族文化身份的建构》（朱霞）、《多元文化视域下的探路者——当代藏族作家的探路意识》（胡垚）等文章以阿来、扎西达娃等作家为例，分析他们如何摆脱"他者"文化的影响，获得"跨语际写作"和"跨文化写作"的优势，谋求人类的普遍性认同，在沟通交流中获得不同民族、不同文化之间的文化认同感。二是从现代性诉求、多元文化交融的角度分析藏族当代文学的民族性问题。如于宏从藏族社会的现代化诉求角度，将藏族社会的发展纳入中华民族现代化的整体轨道，探讨藏族当代文学在现代化进程中如何保持自身的民族性以及思考本民族的现代性。[3]三是把藏族当代文学纳入中华民族文学乃至世界文学的大家族中，既强调藏族汉语文学的个性也强调藏族文学在构建中华民族文学中的重要作用。如德吉草从多元文化交流的背景下将藏族当代文学作为民族文学纳入世界文学版图，认为置身于全球化、多元化的藏族当代文学既要在文化交流中吸纳异质文化，也要保持自身的民族性。[4]这些研究有助于我们从理性层面反思高原文明给藏族人民带来的福祉和影响，站在中华乃至世界文明的高度看待藏族人民的文化发展和社会变革。

---

① 胡泽藩：《当代藏族文学中的文化因素及表现形式片论》，《西北民族大学学报》2009年第5期。

② 胡沛萍：《当代藏族文学中传统文体的文化内涵——"歌谣"和"叙事伦理"为例》，《西北民族大学学报》2013年第2期。

③ 于宏：《变化中的现代性渴望——当代藏族文学的社会、文化现代性追求》，《西北民族大学学报》2012年第3期。

④ 德吉草：《多元文化主义与藏族母语文学》，《西南民族大学学报》2006年第8期。

当前的藏族当代文学研究也存在一些不足。一是研究对象主要围绕小说、诗歌、散文，戏剧、曲艺、影视研究相对薄弱。二是从批评形态上看，研究藏族当代文学的专著较之单篇论文略为逊色。三是从批评队伍来看，批评者由藏族评论家和入藏知识分子扩展为学院型的批评者，大多为高校教师或硕士、博士研究生，年龄层次基本在 25 ~ 45 岁。他们研究的理论性和学院化较为明显，但对西藏当代文学缺乏整体、长期的关注，尚不具备强势的可持续能力。多数研究者缺乏藏语基础和藏地经验，更多是将藏族当代文学作为西方后现代理论的阐释对象，使得藏族当代文学批评缺乏本土经验认同感。

彝族撒尼民间叙事长诗《阿诗玛》在日本的译介与研究

赵 蕤

当前加强"一带一路"人文交流是为了推送作为文明国家的中国所依赖的文化价值,扩大中华文化价值观在世界范围的影响。因此,在此时代背景下,研究中国少数民族文学典籍的翻译与传播逐渐成为热点,但中国海外少数民族文学传播研究多限于英语世界。目前日本学界对中国少数民族特别是中国西南彝族的民间文学的译介相当丰富,仅出版和完稿的有关彝族撒尼民间叙事长诗《阿诗玛》的文学译本就有 4 个,由不同的日本译者翻译。而英译本中,戴乃迭女士所译并出版的是迄今为止唯一的外籍翻译家翻译的《阿诗玛》[1]英译本。

《阿诗玛》是流传于云南省彝族撒尼人中的叙事长诗,它以口传诗体语言讲述了彝族撒尼姑娘阿诗玛不屈不挠地同强权势力做斗争的故事。"早在 19 世纪末,法国学者保罗·维亚尔就对《阿诗玛》进行整理并用法文撰写了题为《撒尼倮倮》的文章,该文发表于巴黎天主教外方总部的刊物上,这篇文章是迄今为止能找到的最早关于对阿诗玛故事的整理和外译。"[2]在中国,阿诗玛的整理翻译最早是由音乐工作者杨放完成,由其译成汉语的长诗《阿诗玛》在

---

① 王宏印、崔晓霞:《论戴乃迭英译〈阿诗玛〉的可贵探索》,《西南民族大学学报》2011年第 12 期。

② 黄建明:《19 世纪国外学者介绍的彝族无名叙事诗应为〈阿诗玛〉》,《民族文学研究》2001 年第 2 期。

1950 年 9 月号的《诗歌与散文》上发表。而大规模收集《阿诗玛》口述作品是从 1953 年开始，由云南省文工团圭山工作组负责，这次收集共获得原始资料 21 份，之后由杨知勇、黄铁、刘琦等人整理，相继在云南人民出版社、人民文学出版社、中国青年出版社等多家出版社出版，引起广大读者和国内外学者的极大关注。《阿诗玛》1999 年入选《中国百年百部经典文学作品》，作为唯一入选的少数民族民间文学作品，在国内具有相当大的影响力；2006 年经国务院批准又被列为第一批国家级非物质文化遗产名录；先后被译为英、俄、德、日、泰、法、捷克等 30 余种文字。在日本，《阿诗玛》的译本更是多样，有诗歌、散文、童谣、连环画、广播剧等形式。其浓厚忧郁的浪漫主义色彩受到各国人民的喜爱。

经过 60 多年的历史沉淀，学界对《阿诗玛》的研究除了作品的内容、形式以外，其诗作所反映的彝族撒尼人的社会形态、政治结构、历史、经济等也成为国内外学者的研究课题，似乎有一种"世界的阿诗玛"的文化倾向。现在还对《阿诗玛》抱有研究兴趣的学者多为美国与日本的学者，尤其是在日本，其研究成果最为丰富。有学者认为其"在日本的传播多源于日本人的寻根意识，渴望能进行族源的追溯与想象"①。不管日本的译介与研究的目的为何，对《阿诗玛》在日本的传播研究有助于我们对中国少数民族文化的研究与反观。因此，梳理《阿诗玛》在日本的译介与研究现状就变得不容忽视。

一　作为大众文学读本的《阿诗玛》

《阿诗玛》于 20 世纪 50 年代开始传入日本，作为第一部被介绍到日本的中国少数民族民间文学作品，《阿诗玛》从 1957 年到 2002 年，在日本分别被宇田礼、松枝茂夫、千田九一、梅谷纪子和邓庆真翻译成了 4 部文学译本。此外，作为文学译本的《阿诗玛》在日本还被改编为广播剧和舞台剧剧本。这 4 部不同的文学译本跨越了长长的 60 年，虽然译者都将忠实原著作为翻译的基本原则，

---

① 巴胜超:《象征的显影——彝族撒尼人阿诗玛文化的传媒人类学研究》，北京大学出版社 2013 年版，第 134 页。

但由于翻译者的价值取向的差异，加上不同年代的文学译本受到中日两国政治经济关系的影响，因此，在翻译文本中使用了不同的语言风格，导致作品大相径庭。

第一个将《阿诗玛》翻译到日本的是宇田礼。他于1954年读到《阿诗玛》后便决定将其翻译到日本，翻译时参照的版本是人民文学出版社1954年出版的《阿诗玛——撒尼人的叙事诗》。宇田礼专攻中国现代诗歌，但作为诗人的宇田礼坚持以日本古诗风格进行翻译。虽然有人建议应该将《阿诗玛》单独编为一本书，但1957年由日本未来社出版时却与小野田耕三郎翻译的壮族民间诗歌《白衣鸟》合编为一本书。宇田礼在后记中写道："正式翻译中国少数民族民间叙事诗估计这是第一次。"[①]作为第一个日文译本，译文中的措辞存在一些不正确的表达，笔者认为原因有三：首先，资料的缺乏。在宇田礼翻译《阿诗玛》的1955年到1957年这三年间，中日两国尚未建立外交关系，民间文化交流也甚少，导致宇田礼不能亲自到中国西南地区来收集资料，只能根据当时日本所能查找到的有限的资料进行翻译。其次，参照的汉语版本是二次文献。由于宇田礼翻译时参照的是由汉族知识分子对彝族口传语言进行整理翻译的文学作品，在这期间，情节和措辞等都有所变动，彝族民间口头创作的艺术风格已受到一定程度的破坏。第三，参考的文献也非原始资料。由于不能亲自到中国收集资料，宇田礼只好部分参考了戴乃迭翻译的英文版《阿诗玛》，而戴乃迭也是参照汉语版的《阿诗玛》进行翻译的。由此，我们可以想象由彝文翻译成汉文，又由汉文转译成英文的作品，再部分地由宇田礼翻译成日文，这期间译本转译之再转译的性质所导致的故事情节、叙事风格的改变也就可想而知。

第二个版本是1960年由日本东京都立大学教授松枝茂夫翻译的《阿诗玛》。松枝茂夫是日本著名的汉学家，专攻《红楼梦》研究，他所翻译的《红楼梦》在日本红学史上具有划时代的意义。松枝茂夫翻译的《阿诗玛》译名为《回声公主》[②]，后被收入安藤一郎编撰的《世界童话文学全集》第14卷《中国童话集》

---

① ［日］宇田礼、小野田耕三郎译《民间叙事诗阿诗玛》，东京未来社1957年版，第78页。
② ［日］松枝茂夫译《回声公主》，参见安藤一郎编《世界童话文学全集》（第14卷），《中国童话集》，东京讲谈社1960年版。

中。由于该译本主要面向日本的儿童，所以文字通俗易懂，在文字上以平假名居多，文中还配有插图，深受孩子们的喜欢。笔者认为此译作也存在明显不足：第一，未明确说明翻译时采用的是何种版本；第二，该作品的插图由大石哲路创作，插图中的民族服饰完全不是中国彝族撒尼人的服饰，很容易对日本儿童进行误导。其原因是"由于当时的日本几乎没有任何中国少数民族的信息，插图完全源于画家的想象。"①

第三个版本是 1962 年由研究中国文学的千田九一翻译，被选入中野重治和今村与治雄编撰的《中国现代文学集》第 19 卷《诗·民谣集》。《中国现代文学集》共 20 卷，其中《少数民族文集》是第 20 卷，但《阿诗玛》并没收入第 20 卷，而是收入第 19 卷中。千田九一翻译时选用的《阿诗玛》版本是 1960 年人民文学出版社的修订版；插图则是引用中国青年出版社 1957 年版中杨永清的插图，以及外文出版社 1957 年英译本中黄永玉的版画。千田九一在《后记》中说明了与宇田礼译本的差异，并谦虚地说明"自己的译本也参照了宇田礼与松枝茂夫两个译本"②。宇田礼和千田九一分别参照的汉语文本是 1954 年和 1960 年的不同的版本，而 1960 年版本更能突出"阿诗玛"自强的性格。编撰者今村与治雄在 19 卷的《后记》里也讲述了《阿诗玛》在中国的挖掘、整理、翻译的过程和存在的问题。日本著名诗人草野心平阅读了千田九一的译本后，在 1962 年 10 月出版的《月报》上为《阿诗玛》写了评论文章《读了现代中国诗关于阿诗玛》。他在文章中指出，自己读完后深受感动，而且他认为日本没有这样的叙事诗，强烈推荐日本孩子读这首诗。

日本最新的《阿诗玛》译本是 2002 年由日本奈良女子大学日本亚洲语言文化共同研究室的梅谷纪子与邓庆真两位女士共同翻译，目前此译本并未正式出版，手稿存于日本奈良女子大学图书馆。虽然从 20 世纪 50 年代到 21 世纪初，《阿诗玛》在中国已经有 30 个左右的版本，但梅谷纪子与邓庆真还是以人民文

---

① ［日］清水享:《〈阿诗玛〉在日本》，参见赵德光编《〈阿诗玛〉国际学术研讨会论文集》，云南民族出版社 2006 年版，第 44 页。

② ［日］千田九一译《阿诗玛》，参见中野重治、今村与治雄编《中国现代文学集》（第 19 卷）《诗·民谣集》，东京平凡社 1962 年版，第 121 页。

学出版社 1960 年的修订版《阿诗玛》为基础进行翻译。由于尚未出版，笔者未能看到正式文本，想必女性学者的翻译会给我们带来不同的视角。此版本也是笔者下一步研究的重点。

作为口语文化的《阿诗玛》在转为印刷文本的过程中，由彝语译为汉语，再由汉语转译为日语，翻译者在这其中必然存在一定程度的误读，而读者对其译本进行的解读，则是另一个空间对彝族撒尼文化的想象。《阿诗玛》作为彝族撒尼人的珍贵口传民族文学作品，富含丰富的民族文化特色，自然也期待和呼唤富有民族特色的解读。正是由于这种被动性，20 世纪 80 年代以后，中国许多彝族本土学者开始了新的译介工作，试图恢复《阿诗玛》的文化原貌，其中比较有影响的是 1999 年由中国文学出版社出版的《阿诗玛》，编译者是彝族学者黄建明和普卫华。此书有中文、彝文、国际音标、英文、日文共五种语言，其中日文《阿诗玛》①由研究中国民间文学的日本学者西胁隆夫翻译。作为彝族学者，黄建明和普卫华在翻译中表现出了对本民族文化的认同感和传播使命感，在翻译策略上着眼于民族性的解读和推广。西胁隆夫是日本名古屋大学教授，从 20 世纪 80 年代起一直致力于中国民间文学，尤其是中国少数民族文学的介绍及研究。中国文学出版社出版的《阿诗玛》的日文翻译工作就是西胁隆夫和彝族学者黄建明和普卫华合作完成的，因此，可以说是日译本中最忠实于原著的版本。西胁隆夫将叙事与诗紧密结合，在诗歌的形式中采取拟人、夸张、比喻、排比等修辞手法以增强译本的叙事结构。

要将文学作品翻译得既有文学价值又耐人阅读，相当困难，而少数民族民间文学的翻译就更加困难，这取决于翻译者对于少数民族文化的研究是否深入。在日本，有东洋文库、东京大学东洋文化研究所、国立民族学博物馆等研究机构从事中国文化研究，包括中国少数民族文化研究，但没有专门研究中国少数民族语言和文学的科研机构。"日本口承文艺研究会"只研究日本口承文艺，所以，日本在关于《阿诗玛》的译介中存在错误在所难免，说明日本学者对中国少数民族文学研究还存在不足，西胁隆夫也曾指出"日本的中国文学研究者对民间文学不够重视"。因此，对作为大众文学读本的《阿诗玛》在日本的译

---

① ［日］西胁隆夫译《阿诗玛》，参见黄建明、普卫华编《阿诗玛》，中国文学出版社 1999 年版，第 125 页。

介研究还有待深入挖掘。

二 作为广播剧、舞台剧的《阿诗玛》

虽然《阿诗玛》的舞台剧在日本最活跃的时期是在 20 世纪 90 年代，但早在 1961 年，日本著名编剧家木下顺二就依据 1957 年宇田礼的《阿诗玛》译本将其改编为广播剧剧本。剧本保留了译本的三分之一，共七章。广播剧《阿诗玛》于 1961 年 2 月 23 日在日本东京文化放送广播电台的"现代剧场"播送；《阿诗玛》剧本 ① 刊登在 1961 年 4 月出版的戏剧杂志《Teator》上，在发表时的引言中，木下顺二介绍了中国少数民族以及彝族撒尼人的情况。此后，该剧本又相继刊登在《木下顺二作品集》《阿诗玛》《听耳头巾·木下顺二作品集Ⅲ》等集子中。此后，日本很多广播电台播出的《阿诗玛》广播剧都采用了木下顺二的剧本，可见其改编相当成功。

20 世纪 70 年代以后，中日两国进入外交关系的蜜月期，两国之间的文化交流日趋活跃。进入 20 世纪 90 年代的日本，《阿诗玛》的舞台剧也开始活跃起来，两个有影响的剧团进行了《阿诗玛》舞台剧的演出，分别是人民剧团（People's Theater）和"山毛榉"剧团。人民剧团于 1981 年成立于东京，主旨是"用真挚的眼睛看时代的变化"，由于《阿诗玛》表现了"人类的难以形容的痛苦、悲伤"，因此，符合该剧团的主旨。该剧团在 1996 年第一次上演《阿诗玛》时，以"爱与勇气的幻想曲"为副标题，采用木下顺二的剧本为蓝本，由森井睦编剧并导演。之后的 2000 年 10 月，该剧在日本东京艺术剧场连续上演了五天，再次获得相当高的评价。虽然该剧以歌舞剧的形式演出，但从作品的内容来看，严格按照中国原版《阿诗玛》的 11 个主要情节进行演出，包括"序歌、求神、祝米客、成长、议婚、请媒、说媒、抢婚、追赶、考验、结局"，所以，此歌舞剧应是最尊重原作的版本。

另一个演出《阿诗玛》的剧团是"山毛榉"剧团，该剧团在 1991 年成立于日本群马县，是专门为儿童演出的剧团。他们演出的《阿诗玛》副标题是

---

① ［日］木下顺二：《阿诗玛》，东京 Chamomile 社 1961 年版，第 78 页，原载《Teator》1961 年第 28 卷第 211 号。

"变成回音的姑娘",演出时间为一个半小时,编剧是若林一郎,导演是大野俊夫,音乐制作是冈田京子。编剧若林一郎认为"真正的富裕不是物质上的,而应该是精神上的给予,《阿诗玛》有着非常丰富的精神内涵,而且中国彝族撒尼人和日本阿伊努人一样,坚强勇敢、能歌善舞"。为了符合孩子们的表演与欣赏,作为儿童剧的《阿诗玛》"对故事情节进行了较大的改编,抛弃了原版的11节叙事模式,以故事发生的空间为依据,改编为13个部分"[①]。从1996年开始,"山毛榉"剧团在日本多个学校演出儿童剧《阿诗玛》,受到了孩子们的欢迎。《阿诗玛》在日本学校的演出是为了提醒孩子们要勇敢善良,同时通过别族文化来反省日本自身的文化。

与口传、印刷文本相比,舞台剧中的"阿诗玛"不再是一个需要想象的形象,而是能够被直接看到的"阿诗玛",这是舞台剧的优势。但其缺陷也显而易见,舞台艺术的精英性导致其观众的小众性,无法以大众性的文化文本出现在人们的视野中。另外,作为广播剧、舞台剧的《阿诗玛》在日本的传播属于二次传播,这种跨文化的剧本在以日本观众为主的二次传播中,效果也会面临不同程度的"文化折扣"和"文化混合"现象。

三　作为学术研究的《阿诗玛》

《阿诗玛》在海外的传播以日本为甚,通过诗歌、散文、民谣、童话、广播剧、舞台剧等形式传播之后,日本学界也开始关注《阿诗玛》。1957年竹内实在《每日新闻》发表了《挖掘出来的民族叙事诗——撒尼人〈阿诗玛〉》一文,竹内实在文中介绍了《阿诗玛》在中国云南的搜集、整理、翻译概况。该文是日本学者首次对《阿诗玛》进行比较详细的介绍,1958年被收入小野忍教授编著的《中国现代文学》中。

掀起日本《阿诗玛》学术研究高潮的是日本著名民间文学学者君岛久子。君岛久子一直致力于中国彝族民间文学的研究,她认为《阿诗玛》首先是以口头形式在民间流传,后来经毕摩之手用彝文记录下来,加以体裁整理,再度流

---

① http : //www12.wind.ne.jp/gekidan. — bunanoki/page9.htm

传到民间。同时，她在查对 20 多份《阿诗玛》原文资料的基础上撰文讨论阿诗玛与阿黑的关系，是兄妹还是情人？并大胆地提出一个假设，"《阿诗玛》可能是由两个群体的故事融合而构成。"① 君岛教授的研究论文"一石激起千层浪"，激发了日本学者对《阿诗玛》的研究热情。

武内刚通过对《阿诗玛》的研究，重点探讨民族关系问题，指出"阿诗玛与阿黑对热布巴拉的蔑视体现了黑彝对撒尼人的民族集体关系矛盾，同时也反映了撒尼、汉族、阿细人三种民族集团的互助"② 藤川信夫与中国北京师范大学樊秀丽教授的研究，则试图寻找《阿诗玛》的"传播路线"，通过对彝族的《指路经》与《阿诗玛》的传播路线的分析，试图寻找两者的关系，同时指出《阿诗玛》的传承功能正在消失。③ 樱井龙彦指出"《阿诗玛》已经超越了文学作品的空间，成为一种资源，它不再仅仅是文化遗产，更被人们在经济、政治等方面有效地利用了"④。西胁隆夫则向日本学界介绍了云南大学傅光宇教授关于《阿诗玛》的研究成果⑤，但并没有介绍《阿诗玛》作品的特点、情节和结构。在诸多研究中，学者们对阿诗玛的研究呈现出不同的视域。中国学者则往往着力于《阿诗玛》整理工作的回顾、文本的细节阐释和归属地的争议等方面，主要在彝族文学的范畴内进行研究。而日本学者从民俗学、人类学的角度对《阿诗玛》的研究拓展了阿诗玛的研究范畴和研究深度，同时也促进其在日本的传播。

四　作为藏本的《阿诗玛》

和中国相比，虽然日本的《阿诗玛》译本和研究论文不算多，但与其他国

---

① ［日］君岛久子：《长篇叙事诗〈阿诗玛〉的形成——关于阿诗玛与阿黑的关系》，参见《口头传承之比较研究》，东京弘文堂 1988 年版，第 28 页。

② ［日］武内刚：《〈阿诗玛〉看到的民族集团关系》，参见名城大学人文研究会编《日本名城大学人文纪要》2005 年 3 月（通号 78）。

③ ［日］藤川信夫、樊秀丽：《〈阿诗玛〉与〈指路经〉——文化的创造性传承与媒体》，《民族志》1998 年第 2 期。

④ ［日］樱井龙彦：《〈阿诗玛〉的意义与活用》，参见赵德光编《〈阿诗玛〉国际学术研讨会论文集》，云南民族出版社 2006 年版，第 424 页。

⑤ ［日］西胁隆夫：《傅光宇教授的〈阿诗玛〉论》，《民族志》2002 年第 2 期。

家相比，日本的《阿诗玛》译介与研究成果已算颇丰。除了译本和论文，日本不少大学和科研机构也收藏了很多中国出版的关于《阿诗玛》的出版物。据笔者不完全统计，被日本多所科研机构和图书馆收藏的关于《阿诗玛》的出版物包括三大类 19 种出版物：其中文本类出版物 12 种；专著集子类出版物 4 种；影像类出版物 3 种。

（一）文本类：

1. 云南省文工团圭山工作组收集，黄铁等整理，1954 年 12 月由中国青年出版社出版的《阿诗玛撒尼族叙事诗》收藏于日本东京大学东洋文化研究所、九州大学图书馆、大阪外国语大学图书馆。

2. 云南省人民文工团收集，黄铁等整理，1955 年 3 月由人民文学出版社出版的《阿诗玛》收藏于日本国立国会图书馆、东京大学文学部、神户外国语大学图书馆、樱美林大学图书馆。

3. 云南省人民文工团编，1960 年 7 月由人民文学出版社出版的《阿诗玛彝族民间叙事诗》收藏于东京大学文学部、东京大学东洋文化研究所。

4. 云南省人民文工团编，中国作家协会昆明分会修订，1962 年 1 月由人民文学出版社出版的《阿诗玛彝族民间叙事诗》收藏于日本国立国会图书馆、东京大学东洋文化研究所、北海道大学文学部。

5. 王仲清编绘，1964 年 1 月由上海人民美术出版社出版的绘本《阿诗玛》收藏于日本国立国会图书馆关西亚洲情报室。

6. 云南省人民文工团编，中国作家协会昆明分会修订，1978 年 4 月由人民文学出版社再版的《阿诗玛彝族民间叙事诗》收藏于和光大学图书馆、东京大学文学部、京都大学人文科学研究所、东京外国语大学图书馆、京都大学文学部、山口大学图书馆、立正大学熊光校区图书馆。

7. 云南省人民文工团编，黄铁等整理，中国作家协会昆明分会修订，1978 年 11 月由云南人民文学出版社出版的《阿诗玛——撒尼民间叙事长诗》收藏于日本大学文理学部、和光大学图书馆。

8. 索成立编，1979 年 5 月由影视出版社出版的《连环画阿诗玛》收藏于京都大学人文科学研究所。

9. 马学良与中国社会科学院少数民族文学研究所共同主编，1985年9月由中国民间文艺出版社出版的《阿诗玛》收藏于学习院大学图书馆、东京外国语大学图书馆、国立民族学博物馆、京都大学文学研究科图书馆。

10. 李缵绪编，1986年2月由中国民间文艺出版社出版的《阿诗玛原始资料集》收藏于东京大学东洋文化研究所、京都大学文学部、东京外国语大学图书馆、丽泽大学图书馆。

11. 赵德光主编，2002年12月由云南民族出版社出版的《阿诗玛原始资料汇编》收藏于东京大学东洋文化研究所、追手门大学图书馆。

12. 杨德安改编，潘智丹英译，2007年9月由广东教育出版社出版的英汉对照《阿诗玛》收藏于长崎县立图书馆。

（二）专著集子类：

1. 广西师范学院中文系编，1979年10月由广西人民出版社出版的《〈阿诗玛〉专集》收藏于一般社团法人中国研究所。

2. 黄建明著，2004年7月由云南民族出版社出版的《阿诗玛论析》收藏于名古屋大学文学图书室。

3. 赵德光著，2005年7月由中国社会科学出版社出版的《阿诗玛文化重构论》收藏于爱知大学国际问题研究所、文教大学越谷图书馆。

4. 巴胜超著，2013年8月由北京大学出版社出版的《象征的显影——彝族撒尼人阿诗玛文化的传媒人类学研究》收藏于立教大学图书馆。

（三）影像产品类：

1. 刘琼导演，1964年上海电影制片厂摄制的电影《阿诗玛》收藏于德岛大学附属图书馆。

2. 赵惠和、苏天祥等编排，1999年由中国录音录像出版总社录制出品的《阿诗玛》舞剧收藏于国际日本文化研究中心。

3. 北京京文唱片传播2005年录制的《阿诗玛小九儿：电影传奇杨丽坤专题》视频及介绍收藏于爱知教育大学附属图书馆、九州产业大学图书馆、国立民族学博物馆、中京大学图书馆、北海道大学附属图书馆。

结　语

阿诗玛是中国彝族撒尼人的民族文化符号之一,"越是民族的就越是世界的"。在日本,有人将餐厅命名为"阿诗玛";日本动漫《火影忍者》中最有人气的导师也叫"阿诗玛"。日本名古屋大学教授樱井龙彦曾说:"作为外国民间传说,《阿诗玛》在日本得到如此广泛的传播实属罕见。"笔者认为《阿诗玛》的魅力首先在于它将中国彝族特有的歌谣、音乐、舞蹈以及"火把节"等民俗文化进行了有机的结合,充分反映了彝族撒尼人的生活空间,所以不仅能受到日本普通民众的喜欢,也能成为学者感兴趣的课题。其次由于受译者对文本的不同认知与不同的翻译目的,日本的译者对《阿诗玛》的翻译采取了诗歌、散文、童谣、广播剧等多种体裁,因此,能面向不同的人群,这也是《阿诗玛》在日本广泛传播的原因之一。由此可见,在文本的对外翻译与传播中,体裁的多样性不容忽视。

随着中国软实力的增强,实施中华文化"走出去"的策略,以及中国政府"一带一路"建设倡议不断成为各国的共识,必将为中国少数民族文化的对外传播创造更加有利的机会。《阿诗玛》作为中国少数民族人类口传和非物质文化遗产的杰作之一,对传播彝族撒尼人的文化起着重要作用,应该得到更好的保护与传承,除了依靠外国学者的努力,中国学者也应主动积极推广并传播。

夜郎之问及贵州小说的空间叙事

陈 悦

一

成语"夜郎自大"是出自蒲松龄《聊斋志异·绛妃》中的戏笔:"驾炮车之狂云,遂以夜郎自大,恃贪狼之逆气,漫以河伯为尊。"①但根源还是要追溯到《史记·西南夷列传》。《史记》记载,西汉元狩元年,由于丝绸之路受到匈奴困扰,汉武帝接受从西域归来的张骞建议,派出王然于、柏始昌等出使西南,欲开辟南方丝绸之路。汉使来到西南,"滇王与汉使者言曰:'汉孰与我大?'及夜郎侯亦然。以道不通故,各自以一州主,不知汉广大。"②在汉使及中原立场看,据一州之地的夜郎王(还有滇王)敢与汉王朝相比,只能显示其无知与自大的可笑。

近几年有学者力图还原夜郎真相。越来越多的考古发现并综合少数民族文献已能证实:夜郎立国约在春秋中期。"夜郎国立国之后,开国君长武夜郎即向周边实行武力扩张,占领濮、越等民族所在之地,其疆域最盛时以今贵州为腹心,占有今川西南、滇东、桂西北等地。"③战国时期,夜郎国一度拥有 10 万

---

① 参见李一华,吕德中编:《汉语成语词典》,四川辞书出版社 1985 年版,第 987 页。
② 司马迁:《史记·西南夷列传》,中华书局 2009 年版。
③ 王鸿儒:《夜郎自大还是真大》,《中华遗产》2008 年第 1 期。

精兵，他们制作了石、陶、玉、青铜、玛瑙、铁等不同质地的兵器、生活用具和装饰品，用砖土建造的雄伟的城市。《史记·西南夷》的开篇介绍过去总被人忽略："西南夷君长以什数，夜郎最大。"以夜郎国当时的军事和文化发展水平，夜郎的发问是有底气的，两千年后贵州学者据此也才敢于反问"夜郎自大还是真大"？当然，如果我们沉湎于夜郎过去的历史那真是自大了（无论当时的夜郎怎么发展，政治、经济、文化各方面的实力都是无法与汉王朝相提并论的）。我们从夜郎之问到贵州背负"夜郎自大"的标签，到两千年后的现在关于夜郎之大的讨论，至少可以引发以下两种解读：

一、贵州在与外界接触之初就被置放在中国地理、文化的空间结构之边，并遭遇了中心文化圈"描写"的尴尬与无辜。另一个例证还有我们同样熟悉的成语"黔驴技穷"。柳宗元《黔之驴》很清楚地写明："黔无驴，有好事者船载以入。"接着黔之虎与这只外来的驴展开了一番斗智斗勇。然而令人费解的是，"黔驴技穷"最终也成为贵州形象的另一个标签。"鲁迅当年曾经谈到，近代以来，中国常常处于'被描写'的地位，这是一个弱势民族、文化在与强势民族、文化遭遇时经常面对的尴尬。"[1]"被描写"的尴尬与无辜是中心边远、主流边缘的二元关系中弱势者的必然处境。

二、司马迁对夜郎之问这样解释，"以道不通故"，对外界的世界缺乏了解。"夜郎国地处大西南一隅，相对于中原文化来说，其地理位置与文化环境都处于边缘，即双重边缘。"[2]这便是夜郎文化的特征之一。深处边缘之地的人对外界充满了了解的渴望，并通过与外界的对话来重新认识自我。夜郎之问正是由于汉使的到来，激发了夜郎王了解外界的好奇，是对未知的求问。从更本质的意义上说，是有了异质的"他人"作为参照之后，夜郎需要对"自我"进行重新调整和认知。

近代以来，中国社会的发展带动了区域间的交流，两千多年来始终封闭在大山里的贵州开始打开山门，而无可回避的事实是，在现代中国文化的总

<hr />

① 钱理群：《贵州读本·序言》，封孝伦主编《贵州读本》，贵州教育出版社 2003 年版，第 3 页。

② 王鸿儒：《夜郎·移民·喀斯特贵阳金阳新区的文化定位与开发》，人民出版社 1971 年版，第 56 — 57 页。

体格局中，贵州文化依然是一种弱势文化，"汉之大"的存在已是无须追问的事实，贵州封闭偏远的地理之边和落后闭塞的文化之边已是 20 世纪贵州人明确的认知和不断重复的体验，夜郎王的后世子孙们如何在"被描述"的尴尬中完成新的与外界的对话？如何在新的历史条件下完成夜郎之问的后续思考？

贵州小说是贵州与外界对话的重要方式，也是完成关于贵州的"自我讲述"的一种方式。

二

自然形式提供给文学家的绝不是一个单纯的背景，它渗透到作家经验世界的内部，并最终在文本中演化出别有意味的主题呈示和更加复杂的美学形态。就好比湿冷而充满浓雾的俄罗斯原野为俄罗斯文学染上忧郁的色彩。贵州外围为群山环绕，内部由于喀斯特作用被切割成碎片式的生存区域，从景观上，走进贵州会有移步换景、柳暗花明的丰富，绝无西北大漠孤烟的荒凉之感。从居住群落上，这些立体排列的狭促而复杂多样的喀斯特生态环境构成大杂居、小聚居或又杂居又聚居等复杂布局。这种复杂的碎片式的、几重边缘的自然空间布局深深地影响了贵州小说的叙事。

"一切存在的形式是空间和时间，时间以外的存在和空间以外的存在，同样是非常荒诞的事情。"[①] 但是贵州小说整体上更关注空间的存在。险峻的山道、封闭的深沟、孤独的坝子、散落的山谷、一条街的乡场、山崖上的洞子等等，是贵州小说主要描写的场景，贵州作家总是不厌其烦地描述这些零碎、孤独的空间与外界的关系。

苗族作家伍略喜欢在小说开篇进行空间定位。如短篇小说《绿色的箭囊》的开头："贵州省最西边的一个县份叫威宁县。从威宁县城再往西去一百二十多里，有一个地方叫石门坎。那里正是乌蒙山脉的纵深地带，在那连绵千里的万山丛中，有一条小小的河流，名叫云卢河。就在这条云卢河的西岸，栖息着几

---

① 马克思、恩格斯:《马克思恩格斯全集》，第 20 卷，人民出版社 2007 年版。

百户兄弟民族人家。"①中篇小说《麻栗沟》也是如此笔法："黔西北有一座大山名叫弥勒山"，山腰"有一条荒沟，名叫麻栗沟。……越进入沟里越显得荒僻冷落"②。都采用了纪实性的记录，电影镜头推移定位的手法，赫然彰显将要叙述的那块土地的边远。陈学书《远山》开头是从行走者的视觉印象出发，从远到近进入乌蒙山里的一个小山寨："路在脚下延伸，越过重重山峦，一直通向更远的山中。这儿的山真多，一座座相挨相偎，一片片相挤相连。有的高耸入云，终年云雾缠绕。有的绵延百里，一架山够你走上三天两天。站在高处放眼四顾，但只见苍山如海，白云似涛，茫茫一片，总是没有尽头。"③还有更简单直接的笔法如欧阳黔森的《绝地逢生》的开头："这是云贵高原乌蒙山脉中的一个小山村。"④无论是采用了何种不同的艺术手段，贵州小说的空间描写大都站在故事发生的具体场景之外的视点，进行地图标注式的空间定位，以此确定贵州与中心无比偏远的空间关系。西北也属于边远之地，然而西北文学往往是通过地域的寥廓和视野的无边来讲述自我的边远。张承志的《北方的河》对西北旷野的描写："四野空荡荡的，一眼望去哪里都是无人的荒漠，还有金金灿灿的黄沙。在石头荒滩和南边的茫茫沙漠中间，官道穿针引线地通过去了，两头都不知道通到什么地方。"⑤内部定位，站在旷野的中心，方向感消失了，视野的无限延伸尤其是空间定位的模糊叙说西北荒野的空阔和景致单调的疲惫。贵州小说文本清晰的外部空间定位正是源于对贵州封闭狭小空间的现实体验，需要在一个大的参照系中来确定自身的位置，也暗示了贵州发展的被动性。如布依族作家蒙萌描写的一个"虽然偏僻，确实有些来历"的小镇，新中国成立前这里是通向安顺的主要通道，有过短暂的繁荣。新中国成立后，另有公路开通，这里便"自然冷落下来，闭塞下来"⑥。再后来，由于煤矿的开采，小镇突然又出现居民不能适应的繁荣。读者完全可以预想，煤矿开采终有竭，那时小镇是

---

① 伍略:《绿色的箭囊》,《卡领传奇》,贵州人民出版社1994年版,第1页。
② 伍略:《麻栗沟》,《民族文学》1982年第6期。
③ 陈学书:《远山》,《命运魔方》,贵州人民出版社1994年版,第1页。
④ 欧阳黔森:《绝地逢生》,贵州人民出版社2008年版,第1页。
⑤ 张承志:《北方的河》,北京十月文艺出版社1987年版,171页。
⑥ 蒙萌:《搭在马蹬上的擂台》,《贵州新文学大系·短篇小说卷（下）》,贵州人民出版社1997年版,第203页。

否又再次自然沉寂下去呢？

在封闭狭小的空间内部，难有大起大落的事件，所以大多数贵州乡土小说的取材是日常生活，家务事、儿女情。当空间与外界隔绝，时间的流动几乎停滞，此时，人在空间中的存在似乎更具有本体的意义。何士光《种包谷的老人》是比让他名声大振的《乡场上》更经得起玩味的文本。小说"开篇时对落溪坪偏僻环境的描绘和渲染，字里行间蕴含着写景之外的更多的寓意和思考"①。"这里是一个村庄。这地方太遥远了，也太寂静了。一片窄窄的坝子，四面都有青山屏障。……一眼望去，只见青绿的山峦默不作语，连绵地向天边伸延，颜色逐渐变得深蓝，最后成为迷蒙的一片；一片片的杉树林和柏树林，无声而绰约地伫立，连接着一簇簇的灌木丛，一直通向好幽深的山谷里去；好久好久，远远的蓝天里出现了一片密匝的黑点，飘忽着，渐渐地近了，倏忽地化为一阵细碎而匆忙的雀语，仿佛被这儿的寂静惊骇了似的，一下子掠过去，又还原一片小小的黑点，消失在那样肃穆的蓝天里……一条隐约的山路，从山垭那儿跌落下来。"②地处边远，视线被割断，一切消息被割断，山外是一个"迷蒙"虚幻的世界。随后作家继续保持着悠缓的笔调述说一个孤寂的老人与他的包谷林的故事。小说几乎没有什么情节，只是不厌其烦地细致入微地描述老人钻在包谷林里近乎虔诚地灌溉，天、水、沾上水就发出吱吱响声的泥土、包谷藻红色的须根、枝丫就是老人精神世界的全部，文本建构的自然空间封闭自足、静谧和谐，与孤独安宁的心理空间相对应。

"就场景的持续来说，叙述的时间流至少被终止了，注意力在有限的时间范围内被固定在注重联系的交互作用之中。"③文本的形态接近约瑟夫·弗兰克所说的"小说中的形式空间化"，讲述包谷老人那份久远到凝固的日子，述说人与自然的恒久关系，是贵州小说最有意味的表达。

由鲁迅开创的中国现代小说执着地关注历史传统中的人、阶级关系中的人，而贵州小说（乡土小说尤为突出）追随主流的同时还在悄然诉说空间中

---

① 何光渝：《20 世纪贵州小说史》，贵州民族出版社 2000 年版，第 429 页，第 445 页。

② 何士光：《种包谷的老人》，《贵州新文学大系·短篇小说卷（下）》，贵州人民出版社 1997 年，第 67 页。

③ ［美］约瑟夫·弗兰克等著：《现代小说中的空间形式》，秦林芳编译，北京大学出版社 1991 年版，第 3 页。

的人。《贵州道上》《盐巴客》是蹇先艾摆脱模仿痕迹（《水葬》明显模仿《阿Q正传》）显示自己创作个性和最高艺术水准的作品，这两个文本都以外来者的身份叙述对贵州的发现：对崇山峻岭、崎岖鸟道的贵州山地环境和对贵州道上盐巴客与轿夫底层生存艰难的认知。大山的肌理与人物的气质彼此呼应。表面上看，这两个文本类似鲁迅的《故乡》的空间叙事，想象中的故乡美好形象与现实中"肃索的荒村"故乡形象构成文本基本的空间单元，作为后者的补充场景是见杨二嫂、见闰土、回忆闰土的三个场面，场景的转换构成对比，指向作者批判、反思的意图和一个现代知识分子面对古旧乡村的情感体验。而蹇先艾的这两个文本少了很多文化批判的深度和力度，却多了一份贵州农民在粗粝的自然环境中求生存的无奈，在封闭的自然空间中的精神自足与迷茫。中国现代小说主体对历史中的人、社会中的人的塑造在此微妙地转变成了贵州小说空间中的人的讲述。

三

"空间从来就不是空洞的：它往往蕴含着某种意义。""空间里弥漫着社会关系；它不仅被社会关系支持，也生产社会关系和被社会关系所生产。"[1] 在列斐伏尔看来，空间就是社会关系的存在形式。

20世纪在区域交流频繁、开放程度增强的语境中，贵州处于封闭偏远的地理之边和落后闭塞的文化之边变成贵州人强烈的生命体验；在中国政治经济文化全面实现现代转型的进程中，贵州不可避免地被置放在中心边远、主流边缘、先进落后无数的二元关系中，并总是作为古旧、落后、弱势的一级存在，这种位差认知成为贵州小说二元叙事空间暗含的政治文化内涵。

蹇先艾的小说《山城的风波》这样描写山城的空间位置："全县是一座圆湖似的小城，被四围笔锋似的高山环抱着，俨然是被所谓大时代遗弃下的古老镇市……"[2] 全景式俯瞰的空间描写，来自外在于小城这个空间的一个更加高远视

---

① 亨利·列斐伏尔：《空间的生产》，转引自包亚明编，《现代性与空间生产》，《都市与文化丛书》第二辑，上海教育出版社2003年版，第48页。

② 蹇先艾：《山城的风波》，《蹇先艾文集（一）》，贵州人民出版社2003年版。

点，空间描写加入作者的议论强化了作者来自中心的知识分子身份，暗含或者说影射了拥有了现代开放的思想意识的作者在高远的思想立场上对因为地理封闭而远离时代的"古老镇市"沉闷、腐旧生活的理性审视。中心所代表的思想是贵州自我反观最重要的价值参照，也是贵州走出封闭迈向希望的引导力量。卢惠龙的《最后一座碾坊》直接描写了两个场景，一个是"一条好生僻远的山壑，沉寂且幽深"，"在这寂寥的大山间，在这仿佛与世隔绝的一隅"①。碾坊主人刘三公坚守着几十年不变的日子，他的孙女山妹对山外"城里"世界则充满向往。与谷底对应的场景是"长岭"，那里"忽地撑起了一排排绿色的帐篷"，是一支地质考察队，他们"装扮奇奇怪怪"，他们"匣子"里放出的音乐和山歌完全不同……谷底的山妹追随长岭的召唤，对生活开始有了不同的期待和怀想。建国之后，大多数贵州小说都在二元空间叙事中表达了边缘对中心的向往和期待。因此贵州小说难免给人这样的印象："贵州文学的整体轮廓不过是（也只能是）'中心文学'的地方翻版……同样属于'批判的文学'"，"但由于地方依附于中央，边塞远离于京都等先天原因，二十世纪贵州小说的理性批判一开始就属于被动的'输入式'，放弃了对终极根据的独立创作和深刻反思，从而成为已有根据的二级演绎，以至于使其自身面貌显得被动和生硬并时常有被发展了的时代甩在尾后的趋势"。②这本身就是从"中心"为参照系对贵州文学的描述，只是部分事实，从空间的意义来考察贵州文学，不难发现在与"中心"对话过程中贵州自己的"腔调"。

伍略的《麻栗沟》刊载于《民族文学》1982年第6期，以对极"左"路线的尖锐批判汇入当时伤痕文学、反思文学文坛主潮。不过文本的空间结构使之不同于主流文坛的反思方式。故事的完成在沟里和沟外两个空间展开。沟外是极"左"路线控制下的无理无序的世界，荒僻的沟内住着被政治势力排挤出来的三家人，他们"顽强地生长着""自尊、自爱、良心、道德这些人类的美德"，③竭力地保持简单宁静的生活，却弱小无力，不断受到沟外世界的骚扰（村干部

---

① 卢惠龙:《最后一座碾坊》,《贵州新文学大系·短篇小说卷（下）》,贵州人民出版社1997年版，第161、162页。

② 徐新建等:《贵州文学现状与构想》,贵州人民出版社2000年版，第17—18页。

③ 何光渝:《20世纪贵州小说史》,贵州民族出版社2000年版，第429页，第445页。

116 | 西部文学论坛文论萃编

对花妹的图谋不轨、富老大受到的威胁），最后以富老大"自埋祈福"荒诞而残酷自我了断终结沟内世界。麻栗沟这个荒僻的山野就像贵州无数躲在大山皱褶里的村落，生活在这里的人们保存着古朴的美德，又延续着憨痴、蒙昧与落后，更为重要的是对沟外的世界有无法摆脱的依附性，读完作品才能感受到作者在使用"荒僻冷落"这个词时所包含的人事的悲凉，以及对于本土人民悲悯式的关怀。伍略的反思是双向的，沟外明显代表高位的势力（政治的也可以扩展为文化的），然而是一条极"左"思潮下的政治势力，挤压、伤害了弱势、被动的沟内世界。这种文本空间结构所传递的是比早期的蹇先艾更强烈的本土的生命体验，带有弱势者伤痛的边缘诉说，更为可贵的是表现了贵州小说的底层关怀。这种底层关怀也是贵州文学的传统之一，延续到21世纪。

21世纪初，贵州小说取得的一个重大成就是王华的《桥溪庄》。该作品是以作者生活中所见被水泥厂污染的桥溪河为原型而虚构的一个乡村悲惨的故事。文本对场景的直接描写较少，但是整个叙事框架的搭建是在一个空间关系基础上的。桥溪庄是"巴在省道上"的依附于一个水泥厂而聚集的村庄。水泥厂曾经代表了这些渴望脱贫致富的农民生活的希望，他们离开各自的家乡聚集到这里。想象中水泥厂是一个"光彩斑斓的气球"。现实的劳动场景却是"他们都是干粗活，被自己弄出来的灰尘包裹着"，"他和他的工友们一起，被好大一团雾一样的灰尘裹着，耳朵里塞满了机器的吼声"。在贵州20世纪80年代以前的作品，工厂以及外面的世界代表的是希望，是追求更好生活实现自我超越的推动力量。《桥溪庄》工厂劳动场景的描写展示了工业文明混乱、破坏性的一面。十几年后，这个方圆不过一里的庄子"像茫茫雪野上的一块癣疤"，"这片天空是给桥溪庄厂那股黑烟熏脏了，脏得洗都洗不干净了"，"桥溪庄这个地方最富有的就是灰尘了"，"刚长出的草芽，还没看清这个世界是个什么样哩，就让灰尘把眼活活盖住了"。[①]给桥溪庄人带来恐慌的大自然的怪异症状还在其次，把桥溪庄人带入到绝望的无底深渊的是桥溪庄的女人开始不生孩子。在桥溪庄出生长大的男子们都患上了"死精"的不治之症。作者以几乎冷酷而又隐含着巨大悲悯的笔调叙述着挣扎在农业文明的迷信懵懂和工业文明带来的生态

---

① 王华：《桥溪庄》，《当代》2005年第1期。

灾难中农民生存和精神的困境。桥溪庄和水泥厂这对二元空间暗示中心边缘、先进落后之间一种更为复杂的文化纠缠。

2006年，仡佬族作家赵剑平的《困豹》由人民文学出版社出版，是该出版社继《藏獒》后推出的又一部重要作品。这部作品场景构成相当复杂，但基本上仍然可以分出乡村场景系列和中原场景系列。小说由分别从这两个场景出发的寻找开始叙事。豹子有感于长江中下游生态环境的恶化，烂皮症、怪胎、死胎已经威胁到豹群种族的生存，于是派出代表向中国地理版图的第二阶梯寻找"纯洁与宁静"。与此同时，黔北大山深处错欢喜乡唯一的老师令狐荣正准备东下，寻找受到外面世界蛊惑而离家出走的三个女孩。令狐荣的游走带出了火车上的人满为患的场景描写、塑料厂的奇异景象、城市偏僻角落的贩毒卖淫……与豹子们在长江边上的集会场景一起展示工业文明的弊端和怪异的面貌，在生态文明的新视野下，"边缘"发现了"中心"的另一面。"边缘"的价值也被重新发现，豹子的西上，便是一次"中心"向"边缘"的乞救。不过《困豹》比似乎更受关注的《狼图腾》更深刻之处在于，它并没有简单地让边缘来承担救赎的任务。错欢喜乡由于自然沟壑分成上下两个寨子，看上去很近，走起来遥远，两寨之间还保留着"打冤家"的蛮荒残酷的方式解决彼此间的矛盾。镇上为了完成计划生育的工作任务，借口庆祝三八妇女节把已生育妇女骗到广场上做集体结扎，那场面的描写如同现代的屠宰场……乡村世界远不是偶尔一次下乡体验农家乐的城里人看到的那般田园诗情，封闭落后仍然是无法回避的现实。《困豹》同时呈现了"边缘"与"中心"的多重困境，也超越了单纯的"边缘"诉说，在人类关怀的立场"表现人文环境和自然环境失衡的现实"。这是否展示了贵州小说走出"中心"阴影的未来前景？

由鲁迅开启的中国现代小说核心气质是文化反思和历史批判，挣脱积淀了几千年的旧文化束缚。贵州由于地理条件的限制，发展极其缓慢，历史文化的积累无法给贵州作家提供深厚的来自本土的文化资源，在20世纪中国文学发展的整体框架中，贵州乡土小说由于先天不足必然呈现某种程度上的对中心的"依附"。

但是仔细爬梳20世纪贵州小说文本，便会发现一个有趣的现象，贵州小说在话语方式、价值立场等方面都表现出追随、依附的特性，但是又利用空间叙事，在中心话语框架中讲述了"自我"的体验和思考，正是这种空间叙事，使贵州乡土小说摆脱简单的模仿，成为有自身特点的"有意味的形式"，而夜郎的故事也必将以新的方式延续。

灾难记忆的重现意识

冯　源

在人类的历史进程中所发生的一切重大灾难并由此逐步积淀成型的灾难记忆，从来都是文学无法绕过和不能不关注的重要题材之一，中外文学史上许多伟大作品正是因为有了对这种灾难记忆深邃的思想意义传达和卓越的艺术成就体现而流芳百世。在经济社会建设的稳健程式中一直处于"半明半昧"、"悠闲自得"状态的中国文学界，仿佛在汶川大地震的剧烈震荡中苏醒了，一大批具有强烈社会责任感的文艺家纷纷奔赴各个受灾现场，在极短的时限内便有数量惊人的文学作品问世，用"文学核弹"的爆炸来对之形容一点也不为过。倘若单纯从审美表达这一次民族灾难记忆的时间维度看，诗歌无疑是其中最先爆发的文学体裁之一，参与创作的诗人之多，诗歌作品数量之丰富、感人，大大超越了20世纪80年代朦胧诗与先锋诗共同营造的诗歌创作高潮。散文等诸文体也接踵而至。

相对于诗歌、散文、纪实文学等对这场民族灾难记忆的主动介入和艺术表达的如火如荼的创作景观，小说创作尤其是长篇小说创作似乎保持着一种较为静默的状态。面对这样一种现状，不少读者颇有微词，一些评论家也提出了自己的批评意见，王雁翎在《让我们期待真正属于文学的地震小说出现》一文中就曾毫不客气地指出："……不得不承认小说在此时的无能。在与现实的短兵相接，及时快速地记录反映现实、抒发情感方面，小说基本是一种无用的文体，或者说是一种滞后的文体。因为小说是以虚构为本质特征的，当遭遇重大的历史事件，或深重的自然灾难时，生活本身真实的戏剧性已远远超过了小说，那种刻骨的生命之痛也还没有因为足够的时间距离而淡漠，仍是人们心中不能触碰的伤口，这时以虚构故事为能事的小说，自然难以得到读者的信任而有一种本能的阅读拒绝。即使作者自己，恐怕在落笔写一篇地震小说时，如果没有充分想清楚到底要表达什么，而只是再现的话，他也会感到迷惑、无力，而行笔踟蹰。因为他会对自己笔下的文字产生一种不信任感，他首先不能说服自己。"①并把这种批评进一步上升到叙述伦理的高度。这样的批评固然有一定的道理，但我们必须以更理性的认知态度和更科学的精神分析来正视这种创作现象。论者以为，这并非是长篇小说的不作为，或者说是以长篇小说创作为主的小说家们的反应迟钝，而是一种较正常的合符艺术规律的创作现象。长篇小说毕竟不同于诗歌、散文、纪实文学这样的审美"快速反应部队"，"它一直与社会的发展、时代的进步相伴而行，体现了作家们对世界、社会以及人的命运的整体性把握与认知。它不仅从时代这艘大船的激流勇进中吸取力量，还参与了新的社会历史转型的完成和民族文化史、心灵史的建构"，② 这种思想内容的构建岂是在短时间内就能见成效的。从美学元素构成的角度看，长篇小说在体裁的长度、内容的宽度、思想的深度、艺术的精度、审美的高度、架构的宏大上都要求作家对之的创作须有一种长时限、有深度的情感积淀、思想发酵、艺术构想过程。因而对于作为形象反映我们民族灾难记忆的长篇小说而言，它的责任不仅仅是形象层面的简单记录，而是要有深沉的精神探寻和哲理性的反思，有着对现代人性的诠释和对生命价值的剖析，更有着对人与自然关系的深沉思索和对人类存在意义的理性透析，从而体现出非常鲜明的灾难意识。

托尔斯泰之于克里米亚战争、加缪之于近代欧洲的鼠疫、马尔克斯之于人类的灵魂孤独、海明威之于美国民族精神、鲁迅之于旧时代的中华民族心理性格等等，这些无疑是有志于创作这类题材的长篇小说的当代作家应该深以为鉴的例证。要创作出这种具有经典意义的长篇小说，关键在于小说家们是否能拥有着由人间情怀、心灵家园、终极关怀等融合而成的精神向度。评论家王晖先生认为："中国式灾难写作的精神向度应当表现为如下几个方面：

---

① 王雁翎：《让我们期待真正属于文学的地震小说出现》，《文学报》2009 年 6 月 4 日。
② 岳雯：《对时代精神的表现更为深广》，《文艺报》2008 年 4 月 10 日。

第一，要表现出人类慈悲、怜悯、良知、博爱、生命至上等的价值体认；第二，要表现出中国民族精神，如'和合'意识、集体意识、凝聚意识等；第三，要表现出现代中国的新的精神向度，如志愿意识、公民意识、科学救援意识、生态意识、契约意识等。"①具体而论，就是要求作家明确树立直面意识、珍视意识和名作意识。

对于小说作者而言，他或她必须具有直面意识，因为这种意识既是构成审美心理积淀和反思精神的基础，又是形成创作动力和审美表达的原点。从常态性质的表层意义看，直面意识主要是指对这场前所未有的大地震中的一切灾难场景和救援过程中诸多震撼人心的场面与细节，要有一种非常严肃真诚的生命面对、思想认知、情感把握、智性审视的勇气。从现代科学的理性角度加以审查，直面意识还蕴含着一个作家最基本的传统文化精神和富有现代性内涵的人文思想，如敬畏意识、悲悯情怀、反思精神等，评论家朱小如先生认为："搞文学创作的人要有敬畏之心，要懂得敬畏生命、敬畏自然。我们要把人也看作自然的一部分，无论是群体的力量还是个人的力量，都是自然的一环。越是面对这样的大灾难，作为一个作家越不能急功近利，不要急着做动员式的文学，要在保持灵感激情时体现人类反思的力量……"②因而这种直面意识，不仅仅是专指一个小说作者在某个方面所富有的人性内质、人文素养、生命意识、人生理念，而且涉及这个小说作者的人文精神系统的建构。拥有了这样的直面意识，小说作者才得以拉开时空或心理距离对灾难记忆进行卓有成效的艺术处置，才能够将有形的灾难记忆内化为无形的灾难记忆，最终形成明确而完整的灾难意识。

人类发展历史上所经受的每一次巨大灾难，不仅是对人类自身思想、情感、认知系统的一次洗礼，更是对文学艺术的审美精神系统的一种历史性重构，那些凡是将审美表述主体集中于这种人类思想、情感、认知系统变化的长篇小说，常常都有着重大的历史性突破。而对于汶川大地震给予我们这个民族的灾难记忆，作为富有现代意识的小说作者必须树立鲜明的珍视意识。所谓珍视意识，是指小说作者对此类关乎民族痛苦记忆的重大题材要有倍加珍爱的思想，须设

---

① 王晖：《灾难考验民族意志　文学反映民族精神》，《文艺报》2009 年 7 月 30 日。
② 朱小如：《灾难考验民族意志　文学反映民族精神》，《文艺报》2009 年 7 月 30 日。

置一个专门存留这场大地震的心灵文档，把一个个有着深刻印象的灾难记忆片段存放其中，把它视为自己记忆文库中最为深刻的内容之一，即使历经了长久的时光荡涤也能够充分知晓它的意义和价值所在。这种内涵的珍视意识并非只是对情感记忆的单一性所指，而是涵盖着精神价值、社会意义、文化关怀等众多内容，它要求小说作者学会暂时的放弃，在拉开了足够的时空距离和情感距离后再进行多角度、高起点、深层次、大视野的审视，最终明了应当以怎样的审美视角作为小说创作的切入点，以什么样态的叙事方式来完善小说的史诗探索和宏大架构，以何种审美精神来彰显小说的深刻主题。

在直面意识、珍视意识的基础上，小说家们的名作意识更是不可或缺的，甚至可以这样认为，名作意识是创作出优秀长篇小说的一个最为重要的因素。名作意识，或者说文学经典意识，是指小说家在反映民族灾难记忆的时候，必须把它视为是对人类思想的最崇高记录，是对一种唯一预示性的、不朽的、有着强烈而巨大震撼力的作品的创造，更是一种对人类的心灵史、思想史、精神史有着巨大贡献的美学彰显，要构成这样的名作意识，就需要我们的当代小说作者必须具备四个方面的质素和能力，即有着精神向度的审美超越、善于处理个体记忆与民族记忆关系的能力、相对完整的知识系统和宏大叙事的思想意识。

小说作者在创作有关汶川大地震题材的长篇小说、并希冀它能够成为一部有较高声誉的文学名作时，就应当保持纯净的精神向度，有一种审美超越。著名作家贾平凹把它界定为精神贯注，他说："我所说的精神贯注，是不再写一些应景的东西，再不写一些玩文字的东西，年轻时好奇，见什么都想写，作为有游戏的快乐，现在要写，得从生活中真正有了深刻体会才写，写人写事形而下的要写得准写得实，又得有形而上的升腾，如古人所说，火之焰，珠玉之宝气。……不要再讲究语言和小情趣，要往大处写，要多读读雄深沉郁的作品，如鲁迅的，司马迁的，托尔斯泰的，把气往大鼓，把器往大做，宁粗粝，不要玲珑。做大袍子了，不要在大袍子上追究小皱折和花边。"[①] 贾平凹认为精神贯注是催生一个作家往高处思索向大处写作的一种高贵的精神状态，这无疑会对

---

① 贾平凹：《精神贯注——致友人信之四》，《小说选刊》2008 年第 4 期。

当下的小说创作有着某种启示意义。论者以为，要形成这种精神贯注，写作者只有将自己完全从现实诱惑中彻底挣脱出来，以生命的超越姿仪置身于精神贯注的处境中，不断生发出反思能力和审美超越精神，才不会被各种外在力量所牵制，不致受到功利思想的影响和意识形态的干扰，才能站在一个精神或思想的高点俯瞰人类的生存现状，并透过这种现象发现本质意义的所在，从而创作出富有超越性审美意义表达的文学名作。

世界文学大师列夫·托尔斯泰在论及文学创作的情感时指出："在自己心里唤起曾经一度体验过的感情，在唤起这种感情之后，用动作、线条、色彩、声音，以及词句所表达的形象来传达出这种感情，使别人也同样体验到同样的感情——这就是艺术活动。艺术是这样一种人类活动：一个人用某种外在的标志有意识地把自己体验过的感情传达给别人，而别人受到感染，也体验到这种感情。"[①]托翁在这里所说的情感体验实际上是一种个体情感记忆及其对这种情感的审美表达，这无疑是在揭示个体情感记忆对于文学创作所富有的重要意义。的确如托翁所言，文学既是情感的载体又是情感的导体，如果缺失了个体情感记忆以及对之的艺术传达，也就不会有文学的存在，对于标识着一个民族最高文学成就的长篇小说创作尤为如此。但是，如果我们把个体情感记忆凌驾于一切记忆之上，它的艺术反映就可能是非常浅显的，甚至造成大面积同质意义的艺术复制。因而一个小说作者如何处置自身的个体情感记忆，怎样才能将个体情感记忆进行全方位的过滤与提升，最终体现出一种超越了个体情感记忆的经验范畴，又深层次宽广度地蕴含着民族集体记忆的丰富内容，便是一个极为重要的问题。古今中外许多优秀的小说家在处置个体情感记忆与民族记忆的关系时，往往是采取把个体情感记忆纳入民族记忆范畴进行思索，把民族记忆中最具价值意义最核心的成分极大限度地契入个体情感记忆之中，使个体记忆的内存富有民族记忆的深厚质实，如鲁迅先生对阿Q形象的深沉揭示，托尔斯泰对于聂赫留朵夫的艺术处置，马尔克斯之于马孔多小镇的审美表述，这些都具有极其重要的精神昭示意义。

就小说作者的知识结构以及由是构成的认知系统而论，能否富有一种相对

---

① ［俄］列夫·托尔斯泰：《列夫·托尔斯泰论创作》，漓江出版社1982年版，第16页。

完整的知识结构及其认知系统是决定一部灾难文学名作诞生的又一个重要因素。评论家牛玉秋在论及当前小说创作时认为："由于小说创作形象思维的特性，同时也由于作家队伍的知识构成，理性精神、理性思维在小说创作中一直比较薄弱。但理性精神、理性思维从来都是人类精神世界的重要组成部分，其间蕴涵着极为丰富的艺术美。……而在小说中进行理论探求，不仅需要大量的科学知识，而且需要掌握一种理性的思维方式，并把这些知识和方式都纳入形象思维的轨道之中，创造出理性的艺术美。"[①]这样的论说显然是从正向角度来加以肯定的，但论者以为，如果把中国当代小说看作一个整体来考查，小说创作中对于科学知识的成功运用是乏善可陈的。因而对于创作反映像汶川大地震这种灾难记忆的长篇小说，并有着灾难意识的深沉凸显，除了具有一般的人文知识素养能力外，还应该不断拓宽知识视野，掌握更多富有理性内涵的科学知识，因为"美的艺术就其全部的完满性来说，仍然需要大量的科学知识"。对此，创作这类题材的小说作者当须加大科学知识的吸纳，认真阅读诸如地质构造学、地震学等方面的著述，并做到恰宜地运用，这样的小说或许才能将民族的灾难记忆予以卓越的传达，也更能趋近名作的范畴。

对于灾难文学名作的创作，宏大叙事的思想意识及其卓越的结构能力自然是不可或缺的。评论家朱小如先生在论及这个问题时曾表达了自己的看法，他说："在我的阅读经验中，'宏大的叙事'也分两种，以托尔斯泰为例。《战争与和平》是外部的宏大叙事，《复活》则是内心的宏大叙事；外部的宏大叙事容易获得，内心的宏大叙事则不易获得，外部的宏大叙事一旦失去内心的宏大叙事来支撑就会变得'大而不当'，这同样是我们需要警惕的。"[②]很显然，论者是依照自身对于宏大叙事的长期思考和反复理解而把它细分为两种类型的，一是外部叙事的宏大，一是内部叙事的宏大；前者强调形式层面的结构制造，后者强调小说家内在世界的辽广宏阔。从某种意义上讲，中国文学前行至当下，小说的叙事艺术无疑是越来越显现出"向内"的发展趋势和日益丰满、圆融、成熟的象仪。依照这样一种发展逻辑，我们的小说家应当对宏大叙事已经更为接近，至少也有了深层次的写作实践经验的亲身体证和诸多丰富积累，但

---

① 牛玉秋：《为中篇小说创作注入新的审美元素》，《小说选刊》2007年第12期。
② 朱小如：《灾难考验民族意志 文学反映民族精神》，《文艺报》2009年7月30日。

为什么仍然少有小说名作诞生呢？这似乎是一个有着反讽意味的悖论。如果我们从当代小说作者的思想内存、想象能力、构建意识、精神气象、灵魂力度、美学视野等方面予以更深入的探究便会发现，这似乎又是一种较为"合理"的创作现象，因为我们的不少作家并不把小说创作当作自己生命历史中最为重要的心灵事业，而是将它视为一种现实生存的工具，不是滞留于对小说意蕴的繁复把玩，就是在小说叙事技巧上津津乐道，或者是竭力推崇某种思潮流派某种美学主张。这样一种思想认知、审美方式、创作现状自然难以有宏大叙事的出现和升华。这也不难理喻为什么许多批评家不约而同地指斥当下中国作家的"小气"和"小器"。论者以为，要书写出表达民族灾难记忆的富有史诗意味的小说，要从本质上彰显出宏大叙事的现代性建构气象，当须有超凡意义的生命感悟、卓越的艺术想象力、宏阔的精神文化视野和整体把握人类生存历史的能力。单就想象能力而言，我们的小说作者当须富有一种黑格尔先生所指出的"伟大心灵和伟大胸襟的想象"，也只有倍增了这样一种卓越的、大气派、深广性的想象力的小说，才能"展示人类的最深刻最普遍的旨趣"。①

灾难记忆的艺术重现有如一个系统工程的建造，一个作家并非仅仅具有了上述三种意识便能取得斐然的成效，因为我们当下正在面对的是一个经济社会加速发展、消费文化甚嚣尘上的时代。在这种现实生存背景中的作家不可能不受到影响，创作心态的浮躁，思考问题的深度有限，把握人类社会的能力欠缺，轻易浪费重大题材的事件就不可避免地会发生。愈是如此，我们创作这种表达民族灾难记忆的长篇小说作者，愈是要有非凡的沉静之心、大象之思、大构之架、美学之魂，把这类小说创作当作倾其一生的伟业来全身心地投入。或许我们才能创作出更多如斯特拉比先生所说的"对人类追求真理有永恒贡献"的长篇小说。

---

① ［德］黑格尔:《美学》(第1卷)，北京商务印书馆1979年版，第50页。

群体研究

21世纪四川作家的精神建构和艺术追求

——以阿来、麦家、何大草为例

宋先梅

进入 21 世纪的十年间，面对纷纭复杂的世界，大批四川作家依然一如既往地耕耘在文学这块神奇的土地上，不断地调整自己认识和体察生活的角度，关注和刻写自己生命里的记忆与乡愁，精心地用文字编织梦想，在构建自己的精神世界和实现自己的艺术追求方面取得了丰硕的成果，阿来、麦家、何大草①无疑是他们中最杰出的代表。

一　阿来：在群山与大地之间的精神守望

在阿来的小说中，总能感受到有一种宏大的声音在虚空里回响，那是流淌在天空和大地之间的时光漫流，是杂沓的人迹消隐在群山之后留下的空洞的回音，这种回音，十分诗意地显示了土地、人民、历史等浩大的存在。这是因为阿来小说的所有根柢，都源于他立足的藏民族所生活的那片群山与大

---

① 本文参阅阿来作品主要包括：《尘埃落定》，人民文学出版社，1998 年 3 月；《空山》，人民文学出版社，2009 年 1 月；《格萨尔王》，重庆出版社，2009 年 9 月。参阅麦家作品主要包括：《解密》，浙江文艺出版社，2009 年 1 月；《暗算》，作家出版社，2009 年 1 月；《风声》，浙江文艺出版社，2007 年 10 月。参阅何大草作品主要包括：《我的左脸》，新世界出版社，2005 年 5 月；《刀子和刀子》，北京十月文艺出版社，2008 年 6 月；《所有的乡愁》，人民文学出版社，2009 年 2 月；《盲春秋》，北京十月文艺出版社，2009 年 6 月；《我寂寞的时候，菩萨也寂寞》，安徽文艺出版社，2010 年 10 月。

地之间的精神守望。据阿来讲，在他二十多岁的时候，他常常四处漫游："走过那些高山大川、村庄、城镇、人群、果园，包括那些已经被丛林吞噬的人类生存过的遗迹，各种感受绵密而结实。更在草原与群山间的村落中，聆听到很多本土的口传文学，那些村庄史、部落史、民族史，也有很多英雄人物的历史"，很显然，这些所谓的"高山大川、村庄、城镇、人群、果园"，正是阿来文学的精神故乡。

《格萨尔王》在追溯阿须草原这一藏民族史诗文化的生长和源起之地时，阿来充满深情地描述："天如八幅宝盖，地如八宝瑞莲，河水的波浪拍击着高原上那些浑圆山丘的崖石堤岸，仿佛在日夜吟诵六字真言"；月光则像水一样流淌，"穿行在薄薄的云彩中间，投下的阴影在丘岗上幻化不已"；而星星，每当黄昏降临的时候，便常常像棋子一样跳上天幕，"星光铮铮然落在草稞的露水之上"……

在阿须草原上，人与栖居于其上的生灵一起成为大地的主宰，在大化衍流的时空岁月中，生生不息，始终保持着一种单纯、静穆与和谐。而对阿来来说，这样的文化根基，又总是不自觉地在其创作过程中打下深深的烙印，他说："我相信，文学来自于土地、人民、历史等浩大的存在……文学的根本在大地，大地是唯一充满力量的因素。我感到，我和大地之间应该有一种感应关系，个人和土地、人民、历史等浩大的存在之间应该有一种感应关系……我深切地感觉到这种关系，感觉到自己和这块土地以及土地上的人民，还有在其中运行、生长的历史和文化这些浩大的存在之间建立起了互相呼应的关系。"①

《尘埃落定》中的傻子"二少爷"，便经常面对天地这样的空阔，在宇宙茫茫中感应一种时代的呼唤，从而获得对于世事的领会。而《空山》系列中那宽广无垠、暗藏玄机的"机村"则更凝聚了作家对于自己生长于斯的那片土地的炽热情怀与思考。那座寓象极为丰富的"空山"，其原初的景象是"山峰、河谷、土地、森林、牧场和一些交叉往复的道路"以及"崎岖的山脉和纵横交织的沟壑"，在这里，苍山之远和沟壑之间的空谷，氤氲着无边的虚空，也承接着天地之间

---

① 阿来、陈祖君：《文学应如何寻求大声音》，《现代中国文化与文学》2005 年第 2 期。

浑莽的元气。人们在此间起居生息，在天长地久里形成了对大自然的神灵毫无理由的敬畏，对原始宗教的虔诚和对凝聚了远古人类生活与情思的传统歌谣童真般的迷恋。一代又一代的生命痕迹，随着岁月的流逝，逐渐沉淀和丰富为自己民族的集体记忆。

人们就这样创造了"机村"的历史，依循着自己缓慢的演化轨迹和进程。但随着公路的开通，汽车的到来，外面的世界蜂拥进入机村，致使机村这样一个自足完满的古老村落，在颠顶而吊诡的异质文明的强烈冲击下面临着全面崩溃，只留下了散落一地的文明碎片。阿来在审视自己民族的这段历史时，显然既包含着理性的沉思，也满怀着追怀与感伤，他的"机村"，虽然看起来只是藏民族版图上一个小小的点，但事实上，它却象征性地包罗了一切古老的文明在现代社会的强行楔入之下分崩离析的末日景象。作家借此以传达自己宽广而深邃的文化之思，他说这样的机村就像一个易碎的花瓶，"从前它是完整的，后来被城市破坏了"，而作家的任务，就是如何将它完整地拼起来。所以在《空山》的最后一部分，原来靠在机村破碎的机体里砍伐树木赚钱而致富的拉加泽里，却在筹措着把当年炸开的色嫫措湖封上口子，让荒芜的机村，重新得到湖水的滋润，然后生生不息，郁郁葱葱……

但作家这样的文化理想显然缺乏现实的支撑，因而在他其后的小说《格萨尔王》中，这种"补缀"的宏愿似乎已然被挽歌的余韵所取代，作家似乎是在借此映照以史诗为代表的古典藏民族文化的苍凉和没落。小说写道，传说中的嘉察协噶伟大的兵器部落变成了农民和牧民的铁匠；在姜国王子玉拉托琚当年为了本部落人民冒死争取的盐湖边，土地与草原严重沙化，湖泊也干涸了，"风吹过，扬起大片的沙尘，风穿过村庄，吹得呜呜作响"。作为史诗文化的象征，说唱艺人晋美当下的生存处境更面临尴尬：一方面，作为一个被神选中的"仲肯"，他已经无法生存在"大众"间，他所讲述的神的故事不仅不再被人们顶礼膜拜，反而不断地受到"大众"的忽略、冷落、质疑、拒斥乃至驱逐；另一方面，伴随着这样的尴尬，晋美总是想要求证什么，可是当他以一种十分虔诚的心境去寻访格萨尔的旧地时，他却悲哀地发现，自己越是想要追问故事背后的真相，也就越是偏离了故事本身。而作家阿来，就这样借助于《尘埃落定》《空山》和《格萨尔王》，完成了自己在大地与群山之间的文化思索与精神守望。

二 麦家：在极地绝境中挑战人类的极限

与阿来借小说以实现和完成自己对母族历史的反思和民族精神的守望不同的是，麦家对于海明威小说中乞力马扎罗山上那头被冻死的豹子极为推崇，他认为，作家就是那头挑战人类极限的豹子[①]。为此，他刻意将目光定格于一群天才身上，因为，只有天才，才能够到达常人无法抵达之境。他极力地将这些天才抛置于极地绝境之间，把小说当作"手工艺品"精心雕琢，"在尽可能小的范围内，将空间尽可能简化，压缩成抽象的逻辑……逻辑自有其形象性……这是一条狭路，也是被他自己限制的，但正因为狭，于是直向纵深处，就像刀锋。"（王安忆语）于是，"小说在极狭小的空间，设置种种生死攸关的悬疑，展开无尽的可能，翻出无尽的波澜，制造无尽的悬念，给人以极度的压力"（雷达语），作家正是在这一意义上挑战了语言文字表达与叙事的极限。

因为，在麦家的小说中，天才汇聚的极地绝境就是一个代号为 701 的机构。正如阿来的精神和文学故乡存在于藏民族所生活的那片群山与大地之间一样，701 这样一个机构的特殊存在，也就是麦家作为小说家营构自己精神世界、实现自己艺术理想的载体，是他用文字挑战人类极限的金盾与利剑。因为，这些天才或"超人"，他们的才情、意志、年华甚至生命都曾被 701 所吞噬或消耗。

701 是国家之争看不见的谍报战场，信息之获取与传递有如空穴来风，却又充满刀光剑影，他们要获取对方死守的秘密，无疑必将进行人类最高级别的智识厮杀和博弈，而 701 的存在和运行，便是"超人"和"天才"的汇聚与磨损。为此，麦家为我们勾画了"听风者"阿炳、"看风者"黄依依、陈二湖、容金珍和"捕风者"林英、李宁玉等等这样一些具有非凡禀赋、才情、思致或意志的人，以表达自己对于人类智慧与力量之美的歌颂和对人类精神与意志极限之地的玄思。

---

① 麦家：《作家就是那头可怜的豹子》，《当代作家评论》2008 年第 4 期。

比如，对"看风者"（破译家）们来说，"研制和破译密码都需要智慧、知识、技术、经验、天才，但同时更需要一个恶毒的心，因为它是反人性的，密码，说到底，玩的就是欺骗、是躲藏、是暗算，兵不厌诈。密码是兵器，是兵器中的暗器，是人间最大的诈"，麦家将自己的笔触专注在这一类人身上，就是为了以此去考量人类精神与智慧的极限。《解密》中的破译天才容金珍便具有"梦幻一般的神秘智慧"，作家对这种智慧的美及其所携带的强大威力给予了充分的赞美："是那样广博、精深而尖锐，美到极致因而也显得可怕、稀奇古怪、刁钻犀利、气势逼人、杀气腾腾，仿佛在阅读着整个人类，创造和杀戮一并涌现，而且一切都有一种怪异的极致的美感，显示出人类的杰出智慧和才情，他像一个神，创造了一切，又像一个魔鬼，毁灭了一切。"同时，由于密码的存在本身便决定了它兼具形而下之"用"与形而上之"道"的特征，因此真正的破译过程是那样玄奥莫测，毫无理路可循，这就使得天才们不得不没日没夜地沉浸在"你肯定不是你／我肯定不是我"的荒诞中。

但这一切也还未能完全丈量人类精神的力量与强度，因为，基于密码是一个精密的灵魂对于另一精密的灵魂设置的陷阱，破译密码的过程，还充满着很多人生与命运的玄机，"除了必要的知识、经验和天才的精神外，更需要远在星辰之外的运气"，因此，天才们与密码约会的方式，在常人看来，便显得十分奇特而虚妄。比如黄依依在威重神秘的701破译室里，总是随心所欲地"说闲话、谈男人、谈是非、谈梦想"，或者"满山谷跑，看闲书、捉小动物、摘野果子，见了好玩的就玩，见了好吃的就摘，见了好看的就拣"。又由于任何一部密码的制造和破译都是不可复制的，因此破译中更大的玄机却还在于，有时刻意的搜求反倒可能使心灵陷入更深的迷雾，容金珍在破解黑密的过程中，便遭遇到这样的悖谬，"魔鬼避开了天才容金珍的攻击，却遭到蛮师的迎头痛击"。

如果说破译尚需"必要的知识、经验和天才的精神"的话，那么，对于"捕风者"阿炳来说，知识、经验与技术在此完全没有了用处，工作中的阿炳，"机器转动的电波声和噪音杂音，此起彼伏，彼起此伏，前后左右地包抄着他，回绕着他，而他依然纹丝不动地稳坐沙发上，默默吸着烟，聆听八方，泰然自若"，小说以此向人们昭示了本然状态的人的感性生命似乎具有超越于科技和理性之上而延展的无限可能。对于"捕风者"李宁玉、林英等来说，由于身处与敌人面对面斗争的险恶处境中，要想出奇制胜，就不仅需要智慧、勇气，更需要胆识与意志。作家塑造这一类形象的目的，就是为了在一种惊心动魄的心智较量中，去丈量一个人信念的力量，去揣摩人性那无限的丰富和复杂，表现出作家对于人类精神多向度挑战的勇气。

但麦家的高妙之处还在于，一方面借701的天才来撑起人类心灵宽广无垠的空间，另一方面，也为人性那无法度量的边界下一个作家自己的注脚。因为，这些天才一方面挑战着人类心灵的极限，另一方面，他们又总是存在着种种缺陷。比如，阿炳既能从声音里听出谁家的媳妇养了野汉子，当然，也能从婴儿的哭声中听出妻子抱回的孩子不是他亲生的，天才之禀赋既成就了他，又毁灭了他；破译家容金珍虽然有着"梦幻一般的神秘智慧"，但却天性脆弱，终致疯狂；"在刀尖上跳舞"的林英能应对极为危困的处境，却在生孩子的极度痛苦和无意识昏迷中喊出了孩子父亲的名字……可见，天才们虽然在某种程度上超越了一般人类的极限，但在另一方面，他们又总是和一般人一样存在人生或命运的短板。稀珍而极易破碎，这正是天才之让人扼腕之处。

三　何大草：形式构成目的的一部分

何大草曾以历史题材小说集《衣冠似雪》步入文坛，但之后又有被称为"残酷青春系列"的《刀子和刀子》《我的左脸》引起文坛强烈关注，然后出版的《盲春秋》《所有的乡愁》似乎有回到历史的迹象，但他新近推出的长篇小说《忆君》，却又是立足于"现在"时刻，串联起成都宽巷子与重庆十八梯之间一路上的人文景观。题材选择的不拘一格，也许正好说明了小说家的艺术追求当别有所在。实际上，艺术结构的繁复，事实真相的扑朔迷离是何大草小说最见功力之处，也是其扣人心弦的魅力所在，而"让形式参与到内容中，并构成目的的一部分"，这几乎是何大草小说一以贯之的艺术追求。

即以《盲春秋》为例。小说"煞有介事"地交代了一部手稿的来历和最后的修订完成，一封来自异域、措辞怪异的"长安来信"拉开了小说长长的序幕，而信中所述人事之辗转、时空挪移的跨度之大，牵涉人物、事故之纷纭复杂以及各种物、事交替承续间之玄虚、微茫等，让人仿佛于不经意间卷入了一场幽深的迷梦，但在梦境一般的迷糊中却也不知不觉地被小说家牵引走向历史那荒芜、暗哑的皱褶深处。然后是听一个在黑暗和幽寂中生活了45年的盲女朱朱讲述明亡前夕那段令人眩惑的历史。由于穿越了45年的时光，而45年前的朱朱还是一个不谙世事的少女，因而她的讲述基本上是凭借直觉和感悟，其间枝蔓丛生，多有乖谬和不合常理之处，但却充满了"心性"与"柔情"。而作为"附录一"的"带刀的素王"，却于朱朱口述的历史之外，将权力在幽暗中的相互窥探、角斗和厮杀诉诸笔端，满含着"疾驰的身影，风声、汗味、喘息"。这样的"篇章"布局已初步凸显了作家经营结构的匠心，但小说的"附录二"之"二十七个逃亡的人"又一一交代了王室中最后的二十七个人极为隐秘的去处，直到这二十七个逃亡的人渐行渐远，最后消失在无边的空阔里，构成了倾覆后的王朝一个耐人寻味的尾声，而一个婴儿的侥幸存活，却又使消失在天边的孤帆远影在世事如烟中生长出无限的可能。最后部分的"代跋"，再次翻空出境，通过"何大草"对生命遗留在大地上的痕迹的寻找，完成了对历史另一种面孔的勾画。

小说正是通过这样繁复的结构，用摇曳多姿的笔致立体化地展现了历史的真实面容，就像紫禁城的宫殿一样，"从一座宫殿到另一座宫殿，你都得走过扑朔迷离的台阶、门槛、廊桥、夹道，拐数不清的弯，这煞有介事的蛛网般路径，构成了紫禁城魅力的一部分，形式参与到了内容中，并构成了目的的一部分"①。同时，在这样的结构中，"千门万户，有蛛网般的路径，但又呈现出数学般的精确"，并且每个局部又都脉络相通，整体结构严谨而巧妙，"有如一棵杂花错开的树，每片叶、每朵花都是精美的，又因为它们都分布在一棵姿态横生的大树上，而更显得仪态万方"。小说家运用这"杂花错开"的"无限丰富的人物、无限丰富的故事"赋予了小说"一种柔软的反应力"，而这

---

① 何大草、阚兴韵:《文字里埋着梦想与谦卑》,《温州晚报》2008 年 11 月 8 日。

种"柔软的反应力",正是何大草对于历史或人生独特的感受,"它是弱音、是沉思,是低回婉转"①。

何大草的另一部长篇历史小说《所有的乡愁》所叙写的时间跨度达一百年之久,作家结构艺术的能力再次在作品中得以呈现。其中的人、事绾合得十分紧密,承载着生命故事的"历史之物"的出现在其中起着非常重要的关合作用。作家赋予这些"历史之物"以特殊的属性:在时间之流中的行迹虽然可能被清晰地追踪,但其行走的过程和与之相关的人生和命运却是任何人也无法左右的扑朔迷离,比如,捣杵。在日本文化里,捣杵象征着一个人身世的迷离和"变迁",因此在小说中,它关联着很多的人事与变故:岩里良子在望夫桥的古玩市场里见到了一件木捣杵,便觉得跟见了个"故人"似的;而汉奸包额思对于故乡"两全庄"的想象也如同"捣杵"一般交缠:"端详此捣杵,昔日可是山茶树,抑或是梅树?"此外,读者在恍惚中也许还会记得,当年平冈桑梓们实施暗杀计划的失败,便是被湖北一位名为"捣杵"的特工人员所捣毁;同时,渡江(稻儿)在逃亡的途中,被包英良带到了家中,稻儿打量房间的飘瞥的目光,也曾偶然地不经意瞥见在包英良书房里"有一只色泽古旧,造型朴素的捣杵"。这只"捣杵",其实原本是包英良当年去横滨探寻母亲娘家时带回来的唯一的纪念品。"捣杵"的一次次出现,在时光之流中划出了一道让人眩惑的优美弧线,其间的连缀点似有若无,"澄明"着一种"流逝",一种"变迁",恰到好处地展现了人在时空中的惝恍迷离和人对于历史感知的荒烟弥漫。

同时,与《盲春秋》一样,为了弥补单向度叙事带来的历史视角的局限,小说中又安排出现了"南音"往事的见证者、向南音院志提交了一份个人备忘录(作为小说附录形式存在)的何绍刚和为何大草小说撰写"跋"并接受何大草委托为小说中人物、事件寻找下落的考古学家何少刚。这种"互文本"的结构将叙述视角进行了巧妙的移换,一方面让原本居于叙述边缘的苏娘、赵小青、桑桑以及马家家、苗小桥等在"文化大革命"中的遭遇成为事件的中心,而"文革事件"所彰显的"人性"的优美与丑恶,爱、恨、情、仇也如同被置于显

---

① 何大草、冯小宁:《我理想中的小说像宫殿般繁复》,《北京晚报》2009 年 7 月 24 日。

微镜下般的凸显和放大，小说丰厚的意味因此而得到了数倍的强化；另一方面又让人从考古学家何少刚的角度"东西的下落似乎晓得了，却离未知更远了"对历史进行了意味深长的把玩。

四　结语

综上，阿来通过对藏地民族生活历史进程的追溯和描绘，实现了在群山与大地之间的精神守望；麦家小说通过魔幻般地展示天才的禀赋和人类极限之地的无限风光，在挑战人类极限的同时，也挑战着作家叙事与文字表现力的极限；何大草则通过形式对目的的参与，揭示了生命的轨迹在岁月的流逝中的迷幻、荒谬、吊诡、巧合和偶然以及个人在历史中不由自主的"存在"，是他们共同托举了 21 世纪四川作家精神领域的边界。

地方性知识：乡土文学抵抗"去域化"的叙事策略

——以四川乡土文学发展史为例

向　荣

　　全球化时代到来后，消费主义文化凭借传媒的强势力量日益向中国广阔的乡村社会扩张渗透，乡村由此成为地球村中绕不过去的角落，成为全球资本凝视和想象的对象。置身于这样一个全球化的语境中，中国文学应当怎样关注和描述乡村，文学如何在新的文化视域里来讲述中国的乡村故事，就是一个值得文学界探究的美学课题。多少年来已经习惯了在学院的学科体制内自我繁殖的文学理论与批评，或许可以与经济学、法学、社会学和文化人类学携手同行，去发现和叙述一个在历史变迁中已经发生并在继续发生重大变化的真实乡村。

　　在叙事中艺术地建构一个反浪漫主义的现实乡村，是中国新文学由鲁迅先生开创并承传至今的主流文学精神，我们自然没有遗忘，但更重要的却是应当在文学写作中努力践行。我认为，重建乡土小说的地方性知识，不啻是文学践行现实主义精神的美学路径之一。

全球化语境中的地方性知识

　　乡村与城市隔岸相望了数千年，农业文明最终是在与工业文明对峙的背景中才得以凸显出来，获得了现代性的阐释。所以乡土文学作为文学类型其实是现代性的命名，乡土小说的文学规定性，也只有在文学的现代性话语和知识谱系之中才能被有效地言说。更确切地说，乡土小说从它产生的那天起，它就处在现代性的观照与审视之中。唯其如此，文学的乡土性就是作为现代性的"他者"，在现代美学知识体系中被考量和解读的。早在 1894 年，美国作家赫姆林·加兰在他的《破碎的偶像》一书中，就把"地方色彩"指认成乡土小说的普遍特征，强调"地方色彩"是乡土小说艺术魅力的生命源泉。赫姆林·加兰的逻辑出发点是乡土生活的地方差异性，因其地方差异性的存在，乡土小说才可能取悦读者并使人们发生兴趣。但更加深刻的文化人类学原因正如迈克·克朗所说："人们总是通过一种地区的意识来定义自己，这是问题的关键……地方不仅仅是地球上的一些地点，每一个地方代表的是一整套的文化。它不仅表明你住在哪儿，你来自何方，而且说明你是谁。""地方为人们提供了一个系物桩，拴住的是这个地区的人与时间连续体之间的共有的经历。随着时间的堆积，空间成了地区，它们有着过去和将来，把人们捆在它的周围。"①

所以"地方色彩"几乎就在本体论意义上，成了乡土小说不可或缺的构成元素，地方色彩使乡土小说的乡土性最终获得了美学的合法性。我们知道，类似赫姆林·加兰这样的乡土文学理论对中国的乡土文学发展也产生了深远的影响，更确切些说，中国的乡土文学理论与赫姆林的理论是异域同构、大体一致。1923 年，周作人发表了《地方与文艺》一文，他强调地域风格对于乡土文学艺术的重要意义，认为地方性与个性，便是乡土作品的艺术生命。他还准确地指明，所谓地方性，"并不以籍贯为原则，只是说风土的影响，推重那培养个性的土之力"也就是"从土里滋长出来的个性"。中国近百年的现代文学批评在阐释自鲁迅以来的现代乡土文学史时，迄今为止，也基本上是把"地方色彩"作为乡土小说的一个审美准则和叙事法则来指导其阐释实践的。由此可见，地方色彩是乡土小说的审美根性，离开了地方色彩，乡土小说的文学之根恐怕就丧失了它的活水源头，乡土的面相也就变得暧昧不清了。

可是，作为文学概念的"地方色彩"，从根本上说也是一个历史概念，因而我们对它的内涵与外延的认知和界定通常也应当是历史性的、与时俱进的。

---

① 迈克·克朗著：《文化地理学》，杨淑华等译，南京大学出版社 2003 年版，第 131 页，第 138 页。

文学史的经典定义通常把"地方色彩"的文学内涵限定在乡土社会的"三风"之中，即所谓"风俗／风情／风物"。乡村世界中一个地域的风俗风情风物因其存在着不同于其他地域的差异性，这个地域的风俗风情风物自然就凸显出了文化人类学和知识社会学的语境和特殊意义。在经由人们的阅读实践之后，这些与文化人类学或文化地理学相关的乡村经验与事物不仅可能被吸纳和接受，而且还在一种理性思维中逐渐演化为源自文学的地方性知识，从而构建了人们关于乡土文学的审美趣味和知识结构。

但在全球化的语境中，乡村的风俗风情风物大都处在"去域化"的逐渐解体的历史境遇中，许许多多传统的乡村事物都存在着朝不保夕或日渐衰败之势，乡村社会的趋同性也在现代化宏大工程的改造中越来越明显。贾平凹在谈到《秦腔》的写作和故乡的变迁时就说："原来我们那个村子，民风民俗特别醇厚，现在'气'散了，我记忆中的那个故乡的形状在现实中没有了。"①乡风民俗既已衰变，我们又该如何去寻找和建构现时代乡土文学的"地方色彩"呢？我认为，在全球化消费时代的乡村叙事中，乡村的叙事语境已然发生了深刻而重大的历史性变化，因而在考量"地方色彩"时，必须把"地方色彩"放到全球化的文化语境之中，放到城市化的历史进程之中，才有可能审美地观照和艺术地发现"地方色彩"的历史内涵与时代风貌，使"地方色彩"成为一种与社会转型和文化变迁同构对应的历史性的"地方色彩"，而不是亘古不移的永远的"地方色彩"。直截了当地说，由于乡土社会的"地方色彩"（特别是乡风民俗）更多地积淀着前现代社会的农耕意识和文化习性，那么，在全球化和中国社会转型的消费时代，当下的乡土小说对"地方色彩"的书写，其着眼点或许就不是"建构"，而是"解构"。换句话说，乡土小说更应当书写乡村社会传统的"地方色彩"在势不可当的城市化和工业化进程中，是如何或缓慢或疾速地解体和消失的。更重要的是，还要写出在"地方色彩"解体的历史过程中乡村所经历的内心创痛和精神变化。

我们业已看到，一些乡村原初的"三风"已被全球化的飓风劫持而去，或者消失殆尽，东部沿海地区的许多乡村如今已变得越来越现代化了，城市的消

---

① 贾平凹等：《〈秦腔〉痛苦创作和乡土文学的未来》，《文汇报》2005 年 4 月 28 日。

费主义文化已经并正在加速向幅员广大的乡村地区扩张渗透，而且从总体发展趋势上看，乡村的现代化是民族国家现代化的最终目标，唯有乡村基本实现了现代化，中国的现代化才能以天下大同的方式完成自己的历史使命。由是论之，在关于"地方色彩"的历史变迁和文学书写的问题上，存在着一种深刻相关的历史和美学的辩证法——"地方色彩"彻底解体之时，也许就是乡土文学完全终结之日。

既然如此，乡土小说的地方色彩便不可能一劳永逸地套牢在乡村社会既往的"三风"之上。当此全球化大潮汹涌之时，乡村在全球化进程中的文化困境、伦理困惑和地方性的生存经验，包括地方性乡村的风俗风情风物的历史性变迁与衰落，概而言之，全球化语境中的乡村地方性经验，应当就是现时代（消费时代）乡土小说的地方色彩，也就是乡土小说要倾力关注和审美描述的地方性知识。更精确地说，乡村在被全球化劫持过程中发生的地方性经验，经文学表达和阅读实践后就转化成乡土文学的地方性知识，也就是嵌入乡村生存环境和生命体验的知识。从知识本身内在的逻辑关系上来说，乡村的思想和知识正是以乡村的经验为生长土壤和生存背景的。所以，在全球化的消费时代，地方性经验就是乡土小说地方色彩新的美学内涵和审美特质。乡土小说要关注和表达乡村社会被全球化劫持过程中出现的多元、丰富、复杂甚至诡异的地方经验，要用地方性的乡村声音说出自己的话，以便重建乡土小说的地方性知识。迈克·克朗在阐释托马斯·哈代的乡土小说对地方情感的体验时说："如果地方的意义超出了那些可见的东西，超出那些明显的东西，深入心灵和情感的领域，那么，文学艺术就成了回答问题的答案，因为它们是人们表达这种情感意义的方式。对地方意义更进一步的认识认为，不仅一个地方有其本质，而且人道的基本特征之一便是人与地方的意义关系。"他还援引雷尔夫的话说"做人就是生活在一个充满许多有意义地方的世界上，做人就是拥有和了解你生活的地方。"[1]

重建乡土小说地方性知识的深刻意义还在于：它是中国乡村自主现代性的审美表征，它表明了中国现代化经验的差异性与独特性，是全球化时代多元现

---

① 迈克·克朗著：《文化地理学》，杨淑华等译，南京大学出版社2003年版，第131页，第138页。

代性的一种现实的发展路径。

前消费时代乡土文学中的地方性知识

在考量消费时代乡土小说对地方性知识的关注与表达前，我们还是要先行深入到前消费时代的乡土文学中，观察先前的一些经典的乡土小说是如何艺术地建构地方性知识的，也就是寻找乡土小说建构地方性知识的文学资源和历史谱系。在这里，我以 20 世纪 90 年代为历史发展的一个阶段性标志，把近百年的现代中国社会划分为前消费时代和消费时代。我的考察将以四川乡土文学为美学个案，循序渐进地寻求地方性知识建构的文学谱系。

大约在 1935 年，沙汀从上海回到四川，发表了著名小说《丁跛公》，小说副题叫"一个地道的四川故事"。在四川近百年的新文学史上，这是四川作家发表的第一篇乡土小说。这年底，艾芜出版了著名的小说集《南行记》。一年后，李劼人发表著名的长篇小说《死水微澜》。从那以后，四川乡土文学就以引人瞩目的"地方色彩"及其地方性经验崛起于中国文坛。历经了几十年薪火相传的发展历程，四川乡土文学已然成为中国现当代文学史上独具特色的乡土文学流派，为中国乡土文学做出了杰出的艺术贡献，产生了以《死水微澜》《淘金记》《南行记》《烟苗季》《生人妻》《许茂和他的女儿们》《尘埃落定》等为代表的一批经典乡土文学作品，在中国现当代文学史上占有重要的文学地位，提供了有特殊审美意义的艺术经验。

四川现代乡土小说对乡风民俗类"地方色彩"（不仅限于风俗风情风物）的艺术表达和文学编码，历来为人津津乐道。半个多世纪以来，小说中那些关于"地方色彩"或地方性经验的文学书写，诸如，吃讲茶、抽大烟、抓壮丁、生人妻、袍哥、坐茶馆、棒老二、抬滑竿以及方言俚语等等，已经在人们的阅读实践中转化成经典的文学地理学和文化人类学符号，成为解读旧社会乡土四川的一种内涵丰富的地方性知识。杨义先生在对浙东乡土文学与四川乡土文学的地方特色进行比较研究时说，浙江乡土小说的地方特色带有更普遍的民族性，那是因为它的地域文化在相对开放的沿海地区的时代变迁中已然淡薄了。"而四川的地域文化由于相对封闭，带有更多的历史沉积、远古遗传和民间特产。

李劼人、沙汀笔下的袍哥、棒老二、保长，以及淘金的产业、抽鸦片的乡俗、抽壮丁的弊政，甚至作为交通工具的滑竿，就更有深刻的巴蜀风俗文化的印记，它们是以巴蜀乡土特征来折射出民族发展的不平衡性和普遍性的。"①

　　阅读四川的现代乡土小说，不难发现一种相似的叙事经验和修辞策略：乡村的实际年代已然进入了现代性的 20 世纪，但四川现代乡土文学中的乡村意象却还是一个属于中世纪的黑暗形象。所谓中世纪的黑暗形象，也就是半人半兽的蛮性残存的世界。这也是四川现代乡土文学从总体上自觉建构的乡土四川的地方性知识。这种美学的地方性知识使四川的乡土文学独树一帜，既不同于鲁迅为代表的浙东乡土文学，更有异于沈从文为代表的田园乡土流派。

　　四川现代乡土文学的地方性知识是在四川乡土社会的地方性经验之上得以美学地建构起来的。四川地处中国的内陆腹地，四周是绵延不绝的崇山峻岭，历史上不但远离历代王朝的中央政权，而且也远离儒家文化的中心圈。山高皇帝远，人多地又少，多次大移民，使有限的区域负载日重；近代以降，军阀割据，有枪便是草头王，弄得生灵涂炭、民不聊生，生存环境已在历年的战火焚燃中日益恶化。这样的社会生态造成了即便到了 20 世纪初期，四川的乡土社会仍处在极度封闭蒙昧的封建社会中，远没有建立起现代意义上的文明秩序。在这样一种远离诗云子曰的乡土社会里，其地域文化中便生长出一种膜拜实力的、类似初民时代的价值取向。在近代乡土四川，所谓实力也就是支配和掠夺他人、维护和扩大自我利益的各种权力，有实力的人物也就是乡土社会中的头面人物，正是这类形形色色的实力人物统治着乡土四川的每一个角落，从县长到保长，从乡约到联保主任，从绅粮到地主，他们钩心斗角、掠夺乡里、鱼肉百姓、相互倾轧。所以，四川现代乡土小说的主要人物通常便是这些实力人物，他们不约而同地出现在沙汀、李劼人、艾芜、周文和罗淑等著名作家的笔下。有学者做过一个统计，沙汀写四川题材的 70 篇小说中，涉及到实力人物的小说便有 51 篇，占了 72.8%；李劼人写四川题材的 26 部长短篇小说中，写实力人物的 20 篇，占总数的 76.9%。② 当然，仅仅书写乡土社会实力人物绝非四川

---

① 杨义：《中国现代小说史》，人民文学出版社 1998 年版，第 418 页。
② 李怡：《现代四川文学的巴蜀文化阐释》，湖南教育出版社 1997 年版，第 57 页。

乡土小说的地方特色，四川乡土小说真正重大的艺术特色在于，它把实力融化在蛮力之中，让权力赤裸裸地以粗暴和蛮横的方式来践行，以带有血腥气味的蛮力来艺术地表现那种令人恐怖的粗暴实力——有个地主为了两升口粮竟然一刀捅破佃户的脖子；代理县长毫无半点悲悯之心，大灾之年还要搜刮灾民钱财，大叫"瘦狗还要炼他三斤油"；在小说《公道》中，乡长贪污了阵亡士兵的优待谷物，竟大言不惭地说：不如此"还有什么人愿当乡长"；回龙镇上的两个"体面人物"为使儿子逃避兵役，竟在茶馆里当众厮打等等。

四川作家罗淑的《生人妻》与浙江作家柔石的《为奴隶的母亲》，写的都是封建社会的典妻制度。相同的题材，细节与经验却大异其趣。柔石笔下的实力人物典用他人妻室，还吟哦一番《诗经》里的诗句，生了儿还要援引《书经》典故以证起名之高妙。这里呈现出一种看上去很儒雅的乡绅派头，骨子里却是杀人不见血的残酷儒雅，也自然反映出儒家文化在沿海乡俗中经年渗透后产生的一种伪善的人性状态。罗淑笔下的典妻故事则体现出令人惊悚的赤裸裸的蛮风野习。先是夫穷卖妻，继而是弟奸其嫂，到后来又是买妻者设套陷害卖妻者。在这个惨无人道的苦难经历之中，那个被卖掉的妻子，每每总要遭到主子们即兴而起的残酷打骂和欺负，饱经摧残却又哭诉无门。罗淑的典妻故事深刻地反映出近代四川乡土社会中的粗暴人性和黑暗情境，以及那种带有初民文化意味的野蛮风俗。四川乡土社会的实力与秩序便是以这样残忍的蛮力方式来建构和体现的。它们艺术地表征着，直至近现代的四川乡村，儒家的那套巩固封建秩序的礼仪文化和伦理道德还没有从根本上化育到四川的乡村角落。在那个时代，乡村生活中仍然保留着初民阶段的若干蛮风野习，乡土经验中还保存着不少草莽的习性。所以，从现代文明立场观照这个乡土世界的四川作家，自然就要历史地把它描述成一个半人半兽的、近乎中世纪的黑暗世界。而当许多四川作家不约而同地讲述着类似的乡村故事，描述着形形色色的实力人物时，四川乡土小说就以一种文学共同体的叙事方式，凸现出近现代乡土四川的地方性经验，从而也就艺术地建构起了关于近现代乡土四川的地方性知识。

四川乡土小说的核心叙事空间大多是本土化的"乡镇"，如《淘金记》中的"北斗镇"，《在其香居茶馆里》的"回龙镇"，《死水微澜》中的"天回镇"。乡镇是中国乡土社会和农业文化的地缘中心，也是农村经济结构和权力网络的核心场所，更重要的，乡镇还是城乡之间经济物资和文化交流的枢纽和集散地。所以，乡镇作为文学的叙事载体和书写空间，可以更集中更准确地反映和表现出乡土社会的历史风云和时代变迁，在乡镇饱经沧桑的历史命运中往往就隐藏着乡土社会发展或者变迁的深刻秘史。四川乡土小说通常就是经由对地方性乡镇经验的书写，从而艺术地建构了一个中世纪式的黑暗的乡土四川形象。四川乡土文学的现代性乃至国民性主题也正是在乡土四川的这种中世纪的黑暗形象中得到了提升和凸显，成为中国现代文学史独树一帜的乡土文学流派。这样的"地方性知识"包含了乡土四川深刻尖锐的历史问题和农民根本性的生存困境，从而也就为乡土四川的现代性问题提供了一种美学和知识的参照系，其生动形象的认知意义实在不可低估。

有意味的是，在新时期四川乡土小说中仍可以发现乡村故事和经验中蛮力践行的残渣余孽及新的表现形态。

李一清的《山杠爷》是一篇经得起时光打磨的乡土小说，这篇写于20世纪90年代初期的小说，其中凸现的乡村问题和深刻的文化内涵至今依然发人深省。堆堆坪村干部山杠爷为催交公粮以树个人权威，先自立村规，到期不交者，一斤罚交一斤五两。农户王禄拒不服从，山杠爷竟自带几个身强力壮的民兵将王禄蛮横地捆绑起来关了三天，也饿了三天。对其余欠粮户，又以羞辱人格的粗暴方式，在他们前去粮站的路途上，在其箩筐上书写"拖欠公粮某某某"字样，令其"丑名远扬"；不久之后，为了把外出打工的乡民召回来务农，粗口连篇的山杠爷竟然大张旗鼓地私拆别人信件，查明地址后还派人将打工者"弄"了回来；当乡民腊正为修山塘不愿缴费投劳并说了噪话时，山杠爷"啪啪啪"一阵巴掌掴在他的脸上；夯娃媳妇生性泼辣不守孝道多次欺负婆婆，山杠爷在劝说无效的情形下，为维护乡村道德秩序就叫人将夯娃媳妇捆起来游村示众，造成她当夜上吊自尽，最终触犯了国家法律才受到法律制裁。发人深省的是，山杠爷运用权力的蛮横粗暴方式全都是基于村社的集体利益，其行为的目的性是正当的也是合法的，也就是说，他是以不合法的蛮力方式来践行合法的公务事业，并因此获得政绩和奖状。放进现代化理论的框架中考量，可以说山杠爷基本上是用前现代的方式（也就是反现代的方式）来实现或解决乡村的现代问题与事务。耐人寻味的是，山杠爷的所作所为及其蛮力作风，在乡村社区竟为他赢来了全村乡民的诚服与尊重，以至于他被警察带走时，村民群体挡道，阻拦警察。而豪气干云的山杠爷，竟还信誓旦旦地要求他的继任者一定要按照他的蛮力方式去践行乡村的权力。

这种相当复杂、充满悖论、不无诡异的乡村经验，既是改革开放三十年的历史变迁中，四川乡村现代性变革比较特殊和复杂的地方性经验，也是新时期四川乡土小说对地方性知识的艺术建构，其独特的艺术经验与成就，不仅是对中国当代文学的重大贡献，而且还值得社会科学的深度关注与学理研究。诸如，现代的法制文明如何才能有效地在乡村社会中建构起来；在前现代、现代和后现代混杂交叠的文化生态中，"去蛮力"的文明实践能否从乡村本土文化中找到资源？乡村蛮力存在或运行的文化机制与历史土壤其根基到底是什么？在一个全球资本逐渐向乡村扩张渗透的消费时代，物质主义和消费驱动难道就是救赎乡村、使乡村现代化的唯一力量？消费时代的乡村是否需要重建乡村的生活意义等等。由此可见，乡土文学的"地方性知识"，不但事关乡村的历史和现实，也事关乡村的心灵和精神，是乡村文化生态建设不可或缺的一项重要内容。

如果说《山杠爷》主要给我们呈现了新时期乡村社区蛮力公用的地方性美学经验，那么，贺享雍2005年创作的《土地神》又让我们更深入地看到了乡村蛮力"公私兼营"的另一种地方性经验。

《土地神》讲述了一个村官的政治兴衰史。故事的主角叫牛二，牛二原是牛家湾的一个普通村民，后受原村长提拔当了继任者。牛二当了村长后，他对自己作为一村之长的权力，有一种源自乡土经验的认知——村长就是一村之王，在村长所辖区域内，他可以为所欲为。牛二作为一介乡官，其权力运作的事务无非公私两类：其一是以权谋私，准确些说是以权泄欲，拿牛二的土话来说就是"偷婆娘"；其二是以权谋事，在他以权泄欲的同时也实实在在地给村民做了一些该做的事情，用近乎野蛮的方式维护了村民的利益，也付出了丢掉乌纱帽的沉痛代价。

牛二的权力运作方式，即"蛮力方式"，是十分耐人寻味、最具地域特色的乡村经验。在小说中，所谓权力运作的"蛮力方式"，说到底就是使用暴力或准暴力或软暴力或类暴力的种种形式，诸如：吵架、斗殴、持械、围困、拦截乃至自戕等方法，来达到权力所欲达成的目的。牛二的一部权力实践史，实质上就是一部运用"蛮力方式"的政治兴衰史，其成亦蛮力，其败亦在蛮力。牛二玩"蛮力游戏"的权术，可分成私人性与公众性两种形式。私人性方式——比如牛二为了当上队长所做的两口子打架的政治秀，为了捞取政绩得到排危资金，牛二在县长办公室跳楼自杀迫使县长签字的蛮横方式；公众性方式——有牛二率领众村民组长以械斗相逼催收欠税的事件，也有牛二为捍卫村民在征地上的正当经济利益，率领乡民倒地拦截推土机的事例等等。所有这些被牛二自称为"日妈理论"的"蛮力游戏"，以粗暴的方式显示了权力在乡村社会中的特殊力量，虽然横蛮粗野却又实用有效，这就说明了一个既浅显也深刻的道理，在乡村生活中，权力往往同蛮力绑在一起，可以说是雌雄同体的一种事物，也是乡村政治生活中一种引人关注的地方性特点。牛二这个人物形象相当吊诡地传达了乡村现代性与反现代性问题的丰富性和复杂性。牛二作为村官的所作所为，尤其是他那种"蛮力"化的权力方式，基本上是前现代或者说是乡村的传统方式，其反现代性色彩显而易见。但悖谬之处就在于，牛二像山杠爷一样也正是通过使用一些有悖现代伦理的传统手段和方式，做成了符合现代社会正义原则和公理原则的事情。比如，他面对地方权力与资本结盟的社会势力在征地上对他施加的压力拒不妥协，而当象征资本势力的推土机在地方权力的支撑下碾进牛家湾的土地时，牛二挺身而出率领众村民以血肉之躯拦截巨大的推土机，最终以近乎暴力的方式有效地维护了弱势群体的利益要求，勇敢地捍卫了全体村民的合法权益，从而确保了大家的经济利益。

牛二是无赖也是英雄，牛二的全部复杂性和暧昧性其实也就是乡村中国现代性经验的复杂性和暧昧性。扩大些说，类似的复杂性和暧昧性也是历史实践中的一种中国经验，利益表达机制不健全或者说弱势群体的利益要求无从表达，前现代的传统以及反现代性的力量都可能乘虚而入，获得其生存与表现的空间。《土地神》不仅讲述了权力的蛮力形式，作家还企图去探寻蛮力有效和实用的心理机制与社会传统，暗示了"以暴制暴"的前现代阴影，也涉及历史经验相沿承传、老谱不断袭用的可能性。

不言而喻，在对四川乡村蛮力文化的审美观照中，现时代的四川乡土小说对于前述四川现代的乡土小说，既有艺术经验的承传，也有在新语境中的艺术拓展，其所描绘的地方性乡村的蛮力经验，在复杂性和人性的维度上已经超越了现代乡土小说，呈现出新时期的文化和历史表征，蕴含着更加复杂暧昧的人性内涵和现实意义。

地方性知识：抵抗遗忘的乡土叙事

乡村的地方性经验是地方性知识的客观基础。文学的乡村是以真实的乡村经验来想象和建构的美学意象。但这样一个真实的乡村意象和地方性经验，离开文学的关心和表达已经有些年头了。

城市的喧嚣与乡村的遗忘是20世纪90年代以来，消费主义文化势力和中国传媒势力日益壮大过程中出现的一种颇为浮躁的社会现象。一方面，关于时尚和资本的信息铺天盖地，过剩的信息垃圾严重地堵塞城市的视听和人们的耳目；另一方面，乡村的形象和声音在不知不觉中消失了，就像一滴水消失在大海之中，唯有衣着污秽的农民工在城市的建筑工地上晃动着。中国一家著名的文化评论期刊在1996至2006的十年中，策划了数百个"为时代立言"的重要话题。比如："中国城市魅力排行榜""上海人为什么迷恋30年代""中国欲望榜""娱乐新世纪""不想再去的10个旅游地""谁妨碍了我们中产""中国，正在成为世界最大的名利场""吃遍天下危险榜""性小康：一个考量生活质量的全新视角""下半身批判""房地产和它改变的生活""消费欧洲"等等。这些话题形形色色，看起来包罗万象，有些话题还指涉到城市中产人士富裕之后的烦恼，诸如，吃遍天下的危险、不想再去的旅游地等等。遗憾的是，十年来为数甚广的"重要话题"中，却没有关于乡村的半点消息。在时尚传媒看来，乡村就是土得掉渣的晦暗角落，显然不在"时代前沿"之列。①

城市的喧嚣导致了乡村的失语。当乡村遭遇遗忘之时，文学在做些什么呢？检索相同时期的文学文本，我们可以看到，在此期间，文学同样也不甘人后地展开了它自己的"城市化"进程。新写实主义文学之后，城市文学和城市书写在文学的天地里繁荣壮大，流风所致，竟成一种颇为流行的文学时尚。文学的"城市化"运动，使文学在消费时代亲近了城市而疏远了乡村，城市文学在

---

① 参见《一本杂志和一个时代的体温》，漓江出版社2007年版。

进入城市的肌体和欲望、拓宽文学表现空间的同时，把另一个宏大的乡村空间逐渐遗忘了。20世纪中国文学最具美学力量和人文精神的优良传统——由鲁迅开创的现实主义乡土文学精神也差不多被人遗忘。即便在"新历史主义"的文学书写中，可以看到有关乡村的叙述，但那类乡村故事大多数是关于乡村的历史故事和传奇故事，而现实经验中的乡村，那个生存维艰、命运困苦的乡村，在不经意之中确乎已被文学遗忘了。

城市文学的繁荣和壮大，如果是以遗忘广大的乡村生活为代价，那么，文学的叙事伦理和写作良知恐怕就是有问题的。因为中国的现代化，无论过去、现在还是将来，都是城乡一体的现代化，是全体中国人的现代化。中国的经验常识告诉我们，尽管中国的许多大中城市已率先跨入了消费时代，但由于乡村社会经济发展的不平衡，生产方式与经济结构的现代化转型尚未完成，中国的现代化伟业至今仍是未竟之业。我们在讨论城市文学乃至后现代主义文化时，是不应当忽略这个重要的历史境况的。

中国的乡村是一片丰饶而又芜杂的辽阔大地，文学对乡村的观照和叙事历来就是中国文学的基本母题和伟大传统。毫无疑问，这一母题和传统在民族国家的现代性叙事中不但没有过时，而且，由于乡村正处在重大的历史变革关头，乡村的传统文化和传统命运正在发生无可规避的根本性变化，中国的文学没有理由疏远和遗忘血肉交融的乡村经验。在中国特色的现代性叙事中，王维诗歌和沈从文小说中的古典乡村，那种田园牧歌式的诗情画意，已经不复存在。古典乡村的历史性衰落，是为了出现一个现代化的新型乡村。乡村的现代化进程从根本上说，是乡村命运的历史大转折，而现代化的最终承诺对于广大农民也将是一个伟大的福音。但是，在这个全球化语境下的历史实践中，乡村社会的体制创新和制度安排是一个错综复杂的矛盾过程。有时候，这种错综复杂的矛盾冲突对于个体的乡村和农民来说，可能意味着沉重的苦难、艰辛的挣扎、悲壮的呼唤和含泪的仰望，这正是现代化进程残酷的一面。而它的另一面又意味着憧憬、希望、奋斗和世俗幸福的可能。所有这些现代性语境下的乡村经验和乡村命运，乡村的人事和物象，乡村的传统和变革，乡村的甘甜和困苦，乡村的笑语和哭泣，统统都是中国文学的命运共同体，是文学生存和壮大的土地和天空，是中国文学照亮世界文学的希望之光。唯其如此，关注和书写现代性的乡村经验，自然也就是当代文学无可推卸的历史使命。

值得欣慰的是，中国文学的乡土叙事有一个伟大的传统，那就是以鲁迅先生为代表的现实主义乡土文学传统。在全球化时代的乡村文学叙事中，这个伟大的传统是我们博大精深的文化资源，亟待我们开掘整理和弘扬光大。以这个传统作为参照和承传的文学谱系，我认为可以重申"新乡土小说"的概念，并在推进其历史实践的过程中，从叙事伦理和价值理念上，承诺和实践三个关联互动的文学命题：即，民间立场、地方性经验和人文忧患意识。民间立场不是单纯的乡村立场或者乡村视角，也不是纯粹的启蒙主义的文化立场，而是植根于乡村命运之中的写作者的主体立场，它的核心内涵是主体关于乡村经验及命运的情感态度和价值取向。地方性经验最根本的含义是强调乡村叙事的真实性和现实性，强调建构乡村叙事的地方性知识，反对任何虚假的、作秀的、泡沫和浪漫的乡村叙事。忧患意识应当是文学的人文精神与批判精神熔铸而成的一种审美意识，它植根于乡村沉重的土地，与乡村经验及其现代性命运同甘苦共患难，同时，又以深刻犀利的历史眼光观照和反思乡村的现实故事，把乡村故事放到全球化的文化语境中考量和透视，洞幽烛微地发现并且揭示乡村的生存境况和历史命运，在这种艺术的发现和揭示中，真诚地表达文学的批判精神和审美理想，表达文学对于社会正义和公平的政治与伦理诉求，以文学的理想之光照亮混沌的乡村事象。

在现阶段，由于消费主义文化确立了它在社会结构中的文化霸权，其文化影响力已经渗透和笼罩着变革进程中的乡村世界，因而在"新乡土小说"的三个相关的文学命题中，地方性经验及其建构地方性知识的审美实践就有着不同以往的深刻含义和艺术价值。

资本的全球化是以消费主义文化为核心价值的扩张性实践，消费主义的意识形态构建了跨国资本对于全球化利润的文化想象和修辞策略。中国幅员广大的乡村世界，自然也是全球资本和消费主义意图进军获利的庞大消费市场。中国本土二十年来的全球化经验表明，全球化确实是一个"去域化"和"去传统化"、并使不同地方的文化逐渐趋同化的历史进程。无论是"去域化"还是"去传统化"，都意味着地方性知识传统或本土文化可能遭遇消解和颠覆的威胁与危机。在消费主义渗透和笼罩的地方，人与人的关系可以变得极其简单，无非就是物化的关系、一种纯粹的交换关系。人们生活中的各种事物与社会关系，大都可以抽空其本质特征与历史深度，并以金钱为尺度去判断和考量。人在现实生活中只能作为消费主体来实现所谓人的自我价值。在如此简单的"去传统化"的文化语境中，乡村的深刻困境就是双重性的。一方面，消费主义刺激和催生了乡村的物质欲望，使乡村的消费欲望真的发生了"三千年未有之大变化"。可是，乡村的实际消费能力和现金收入，由于劳动力庞大和就业机会的结构性空间狭窄（更不必说金融危机造成的市场萎缩），不太可能在短期内有大幅增长和显著提升，地处内陆腹地的广大乡村更是如此。更进一步说，乡村的消费和内需在一个不短的历史时期内还不可能来拉动中国经济的新增长。膨胀的消费欲望与过低的消费能力之间的矛盾，现实的匮乏与幸福的想象之间的冲突，也许就成了当下乡村的历史处境和生存症候。与这一历史处境相关的另一个方面，是"去域化"和"去传统化"过程中所导致的乡村的伦理困境。"去域化"就是文化与地理的区域之间的自然关系的丧失。而"去传统化"更意味着人与乡村的历史和传统失去了价值归依和情感归属上的意义联系，传统文化因此不再具有维系人伦关系的现实力量，地域情感乃至地方认同也分崩离析了，乡村的精神世界无形中变成了混沌的荒原。如果物质主义成了乡村唯一的生活意义，而实现消费欲望的能力又被历史地限制，乡村的精神创伤和内心痛苦也就将在消费主义的文化语境中被历史性地放大，乡村的伦理秩序和文化生态也将凸显出巨大的裂痕。这就是说，在消费主义全球扩张的时代中，乡村的地方性经验获得了新的历史内涵和生命体验，产生了新的文化含义，从而也产生了新的地方性知识。"去域化"既是对乡村地方性知识传统的解构，反过来又建构了乡村新的地方性经验——也就是乡村的地方性逐渐被全球性侵蚀以及地方性起而抵抗全球资本的现实经验。这与全球化在使文化同质化和趋同化之中，反过来又可能提升本土文化的自觉性和增强抵抗同质化的历史实践一样，二者是同质异构的一对事物。也正是在这种相当特殊复杂的语境中，已有近百年的中国乡土文学能够从中获得纵深发展的土壤和空间。所以，建构地方性知识，不仅只是乡土文学的历史使命，而且还是乡土文学获得生机的一片绿地；不仅可以抵抗乡村被消费主义神话遮蔽和遗忘的命运，而且还是文学反抗"去域化"、建构本土文化的一种新的历史实践，对于重建乡村的生活意义和精神家园，也提供了一种植根本土经验的文化依据。

四川作家罗伟章自 2004 年以来发表的一系列乡土小说，为我们阐释"全球化的地方性经验叙事"，提供了耐人寻味的审美经验。罗伟章的乡土小说，从中篇《我们的成长》《我们的路》《大嫂谣》《变脸》到长篇小说《饥饿百年》，其叙事范式无非是中国新文学史上传统的苦难叙事。但他的苦难叙事与众不同之处在于，那是一种现象学的还原叙事，也就是回到苦难本身的经验叙事。在罗伟章看来，苦难就是一种极限的生存困境，就是赤裸裸的饥饿和贫困。乡村的苦难直接伤害人的肉身和心灵，贬损人的全部价值和意义。当乡村为饥馑与贫穷所困之时，人的自我价值乃至自由与尊严都是没有意义的。所以，在他的苦难叙事中，苦难本真的面相得以赤裸裸地、残忍地凸显出来，丑陋的饥饿与肮脏的贫困使乡村变成了人性阴晦的荒凉之地，使生命时常挣扎在本能的生物底线之上。而文学史上那些与苦难叙事攸切相关的政治经济学意义、宗教式的神圣意义、革命英雄历经苦难洗礼的崇高意义、红色经典中的阶级斗争意义，统统不是罗伟章讲述苦难的叙事策略。他想表达的就是，在川东北一个叫老君山的村落，那个地方的人们饥饿了百多年，以及那些在饥饿和贫困的历史境遇中发生的许许多多沉重悲痛的人生故事。从这个意义上说，罗伟章的苦难叙事，是一种"去魅化"的、将苦难真实的残酷本相彻底裸露出来的"后革命的苦难叙事"。值得一提的是，"去魅化"的苦难叙事，正是消费社会最为主流的苦难叙事。换句话说，苦难被"去魅"，是消费主义意识形态的直接诉求。唯有彻底解构"苦难"的神圣性和崇高性，将苦难的贫困本质和丑陋面相赤裸裸地呈现出来，物质消费的幸福神话才得以乘虚而入来替代人们对苦难的恐惧心理，使物质主义成为史华兹所说的一种"末世的救赎"。

罗伟章的苦难叙事以老君山为中心地域，从近现代一路讲到全球化时代，历史发展和社会转型的步伐极大地加快了，饥馑封闭的老君山终于发现了深山以外的大千世界。为了改变乡村贫困的历史命运，老君山的乡亲们诚惶诚恐地踩着全球化的陌生步伐，前赴后继地进城打工去了。进了城后，他们才得以切肤之痛的生存代价，真正意识到他们是腿上沾泥的"乡下人"，城市不属于他们。不仅如此，城市在利用和改造他们的同时又在歧视和掠夺他们。他们被饥馑和贫困压抑了千年的物质欲望，现在被城市消费主义的传媒和广告一夜之间激发起来。但冷酷的现实是，辛勤劳作换来的微薄工钱不是被拖欠就是被克扣，而家乡的妻儿老小还在眼巴巴地等着他们把钱寄回去，无论买米买化肥、吃药还是上学都要用许多钱。满足欲望的消费，像城市人那样生活，对于他们来说，还是一个难以企及的神话。

城市既不属于"乡下人"，那就返乡回家吧。"远方的世界不愿意公平地待你，回到世代祖居的村落还不行吗？"（《我们的路》）可是，在城市中经历了"漂白"的乡下人，乡村的那个故乡就不再是过去那个故乡了，故乡已经回不去了。《我们的路》中，农民工大宝春节回乡的复杂体验就尖锐地反映出城乡之间的巨大差异——"家里房子那么逼仄，人跟畜牲差不多挤住一块儿，地气潮湿"，"猪食桶、饭碗、筲箕和筷子，都堆积在土灶上面；灶沿黑乎乎的，是长年烟熏火燎的结果，黑暗中偶尔露出一条白，是米汤，也可能是鸡屎"。回到如此恶劣的生活环境中，大宝感受到发自心身的厌恶。更令他厌恶的还有那因贫困造成的乡土社会人性的自私与偏狭，那种在别人伤口处撒盐、愿人穷不愿人富的传统恶习和文化心理。对于在外闯荡了五年的大宝来说，"城市挂着一把刀子，乡村同样挂着一把刀子"，区别只在于：一个硬，一个软。城市的偏见歧视排斥着乡下人，城市中的乡下人也从意识上拒绝乡村。大宝们沉痛无奈地意识到，在城市里找不到的尊严和自由，在故乡贫瘠的土地上同样没有，故乡不再是希望的田野。被消费主义文化浸染了的乡村再也不能给予他们与之认同的生活意义，生命的归属感也随之丧失殆尽。他们"左顾右盼，前思后想，觉得唯一的出路，就是再次离开这片亲切而又贫瘠的土地"。他们也因此成为无根的天下游子。失根的命运与他们形影相伴，在资本全球扩张的时代浪潮里沉浮跌宕。罗伟章的小说把乡村的苦难深度发掘到生命存在的失根状态，他把乡村苦难的精神危机与时代症候艺术地反映出来了。与此同时，他也把一种地方性的乡村经验投放到了全球化的语境中，使地方性经验演变成全球化的地方性经验，成为超越地域的、有普遍意义的全球化时代的中国经验。赵本夫的《即将消失的村庄》、贾平凹的《秦腔》也以不同的地域经验和乡村故事表达了"乡关何处"的无根情怀和中国经验。罗伟章的小说赓续和弘扬了现实主义乡土小说的文学传统，以乡村小人物的命运变迁书写社会大转型和乡村大变革，将新文学史上现代乡土小说的苦难叙事和四川乡土小说传统的地方色彩融为一体，不但夯实了苦难叙事的地方性经验，还使苦难叙事与人物的精神变异在全球化的进程中得到了超越地域的审美呈现。

从地方性经验出发，最终抵达一种普遍的人类主题和人性关怀，使地域元素和地方性知识成为乡土文学重要的建构力量，过去是，现在仍然是文学现代性叙事不可或缺的美学追求。阿来的乡土小说可以说是自觉建构地方性经验、最终又超越地方性抵达普遍性的叙事典范。阿来历时四年完成出版的长篇小说《空山》是一部既厚重又地道的"村庄地方志"。他在对藏地"机村"半个世纪的历史书写中，相当自觉地寻求和把握乡村叙事中独特性与普遍性的平衡艺术。为了精确地描述"机村"作为一个藏地村庄的地方色彩，阿来潜心研究了自己家乡——嘉绒地区的地方史，特别是民间口传的史料和资源，从而发现并在小说中描述了"机村"历史进程中相当独特的地方性经验。这种"独特性经验"之所以独特，就在于它只属于"机村"，是唯一的"机村经验"。机村以外，便不复有此经验。其中，最典型的叙事个案，当属机村村民对于"国家"的情感体验。小说中的机村是一个非常封闭停滞且被高山密林所环绕的藏族小村庄。由于"民族国家"是现代性的历史产物，而在村民漫长的传统和经验中，他们完全没有关于"国家"的意识和体验。所以，当"国家"以一种前所未有的政治力量和陌生的宏大事物从外面强行进入机村后，村民对"国家"的陌生、困惑与质疑就成为渗透机村的一种独特的历史经验。"国家"的概念完全超出了机村人的认知范围和理解能力。在他们的观念中，只有村庄、土地和森林的空间概念，他们很难理解"国家"是什么事物，更难理解他们自己和他们祖祖辈辈劳作的土地全都属于"国家"所有。无法理解，却又必须接受。一种荒诞的历史感觉便在机村中滋长和流传。《空山》第二卷《天火》之中，当象征国家力量和形象的数千抗灾救火人群，轰轰烈烈地进驻机村后，面对看得见却仍然陌生的"国家"，机村人只能用"领导"、"公安"或者"蓝工装"等符号性称谓，笼统地给"国家"命名。饶有意味的是，那些对"共产主义"和"国家"概念混沌迷糊的机村人，在看到指挥部把国家食物分发给救火人员后，他们也不客气地将食物及其他物品塞进袍子里拿回自己家里。

机村独特的"地方性经验"，彰显出现代性事物对机村的历史性冲击。阿来准确地发现这样的历史冲击对于机村来说，是一种"去域化"和"去传统化"

的改造和重塑过程。在这样的"双去"过程中，机村原来的伦理和生产秩序遭到了难以为继的重创，宗教文化与民间民俗文化已然衰落了，但国家主义所需要的那种伦理秩序却又不可能在很短的时期内健全起来。千年封闭的机村世界被现代性撞开了大门，"国家""公路""汽车""水电站"，还有"批斗会"和"反革命分子"等等现代性事物前呼后拥不可阻挡地进入了机村，机村在茫然与迷惑中来不及做出积极的理性反应，便陷落在传统崩溃之后的伦理困境之中，并为此付出了痛苦的历史代价。很显然，阿来在《空山》中对于地方性经验的独特描述，是为了凸显他对中国现代性的反思与批判。一方面，现代性对藏地世界的进入在他看来是天经地义的一个过程，是历史的必然；另一方面，他又认为"我们也应该很认真地检讨一下，在我们抛弃旧东西的时候，不考虑一下其中是否还包含了一些人类最有价值的东西？特别是在情感上"①。这样一来，阿来关于地方性经验的描述与思考就获得了一种超越性，把一种地方经验提升成了中国经验，由此抵达了对现代性语境中人类命运的总体性反思。从而也在某种意义上，把中国乡土小说的写作推进到了世界文学的前沿地带。在一次关于文学的演讲之中，阿来直截了当地阐述了《空山》的写作意图和美学理想，他说："我所要写的这个机村的故事，是有一定独特性的，那就是它描述了一种文化在半个世纪中的衰落，同时，我也希望它是具有普遍性的，因为这个村庄首先是一个中国的农耕的村庄，然后才是一个藏族人的村庄。"②

阿来的乡土叙事以"乡村地方志"的方式，书写了独特的地方性经验，透过他的写作，我们有理由期待和眺望汉语小说与乡土文学发展变化的新的可能性。

---

① 阿来:《我只感到世界扑面而来》,《当代作家评论》2009 年第 1 期。
② 阿来:《我只感到世界扑面而来》,《当代作家评论》2009 年第 1 期。

在稳定而坚实前行中的掘进和扬升
——对近年来四川散文创作的抽样分析

孔明玉　　晓　原

　　如果以新时期以来四川文学发展的当代进程作为考察问题的基点，我们不难发现这样一个基本事实，相对于四川当代小说、当代诗歌在中国当代文学画廊中所凸显出的大观气象和卓越成就，四川当代散文则仿佛始终如一根软肋而显得相形见绌，不仅没有涌现出在中国当代散文创作苑囿里风格卓越、独领风骚的散文大家，而且没有产生一部可以在当代中国散文创作界域内具有彪炳意义和文体引领作用的散文佳著，更没有成长出在全国散文界具有重大影响的散文作家群体。这样的散文创作局面一直是四川文学界感到十分困惑的事情。但令我们甚感欣慰的是，这样的局面终于在 20 世纪 90 年代被打破，出现了像戴善奎、伍松乔、陈明云、卢子贵、钟鸣、聂作平、洁尘、晓禾等一批具有一定全国影响的散文作家。新世纪以来的 10 余年里，随着这些散文作家的日益成熟，以及一批又一批新生散文作家的崛起，如蒋蓝、周闻道、陈霁、杨献平、阿贝尔、牛放、凌仕江、冯小涓、李汀、周书浩等，四川散文在中国新世纪文学的天地里愈发显现出它的重要意义和价值。本文以近年来的四川散文创作为例，探寻其意义和价值。

一

　　从历史性和发展性的双维来审视近年来的四川当代散文创作，它既是对业已形成的四川散文传统的承继和延展，又赋予了四川散文书写以一种新的掘进和扬升的意义。就其具体表现而论，首先是散文创作队伍更加稳定和不断扩大，既有像钟鸣、蒋蓝、陈霁、周闻道、杨献平、岱峻、何永康、龚静染、凌仕江、谷运龙、张怀理、张放、成都凸凹、张生全、仁真旺杰、晓禾、赵英、卢子贵、童戈、熊莺、周书浩、刘光富、方志英等一群致力于散文创作的坚定力量，也有如阿来、邹瑾、意西泽仁、裘山山、俳伍拉且、雨田、何大草、马平、聂作平、何永康、阿贝尔、牛放、李汀、冯小涓、嘎玛丹增、格绒追美、杨雪、龚静染、刘成东、李存刚、赵良冶、言子等诸多在主营小说或诗歌的同时依然将其余下精力投注于散文书写活动的重要参与者，这两类作家在散文创作方面的合力进击，不仅使四川散文的整体水平有了量的递增，更具有了质的提升。其次是《四川文学》《青年作家》等本土文学期刊在栏目设计方面的新颖探索和主动求变，以"名家小辑"、"文学地理"、"散文上苑"、"作家书架"、"文化·城市"、"美文"、"文脉·山水"等各种专栏形式加大对散文作品刊载的力度，这样的积极效应便在于：一方面将过往散状分布、各自为战的创作力量进行了很好的凝集与聚合，另一方面则能够集中显现四川作家在散文创作方面的整体力量和水平。与此同时，作为在全国文艺理论界享有较高声誉和影响力的《当代文坛》也与这种良好的散文创作态势同心协力，一是深化已有的"四川作家研究"栏目建设，二是适时重开"文学川军专论"栏目，借以加大加强对四川作家及其散文创作的研究、评价和理论指导力度，从文艺理论研究层面、文学批评维度推动了四川散文前行的步伐和质量的向上。第三是四川散文创作在文体建设方面显现出了具有探索意味的新气象。近年来的"中国散文在语言风格、内容题材上都有不同程度的创新和突破"[1]，对于近年来的四川当代散文创作而言，从过往传统色彩浓厚的散文文体，逐步朝着文体更加多样、内质愈发现代的"大散文"方向进击，报告文学式的散文、小说式的散文、诗歌式的散文以及各种阅读札记、思想随笔、行者见闻等纷纷涌入散文界，体现出篇幅长、容量大，且思想表达深入而完整，艺术象仪大气雄健。这

---

① 中国作协创研部：《2015年中国文学发展状况》，《人民日报》2016年5月3日，第16版。

不仅解构了某些关于四川散文"重思想内容的表达、轻艺术形式的创新"之类的思想认知和审美评判，而且极大地丰富了散文文体本身的内涵和理念，有力地扩大了散文文体疆域和散文创作视野。因而近年来的四川当代散文扬升的态势十分令人惊叹，四川散文以一种富于当代意义的灵动形象和崭新面目呈现于近年来的中国散文界。

二

在近年来的四川散文创作中，周闻道在《西部》杂志上发表的散文《柏林墙的影子》，无论是在题材内容的选择、思想意义的传递，还是在历史纵深的抵达、文化向度的考量，乃至对于文体形式的探索、艺术审美的体现、散文语言的表达，都标示着四川散文的当代书写达到了一个新的高度。在这篇长达万余言的散文里，作者"沿着苏格拉底的逻辑，透过柏林墙的影子，走向历史的纵深"，从历史到当下、战争到和平、政治到人性、现象到本质以及事件到影响，逐步深入地探寻、考量"柏林墙的前世今生，和世界的真相"。柏林墙是如何产生的，柏林墙对于柏林人实施人为分割的影响，柏林墙的矗立对于人类社会的政治意识形态尤其是对于战后德国所造成的深重灾难，长期冷战中许多人不顾一切地翻越柏林墙去寻找亲人、自由的逃亡事件的频发，柏林墙最终被推倒，以及当今世界因为地缘政治、民族宗教、观念信仰、历史文化、利益纷争所构成的各种差异各类对立等等，抽丝剥茧地从作者的笔下呈现出来。作者认为，柏林墙之所以能够在那样一个特殊时代矗立起来，既同那场造成人类社会重大悲剧的世界战争息息相关，也同战后形成的两大政治阵营或意识形态的对立、对抗紧密相连，更与人类的劣性之源——贪婪有着深刻而本质的关联。怎样才能消除柏林墙的影子及其残留于人类情感历史、心灵世界的沉重刻痕，仅仅依赖于物理时间的自然流逝，或者是物质文明的日益丰厚，或是意识形态对立对抗的最终消弭，这些都是远远不够的。在这篇散文里，作家信手拈来的 3 个翻越柏林墙的故事极其感人和发人深省：两对东德夫妇及 4 个孩子用自制的热气球成功地飞越柏林墙；一个仅有 5 岁大的东德小男孩，用 6 个月的时间挖出了洞深 12 米、长度 200 米至 300 米的地洞，最终抵达预定的接应口；一个名叫布鲁希克的年轻司机冒着枪林弹雨将自己的大巴冲向柏林墙，满车的人成功跨越了柏林墙，而自己的身上却留下19个弹孔。通过这些故事，作家力图告诉我们：人类寻求自由的道路尽管如此艰难，但唯有争取自由并获得自由才是生命的最终价值及其本质意义的体现，不管为此将付出多么沉重的代价，人类寻求自由争取自由的理想都将至死不渝，这或许就是人类存在及其得以前行的本质所在，也是任何形式的战争所不能阻挡的。在另一篇散文《论恶》里，作者同样以其深刻的思想性和强烈的哲理性为我们剖析了恶的根源及其意义和价值，认为在人类社会的历史征程中，恶不仅仅是"人性的重要基因"、"法治的酵母"，同时也是"恶的墓志铭"，因而"没有恶的世界是最深重的恶"。尽管该文所论述的恶并非修辞学意义上的"恶"，而是佛学上的十恶不赦之"恶"，其深沉的意旨也在于揭橥这样一个道理：恶的存在"为我们提供了向善的力量"，"催生了化恶为善的法宝——爱，世间大爱"——文章不是对于恶的宣扬，而是对于善的崇高景仰和无限追索。由此不难看出，作家通过对恶的现代性论述及其价值重估，不仅为我们提供了重新思考问题的维度和方法，也给予我们一种深刻的思想或哲学认知。

蒋蓝在《山花》杂志上发表的"豹诗典"系列散文，以动物界中的"豹"作为书写对象，在深入解读扬雄的《方言》、许慎的《说文解字》、刘义庆《世说新语》、王安石的《字说》、《圣经》等中外古代文化典籍，以及《尔雅注证——中国科学技术文化的历史记录》《山海经研究》《中国神话传说》《大禹及夏文化研究》《禽虫典》《汉语动物命名考释》《日本怪谈录》等大量现代著述的基础上，从文字含义、词意指向、语言关涉、修辞功能和动物学、文化学、人类学意义等角度对"豹"及其背后的文化蕴意进行了梳理、分析和阐释，认为这些中外文化典籍和现代著述对"豹"的字义解释和对"豹文化"的语言描述，足以使我们能够对这种动物及其文化意义构成非常清晰的概念认知和形象把握。对于人类而言，这样的动物理当属于难以驯服的强悍生命，只能远观而不可近玩。作为力图彰显"自然诗学"意义的系列性散文，如果仅仅是以这种解字释义的方式来表达对"豹"及其"豹文化"的理解和认知，显然缺失了对之的形象重塑和艺术表达的意义，更会伤及作为散文艺术的美感属性及其审美本质。作家自然深谙这样的道理，因而在简要的考据基础上，他直入中外历代文艺家们笔下的名作名篇——屈原的《九歌》、但丁的《神曲》、里尔克的《豹》、狄金森的《诗140（228）》、庞德的《仿屈原》、聂鲁达的《诗歌总集》、海子的《八月尾》、卡夫卡的《饥饿艺术家》、海明威的《乞力马扎罗的雪》、巴尔扎克的《人间喜剧》、庄子的《山木》、博尔赫斯《想象中的动物·豹》、梭罗的《散步》、马瑟的《简单的思想》、丹尼克尔的《骑豹的阿里阿德涅》、卢梭的《被豹子袭击的马》《被豹子袭击的黑人》——从小说、诗歌、散文随笔到戏剧、电影再到绘画、雕塑。如此繁多的艺术形态和各类精品力作对于"豹"及其"豹文化"所进行的审美描述和诗意表达，无一不触发作家丰富、辽阔、深远、灵动的艺术想象和进行艺术再创造的激情。作者阅览资料和考据文献之广博，想象能力和艺术才情之丰满，审美理解和艺术描述之深彻，历史意识和文化领悟之高远，这些都使得《豹诗典》系列散文具有了别样的思想力量、文化含蕴、认知深度和审美意义。在作者看来，"豹"及其"豹文化"不仅是"静极而动的东方哲学的具象"，更是"中国文化精神的隐喻或符码"。[①]在艺术层面上，《豹诗典》系列散文所采用的辞典式写作，以众多的词条构成来逐一地诠解、阐释、描述"豹"及其"豹文化"，并辅之以激情而优美的散文语言，也显现出了四川散文的新艺术意味。

陈霁的《夺补河两岸》、阿贝尔的《一个诗人的祥树家》是近年来四川散文中少有的以平武白马藏族自治乡的自然意象、历史韵味、人文景观、现实存在为书写对象的佳作。作为亚洲最古老部族之一的白马人，因为居于非常偏远的大山深处，环境十分封闭，长久以来都被人们视为是一个非常神秘的少数民族，随着我国改革开放的深入和经济社会的迅猛发展，白马人才渐渐被外界所知晓和认识，被文化学家、民俗学家、人类学家所聚焦和重视，自然而然地也成为文艺家们审美观照的对象。但在过往的文学书写中，不少作家皆如匆匆来去的过客，他们的文学书写也多止于浅表性、浮象化，缺失了神性的审视和本质的深入。陈霁和阿贝尔则不同，一个是以长期深入基层生活的名义得以十分从容地进入白马藏乡的内腹，一个是以久居平武县城的熟稔者能够更为便捷地

---

① 蒋蓝：《豹典诗》（之一），《山花》2015 年 4 期，第 85 页。

触摸白马人的灵魂。因而，较之于那些匆匆来去的作家，他们对于白马藏乡和白马人便赋予了更深的情感体验、理性知觉、精神观照和审美表达。陈霁的散文《夺补河两岸》，以"溯流而上"、"神山叶西纳玛"、"雪原"三个篇章为框架，一是描述夺补河两岸的地理形态、山水风光、自然意象；二是叙写叶西纳玛神山的历史由来、神性构造、故事传说；三是刻画王朗自然保护区的雪景和在这种雪景里自然而行、随意而为的各种珍稀动物，以及作家自身对于这个雪色世界的情感体验和生命认知。在作家的充满情感意向和生命认知的审美描述中，河流与山川、生命与村寨、历史与现实、自然与人文、传说与神性、大地与细节，既是一种时空分置的不同存在，又是一个紧密关联的和谐整体，从而共构出一幅非常唯美的画卷。阿贝尔的散文《一个诗人的祥树家》，则以一个诗人的灵敏眼光和艺术直觉，叙写自己两度前往白马藏乡一个叫祥树家的地方的所见所闻和所思所想。诗人第一次走进祥树家，便被它的那种"从山脚到山顶，从溪流到天空，从花腰带到野鸡翎，从女人的眸子到歌声，都太干净了"而生发内心深处的惊颤，便感觉自己的身体里落下了"一些东西"；无论是沉重得已然失去了灵魂的肉身，还是漫无目的、四处游走的物质欲望，抑或是浸渍于城市的灯红酒绿太久而渐已麻木冷硬的心，诗人不得而知，只感觉在落下了这些东西后，"看见了肉体在清醒状态中看不见的东西"，"记起的这个自己，不同于了过去，不同于了昨夜睡前的那个人"，而另一些曾经走失的东西正悄然无声地回到自己的体内。诗人再度进入祥树家已是几年后。对祥树家的这一次进入，诗人已不再将自己的目光仅仅注视于祥树家的自然存在和别样风情，而是对一个名叫尼苏的女人的"个人史也是家族史、民族史"进行审美观照与精神反思：尼苏曾经是白马藏乡十分美丽又极为风光的民国少女，但如今的她已完全是白马老妪一个。尼苏为何有如此巨变，"除了时间在起作用，很多冲击、溶解到时间里的东西也在起作用"。显而易见，相对于陈霁在《夺补河两岸》中以流畅、轻快、优雅的笔调所尽情挥洒出富有纯然和唯美意蕴的大自然和历史文明，阿贝尔在《一个诗人的祥树家》里则以凝重、深沉亦诗意、情致的笔触凸显出人的命运变化及其深刻的社会历史原因，表达出更为强烈的反思意味。

2008 年的汶川大地震，无疑是深深镌刻在新世纪以来的中国人心里的剧痛，尽管时光匆匆、岁月流转，这种剧痛不仅没有从我们的内心消除，反倒成为一种深刻的情感记忆，一份厚重的精神沉淀，一个充满怜悯和博爱的心结。或许正是因为这种记忆、这份沉淀、这个心结，它便一直成为近几年来中国文学书写的重要题材。邹瑾的《我的东河口情结》便是对于这种题材的延伸式书写。作为2008年汶川大地震的亲历者、见证者及其抗震救灾的直接参与者，青川县红光乡的东河口村在地震当时所呈现的极其惨烈的情形，一直令作家邹瑾记忆犹新、终生难忘，在这个心结的驱使下，他不仅创作了长篇小说《天乳》，而且非常动情地写下了这篇题名《我的东河口情结》的散文。在作家的笔下，曾经的东河口村，山川秀美、安宁静谧、禽鸟和鸣、山歌悠扬、民风淳朴、生活适闲，宛如世外桃源，但突如其来的大地震将这样的世外桃源变成了一座满目疮痍、情形惨烈、场景悲壮的废墟，一个令人伤痛欲绝的巨大天冢——"西北两面的王家山、牛圈包拦腰折断，崩炸下来的两座大山瞬间将东河口村几乎全部掩埋"；"红石河被阻断，山谷被填平"；"780位村民被深埋在了110米的土石方之下"。地震的暴怒与无情、秀丽山川的瞬间倾塌、生命遭遇的灭顶之灾、家园成为一片废墟，乃至那条身形魁梧的大黄狗的抑郁而亡、那只活泼灵性的鹦鹉的突然失声，这些都并没有压垮国人的情感和意志，退休的原该乡党委书记王天才挺身而出组织自救，地方党委行政全力出动予以施救，善良的志愿者从四面八方纷至沓来，浙江舟山的援建大军数千里挺进东河口……历经数载的艰苦重建，如今的东河口村已经成为地震遗址公园，"我"捡回的那只鹦鹉也开始呀呀发声，拾来的那株野生兰草正蓬蓬勃勃地生长，这些是否是对那些远逝亡灵的一种祭奠或告慰？！在这篇板块式结构的散文里，既有作家对整个地震事件的全程观照、对具体场景的细致描述、对事物细节的精心刻画，更展示了作家情感的深挚、心理的细腻、情怀的悲悯、精神的观照、灵魂的疼痛。的的确确，在物欲横行、个性日趋极端自由的当下中国，许多人已不再因为地震之类的灾难降临而生发伤痛之情、仁爱之心、悲悯之怀，他们的内心严重板结，他们的灵魂也变得更加坚硬和冷漠。面对这样的社会背景，我们的作家是否能够从邹瑾的这篇散文创作里所凸显的精神观照与审美蕴示得到些许启迪和教益？笔者以为这当是十分肯定的，因为文学是人类文明的火炬和灯塔。否则，我们的文学将失去真诚、善良、爱、美丽，那就不仅仅是文学本身的悲哀，更是人类文明的悲剧。

在题材选择方面，近年来的四川散文仍沿袭了之前固有的传统，即对于故土往事、乡村社会文化、亲情友情世界、自然物语王国，以及作家的内心生活、情感意向、精神诉求等都给予了更加多样更为丰富也更显深入更趋本质的审美观照和散文书写。李汀的《乡村俗语》、雨田的《父亲的遗憾》、陈霁的《老宅》、阿贝尔的《成都随笔》、马平的《散文二题》、成都凸凹的《天灵盖罩住的牛》、牛放的《寻找木头里的声音》、凌仕江的《在成都》、张放的《散文三题》、张怀理的《家事随记》、谷云龙的《视死如山》、赵良冶的《最后的古村落》、嘎玛丹增的《2014私人版·烟道》、王林先的《每个春天都有一个承诺》、江剑鸣的《没有故事的小伙伴》、王章德的《波罗蜜经》、伊熙堪卓的《安吉梅朵》、唐廷华的《家在竹乡》、李存刚的《天全二题》等等，皆是对这种题材的体现。这不单单是四川散文创作的传统，也是整个四川文学的传统，乃至中国文学的重要传统之一。李汀的《乡村俗语》以"老鹰剩一口气，也要给它一片天"、"羊不单走，一只过河，十只照样"、"牛鼻上穿绳，哪有情愿的"这三句乡村俗语作为依托，从三个维度来构造这篇散文的叙事内容，既写出了鹰的尖锐性格与英豪气势、羊的群体生存意识与集体殉情行为、牛的不情愿被人用绳索穿鼻及其同人的百般抗争，又自然顺畅地流露出非常浓郁的乡土情怀。成都凸凹的《天灵盖罩住的牛》虽然同是乡土叙事，写发生在故乡的一件往事，但作家叙事的着力点却是放在人如何杀牛的整个过程中，在这个过程里，有牛的警觉、防备、抵抗，也有杀牛者的智慧、耐心、狡黠，更有孩童的天真、稚嫩、善良，由此刻画出一幅人牛相战、斗智斗勇的巴蜀乡镇图景。在写亲情、友情、人情以及作家个体的情感、心灵世界方面，雨田的《父亲的遗憾》、陈霁的《老宅》、牛放的《寻找木头里的声音》、马平的《散文二题》、王林先的《每个春天都有一个承诺》等显得更为突出。作为一篇回忆性散文，雨田在《父亲的遗憾》中讲述了自己父亲嗜好饮酒的往事。作为置身于"文革"时代的父亲，每天晚上回家饮不饮酒以及饮什么酒、饮多大的量，皆以他当时的心情而定。对于那个时代的许多事情，父亲都显得十分无奈，也特别的隐忍，唯有饮酒的嗜好和善良的人性、正直的品格同父亲相伴终生。文章既写出了父亲在那个特殊年代的隐忍和无奈，更写出了父亲对善良、真诚、正直的顽强坚持。陈霁的《老宅》借助自身对于历史时空和现实时空的不断穿越，并以情感记忆、理性判断、历史反思、现代内省给予有效链接，写出了老宅的历史变迁以及曾经住在老宅里的几家人的不同命运和结局，揭示了人性丑恶必然遭到唾弃、人性美善终将永驻人间的重要命题。牛放的《寻找木头里的声音》通过对一个名叫何夕瑞的木匠在其一生中对制作中国式小提琴进行孜孜不倦追求的叙事，写出了一个普通中国工匠不屈不挠的人生历程、精神追求和理想情怀。为了能够制造出一把富有中国乐器标识的小提琴，何夕瑞辞去已有的工作，全身心地投入到制造活动中，从失败到失败再到更大的失败，他毫不气馁，斗志满满地朝着理想目标挺进，何夕瑞终于成功了，赢得了国内外名家的首肯。在作者看来，何夕瑞的成功，不仅仅属于中国乐器，更属于中国精神。相对而言，马平的《散文二题》和王林先的《每个春天都有一个承诺》以内外视角的相结合，更丰富地写出了当代文人和人文知识分子的情感诉求、理想欲望和精神内省。面对这个时代和社会的急遽变化，即便你是一个有着丰富文化内涵的文人或人文知识分子，都会遭遇林林总总的困境、迷茫、惶惑，如何才能拥有内心的澄明、实现灵魂的挺立、抵达精神的清洁，在马平和王林先看来，只有阅读、思考、内省和独立、判断、坚守，才有望实现。

除上述外，古岳龙的《泰山之下血未止》、白朗的《佛光寺汉影与云根》、党跃英的《静宁寺与无法静宁的岁月》、龚伟的《安怀堂风云录》、杨献平的《匪事笔记》、马恒建的《乐西公路——血肉筑城的抗战路》等具有浓重纪实意味的长篇散文，或是通过对几位业已久远的人物的深入探访和重新叙事，发掘其中被各种伪装、各个传言、各类残记遮蔽的生命存在真相，还原历史真实的人物或人物的真实历史；或是借助对历史文献、影像作品、口传记录的整理、阅读、审察、分析，探寻那些已成烟云的历史往事及其文明进程的跌宕起伏，以现代重构或艺术再创的手段使其得以客观真实地重现；或是从现代人的思想意识观念出发，将文献史料的概要载录与现场寻访的直接触感进行有机的结合，记述一条道路的历史意义及其给我们民族心灵史留下的不可磨灭的记忆，又在这样的记忆中缅怀历史和反思历史。虽然这些长篇散文的个别篇什在表层上尚有着或深或浅、或浓或淡的报告文学痕迹，在深层上有为企业作传的嫌疑，但仍不失为对散文文体疆界的一种延伸和拓展。从这个意义上讲，这些长篇纪实散文，也同样使得近年来的四川散文在文体形式方面富有一定突破，彰显出不断创新的活力与上升的动力。

从散文著述及其出版方面的情况看，近年来的四川散文也显示出了较为强劲的进击力量和新气象新意味，像阿来的《语自在》、蒋蓝的散文系列丛书《极端动物笔记》、冉云飞的《每个人的故乡都在沦陷》、杨献平的《梦想的边疆》、李汀的《民间有味》、熊莺的《你来看此花时》、何永康的《醉空山》、龚静染的《桥滩记》、岱峻的《发现李庄》、洁尘的《啤酒和鲈鱼》、凌仕江的《藏地羊皮书》、卢子贵的《步步走来》、杨雪的《川南的乡愁》等都可谓是它们之中的优秀著述。从总体上看，近年来陆续出版的四川散文著述，无论是在思想内容的表达，还是在艺术形式的传递，或美感效能的抵达，都给予我们以一种较为强烈的富有新意的感觉和触动，体现出整体水平的逐年上升趋势。

三

作为文学范畴领域里的一种重要体裁，散文无疑是最具直抒心灵、裸呈思想的艺术魅力的文体形式，近年来的四川散文之所以能够在稳定而坚实的前行中显现出掘进和扬升的趋向，莫不是这种艺术魅力真髓的呈现。尽管如此，我们也应当正视这样一个事实：近年来四川散文的这种掘进和扬升仍然是一种具有限度意义的，四川散文创作的整体水平还未能进入全国的一流。具体表现为：其一是散文创作力量在区域空间分布上的不甚均衡，具有全国影响的优秀散文作家主要集中于成都、绵阳、眉山、广元、泸州等少数地方，且数量也十分有限；其二是大多数散文作家的创作水平仍然停滞不前，既缺乏思想的厚重与深广，又有失于文体形式的创新与突破。笔者以为，造成这种现象的主要原因在于：一是散文作家精神娱乐的自我性和随意性都太过浓郁，大多把散文创作仅仅视为休闲生活的精神娱兴，缺少对散文艺术世界进行卓越建造的精深、专业、持久的精神内核；二是散文作家思想的广邃、胸襟的宏博、情怀的深大等方面存在很大不足，对创意特质明显、兼容能力巨大的散文书写有失于主动性的进击、前沿性的探索、前瞻性的预见；三是大多数散文作家都缺失散文文体的自觉意识和文体创新实践的卓越努力，对"新散文"的发展动向及其全球化趋势显得漠然，招致散文文体美学观念的无法更新和与时俱进。这些无疑也是造成四川当代散文至今难以具有重大的历史性突破，难以在全国范围内产生足够的知名度和影响力的顽疾。

著名散文评论家陈剑晖先生曾经撰文指出："在这个人人都可以到散文的领地来一显身手的时代，散文已不再神圣。散文在很多人看来是一种最容易操作、最不需要敬畏的文学体裁。其实，散文绝不是眼下许多人所认为的那样。散文不仅是一种自由自在、最适宜于展露心性的文体，散文还是一种有难度的文体。散文的难度不是入门的难度，也不仅仅是写作技巧方面的难度，而是思想或精神的难度。长期以来，许多散文研究者总是热衷于从文章学或写作技巧方面来研究散文，对散文的思想往往不屑一顾。……因此，在重振散文，呼吁散文难度的今天，我们首先必须正视散文思想的难度。"①怎样才能破解这个"散文思想的难度"的难题，从而不断提升散文创作的质量，陈剑晖先生又为我们开出了一剂良方："关键是散文写作者首先要成为真诚的人，独立的人，自由的人，有个性和有智慧的人。其次，他要敢于面对现实生活，敢于接触重大的社会命题并发表自己的意见。此外，他还要敢于直面下层人民的生存状态，使其作品有一种生存感。最后，他既要拥有哲学家的心智又必须具有自己独到的眼光，还必须有对全人类的爱和拥有一颗悲悯之心。"②将陈剑晖先生的这些话概而要言，其核心或关键无非就是散文作家"做人"的问题，或者说是一个散文作家在精神、思想、心灵、艺术等方面应具有怎样的内功的问题，因而，逐步锻铸散文作家所具有的哲学思想、人文情怀、审美精神、独立人格、艺术特质和真诚与智慧、使命与责任、博爱与悲悯之心及其系统构造的完整性和稳定性，应当成为首选。当然，不仅仅只是散文作家。这样一种富有不凡内功的"做人"，有如一个系统工程的建造，充满复杂的工序、艰辛的历程以及结果的不可知，但作为人类灵魂工程师的作家当需如此，亦必然如此，否则，我们便无法攻克散文创作中"思

---

① 陈剑晖：《散文的难度是思想的难度》，《南方文坛》2012 年 5 期，第 21 页，第 23 页。
② 陈剑晖：《散文的难度是思想的难度》，《南方文坛》2012 年 5 期，第 21 页，第 23 页。

想或精神的难度"，无以扭转散文创作难有突破的困局，无法实现四川散文创作走向高地的目标。从这个意义上讲，四川散文作家的前行之路还很漫长，我们仍须加倍努力。

新的情绪、新的空间与新的道路

—— 改革开放三十年的四川诗歌

李　怡　王学东

改革开放三十年，这是一个具有特殊意义的历史分段。不仅对中国社会政治具有特殊的意义，同样对文学艺术具有特殊的意义。作为文学的重要组成部分，四川的诗歌①参与其中，扮演了重要的角色，其意义不仅在于四川，更在于中国。

这些引人注目的四川诗人，用诗歌的开放承担中国思想文化的改革，将自我的追求演化为推进中国艺术在新时期实现全新创建的基础，他们继承了大半个世纪以来的中国新诗传统，更在艺术的创新方面锐意探索甚至无所顾忌，为新时期的四川诗歌与中国诗歌创造了更多的新质，并构筑出一道道灿烂而独特的现代"新情绪"路景。

一　"新情绪"的前奏

同整个中国改革开放时期的诗歌运动一样，四川诗歌在新时期的异动既不是一夜之间的突发事件，也不仅仅属于主流政治思想推动下的产物，它也有着一个时期的特殊的潜伏和默默的民间酝酿。

---

① 考虑到新时期以来区域文化与文学的实际发展，这里的"四川"系广义概念，即包含后来"直辖"的重庆市，在改革开放以来的时段里，四川和重庆基本都是作为一个整体参与中国的文化与文学过程的。

改革开放之始,为此后三十年四川现代诗歌奠定了坚实基础的"二沙龙一诗刊"就敏锐地感觉到并呈现了独有的新的诗歌情绪。这两个诗歌沙龙,虽然其文学活动主要是在"文化大革命"期间,作品也不多,但是,他们的"新情绪"却掀开了四川新时期诗歌的帷幕,预示着新的诗歌时代的来临。其中之一是成都的野草沙龙,另一是西昌聚会,这两个小团体的活动,也是"文化大革命"地下诗歌的四大源头之一(其余三为北京、上海、贵州)。

野草沙龙,早在1963年就开始了自己的文学活动。由在成都的陈墨、邓垦、徐坯、九九等人组成,编辑过多种诗集,但直到1979年的《野草》,才真正展示了自己的诗歌实绩。20世纪80年代出刊多期《诗友》,在20世纪90年代编辑的《野草之路》《野草诗选》等作品集,其面目才逐渐清晰。日本《蓝》专门做了"成都地下文学"的介绍①,杨健在其《中国知青文学史》《文化大革命中的地下文学》对"成都文学沙龙"有专节描述②,可见其影响的不断扩大。正如陈墨在《野草诗选·序》中所说,"在这个后代难以想象的恶劣环境下,我们就是一棵棵野草,默默地,我们毕竟曾经挣扎过,也反抗过,也追求过。"③

西昌聚会,是以周伦佑、周伦佐兄弟为核心的一群文学艺术爱好者,在20世纪70年代初就开始了各种文学活动,并团结了王宁、黄果天、王世刚(蓝马)、欧阳黎海等一批诗人。周伦佑在"文化大革命"期间开始诗歌写作,由于他的诗歌触及了现实的压抑和思想的苦闷,以及对现实制度的大胆思考和怀疑,受到朋友们的喜欢和喜爱,并被一些朋友秘密传抄④。周伦佑保存下了自己在"文化大革命"期间的一些诗文稿,这些作品,对20世纪80年代的"非非",以及此后的现代情绪勃发产生了极大的影响。

"一刊"即是《星星》,与北京《诗刊》并称为当代诗歌刊物的"双子星",这样一个有着巨大影响力的诗歌刊物,于1979年10月复刊,并大胆发表了艾青、邵燕祥、臧克家、吴丈蜀、公刘、流沙河等众多名家的贺词、贺诗和作品。

---

① 见《蓝》(日本),2005(18)(19)。

② 杨健:《文化大革命中的地下文学》,朝华出版社1991年版;《中国知青文学史》,中国工人出版社2002年版。

③ 陈墨:《野草诗选·序》(内部资料),成都望川校园文化站,1994年。

④ 周亚琴:《西昌与非非主义》,《悬空的圣殿》,周伦佑主编,西藏人民出版社2006年版。

作为展示了一定先锋精神的公开诗歌刊物,《星星》不但给沉闷的诗界带来了一声春雷,且以其成熟的思考为四川现代诗歌的成长灌注了最强劲的动力,预示着一场璀璨的现代诗歌历史的到来!

二　新诗传统的新空间

"二沙龙一诗刊"的酝酿构成了新时期四川诗歌自我演变的初步的"气场",这一艺术变动的最"主流"的风潮则是与全国同步的"新诗潮"与"归来者"诗人的吟唱。试图接续中国新诗传统的"新诗潮"与"归来者"诗人在四川开辟了新的诗歌空间。

提到全国意义的"新诗潮",当然就应该注意 1979 年的《诗刊》,正是这一年的作品推出使得一直处于"地下"状态的《今天》派浮出水面。1979 年第 3 期有北岛的《回答》,第 4 期则是舒婷的《致橡树》和重庆诗人傅天琳的《血和血统》,第 5 期又有重庆诗人骆耕野的《不满》。"新诗潮"诗人傅天琳、骆耕野以及李钢、叶延滨、吉狄马加等与"归来者"流沙河、杨牧等一起,唱响了新时期四川诗歌的强音。

骆耕野① 的《不满》以这样的诗句在全国诗坛激起强烈反响:"像鲜花憧憬着甘美的果实,/像煤核怀抱着燃烧的意愿:/我心中孕育着一个'可怕'的思想,/对现状我要大声地喊叫出:/——'我不满!'"他既是 80 年代新一代诗人的代表,又是在强大的政治背景下将个人的情感和情绪介入社会和政治的年轻诗人,尽管在艺术空间上的创造没有很明显的特色,但是,由于被认为是"可怕"的"个人声音"的强烈呼喊,以个人体验为核心的现代情绪很快就进一步地蔓延,并开始深刻地传递起时代情绪。在"不满"之后,四川新一代的诗人寻找着自我心中的空间,在现实生活中深刻地追问自己内心的坐标和基点,形成了独特的自我形象和情绪。叶延滨② 就是其中一位。1980 年参加《诗刊》

---

①　骆耕野(1951 —),四川重庆人,诗集《不满》《再生》等。

②　叶延滨(1948 —),黑龙江哈尔滨人,任《星星诗刊》编辑达 12 年,诗集《不悔》《二重奏》《乳泉》《心的沉吟》《囚徒与白鸽》《叶延滨诗选》《在天堂与地狱之间》《蜜月箴言》《都市罗曼史》《血液的歌声》《禁果的诱惑》《现代九歌》《与你同行》《玫瑰火焰》《二十一世纪印象》等。

举办的首届"青春诗会",使他成为四川诗歌界升起的一颗闪亮的星星,其组诗《干妈》是他情绪的代表作。他以个人的情感体验,在时代历史纵向发展过程中展示了现代的精神。该诗抒写了一个"知青娃"去陕北插队落户这样一个既历史化又个人化的经历,呈现出强力的生命意识,并展现了个人与时代紧密关联又不断牵扯、角力的复杂现代情绪,一定程度上显示出了诗人把握生活的创作实力。

傅天琳①是一位立于大地上思考,忠实于自己内心感受的女诗人。作为女性,她的诗歌,呈现了最为女性、最为自然的女性诗歌的样态。直至现在,对于女性特征的表述,展示女性最为感性、最具现代情绪的女性体验上,她仍然很独特。《绿色的音符》风格质朴流畅,现代情绪自由而坦诚的流露,特别是最具女性特色的情感体验和女性想象力的创造,使之有别于曾经流行的概念化般反映生活的泛泛之作,显示出自己的魅力,确立了她在现代情绪表达中的地位。母爱的温柔、内心的情感体验、自我的低吟,无不增强着那种复杂的现代情绪的质感。

作为少数民族诗人的吉狄马加②,现代的自我身份意识和少数民族的特殊视域,显示了一个特殊的现代灵魂的波动。代表诗集《自画像及其他》中的诗歌,出自彝人生活的现代情绪使他把不同的历史、相异的现实、特别的传说,以及现代生活实感与自我非凡的情绪交织在一起,传达了在现代空间下一个少数民族人民自我灵魂的悸动。作为对同时期的中国诗坛产生过重大影响的海洋诗人李钢③,他在诗歌语言方面进行了大量的探索,体现了新一代诗人在诗歌艺术上的努力,留下了诸如《蓝水兵》《东方之月》等优秀作品。他的诗歌既看重人的本性,也看重人的社会性,主张在现实的生活体验中深入人的生命体验,从而实现对生命与艺术的内在把握,这是四川诗人努力让现代诗更多地复归其艺术本质的一种倾向的开始。

---

① 傅天琳（1964 —），四川资中人,诗集有《绿色的音符》《在孩子和世界之间》《音乐岛》《红草莓》《结束与诞生》等。

② 吉狄马加（1961 —），彝族,四川凉山人,诗集《初恋的歌》《一个彝人的梦想》《罗马的太阳》《吉狄马加诗译选》《吉狄马加诗选》《遗忘的词》等。

③ 李钢（1951 —），四川重庆人,诗集《白玫瑰》《无标题之夜》《蓝水兵》等。

作为 20 世纪 50 年代就已经写出了经典诗篇《草木篇》的诗人流沙河^①，80 年代初依然保持着旺盛的创作生命力，呈现出灵敏的现代情绪感受力，成为新时期之初"归来的一代"的代表诗人。他的《故园六咏》，以谣曲形式，调侃、戏谑的笔法，回首"文革"期间右派生活，展现在强权之下的酸楚凄切、催人泪下的夫妻、父子等个人情绪感受，勾画出一代人在受到迫害之下凄苦的处境和惶惑的心态。同时，我们也看到诗歌中也饱含着一定政治因素的余味。而孙静轩^②的诗歌，则继续着现代诗歌载道的社会责任感以及强烈的忧患意识。其早期创作的"海洋抒情"系列，表现出浪漫主义的格调，而新时期更是将家国天下的关怀看成自己的命运，将人民苦难内化为自己的最内在的情绪感受，《黄土地》《长江咏叹调》等是他这一时期协奏曲的代表。

杨牧^③，其抒情诗《我是青年》不但是诗人自己的代表作，也是新时期诗歌的代表作之一，从另外一个方面展现了自己独有的情绪质素。青春虽然流失，但是他们却还要以"青春"作为自己的身份，并将青春和中年双重的肩膀，双重的责任担在自己精神上。于是在这样复杂的历程中，诗人让一种简单的身份变得繁复、痛楚、辛酸，并夹杂着珍惜、奋进、责任，刻绘了一个丰富完整的精神雕像。

可以数出的"归来者"还有梁上泉、雁翼、木斧、王尔碑、傅仇、杨山、沙鸥、石天河、白航、陆棨……

三 "第三代"的策源地

在中国的新时期诗坛上，"新诗潮"的争论尚未停止，又迅速崛起了"现代主义诗群"，这些被称为"第三代"的诗人以更加激进甚至惊世骇俗的方式

---

① 流沙河（1931 — ），原名余勋坦，四川金堂人，复出后的诗集有《游踪》《故园别》《流沙河诗选》，诗论和散文随笔《锯齿啮痕录》《流沙河随笔》《台湾诗人十二家》《流沙河诗论》等。

② 孙静轩（1930 — 2003），虽不是四川人，但主要在四川进行诗歌创作，诗集《我等待你》《唱给浑河》《海洋抒情诗》《抒情诗一百首》《孙静轩抒情诗集》等，长诗《黄河的儿子》《七十二天》等。

③ 杨牧（1944 — ），四川渠县人，曾任《星星》诗刊编辑，诗集《复活的海》《野玫瑰》《雄风》《边魂》，长篇自叙传《天狼星下》，诗文总集《杨牧文集》等。

大力推动新诗的"革命"。如果说，北京是中国"新诗潮"最主要的大本营，那么四川则可以说是"第三代"诗歌最重要的策源地。

《诗歌报》和《深圳青年报》在1986年隆重推出的"现代主义诗群体大展"，让生长在地下的民间刊物一下站在了历史的前台。"第三代诗人"在"pass北岛、打倒舒婷、让谢冕先生睡觉"等口号下，走上诗坛，也有称之为"后新诗潮"、"朦胧后诗"、"实验诗"、"先锋诗"等。他们在总体上以探索为特色，虽然见解不同、派系不同、旗号林立、宣言各异，但是他们展示了自己的创作和理论，为现代新诗注入了更多的生命意识以及现代情绪。也正是由于他们的偏激和反叛，成为一片"混乱的美丽"。四川诗人的群像构成了其中最具有冲击力的方阵。

四川是所谓第三代诗歌的"四大方阵之一"（四川、南京、上海、北京），以其强健的现代生命力和咄咄的先锋色彩，成为当时诗人心中的"圣地"，全面昭示着现代情绪多彩的变奏之调。其中莽汉主义、整体主义、大学生诗派、非非主义、新传统主义以独有的个性屹立在整个"第三代"诗歌群体之中，"四川七君"后来成为90年代诗歌的中坚，另外更还有一大批诗歌小群体汹涌在80年代的河床之上！

早在1982年10月，重庆的西南师范大学有过一次艺术家的聚会。参加这次聚会的许多人物后来都成了"第三代"的诗人，如万夏、廖希、胡冬、赵野、唐亚平等，并且就是这次聚会诞生了《第三代诗人宣言》。两年后，欧阳江河、周伦佑、石光华、万夏、杨黎等人在成都筹办由先锋诗人为主体的"四川青年诗人协会"，接着1985年万夏、杨黎等人编印《现代诗内部交流资料》，这是中国第一本铅印的地下诗歌刊物，它正式提出了"第三代诗人"的概念。

现在闻名的"第三代诗"最为显著的标志是徐敬亚所说的"蔓延全国的'大学生诗派'和四川的'整体主义'"①。

1982年，甘肃的《飞天》杂志设置了一个名为"大学生诗苑"的专栏，全国各地的大学校园诗人纷纷在此登台亮相。就在1983、1984年间，这些大学生诗人逐渐形成一个相对松散的团体，到1986年，随着重庆大学尚仲敏和重庆师范学院燕晓冬主编的《大学生诗报》出版，"大学生诗派"的名称得以

---

① 徐敬亚：《崛起的诗群》，同济大学出版社1989年版，第131页。

广泛被认同。优秀代表有尚仲敏、燕晓冬等，这里也孕育了于坚、韩东这两位"他们"的领军人物。"大学生诗派"的基调是冷峻的，冰冷的讥讽成为他们诗歌中最耐人寻味的东西。他们明确提出"反崇高"、"对语言的再处理——消灭意象"、"无所谓结构"等艺术主张。而在这些现代诗学理论中，"反崇高"成为"第三代"诗人的共同思想背景，"消灭意象"的思考则成为后来以"他们"为代表的"口语诗"的滥觞。因此冯光廉认为他们代表了后朦胧诗的一个创作重要的向度，"这是构成'第三代诗人'的主体，也是后朦胧诗歌的主体部分"①。

整体主义创立于1984年的成都，该诗群以在"大观"上整体亮相为标志，同时在理论上和创作上达到成熟，代表诗人有宋氏兄弟（宋渠、宋炜）②、石光华、刘太亨、杨远宏、席永君、黎正光等，《汉诗：20世纪编年史·1986》将"整体主义"进一步凸显。与之相近的是"新传统主义"，代表是廖亦武③和欧阳江河。由于欧阳江河创作变化较大，其主要成就在90年代。这两个诗群的代表作有宋氏兄弟的《大佛》、廖亦武的《巨匠》以及后来的"先知"三部曲、欧阳江河的《悬棺》、万夏的《枭王》、周伦佑的《狼谷》等。整体主义和新传统主义的诗人们的诗歌理论及其诗歌创作，创造了一个辉煌的诗歌时代即"文化诗歌的时代"。他们受朦胧诗人杨炼的影响，取材巴蜀远古神话传说，其对民族精神的关注、天人合一的整体原则、对人的关注以及对诗体的创新，为现代诗歌的发展开创了一片新天地。他们一方面对于一种普泛化的"人的命运"的关注，另一方面又追求写作中的个性，在普泛化的"人"的形象与个人之间，取消曾经作为中介的现实政治。他们相信只有这样才是诗歌艺术的纯洁性和"真正持久"的美学价值的保证，才是诗歌写作的新的可能性。由于对文化之根的探索和史诗建构的精神导向，他们大多致力于并创造出了一种规模宏大的"现代大赋"。④

莽汉主义成立于1984年，其写作主张最早刊载于1985年的《现代诗内部

① 冯光廉主编：《中国近百年文学体式流变史》，人民文学出版社1999年版，第535页。
② 宋渠（1963—）、宋炜（1964—），四川沐川人，两人为兄弟，共同写诗，共同发表，在当代诗歌界实属罕见。
③ 廖亦武（1958—），四川盐亭人，主编《沉沦的圣殿》。
④ 徐敬亚：《崛起的诗群》，同济大学出版社1989年版，第131页。

交流资料》。"莽汉"创作理论者和实践者有李亚伟、万夏、胡冬。李亚伟[①]一直坚持莽汉写作主张，并使其发扬光大，最终成为莽汉主义的主要代表和莽汉诗歌的集大成者。与整体主义相反的是，反文化是莽汉主义的基础，他们以颠覆、消解传统的文化心理结构为宗旨，在作品中表现"反文化"的姿态。这样的目的就是凸显生命的能量、勇气、精力、气量，展现生命之"能"。因此，在表达方式上，"莽汉"诗人们采取了激进的、粗鄙健壮的"嚎叫"。他们直接、刺激地对理性、崇高、意识形态等压力进行了一次快意的拆解、践踏，形成了自称为"腰间挂着诗篇的豪猪"这样的一种不羁的叙述者。90年代万夏[②]主编的《后朦胧诗全集》，综合展现了第三代诗歌的实力。其莽汉主义代表作品有李亚伟的《我是中国》《硬汉们》《中文系》，胡冬《我想乘一艘慢船到巴黎去》，万夏的《红瓦》，马松的《生日进行曲》等。1987年莽汉的首席诗人李亚伟正式加盟非非主义，作为流派的莽汉随即融入非非主义诗歌运动，成为非非主义的一部分。

在整个"第三代"诗歌运动当中，非非主义与同时的其他诗群相比，无论在理论还是在写作上都堪称最为极端并且最具流派特征的一个群体，引起各种争议。但正如徐敬亚所说，在中国现代诗坛"非非主义"有着突出的理论高度。非非主义"由于其作品较多和始终坚持不懈的理论体系的建构，而以致成为诗界关于'第三代'的争论中心"[③]。非非主义创立于1986年，由周伦佑、蓝马、杨黎等人发起，其成员有尚仲敏、梁晓明、余刚、敬晓东、李亚伟、刘涛、孟浪、郁郁等人，其流派的理论和作品主要刊登于由周伦佑[④]主编的《非非》杂志上。在理论上的核心是极端的反传统，提倡超越文化。为此，他们提出了"前文化理论"，认为只有彻底摆脱这个符号化、语义化的世界，才能真正地实现"前文化还原"，达到感觉、意识、逻辑、价值的原初存在。他们在感觉还原、

---

① 李亚伟（1963—），四川酉阳人，诗集《豪猪的诗篇》。

② 万夏（1962—），四川重庆人，诗歌作品集《本质》，主编《后朦胧诗全集》。

③ 苏光文、胡国强主编：《20世纪中国文学发展史》，西南师范大学出版社1996年版。

④ 周伦佑（1952—），四川西昌人，主编《非非》《非非评论》两刊，诗集《在刀锋上完成的句法转换》《燃烧的荆棘》《周伦佑诗选》等，理论文集有《反价值时代》《变构诗学》等，编辑诗文集有《打开肉体之门》《褻渎中的第三朵语言花》《悬空的圣殿》《刀锋上站立的鸟群》等。

意识还原和语言还原这三个维度上对语言上的附着物进行超越和拆解，这成为他们诗歌实践的主要表演。如周伦佑的《带猫头鹰的男人》《狼谷》《刀锋20首》，杨黎①的《冷风景》，蓝马的《世的界》，何小竹②的《组诗》等诗，从对语言的彻底怀疑开始，通过超语义试验，试图用语言超越语言，用语言反叛语言，以求最终呈现出非语义的纯语言世界。但是我们看到，当诗人们以反叛的姿态背叛语言的时候，最终仍要呈现另一种语言状态。就在他们反叛语义超越语义的时候，他的语言又无法摆脱另一种语义，他们决意反理性的时候，他的诗歌却又极具理性。在这样的困惑和焦灼之下，1992年周伦佑在非非的复刊号上提倡《红色写作》，再现了他与80年代创作的内在精神和诗歌方法的继承与反驳。但总的来说，非非为第三代诗歌奠定了坚实的理论基础这点是可以肯定的。1993年德国著名汉学家顾彬在《预言家的终结》一文中，将20世纪中国诗歌划分为以朦胧诗和以非非主义为标志的两个阶段，并论述了以非非主义为标志的新诗歌浪潮对朦胧诗的取代和超越，认为非非主义具有世界性意义。③

在地缘因素之下，四川的现代诗歌运动作为"第三代"诗歌最重要的组成部分，不但有以上这些造成全国性影响的诗群，而且还有着许多的小群体在喧嚣，为"第三代"诗歌的飞行提供了强大的动力。"同语言进行斗争"的胡冬，认为诗歌的魅力全在于语言，因此他不但探讨语言的魅力，试图建立新的语言秩序，而且对语言的精益求精最终成为诗人痛苦心灵的慰藉。"自由魂"的代表剑芝、式武，他们极力强调诗歌中的主情的因素，对独特个性的语感及诗歌外形式强调，并绝对尊重个性。朱建、刘芙蓉为代表的"群岩突破主义"，从现代意识出发再深刻挖下去，导向最原始的图腾，从意识空间开始来揭示这个神秘的世界，追求现代感觉。还有主张孤独体验的"新感觉派"菲可，以及探索终极意义重建诗歌精神的"莫名其妙"的杨远宏④，都有很独特的现代

---

① 杨黎（1962—），四川成都人，诗集《小杨和马丽》，介绍第三代的著作《灿烂》。

② 何小竹（1963—），苗族，四川彭水人，诗集有《梦见苹果和鱼的安》《回头的羊》《六个动词，或者苹果》等。

③ ［德］顾彬：《预言家的终结》，《今天》，北岛主编，1993年第3期。

④ 杨远宏（1945—），四川江津人，诗集《落幕或启幕》、理论著作《涨落的思潮》《喧哗的语境》。

情绪感受。[①]重庆诗人王川平是学者型诗人，他的一系列史诗风格的组诗，试图用一种自古即有的歌谣体，糅合个人化的现代诗歌技巧，构建完整而典型的文化场景。另一位重庆诗人梁平早期诗歌属于热情奔放的青春写作，更接近当时的校园诗歌的探索。值得一提的还有两位女诗人唐亚平和虹影。作为最关心活个女性样子的唐亚平[②]，其诗集《黑色沙漠》有较大的影响，提出了"生活方式"的宣言，想以诗歌占有女性全部的痛苦和幸福，认为女性"她们寂寞、懒散、体弱和敏感的气质使得她们天生不自觉沉湎于诗的旋律"[③]。女诗人虹影[④]在重庆的写作是一种可感性很强的抒情诗，《天堂鸟》就是她早期诗歌的代表。而在后期的诗歌创作中，她转变了自己早期的抒情倾向，走向了更具深刻的分裂感和神秘感体验感的创作。《净地》《山海潮》《跋涉者》《000诗潮》《女子诗报》等四川民间刊物[⑤]，在对现代诗歌的探索和建设上也都有过一定的作用和影响。

在"第三代"诗歌运动中，还有一批诗人，他们既是第三代的代表，而且由于坚持不懈的创作和自身厚重的创造力，又成为整个 20 世纪 90 年代诗歌创作的中坚。如"新传统主义"的代表欧阳江河，"四川七君"欧阳江河、翟永明、柏桦、钟鸣、孙文波、张枣、廖希，以及"無"派代表诗人开愚，正是他们对自我和诗艺的坚持和坚守，使 80 年代的现代情绪变奏延续下来，并开启了 90 年代诗歌现代情绪的独奏阶段。

四　90 年代"七君子"及其他

90 年代的到来曾经被一些批评家看作是"新时期"的悲剧性结束。与 80 年代相比，90 年代的四川诗歌发生了重大的变化，曾经活跃一时的四川诗人纷

①　以上诗群参见徐敬亚等编《中国现代主义诗群大观 1986 — 1988》，第二编，同济大学出版社 1988 年版。

②　唐亚平（1962 — ），女，四川通江人，著有《荒蛮月亮》《月亮的表情》《唐亚平诗集》《黑色沙漠》等诗集。

③　见徐敬亚等编：《中国现代主义诗群大观 1986 — 1988》，同济大学出版社 1988 年版。

④　虹影（1962 — ），四川重庆人，诗集《天堂鸟》《鱼教会鱼歌唱》《沉静的老虎》。

⑤　以上诗歌民刊，参见发星主编《独立》，2006 年，总第 13 期。

纷下海经商，四川的变化再次成为中国诗坛变化的标志性例证。

　　这当然与中国社会的转型相关，也与整个诗歌艺术自身的发展相关。90 年代由于市场经济的主导，诗歌的边缘化，诗人自身的多重身份，现代诗歌在诗学艺术上与 80 年代的诗歌发生了断裂。但是 90 年代的诗歌是在 80 年代的诗歌土壤中生发出来的，特别是"第三代"诗歌，为 90 年代诗歌提供了合理性和合法性的空间。从 80 年代"第三代"诗歌的日常生活到 90 年代对生活细节的处理，对自我身份的确认和回归，以及地下诗刊对地上诗歌界的构造，都隐含着 80 年代诗歌对 90 年代诗歌的互动和渗透！冷静地看，四川诗歌创作的种种变化不但明显地图示了这样一个历史过程，而且也不是某种简单的败落与沉寂，事实上，在中国诗歌之于人民生活的影响力普遍下降的时代，四川诗歌可以说还继续占据着 90 年代中国诗坛的重要位置，为 90 年代中国现代诗坛带来了值得重视的若干个人独奏。

　　1993 年四川诗人欧阳江河发表了《89 后国内诗歌写作：本土气质、中年特征与知识分子》，其涉及的三个关键词知识分子写作、个人写作、中年写作成为 90 年代诗学的核心，并主导了 90 年代现代诗学的话语。欧阳江河[①]早在 1984 年就写出了长诗《悬棺》，确立了他作为诗人的地位。而 90 年代他提出的"中年写作"、"知识分子身份"诗学主张，表明了他的转变。他在诗学和创作中以智慧和学识为基础，深刻体验到时代对诗歌写作的变化从而建立了一种清醒的诗学，这使得他在 90 年代与王家新、西川并举。《玻璃工厂》《计划经济时代的爱情》《傍晚穿过广场》《咖啡馆》等作品，对诗歌本身和时代血脉的深入体认，使他的诗歌达到了锋芒毕露的程度。他的诗歌如孙文波所说"拓展了诗歌写作的形式方法，但他占有这种形式方法，只让人阅读和接受，却拒绝追随"，其思辨的锋芒展现了他独特而惊人的个人修辞能力，而这也是誉之者和毁之者共同的出发点。

　　"四川七君"之名来源于 1986 年香港中文大学所办的刊物《译丛》，以介绍欧阳江河等七位四川诗人的作品，1995 年德文本《四川五君诗选》（欧阳江河、柏桦、翟永明、孙文波、钟鸣）在德国出版，奠定了他们的诗学地位，也扩大

---

① 欧阳江河（1956 — ），四川泸州人，诗集《透过词语的玻璃》《谁去谁留》，评论文集《站在虚构这边》等。

了他们的影响。其中之一的孙文波^①，曾编辑民刊《90年代》《反对》等。在90年代孙文波确立了自己"从身边的事物发现自己需要的诗句"的基本的诗歌创作倾向。特别是其诗学理论"叙事性"在诗歌中的完美表达，使诗人的独特风貌在"叙事性"中得以确立。他的诗歌作品中，当代社会的各种细节和情节被刻绘和保存，彻底提升了"日常生活"的质量和高度，投射出强烈的历史关怀和人文关怀。他在叙事方面的探究，使现代诗学中叙事的"及物能力"得以加强，构筑了现代诗学新的可能。但是正是由于他创作单一性思维的固守，也迫使诗人在创作中不断地更新、突破和蜕变。

另一"七君"柏桦^②，一直以抒情诗人的面目出现在诗坛上，并使个人的形象得到了完美表达。他在国内外文学刊物上大量发表诗作及译作，并在1991、1992、1993年连续三次受邀参加国际诗歌节，虽均因故未能参加。他认为诗和生命的节律一样在呼吸里自然形成，一旦它形成某种氛围，文字就变得模糊并融入某种气息或声音，因此形成了他机敏细致的诗艺，并带着强烈的幻美式的挽歌气氛。其名作《表达》《悬崖》《望气的人》有南唐后主式的颓废和贵族气的哀伤，而《琼斯敦》则是一种孤独和神经质，有阴冷的矜持和自弃的敏感，这些就形成了他在自传性著作《左边》中所述的独特的"下午"式气质。另外柏桦几乎是最能表现汉语之美的诗人，他的语言几乎达到了现代汉语的澄明之境。在一个文字被解构得破碎的时代，他独自内敛的整体性抒情以及其对现代汉语的痴迷，确证了现代诗学的中枢神经，使他的诗歌呈现非凡的意义。

"七君"中的诗人翟永明^③，无疑是中国现代新诗最优秀的女诗人之一。她在80—90年代之间创作，不但贯穿了新时期以来现代诗歌的历程，而且她不断超越自己，成为最具有大诗人潜质的一名女诗人。1986年的《女人》《人生在世》，1988年的《静安庄》，以独特奇诡的语言风格和惊世骇俗的女性立场

---

① 孙文波（1959—），四川成都人，著有诗集《地图上的旅行》《给小蓓的骊歌》《孙文波的诗》，文论集《写作、写作》等。

② 柏桦（1956—），四川重庆人，著有诗集《表达》《望气的人》《往事》，评论集《今天的激情》，自传《左边：毛泽东时代的抒情诗人》等。

③ 翟永明（1955—），四川成都人，著有诗集《女人》《在一切玫瑰之上》《称之为一切》《黑夜中的素歌》《翟永明诗集》《终于使我周转不灵》，散文随笔集《纸上建筑》《坚韧的破碎之花》《纽约，纽约以西》等。

震撼了文坛，成为"女性诗歌"的代表人物。她主要从极度敏感的女性心灵出发，深入到自我的生活经验，进入到女性独特的生活体验，并执着于自身经验的挖掘，试图摆脱现有文化观念加诸女性的社会意识，达到她在《诗歌报》所说的"突破白天，进入黑夜"，这样的"黑夜意识"使她成为新一代女性诗人的代表，也成为新一代诗歌的代言人。90年代的《咖啡馆之歌》以后，诗人从侧重内心的剖析而转向一种新的细致而平淡的叙说风格，转向外部生活的陈述。这一时期的诗歌，如《脸谱生活》《道具和场景》等，不管是语言的选用、词语的色调、内在的诗歌结构、外表的诗歌形式都变化多样，代表了90年代诗歌"综合"走向，而这也增强了现代诗歌探测人生真谛、生命意义、生活世界本相的能力。

"七君"中的张枣和钟鸣也在90年代中实践了自己独特的歌喉。张枣[①]80年代在四川的诗歌创作延续着古典诗歌的"抒情方式"，如《镜中》对词语精细、细致安排，使他更像是一个语言的炼金士。钟鸣[②]作为一个学者型的诗人，在他的诗歌中，日常的体验、生活的体验、生命的体验，与他自身所具有的广博的学问和学识交织、渗透，扩大了诗歌的表现力，如《中国杂技硬椅子》里，各种学识学问如"心理学"、"社会学"等的知识在诗歌里纠缠。他的《旁观者》是一种复杂的文体，自传、评论、作品、诠释，以及相关的手稿图片等资料，本身就显示了钟鸣以知识为基座的诗学特色。

在80年代只有一个人的"无"派代表肖开愚[③]，可以看作是一个孤独的诗歌探索者，而这也正好成就了他90年代诗人的地位。他虽也参与了《90年代》《反对》等诗刊的编辑，但他以自己的多年的现代诗歌思考，指示了现代诗歌的新的向度。他的诗学一直强调着"当代性"的重要，强调对当下生活、当代社会语境、当代社会政治经济文化中的"个人性"的深刻把握。正是在这种当下语境中，"中年写作"诗学观念成为他的首创，主张步入中年后的写作者告别"青春写作"，并积极承担"中年"的责任意识。他敏感意识到"生存处境和写作处境"，由此对诗歌本体认识加深，形成了一种成熟的、开阔的写作境界。

---

① 张枣（1962 — ），湖南长沙人，其主要创作期在四川，诗集《春秋来信》。
② 钟鸣（1953 — ），四川成都人，诗集《中国杂技：硬的椅子》，三卷本《旁观者》等。
③ 肖开愚（1960 — ），四川中江人，诗集《动物园的狂喜》《学习之甜》《肖开愚的诗》等。

这种严格的写作要求和复杂深入的诗歌构建,意味着诗人的成熟。他的作品《向杜甫致敬》《国庆节》《动物园》等,叙事和戏剧性的成分较重,对自然、命运自我发掘,呈现了对技艺多向度的自觉。他的诗在一种"复杂性"和"综合性"的要求下显得生气勃勃,充满活力,并使我们看到了"个人的刻痕"在现代诗歌中不断加深、加重的可能性。

就在 80 年代末民刊从爆炸趋向沉寂的时候,更多的民刊又再一次成为"地下刊物",再一次被埋葬。但是,有着强大诗歌传统的四川诗人们,他们依然对个人的解放不停思考,对生命的意义不断探索,对诗艺不懈追问,成为另外一道亮丽的风景,让现代情绪的地火依然在激烈地运行。如提出"中专生诗人协会"这个独特口号的《新诗人报》,弘扬人类精神的《阆苑》,坚守自由精神的《地铁》,以发现女子们的诗为己任的《海灵诗报》,专门登载少数民族诗人的《山鹰魂》,以先锋为性质的《二十一世纪中国现代诗人》,强调坚持性的《名城文学》,指向先锋写作的《诗研究》,旨在探索诗歌艺术规律的《诗歌创作与研究》,从铁路系统开始的先锋《声音》,举荐诗坛新星的《四月诗刊》,张扬朴素、民族、现代意识的《彝风》,用词语透视人物内心的《侧面》,倡导神(幻)性写作的《存在》,探求心灵中的诗性空间的《诗镜》,极具包容性的《终点》,以及标示地域性写作的《独立》[1] 等等。依然有那么多来自不同阶层的人对诗歌抱有如此的痴情!

五　新世纪的繁复旋律

新世纪的来临,伴随着异样社会的到来,文学自身的发展遭遇了前所未有的新机遇和挑战。全球化的冲击,所有非中国文化的各种西方文化对我们自身产生了强烈的危机,如何与西方交流,如何重新去定义自我的文化传统,我们不得不重新定位和思考。多元化与多角度评判,也使我们对新的问题展开丰富的讨论,这样创作也就不仅仅是单独、孤立的创作。大众传媒的日益发达,不但使曾经被控制的知识与信息向大众敞开,而且全面渗透和介入公共空间、文

---

[1]　以上诗歌民刊,参见发星主编《独立》,2006 年,总第 13 期。

化领域,逐渐主导文化市场。尤其是,随着消费主义浪潮涌来,文学市场的形成,文学沦为一种被消费的商品,使得经济效益和读者的需求变得日益重要。在商业化炒作之下,媚俗、肤浅、复制等碾碎了现代个人的精神空间,湮灭现代个人情绪所呈现的深度。

在这样的背景之下,曾经地上、地下、民间、官方、精英、大众、都市、农村、文本、网络、地域、团体等等不同层面的诗歌与诗歌创作,都进一步从原来不和、疏离、角逐到现在的互相交叉、渗透和互动,所有单一活动、单一化的诗歌活动和创作都整合起来,呈现了一种新的繁复交错的状态。

地上诗刊《星星》,其一系列活动就展示了这样的一个维度。首先在2002年,《星星》诗刊前主编、诗人杨牧,提议把给人温暖、慰藉、富于启迪的小诗搬上公交车,随后成都市公交公司与《星星》诗刊联手,征选了200多首诗歌精心做成牌匾,覆盖成都市主要干道的多个站点和多辆公交车,这在全国独一无二的创举,让成都成为"一本"流动的"诗刊",其中多种诗歌力量和非诗歌力量的交织和努力,我们看到新的诗歌文本,新的诗歌创作,新的诗歌需求成为一种可能。接着2003年,《星星》诗刊与南方都市报、新浪网联合举办的"甲申风暴·21世纪中国诗歌大展"①,这是继1986年诗歌大展以来国内最大规模的现代诗展示。"甲申风暴"诗歌大展的推出,从个人、流派、网络、民刊等多个角度呈现当代汉语诗歌的生态,展示当代汉语诗歌的丰富多样,使地上诗歌与地下诗歌又一次相互融合,相互提携。次年《星星》诗刊又发起"21世纪中国诗歌复兴活动",其中的栏目"20年来100首最受群众喜爱的诗歌评选"、"四川首届国际诗歌节"、"首届中国诗歌教育论坛"、"中国诗歌万里行"等,诗歌的私人性空间与社会的公共空间交融,现代诗歌曾经的一些界限逐渐消失。不久《星星》诗刊推出一系列改革措施,建立了网上诗歌论坛。而且《星星》参与建立中国现代诗歌艺术博物馆,建立成都诗歌墙等活动,分别用于陈列现代诗人手稿、诗刊创刊号、诗人诗歌出版物等展品以及展示当代诗人的重要作品,呈现了当下诗歌和当下诗人多方面交流且合流的一个特点。

---

① 见《星星》诗刊,2004年3月,上下半月合刊。

地下的民刊活动也走向多种力量的整合倾向。在这个时期，四川民刊以《非非》《存在》和《独立》三大民刊为代表，还具有强大的生命力和影响，在全国依然是首屈一指的诗歌代表，如《非非》的"体制外写作"，《存在》的"幻象（神性）写作"，《独立》的"地域诗歌写作"，但是，这些刊物也是在不断地融合新的力量，其诗人、作品也与整个诗歌界的各种因素纠结在一起。以"知识分子新生代"为核心的《诗歌档案》、以成都为"根"的《人行道》、以成都诗人为核心的《在成都》、追求现代成都的《幸福剧团》[①]，他们对成都地域、自我、唯一、文本的固守，却让我们从反面看到了现代情绪合奏这样一个不可避免的现代诗歌现实的状态。特别是最近著名的诗歌民刊《芙蓉·锦江》，虽说是"成都诗歌论坛"，但其实正如杨然在其创刊词中所说的一样是"天下诗歌论坛"，"传承着成都接纳天下诗人造访的包容性"。从他们所选的诗人以及诗歌作品，我们可以更清晰地看到现在民刊汇聚各种势力的生存状况。

但问题是，在这样的情况下，我们如何再次唱出我们内心个人的歌曲，我们如何再次绽放我们内心个人的现代情绪，我们所汇聚和整合的力量是敏锐了我们的对世界、他人、自我和内心感知力，还是阻挡和遮蔽了我们对现代诗歌表达的苦苦追求，这可能是新世纪摆在四川诗人甚至全国中国诗人面前的一道难题。

六　四川的与中国的

四川，这个西部内陆省份在参与新时期的中国诗歌运动中不仅表现出了一种特别的积极，不仅为中国新诗贡献出来一大批的诗人与诗作，而且还初步形成了一种颇具区域特色的艺术个性。在当代中国的诗歌历史中，来自四川的艺术经验具有特殊的意味，或者说四川诗歌的"道路"为中国新诗的新时期之路打开了一个别具一格的艺术天地。

在"新诗潮"浪潮中的四川诗歌，体现出了一种更为本色的艺术追求——

---

① 以上诗歌民刊，参见发星主编《独立》，2006年，总第13期。

更多朴素的写实和更多的理智表述。北岛的《回答》是尖锐而沉痛的，批判的冲动凝聚为一种高度浓缩的情绪的体验，而"不满"在骆耕野这里却化作了对当代社会具体问题的实实在在的罗陈和揭露，苦难历史在叶延滨那里又咀嚼为对陕北"干妈"的追忆。傅天琳最早发表于《诗刊》的《血和血统》，也立足于一件坚实的"本事"："12年前，为抢救工人兄弟的生命，一个出身于非劳动人民家庭的青年，毅然挽起了衣袖。"关于血统论，诗人发表了在当时看来是大胆的质疑和控诉："血啊，你能救活一个工人阶级兄弟的生命，／为什么——却不能属于这个阶级……"与舒婷一样，傅天琳仍然对祖国怀着"母亲"一样的忠诚和依恋："中国，决不是'四人帮'的中国，只有实践，才能检验血缘。／我浑身轻松，投入四个现代化的战斗，／恨不得向祖国交上一千个果实"（《果园之歌》）这种感情多少也让我们想起了舒婷的《祖国啊，我亲爱的祖国》，然而，仔细品味，我们也能感到，舒婷的赤诚和北岛的批判一样，依然是情绪性的直写，傅天琳则不同，她的诗情似乎并不依托某一具体人生的"事件"。当时人们在谈及"新诗"在艺术探索上的"先锋性"时，一般都很少涉及四川地区的几位诗人，尽管我们四川地区的"新诗潮"诗人同样的敏锐，同样的富有才情，但的确在新时期一个较长的时间中都显得比较朴素和质实，他们的诗歌并不怎么"朦胧"，并不怎么"前卫"，因此还曾被认为是有着某些"现实主义"的风格。

四川地区新诗潮诗人的这些独特性——更多朴素的写实和更多理智的表述，似乎暗合了西南地区在中国版图上的边缘特征，一种游动在当代中国政治文化剧变漩涡之外的边缘特征，因为，以北岛为代表的峻急、沉痛和情绪化体验都分明地体现着那种在中国政治文化中心才能感受到的历史车轮碾压下的个人的痛苦、愤懑和反叛，一座高耸入云的精神大厦在人的真切感受中一点一点地崩裂、离析，它的纷纷散落的碎片不断地撞向人的心灵世界，不断激发起极具时代意义和历史内蕴的却又同样极具个人化特征的情绪和想象，这便是新诗潮的先锋——《今天》派诗人的艺术渊源。北岛、顾城、杨炼、江河都是北京人，他们的社会关系和生存环境都给了他们丰富的政治与文化的信息，促使他们在"文化大革命"时期就开始了对当代中国政治与文化的思考，同时也有机会从各种渠道获取西方近现代诗艺的营养，福建的舒婷也因为有她的"大学生朋友"

的激进思想的刺激和前辈诗人蔡其矫的引导而较早承受了这种政治与文化裂变的冲击，并且她还最终与北岛等人相结识，真正地走入了《今天》派的精神世界，她曾经激动地写道："1977年我初读北岛的诗时，不啻受到一次八级地震。北岛的诗的出现比他的诗本身更激动我。就像在天井里挣扎生长的桂树，从一颗飞来的风信子，领悟到世界的广阔，联想到草坪和绿洲。"①

　　在"第三代"诗歌中，四川诗人又表现出了一种前所未有的激情、果敢与反叛精神。这一引人瞩目的现象很容易让我们想起这一地域特殊的文化格局，想起这样的地域文化格局对西南既往文化的相似的"激发"。无论是从传统中国或是从现代中国的整体发展来看，大西南"偏于一隅"的地域位置都决定了它在整个中国文化版图上的"边缘性"，而这种边缘性的结果又往往是双向的，它既可能造成封闭状态下的迟钝，也带来了偏离主流文化潮流中心话语压力的某种自由与轻快，于是，一旦社会的发展给大西南人某种创造的刺激和召唤，他们那无所顾忌的果敢与勇毅也同样的令人惊叹。在四川文学史上，我们看到的便是这样的事实：从驰侠使气的陈子昂、"天子呼来不上船"的李白到"我把整个宇宙来吞了"的郭沫若，恃才傲物的诗人层出不穷，从陈子昂的唐诗革新到苏舜钦的北宋诗文革新，从苏轼的以诗为词到新诗史上的吴芳吉、康白情和郭沫若，标新立异，放言无惮的"叛逆"也让人目不暇接。值得注意的是，在四川"第三代"诗人的艺术选择当中，不仅反映了地域之于他们的历史性意义，而且更包含着他们从这一特定的地域出发主动为自己设定的区别于北岛传统的新的诗歌精神，这便是诗的"南方精神"。早在1985年，在由李亚伟、何小竹等担任编委的《中国当代实验诗歌》专辑就将对南方地域特征（主要是西南地域与四川地域）的诗性体验当作了郑重其事的"代序"，而且是相当坦诚而准确地反省道："反叛是南方的传统，我们无法摆脱这近于偏执的深刻的素质。""代序"最后还豪情满怀地宣布："我们预言，中国诗歌的巨川源于北而成于南，这一代人的行列里能走出真正的艺术巨匠。河神共工将横吹铁箫，站在波涛上放牧豹子！"到90年代末，在"第三代"诗歌高潮逐渐消歇的时候，属于这一诗潮中人的钟鸣在他的三卷本大著《旁观者》中十分详尽地阐发了他耳闻目睹的

---

　　① 傅天琳：《关于诗歌的谈话》，见《结束与诞生》，春风文艺出版社1997年版，第198—199页。

"南方诗歌"，这些阐述正好相当生动地表达了大西南"第三代"诗人这种自觉的地域性艺术追求："谁真正认识过南方呢？它的人民热血好动，喜欢精致的事物，热衷于神秘主义和革命，好积蓄，却重义气，不惜一夜千金撒尽。固执冥顽，又多愁善感，实际而好幻想。生活颓靡本能，却追求精神崇高。崇尚个人主义，又离不开朋党。注重营养，胡乱耗气，喜欢意外效果，而终究墨守成规——再就是，追求目标，不择手段，等目标一出现，又毫不足惜放弃……这就是我的南方！"①

　　在生活的本色主义与激情反叛之间，形成了四川诗歌巨大的张力结构，这就好像是四川区域内部的两极——激越的川东巴人与温厚的川西蜀人，改革开放三十年的四川诗歌基本就是以这样两个个性相异又互通的地区为主要支点，一系列重要的诗歌事件几乎都诞生于此，政治经济的直辖也不能改变重庆作为大的四川文化格局之一员的事实，而且在我们看来，无论是对重庆还是对四川，都没有必要打破这样的文化生态——不同地区之间文化追求的碰撞、砥砺和交汇曾经同时造就了巴地与蜀地的艺术繁荣，在今天和在未来，我们根本无须也不应该去改变这样的一种交流方式，只有在不同方向的力量的张力架构中，四川诗歌才能更好地挖掘自己的潜在可能，为中国诗歌的"四川经验"贡献更丰富的内容。

---

①　钟鸣：《旁观者》第 2 卷，海南出版社 1998 年版，第 807 页。

作为知识建构的"地域文化"

——由"巴蜀文化"概念之于四川现代文学研究谈及

邓　伟

在辨析"巴蜀文化"之于四川现代文学研究意义之时,我们想到了作为知识建构的"地域文化"这一问题。需要强调的是,我们对诸如"巴蜀文化"的思考,是仅针对四川现代文学。因为,不涉及具体的对象,所讨论的问题就会泛化无所指,或无比复杂,在四川地域区域性的考古、历史、经济、工艺研究等等,都广泛使用到"巴蜀文化"一词。

我们想在更大范围之中追问包括"巴蜀文化"在内的中国"地域文化"知识的形成,这是极为必要和重要的究竟是什么形成了人们对它的叙述体系的归纳、独特本质的认定?究竟是什么使它形成了既定的研究视野?

中国古人著作时常谈到地域与音辞、文风等的关系,其中尤为典型和广泛的是文化与文学的南北之辨:

> 南方水土柔和,其音清举而切诣;失在肤浅,其辞多鄙俗。北方山川深厚,其音浊而讹钝,得其质直,其辞多古语。①
>
> 江左宫商发越,贵于清绮,河朔词义贞刚,重乎气质。气质则理胜其词,轻绮则文过其意。理深者便于时用,文华者宜于咏歌。此南北词人得失之大较也。②

---

① 《颜氏家训·音辞篇》。
② 《隋书·文学传序》。

这与中国古人思维意识中"天人合一"的理想是一致的，突出了地域的自然因素与人的气质、文风的紧密关系，从而建立一种直接而不无粗糙的因果阐释关系，体现出中国传统文学的古典色彩。

中国近代在西学东渐的过程中，西方现代人文地理和文化学的传入，使传统"地域文化"的知识内涵和结构发生了极大的变化，逐渐成为一种现代知识体系。梁启超是近代谈论"文明与地理"的代表性人物。如在《中国地理大势论》中，他谈到了文明的发生、政治历史、文学学术、地理风俗、兵事与地域的关系，在《亚洲地理大势论》中，"又以各部之地势、气候、民业、人种、宗教之差别，对照比较，则可知其各部特别开化之由"[①] 这些观点在其时文化语境中表明出了崭新的知识构成。

在很大程度上，我们认为正是以上二者的思想资源建构了今天大多数人所谈论的"地域文化"知识的内涵。

可以参照的是，程美宝在分析晚清之后"广东文化"观念的形成时，认为：

> 把广东文化视为一个实体来看，固然有它的一段发展的历史；然而，把"广东文化"作为一个命题、一套表达的语言来看，探讨在不同的时代，在怎样的权力互动下，不同的内容如何被选取填进"广东文化"的框框，也同样是一个值得研究的历史过程。[②]
>
> 至于在"广东文化"这个框架内塞进哪些内容，诚有取舍详简之别，然都不过是不同社会势力文化取向的表达和政治对话的需要罢了。[③]

程美宝的思路明显受到福柯观点的影响任何知识都是与权力交织生长的共生体。从这一角度出发，程美宝充分注意到地域文化知识体系建立中不可避免

[①] 梁启超：《亚洲地理大势论》，张品兴主编：《梁启超全集》，北京出版社 1999 年版，第 925 页。

[②] 程美宝：《地域文化与国家认同》，杨念群主编：《空间·记忆·社会转型"新社会史"研究论文精选集》，上海人民出版社 2001 年版，第 390 页，第 411 页，第 396 页，第 407 页。

[③] 程美宝：《地域文化与国家认同》，杨念群主编：《空间·记忆·社会转型"新社会史"研究论文精选集》，上海人民出版社 2001 年版，第 390 页，第 411 页，第 396 页，第 407 页。

的浓厚历时性意识形态内容。在其具体展示的"广东文化"形成的主要内容中，包括：以学海堂为代表的"学术正统的确立"，并且"清末民初有关广东学术文化的论述，无论是经学著作，还是官方及私人修纂地方史志、文集丛书、儒林列传，大多出自学海堂学长之手。他们自己既写就了广东的学术史，他们的学生又为他们在史册上留下了芳名"[①]；在西方人种学观念下，"粤、潮、客三大族群的划分"，以及他们在文化领域的"汉种"之争；方言方面的"南蛮舌"到"中原古音"；五四后民俗运动影响的波及，中山大学的民俗研究是当时的学术重镇，"对读书人观念中'广东文化'的定义的变化产生了深远的影响，除了粤讴等经士人改造过的民间文学之外，其他诸如民间故事、歌谣、生活习俗、神明崇拜等等民间风俗，经历了民俗运动之后，逐渐被接受为地方文化的构成部分"[②]。

不难发现，在中国现代文学地域文化研究模式中谈论到的所谓"地域文化"的内涵界定及其视野，大多不脱离程美宝在以上论述中所展示的范畴。以此联系相关巴蜀文化的问题，毫无疑问今天我们谈论的巴蜀文化的内部构成，也有着大致思路相同的建构：诸多的地方志、文集文丛，如杨慎《全蜀艺文志》、李调元《函海》；1875年，张之洞在成都建立尊经书院，实现对蜀学的一次振兴；明末清初，四川人口锐减，俗称"湖广填四川"的移民大潮对四川社会的结构性影响；由于中国社会近代发展的不平衡性，内陆受到冲击相对较轻，使得民风风俗较为完善地得到保存，等等。

还需特别提的是，中国古代的巴蜀多有第一流的文学家，而学者相对较少。如梁启超在《近代学风之地理的分布》中称：

> 四川夙产文士，学者希焉。晚明，成都杨升庵（慎）以杂博闻。入清，乃有新繁费燕峰（密），传其夫经虞之学，而师孙夏峰，友万季野、李恕谷，著书大抨击宋儒，实思想界革命急先锋也。康熙中叶，则达县唐铸万

---

① 程美宝：《地域文化与国家认同》，杨念群主编：《空间·记忆·社会转型"新社会史"研究论文精选集》，上海人民出版社2001年版，第390页，第411页，第396页，第407页。

② 程美宝：《地域文化与国家认同》，杨念群主编：《空间·记忆·社会转型"新社会史"研究论文精选集》，上海人民出版社2001年版，第390页，第411页，第396页，第407页。

（甄），著《潜书》，颇阐名理，洞时务。然两人皆流寓江淮，受他邦影响不少也。同光间，王壬秋为蜀书院师，其弟子有井研廖季平（平），治今文经学，晚乃穿凿怪诞，不可究诘。戊戌之难，蜀士死者二人，曰富顺刘裴村（光第），曰绵竹杨叔峤（锐），并学能文，二裴村之学更邃云。[①]

杨念群曾论述儒学的地域化对地域知识分子的特别意义：

> 儒学的地域化过程所导致的思维范式的多元化，会形成绵延久长的传统，它统摄着不同地域知识分子群体对文化人格结构、思维取向和行为模式的选择。这种思维范式的分野，一直影响到不同地域近代知识分子群体对待西学侵入所采取的迥然不同的话语对应策略。如湖南知识精英急功近利、致知力行的经世观念，与广东知识精英强调心智功能的浪漫态度，便构成了不同地域集体无意识中的一种共同的群体价值取向。这个经过特定地域前辈学者开创，又由本地域的后继学者系统阐扬与浸染后所铸成的某种性格，某种集体无意识，某种形而上的精神渊源，是一种类似原始的意象与经验。[②]

由于巴蜀文化中的那种精英式的地域儒学线索较为不明显，以致整个地域的人文性格也很难鲜明地凸现出来，以致整个地域文化的性格给人以仅是普泛的乡土风俗和极具民间性的印象。十分明显的是，研究古代巴蜀文学的论著却是很多。即便不是专门写中国古代巴蜀的区域文学史，也都会提及于此。例如邓经武所著的《二十世纪巴蜀文学》中，有专节"雄霸一代巴蜀文学的璀璨辉煌"[③]，枚举许多耳熟能详的名字：司马相如、王褒、扬雄、陈子昂、李白、三苏……这些先贤在文学方面的光辉成就，似乎自然充实了巴蜀地域的文化内涵，从而也自然使得研究现代四川文学的人士对巴蜀文化诸如区域产生诸如"诗情

---

① 梁启超：《近代学风之地理的分布》，张品兴主编：《梁启超全集》，北京出版社1999年版，第4275页。

② 杨念群：《儒学地域化的近代形态三大知识群体互动的比较研究》，生活·读书·新知三联书店1997年版，第20页。

③ 邓经武：《二十世纪巴蜀文学》，电子科技大学出版社1999年版，参见第19—33页。

源流"的联想。

另一方面，由于近现代的四川，较之一些文化大省，固有的文化积淀较为薄弱，在近代以来中西文化交流中，也不如沿海省份能得风气之先，所以对自身有关巴蜀文化的知识建构也比不少省份的地域文化知识建构更为滞后和缺少体系性。据李怡的研究：

> "巴蜀文化"本系考古学名词，又称"巴蜀青铜文化"，指的是在秦灭巴蜀之前这一地区所创造的物质文化。本世纪 20 年代以后，川西平原不断有重要的文物出土，抗战爆发，大批历史学家云集四川，这些考古成果引起了他们浓厚的兴趣。据他们的研究发现，这些文物足以证明了那个时代（青铜时代）巴蜀地区文化的灿烂繁荣及鲜明的地方性。1941 年，卫聚贤撰文《巴蜀文化》发表在《说文月刊》3 卷 4 期及第 7 期，同年顾颉刚撰文《古代巴蜀寓中原的关系说及其批判》，发表于《中国文化研究汇刊》9 月 1 卷，由此而提出了"巴蜀文化"一词。[1]

这固然说明今天谈论的"巴蜀文化"一词的渊源，更说明关于后世认同的那种普遍的"巴蜀文化"知识建构至少在 20 世纪 40 年代仍未存在，仍未引起关注。

李怡所著的《现代四川文学的巴蜀文化阐释》一书，对"巴蜀文化"概念的处理也很有典型性直接针对文学，在很大程度由此规定了全书的论述对象：

> 我们要使用的"巴蜀文化"则是广义的。具体来说，是指四川地区自古以来所创造的物质成果和精神成果。当然我们的目的仍在文学，是为了说明文学活动的背景和支撑才引入了"文化"，所以并不是巴蜀所有的物质成果和精神成果都将进入我们讨论的范畴，我们只关心那些与文学直接关系的文化因素。归纳起来，我们可能对这三方面的因素注意得较多，一

---

① 李怡：《现代四川文学的巴蜀文化阐释》，湖南教育出版社 1995 年版，第 6 页。

是生态环境，指四川作家生存区域的社会风俗、生活模式、语汇特征。二是教育状况，指四川作家所在区域的教育条件，氛围观念和具体的教育方式。三是文学传统，指四川作家所接受的四川典籍历代典籍文学及民间口头文学。以上这三方面的因素就是我们将要讨论的"巴蜀文化"的主要构成成分，除此之外，我们还将注意分析由这三方面的文化因素所集中反映出来的巴蜀式的价值取向，即所谓的"巴蜀精神"；我们也将挖掘四川社会和巴蜀文化的存在基础，即四川的自然地理环境。[①]

引文中的关键词之一是"背景"，即对巴蜀文化的考察是为现代四川文学建立一个区域的现实环境，可以说是一种较为泛化和平面的"巴蜀文化"，在其中有代表性地包括了今天认定的地域文化知识体系的一般内容。

这样，我们看到了关于某种"地域文化"产生与界定的复杂性。今天一般谈到的"某地域文化"是一种知识建构和生成的过程，是在晚清以降中西文化的撞击中，近百年来形成的知识体系。它伴随着不同的文化权力支配，形成自己的叙述方式，从而构成了个人和群体的文化认同，是一种历史变迁的产物。当然，并不否认这种认同具有物质的基础，如地理因素、人种、语言等，但这种客观因素如何被纳入到某种地域文化知识范畴，会面临着不同时期的话语权力，面临近代以来转型中国的现代语境。

具体说，某种地域文化建构的完成，有一个具体的社会广泛接受过程，有一个具体到个人的深层意识和心理积累的过程，以形成区域的"共同的想象体"。因此，很大程度上地域文化本身并不是纯粹客观的实体存在，而是个人或某一群体面对区域时，形成的一种主观文化认同，一种特定文化身份的确认。这样，在研究中使用诸如"巴蜀文化"这样的概念时，就必须同时对这样的概念保持高度的警惕，它是一个有着张力和相当不确定性内涵的概念。

在这样的认识之下，某地域文化性质的界定对于中国现代文学的研究者来说，也许将不会再是诸如保守／激进，阳刚／柔婉，中心／边缘等二元选择中的一项，也许不会再是"山文化"、"水文化"等比喻性诗意的描绘，即是说，地

---

① 李怡:《现代四川文学的巴蜀文化阐释》，湖南教育出版社1995年版，第6页。

域文化绝不是不加思考就可以任意使用的自明客观物。这种情形让人联想到伽达默尔对"传统"的解释：传统是流动于过去、现在、未来的整个时间中的一种进程，而不是在过去已凝结成型的一种"客体"；传统是一种主客体的关系，传统并不是我们继承得来的一宗现代之物，而是我们自己把它产生出来的，因为我们理解着传统的进展，并且参与在传统中，从而也就靠我们自己进一步规定了传统；传统既是主客体关系，传统便是无法摆脱的，而只有创新，主体并非消极被动，主体在与传统之间的理解、分析和互补关系中，体现着主动性。或许，可以从另一角度加深我们对此问题的认识。

故此，我们认为对于区域文学研究之下诸如"巴蜀文化"等地域文化概念的理解应将重心转移到理解某地域文化在某一时代中认同形成的历史过程、时代意识形态与文化权力机制的作用，以及个体体验在文化认同中与地域文化之间发生的具体而丰富的联系中去，从而与一个时代区域内丰富的文学现象发生联系，形成真正有阐释能力的理论角度与视野。

和谐文化建设的文学诉求

——新世纪四川文学的"版图构成"及其意义

范 藻

一部人类文明历史就是一条寻找和谐之路的漫漫历程。那么，在人类文化以"和谐"作为自己终极理想的价值诉求中，一些不"和谐"的声音是怎样顽强地发出它沉重的叹息和悲壮的呐喊呢？这就是作家借文学艺术，"饥者歌其食，劳者歌其事"；"物不平则鸣"。正如马尔库塞说的："艺术不是既定政治机构美化其事业及苦难的女仆，倒会变成摧毁这一事业及苦难的技术。"[①] 因此，如果说政治维度的文化是以和谐为最高追求的话，那么审美维度的文学则是以冲突为理想诉求的。

就这个意义而言，新世纪四川文学不论是在美学精神上，还是价值诉求上都应该不回避矛盾，直面现实，真实而深刻地反映当代四川人所面临的诸多问题，如历史传统的迷失、社会现状的纷扰、人们心灵的困惑，及其产生的对理想的憧憬与失落、对正义的呼唤与无助、对情感的渴望与焦虑等方面，文学应该表现出应有的道义职责和使命追求。于是，透过文学所谓的"虚构"屏障，而发现一个困惑与希望同在、挑战与机遇俱存、曲折与生机同一、矛盾与光明共有的"真实"四川，应该说这才是新世纪四川文学的真正价值所在。然而，新世纪的四川文学又如何呢？它能否为"和谐文化"建设提出参照性坐标，提供建设性方略，提示深度性隐忧，提醒前瞻性预警？那我们就从它的乡土文学、

---

① 马尔库塞：《单面人》，湖南人民出版社 1988 年版，第 204 页。

都市文学、民族文学和军事文学的四大"版图构成"说起，即从通常的题材角度对新世纪的四川文学进行分类，并期望通过这一审美性的"症候"诊视，进而发现隐藏在其中超越文学而又内含于文学的文化性"基因"，从而指出在建设新世纪四川的"和谐文化"的浩大工程中，文学的真正作用和使命应该是什么，即借用鲁迅的话就是"所以我的取材，多采自病态社会的不幸的人们中，意思是在揭出病苦，引起疗救者的注意。"[①] 这四大文学板块所对应的文化，二者在根本意义上是不"和谐"的，它们体现出文学的变异性价值诉求与文化的稳定性目标追求的冲突。

一 乡土文学的悲悯性与现代文化的乐观性

新世纪四川乡土文学创作蔚为大观，有影响的主要有贺享雍的《怪圈》《遭遇尴尬》《土地神》和《猴戏》，李一清的《山脊上的小街》《抬头是天》和《农民》，还有青年作家罗伟章的中短篇《我们的路》《大嫂谣》《故乡在远方》，以及刘小双的《西江村赶潮》《村庄要远行》，傅恒的《山不转水转》《幺姑镇》和马平的《草房山》等。这些作品都从不同的侧面反映了当今农村的奇特景观：一方面是商品经济全方位地向农村渗透，民主政治多角度地向农民灌输，现代科技纷至沓来地向农业涌来，在国家政策、地方利益、权力部门，乃至腐败分子的多重包围下，"三农"问题的日益突出；另一方面是农村土地大量荒置，农民纷纷进城务工，农业问题矛盾重重；更有不少农民严重失去了身份认同，既不是传统概念的庄稼人，也不是现代意义的都市人，他们徘徊在乡村与城市的模糊地带。如贺享雍在《怪圈》中塑造的从县委机关退休回乡的"龙祥云果然不负众望，组织村民集资修公路，为改变龙家寨的落后面貌而奋斗。然而他在荣誉、村民的拥戴和金钱美色的诱惑面前，渐渐地变了，最终落入'十个支书九个坏'这个政治人生的'怪圈'。"[②] 李一清的《农民》，通过农民赖以生存的土地的数次得失，深刻表现了土地在农民心中的神圣和父老乡亲们因为

---

① 鲁迅：《我怎么做起小说来》，《鲁迅选集》（第三卷），人民文学出版社 1983 年版，第172 页。

② 范藻：《沉默的呐喊》，四川文艺出版社 2003 年版，第 137 页。

土地的苦乐悲欢，如果说他 20 世纪的《父老乡亲》反映了农民在市场经济条件下面临的困境，那么新世纪的"《农民》"的独到之处在于它通过描绘农民在解放后几十年间经历的数次土地的得与失，探寻了造成农民贫困落后的诸多原因，并展示了广大农民的最终命运走向，为我们留下了他们步步血泪的履痕。"①罗伟章发表在《人民文学》2005 年第 11 期上的《大嫂谣》通过大嫂年轻时不辞辛劳供养小叔子上大学，到了老年还要去南方打工挣钱让小儿子读大学的故事，反映了一个纯朴的农村妇女对走出山乡的渴求是何等的强烈，闪射出人性的光辉与女性的伟大。

四川是一个农业大省，全省有 7000 万左右的农民，他们的生存状况在市场经济时代是远远不容乐观的，他们的精神状态在强势文化的挤压之中更是一蹶不振，作家们关注"三农"问题，一定意义就是关注四川的经济社会的未来走向，更是关注新世纪四川农民的精神走向。于是，具有反叛性和启蒙性的文学与有着承传性和认同性的文化，二者的矛盾又一次暴露出来了。20 世纪以来由鲁迅所开创的乡土文学塑造的像祥林嫂等一类的形象，将激起读者崇高的道义使命感："扫荡这些食人者，掀掉这筵席，毁坏这厨房，则是现在青年的使命！"②由此观之，不论是贺享雍的龙祥云，还是李一清的牛天才，罗伟章的大嫂等人物，他们身上所展现的人性的沉沦、执着、伟大等特征，他们的生存状态同"和谐"文化所反映出的不"和谐"状况应该引起我们对已经进入了新世纪的中国"三农"问题的深深反思：铺天盖地的现代化浪潮是否就是仅仅实现"楼上楼下，电灯电话"的美妙许诺，脱贫致富是否仅仅是一项经济指标，建设社会主义新农村是否仅仅是提高农民的物质生活水准。

诚然，以现代化为目标追求的现代文化，在其深层次观念上信奉的是"发展"这一硬道理，充满社会"进化论"式的乐观想象，而所谓的"发展"，主要就集中在了国民生产总值、地方经济增长的速度、人均拥有财富的多寡这些唯一而看得见的"指标"上。于是变革时代文学内容的丰富性与文化观念的单一性，反映在乡土文学上，这多少有点像当年叶圣陶笔下老通宝的困惑，就再一次表现出文学与文化在价值观念上的大异其趣：当代乡土文学要与时俱进地表现社

① 苏永延：《土地悲歌》，《当代文坛》2004 年第 4 期，第 93 页。
② 鲁迅：《灯下漫笔》，《鲁迅选集》(第二卷)，人民文学出版社 1983 年版，第 83 页。

会的进步，但是由于农民在这场变革中先天的弱势地位，尽管他们获得了现代化许诺的部分物质利益，但是比起社会其他阶层，他们的付出和回报仍然是极为不平等的；那么，有良知的作家就要在现代文化乐观性心态背后所隐藏的希望与失落、憧憬与困惑的复杂情感而导致的悲悯性等方面进行反现代文化的"审美性"体验。如果我们的作家认识不到这些，就无法真正走进新世纪农民的情感世界，也不能提升乡土文学思想境界，政府的决策者也就看不到农民在奔小康过程中的深层次需要。

二 都市文学的娱乐性与传统文化的深沉性

四川的都市既没有北京的皇城气势，也没有上海的西洋气质和深圳的开放气派，甚至没有与它紧邻的重庆的率真气度，四川的都市应该以成都为代表，这既是一座古老的历史文化名城，又是一座现代的商业之都和休闲之城，因此新世纪的四川都市文学无不充溢着悠闲的娱乐气息，充满着高雅的小资情调，也许还充塞着浓郁的商业味道。如裘山山的女性系列小说，《房间里的女人》《瑞士轮椅》《激情交叉的黄昏》《戈兰小姐的否定之否定》《正当防卫》《伤心总是难免的》等，围绕都市女性的感情生活，写了她们在社会和家庭的不兼容角色上的幸福和苦恼，在情感和理性难协调的取向上的成功和失败。何大草近年来从历史题材转入都市题材，发表了长篇小说《刀子和刀子》《我的左脸》和中篇小说《天下洋马》等，以他熟悉的城市和校园，真切地写出了成长中青春的残酷和美好，生动地反映了校园里故事的复杂和浪漫，正如作者自己对《我的左脸》的解说："成长的确是需要学习和训练，最好的老师是痛楚、孤独、女人。小说都是有关成长的，因为真正的小说都离不开痛楚、孤独、女人，当然，也可能是男人，如果主人公的性别正好相反。"① 还有王曼玲的长篇小说《潮湿》、鄢然的长篇小说《Baby，就是想要》、川妮的长篇小说《时尚动物》等都从各自不同的角度和内容展示了当代都市女性的情感困惑及人生命运遭际，这些作品成为新世纪四川都市情感文学中一个新的亮点。

---

① 何大草：《下午五点》，《当代文坛》2004 年第 4 期，第 25 页。

20 世纪 90 年代以来一批女性作家迅速崛起于绵阳这座高科技集中的城市里，其中有以讲述知识分子命运见长的郁小萍，如她的长篇小说《教授楼》，她还在散文集《紫色人生》中以都市文化女性的身份翻检历史、诠释现实和感悟心灵；以传达当代都市红尘女性的生活经历和情感历程为主的母碧芳，她的长篇小说《荆桂》做到了言情小说与官场小说巧妙结合，写得既诚实粗粝又空灵秀美，使凄惨柔美的爱情故事和惊心动魄的官场争斗合而为一；贺小晴的长篇小说《花瓣糖果流浪年》以自传体方式记叙了一个走出山区与婚姻的女子韩月晴一段流浪漂泊的人生经历，写出了女性的挣扎与无奈、成功与失落。痴迷文学创作的冯小涓在中短篇小说集《幸福的底色》里执着地追寻人生的幸福究竟是什么。在这里还有以雨田、野川、蒋雪峰为代表的诗歌创作群和以郁小萍、冯小涓、陈霁为代表的散文创作群的崛起。

由于中国没有经历资本主义的工业革命洗礼，由于四川没有真正意义上的"海派"都市文化的气象，更没有西方现代文化和后现代文化的强劲势头，因此我们的都市文学一定程度上是农业文明土壤上，或者说是由古典文化向现代文化转型过程的准都市文学，它势必面临两种价值观念的冲突：显现出来的都市现代文化与潜伏存在的儒家传统文化的矛盾，前者追求轻松愉悦的感官享受，后者崇尚深刻沉重的理性反思。这表现于文学就是作家个人身份认同的迷惘，这些都市作家尽管都生活在都市，熏染着都市的流行季风、商业气息和务实氛围，但是他（她）们又出身于农村或在农村当过知青，并且都接受了高等教育，于是传统的农业文明和悠久的古典文明就深深地浸入了他（她）们的血脉，这又显现于小说或散文的创作，难怪为什么其中的主人公常常陷入义与利、情与法、灵与肉和良知与道德、诚信与势利、人性与神性的冲突而不能自拔。这种表现于创作的冲突所以具有悲剧意识，在本质意义上是都市文学的旨趣与传统文化的价值的不"和谐"，也正是这种不"和谐"启示我们，如何看待都市文学的娱乐性与传统文化的深沉性二者之间的矛盾，也许裂缝是永远无法弥合的，也正是因为裂缝的存在，让我们不但感到了建设社会主义和谐文化过程中的任重道远，而且明白了新世纪的都市文学，虽然可以在表现手法上、文本形式上，乃至在写作内容和对象上如何"现代化"，但是，悠久而深沉的民族传统文化永远都是新世纪文学，尤其是四川都市文学无法褪色的"胎记"。

三 民族文学的奇幻性与汉族文化的理智性

说四川是一个文学大省，应该包括少数民族文学的创作成就。由于独特的自然环境、悠久的历史传统、奇异的风土人情、多彩的文化景观和剽悍的生命活力，使得这些少数民族的文学艺术呈现出与汉族文化迥然不同的美学风貌。限于文章篇幅，这里只能举出藏族文学和彝族文学中有一定影响的作家来论证笔者的观点。

新世纪的四川藏族文学主要还是以上个世纪就崛起的意西泽仁和阿来为代表。意西泽仁的儿童小说《珠玛》获 2003 年第四届四川文学奖。阿来的小说《遥远的温泉》获 2003 年第四届四川文学奖，2005 年 1 月，四川民族出版社倾情推出他的中篇小说系列《遥远的温泉》《奥达的马队》和《孽缘》。《遥远的温泉》记录了两个不同的时代，意味着温泉是自己童年最向往的旅游胜地和精神家园，它不只是一种原生态的自然资源，也是一种源远流长的文化。

在当代藏族文学的园地里，还有一种十分奇特的现象，就是汉族作家的藏族文学书写，如果说马原是中国新时期文学汉族作家书写藏族文学的代表，那么鄢然就是四川新世纪文学汉族作家书写藏族文学的代表。这位在成都工作的女作家，曾在西藏工作了八年，创作了不少西藏题材的小说，如《灵魂出窍》《汉女和穿藏袍的藏北汉子》《意外》《白面具中拉姆的情爱之灵》《相遇在雪域》等，尤其是 2002 年由现代出版社推出的长篇小说《昨天的太阳是月亮》，写出了"人生悖谬中的凄美与壮丽，在冷艳的叙述里，显露出如雪山般的磅礴大气。"[1]鄢然还以大段的篇幅描述了人类生态失衡的严重情况，并通过男主人公对猎杀西藏野生动物的悔过行为，对人类精神生态的平衡问题进行了反思。

在诗歌创作上崛起了当代大凉山彝族诗人群。沙马 2002 年获中国第七届少数民族文学奖，2003 年获第四届四川文学奖特别荣誉奖。吉狄兆林2005 年在《诗刊》上发表《吮拇指的人》，他的组诗《我需要这样的安慰》

---

[1] 吴野：《悖谬中的凄美与壮丽——读鄢然〈昨天的太阳是月亮〉》，《西藏日报》2002 年 4 月 20 日"文学艺术"版。

还获得"第二届中国民间诗歌奖"。发星从 1999 年夏天开始打乱既有诗歌格式，经过近 4 年的探索，写出了具有强烈探索意味的诗歌。如《对大凉山黑色情人的永远沉醉》《十二个母题组成的山脉》《七条同一方向的河》等。2006 年由银河出版社推出他的诗文集《地域诗歌》，挖掘地域中的民族文化资源与现代文化的结合，他的许多诗歌充分体现了多文本语言的自由结构，自发书写而组合快乐。还有用彝语和汉语写作的"双语诗人"、西南民族大学的教授罗庆春。

以上民族文学以浓郁的异域性色彩而迥然不同于我们早已熟悉的有着悠久历史积淀和现实强力的"中国现当代文学"，它们尽管是以文学的方式展示各自民族的历史传说、古老习俗、地方风情，但是文学背后所具有的"他者"眼光仍然是明亮而犀利的，即这些民族文学虽然绝大部分是由少数民族作家创作的，但是由于他们长期生活在当今的都市，自省事起接受的也是主流文化，所以这些少数民族作家似乎很难用纯粹的本民族眼光来观察、用地道的本民族语言来写作。可以说他们的文学是"汉化"了的民族文学，于是已经处于边缘状态的本民族文学所充满的奇幻性和浪漫性，自然地要和强大的汉民族的主流文化产生冲突，也许这种冲突并没有在文本上明显地反映出来，而在这些作家内心深处一定是强烈地感受到了的，当然也就只有默默地吞食于内心里和悄悄地隐忍在作品中。表现以汉族文化为代表的主流文化思想的还有意西泽仁 2002年出版的歌颂民族团结的纪实性儿童文学《康定童话》，它通过 9 岁的藏族女孩格桑娜姆和 11 岁的汉族女孩雪花悲欢离合的故事，展示了川藏高原各族人民像大海一样深厚的友情。阿来 2005 年由人民文学出版社出版的长篇小说《空山》之《天火》里以"文化大革命"期间在一场森林大火中，巫师多吉看到"文化大革命"中周围世界发生的种种变化，反映了那一特定时期藏区的现实生活。从某种意义上讲，这也是一部少数民族作家反思"文化大革命"的作品。阿来《遥远的温泉》和鄢然的《昨天的太阳是月亮》都含有环境保护和生态平衡一类的"基本国策"的世纪性主题。怎样克服这种民族的独特文学构成与汉族的普泛文化价值的内在冲突呢？叙事策略的变革就成了阿来和鄢然不约而同的选择。阿来的《空山》创造了一个"花瓣"式结构，他写了六个大"花瓣"和若干个小"花瓣"，它们构成了一个峰回路转的文学世界。而鄢然的"高明"似乎就在于以富于藏族文化神秘气质的"灵动如风"般的叙事技巧，来尽量"遮盖"汉族文化时代潮流的特征。能够进行彝汉双语写作的阿库乌雾（罗庆春）也不能逃离主流文化包围的罗网，2004年出版了《阿库乌雾诗歌选》和《密枝插进城市》，以诗人和学者的双重身份既感受并传达彝族文化的古老奇异，又反思在现代思潮冲刷下的失落和忧伤，其中理性化了的学者身份就已经超越并囊括了他彝族诗人的身份。

四　军事文学的悲壮性与和平文化的恬静性

在20世纪四川文学的格局中，军事文学一直是一片有待开垦的土地，然而到了21世纪却异军突起，首先是著名的军旅作家柳建伟1997年到2002年连续推出了长篇纪实文学《战争三部曲》（《红太阳白太阳》《日出东方》《纵横天下》）等，以及反映我军"98"抗洪的《惊涛骇浪》等，他的作品多次被拍摄成影视剧，弘扬了时代的主旋律，受到了大众的广泛好评。军旅女作家裘山山以军旅题材的文学作品走红文坛，青岛出版社在2000年推出她的长篇传记作品《从白衣天使到女将军》，《解放军文艺》2001年第3期发表她的《一个人的远行》，2002年她的电视剧本《女装甲团长》，又由中国电视剧制作中心摄制。以写知青题材闻名的邓贤转战军事文学，其长篇纪实文学《流浪金三角》刊登在2000年《当代》杂志第3期上（节选），同年6月由人民文学出版社出版。《当代》2006年第4期又发表了他反映抗日战争内容的长篇纪实文学《黄河殇》。我省崛起的青年作家麦家反映我军隐蔽战线斗争的长篇小说《解密》，2003年3月在由中国小说学会组织的一年一度"小说排行榜"评选时，受到国内25位专家评委一致称赞，并以高票一举夺得2002年长篇小说第一名，同年8月，《解密》入围第六届国家图书奖，11月，《解密》入围第六届茅盾文学奖提名，其电视剧改编权被国家广电总局下属的中国长城艺术文化中心购买。2005年世界知识出版社又推出了他多篇军事题材的作品集《军事》，人民文学出版社又推出了他依然是讲述那个神秘的"701"故事的《暗算》。据2008年4月15日《四川日报》报道，麦加的长篇小说《风声》在第六届华语文学传媒评奖中获得"年度小说家"大奖。还有一直默默无闻的温庆邦，埋头苦写从黄埔军校到解放战争的战争纪实小说，已出版了《血魂》《西部枭雄》《褐色道袍》等作品，在2005年推出了计划中的长篇小说《虎啸八年》的前三部，计划写九部，该小说以全景式手法反映了抗战全过程。

可以说这些作家向新世纪中国的军事文学发起了一次集团冲锋，尽管这个领域从来都暗藏着杀机，弥漫着硝烟，散发着血腥，蕴含着生离死别的痛苦，贮满了悲欢离合的眼泪，但正是以它曾经和现在所具有的悲壮性存在和品格，让今天生活在和平阳光下的我们格外感受到一种幸福和宁静。

在以军事文学的悲壮性反衬和平文化的恬静性上，以上文学呈现出三大特色。一是，以纪实性的苦难历史来告诫和平时代的幸福来之不易。邓贤是这方面的佼佼者，他延续了包括知青题材的苦难主题，而将之推向民族历史的更深刻更悲伤、也许是最容易被我们遗忘的地方。他的《流浪金三角》描写了因卷入部族冲突、走私毒品而流落至此的国民党溃军在金三角长达半个世纪的历史沧桑和难堪处境，深入揭示生活在那个特殊地区的人群与环境的复杂关系，同时刻画了一群作为流浪者的华人难民的巨大而难言的命运悲剧，其中的是是非非，自有后人评断。读此，我们无不为这段隐秘的历史而震惊，为这些曾经的英雄而扼腕。二是，以虚构性的复杂历史来反衬和平生活的单纯何等可贵。麦家是这方面的高手，他的"701绝密"第二部《暗算》是在两位多年从事隐蔽战线、现已退役的老将军的帮助下，才得以完成的，讲述的依然是一群秘而不宣的天才特工的无常的命运故事，他们暗算别人，也遭到别人的暗算，而命运更在暗算他们。故事幽微深邃，情节跌宕起伏，矛盾纵横交错，险象环生，极富传奇色彩。三是，以形象性的影视表现来形成艺术接受的广泛效应。新世纪四川作家在军事题材文学的创作上纷纷"触电"，军旅作家柳建伟的新作频频亮相央视，有《突出重围》《英雄时代》《石破天惊》等，他的《惊涛骇浪》获第七届"夏衍电影文学奖"一等奖。峨眉电影制片厂2001年拍摄了裘山山的电影剧本《我的格桑梅朵》，中国电视剧制作中心2002年拍摄她的电视剧本《女装甲团长》。麦家的《暗算》《解密》和温庆邦的《中原霸王图》已经投拍或已改编成影视剧本。也正是因为影视传媒的广泛性和形象性，使广大的受众直观地感受战争的残酷和军人的伟大，更加珍爱和平的可贵。可以说，军事文学同其他题材的文学相比，更具有内容的争斗性、风格的悲壮性和总体的不和谐性；但是，也正是通过军事文学所反映出来的"矛盾"，反衬出和平文化的追求在人类历史过程中的现实意义和终极意义，给苦难的人们以希望的召唤。

以上我们分别从乡土、都市、民族和军事四大题材的角度，简单地描绘和勾勒了新世纪四川文学的"版图构成"，虽然它们是在现代意识烛照下的"新世纪"文学，但是其历史文化渊源还是与古朴浪漫的巴蜀文学有着血缘上的精神认同，正如著名学者樊星教授说的："浪漫的激情，奇崛的才情，是巴蜀文人的本色，正如'麻辣鲜'是川菜的本色一样。"当代巴蜀文学"在李白的狂放，苏轼的豪放与郭沫若的热烈、巴金的激烈以及沙汀的辛酸、艾芜的泼辣之间，依然可以使人感受到某种气质上的相通：爱的浓烈如酒，恨的激烈无比辛辣。"①更有当代四川文学流沙河散文诗《草木篇》的尖锐警策，周克芹长篇小说《许茂和他的女儿们》的沉痛悲悯，魏明伦荒诞川剧《潘金莲》的大胆反叛，李一清电影《山杠爷告状》的直面现实等等，形成了四川文学特有的批判现实主义精神传统。其实爱与恨的交织和矛盾，不仅是过去的巴蜀文学的禀赋，也是新世纪巴蜀文学的价值诉求，还是包括文学在内的所有艺术的特质，更是文学艺术美学精神的实质。然而，任何时代的文学都不可能超越特定的时代，它们是在特定意识形态文化视阈下的文学，于是，以超越为己任的审美性文学和以守常为要务的实用性文化，呈现出两种不同的价值指向：即作家心目中的文学崇尚冲突而政治家眼光中的文化追求和谐，反映出新世纪文学与文化内在矛盾之表现，就是拥有古老爱恨交加精神追求的巴蜀文学和面临当今和谐社会构建的政治文化，二者之间如何协调与平衡。

至此，一个老生常谈的问题再一次浮出"水面"，对特定的时代而言，审美性文学与政治性文化，究竟应该是什么样的关系，当然如果我们在"文学为人民服务、文学为社会主义服务"话语框架中来思考的话，那么，这就是文学通过它讴歌真善美，抨击假恶丑，即在真与假、善与恶、美与丑的对比较量中，既高唱"正气歌"，又鞭打"丑八怪"，像鲁迅那样"揭出病苦，引起疗救者的注意"。通过暴露社会的不和谐达到社会的和谐，恰如杜勃罗留波夫说的："文学，

---

① 樊星:《当代文学与地域文化》，华中师范大学出版社 1997 年版，第 175 页。

一向就是社会欲望第一个表达者，她把它们表现得要明白，她通过对于一切已经触到的问题严格而思虑周详的观察，来节制它们的力量。"①

正是因为文学所拥有的批判精神，构成了一个时代文化形态深层结构中的冲突意识，尤其是当我们在建设和谐文化的浩大工程中，文学就其美学精神而言是很难做到"和谐"的。它能抛开触目惊心的"三农"问题而高唱"建设社会主义新农村"之歌吗？它能回避都市中的下岗现象和农民工进城的辛酸而憧憬现代化都市的美妙浪漫吗？它能漠视在全球一体化浪潮中如何传承民族文化的焦虑和困惑而简单地表现民族文明吗？它能不顾当今并不平静的世界而幻想和平的永久性存在吗？显然是不可能的。作为意识形态文化高级表现形式的文学，尽管在人类理想的终极层面上文化与文学都追求"和谐"，但是只要我们的终极理想没有实现，那么在当今这个美与丑交织、真与假同在、善与恶并存的时代，我们的作家就绝不能放弃道义使命和良知责任，而应该高擎现实主义大纛，在呼唤爱和美的漫漫征途上努力奋斗。诚然，"和谐美是文艺作品的永恒之美，但有着矛盾冲突构成的和谐美则是这一永恒之美得以表现的普遍存在。在这个认识上，当下文艺创作实践表现社会种种矛盾冲突，并以矛盾冲突的构成来形成、呈现和谐美，应该是为和谐文化、和谐社会建设提供着精神的特别是审美的需求和动力。"②

那么，新世纪的文学、新世纪的四川文学应该是什么呢？或者说它的审美性价值诉求应该是什么呢？我认为，它应该是夜半起飞的猫头鹰而不是清晨歌吟的百灵鸟，它应该是牛虻似的古希腊智者苏格拉底，它应该是在"绝望中反抗"孤独的鲁迅。

"黑夜给了我黑色的眼睛，我却用它寻找光明"。

① 北京师范大学中文系文艺理论教研室编：《文学理论学习参考资料》（上），春风文艺出版社1981年版，第410页。

② 方伟：《冲突构成文艺作品的和谐美》，《光明日报》，2007年9月14日11版。

"康巴作家群"创作的地域特征研究

黄群英

近年来以达真、格绒追美、列美平措、益西泽仁、亮炯·朗萨、桑丹、窦零、贺先枣、泽仁达娃、泽仁康珠、仁真旺杰、拥塔拉姆、罗凌、洼西彭措、赵敏、夏加、王承伟、尹向东、胡庆和等一大批以中青年为主的作家群体异军突起，形成了以反映康巴藏族人民生活为主的创作群体——"康巴作家群"，其强劲的创作势头和强大的阵营，给读者带来惊喜的同时，也引起了学界的关注。探究"康巴作家群"创作的地域特征，无疑可以深入把握"康巴作家群"创作的一些共有的审美特质，对中国少数民族文学的创作有更深入的认识。"康巴作家群"的创作"主要还是表现在多数作家在写作内容的选择上体现出民族性和地域性，而非在语言表达上体现出民族性。雪域、高原、藏传佛教、民族风情是他们作品中不可或缺的元素"[1]，其鲜明的地域特征给当下的中国文学创作带来了新的风貌，让读者的眼界随之开阔，同时，也给中国少数民族文学的发展注入了新的活力，成为一道亮丽的风景。

一 壮阔神奇的康巴

康巴地区有着悠久的历史文化传承，但长期以来却很少有"自己人"对这

---

① 曹纪祖：《诗性原则及其他——评窦零诗集〈洞箫横吹〉》，《当代文坛》2013 年第 4 期。

片雄奇的山水进行书写。近年在中国文坛，大量以反映康巴地区的人和事为主的诗歌、散文和小说作品不断问世，从不同的视角彰显了康巴地区独特的地理环境和人文环境，正如作家阿来说："康巴这块土地，首先是被'他者'所书写。两三百年过去，这片土地在外力的摇撼与冲击下剧烈震荡，这块土地上的人们也终于醒来。其中的一部分人，终于要被外来者的书写所刺激，为自我的生命意识所唤醒，要为自己的生养之地与文化找出存在的理由，要为人的生存找出神学之外的存在的理由，于是，他们开始了自己的书写"①。因"康巴作家群"大部分作家有在康巴地区生活的经历而有了一些共有行为，使得他们的文学创作表现出一些相似的追求。他们笔下的康巴自然之美景更为雄奇壮阔，寄托了曾生活在雪域高原的一些作家对家乡的美好情感和无限眷恋，其康巴情怀使得他们的作品呈现出更深厚的康巴意识，增加了书写康巴地域文学的独特魅力，构建了一个美丽无比的令人神往的康巴世界。

藏族人民认为山水万物皆有灵，因而给壮阔辽远的大自然罩上了神秘的色彩。"康巴作家群"的创作常描写人们对康巴地区神秘世界的向往，热衷于表现康巴地区的自然山川，广袤神奇的自然与浓烈的情感的融合成为他们作品中最常见的景象，呈现出独特的康巴自然之貌，炽热的康巴之情。而对想象空间进行的独特书写，大大拓展了文学所表现的空间，同时，奇丽的山水孕育了康巴这片土地的神奇浪漫，充满诱人的魅力，带给人更多奇思妙想。苏宁认为："自然特性对康巴作家群体创作的支配性地位尤为明显，可以说他们的作品是自然心性的产物，我称之为自然心性中的文化寓言。对自然的悟性源自独特的民族生活经验，与其所处自然地理密切相关。"②"康巴作家群"所选择的创作视角无疑是康巴人自我意识的体现，他们以自觉的意识把康巴的地域风貌写得如此具有诗情画意，雪域高原充满了神奇的魅力，高山、湖泊、草原、峡谷等自然风貌皆得到了尽情的展现，而发自内心深处的自觉更使作品的创作浸染了更多的主观色彩，热烈而大气的对自然的书写，使康巴的山川更有气势。如泽

---

① 阿来：《为"康巴作家群"书系序》，参见格绒追美编《康巴作家群评论集》，作家出版社 2013 年版，第 2 页。

② 苏宁：《"在雪山和城市的边缘行走"——略论康巴作家群体的创作特色》，《光明日报》2014 年 4 月 28 日。

仁达娃的《雪山的话语》，描写月夜的空寂、马蹄声、开阔的草原、太阳、雪山、牧歌、炊烟、美妙的声乐等都很有层次感，充满回归自然的真实书写，别有一番风味，给人一种灵动之美，暗含了作家对这片土地的深情。南泽仁在她的散文《情动五须海》中描写了草甸、蓝天、云朵、海子等美妙的大自然景象，给人一种心旷神怡的感觉，在给人以美不胜收的同时，很容易被这奇妙的情景所吸引。

康巴地区广袤的土地、奇丽的自然风光成为"康巴作家群"创作的宝贵资源，而奇异的自然又使作家的作品中有更多的空灵之美，而独特的自然风貌的展现成为"康巴作家群"作品最流光溢彩的组成部分，构成康巴地域文学独特的景观。如格绒追美、达真、贺先枣、泽仁达娃、拥塔拉姆、王承伟等作家都书写了康巴地区圣洁的雪山，以及围绕雪山所发生的神奇的故事，使雪山在诗意自然中又多了些神秘，使得"康巴作家群"的创作有着浓郁的地域特色，流露出对故乡康巴的关切。作品体现出对康巴神奇山水的喜爱，又隐含了对这里长年不变的老百姓生活贫穷的深沉隐忧，还有沉潜在骨子里的康巴人的骄傲。

因深厚的故土意识，"康巴作家群"的作家大多数以康巴地区为创作的蓝本，所以作品多呈现故乡特有的人和事，这些作家为读者建构了一个属于康巴地域的特有文学景观，打开了了解康巴地域的窗口。当下，"康巴作家群"中的部分作家成名后依然生活在故乡，他们在创作中表现出对康巴大地的执着之情，在这执着中有挥之不去的作为康巴儿女的自豪，与生俱来的生活习性所带来的对这片神奇土地的迷恋。同时，他们又深受多种文化的陶冶，作品中对复杂的人生况味的思考更为深邃，尤其是那种浸润在内心里的主人公意识使得康巴情怀得到了更真实、更透彻的表现，具有深厚的人文关怀。康巴地区，本来就有很多动人的故事、美丽的民间传说，尤其是"康巴作家群"很多作家在他们的作品创作中不约而同地书写康定。康定人跳锅庄舞的惬意与唱《康定情歌》的浪漫，康定的折多河、跑马山、绛色的僧房等带有康定标识的事与景都被写进了作品，既让人体会到康定人闲适而丰富的生活，又使人产生对康定山水万物丰富的联想。如桑丹就是这样一位扎根家乡土壤的诗人，她至今依然还在那片土地生活，在她的诗里已完全融入了康定山水、康定人物、康巴文化，使她的诗歌有更超拔的精神气质和更深厚的故乡意识。谢佳认为"康定——达折多，是桑丹一生挚爱的家乡，是她用生命在感受的土地。这片高原在桑丹的笔下是一片神圣的空间，是生活之地，亦是灵魂的故乡"①。而大量表现康巴的作品更逼近现实的真实，同时，又融入了作家的奇特的想象，浪漫而温情，使康巴大地更美丽多姿。如罗凌对故乡巴塘的人和事，有更多的情意，所以她的作品就更多一份纯朴与真情。

"康巴作家群"作为康巴的"自己人"，对这里的一切了如指掌。"康巴作家群"的创作更多地展示了作家自己对康巴大地和生活在此的人们的情感，以他们的视角观察康巴地区，就使作品呈现出更生动而完整的康巴世界，呈现出更强烈的主观性和个性特色，尤其是还坚守在这片土地上的作家给予康巴大地的更多的礼赞。有些作家虽已走出这片土地，有了更开阔的视野，有更多的审视意识，但并不影响他们作为"自己人"对康巴大地的深厚情感，对康巴地域的历史和现状的表现。作品中开阔的空间场域和个性鲜明的康巴人被"康巴作家群"融入了最真切的情感，这构成了其创作的特有内容，获得了新的审美空间。

二　深邃丰富的康巴地域文化

康巴"是指藏区使用康方言的地区"②。"地理概念上的康巴，包括位于横断山脉南缘西至西藏昌都、东至四川康定、北至青海藏区、南至云南藏区的偌大区域。该区域不仅景观雄奇，同时也是历史文化富集的地区"③，融合了多种民族文化。"康巴作家群"作为以创作少数民族风情为主的作家群体，表现康巴的地域文化已成为他们创作中的重要特质，作品中所表现的民族文化是非常独特而深厚的，尤其是浓郁的地域民族文化使"康巴作家群"的作品创作更具特色，对康巴的历史文化和民族文化的深入思考大大提升了小说的文

---

① 谢佳：《积雪的边缘，灵魂搁浅的圣殿——评康巴女诗人桑丹诗集〈边缘积雪〉》，《当代文坛》2013年第4期。

② 瑢丹珍草：《"康巴作家群"作品研讨会在北京召开》，《民族文学研究》2013年第6期。

③ 钱丽花：《"康巴作家群"：一个值得关注的文学现象》，《中国民族报》2013年11月1日。

化品位和审美意蕴。

"康巴作家群"的创作擅长对康巴人的日常生活进行叙事，常常触及康巴人的灵魂深处，以诗意的笔墨呈现康巴地域的民俗习惯和各民族风情，通过对康巴藏族人民的生活习俗的叙写，表现生活在雪域高原的藏族人民的生活状况，挖掘藏族人民丰富复杂的内心世界。本尼迪克认为："从他出生起，他生于其中的风俗就是塑造他的经验与行为"①。"康巴作家群"因对康巴的熟悉，就更有一种高瞻的眼光关注着康巴的历史文化传统，创作重点常放在表现博大精深的藏族文化上，而藏族文化与康巴藏族人民的日常生活紧密相连，如藏族人民信佛、相信自己与神灵同在。人的出生抑或离开人世，以及生活中的一些日常事情，人们都虔诚地信佛，这成为藏族人民日常生活中非常重要的部分，无论生活如何变迁，命运如何苦难，他们始终坚守自己的信仰，对未来充满期待，超然看待生死，坦然面对灾难，寻求一种心灵的归宿和寄托。如作家仁真旺杰就擅长在作品中描写藏族人民的生活细节，并从中参透藏族文化传统，其《雪夜残梦》就写了东嘎一家人对神灵的真诚和内心对信仰的执着，他们善良而坚强，勇敢面对一切苦难；同时，作品也反思一些人对传统藏族文化不够尊重的事实。

在对藏族文化给予关照的同时，"康巴作家群"的作家又以现代人的眼光和视角对藏族文化进行了多维度的思考，对藏族文化的认识也更为深刻。如胡磊对尹向东的评价可以探析到康巴作家对文化的姿态，"尹向东用自己的文字重建了一个文化气息厚重的康定。他的努力具有一般地域文学所不具备的人生意蕴和文化价值，超越了其题材所固有的一般意识形态和文化历史观念，展现了人类生存活动与生存环境之间的复杂关系，同时也折射出深刻的关于生命力的某些寓言"②。李明泉评价拥塔拉姆时说："康巴文化培育的藏人有一种独特的人格魅力。拥塔拉姆注意将康巴文化与现代文明相衔接，甚至在都市文化与土著文化的冲突中反映康巴人的文化性格，读来别有情趣和深意"③，道出了拥塔拉姆散文的独特的个性和文化追求。达真的小说《落日时分》，表现了长期生

---

① ［美］露丝•本尼迪克著：《文化模式》，何锡章、黄欢译，华夏出版社 1987 年版，第 2 页。

② 胡磊：《世俗欲望的生存之痛》，参见格绒追美编《康巴作家群评论集》，作家出版社 2013 年版，第 135 页。

③ 李明泉：《雪山草原滋养的大善大美——评藏族女作家拥塔拉姆的散文创作》，《当代文坛》2011 年第 5 期。

活在城市的苏峰对康定藏区牧民生活十分向往，对城市喧嚣的生活表现出厌倦，表达的是纯净的康巴世界人与自然的相互关照与和谐，尤其是康巴随处可见的经幡、僧房等，构成了一种祥和的氛围，渲染出康巴地区人民单纯的生活方式。这些作家站在康巴人的视角审视现代文明，既有对传统康巴文化的留恋，也有对康巴地域乡土文化的真实书写，还有对康巴文化与现代文明冲撞的独特思考。

"康巴作家群"的创作融入了对不同民族风情的认识和深情表达，选择的视角也是变化的。有的以外国人的视角看待康巴的民俗文化；有的以汉族人来看待藏族人及其民俗，如达真的《康巴》就是以多视角叙写民俗文化，而《落日时分》则以汉族人的视角来看待藏族人的民族习惯。对康巴的风土人情的展示，在不同康巴作家笔下，又呈现出不同的风貌，有的关注历史变迁给人们生活习俗带来的嬗变；有的关注民俗、民风在时代发展中受到巨大冲击时的困惑；有的反思传统的习惯；有的把美丽的自然山水与民风的淳朴结合得非常巧妙。尽管视角和表现方式不同，却把风土人情表现得十分丰富而细致，给人耳目一新的感觉，提升了读者对该地域风土人情的丰富性和独特性的认识。在这里，各族文化以各自非常丰富的内涵存在于康巴大地，受不同文化影响的人们能够相互包容、和谐相处。如达真的小说《康巴》就对外国文化，中国的各民族文化如藏族文化、汉族文化、回族文化、蒙古族文化等共存于康巴进行了丰富的表现，对不同的民族文化传统、不同的信仰给予了深入的诠释。同样是康巴地区的汉族，因来自不同地方，还保留着各自的民俗习惯。如贺先枣的《雪岭镇》在表现康定的汉族时，就对"川北帮"、"陕帮"等不同地区的汉族民俗进行了不同层面的表现。美丽的地域风貌与康巴民俗的结合，渲染出康巴大地更为独特的奇妙景象，一个地方的活动常汇集不同民族的民族风情，场面颇为壮观。康巴百姓一直过着传统的生活，一般百姓的生活极为简朴且保有较好的民俗民风。事实上，历史上的康巴民风以强悍著称，同时又不乏温情，就更点缀出康巴民风中最具个性的一面。历史上险恶的生存环境导致了这里的百姓勇猛善斗，而生活中又追求自由浪漫。在康巴地区不同民族又有自己独特的民俗习惯和民风，由此形成了多样的康巴民俗特色，使"康巴作家群"的作品更具民族风情。

"少数民族文学本身就是作家对于本民族历史、文化、现实、情感、体验、精神、理念的反映，少数民族文学写作是该民族的文学精英介于两种或两种以上的民族文化之间的运作，因而他们的民族和文化身份认同不可能单一，而是分裂的、多重的"①。"康巴作家群"中的藏族作家深受汉、藏两种文化的影响，本民族文化渗入他们的骨子里，成为其创作中精神内涵的重要方面，所以，他们的作品自然对康巴地域的藏族文化理解得更为透彻。同时，汉族文化对他们的人生观、世界观也产生了非常重要的影响，用汉语写作成为"康巴作家群"中多数藏族作家创作的语言，有时候他们创作中的语言体现的藏族特色反而不够浓厚。无疑，多种文化作用下的"康巴作家群"的创作显示了文化的丰富性与复杂性，同时，也使"康巴作家群"的创作有更为深邃的文化内涵。正如巴赫金所言："在两种文化发生对话和相遇的情况下，它们既不会彼此完全融合，也不会相互混同，各自都会保持自己的统一性和开放性的完整性，然而，它们却相互丰富起来。"②文化身份的特殊性，这是"康巴作家群"居住在康巴地区自然形成的，而对文化的立场和态度，却是作家自己的选择，所以，"康巴作家群"无论是站在全人类的立场审视康巴过往的历史、还是站在康巴人的立场对过去进行的缅怀，都无不深深地打上康巴人的痕迹，对地域文化的赞美、惋惜与反思。一些康巴作家也会在创作中表现出对文化的困惑与矛盾。有的作家以非常直接的方式表达康巴民众对待不同文化的态度；一些作家也反思康巴地域文化与人们的日常生活中保有的一些根深蒂固的观念所带来的一些问题；还有的作家在创作中比较含蓄谨慎地表达自己对康巴地域文化的不同看法。作为"康巴作家群"的作家，他们对康巴地区多样文化表现出高度关注，毫不隐晦他们对康巴地域文化发展过程中出现的一些问题的反省和批判意识，以敏锐的视角捕捉到当下康巴地域文化发生的细微变化，这都是作为康巴自己人才有的文化敏感和文化自觉，更多还是多种文化合力的结果。

综合了藏族文化、汉族文化、回族文化、彝族文化等的康巴大地，经历了岁月的演变，文化受到不同程度的冲击，"康巴作家群"对这些文化的交融与

---

① 陶国山:《雪域高原上的文学书写——论西藏当代文学的文化地理环境》，参见陈思广编《阿来研究》（一），四川大学出版社 2014 年版，第 224 — 225 页。

② ［苏联］巴赫金:《巴赫金全集》（第 4 卷），钱中文译，河北教育出版社 1998 年版，第 365 页。

碰撞都以不同的方式进行书写。正是这种文化的交融、自省者意识，使得"康巴作家群"的创作显示了独特的文化价值，与此同时，又在新的层面上，融入了作家们对藏区文化的情感，把地域文化特征表现得酣畅淋漓，对不同的民俗文化表现得更深入，对历史文化表现得更为厚重，显示了"康巴作家群"对康巴地域文化的深度思考。

三　新的审美境界的开拓

"近年来，康巴作家群异军突起，形成了具有浓郁康巴地域特色和鲜明艺术风格的作家群体，给中国文坛带来了新的惊喜和独特的审美经验。"[①]"据了解，2008 至 2012 年，'康巴作家群'出版长篇小说、中短篇小说集、诗歌集、报告文学集共计 100 余部，多部作品荣获少数民族骏马奖、四川省文学奖等省部级大奖。"[②]"康巴作家群"的作家虽然受共同的地域文化影响，但他们的创作审美呈现出多样性和复杂性，有鲜明的个性特质。"康巴作家群"的作品在表现康巴地域空间上可谓另辟蹊径，他们以诗性的眼光和丰富的想象拓展了地域空间；同时，因共同的地域特色和共有的价值追求，在各自大胆的审美探求中，丰富了中国少数民族题材文学的创作，提升了反映康巴文化的"康巴文学"品质。

在当下的四川文学创作中，"康巴作家群"因创作的作品有鲜明的地域特质，带给四川文学创作新的格局。"以达真、格绒追美、尹向东为代表的康巴小说，近年来狂飙猛进，不但改写四川的文学版图，同时让中国文学版图里有了一块新地……康巴小说能引起国内文学界的重视，在于康巴小说的汉藏地域交界、汉藏文化交汇和与汉地文化不同的'特质'叙事。除了这一'特质'叙事外，还在于康巴小说家们对康巴藏地历史的穿透，特别是对汉藏文化融合过程中人性的穿透。"[③]其作品的地域特色又以多姿多彩的书写将康巴的人和事表现得入木三分，揭示了康巴的历史和现状，以更透彻的方式多方面呈现一个与众不同

---

① 丹珍草：《"康巴作家群"作品研讨会在北京召开》，《民族文学研究》2013 年第 6 期。
② 《2013 年康巴作家群在京举行作品研讨会纪实》，《甘孜日报》2013 年 11 月 19 日。
③ 《2013 四川小说盘点：康巴小说个性青春写作新颖》，《四川日报》2014 年 2 月 7 日。

的康巴，进一步丰富了文学地理学的版图，开拓了新的审美境界。

康巴地区是历史上的茶马古道之地，融合了不同民族风俗。单就四川境内的康巴文化来看，既受巴蜀文化影响，又有别于巴蜀文化，如果说巴蜀文化中巴、蜀之间有差异，巴文学整体更豪放，蜀文学更浪漫，而随着巴、蜀互动，两地文化相互影响和渗透，巴、蜀文学的分界也就不那么明显，在异乡人看来巴蜀更是一个整体。而"康巴作家群"的大部分成员主要集中在四川，形成了以书写康定地域为主的文学创作群体，以致"康巴文学"更具四川地域特色而给传统的四川文学创作带来了新的面貌。"康巴文学"在写实与想象之间自由穿梭，把神性的世界与现实的世界巧妙地结合起来，更多了一份空灵与浪漫，同时，又扎根在现实的土壤，书写了康巴的历史的变迁，使作品更多一份厚重的历史感。在巴蜀文学传统中，如果说以前四川文学创作的地域特色更多地描绘的是巴蜀地域比较浪漫、充满豪情的生活，表现的是民间的野性与生命力，以及民间的疾苦和社会的动乱等。那么，"康巴作家群"的作品的地域特色却是给人带来比较独特的审美感受，其作品更关注历史发展中人的嬗变或者当下民众的生活，常穿透历史的表层，挖掘康巴地区的人如何生存的本相，更有历史的纵深感；与此同时，将康巴自然山水的独特风貌与神秘叙事结合得天衣无缝，让读者对康巴充满神奇的想象，吸引阅读者关注真正的康巴。与一般神秘叙事所不同的是，康巴藏地的藏族人民本来就尊崇自然万物及神灵，给这广袤的大地染上了更庄严、肃穆的色彩，使叙事更有张力。

"康巴作家群"的大部分成员都是藏族作家，因受过良好的教育驾驭汉语的能力相当娴熟。在用汉语进行少数民族题材的创作中融入了部分藏族用语，而叙事中更多使用巴蜀人说话的方式，加深了康巴叙事的真实感与亲切感。一个不容置疑的事实是，很多作家的叙事格调更接近四川汉族人的习惯，更快人快语，在娓娓道来的叙事中，更有巴蜀汉族人的行为气派，作品并未带来阅读的陌生感。这也是作品中比较突出的叙事特点，增添了更多的四川韵味。"康巴作家群"的作家洞悉康巴人具有更大的包容性和非常开阔的胸襟，作品中既表现康巴"旧人"所承载的传统，也表现在历史的更迭与时代的变迁中成长起来的康巴"新人"，有一种难言的复杂的情愫，充满了牧歌式的哀婉，也为认识康巴人找到了一个新的突破口。

在书写康巴地域的自然风光、民族文化、康巴人情怀时，"康巴作家群"的创作因康巴地域的地域因素、人文因素以及作品中的一些共有审美特征而被关注，给中国少数民族文学创作留下了厚重的一笔。在中国现当代少数民族文学的发展史中，可以与优秀的汉族作家并驾齐驱的单个的少数民族作家如老舍、端木蕻良、张承志等，大部分读者已忽视了他们的少数民族身份，因此，少数民族作家常一枝独秀，很难形成群体。所幸的是，以藏族作家为主的创作群体"康巴作家群"完全打破了这一局面，开拓出一片属于"康巴作家群"自己的领地。张劢认为："'80后'少数民族作家则因着民族文学史上中生代的真空，不得不提前告别青春，告别自恋，自觉传承民族文化血脉，拓宽创作题材与叙事空间，勉力担当民族文学继往开来的重托。"① "康巴作家群"的出现，在当今纯文学甚为寥落的时期，对中国少数民族文学的创作和发展无疑有巨大的启示意义。

在当下文坛，"康巴作家群"独特的地域特征表现依然给人带来全新的审美体验，康巴地域的人、景、物成为了创作中最具特色所在，显示了"康巴作家群"创作的地域特色的与众不同。同时，饱含了这群作家对康巴的特殊的情感的作品，蕴含着深厚的康巴情愫，成为打动人心的巨大力量，开拓了文学新的审美领域，而这也是"康巴作家群"地域特色的独特价值与魅力所在。

---

① 张劢:《"80后"少数民族作家创作论略》,《民族文学研究》2014年第1期。

寻找城市的精神

——以成都为例探讨中国当代文学中城市书写的得与失

陈　丹

　　著名品牌专家李光斗在自己的博客中写道："《成都，今夜请将我遗忘》绝对不会对成都的形象起任何好作用；《天堂向左，深圳向右》让人感觉到深圳早就是一个不适宜人居住的危险城市；《北京杂种》显然有损北京人的名声；《上海宝贝》也只能为上海抹黑，让人感觉那是一个无比颓废媚洋的地方。"[①]他虽然是针对城市建设中的形象管理问题，然而，对于中国的当代文学，特别是与城市市民文化息息相关的当代小说，这样的城市书写现状何尝不是很让人尴尬。

　　中国的城市化进程在最近二十年以惊人的速度展开。然而，当代文学对此巨变做出的反应却是让人失望的，现有的城市书写是让人不满意的。有人指出："在中国文坛，最黑色幽默的地方在于，在聚集最多文化人的城市里只能诞生畅销书而非文学，而在文化程度相对低下的农村，却总是能出斩获文学大奖的巨著，难道中国文化也总是'农村包围城市'？"德国汉学家顾彬甚至认为中国当代作家脱离现实生活，"无论他在上海、在香港还是在北京，他们都写不出中国城市的味道，他们写的北京、上海，包括王安忆的作品在内，都非常抽象。""莫言也在北京住了二十多年，他把北京的风格写出来了吗？并

---

　　① 引自李光斗新浪博客中博文《今年最黑幽默：〈蜗居〉是压垮房价的最后一根稻草》，2009 年 12 月 10 日。

没有,他写的是他的故乡——山东高密。"①这样的不正常现象已经引起了各界的重视,大家都希望涌现出能够真正反映当代中国城市文明、都市精神的小说作品。

本文选择成都作为个案来分析当代小说中城市书写存在的问题,首先是因为它是一座有丰厚文化底蕴和活跃文学氛围的城市,孕育出不少优秀的当代作家。其次,近年来,它作为中国的一个内陆城市,发展迅速。笔者认为成都甚至比北京、上海更能代表中国当代大多数城市的现状,而对于它的城市书写存在的问题也更具有典型性。

一　当代文学作品中的成都意象

在中国漫长的文学史上,成都是一座数得着的城市。在历代文人墨客的心目中,成都是一方乐土。特别是在杜甫等人的诗歌中塑造出一个富庶、安定、美丽、思想相对自由的城市形象,令多少后世的人前往追寻。那么在当代文学中,成都是个什么样的城市呢?

在当代文坛上,以成都为背景以及企图直接去书写这座城市的作家并不算少。这两者以作家的创作目的的不同而有微妙的区别。比如茅盾的《子夜》是以上海为背景写当时社会的巨变的,而王安忆的《长恨歌》却是通过王琦瑶这个人物的命运来写上海这个城市的历史变迁的。真正意义上的"城市书写"更多的应该是指后者,在都市化的现代,城市逐渐成为本体,成为文学反映的对象。然而,正如著名的现代人文空间思想家、法国学者列斐伏尔反复强调的一样:"空间是政治的。空间并不是某种与意识形态和政治保持着遥远距离的科学对象(scientific objects)。相反地,它永远是政治性的和策略性的。……它真正是一种充斥着各种意识形态的产物。"②城市并非一种纯粹的地景,一种空洞的背景。城市的命运、社会的变迁以及个人的命运往往是交织在一起的,所以是否真正以城市作为写作的对象并非是关键的。关键是作品是否真实深刻地刻画

---

① 引自顾彬新浪博客中博文《中国作家:过精英生活怎么写百姓文章》,2008 年 11 月 30 日。

② 参见包亚明主编《现代性与空间的生产》,上海教育出版社 2003 年版,第 62 页。

出城市的面貌、城市的品性、城市的精神。

在小说中书写了成都这座城市的作家有何大草、鄢然、袁远、何小竹、春绿子等，代表作品是何大草的《刀子和刀子》《我的左脸》《黑头》，鄢然的《昨天的太阳是月亮》《baby 就是想要》，袁远的《斜对面窗口的女人》《一墙之隔》，何小竹的《女巫制造者》，春绿子的《空城》等。在散文作品中描写成都的作家有洁尘、袁远等。这些作家都有在成都生活的经历，他们有意识无意识地书写着成都这座城市。另外还活跃着一些网络作者，自从慕容雪村的《成都，今夜请将我遗忘》在网络上火了之后，涌现出一批以成都年轻人都市生活为题材的网络小说，例如深爱金莲的《成都粉子》、白沙的《成都，说爱烫嘴》等等。这些作品虽然在艺术成就上比不上专业作家的作品，但是作为流行一时的网络小说，这些书中的成都形象反而影响更广泛，更成为外地人认识当下成都的途径。

在这些作品中的成都意象呈现出以下一些特点。

1. 这是一座阴郁而美丽的城市。

很少有城市的天气能像成都的天气一样在文学作品中被众多作家反复地提及。袁远在散文《对成都天气的私人看法》中这样写道："成都是个容易让人在情绪上卧床不起的地方——一天一天，总是阴天，那些过去的阴天和未来的阴天合谋，构成一座灰暗的城堡，使生活充满锁闭、低沉和抑郁的意味。"[①] 鄢然也写道："冬天的蓉城很难见到阳光，天总是阴沉沉的，无论是走在大街上，还是令蓉城人骄傲的府南河边，这种灰蒙蒙的天气都使人感到压抑；寒风吹落了这座城市枯黄的树叶，也吹跑了府南河畔凑在一起喝茶打麻将的人群，沿途的露天茶座大多空落落地坐落在河边，少了夏秋之季的喧闹。"[②] 稀罕的太阳，阴沉沉的天气，时而不期而至的连绵细雨，这种成都典型的气候几乎在所有的文学作品中众口一词。袁远认为正是因为有这样的天气，才使得在成都生活的人情绪上往往处在一种低落的状态，渴望发泄，于是，嗜辣、好饮、纵情声色。而其他作家的作品也或多或少地印证了她的这种观点。何大草小说中以伤害他

---

① 袁远：《对成都天气的私人看法》，中国艺术批评网，袁远作品专辑，2008 年 10 月 14 日。

② 鄢然：《昨天的太阳是月亮》，现代出版社 2002 年版，第 143 页。

人和弄乱自己的生活来证明自己的存在的迷茫的少年，何小竹笔下那些妖里妖气的巫女，以及追逐在这些巫女身边的男人；《成都，今夜请将我遗忘》和《成都粉子》中不断猎艳的男人们；《成都，说爱烫嘴》中那些烟酒不离手，出口就是脏话的成都白领丽人，他们都有同一种情绪上的病症——焦躁，循规蹈矩的生活会让他们忍受不了，总要用一些出格的行为来刺激自己。

　　然而，同样因为这种湿润的天气，成都也是美丽的一年四季花木繁盛。"女人打开窗子，曾宪看见，那房后是一条河，河边开着一片杂花，似乎那水是从花色里流出来的。难怪这河叫浣花溪呢。"① "最叫人无奈的，是那满树的银杏，从深秋里开始，就黄桑桑一片，……经风一吹，那些碎金片儿一般的叶子，扑簌簌飞得满城皆是。……成都的冬天，总是很难让人看到萧索的征候，总有不肯凋枯的气象，蕴在这些柔柔软软的街巷里。"② 春绿子将成都的这种柔媚的美刻画得入木三分。

　　2. 这是一座懒散而暧昧的城市。

　　成都以生活悠闲闻名于全国。于是，在文学作品中出现的成都人大多数时间在喝着茶、打着麻将、泡着粉子。春天，络绎不绝地出城看桃花；冬天，纷纷到府河边上晒太阳。特别是《成都，今夜请将我遗忘》等网络小说以当下一部分成都年轻人的日常生活作为描写对象。职场上的打拼和人生中理想与现实的冲突都只是铺垫，真正让其"脱颖而出"的是貌似真实的，对成都这座城市纵情声色的一面的描写。以男主人公为代表的男人们沉迷于追逐女性的游戏，以勾引不同的女性来获得自己生理上，或者更多的是心理上的满足。慕容雪村的《成都，今夜请将我遗忘》和何小竹的《女巫制造者》以及深爱金莲的《成都粉子》共同勾画出一份成都的猎艳地图。春熙路上美女如织，但是只能"打望"；玉林小区、九眼桥等地的大大小小的酒吧才适合"勾兑"；遍地的茶馆酒楼可以进一步培养感情。在他们笔下，成都成为一个放纵的城市。

　　这些小说中的主人公看起来风流快活，却逃脱不掉内心的空虚和对自己的失望，他们没有人生方向。很多人将这种迷茫归咎于这座以闲适、安逸闻名的城市。袁远在小说中写道："很多人迷恋这座城市。人们都说，这个庞大、拥挤、

① 春绿子:《空城》，湖南文艺出版社 2010 年版，第 285 — 286 页，第 235 页。
② 春绿子:《空城》，湖南文艺出版社 2010 年版，第 285 — 286 页，第 235 页。

繁华得跟任何大都市一样的地方，是那些意志懒散、喜欢享受而头脑又不那么愚笨的人的乐园。男人们来到这里，找到了称心的财富、娇媚的女人和投缘的朋友。女人们来到这里，养成了逛街、买漂亮时装、聚会和无所事事的兴趣。运气好的女人结了婚，住在品质不错的花园住宅里，不论有孩子没孩子，都过得清闲如燕，散漫似猪，好像没有丝毫负担。不少人总在津津乐道于此地生活魔法般的滋味、色彩和响动。聊以解忧的东西随手可取，香茶、食物、油滋滋的味道、休闲中心、俱乐部、商店林立的大街、女人、节日、近郊旅行、一张张神色各异的脸。人们说，这些都是神经的维生素。门尔东不知道人们这种共识从何而来。他从小生长在这个城市，身体一截截长成，精神一天天委顿，在门尔东看来，所谓的生活，在这里也是一条毒蛇。"[1] 于是，她笔下的主人公患上种种奇怪的心理疾病。

3. 这是一座独特却又面目模糊的城市。

在这些作品中，成都这座城市的面目并不分明。在有些作品中，读者只能得到关于这个城市的某一个片断。而在有些作品中，虽然可以得到成都的大概形貌，却总感觉缺少点传神之处。

何大草在《刀子和刀子》《我的左脸》《黑头》等小说中对成都市井图景的描写也是比较出色的。何大草是地道的成都人，他书写起成都来更有一种漫不经心的优越感和从容感。那些象征着失落文化的破落的古迹，杂乱的街道，游击队似的街头小贩，名字像谜一样的数字的东郊那些倒闭的企业，河坝边、街道上的老式铺面。连街边的 IC 卡公用电话亭，在他的叙述中，都能让每个老成都感觉到熟悉和亲切。当然，他描写的那部分成都图景正在逐渐消失或者已经消失。正如池莉笔下的武汉吉庆街，王安忆笔下的上海弄堂，铁凝笔下的北京胡同。现代城市建设正进行得紧锣密鼓，这种地景上的变化是必然的。然而，成都人的独特品性以及成都这座城市的独特精神是不会轻易变化的。何大草在作品中对这些方面刻画得并不够，所以成都的城市性格显得并不突出。这可能是因为他并没有将书写城市作为主要写作目的。

---

① 袁远:《斜对面窗口的女人》,《十月》2006 年第 4 期。

鄢然的小说《昨天的太阳是月亮》难得地以书写城市作为主要目的之一。她描写的故事在拉萨与成都两个城市之间展开，我们本来有可能从这部小说中得到一个较为清晰的成都形象。可惜在这部小说中，成都是作为拉萨的配角而出现的，它以自己的阴郁完美地衬托出拉萨的明媚。阴沉的天气，满街的麻将馆，爱看热闹的市民，竞争激烈的媒体，这些浮于表面的特征只是刻画出一些成都的大概轮廓，也没有触及这些表面特征之下的城市精神。春绿子的近作《空城》是一部真正意义上以成都这座城市作为书写对象的小说，作者花了很多心思去描写这座城市，刻画生活在这座城市里的人。特别有价值的是，小说中记载了 2008 年"汶川大地震"这一历史性事件，当大灾难发生之后，小说中的各种人物怎么面对这场灾难，他们的思想又发生了什么变化。然而正如宣传语所言："成都是一部大书，《空城》似写在大书边上的读书笔记。"小说结构上有些零散，主题并不突出，缺少了一些思考的深度和对城市精神文明的建构。

这些文学作品很多是很优秀的，但是作为对成都的书写，却并不令人满意。生活在成都的读者能够从中寻找到一些熟悉的画面，而更多时候却只能得到一些模糊的影子。总是感觉这个城市的真实品性，它的脉搏仍隔在一张灰蒙蒙的纱幕之后，对于它的刻画还缺少一些更深入的力度。实际上，当代文坛上的许多书写城市的作品都存在类似的情况。

二　城市精神的缺失

世界文学史上并非没有成功的"城市书写"的典范。雨果的《巴黎圣母院》、狄更斯的《雾都孤儿》、乔伊斯的《都柏林人》等作品都是书写城市非常成功的作品。当然，这些作品本身也是文学史上的经典。它们在其他方面取得的成就在这里就不论及了，单从书写城市这个角度来说，从这些作品中，我们可以总结出优秀的城市书写大概包括以下几个方面：城市独特的历史文化，城市典型的外在景观，而更重要的是对于城市各阶层人民生活的刻画，从而体现出城市独特的精神。

以雨果的《巴黎圣母院》来说，雨果写的并非是他所处时代的巴黎，他写的是路易十一统治时期的巴黎。他选取了巴黎的标志性建筑——有800多年历史的巴黎圣母院作为故事的中心，刻画了当时巴黎社会各阶层的人：贵族、教士、诗人、乞丐、妓女。通过一个美被毁灭的悲剧故事，雨果歌颂了巴黎下层人民的互助友爱、正直勇敢和舍己为人的美德，他们对美和自由的热爱，他们的反抗精神，这些至今仍是巴黎人民引以为自豪的城市精神。所以人们一提到巴黎，就会想到雨果的这一部杰出的作品。而乔伊斯的《都柏林人》则通过15个小故事刻画出一系列都柏林的普通人，诸如教士、少年、学生、老人、姑娘……共同构成了对这座城市的描绘。正如乔伊斯本人所说他实际上是在写一部爱尔兰人民的道德史，从而他也获得了爱尔兰人的爱戴，甚至用他小说中主人公的名字命名节日。在这些作品中，不管是站在赞扬还是批判的角度，城市的精神终是作家所关注的中心。

以这些作品为鉴，我们可以发现当代文学中成都城市书写的不足所在并不在于对这座城市独特的历史文化、城市的外在景观描写的多少，而在于对成都独特城市精神的认识和刻画的不深刻。成都作为一个有几千年历史的城市，从神秘的金沙文明开始，在几个社会相对稳定的朝代中都非常繁荣，这个城市的人民热爱艺术，热爱生活。那么成都这个城市应该具备独特的精神。而在已有的当代文学作品中不是只揭示了其中某一个方面就是认识的深刻性不够，其原因在于：

首先，作品反映社会生活的广度不够，他们很少从历史、文化的大背景下去思考城市生活。作家受限于自己的生活圈子，他们只刻画了城市中的很小一部分人。何大草是教师，他的小说故事很多是发生在校园中的。鄢然和袁远以及其他一些作家很多都在媒体从事编辑和记者工作，她们作品中的主人公也大多从事白领工作，以在媒体工作为主。网络作家们的作品就更是对自己或身边几个人物的"原生态"描写。这种社会广度的缺乏在王安忆、池莉等人的作品中也存在。王安忆的《长恨歌》被看作当代中国城市书写的代表之作，然而王安忆也只刻画了上海很少的甚至边缘化的一部分人的生活。池莉的《生活秀》也只发生在一条街上。这大大限制了作家对城市精神刻画的力度。所以顾彬尖锐指出：大多数中国当代作家不熟悉现实生活，写不出城市的感觉。在这些文学作品中，他们都继承了一个城市书写的传统。这个传统是从张爱玲开始的。

张爱玲发现了一种从内部去感受和表达城市生活的路径。而这种路径往往又是极自我的，是单线索的，个人的命运通常是这些作品的主题。所以这些反映都市的小说通常是日常生活化的，通常是"物质"的、"欲望"的。反观当代文学中比城市书写成功的乡土文学，"乡土经验的书写必然是在历史的、文化的大框架里展开的，也是在这个大框架里被观察和评价的。"① 而当下，当代文学中的城市书写需要的是从个人生活中跳出来，在历史的、文化的背景下，从更广阔的角度去思考当下的城市生活。

其次，这些作品对城市中社会精神体系的建构不够。研究《巴黎圣母院》《都柏林人》等作品，我们可以发现：不管是雨果的浪漫主义颂扬，还是乔伊斯对城市"精神瘫痪"的批判，他们作品中考察的都是当时城市的宗教、政治、文化立体的精神体系。而当代的中国城市缺乏这样一个完备或者明确的精神体系，这是当代作家们需要面对的一个社会现状。中国当下精神文明的建设，受到了"金钱至上"等错误观念的严重冲击，而原来以乡村为中心的价值体系随着人口大量地向城镇转移而失灵。于是，20世纪90年代以来的城市书写更多地趋向于物质化，表现为作家在作品中对物质有高度敏感，进行细致描绘，用物质呈现人物及其生存状态的叙事方式。典型的例子是卫慧、安妮宝贝等人的作品。这种趋势也体现出当代城市生活中本身存在的"物化"现象。

这种"物化"现象早就作为资本主义的社会弊端被马克思、卢卡奇、阿多诺、霍克海默以及马尔库塞等人着力批判。作为当代的作家，不应该对这种趋势臣服，而应该进行批判。作家们在书写城市的时候，不应该仅仅是对现实的反映，还应该干预现实。文学与小说能传达出宏大深邃的时代精神，能产生伟大的社会影响和历史作用，成为社会进步和历史发展的一种精神动力和民间力量。城市书写不管是书写成都还是其他城市，都应该有意识地为建构这个城市的社会精神体系服务。像《成都，今夜请将我遗忘》一类的作品不能为成都的形象带来任何好处，对于成都的城市精神建构也是没有帮助的，它仅仅反映出城市精神的缺乏。而且，作为批判性作品，它的批判力度也远远不够。

实际上，作家们对这些缺陷是有所认识的。春绿子尝试从更广阔的角度去

---

① 李敬泽：《在都市书写中国——在深圳都市文学研讨会的发言及补记》，《当代文坛》2006年第4期。

反映成都的城市生活。他在《空城》中刻画了官员、商人、下岗职工、艺术家、社会闲杂人员、道士等等形象，希望能更全面地反映成都这座城市，特别是希望从普通老百姓身上挖掘出城市的精神。但是，我认为他表达得并不清晰。何大草在小说《我的左脸》等作品中提出了当代成都历史文化传统的失落问题，曾经出过司马相如的驷马巷，一千多年再没有出过能人，而且这里的居民对本街的历史知之甚少，曾经显赫一时的古寺，在孩子们的心中也就是一个破庙。袁远的作品也对当下成都都市生活中的种种精神疾病进行了揭示和批判。但是总的看来，现有的城市书写并没有建立起成都的城市精神体系。

正是因为这两方面的缺陷使得当代中国的城市书写显得不那么成功。

结　语

中国社会正在面临着中心由乡村到城市的转化，而中国的当代文学也在面临这一转向。城市建设是国家建设的重心，而城市文化的建设就是当代文学的重点。一部好的城市书写作品就是一张城市最好的名片，它能全面、深刻地反映一座城市，影响也最为广泛。虽然我们的城市书写已经取得一些成绩，但显然还有很长的一段路要走。

坚守乡村图景书写的意义

刘　火

　　"晨曦姗姗来迟，星星不肯离去。然而，乳白色的蒸气已从河面冉冉升起来。这环绕着葫芦坝的柳溪河啊，不知哪儿来的这么多缥缈透明的白纱。"

　　这是周克芹《许茂和他的女儿们》第一章第一节里的一段文字。自"文化大革命"结束以来的 30 年，我们谈中国小说，无论如何都要谈到周克芹，也无论如何要谈到《许茂和他的女儿们》这部四川小说。或者说，四川近 30 年来的小说，应从周克芹和《许茂和他的女儿们》（1980 年）谈起。这段对乡村的诗意描写，实际上也是四川小说里农村图景最开始的写照。或者说，四川小说在经历了"文化大革命"劫难后，由出自农村的周克芹最先给出了象征。尽管这部小说是写 30 年前的事，而且小说中人物无论许茂老汉还是他的几个女儿的命运和际遇都弥散着凄惶，但是，向上与乐观却是这部小说的总基调，也是"文化大革命"结束后整个中国大地和中国人民向上和乐观的表征。这在当时小说热播的场景中得到了充分的展示。随后，周克芹无论中篇还是短制，都以这种明亮与向上中带有的哀伤与凄惶为基调，并由此显现出周克芹作为中国当代小说重要作家的地位，和周氏小说在中国当代小说史上的重要地位。如随后的《勿忘草》（1980）《山月不知心里事》（1981）等，都是这样的基调与风格。而周氏的小说也是有变化的，像《果园的主人》，基调更加乐观向上，对小说背景的展示也"紧跟"了时代的变化，更显现出了中国农村寻求变革后的喜悦。于是我们看到，周氏乡村题材的小说不仅仅有着一股别人无法表达的挚爱，有着周氏关注、关心乡村小人物的人文情怀，而且其风格在中国当代小说中也是独树一帜的。我们知道在中国小说经历的30年的衍变中，风格一词已成古典。恰恰如此，我们在重读周氏小说时，我们会发现作为一位风格化的作家是多么重要。也就是说，周氏不只是对乡村题材熟悉，更是在文本本身有杰出贡献。清丽里的凄惶，明亮里的哀伤，既是周氏小说对乡村题材的重大发现，也是周氏乡村小说的文本意义所在。从这个角度上看，周克芹书写乡村图景的小说是这30年来中国文学的一个重要成就。

四川小说在现当代中国文学史中的地位是由沙汀、艾芜、李劼人等开创的。而他们正是书写乡村图景的大师。尽管艾芜是以异域和猎奇成名（如《南行记》），但就在那些异域场景和猎奇里，也大都含有乡村图景的元素。到周克芹站立起来时，四川小说不仅仅是发扬了前辈的这种传统，而且以不同时代、不同文化背景、不同社会话语和政治话语的方式继续着对乡村图景的书写。在周氏之前，四川另一位书写乡村图景的作家克非，早在"文化大革命"结束之前就高度关注乡村了。《春潮急》（1974）尽管有着那个时代的烙印，也就是尽管有着"左"的意识形态，但是只要将《春潮急》与浩然的乡村小说对比起来，我们就会清楚地看到，《春潮急》对乡村风俗的描摹，以及对乡间诸等人物的同情，已不是以浩然的"高大全"唯马首是瞻了。到了《野草闲花》（1989），克非继续着他对四川方言小说的浓厚兴趣和试验，保持了对乡间落后和保守一以贯之的批评。"茅草棚，低矮窄小，歪歪斜斜，活像个痨病鬼"是克非对乡村某一图景的隐喻。在这部小说里，克非还对此追问："家，这就是家吗？"在四川以乡村为背景的小说里，四川作家除了对这一图景的稔熟外，他们并没有忘记一个作家的社会责任。有一种文学理论认为，社会责任是现实主义（或曰批判现实主义）的内在规定。其实，对于四川小说来说，社会责任不仅源于四川作家的内心，也源于四川小说文本的美学追求。在很多时候，人们在评论四川小说的这一现象时，往往重于社会的话语评价。而正是这样的评价，一方面认定这是四川小说的一种优势，另一方面则认定这是四川小说很难有所创新的固有模式。其实，这是一种偏见。社会与历史作为平台、作为元素和题材进入小说，这是小说的本分之一。当然在这种本分的同时，小说所要追求的文本意义，同样也是小说的本分。对于四川的小说家们，这并不是矛盾或冲突。不仅不冲突，书写乡村图景的小说家，我们可以开出一长串名字：周克芹、克非、傅恒、雁宁、阿来、榴红、贺享雍、李一清、刘晓双、罗伟章、马平、周云和……对乡村图景书写的孜孜不倦，让四川小说蔚为大观。尽管，同时期国内也有很多书写乡村的作家，如贾平凹、路遥、陈忠实等，但在一个省汇聚如此众多的作家，如此对乡村图景挚爱的"前赴后继"，实在是中国当代文学史里的一个奇迹，或是一桩盛事了。

从农村走出来的李一清，在四川小说家里是一个沉得住气的人。《山杠爷》（1991）虽说只是一个中篇，但它显示了生活对人的影响与无私的赠予。而且《山杠爷》的出现，使得四川乡村题材的小说开始了某些新变化。虽然自改革开放以来，乡村大致解决了吃饭住房等关乎生计的事，但是乡村的政治结构和宗法结构，是看不见摸不着却又时时钳制着乡间所有人事的潜在力量。山杠爷的结局，看似是一种简单的悲剧，但是，我们在把小说看成是一个完整的系统时就会发现：山杠爷违法惩治村民的出发点是为了任务的完成，也就是说山杠爷的行为本无可厚非；但是山杠爷作为中国农村最基层的最高执政官（村支部书记）的命令的不可冒犯，才是小说对乡村政治结构的揭橥。既作为乡村政治结构的中心代表，也作为乡村宗法核心的代表，山杠爷出自真心和公心的而最后触犯法律的行为，让我们看到乡村这样一种潜力量的惯性和巨大。另外，当闭塞的乡村因商品经济大潮拆开一个口子时，文中描绘的乡间新势力对固有（或旧有）权力发出的挑战，以及旧的权力的固有应战方式，才是《山杠爷》作为中国当代小说的一个不小的贡献。其中，作家对农民没有矫饰，而是发自灵魂的敬意。在《山杠爷》过去十多年后，李一清推出关于乡村图景的长篇小说《农民》（2004）。在这部小说里，李一清继续着他对乡间农民命运的关注，以及乡村在历史大变改革进程中对人命运的影响。在这两者之间，李一清还发现了乡村于变革中的某些触目惊心的轮回，以及人在这种变革里的宿命。小说不是政治教条的形象读本，也不是某种意识形态的外化，它所关注的是人在这些纠缠不清的乡村图景里的生存状态。因此，我们才能在《农民》里感知到当城市化成为中国现代化的代名词后，乡村里的农人们在自觉或不自觉地紧跟城市化步伐时所面临的困惑与困境，以及由生存带来的只有在农村的困境里才显现出的巨大忍耐力。《牛贩子山道》（雁宁 1986）和《山吼》（高旭帆 1998）等短篇，把农民为了生活下去的忍耐力写得如英雄般让我们崇敬。在这些小说里，作家以有些诗意的方式赞美了农民活下去的忍耐力，且依然没有忘记在为农民作传时，农民的根与农民的命，原来在于他们脚下的这片土地。对这片维系着农民的喜怒哀乐、生老病死的土地的思考，一直是四川乡村小说中的时隐时现的主题。《农民》是这样，即使在篇幅容量极有限的《牛贩子山道》里，作家依然感叹，即使走南闯北，即使在城里可以寻找到乡间从来没有的欢愉，对于农民来说，"田地，比命宝贵啊"！

对于农民脚下的这块万古不移的土地，周克芹在《许茂和他的女儿们》里写道："许茂在他自留地里干活。从早上一直干到太阳当顶。他的自留地的庄稼长得特别好。青青的麦苗，肥大的莲花白，嫩闪闪的豌豆苗，雪白的圆萝卜，墨绿的小葱，散发着芳香味的芹菜……一畦畦，一垄垄，恰好配成一幅美丽的图画。"农人土地里的任一构件，在作家看来，就是一行诗，或者就是一段乐句，就是一幅图画。四川小说家明白，任何一块土地都要有农民的劳作才会有收获，农民是土地的主人（如周克芹的《果园的主人》的小说题目便显示了作家对土地与人关系的价值取向），明白土地不仅维系着农民的命，而且因土地建构起来的农村社会结构，以及在这样的结构中生存的农民群体应如何对待土地。即使民工潮的裹挟，即使民工潮让农民打开了从来不曾打开的眼界，让农民在进城做民工中赚回了返乡修新房子的钱，赚回了娶媳妇的钱，但是对土地那种说不清的眷恋，无论如何都是四川作家挥之不去的情结。面对家人在没有征兆下就要外出打工时，中明老汉瓮声瓮气地大声说："都走了，哪个来种庄稼？"（《苍凉后土》，1997）在贺享雍看来，这么多自家承包和转包来的土地，年轻人都不种了，那还要土地干啥，要我们这些祖祖辈辈的农民干啥？这种担心和忧虑，不是农耕时代的意识固化，也不是用小生产方式来解读，甚至还不能仅仅说这是农民思想僵化的表征。因为土地对于农人就是命根，就是理想。春去秋来，迎寒送暖，春种夏耘，秋收冬藏。农人们于土地上的辛勤劳作，不仅获得了衣、食、住等需要的物质，而且还获得了这一过程的喜悦哪怕是极其艰辛后的喜悦。试想，真的到了哪一天，土地没有人耕耘播种，那不是重新回到洪荒年代了吗？这样的情状，农民也不再是土地的主人，而是必须依附于土地的仆人了。实际上，我们在四川小说的这种乡村图景里，已经看到了农人与土地的这种悚人心悸的关系，以及作家对此极为复杂的心态：一方面，农人对土地的崇拜，把土地当成自己的母亲，一面却对土地抱有非常敏感的对立。也就是说，在现行的土地政策和农村的现行政治结构里，农民依靠土地并不能赢得美好和快乐的生活，至少不能获得像城里人那样的现代化物质生活。对于这种态势，四川小说里的乡村图景也一样是迷茫。这当然不能责怪作家，因为当乡村图景的写作成为四川小说里最重要的元素时，四川作家就从来没有放弃过对此理性地思考或者终极地追问。"树叶和雪花都归于大土，大地就是它们的方向。庄稼归仓了，泥土冻结了，农人回家了，家就是他们的方向。天地之间，再也找不出像我（刘注：即土地）这般稳重的存在了，繁华脱尽，裸露出生活的本质……"（罗伟章《不必惊讶》）这是一则对冬天土地情状的书写，是四川作家对土地的满腔情怀的书写。这样的书写已经超出了我们传统意义上的现实主义，是一种似浪漫似象征的现代主义方式的书写。不仅仅是一种社会责任，而且具有更大胸怀更高遥想的指向。于是我们看到，评论家认为最传统的四川小说里的乡村图景，也同样在文本的能指与所指上开发着四川小说前进道路的多元化的可能。也就是前文所说的文本意义在四川的乡村图景书写中已经有了蹊径。

因此，在四川小说关于乡村图景书写进程中，新锐罗伟章的出现，无疑具有另外一些意义。在《饥饿百年》《大嫂谣》等有关乡村图景的长、中短篇后，《不必惊讶》（2007）的面世，让我们看到，四川小说由周克芹开创的近 30 年乡村图景书写在新世纪的继续和光大。显然，《不必惊讶》的文本样式，有些帕慕克赢得世界性声誉的《我的名字叫红》的影子。或者说，《我的名字叫红》那烦琐而重床叠架的文本影响了《不必惊讶》的文本结构。但这并妨碍《不必惊讶》作为四川小说里重要元素的乡村图景的真实性和生动性。而且可以说，《不必惊讶》里少见的乐观，与这小说中严酷的生存背景从某一角度上看是不相适的。也正是因为这样，这部小说里充满着的乐观，让我们更清楚地看到周克芹风格化写作对四川小说特别是对书写乡村图景小说的巨大影响。《不必惊讶》里描写了三兄弟与这三兄弟相关的三个女子在乡村的生活、劳作，以及对乡村以外世界的打望。老大成谷对传统的坚信，老二成米对传统的徘徊，老三成豆对传统的反叛，还有他们身边三位女性的个性化张扬等都让这部小说具有四川小说里难得的新元素。特别是老二成米对书本的痴迷，是四川小说乡村图景里不多的人物形象。这里的乡村图景，因这样一个乡村知识分子而变得更有意味。加上成米婆娘愿人穷不愿人富的行为，和成米这样一个介于城市与乡村、守旧与寻找、传统与现代的矛盾体，让这部小说多出了一些意义。本来，四川小说在书写乡村图景中就有一个共同的现象，即对城乡接合部的现状与人际做过很多思考与描写。如栈桥的《老砂锅》（1986），傅恒的《幺姑镇》（1989）、《活人》（1994），雁宁的《无法悲伤》（1994），刘晓双的《富乡风景》（1998），周云和的《方太阳，扁月亮》（2007）等，无不是在城乡接合部这样一个充满着既质朴又眩晕、既宁静又喧哗、既清守又欲望的地方，考察农民的生存背景和生存质量，思考农民的过去方式与可能的转型。《不必惊讶》里的成谷、成米、成豆就是这种过去式与可能转型的具象化书写。这还不是这部小说的全部。小说有一种很迷人的元素在里面，即小说以第一人称的视角，用了大量的篇幅书写了大地田园景象，书写了春夏秋冬轮替的欣喜与无奈，还写了亦人亦神亦巫（刘注：卫老婆婆）冥冥之中的言行。特别是在书写乡村农人的生活背景的望古楼时，作家更是寄予了无限的深情。"在我（刘注：望古楼）的体肤上，生活着这么多物种。这足以证明我不是贫瘠的"，"多少年来，我与世隔绝，几乎忘记了在我最深的底层，与整个大陆连成一片的"。四川的作家如此深情地眷顾这片土地，是因为在这片土地上有着作家更为关心更为关注的农人。周克芹关注那些在艰辛劳作中度日的如水般的女子，如许四姑娘；克非关心那些有些精怪但十分潦倒的庄稼汉子，如丁少华；贺享雍关注实诚且有些愚钝但不乏主见的乡村梁柱，如中明老汉。这些作家关注的对象许多都成了载入中国30年来文学史人物长廊里的著名人物。像周克芹的许茂老汉和许四姑娘，像李一清的山杠爷，这是四川小说了不起的事件。尽管我们对所谓传统的典型化理论不再有某一时期的金科玉律，然而要是我们的小说真正能贡献出了某一久久不忘的人物形象，我依然会认为，这是小说史里的重要事件。只要稍稍对18世纪以英国为主要代表的近代小说史进行考察后，我们就可以得知：小说史的某一人物形象成为经典那是多么不容易，也是多么伟大。

在考察四川小说书写乡村图景的过程中，我们看到了这些小说展现了乡村图景的变与不变，以及在这变与不变中的农民和处于城乡接合部的小镇底层众生图像。由此可见，我们对于四川小说是不应持悲观态度的。也就是说，四川小说的乡村图景书写，是四川小说对于中国当代文学的一个贡献，同时也是四川小说的一次长途跋涉，而且是从不间断、不断探索、不断创造的跋涉。从周克芹最先感知到新时期农村变革带来的生机，以及由此给农民带来的乐观与喜悦，到傅恒、雁宁、贺享雍，特别是到了李一清时，四川作家在小说中对乡村图景的展示和描述，已经从原来对农民的达观，转向了对农民困境生存状态，以及其生活原状的考察和思考，特别是对农民与土地、农民与农村固有的政治结构和宗法结构背景中人的命运的思考。到刘晓双、马平、周云和，特别是罗伟章时，四川小说的乡村图景开始考量日益变化的乡村。一方面乡村在原来基础上向前走，通俗地说，如乡村和乡村里的农民富了起来；另一方面，在与城市化进程加快的比较中，乡村不是欣欣向荣而是呈现出某种衰败态势，通俗地说，如土地在城市化过程中的严重流失（即农民世世代代得以依靠的唯一基础丧失），如城市文明对乡村文明的褫夺，如农民已被这个社会的主流话语抛于边缘境地等。这一系列的变化，并不亚于周克芹刚刚从"文革"中走出时的大变化。站在一个新的时代背景下，无论对生活中每一个真实的农民，还是在为农民写传的四川作家而言，似乎都处在一种既兴奋期待又困惑茫然之中，而且随着对笔下一些人物的深度发掘，这种矛盾的心境更加明确地表达了出来。这并不是说明四川小说的乡村图景书写是要完成一个轮回，也不只是说明这样的乡村图景书写不是四川小说的宿命，而是想表明四川小说的乡村图景书写在寻求变革的征兆，或者说正酝酿着某种突破。

我曾经对四川小说的乡村图景说过这样一段话："我们在观察四川小说时，即使是像观察四川有关乡土和乡村的小说里，我们依然会发现，四川小说在与国内同题材小说的对话中，有一个很大的区别：四川小说对其原生态的展示以及对乡土和乡村细节的把握是相当有分量的，但在人性的挖掘和历史的厚度上，却似乎有着一些不足。"[①] 指出这一点，是因为，当我们把四川小说的乡村图景书写与国内同时期别的一些乡村题材小说做比较时，我们会发现，四川小说的乡村图景书写，确实有着自己的不同视角。譬如，同样以优美笔调写乡村的小说，

---

① 刘火：《四川小说的扩张与陷阱》，《文艺报》2007 年 12 月 13 日。

贾平凹的商州系列与周克芹的葫芦坝系列（笔者姑且称作此名）比，周克芹更乐观一些，而贾平凹的历史厚度更深一些。再譬如，同样想还原历史真实的小说，《白鹿原》显然比《无法悲伤》更具人性的穿透力。不是说两者之间谁良谁莠，而是想借以表明，四川小说的乡村图景书写，存在着重情节重细节重故事，而对人物的命运，特别对人性深度的挖掘，不是忽略了而是用力不够，或者说视角不同。本来，在《许茂和他的女儿们》一书里，周克芹曾对许茂的形成，以及许秀云（许四姑娘）坎坷际遇的描述，有过深刻的把握和考量。在许茂大女儿去世后，许茂老汉做生（寿）便不再请他的大女婿，"似乎也没有把他们计算在自己的亲戚名单项里"。正如周克芹所说，许茂老汉这样做"太狠"，并非"他生来就是一个没有良心的人"。在这里，我们其实已经看到，农村社会的特殊环境，以及从合作社到"文革"中后期所形成的乡村政治结构和意识形态，早已经让一个传统的农民"异化"了。这种"异化"，体现了中国农村若干年的社会形态缓慢演变和突然变故，让原本可能善良老实的农人变成"狠心"的人。但是，原来在读《许茂和他的女儿们》时，我们更多的是看重这部小说面对新时期来到时，大地获得生机、人们获得勇气的社会意义，忽略了作家对人性裂变的考量和思考。从这个角度讲，也许我们对这部小说的具有开先河与探索性质的估计和评价都不够到位。到了《不必惊讶》，原本这部小说要在几对人物关系中来考量人性的变故，但是，由于小说更多地注重了小说的文本结构的系统，更加注重了小说故事的进程以及小说故事的"好听"与"好读"，在最有可能成为人性最为复杂的小夭的身上，我们却只看到了小夭仅仅作为一个天性善良人的善良故事。当然，这个人物写得非常的美（真有些周克芹的遗风），但由于这个人物的扁平，让这部小说在历史和人性的厚度和深度上，也许不如罗伟章的另一部小说《磨尖掐尖》中更心魄惊悚的人物关系。遗憾的是，这部题为《磨尖掐尖》的小说，不是一部乡村题材，而是一部关于高考种种弊端的热门流行题材。

　　社会学家费孝通先生在20世纪30年代至40年代详尽考察中国的乡村和与乡村接口的城镇后，他在多处说过从本质上，中国社会是"乡土性的"[①]。这

---

　　① 费孝通：《乡土中国》，江苏文艺出版社2007年版，第24页。

是因为，他认为中国社会是由农民与土地的关系所决定，同样是由这种特殊的土地建立起来的乡村生产方式、政治结构和宗法结构的历史与现状所决定的。更重要的是，中国现代化的进程是由乡村开始的。至今这个过程并没有完成。从四川小说家的努力中，我们看到了费孝通先生在半个多世纪以前对中国社会问题的认知所打开的一条通道是多么地有启发意义。由此，我们也看到了四川小说的乡村图景书写在中国当代文学史里的价值。也就是说，四川小说的乡村图景书写在中国当代文学是有话语权的不是为了非要去为这样一种文学现象争一个话语权，而是我们原来也许可能低估了四川小说的重要元素（或叫重要组成部分）的乡村图景书写在中国当代小说的意义。如果把"话语权"看作是解释、弥散、影响、控制等"后现代（Post-modernism）"的术语，那么四川当代小说在中国小说界里也是有话语权的。在过去的30年间，从周克芹到阿来（尽管阿来的小说是以藏区风俗的奇异出的彩，但谁也无法否认《尘埃落定》里的乡村元素对这部作品所取得巨大成就的重要作用），四川小说在国家小说大奖"茅盾文学奖"里的斩获，便是作为四川小说于当代的一个标高，也确立了四川小说自己独特的地位，而且从它们的影视改编上看出它们大众化接受的影响力。我们知道，近30年来，中国小说的变化让人们瞠目结舌，特别在经历了从20世纪80年代开始的现代主义以及不久的后现代主义写作的方式后，到90年代后的网络时代，所呈现的多元化写作开辟了中国小说的多种可能，中国的小说所发生的变化可以说日新月异。在这样一种态势里，我们原来一种观点是把四川小说的乡村图景书写看成是"不知有汉、无论魏晋"的产物，并以此认定四川小说里的乡村图景书写是一种非当代的产物。也就是说，这样一种书写是缺乏"时代性"的。殊不知，在一些西方的后现代主义看来，所谓"现代性"就是对"一种进步观念"的"信任"。我们并不是一定要把四川小说的乡村图景书写纳入某种时髦的"现代主义"或"后现代主义"中来考察，而是想表明，从周克芹开始的四川小说的乡村图景的书写，正是建立在四川作家对自己乡村以及乡村中人的挚爱和现代意义的思考上的，更重要的是四川作家对乡村变化、变革引发的社会进步、人的进步和人的某些窘境的敏感。无论是周克芹的四姑娘，还是李一清的山杠爷，以及罗伟章的成谷成米成豆，都是当下乡村进步最为鲜活的人物所在和人性所在。从关注乡村农人的生老病痛到赞美这些人的挣扎奋斗,从披露历史的迷雾到揭橥农人性格缺陷,从生活的原点到历史的背景等,无不显示出了作家的人文关怀。

于是,当这样一种书写成为四川小说的品格时,我们看到了一个很有趣的现象:四川小说于乡村图景的书写,固守着一种写作姿态,这种姿态以一种坚毅和坚韧态度与乡村农人的生活、生存情状吻合了起来。这种吻合,不是保守,而是坚守。在一个欲望遍地的时代,坚守是一件了不起的事件。至少对于大多数被功利俘虏的作家,是一件了不起的事件——尽管对需要"日日新"的文学创作来说,引入新的元素,挖掘人性深的尺度,添补认知的不足,以及如何使用、改造极富鲜活极富个性但同时又有些隔膜的四川方言,自然是四川小说家新近未来需要付出的艰辛劳作。但这不是书写乡村图景四川小说的末日,因为——

"我告诉你,没有什么大不了的,你的幺儿成豆还好好地活着,他正在远方漂泊,若干年后,他会回来的……等到成豆回来的那天,他已经不是先前的成豆了,数年的漂泊,使他学会珍惜,你有什么不放心的呢?"

这是《不必惊讶》最后篇章的文字。我把它抄在本文的结尾。这不仅仅是四川小说家对未来的乐观与信心,同时也表明我对四川小说乡村图景书写的乐观与期待。

"走向全国"与地域文学的文化身份

——以重庆文学为例

杨华丽

"走向世界"是中国文学自近代尤其是现代以来响亮无比的诉求之一，也是 20 世纪 80 年代初直到世纪末的 20 年里中国现代文学研究的三个关键语汇[①]之一，对"走向世界"这一语汇以及作家如何走向世界的考察，无疑能更深入地剖析包括中国现代文学史在内的文学史上的作家作品、文学流派、文学社团以及文学现象，在中西比较中更深刻地探知其发生、发展与流变的内在理路。可是，当"走向世界"加上"地域文学"这个主体之后，我们发现，"世界"之于地域文学，更像一种美丽的图景。对中国的地域文学来说，现在更迫切的问题也许不在于"走向世界"，而是"走向全国"。

就中国而言，文化发展的未来绝不在于少数中心城市文化地位的单一巩固，而在于更多的外省边缘文化的崛起。早就有学者提出过，包括中国现代文学研究在内的学术的进一步发展和格局的变动应该依赖于"北方学派"、"南方学派"、"巴蜀学派"、"山东学派"等等的崛起。与此相关，评论界习惯将冲出某地域文化而走向全国的作家群命名为"某军"，比如，包括贾平凹、陈忠实等在内的陕军，包括韩少功、何立伟等在内的湘军，包括刘震云、阎连科、二月河在内的豫军，包括周克芹、阿来在内的川军……如果说对"北方学派"等地域学派的呼唤更多地反映了一种外省文化意识，那么，将作家群命名为"某军"的

[①] 李怡：《"走向世界"、"现代性"与"全球化"——20 年来中国现代文学研究的三个关键语汇》，《南京大学学报》（哲学·人文科学·社会科学版）2004 年第 3 期。

行为则更多地反映了一种以团队方式向"全国"发起攻击的期许，背后有着对于"走向全国"的明显焦灼。

如何走向全国？当我们冷静、理性地面对这种诉求时，问题的解决远非呐喊几声就能功德圆满。我们有必要从学理层面对这一口号进行解读，看看"走向""全国"的背后是什么样的心理，怎么走？笔者尝试以重庆文学为例，以探求一可能的答案。

一　文化中心城市的诱惑

如果说直辖前的重庆文学因被囊括在巴蜀文学内而缺少对自身声音的有意识探寻、审视的话，那么，1997年重庆直辖以来，与重庆在全国的政治、经济地位的上升相呼应，重庆文学界的人们越来越感到在中国文坛上发出独立声音的必要。但不得不面对的事实是：一、文学经典的欠缺，重庆文学作品一再缺席于茅盾文学奖、鲁迅文学奖之类具有全国影响力的奖项；二、文学名人的稀少，与有着陈忠实、贾平凹等在内的陕军，有着韩少功、何立伟等在内的湘军，有着周克芹、阿来在内的川军等相比，文学渝军的建设任重道远。重庆文学界处于既无名作也无名人的境遇中，面对的却是大众对一个新兴的直辖市、一个已经崛起的大都市，其文化势必会兴旺发达的"想象的共同体"。由此，重庆文学"冲出重庆，走向全国"的吁求顺势而生。

事实上，"走向全国"这一选择出现在从古到今的巴蜀文人的成长之路中：司马相如、陈子昂、李白等古人，冲出夔门以后天地为之一宽，取得了辉煌的文学成就；巴金、郭沫若、何其芳等现代人，也无一例外地走出了闭塞的巴国与蜀地，与江浙等地的作家一起，共同书写了中国现代文学的辉煌。换句话说，从古到今，包括重庆文人在内的巴蜀文人，对于"全国"有着非常强烈的"走向"并在那里立足的心理诉求，而且事实上，巴蜀作家在这点上是做得比较有成效的"走向全国"是巴蜀文人尤其是现代巴蜀文人跻身文坛、进入公共文化、政治空间的必备条件。

然而仔细考察可以发现，巴蜀文人走向的"全国"不是"全国各地"，而是我国享有丰盛文化资源，掌握了毋庸置疑的文化话语权的文化中心。

我们知道，传统的中国文化是以现实的"政治"文化为中心构建起来的，故而政治中心国都就往往成为文化上的"首善之区"，占据了最为丰富的文化资源，成为文化金字塔的塔尖，对其他地方外围或者外省进行文化辐射或者渗透。而在中国文化的现代转型过程中，占据文化中心地位的城市，除了政治中心，还可能有最早面向世界经济敞开胸怀的经济中心。

对巴国、蜀地而言，北京、上海就是这样的文化中心城市过去的北京"作为一个古老城市以及区域性的方国都邑来说，至少有 3000 余年的历史了，作为全中国的统一政治中心也有 700 余年的历史，属于中国历史上最'长寿'的国都之一，而且因为跨越古代—近代—现当代的关系，无疑是今天最具有历史文化含量，也最具有现实影响力量的中国文化区域"①。而 16 世纪（明代中叶）是全国棉纺织手工业中心的上海，经过 19 世纪中叶的被迫开埠，在 20 世纪 30 年代成为"东方巴黎"中国第一大城市。与经济的飞速发展相关，上海在中国江南传统文化（吴文化）的基础上，与开埠后传入的对上海影响深远的欧美文化等融合，逐步形成了独异于中国传统文化的"海派文化"。所以，最具历史文化含量、也最具现实影响力量的北京，与最早受到西方文化影响而为国人展示了另类文化可能的上海一起，成为 20 世纪中国当之无愧的文化中心、文化集散地。"在整个 20 世纪的上半叶，中国的新文化主要是跨国文化界和京海文化界的文化，外省知识分子大多是到了北京、上海和国外才成为文化名人，才成为知识分子的"，而"外省也有知识分子，但其联系是松散的，很难称得起有一个文化界"②，作为外省之一的"巴蜀"，本就离现代文明远，属于"典型的内陆腹地文明"③，"它与先进地区的距离也不仅仅是一座秦岭，一座大巴山，一扇夔门，而是 1500 至 2000 公里的距离再加上整个太平洋"④。在这样的地理条件下，也许唯有"西僻之乡"可以概括出其尴尬境遇。所以，很长一段时间以来，巴蜀文化具有浓厚的封闭特征，接受现代文明的速度缓之又缓，巴蜀文人的文化身份更多地只有走出夔门，去到文化中心获得认同，才能确立。

---

① 李怡、张敏：《"中心"与"外围"：文化意义的生成与生长——以北京文化与巴蜀文化的比较为例》，《北京师范大学学报》（社会科学版）2008 年第 2 期。

② 王富仁：《论当代中国文化界》，《新华文摘》2002 年第 3 期。

③ 李怡：《现代四川文学的巴蜀文化阐释》，湖南教育出版社 1995 年版，第 27 页，第 26 页。

④ 李怡：《现代四川文学的巴蜀文化阐释》，湖南教育出版社 1995 年版，第 27 页，第 26 页。

可以看到的事实是，在 20 世纪文化空间的嬗变历程中，巴蜀文人几乎是非常主动地接受了北京上海这两个文化中心的引导，到京海两地施展自己的文学才华，形成了自己的文学势力，找到自己的栖身之地的。而没有走出去的文人，可能获得别样的命运。比如，"巴金因为直接进入了上海—北京这样的文化中心、汇入新文学的主流而声名显赫，成为传统中国新文学史六大主将之一。而李劼人却因为早早退回蜀中、与文化中心相隔离而使其文学才能一再被遮蔽，李劼人的重新评价也是到了传统的文化金字塔观念受到冲击，而区域文化的独特价值受到新的重视之时"①。也就是说，走不走向文化中心，可能会影响到一个文人的创作实绩乃至最后在文学史上地位的高低。

据此，我们可以认为，重庆作家试图走向的，正是在中国享有丰盛文化资源、掌握了毋庸置疑的文化话语权的文化中心：北京与上海；重庆文学界"冲出重庆，走向全国"这一决绝的口号，证明了重庆作家对来自文化中心影响的焦虑，对自身文化身份的反思与审视，以及试图寻找并确立自己在中国当今文化谱系中文化身份的努力。

二　重庆文学如何"走向"全国

那么，重庆文学怎样才能"走向"全国？先看看重庆文学在新中国成立以后"走向"全国的成果，也许会对我们接下来的讨论有所启发。

在重庆当代文学史的版图上，我们津津乐道的首先是小说《红岩》的出版并成为红色经典的史实，其次是 20 世纪 80 年代，重庆诗坛成为中国诗坛重镇的历史，再次是黄济人所作《将军决战岂止在战场》获首届中国人民解放军文艺奖，以及王群生的《彩色的夜》获全国短篇小说奖的辉煌。接下来可以圈点的就是王雨创作的长篇小说《水龙》冲击第 7 届茅盾文学奖的努力以及最终的失败，张于创作的散文集《手写体》在国内引起的反响，以及由人民文学出版社出版的莫怀戚的小说《重庆性格之白沙码头》。

将上述涉及的 20 世纪 50 年代的《红岩》、80 年代的诗歌、80 年代的小说

①　李怡、张敏：《"中心"与"外围"：文化意义的生成与生长以北京文化与巴蜀文化的比较为例》，《北京师范大学学报》（社会科学版）2008 年第 2 期。

作品与 21 世纪头十年王雨、张于、莫怀戚所创作的作品相比较，我们发现，重庆人在重庆的生存体验得到了日渐增强的关注度与书写力度，而且，在他们积极的书写中，重庆体验的普世价值得到了一定的强化。对重庆体验感性质地的重视与对重庆体验的普世价值的追求，建构了重庆作家的积极姿态。

1. 重视重庆体验的感性质地

"文化是人的创造物，而文化反过来又在化育着人。"①重庆先民创造了独特的重庆文化，而重庆文化反过来滋养着重庆作家的地域写作。确认自己的文化身份，重视重庆体验的感性质地书写，是重庆作家创作出与这种独特的文化相匹配的文学作品的首要条件。

从文学史的角度看，"原乡意识"是古今中外许多优秀作家的共同意识之一，尽管这种"原乡"有的是物质上的，有的是精神上的。仅就中国现当代文学史上的作家而言，鲁迅有他的鲁镇和未庄，沈从文有他的湘西，张爱玲有她的老上海，贾平凹有他的商州，陈忠实有他的白鹿原，莫言有他的高密乡……每个作家依托其原乡建构起来的精神世界，都是如此特殊的"这一个"，不可复制。在一定意义上说，正是因为他们带着独特的地域体验开始寻找自己的文化身份，他们才最终在中心文化中确认了自己的位置，走出了地域文化的限制。

当然，在书写重庆体验的感性质地时，我们有必要重视书写的几个不同层次。"最表象的层次就是作家所创作的作品主要关注'本土的人和事'；第二个层次是使用'本土的话语方式'，即方言书写；第三个层次，作家可能不写本土的人和事，也不用方言，但他有'本土的人文性格'，即所写的人物、表达的思想感情、体现出来的审美倾向等具有本土的特殊的人文气质；而最高的一个层次，作家既可以不写本土的人和事，不用方言，也可以不简单地表露他的本土人文性格，但他的某种追求、他的终极理想目标是和'本土的文化精神'相通的。"②由此出发去考察现今的重庆文学作品，我们发现，大多作品现在还停留于用重庆的语言书写重庆的人和事这个阶段，对重庆的人文性格，以及重

---

① 阮金纯：《云南民族文化的人格精神》，《西南民族大学学报》（人文社科版）2009 年第 8 期。

② 毛迅、李怡：《巴金：告别的与无法告别的》，《现代中国文化与文学》（第四辑），巴蜀书社 2007 年版。

庆文化精神的揭示还需要加大书写的深度与广度。当然，用重庆方言书写重庆人和事并非不重要，毕竟，就每个作家而言，他的体验是独特的，而能够贴切地传达那些体验的语言首先应该是他的母语。这一点也可以从李劼人、沙汀、艾芜的创作中得到证明：当他们活色生香地运用巴蜀方言写作时，他们便成功，而当他们主动或者被动地趋向于认同普通话写作，放弃了建基于本土情绪与感受之上的方言以后，他们的文学成就便在很大程度上受到了削弱。

2. 追求重庆体验的普世价值

我们对地域文学的认识必须要在对自身文化属性有充分认识的基础上，以全国甚至全球眼光，隔着一段时间以及空间的距离来打量我们自身。"只有地域与超地域相互对话，只有巴蜀与中国以至'全球化'的世界相互对话，只有巴蜀方言与普通话相互对话，地域的真正含义才可能被重新诠释。"① 对重庆文学的写作而言，必须从重庆体验开始，但同时，绝不能在简单呈现重庆体验处匆忙结束，比如：可以从方言开始，但不能仅仅停留于追求"重庆言子"的层面上。"追求重庆体验的普世性的理性价值"，应该是重庆文学"走向"全国乃至世界的题中之义。

从这个角度，我们来反观重庆文学界以及现在的评论界对《水龙》和《重庆性格之白沙码头》的定位，会觉得那些广告性质的宣传、试图彰显其重庆特色的评论，都是可以再商榷的。因为，如果重庆作家把这种宣传与评论当成圭臬，用以指导后面的小说创作，就会导致很长一段时间里对重庆文学劣势的过分复制与张扬，而不能更有效地使重庆文学冲出重庆、"走向"全国。毕竟，由此出发，我们会走在一条错误的路上。

回顾一下我们从巴蜀文化角度对现代文学史上的四川文学所做出的研究，也许不无裨益。我们曾经有过这样的"共识"：李劼人、沙汀是比何其芳、巴金更能代表四川文学与巴蜀文化的作家，因为何其芳更多地走出了巴蜀，与雅言传统相通，而巴金过早地走出了巴蜀，书写的也并非仅是巴蜀体验。但不能忘记的是，李劼人、沙汀的创作并不仅仅属于巴蜀，何其芳、巴金的创作也并非与巴蜀完全无涉。还不能忘记的是，李劼人的《死水微澜》被称为"小说的

---

① 李怡：《白沙码头·重庆性格·莫怀戚我看〈白沙码头〉的意义》，《红岩》2008年第6期。

近代《华阳国志》^①，其大河小说系列，建构于对巴蜀之地、之人的深刻描绘上，更建构于对普遍的人性进行详尽的刻绘上；沙汀对 20 世纪三四十年代川西北小说风情画卷的描绘，"有着基于民族国家与阶级斗争意识的意识形态建构；有着因'前现代'判断而认定乡土中人的生活状态与精神心态为病态的看法；有着对乡土社会明显的改造愿望"^②。而何其芳继承了巴蜀文学传统中的温情一脉，在《画梦录》《预言》《夜歌》等中，抒写了那个时代里具有普世性的青春的苦闷、欣悦与迷蒙；巴金对巴蜀文化的书写属于前述四层次中的最高者，即，巴金的人性追求、他的终极理想目标是和巴蜀的文化精神相通的，这种文化精神，就是基于对世俗规范的反叛而体现出来的青春气质和激情特征。如果我们承认李劼人、沙汀、何其芳与巴金这几位巴蜀作家的成功，那么，我们不妨学习他们，去努力追求重庆体验的普世价值。或许通过这样的努力，重庆文学才能解决"重认地域"的问题，才能最大限度地让自己的地域文化意义得以生成，在地域与反地域书写的悖论式行进中，也许就能走向"全国"。

诚如斯图亚特·霍尔所言，"文化身份就是认同的时刻，是认同或缝合的不稳定点，而这种认同或缝合是在历史和文化的话语之内进行的。不是本质而是定位。因此，总是有一种身份的政治学，位置的政治学。"身处外省的各地作家，在过去的"历史、文化和权力的不断'嬉戏'"^③中拥有了与北京上海作家不同的文化身份，那些"真正的过去的我们"不断影响着"真正的现在的我们"。在现在这个可以发出自己独立声音的时代，我们承接着文化中心的影响，以焦虑之心审视自身，从内在的独特体验出发并朝着普世价值努力，这样，我们对中心文化才不会再有盲目的崇拜，对中心文化的反抗才不会无的放矢。只有这样，名作和名人才会更快地诞生在重庆这片"两江夹一山"的热土上，也会诞生在其他各具特色的地域中。

---

① 郭沫若：《中国左拉之待望》，《李劼人选集》（第一卷），四川人民出版社 1980 年版，第 5 页。

② 邓伟：《中国现代文学地域文化研究的转向思考》，《现代中国文化与文学》（第四辑），巴蜀书社 2007 年版，第 53 页。

③ 斯图亚特·霍尔：《文化身份与族裔散居》，罗钢、刘象愚主编《文化研究读本》，中国社会科学出版社 2000 年版，第 211 页。

论陕西文学的代际传承及其他

李建军

2007 年 11 月 17 日，陕西文学界在延安举办了纪念路遥逝世十五周年的学术研讨会，随后，又在西安召开了"陕西文学三十年研讨会"。在这两次会上，我听到了人们对路遥创作成就的高度评价，也感受到了人们对陕西文学现状和未来的焦虑，对陕西文学的殷切期待——这也引发了我对陕西文学的一些思考。陕西是我的"父母之邦"，"野人怀土，小草恋山"，我对它有着无边的眷恋，而对于陕西文学，我更是愿它飞英藤茂，龙跃凤鸣，"人人自谓握灵蛇之珠，家家自谓抱荆山之玉"。

在当代中国文学的版图上，陕西文学无疑是一个重要而醒目的构成部分。不仅现在是这样，半个多世纪来，一直是这样。20 世纪 50 年代的《延河》，乃是一份具有全国影响的杂志，曾经发表过《百合花》《新结识的伙伴》《飞跃》《忆》和《创业史》等引起关注的作品；而陕西的小说家、散文家、诗人和批评家，也都是人才济济，不可小觑的。

如果历史地考察，我们便会发现，陕西文学是只有"当代史"而没有"现代史"的。由于远离"五四"新文化运动的中心，由于经济的落后和文化上的封闭，所以，陕西文学的"现代"阶段，几乎是一片空白：既没有成立有影响的文学社团，也没有创办有影响的文学杂志，更没有产生有影响的文学家。

20 世纪的陕西文学，开始于 20 世纪 40 年代中期，准确地说，形成于陕北红色根据地政权稳固以后。正是借助"解放区文学"的资源和助力，陕西文学才得以成为中国当代文学的重镇。

这样，对陕西当代文学的全面研究，就应该把至少"五十年"的历程作为一个整体。如果将考察的内容，仅仅限定在最近的"三十年"，那么，我们对陕西文学的研究，就是不完整的，就必然要把第一代的陕西作家排除在外，就无法完整地描述陕西文学的发展过程和代际传承。

从代际构成来看，陕西文学五十年，薪火相传三四代：柳青、杜鹏程、王汶石、李若冰、胡采、魏钢焰等人为第一代；路遥、陈忠实、贾平凹、李天芳、高建群、程海、晓雷、王蓬、京夫、文兰、叶广芩、谷溪等为第二代；冯积岐、朱鸿、寇辉、杨争光、方英文、红柯、爱琴海、邢小利、张虹等为第三代。陕西的第四代，即"70后"和"80后"，我了解不多，也就不好判断，不知是否仍然盘龙卧虎，蓄势待发，据说，似乎有些后继乏人，青黄不接。

在我看来，第一代和第二代的陕西作家之间，有着较为正常、积极的代际影响。杜鹏程的《保卫延安》属于很难继武其后的军事文学，但是，他的工业题材小说《在和平的日子里》，却充满了一种别样的激情和格调，对莫伸等人的工业题材写作有过不小的影响。王汶石的结构精致、巧妙的短篇小说，对第二代作家的结构意识和叙事经验的成熟，也起了积极的作用。比较起来，柳青的《创业史》对陕西小说写作的影响，远比别的作家要大、要深刻。可以毫不夸张地说，没有柳青，陕西文学就是另外一种样子。没有柳青、陈忠实和路遥的创作，就很难达到现在这个水平。就文学性来看，柳青所达到的境界，也是不容低估的：通过细节和对话来描写人物心理和性格的技巧，朴素、省净而不乏诗意的语言，从容不迫、疾徐有度的叙事态度——这些，今天小说家比得上的恐怕还不是很多呢。

但是，由于特殊的时代原因，具体地说，由于争取战争胜利和夺取政权的现实需要，陕西文学一开始就是政治的文学，甚至可以说是战争的文学，一开始就自觉地服从于形势的需要和政治的需要。柳青的《地雷》《种谷记》《铜墙铁壁》和杜鹏程的《保卫延安》等小说，都属于这样的作品。这个时期的陕西文学虽然表现出记录时代风云的政治热情，虽然具有很强的完成时代使命的责任感，甚至不乏朴素的才华和令人觉得亲切的生活气息，但是，从整体上看，它还没有在文学的意义上形成自己的文学精神和文学传统，还没有确立稳定的具有现代性的价值理念。

从积极的方面看，从第一代作家开始，陕西文学就强调切切实实地"深入生活"，就充满热情地刻画能够"代表时代精神"的崭新的人物形象，从而形成这样一些值得肯定的成就和经验：

一是强调体验生活，强调从生活实感出发展开写作，这使陕西文学充满鲜活的生活气息。二是形成了较为成熟的写实经验，柳青和路遥、陈忠实的小说都体现出一种追求细节真实和描写生动的自觉意识，分别代表了自己时代写实主义写作的最高水平。三是充满责任意识、道德激情和利他倾向，力求有益于世道人心，尤其路遥的小说，作为我们这个时代在激情、理想和诗意表现上最有力量的作品，已经极大地影响了无数青年读者。这是陕西文学的骄傲和光荣。

其实，陕西第二代作家在代际超越上的经验和问题也是值得研究的。文学发展既是一种"前喻文化"现象，即前代作家对后代作家发生影响的过程，也是一种"后喻文化"现象，即后代作家摆脱前代作家的"影响"而另辟蹊径的过程。如果说，在创作的开始阶段，陕西第二代作家像第一代作家一样，都无一例外地写过一些"紧跟形势"的应景之作，但是，随着"改革开放"时代的到来，他们便开始艰难地超越第一代作家的局限，开始了对第一代作家的缺乏个人视境的写作模式的超越。

路遥是一个视野开阔、知识丰富的作家。他不仅在第二代陕西作家中读书最多、学养最好，而且是他们中间最会思考问题、最有哲人气质的人。虽然路遥具有自觉地接受一切优秀文学影响的开放态度，但是，俄罗斯文学对他的影响无疑是最大的。可以说，他的作品里的道德诗意和利他精神，他对底层"平凡的世界"和"小人物"的关注，都与俄罗斯文学的精神是相通的。他固然虔诚地学习柳青的文学经验，乐于做"柳青的遗产"的继承者，但是，他也在清醒地克服柳青的局限。在柳青笔下，人物的个性和情感的丰富性，常常被时代性和阶级性约减到苍白的程度，《创业史》里的许多人物，如梁生宝、郭振山、高增福、徐改霞等，大都呈现出一种简单的性格特征，缺乏成熟的性格和充分发展的内心生活。例如，在《创业史》里，梁生宝从来不曾有过自己的思想、愿望，从始至终都是按照外在的社会指令来生活和行动。比如，梁生宝接受当时流行的观念，认为"私有制"乃是万恶之源，一切与"私"沾边的情感和行为，都是丑恶和不道德的："私有财产——一切罪恶的源泉！使继父和他别扭，使这两兄弟不相亲，使有能力的郭振山没有积极性，使蛤蟆滩的土地不能尽量发挥作用。快！快！快！尽快地革掉这私有财产制度的命吧！共产党人是世界上最有人类自尊心的人，生宝要把这当作崇高的责任。"[1]这种对"私有财产"的理解显然是简单的，有害的，甚至是反人性的，它所导致的后果，便是对人的自由的限制，是对人的合理要求的剥夺，是对人的内心世界的严重扭曲和伤害，因为，"私有财产"在很大程度上决定着个人在生活和行动上享有多大的独立性和自由度，也与个人的幸福感密切相关。同时，反对"私有财产"必然要求限制个人的权利，把一切谋求个人发展和个人利益的努力视为不道德的行为，这就不可避免地造成个人与集体、自由与服从之间的紧张关系。例如，徐改霞想到城里当工人，也算是积极响应"工业化"的号召，但是，尽管如此，她的内心却仍然觉得不安，仍然产生了强烈的内疚感甚至负罪感："啊啊！分配给渭原县的名额只有二百八十个女工，报名的突破三千了。光城关区就有一千多报名的。根本没上过正式学校的，都拥进城来了嘛！有些闺女，父母挡也挡不住。有些是偷跑来的！"[2]站在这千百个报名的女孩中间，徐改霞深深地自责起来，觉得自己进城当工人的想法是自私的、可耻的，甚至因此怪罪起一直在这件事上帮助她的郭振山。最后，当"穿灰制服的女干部"王亚梅告诉她"工人比农民挣得多，所以才会有盲目流入城市的想象"时，可怜的改霞简直羞愧到了无地自容的程度，痛苦到了无以复加的程度：

> ……她想哭。自己多没意思！难怪那天在黄堡大桥左近菜地草庵跟前，她一提想考工厂，生宝就冷淡她了。她是该被冷淡的，甚至是该被鄙视的！……唉亥！俗气！真个俗气！两年前五一节在黄堡镇万人大会上代表全区妇女声讨美帝的徐改霞，竟给人这样的印象！在城里能找到一个没

---

① 柳青：《创业史》第一部，中国青年出版社 1960 年 6 月版，第 264 页，第 440 页，第 447 — 448 页。

② 柳青：《创业史》第一部，中国青年出版社 1960 年 6 月版，第 264 页，第 440 页，第 447 — 448 页。

人的僻静地点吗？改霞要认真地哭它一场！①

但是，在路遥那里，情况发生了巨大的变化。《人生》中的高加林无疑可以被看作另一个时代的徐改霞。他面对的同样是农民的后代进城的问题，同样面临着进退去留的抉择，同样面临着忍受给予的生活还是与命运抗争的抉择，同样承受着巨大的道德考验和尖锐的心灵痛苦。然而，路遥极大地摆脱了那种僵硬的道德律令的压抑和拘执，而是站在同情的立场，来处理一个悲剧性的冲突：个人自我发展的合理要求与这种要求的时代性压抑之间的尖锐冲突。同时，路遥还真实而尖锐地提出了这样一个被长期忽略的问题：在反对、消灭“私有财产”的过程中，我们是不是让农民承受了太多的痛苦？是不是让他们付出了太大的代价？是不是让他们放弃了太多的自由？

虽然，有时候，路遥也从道德上批评高加林，但是，他又是多么爱他和同情他啊！如果说徐改霞是一个简单而苍白的人物，那么，高加林却是一个复杂而真实的人物，用路遥自己的话说，就是“要给文学界、批评界，给习惯于看好人与坏人或大团圆故事的读者提供一个新的形象，一个急忙分不清是‘好人坏人’的人”②。如果说，我们从徐改霞身上看到了柳青对于时代的过度顺从和盲从，那么，我们从高加林身上看到的就是路遥对于变化中的“城乡交叉地带”生活的独立观察和深刻思考。如果说，柳青的着眼点在抽象的时代经验，而且几乎只是根据“时代”的“宏大”经验和权威指令的严格规约来写作，那么，路遥的着眼点就在具体的个人经验，而且主要根据包括自己在内的具体的未被“时代”阴影遮蔽的个人的经验来展开叙事。

当然，毋庸讳言，路遥的写作还没有达到成熟和深刻的高度。他还没有成为一个知识分子，仍然缺乏彻底的批判精神，所以，他的写作就更多地停留在经验的层面，而没有进入真正思想家和批判者的高度。路遥一方面在写具体的人，写他们的艰难和坚韧，但是，另一方面，他又想对那个抽象的“时代”唱赞歌，所以，最后，他便在某种程度上把柳青的局限也“继承”了下来。总之，

---

① 柳青:《创业史》第一部，中国青年出版社 1960 年 6 月版，第 264 页，第 440 页，第 447 — 448 页。

② 《路遥全集》(散文·随笔·书信)，广州出版社、太白出版社，2000 年 9 月版，第 19 页。

直到写作《平凡的世界》的时候，路遥还仍然是一个处于成长和展开过程的作家，无奈天不假年，使英才早逝："如何灵祇，歼我吉士？谁谓不痛，早逝即冥；谁谓不伤，华繁中零。"（曹植：《王仲宣诔》）这不仅是陕西文学的巨大损失，也是中国当代文学的巨大损失。

陈忠实的写作模式转换意识的觉醒，来得比较晚些。直到 20 世纪 80 年代中期，他的写作基本上还是在一种随顺时代的惯性推动下进行的。不同的是，与第一代作家比起来，他稍微多了些问题意识，而这种问题意识，决不比"时代"提供给他的更多、更尖锐、更深刻。但是，虔诚的态度和广泛的阅读拯救了他。据他自己在《创作经验谈》里说，为了学习写作的经验，他曾经花了很多时间细致地阅读莫泊桑和契诃夫的小说。而到了 80 年代中期，对于自己写作的强烈的危机感，使他产生了彻底改变写作模式的强烈冲动。他说："到了 1985 年，当我比较自觉地回顾包括检讨以往写作的时候，首先想到必须摆脱柳青和王汶石。我曾在一篇文章里写到这段经历，概括为一句话说，一个业已长大的孩子，还抓着大人的手走路是不可思议的。……但有一点我还舍弃不了，这就是柳青以'人物角度'去写人物的方法。"①他读了大量的书，深入地阅读了涉及心理学、哲学、社会学、历史学和犯罪学等内容的著作，尤其细致地研究了包括《百年孤独》在内的优秀作品的结构方式和叙述技巧。他坦率承认《古船》和《活动变人形》对自己的影响。他接受"文化心理结构"的理论，把这当作使他"获得了描写和叙述自由"的关键。他终于实现了对第一代作家写作模式的超越，实现了对自己的写作困境的超越，终于写出了一部厚重的可以做"枕头"的小说。

《白鹿原》的成功在于它很好地解决了"可读性"的问题，在于它塑造了许多足以不朽的人物形象，在于它所包含的对民族命运的危惧悲呻的忧患，在于它对中国文化前途的凄凉在念的关怀。但是，陈忠实的超越，也是未臻至善之境的。《白鹿原》无疑是 20 世纪后五十年中国长篇小说最重要的收获，但是，如果放在整个世界文学的比较视境里，我们就可以发现陈忠实这部作品的问题：狭隘的民族意识，缺乏更为深刻的思想，缺乏更为超越的批判精神，缺乏现代

---

① 陈忠实：《寻找属于自己的句子——〈白鹿原〉写作手记》，《小说评论》2007 年第 6 期。

性的价值建构。

贾平凹写作模式转换的经验支持，来源于这样几个方面：一是民间文化，主要是民间的逸闻、传说、野史，以及当下的"段子"和民谣等等；一是中国古代的小品、笔记小说和包括《金瓶梅》在内的着重于表现世态和风情的小说；一是包括沈从文、孙犁在内的"南方气质"的写作。他早期的作品所表现出来的比较清纯的意境和比较雅秀的文体，大多得益于对沈从文和孙犁等"水性气质"写作的模仿和学习。但我们在他的作品里看不到现代性的启蒙精神，看不到对中国旧传统的理性的批判态度。

从文化气质来看，陕西文学可以分成三种形态，即高原型精神气质、平原型精神气质和山地型精神气质。路遥所代表的高原型精神气质的文化，具有雄浑的力量感、沉重的苦难感、淳朴的道德感和浪漫的诗意感，但也有价值视野不够开阔的问题。它与陈忠实受其影响的关中平原型精神气质的文化不同，后者具有宽平中正的气度、沉稳舒缓的从容，但在道德上却显得僵硬板滞，缺乏必要的宽容和亲切感；它也与贾平凹等陕南作家受其影响的山地型精神气质的文化迥然相异，后者属于这样一种气质类型：轻扬、灵脱、善变，但也每显迷乱、淫丽、狂放，有鬼巫气和浪子气，缺乏精神上的力量感及价值上的稳定感和重心感。

现在来看，随着路遥的去世，陕北高原型精神气质的写作显然已渐趋消歇；以陈忠实为代表的关中平原型精神气质的写作，似乎也处在一个停滞阶段或者说转型过程；而比较活跃的，是陕南山地型精神气质的写作，只是这种写作声势不小，但成绩不大，不仅如此，这种模式的写作，甚至还有很多的问题，面临着巨大的危机——这应该引起我们的警惕和研究。

就整体的情况来看，陕西文学既是辉煌的，但也是残缺的。它的经验，值得我们重视和研究，但是，种种的问题，也应该引起批评家的注意和分析。一味地唱赞歌，而不注意研究问题，其结果最终会把陕西文学导入歧途。

是的，如果用更为严格的尺度来衡量，我们就会发现在陕西文学中曾经长期而普遍地存在的一些问题，那就是，依附性大于主体性，"时代性"大于"现代性"，服务性大于启蒙性，肯定性大于否定性。换句话说，陕西文学普遍缺乏启蒙意识，缺乏批判精神，缺乏独立的价值立场，缺乏对"现代性"的探索热情。他们要么满足于亦步亦趋地做自己时代的"歌手"和"书记官",要么彻底退回到纯粹私人的生活领域,满足于自哀自恋的"私有形态写作"。更为严重的情形是,有些陕西作家,始终没有彻底摆脱"小农"的狭隘性,心胸褊狭,目光短浅,对于现代的都市文明,充满偏见和敌意。

具体地说,陕西文学的问题,较为严重地表现在以下六个方面:

第一个问题,是缺乏完全独立的人格精神和高度自觉的批判精神。从与现实和权力的关系来看,陕西作家整体上表现出一种随顺的姿态。面对现实,他们往往倾向于选择简单地认同甚至赞美的态度,而不是做生活的冷静的观察者和批判者。柳青、王汶石的写作,终其一生,没有摆脱这样的局限;陈忠实《白鹿原》以前的作品,大半是顺应现实的;路遥的《平凡的世界》则分裂为两个世界:一个是真实的,一个是虚假的;一个是"平凡的",一个是"非凡的";一个是让人觉得亲切的,一个是令人觉得隔膜的。而正是后面的这些部分,减损了他这部小说的影响力,破坏了小说的内在的完整性。

第二个问题,是缺乏距离感。这既指时间的距离,也指情感的距离;既指与外部世界的距离,也指与自我的距离。距离是产生美的前提条件。对于试图包含复杂的生活内容的史诗性作品来讲,作者与自己将要处理的对象和题材内容保持适当的距离,实在是一件必要的事情。司马迁就与他深受其害的冷酷的刘汉政权,保持了足够大的情感距离,否则,我们就看不到"成一家之言"的《史记》了,就看不到对无赖刘邦的摘心取肝的刻画了。但是,很多时候,陕西作家似乎倾向于缩短与外部世界的距离,缩短与自我的距离。像《创业史》《新结识的伙伴》《信任》《满月儿》《秦腔》都是与外部世界距离太近的作品,《废都》则是与自我距离过近的作品,这些作品的问题最终都表现为缺乏叙事作品所必不可少的真实和准确、客观和公正。

第三个问题,是缺乏理想主义和科学主义的启蒙精神。没有理想之光的照亮,就没有文学的灿烂辉煌。伟大的文学不仅写出了生活所是的样子,它还致力于写出生活当是的样子。文学既是人类克服生活的无意义感的手段,也是人类通往精神上的理想世界的途径。一切伟大的文学,都有一个自己的乌托邦,或者说,都有一个属于自己的理想图景。理想主义和科学主义必然指向启蒙主义，指向对现实中存在的庸人主义和愚昧现象的反思和批判。所谓启蒙，就是揭开一层层的遮蔽物，使人们知道什么是好的，什么是坏的；什么是必须拒绝和告别的，什么是应该向往和追求的。所以，启蒙最终指向光明、美好，指向一个更为理想的世界。启蒙精神是一种现代精神，具有灯与火的作用，是可以照亮世界和温暖人心的。它要求作家，既要勇于面对黑暗，面对外部世界的黑暗和自己内心的黑暗，又要创造光明，要像鲁迅那样充满破毁"铁屋子"的激情，要"肩住黑暗的闸门"，放别人到光明的地方去，让他们"合理地度日"，"幸福地做人"。它要求作家要有科学精神，而不是做迷信和无知的奴隶。

然而，遗憾的是，陕西作家中，除了朱鸿、寇辉等少数第三代作家，似乎普遍缺乏这种启蒙精神。有的作家丧失了最起码的科学精神，缺乏最起码的理性精神，因此，在作品中津津有味地渲染反科学的事象，不遗余力地渲染神神道道的怪异事象。甚至在现实生活中，有的作家也倾向于用神秘主义的方法来解释生活。西方有句话：Over simplification is always an insult to intellect. 翻译成汉语的意思是：过分的简单化是对人类智力的羞辱。充满迷信色彩的神秘主义，就是对世界的一种过分简单化的认识，因而，是对人类智力的羞辱。用迷信的方式解释一切，是认识领域的典型的懒汉主义行为，是极其有害的，因而是要不得的。最近，读到贾平凹的长篇新作《高兴》，发现小说在描写人物、叙述情节上的虚假和随意，就与这种严重的"简单化"有着直接的关系。因此，如果想克服这些创作上的问题，就必须在内心培养科学主义的精神，点燃理想主义的火焰，从而使作品成为能够照亮人心的启蒙性质的作品。

第四个问题，是阶级意识和民族意识大于人道主义精神。人道主义是一切伟大文学的精神基础。真正的文学总是充满对人类的挚爱，对人类命运的关注，对一切人的热切的同情，对人类平等和最终解放的追求。按照简单的阶级斗争理念展开叙事的人，是不可能具有博大的人道精神的，因而就不可能对所有不幸者都给予温柔的怜悯和同情。例如，柳青不仅对姚士杰这样的"阶级敌人"缺乏起码的平等态度，而且对素芳这样的"被污辱与被损害的人"也显得很冷漠，甚至多多少少还有点歧视。寇辉的《黑夜孩魂》①就极大地超越了柳青，他像叶赛宁在《狗之歌》中一样，表现出一种极其富有人性内容的态度，从而使他的这篇小说成为一个不容忽视的优秀之作。陈忠实的《白鹿原》则将民族情感置于人道主义之上，在叙述民族冲突的时候表现出一种简单化的态度和立场。如果与肖洛霍夫和罗曼·罗兰比起来，陈忠实在这一问题上的残缺，就显得更加明显和严重。在缺乏人道主义精神上，贾平凹在《废都》中出于发泄压抑情绪的消极需要，将几乎所有在小说中出现的人物，都置于一种被羞辱、被伤害的境地，简直到了匪夷所思的程度。②

第五个问题，是反都市文明成为一种顽固的精神姿态。对现代都市文明充满误解、恐惧和敌意，乃是很长时间里陕西文学中普遍存在的一种文化倾向。对于城市，这些"农裔城籍"的作家，充满一种既爱又恨的复杂心理。他们通过写作进入城市，但是，又觉得自己与城市很隔膜，所以，便以农村做参照来打量城市和城里人，觉得城里人并不像农村人那样活得自由和自在、健康和真实。这样，虽然已经定居在城市，做了城里人，但是，这些农村出身的作家，却乐意把"我是农民"挂在嘴上。他们借此显示自己对城市的排斥态度。然而，这与其说显示着一种虚妄的傲慢，毋宁说是表现着对于自己的"农民"身份的强烈的焦虑和自卑。于是，贬低和否定城市，在某些作家那里，便成了一种捍卫内心"尊严"的策略和方式，进而成了一种坚定不移的文化立场。他们甚至常常用动物主义原则，来贬低、羞辱和对抗城市。例如，在《废都》里，都市里的人连动植物都不如，因为他们跑不过意志"普通的羚羊"，也不如"一棵草耐活"，而"只有西京半坡人，这是人的老祖宗，这才是真正的人"③。

创作伟大的作品当然需要勇气，但更需要克制，需要达到较高境界的教养、深刻的思想和丰饶的诗意，尤其需要开阔的精神视野和追求现代文明的激情。不然，就像鲁迅所说："所感觉的范围颇为狭窄，不免咀嚼着身边的小小的

<hr>

① 寇辉：《黑夜孩魂》，《延河》2002年第4期。
② 详见拙著《时代及其文学的敌人》，中国工人出版社2004年8月版，第39—75页，第315页。
③ 《废都》，北京出版社1993年6月版，第253页。

悲欢，而且就看这小小的悲欢为全世界"，从艺术层面来看，它的"技术是幼稚的，往往存留着旧小说的写法和情调"①。

第六个问题，是文学批评严重缺席。我曾在《真正的批评及我们需要的批评家》中说过这样一段话："从功能和作用上看，文学批评通过对作家、作品及思潮现象的分析和评价，积极地影响着读者的阅读和作者的写作，维护文学肌体和社会精神环境的健康。批评会潜在而有力地影响一个时代的文学风气和精神气候。"②是的，没有真正的批评，没有尖锐的质疑和不满，作家创作中存在的问题，就不会被揭示出来。如果批评家与作家之间的友谊，被降低为低俗的互相吹捧，被等同于文过饰非的话语交换，那对文学来讲，简直是糟透了！

无疑，陕西的文学批评在对陕西作家的研究和评论上是做出过成绩的，但是，陕西第二代批评家与作家之间的关系太好了，太亲密了，常常好到了可以把文学放在一边的程度，亲密到了再拙劣的作品批评家都能看见"突破"、"超越"和"杰作"的程度。长此以往，面对陕西作家的问题，陕西的批评家基本上处于失语的状态——与第二代作家同代的批评家不便批评他们，比第二代作家晚一代的批评家则不敢批评他们。不仅如此，有的批评家甚至通过虚假的传记写作等方式，制造神话，纵容作者，遮蔽真相，误导读者，造成极为消极、有害的后果——这是极为严重的失职，甚至是不能容忍的渎职。

我希望陕西的批评家尤其第三代批评家，能够切切实实地履行自己的职责，即通过认真的、冷静的批评，揭示陕西作家的经验，剖析他们创作中的问题。这样的批评，才是有尊严的批评，才是有价值的批评，才能使陕西文学配得上它所享有的盛名，才能对得起读者对它的尊敬和信任。

关中大儒张载有几句非常著名的话，冯友兰先生在几篇文章中五体投地地三复其言，称之为"横渠四句"："替天地立心，替生民立命，替往圣继绝学，替万世开太平。"元好问则在《送秦中诸人引》中说："关中风土完厚，人质直而尚义，风声习气，歌谣慷慨，且有秦汉之旧。"的确，陕西是一个文化积淀

---

① 鲁迅：《〈中国新文学大系·小说二集〉导言》。
② 详见拙著《时代及其文学的敌人》，中国工人出版社 2004 年 8 月版，第 39 — 75 页，第 315 页。

深厚的地方。陕西的文学之树，如何才能植根于传统的厚土，开放出现代文明的灿烂花朵，结出可以被人类共享的丰硕果实，这既是陕西文学的研究者应该关心的问题，也是我对陕西作家的殷切期待。

三个人的文学风景

——路遥、陈忠实、贾平凹三作家的文化符号学意义

孙新峰

楔　子

陕西号称文化大省、文学大省，然而检视陕西当代文学发展状况，我们不得不说，陕西文坛这么些年，路遥、陈忠实、贾平凹三个茅盾文学奖获奖者构成了其他地区无法企及的独特文学风景。这样说，确实有些"以成败论英雄"的意味，然而，这三个人深厚的写作功底，积极的社会参与意识，辉煌的写作实绩，在全国也是高标独具，引人注目的。

作家的创作风格和人格的形成，地域文化、民族文化的作用举足轻重。路遥、陈忠实、贾平凹三人的创作人格，主要是指他们在创作活动中表现出来的，在中国这个特定的地理和社会文化及时代环境中形成的心理特征或者说艺术风貌。陕西黄土地文化的氛围对作家创作人格的孕育形成有着至关重要的影响，三个作家生长在陕西乃至中国这个有浓郁地方特色的文化氛围中，其人格在西北文化和中国文化的浸渍下逐渐生长、充实、成熟。由于个性不同，所受的地域文化熏陶氛围不一，他们在作品内外都展示出不同的人文征象，这就为符号学阐释提供了极大的解读空间。卡西尔指出："人是符号的动物，人主

要通过符号来认知和把握世界。""所有的文化形式都是符号形式。"①作家作为文化的生物，同时也是符号的对象和产物，其丰富复杂的艺术创造现实，促发了人们的激情想象。首先文如其人。三个作家他们的文名本身就很耐人寻味。陈忠实，忠厚老实，大智若愚；贾平凹，既平且凹，"平地里凹起一个坑"，大巧若拙；路遥，大象无形，文学路漫漫，天妒其才，苦才子命短。中国文坛上，陈忠实是最不能讨巧也最不会偷懒的人了。在写作上，他一步一个脚印，吭吭哧哧，费了很多劲。他不争不抢，始终保持着实诚乡下农人的本色，该来的也都来了，该得的都得到了；贾平凹这个文坛怪才、鬼才，从商州山地走出来的"狼"，作为中国传统文人的一员，他浸润中国文学几十年，文笔平中见奇，虚实相济。尤其在民生题材写作上，他充分发挥调动自己的"唤情结构"，以当代作家少见的共感和共鸣进行写作。成熟的文笔，深邃的思想隐藏在字里行间，让人在大悲之后大喜，大起之后大落；路遥，作为农民精英，以偶然的机缘进入文学圈，此后一直把文学当事业干。文学如行船，涉足方知路漫漫。在路遥、陈忠实、贾平凹三个人的文学履历表中，路遥的相对简单，可是"码字儿"的活累死了一个才华横溢的文学闯将，"为了礼赞平凡的世界而累死在文学的沙场"②。作为中国尤其是陕西地域出产的文化生物，路遥、陈忠实、贾平凹与中国（陕西）的一些物象符号存在着天然的同构关系，西北黄土地人民的精神及其文化氛围，浸染并影响了路遥、陈忠实、贾平凹的个性创作。

一　旗帜·火炬·钻头

路遥的逝世是陕西文坛巨大的损失，然而这个文坛的"拼命三郎"，斯人虽去，却精神长存。作为陕西文坛一面历久弥新的不倒"旗帜"，他的作品成为中国文坛重要的文学资产，也成为几代陕西人心中的寄托；他的作品始终洋溢着理想主义的诗意与激情、英雄主义的崇高与悲壮，以及人道主义的道义与信仰。路遥的文学精神主要是他"以农夫般的耕耘沉默地守护人类纯美的精神

---

① ［德］恩斯特·卡西尔著：《人论》，甘阳译，上海译文出版社 2004 年版，第 37 页，第 35 页。
② 刑小利、李建军：《路遥评论集》，人民文学出版社 2007 年版，第 237 页，第 235 页，第 106 页。

家园，在孤独寂寞的精神苦旅中高扬起人的理想、信念和追求"，教人"直面苦难，积极应对苦难并从精神上超越苦难"。正如有人指出的，"路遥深爱这片黄河流经的土地和土地上的人民，他深爱火热的生活和源于生活的文学，以强烈的社会责任感和历史使命感，以生命为燃料，在黄土地上刻下了中国改革开放壮阔雄浑的生活图景和辉煌伟岸的汉字人生"，而"路遥的伟岸的汉字人生是一面不老的旗帜，引爆了灵魂深处痛楚的思索"①。毋庸讳言，路遥这面迎风飘扬的"旗帜"业已成为我们时代重要的精神现象和文化现象。

陈忠实作为陕西文坛的领军人物之一，年届古稀，却依然是一抹不褪色的晚霞。尽管他后期的作品已经无法超越《白鹿原》的成就，可是为了培养和缔造陕西文学新军，他不遗余力，就像一把熊熊燃烧的"火炬"，顺利地成功地把陕西文学薪火的接力棒传给了贾平凹。巧的是，陈忠实也曾经是奥运圣火传递火炬手之一。陕西作家的创作明显地呈现出两极分化的特点，一种是像红柯一样，把人的精神无限地拔高，传达仰望星空、敬畏自然、亲和自然的"向上"发展的趋势，另一种是如同路遥、陈忠实、贾平凹一样，目光向下，关注民生，紧贴土地、"向下"的草根写作。

自踏入文坛以来，贾平凹就不断地在中国大地上开掘，很早就触及中国这个农业大国的根本问题——民生题材。《浮躁》只是钻取了中国地心的一块岩样，而到了《土门》《高老庄》直接钻探切入到城乡一体化进程中的社会病灶改造问题，获得茅盾文学奖的《秦腔》更是把中国乡土社会无法解决的城乡矛盾，以及人们的精神和肉体相互暌违的现状解析裸裎得淋漓尽致。作家一贯的底层写作自觉的追求和国家反映民族民生的要求奇迹般地撞出了火花，更加说明了作家创作思路的独特。贾平凹曾经说："回想新时期文学的历史，不敢妄说取得了多大的成就，但严格讲新时期作家作了两件大事，一是文学冲破了禁区，二是文学打通了思维。文学冲破禁区不是文学上的事，而打通思想仅还是一种试验，带有一定的盲目性。"②就创作而言，作家贾平凹就是一个"真金的钻头"，

---

① 刑小利、李建军：《路遥评论集》，人民文学出版社 2007 年版，第 237 页，第 235 页，第 106 页。

② 韦建国、吴孝成等：《多元文化语境中的西北多民族文学》，中国社会科学出版社 2007 年版，第 25 页，第 37 页。

方向执着，持续运力，火花四溅，一点一点震动地向地心掘进，一直引领着陕西甚或中国文学的创作，经受着各种风潮和时空的检验。

二　老西凤·软中华·苦咖啡

"老陈是一坛老西凤"这不是我的判断，这是刘卫平教授当年的戏谑之语，后来收在了冯希哲等主编的《走近陈忠实》一书①。在《老陈是一坛老西凤》这篇文章中，刘卫平把中国当代许多男作家用酒来做比，"可分为啤酒型的、米酒型的、果酒型的和白酒型的。白酒型的还可再分为酱香型、浓香型、清香型的"。他说他"感觉老陈当然是白酒型的，具体点说，老陈是一坛老西凤。饮家都知道，西凤酒入口有点糙感和土感，但一入喉，就立刻觉得了质地的敦实、清正和顽韧。令人想到朴厚一词。朴是张狂艳乍的反面，厚是内在力度的十足。而西凤系列中，向以15年窖藏为上品，老陈这个人，比15年西凤还西凤"，我觉得这个判断基本对味。"喜欢喝酒是陈忠实共为人知的爱好。性格刚硬的陈忠实在喝酒方面比较挑剔，除非万不得已，'西凤酒'外对其他各种名酒洋酒毫不动心，而且喝酒的时间相对固定：每天只在晚上喝，其他时间滴酒不沾。同时，'干抿'的时间居多。"西凤酒滋养了陈忠实的性情，历练和温暖了他的肝胆。如同西凤酒一样，"陈忠实这个人几十年一贯制，为人处事都质朴深厚，大小动作都铮铮有色。谁能知道，他的内心深处是那么地悲凉和感伤，他的心里有许多浓重的隐痛，他的性格里有很多很硬的东西"②。可以说，陈忠实与西凤酒结下了不解之缘。

喜欢抽中华烟的贾平凹也是一盒"软中华"（陈忠实喜欢抽雪茄，路遥喜欢抽红塔山，其实他们和这些烟之间也有一定的对应关系，此处不再赘述）。撇开中华烟的"贵气"不谈，深受中华传统文化影响的作家贾平凹，喜欢抽的香烟牌子也是以"国字牌"为主。中华烟抽起来很绵软，但是余味悠长，

---

① 冯希哲：《走近陈忠实》，陕西人民出版社2006年版，第150页，第168页，第10页，第127页。

② 冯希哲：《走近陈忠实》，陕西人民出版社2006年版，第150页，第168页，第10页，第127页。

要细品细究，如同体验贾平凹的作品一样。这一点台湾作家三毛早有体会，她在临终前写给贾平凹的信中说"读您（指贾平凹——笔者注）的书，内心寂寞尤甚。没有功力的人看您的书，要看走样的"①。贾平凹曾经多次在各种场合中说过，一部作品的价值 50 年后再看。2009 年《废都》的重新开禁再版可谓耐人寻味。

生前喜欢用咖啡和高档香烟为写作助力提神的路遥，其人其作也是"一杯苦咖啡"。咖啡味道很冲，苦咖啡更是百味杂陈，酸甜错位。七岁时就因为家穷被过继给了伯父的路遥命运多舛，经历过"文化大革命"的浮沉，命运一直起起落落。而且，从有关资料可以看到，路遥的婚姻家庭生活也不是很理想，超透支的玩命的写作姿态以及无规律的生活彻底毁掉了他的健康。如同"吃的是草，挤出的是奶"的鲁迅一样，路遥咀嚼的是人生的苦涩，他承受的是无法言说的苦难，然而奉献给人们的却是优裕的精神食粮。正如有些论者所说："苦难之树神奇地结出了甘美的果实，并且携带着崇高迷人的光芒。"②

三　步枪·机关枪·狙击枪

如果用武器做比，在城乡交叉地带逡巡的路遥是一支"步枪"，喜欢用常规武器是他的特点。"现实主义"和"人道主义"创作观的制约，"文以载道"的基本创作认识，使得他的文学作品中规中矩，不触碰"雷区"、"禁区"，苦涩之中饱含温情，给人以一种温暖和有希望的感觉。"文以载道"在路遥的笔下炉火纯青。可是，这种"画地为牢式"的拘谨一定意义上影响了他作品境界的扩拓和提升。韦建国对此曾做过中肯评价："路遥沿着一条很'现实'的路子走了下来，从'浅水湾'拍起水花至 90 年代初在'中水线'激起巨浪，人们眼见着他的飞跃性的进步，但同时人们也看到他一直在使用'老枪法'以及'旧意象'。人们有理由怀疑这种'老枪法'与'旧意象'还能一再使用下去而创造出更新更美好的艺术景观来吗？"③

①　冯有源：《平凹的佛手》，上海人民出版社 1997 年版，第 185 页，第 287 页。

②　刑小利、李建军：《路遥评论集》，人民文学出版社 2007 年版，第 237 页，第 235 页，第 106 页。

③　韦建国、吴孝成等：《多元文化语境中的西北多民族文学》，中国社会科学出版社 2007 年版，第 25 页，第 37 页。

贾平凹是一挺"机关枪",创作数量大、速度快。谁也不知道他的创作潜力有多大。他的"多转移"、"多创新"让许多评论家疲于奔命。贾平凹这个人好像天生就是为了写作而来的。"贾平凹的文学天赋是极高的。有人说他是怪才、鬼才、天才,这是有道理的。不然,同样是人,为什么他对现实有那么深的感受,对生活有那么多的写不完的故事;同样是作家,为什么他的作品源源不断?他不仅善于短篇,还善于中篇、长篇,更善于散文小品和杂说。他不仅精于农村题材,还善于城市题材,更是涉猎了历史题材。平凹不仅对易道佛儒等文化均有深入研究,对文论、诗歌、书法、绘画、篆刻也有独到的追求和造诣。"[①]平素除了基本的应酬,贾平凹几乎把自己全部交给了文学文化事业,在记者访谈时他曾这样斩钉截铁地说:"放弃写作,还叫什么作协主席?"[②]一部作品刚出来,另外一部又开始构思,几乎每一部都要造成相当大的震动。产量大,质量高是他创作的基本追求。多年来,贾平凹的创作手法在变,题材在变,情绪关注点在变,各种写作都有尝试,然而不变的是他的小说中国化的努力,不变的是作品中持之以恒的民族民间精神,以及作家作为"国家和社会的良心"的做人本色。

陈忠实是一杆狙击枪,瞄准时间长,杀伤力不减。"十年磨一剑"、一枪制胜是他的创作风格。应该指出的是,陕西文坛这三把"神枪",是在柳青这把"总发令枪"的感召影响下,沿着"现实主义"膛线,瞄准开枪,或者点射、跪射,或者速射、连发,接连传来捷报,直至陆续将国家最权威的茅盾文学奖收入陕西囊中。

四 枣树·梧桐树·柿子树

路遥、陈忠实、贾平凹三个人已经形成了陕西乃至中国文坛独特的文学风景,是陕西文坛的三棵树。准确地说,路遥是一棵枣树,陈忠实是一棵梧桐树,贾平凹是一棵柿子树,陕北关中陕南迥异的水土分别养成了他们土、倔、怪的人文性格。

---

① 冯有源:《平凹的佛手》,上海人民出版社1997年版,第185页,第287页。
② 罗小燕:《放弃写作,还叫什么作协主席》,《南都周刊》,2007年第164期。

你若去陕北,沿延安迤逦向榆林一带游玩,沿途一路可见两种树比较醒目,一种是沙柳:粗大的树桩,上面生长着一枝枝昂扬向上的明条或者青葱的枝丫,它们在黄土坡谷底抑或在地畔畔、山梁梁上顽强地存活生长。另外一种是陕北特产树种——枣树。棱角峥嵘、荆棘满布的枣树扎根在贫瘠的陕北黄土高原,"土"气十足,甚至有点可怜巴巴,却尽力地争取每一个发展自己的机会,努力伸展自己的生命,还要结出有自己"态"的果实。没有分外的雨露滋润,只是吸收了一点太阳光,吸进了几滴苦水,奉献给人的却是无边的甘甜。众所周知,路遥的出生地陕西清涧是有名的"红枣之乡"。路遥对枣子和枣树的喜爱,也是深入骨髓的。在《平凡的世界》中,就有一节专门写双水村人打枣:

> 庙坪可以说是双水村的风景区——因为在这个土坪上,有一片密密麻麻的枣树林。这枣树过去都属一些姓金的人家,合作化后就成为全村人的财产了。每到夏天,这里就会是一片可爱的翠绿色。到了古历八月十五前后,枣子就全红了。黑色的枝杈,红色的枣子,黄绿相间的树叶,五彩斑斓,迷人极了。每当打枣的时候,四五天里,简直可以说是双水村最盛大的节日。在这期间,全村所有的人都可以去打枣,所有打枣的人都可以放开肚皮去吃。在这穷乡僻壤,没什么稀罕吃的,红枣就像玛瑙一样珍贵。那季节,可把多少人的胃口撑坏了呀!有些人往往打完枣子后,拉肚子十几天不能出山……[1]

多么欢快和诗意!我们说,兼有沙柳和枣树双重品格的路遥,不屈从命运安排,以"文字"作为"革命"的手段,为家乡人民写心、写意,枣树的象喻不仅准确,而且形象传神。

陈忠实就像灞河岸边随处可见的梧桐树一样,枝条通直,树冠庞大,枝叶浓密,尽力为路人遮挡阴凉。巧的是在西安市灞桥东郊西蒋村老家,"大门前不过十米的街路边,有忠实亲手栽下的昂然挺立的法国梧桐。这本来只有食指

---

① 路遥:《平凡的世界》,人民文学出版社 2004 年版,第 44 — 45 页。

粗的小树，在陈忠实决心动手写《白鹿原》的 1988 年早春栽下，四年后它便长到和大人的胳膊一般粗，终于可以让它的主人享受到筛子般大小的一片绿荫了。它是陈忠实这几年为了写成《白鹿原》所付出的艰辛、心血，乃至他所忍受的难耐的寂寞的见证"①。陈忠实这棵茅盾当年笔下的北方白杨树的变种——梧桐树，沉沉稳稳地、"倔强"地矗立在关中大地上，桐花飘香，枝叶婆娑，尽力吐绽自己的芳馨。

商州山地常见的是核桃树，可是最有个性的树是柿子树。柿子树在商山人的心目中，长得怪马湿窝——陕西话中指待人接物过于异态的人或物。在沟沟叉叉里、山涧半坡都能生长。这种柿子树有一个特点，就是嫁接成活的技术要求相对较高，先要找野柿子树原料，然后谨慎嫁接，成活率不高。平素不引人注目，秋天果实成熟的时候，红的如玛瑙，绿的像苹果，很是扎眼。贾平凹就是一棵独特的柿子树（冯有源看到故乡商州河堤上一株古老的柳树，突然想起贾平凹为自己题写并悬挂在客厅的一幅字——"老树如卧，微波若轻"。曾经慨叹，这老柳树，不就是老树如卧，不就是平凹吗？风雨雷电不能磨灭他的意志，人为伤害也不能让他枯死（干），倔强地站立着，顽强地活着。②笔者以为，用柿子树象喻贾平凹更准确，更何况贾平凹老家丹凤县棣花村老屋的院子外就只有一棵柿子树。贾平凹的《树佛》中曾经有这样一段话："长长的不被理解的孤独使柿树饱尝了苦难，苦难终于成熟，成熟则为佛，佛是一种和涵，和涵是执着的极致，佛是一种平静，平静是一种激烈的大限，荒寂和冷漠使佛有了一双宽容温柔的慈眉善眼，微笑永远启动在嘴边。"③树佛同一，这是作家独特的感应思维。明眼人可以看到，"怪才"贾平凹从商州远迁西安，那种阵痛、不适应早已烟消云散，近三十年的突围，已经威风凛凛马步蹲桩式"站"在一个地方，用雄厚的创作业绩"居"稳了长安，而且染绿了一大片风景。他的作品琳琅满目，有的是熟透的蛋柿，挑不出一点毛病；有的是青涩的果子，让人吃了之后难于消化，柔肠百结。不管怎么样，横七竖八的果实缀满了整

---

① 冯希哲:《走近陈忠实》，陕西人民出版社 2006 年版，第 150 页，第 168 页，第 10 页，第 127 页。

② 冯有源:《平凹的佛手》，上海人民出版社 1997 年 5 月版，第 264 页。

③ 木南:《贾平凹书画》，花城出版社 2007 年版，第 77 页。

个枝头，分外抢眼，美轮美奂。

五　毛驴车·架子车·独轮车

评论界经常以"三驾马车"来比喻路遥、陈忠实、贾平凹，仔细想想其实是不很确切的。读路遥的文章，你仿佛看到陕北老农（也可以说是路遥本人）正坐在毛驴车上，闲庭信步，悠然自得地行走。偶尔皱皱眉头，停车检查一下车况，又接着一路铃声一路山歌前行；读陈忠实的文章，你会像拉架子车一样，双腿蹬地，眼睛瞪圆，左试右突，在吃力地爬坡，很辛苦；读贾平凹的文章，如同让你坐在独轮车的车兜里，作家带你进入一个人迹罕至的乡间小道，逢沟过沟，遇险搭桥。哪儿黑了哪儿歇——你也不知道作家最后要把你拉到哪儿去。

毛驴是陕北常见的拉磨耕地的动物。有了驴子的助力，路遥的创作之车才能轻快，几乎不用更换什么写作技法，直接写实、写史、写人性的挣扎直达人心，而且充裕着浓浓的诗意。陈忠实的作品一步一个脚印，踏得实在，走得艰难。一定意义上讲，《白鹿原》就是他的《四妹子》和《蓝袍先生》的扩写，把现实人性撕裂了给人看。几十年的努力，《白鹿原》终于被他拉上了坡顶，可是作家明显地元气大伤，精疲力竭，新的过硬的作品短时间无法再出现。贾平凹在中国文坛是独特的"这一个"，他转益多师，不停地改变自己，沿着民族化、民间化这条道路，埋头苦干，其作品的人类意识和穿透力早已得到公认。他已有的文学艺术成就是一个一个感叹号，现在的创作是一个一个破折号，他的未来创作又是一个一个疑问号。这个倔强的"独轮车夫"，他要把陕西文学甚至中国文学导向何方？值得每个人思忖。

仔细审视陕西这三名顶尖作家，你会发现"一方水土养一方人"用在他们身上和他们的创作方面，简直是丝丝入扣。如同"五谷"一样，三个作家是秦地（西北）这块文学热土上生长出来的文化生物，他们的文学艺术创作是次生的精神产品。符号学知识告诉我们，作家本身的模糊性、复杂性、多义性，使我们对其进行象征代码、阐释代码和文化代码的深度符号解读成为可能。因为"人不再生活在一个单纯的物理宇宙之中，而是生活在符号宇宙之中"①。"镜像理论"创始人拉康认为："自我的建构离不开自身也离不开自我的对应物，即来自于镜中自我的影像，自我通过与这个影像的认同而实现。"②众所周知，作家所处的西北多民族文学文化的大环境是多色的、多元的、驳杂的，是一种合成的文化，它们从各个角度影响并浸染着作家的艺术创造。"天上一颗星，地上一盏灯"，撇开迷信的观念不说，这种人与物的象征——对应的确是一个很有趣的文化现象，也是符号学或镜像理论中国化应该关注的基本问题。普莱指出："新的文学批评行为就是去探讨通过阅读和语言中介，在所读作品和我们自身之间建立起某种神秘的相互关系"③，而要找到作家和中国文化物象的对应，需要一种特殊的阅读感和艺术直觉。换句话说，只有用人类特殊的感知思维和激情想象，通过把握一个个有意味的"审美幻象"，才能最终逼近和抵达事物的"真相"和"本相"。想一想挺有意思，三个秦人后裔，身披铠甲，手执自己独特的武器，在西北文化大森林里各自寻找属于自己的领地和"猎物"，且战绩辉煌；或者三个农民精英，各自赶着自己的"爱车"，在秦直道——文学的康庄大道上，各自走出了不同凡响的人生轨迹，成为陕西乃至中国文坛无法忽视的文化风景——三个棱角峥嵘的伟大作家，三棵中国文坛常青树，仅从符号学意义上就带给我们诸多的感动和思考。我们认为，这个有意义的符号对应思维可以无限期地延伸下去，比如说作家和他们作品中"动物"的对应思考，有人就认为陈忠实就是一头蹲踞在关中平原上的"巨兽"④，是一头"困"在原上的白鹿精灵；贾平凹则是一头从商州山地突围出来的"狼"。而路遥，贾平凹曾经根据路遥忘我的写作状态称他为一头"猛兽"而曾遭到陕籍评论家李建军尖锐的批评。但不管怎么说，研究作家和地域文化的象征对应关系，必将是未来中国文学审美范畴内一个很阔大的学术话题，值得我们认真探究。

---

① ［德］恩斯特·卡西尔著：《人论》，甘阳译，上海译文出版社 2004 年版，第 37 页，第 35 页。
② 刘文：《拉康的镜像理论与自我的建构》，《学术交流》，2006 年第 7 期。
③ ［英］特伦斯·霍克斯：《结构主义和符号学》，上海译文出版社 1987 年版，第 155 页。
④ 冯希哲：《走近陈忠实》，陕西人民出版社 2006 年版，第 150 页，第 168 页，第 10 页，第 127 页。

新世纪中国新诗的西藏抒写

王　泉

在新世纪世俗化浪潮的冲击下，中国新诗没有放弃自己的职责，许多诗人自觉地关注西藏这片热土，抒写了关于西藏的自然景观与人文景观的诗之思。李瑛、朱增泉、王鸣久等非藏族诗人在反思西藏高原的生命之美中探寻着人生的意义。一些藏族诗人则在与新时代共鸣的节奏中唱响了跨越时空的家园意识。

一　非藏族诗人的创作

在新世纪中国新诗的西藏抒写中，以李瑛、朱增泉、王鸣久、王族为代表的军旅诗人的作品令人瞩目。他们的诗歌多着眼于生命的发现及藏民族文化魅力的发掘。

李瑛的组诗《走进西部高原》直面西藏高原的苍凉。《一粒沙》道出了诗人对生命哲学的凝思："一粒沙落在我的肩膀上，庄周梦回，我愿是一峰骆驼。"《谈话》以游客的对话道出了荒僻高原的生命激流。他另外一首《哈达》，由哈达联想到"喜马拉雅山头的白雪"、"雅鲁藏布江的清流"、"藏北草原的白云"，生命完成了一次次的演变，诗人的体验始终没有离开那圣洁的白色。朱增泉的组诗《西藏之光》通过藏族女孩的微笑和康巴汉子奇特的装束，揭示了藏族人在缺氧的自然环境下顽强的生命力。康巴汉子的豪爽在"灿烂、冷峻、棱角分明"

的笑声中显现出来。

满族军旅诗人王鸣久于 2001 — 2002 年间创作的长诗《西藏之门》①堪称新世纪西藏书写的一首颇有哲理深度的生命之思的作品。《西藏之门》包括《幻鱼》《天悬》《凌虚》《羊歌》《坐水》《美殇》《嘶风》《听幡》《天淖》《麦神》《朝圣》《天路》《归婴》《慈光》《沐洗》等，运用丰富的意象组合，升华出幽远的意境。有评论者认为："诗人借助梦幻般的诗句在洁白雪域、蓝色天淖、红铜寺院、五彩经幡和古格遗址、牦帐边进行心灵漫游，对人类的演进，生命的迷茫，时空的永恒，自我的渺小，灵魂的拯救和精神的皈依进行了一程程的探寻、思索与感悟。"②这无疑是对该诗中肯的评价。

"鱼"在中国民间神话中是生命力旺盛的象征，而在诗人眼中，"鱼"成为自我放逐的生命载体。诗人幻化为鱼，追寻着西藏高原独特的生命存在，置身于浪漫主义的想象中，诗人获得了自我的超越。"鱼在鱼化石里咬破时间，/ 我看见十二株海百合伸出清澈手掌，/ 我明白，我必须逆流而上"，这是一次痛苦而幸福的生命还原，人复归于鱼，才会有新奇的发现与追问。"纤尘不染，香在高寒，/ 三指雪莲，是我们永生也达不到的高度。/ 柔肠百转中我仰天长叹，/ 有钟声如鸟，纷纷扬扬落满双肩"，诚然，雪山的宁静来自于其洁雅的品质，人的企盼有时很难实现，但由于精神的牵引，往往会产生跨越时空的美感，王鸣久在诗中传递的便是这样一种能抵达人的心灵深处的力量。

羊在藏族先祖看来是"善神"的象征，王鸣久借民间传说演绎着关于羊的神话。在第四章《羊歌》中，诗人仿佛身处远古的蛮荒年代，孤独而不寂寞。"天上村庄已远，王不顾人迹杳然，/ 巨大空旷扑面而来，荒凉布满鞋尖。/ 哦哦，西藏之西，裸原之裸，/ 哦哦，人比神少，水比冰寒。/ 我像一只孤独的羊，四处弥漫。"人与神、水与冰之间的转化已非物理意义上的，而是一种人文意义上的沟通。接着梦一般的藏族女儿的出现，她的歌声高亢，让诗人感到了神奇。

---

① 王鸣久：《苍茫九歌》，春风文艺出版社 2005 年版，第 149 — 186 页。
② 邓荫柯：《灵魂家园的守望者——读王鸣久〈苍茫九歌〉断想》，《中国诗人》2006 年第 1 卷（下）。

"诗的表现所提供的……是把单纯的抽象理解推开，让位给实在具体的东西。"①《西藏之门》第六章《美殇》写高原生命的悲怆之美，是通过健美的雪豹、雪鸡、呢喃的棕头鸥被枪声震得四散逃命及三千藏羚羊惊恐万分的残酷现实来获得的醒悟。"坐在万物深处，我心垂满羞惭，/仰望大树，进退两难——/我，可以变回去吗？"痛定思痛，家园的失落已潜入到历史深处，重振家园的雄心在彷徨中萌发。第七章《嘶风》写时间磨砺中的人世沧桑，充满了思辨之美。"你可以三十年改变一座江山，/但你一辈子也没把一个人改变。"江山易改，禀性难移。人的力量十分有限，诗人之思可上通天，下通地，达到"无我"之境。

第八章《听幡》写那种天、地、人、神浑然一体的感觉。"一堆玛尼石"、"一架羊头骨"、"一位老者"、"一个女子"、"一只经筒"、"一只奶罐"、"三个经师"、"九个奶奶"，各有各的位置。命运之神总在无形中给予万物以启迪，但有的悟到了，有的则失去了，于是世界才有黑白之道，人才有善恶之分。第九章《天淖》和第十章《麦神》分别写诗人对圣湖、青稞的感怀。第十一章《朝圣》中那个康藏汉子的虔诚又是那么逼真。"他一口深呼吸意守丹田，/全世界已悠然飞去。/五体投地，等身长叩，/就这样，长长地，/长长地扑向万水千山。"第十二章《天路》是关于生与死的叩问。"生，是借出自己，死，是按期归还。/所谓生命，只是一滴水的时间，/是一团气，聚而复散。"这里抒发的是战士才有的铁血精神，一种视死如归的壮怀激烈。第十三章《归婴》通过对藏族老祖母形象地刻画，传达出诗人的和平梦想。平淡的日子并没有因岁月的流逝而失去它的意义，这也许是和平赋予人们的祥和与幸福。第十四章《慈光》写小喇嘛的生活及现代化给他带来的变化。第十五章《沐浴》是全诗的一个升华。诗人在扪心自问中完成了自己梦幻般的西藏之旅，在亦喜亦悲中又重新幻化为鱼："哦！灵魂一洗，轻灵秀曼，/我似乎已成为鱼中一员。/——我很自由，鱼很美丽。/而自由和美/常常导致危险，且使/美和自由，反复凋残。/而此刻这里，水上无网，岸无钓竿，/无人捕鱼也无人食鱼，/因为每条鱼，都可能是我们自己。/视山为神，敬水如仪，/这是充满人文精神的禁忌。"这是一次自我的救赎，更

---

① ［德］黑格尔著：《美学》第三卷（下册），朱光潜译，商务印书馆1981年版，第58页。

是关于生命哲学的大彻大悟，它"在一定程度上疏离了生活的现实性。这当然不是取消，而是把现实性变成一种诗中的潜在因素，而更多的是指向历史和文化的目标，确切地说是对历史和文化的风景加以幻化，以非现实的方式透视灵魂，进而涉足哲学和思辨的隐性家园"①。可见，诗人所进入的"西藏之门"，是中华民族传统意义上家园的象征体，透过这个象征体，诗人王鸣久完成了与读者心灵的契合。

"现代诗美意象的虚化，使意象群体具有拟喻化、象征化、模糊化、典型化和情绪化等特征。正是这些特征的综合，才导致意象的虚化。"②王鸣久通过众多意象的虚化，升华了诗的哲学内涵。总的来看，《西藏之门》"充满了天行健，君子以自强不息的人生感叹，俯首历史和世界的苍茫，寄托了'天道简，人道繁'的哲学灵性的思辨"③，具有超越时空的审美与文化意义。

军旅诗人王族的长诗《雪厄》以1950年李狄三率领的由七个民族组成的先遣连解放藏北阿里的故事为线索，讴歌了人民解放军肩负民族大义的献身精神。面对死亡，他们无所畏惧。"那天他们一共举行了 / 十七次葬礼 / 大曲大弯的旋风如刀掠过 / 雪谷的气息是生命更深的体验"，视死如归，这便是战士的情怀。全诗以"雪"为中心意象，烘托出行军环境的严酷，从而将军人"以雪山为伍"的乐观主义情绪进行升华。诗的最后以"一场雪到底要下多久"向后人发出了关于那段往事的追忆。"而这一队人马 / 穿过时间与诗歌对视的缝隙 / 占据了天空中雪的位置 / 在我们悄然离开昆仑的时候 / 无声而有力地在飞"，这是常青生命开出的雪花，逝者无言，生者常忆，诗人的缅怀已化作悄无声息的感恩、敬仰与新的希望。

另一位军旅诗人凌仕江的《改邪归正》抒写自己人生之旅的感受。诗人从"沼泽"、"藏葵"、"雪山"、"桑烟"、"大鹰"、"喇嘛"等意象组合中升华出对西藏的特殊情感与美好愿望。"我把那一条长哈达送给雪山 / 不让男人的鞭子抽打女人的心"，这是诗人面对现实产生的浪漫幻想。而当我们

---

① 邢海珍：《中国新诗三剑客——李松涛、王鸣久、马合省诗歌艺术论》，春风文艺出版社2009年版，第264页。

② 洪迪：《现代诗的虚化——慢侃现代诗之七》，《诗歌报月刊》1993年第3期。

③ 刘思波：《心灵独语，或为历史解密——王鸣久〈苍茫九歌〉阅读随感》，《满族文学》2006年第4期。

读到"我把天堂草喂给失散的桑烟/不让灵魂迷失在回家的路上"这样的诗句时，不禁为诗人沉醉于藏传佛教的那份执着而感动。当然，诗人作为一名军人，有着独特的对爱的理解："我把爱情栽进没有碑文的坟/不让孤独死于非正常的寂寞。"诗的最后一节以"之"字图形结束，隐喻着诗人探索人生之路的曲折。

李木马的诗集《铿锵青藏》包括一组长诗和几十首短诗，在歌颂青藏铁路建设者宏伟气魄的同时，又营造了冰川、牦牛、雪豹的自然物象，表达了在修筑青藏铁路中保护自然生态的美好愿望。"在创作方法上，现实主义是一条主线，多种手法并用，又不拘一格，各有侧重。短诗多以场景切入，写实为主；长诗则开张纵横，自由浪漫；短诗多以客体为对象，由具象进入抽象；长诗却倚重主体意识，感情更充沛，诗意更自由舒展。"[①] 长诗《竹简，向高处打开的经卷》从历史、地理、文化多个角度，通过竹简、河流、铁、蓝等意象的组合，抒写了建设者的英雄壮举。"在钢铁的枝柯和逻辑之上，在艺术家打盹的时候/血肉的肌体被钢铁悄悄注入了新奇的硬度"[②]，生命与生命的嫁接创造了奇迹。短诗《车过那曲》这样写道："踱过青藏公路的牦牛迈着/绅士的步履那冒着热气的牛粪/告诫我们这是它们的领地/谁的脚步都要轻拿轻放"[③]。林染的西藏题材诗善于透过地理深入到心理，在近乎率真的发现中给人以惊喜。《罗布林卡》还历史以童话的面目："有鸟声从壁画传出来/像是受伤的啼叫/急促地滴着血……"《藏南》写怀孕期的母牛藏红花藏语儿童及佛寺的神圣。

白垩、邓诗鸿、张子选等青年诗人的西藏抒写也显得异彩纷呈。白垩的《杏花春雨——塔尔寺》从红衣僧人的视线里，看到了五月塔尔寺的杏花春雨。"庄严国土/有情世界/生命当然如是"，寺庙的庄严与盎然的春意相得益彰。诗人心怀虔诚而来，盼望着这平和的日子持久。"灰鸽子"、"脐血菩提树"象征着平安与吉祥。他的《那曲草原之一》从一只羊的出生写起，突出了那曲草原的

---

① 宗鄂：《站在世界屋脊上放号——读李木马诗集〈铿锵青藏〉》，《文艺报》2010 年 6 月 21 日。

② 李木马：《铿锵青藏》，文化艺术出版社 2008 年版，第 33 页，第 105 页。

③ 李木马：《铿锵青藏》，文化艺术出版社 2008 年版，第 33 页，第 105 页。

宁静之美。由爱美到呵护美，都是诗人真情的流露。《那曲草原之三》写高原草顽强的生命力，诗人从荒凉中看到了新的希望。"我看到了荒凉 / 而荒凉已改变了意义 / 我几欲开口 / 而语言早已改变了奶水"，这是自我思想交锋后的错位，"荒凉"背后是无穷的空间，有待去开拓；申诉也显得苍白无力，因为语言已非原初，无法修复。《那曲草原之四》和《那曲草原之五》写草原的神圣不可侵犯。"即使是语言，哪怕是一个草本的词 / 进入你都是伤害 / 放弃记忆，思想 / 不能在你的高阔里 / 牵动"，诗人试图摇身变为牦牛，融入这一望无际的草原。《雅鲁藏布江》写雅鲁藏布江的独特："你没有怪山奇峰 / 山体巨大，坡面雄浑 / 要从冰雪中寻找你的青色"，在两岸也不见飞鸟、牛羊，似乎江水是一个独行侠。而在邓诗鸿的笔下，雅鲁藏布江成了"一根2900公里长的白发"，"脆弱、克制而缓慢……；在阳光下 / 闪着薄如丝绸的声响，仿佛微小 / 风吹草动，就会惊动它干干净净的灵魂"，诗人将它比作一位圣洁的老人，充满了浪漫的想象。他的《贡嘎机场》写机场的繁忙，诗人将飞机想象成"一只怀孕的蜜蜂"，"运载着汉语、英语、法语、德语…… / 轻盈的机翼，仿佛承受不住语言的重量"。可谓惟妙惟肖。张子选的《藏北冷了》是一首爱情诗，将自己对藏北的感受与思念的滋味结合在一起，达到了情与景的融合。"今冬神山上 / 只开你的雪莲花 / 只牧我的胭脂马 / 雪后岁深压草 / 天意高难我不问 / 你在身边"，爱的温情可以胜过一切。默涵的组诗《西藏，西藏》以倾听的姿态抒写了自己寻找"人性中没有的纯净与肃穆"的心灵之旅。"寺庙"意象贯穿始终，并以此为中心衍生出了"玛尼石""金塔""经幡""经筒""哈达"等意象，象征着诗人一步步被佛教文化净化的过程。

女诗人王旭全、龙水蓉、刘晓丽、张月娥的诗也尽显各自的风采。王旭全的组诗《荒漠与城》借藏北草原抒发了自我内心的困惑："荒漠你这孤寂的辽阔 / 谁与你分享这片蓝天"，有评论者认为："她巧妙地用'城'这个意象连起她的疾呼，让我们读到了她诗中的'荒漠'以及她心中的'城'某种意义上的和解。"① 张月娥的《藏云谣》向人们展开的是一幅优美的画卷。牛群、雄鹰、牦牛、藏獒等自然景象与布达拉宫和大昭寺上空飘动的经幡及洁白的哈达等人

---

① 茂兴：《那令人感动的灵魂坚守者——西藏诗人专辑》，《诗歌月刊》2008年第10期。

文景观相辉映，让人顿生陶醉。

二　藏族诗人的创作

"随着全球化的推进加强与其他文化的交流，实现优势互补。藏族文化在一定意义上正是各民族文化交融的结果。但文化只能交融，不能被同化。因为除了历史、自然环境、生活方式、语言文字以外，文化更多的是表现在心理层面上。随着人们在全球化的环境中对本民族文化的思考越来越多，对本民族文化身份的认识越来越理性和清晰，那么文学作品中民族文化身份意识的作用会不仅仅成为某一个民族历史的见证，告诉后代先辈的生活方式和民族习惯，而且会成为这个民族精神的表达，会推动这个民族健康地在这个瞬息万变的世界中发展繁荣。"[1]藏族是一个能歌善舞的民族，藏族诗人在新世纪的创作实践正是其民族精神的显现。

阿桌的《有关西藏灵石的四首十四行诗》抒写了绿松石、翡翠、珊瑚及天珠的神奇传说。他把绿松石比作"漂泊大地的行者"，把翡翠比作"新嫁的美人"，形象地刻画了各自的风采。加羊加达的《草原速写》借安多藏区的爱情长诗《达尼多》演绎出新的神话与感恩之情。"那千年不变的音符，又一次／在羊圈内外跳动／父亲的希望与羊群的数目总成正比。""歌声"成为诗人抒情达意的载体，内化为整个民族前进的动力。洼西的组诗《鹰的远方》在日常生活的细节中反思藏族文化，获得了新的审美空间。《白藏房》透过"白色"意象联想到"脚印"、"眼睛"、"相思"，突出了他们苦中求乐的民族心态。《月亮不在天上》借"月亮"寄托乡愁："月亮不在天上／在我的家园"。这种强烈的家园意识正是藏民族文化身份意识的具象化。

结　语

著名文学评论家雷达在谈到新世纪文学时曾这样评价道："这个阶段是全球

---

[1]　意娜：《当代藏族汉语文学创作的文化身份意识初探》，《西南民族大学学报（人文社科版）》2005 年第 1 期。

化、市场化、传媒化、信息化大大改变和影响了文学生产机制的时期，文学出现了许多新的质素和新的特点。"①在笔者看来,西藏题材诗歌作品的大量涌现,无疑为新世纪文学的繁荣增添了活力。中国新诗的西藏抒写在一定程度上促进了文学西藏生产机制的形成。由于新诗的网络化满足了读者大众对西藏的想象,使得作家情感的释放在读者的二度创作中交融出崭新的图景。

---

① 雷达:《近三十年中国文学的精神》,《文艺研究》2008 年第 12 期。

云南地域散文精品概观

郭之瑗

地域散文是诗性的地方风物志和小说化的地方史书，它使读者在对文字语言的审美过程中浸润了对某一地域的感情，从而感同身受地谙熟了其风光景物、历史文化、风土人情、风俗民情……其文学性使其文献愈加彰显鲜明的地方特色。

云南地域散文的精品不是如贾平凹的《商州初录》、周涛的《游牧长城》、马丽华的《走过西藏》般的一人所创，而是从 20 世纪 40 年代来到抗战大后方云南的"五四"后新文学运动中的名家大师到文坛近年的新人及我们熟悉的国际友人所撰，他们独抒性灵，实录下所见、所闻、所思、所感，异曲同工地描绘着中国西南边陲一个有着 26 个民族繁衍生息的家园。

一 自然造化之美——美丽、丰饶、神奇

云南在散文家的笔下，天、地、山、水、林，风、花、雪、月、春，无不呈现着自然造化的鬼斧神工，融五湖四海、三山五岳、北壮南秀于一体，表现出壮美与秀美为一体的美学特征——雄、险、奇、秀、幽、阔。

当沈从文一支妙笔写尽湘西静穆幽远的山水画廊，带着"湖湘的云一片灰，长年挂在天空，无性格可言"的遗憾，在抗战时期辗转来到云南时，他敏锐地观察到"云南特点之一，就是天上的云变化得出奇。尤其是傍晚时候，云的颜色，

云的形状，云的风度，实在动人"，因而写下《云南看云》，[1] 描摹出云岭天宇白昼的奇丽。戏剧家吴祖光则用舞台审美的眼光在《寻春小记》中描画了云南单纯、明朗的天幕。在深谙故都神韵和领略过伦敦风情的老舍先生看来，他所到过的昆明和大理，竟比北平和剑桥更有几分清水芙蓉的天然姿色——《滇行短记》[2] 三次使用了"静美"一词，写出了云南蛮荒土地上的幽丽静秀。

云南是一个开门见山的雄奇之地，无论是秀颀兀立的山峰，还是磅礴凶险的大岭，对云南人来说都是亲切的，对外地人来说都是神秘莫测的。人类学家费孝通的《在滇池东岸看西山》[3] 和文学家李广田先生的《山色》[4] 描写了昆明西山——睡美人的绰约多姿，在冬日的阳光下是一个美丽的胴体，是春城的灵魂。当代作家黄豆米的《太子雪山纪行》则面对以 6740 米的卡格博峰著称的梅里雪山——太子雪山，抒发了顶礼膜拜的神圣虔诚之情："……它至高无上的地位，它众望归之的权威，它雄伟骄傲的头，它负重天下的双肩……唉，我第一眼见太子雪山就不由自主入魔地皈依于其脚下。然后，我久久地享受在赐予我的健康、平静的芬芳里。"[5] 特别是文中记载的她与丈夫拍下的一张太子雪山千载难逢的"佛光"圣景照片的经过，更使读者在领略了这座中国最低纬度的雪山的雄伟、险峻之后，又深深体味了神奇、静穆、壮阔的宇宙。云南有如此审美情趣多姿多彩的山，不亦可以昂起高贵的头来吗？现代学者罗莘田写于 1944年的《清碧溪记游》诠释了徐霞客和徐悲鸿对大理苍山涧水清碧溪"清"、"碧"、"寂"的评语。[6] 当代著名作家冯牧的《沿着澜沧江的激流——西双版纳漫记之一》[7] 则以"激流"之写展示了澜沧江魅人的壮丽与奇谲，使人感受到一种"伟大"与"壮丽"的美学境界。老作家洛汀的《五百里滇池》[8] 移步换景，端出个刚柔相济的滇池来。彝族作家张昆华则以《杜鹃醉鱼》道出了中甸高原

---

① 见周良沛主编《散文中的云南》(中)，云南教育出版社 1997 年 3 月版。
② 见周良沛主编《散文中的云南》(中)，云南教育出版社 1997 年 3 月版。
③ 见周良沛主编《散文中的云南》(中)，云南教育出版社 1997 年 3 月版。
④ 见周良沛主编《散文中的云南》(中)，云南教育出版社 1997 年 3 月版。
⑤ 见周良沛主编《散文中的云南》(下)，云南教育出版社 1997 年 3 月版。
⑥ 见周良沛主编《散文中的云南》(中)，云南教育出版社 1997 年 3 月版。
⑦ 见周良沛主编《散文中的云南》(中)，云南教育出版社 1997 年 3 月版。
⑧ 见周良沛主编《散文中的云南》(下)，云南教育出版社 1997 年 3 月版。

湖泊碧塔海"杜鹃醉鱼"奇观的秘密。①

东北的白桦林、西北的防护林如果作为地域林而一枝独秀，那么，云南的石头林、泥土林、芭蕉林则是独领风骚，令人惊诧莫名了。大师季羡林的一曲《石林颂》②以西方极乐世界的神话情境写出了这地球八大自然景观之一的神奇；青年作家黄晓萍把一个当代人的思与想融进了 1700 万年前元谋猿人故乡的土林中——《融进土林的神思》③；作家张永权的《雾打芭蕉》④则描绘出西双版纳冬季夜幕下的一道风景线——"雾打芭蕉"。明代杨升庵赞叹昆明为"春城"的佳句"天气常如二三月，花枝不断四时春"，是"温煦"的写照。善于捕捉生活中的诗意美的当代散文家杨朔，在他的名篇里，以花起笔的《滇池岸边的报春花》《茶花赋》都写到昆明的春花。李广田先生也为昆明十景之一的"圆通花潮"写下一篇至文《花潮》⑤，吴祖光先生的《寻春小记》则描写了昆明的秋花，抒发了在秋天里寻找到春天的喜悦之情："春天在哪里，我们就追寻到哪里；我们要把永恒的春天带给没有来过昆明的人"⑥。有鲜亮的太阳，就有明媚的月光。云南宝蓝色的夜幕下，月亮格外明亮，人们把它当作爱神和美神来崇拜。方纪的《笛音和歌声》、刘白羽的《阿诗玛之魂》⑦以一曲"阿细跳月"写活了云南人珍藏心底的月亮——阿诗玛，她是撒尼人的善之神、美之神、爱之神，她不朽的灵魂就在月光下的石林中，因此圭山的月亮格外美丽。

如此多的散文精品描绘出一个七彩云南，不正是令人神往的秘境吗？大手笔把藏诸深山的"幽兰"端了出来。

二 生命形式之美——"自在"与"自为"

一生"信仰生命"，以探索"生命"底蕴为文学创作使命的沈从文，他

---

① 见周良沛主编《散文中的云南》（下），云南教育出版社 1997 年 3 月版。
② 见周良沛主编《散文中的云南》（中），云南教育出版社 1997 年 3 月版。
③ 周良沛主编《散文中的云南》（下），云南教育出版社 1997 年 3 月版。
④ 周良沛主编《散文中的云南》（下），云南教育出版社 1997 年 3 月版。
⑤ 见周良沛主编《散文中的云南》（中），云南教育出版社 1997 年 3 月版。
⑥ 见周良沛主编《散文中的云南》（中），云南教育出版社 1997 年 3 月版。
⑦ 见周良沛主编《散文中的云南》（中），云南教育出版社 1997 年 3 月版。

的艺术创作的全部归宿就是探索与表现各种"生命"形式。沈从文所使用的"生命"这一概念,既为人所独有,但又区别于一般的"生活"行为,而有其特定的内涵。在客观现实中,这种"生命"必然表现为:(1)人在社会中的义利取舍符合人的自然本性,即"人与自然契合"。换言之,人不受制于物,不为金钱、权势所左右。(2)人的这种自然本性如果只是一种被动的"自在"形态,"虽近生命本来",却"其生若浮,其死则休","单调又终若不可忍受",人必须依靠"理性"与"意志"认识并驾驭人生,摆脱"命运"对人生的左右,使"生命""从自在上升为自为"。(3)这种"自为"不只是独善其身,还须"扩大到个人生活经验之外","黏附到这个民族的向上努力中","对人类远景凝目"。只有包容了这三方面内容的"生命"形式,才是最理想即最美的"生命"形式。艺术家的责任,就在于"用一种更坚固的材料和一种更完美的形式",将这"生命的理想"保留下来,"求得生命永生"。①

借用沈从文先生的这一观点来烛照本篇所讨论的命题,不难看出,云南地域散文的许多篇什,都展示出鲜为人知的祖国西南边地人们的生存状况及生命形式,特别是少数民族同胞在艰难困苦而又蛮荒古朴的原始生活环境中,如何以一种倔强的意志力,一种愚公移山的精神,攀登从"自在——自为"的生命形式的崎岖山峰。正因为有这种生命形式的存在和延续,才铸就了这些民族不朽的灵魂。而在这些不朽的灵魂中,可以看得见中华民族几千年来煜煜照人、如烛如金的生命之火。我们从中探讨种种的人生形态和生命形式,不论是"自在"的,还是"自为"的,还是"自在——自为"的,都蕴含着追问生命得到的某些真谛,某些为来来往往的世俗人生形态下掩盖着的生命本质。于是,我们对其审美观照的结果,是一种悲怆与快乐、苦难与幸福、短暂与永恒、知命与非命、怯懦与刚强、懈怠与执著、无为与有为、绝望与希望、退却与抗争的情感和理智的娱悦。感谢云南,它以多民族的生命形式,使我们完成了对生命之美的丰富多彩的思考,从而获得了人类学的一份珍贵的标本。

---

① 原见《走向世界文学·凌宇〈沈从文:探索"生命的底蕴"〉》,转引自《美文审美谈》,郭之瑗著,云南科技出版社 2000 年 6 月版,第 233 页。

对无意识"自在"生命的思考，我们可以翻开冯至先生 1941 年写于昆明的散文《一棵老树》。①一个放牛的老人，好比一棵折断了的老树，三十年如一日，他待在山间的林场里，与牛为伴。时间对他已经没有意义，人的意识也早就泯灭，生活从未有过变动，这是一个凝固在"自在"生命形式里的人生。然而三十年的凝固敌不过弹指一挥，这老人面前的不变终于起了变化，老牛病死，小牛被夏日的骤雨淋死，从而致命地毁坏了老人生命的家园，他极不情愿地被林场主人送回他早就生疏了的家。没过几天，"如同一棵老树，被移植到另外一个地带，水土不服，死了"。这个故事告诉我们，生命的"自在"形式亘古不变，虽可忘却了死亡，然而无论哪种生命形式的终极都不能超越死亡。那么，"自在"的生命形式怎样在"人与自然契合"中求得一种永恒的意义和价值，对这种生命形式的反思，难道没有重铸我们民族品性的审美价值吗？如果说《一棵老树》提供了一种"自在"的生命形式，那么，冯至先生的另一篇散文《人的高歌》却高扬了一种"自为"的生命形式。文章以昆明西山龙门绝壁石窟为谈资，发出了"这是一个人用坚强的意志凿成的"赞叹，进而道出了"人间实在有些无名的人，躲开一切的热闹，独自做出一些足以与自然抗衡的事业"的史实②，表现了一种与自然环境抗衡进而创造出奇迹来的"自为"的生命形式。

"自在"——"自为"——"自在"在生命形式中周而复始，回环往复的是《丽江妇女三阶段》（文峰），她们的一生经历了从"潘金美"（姑娘）——"撒密斯"（新嫁娘）——"阿南嬷"（老女人）的历程，"前尘后影，对她们的生活、命运，真叫人不禁感慨系之"。其中有"自为"，也有"自在"的形式，二者交结，使其生命中母性的伟大升华为我们民族的祖先——女娲顶天立地的光辉形象。这样的生命形式是值得崇拜的，因为它在辛勤的劳动中使生命从"自在"上升为"自为"，从而实现劳动创造世界的理念。如果说在丽江纳西族妇女生命的三个阶段中最令人感叹的是"撒密斯"和"阿南嬷"两个阶段，那么对彝族妇女生命的"自为"感佩，则是在第一阶段即"潘金美"阶段。彝族妇女"在处女的发辫上，扎有三道红线"，

---

① 见周良沛主编《散文中的云南》（上），云南教育出版社 1997 年 3 月版。
② 见周良沛主编《散文中的云南》（上），云南教育出版社 1997 年 3 月版。

因此被人称为"三道红"（马子华《三道红》）①。她们有着青春的美丽和活力，在"自为"的生命历程里，她们付出的是巨大的代价，甚至是人只拥有一次的生命。然而她们并不怨天尤人，而是唱着夜莺般的曲子来娱悦困苦的青春和艰辛的岁月。这样的生命形式是美的，因为它以青春的热力和美丽证明了人类生命力的蓬勃与旺盛。那山野般的淳厚与朴野，粗犷与豁达，明丽与丰饶，却又体现了云南少数民族姐妹寻常的生命形态——勇毅乐观，勤劳能干，聪明伶俐，不折不挠。

大山深处的少数民族妇女的生命是这样生长，男子呢？撩开佤山的重重雾幔层层云幛，我们来认识一位岩帅寨子的王子田兴五（马子华《岩帅王子》）②，看他的生命形式里"自为"的勇力怎样融入全寨两百多户阿佤人生命的河流里，为他们生，为他们死。这样的"岩帅王国"似乎是人类社会远古时代的一块活化石，王子正是 20 世纪的尧舜。藏在佤山深处的这种生命形式不是子虚乌有的清谈，也非托运桃源仙境的浪漫幻想，它的存在，为文明成熟了的人类现代社会找到了返璞归真的原始支点，骤然间缩短了五千多年的时空距离，为"至君尧舜上，再使风俗淳"的反思提供了活生生的考据实证。岩帅王国及王子的生命形式古朴蛮荒而又劲健洒脱，无疑是生命美学史中一道奇异的风景线，在祖国 960 万平方公里的家园里独放异彩。其实，在云南地域中心生活的人——昆明人，也发扬着岩帅王子古道热肠、淳朴善良的秉性。著名文艺评论家、文学史家李长之先生为抗战而到云南，写出了有关云南的散记之一《昆明杂记》③。文中以他亲切的感受，赞美了昆明人如牛一般的生命形式之可爱。

这种"自为"的生命形式向外扩张的勇力，在"中华民族到了最危险的时候"的抗日战争中，便有了许家瑞这样的血性滇南男儿，把他二十二岁的生命"黏附到这个民族的向上努力中"④，成为最壮烈、最可歌可泣的"自为"形式，美如横亘天穹的贯气长虹。胡昭《闻一多最后的足迹》⑤则

① 见周良沛主编《散文中的云南》（中），云南教育出版社 1997 年 3 月版。
② 见周良沛主编《散文中的云南》（中），云南教育出版社 1997 年 3 月版。
③ 见周良沛主编《散文中的云南》（上），云南教育出版社 1997 年 3 月版。
④ 马子华《血染的军旗》，载周良沛主编《散文中的云南》（上）。
⑤ 见周良沛主编《散文中的云南》（下），云南教育出版社 1997 年 3 月版。

是对人类漫长生命史上光华四射的瞬间生命形式的热烈礼赞。闻一多用自己的热血写下了一首最壮丽的爱国主义诗篇。像这样的生命形式，不仅将个人"黏附到这个民族的向上努力中"，而且"对人类远景凝目"，因此是最理想最美丽的生命形式。就闻一多先生而言，他在昆明最后的八年，迅速完成了从"唯美主义"诗人——严谨的学者——坚强的民主战士的伟大升华，使他的生命之火在涅槃中永不熄灭。他生命的终极是理想和信念火种的播撒，这就值得讴歌和赞颂，因为他表现了我们民族的英雄气概。"用一种更坚固的材料和一种更完美的形式"，将这"生命的理想"保留下来，求得"生命永生"，便是文学艺术家所负的责任。因此，毛泽东号召我们多写"闻一多颂"。闻一多先生把生命的一腔热血洒在云南的土地上，山东大汉李广田先生则把生命的韶光融进我们家园的历史岁月中，创造出他生命史上的奇迹。因此，他的挚友——著名学者、翻译家季羡林先生回忆他时，把一缕缕情丝缠绕在他与之融为一体的春城昆明上，有了一篇令人唏嘘的《春城忆广田》。①

当我们信仰生命，以"美丽"、"壮烈"、"崇高"、"伟大"这些褒扬的词语来修饰生命、赞美生命的时候，那丰富多彩的生命的家园，存在于彩云之南。与世界屋脊青藏高原相比，云南有高达6740千米的太子雪山，它孕育了壮旷的雪域生命。与长江中下游平原相比，云南有海拔仅76.4米的元江河谷，它孕育了灵秀的谷地生命。不管是哪种生命的形式，都展露出云南26个民族粗犷和顺、热烈含蓄、愚钝聪慧、勤劳拘谨的生命形式之美，它为追求人性返璞归真的理想，提供了一个永恒的家园。

三　世纪沧桑之美——悠久、悲壮、苍凉、奇谲

回眸世纪沧桑，云南是祖国百年历史的一个缩影；上溯历史的河流，云南是中华文明史的一个袖珍版本，从一篇篇纪实性的散文中，我们解读了一部悠久、悲壮、苍凉、奇谲的地方史。

---

① 见周良沛主编《散文中的云南》(下)，云南教育出版社1997年3月版。

首先应该提及的是为中国广大读者熟悉的美国著名记者埃德加·斯诺（Edgar Snow，1905—1972）撰写的滇游篇章。1930 年 12 月至次年 3 月，二十四五岁的斯诺从中国台湾经由越南入境，在云南旅行，后转入缅甸。他沿途写的报道，在《纽约太阳报》等报纸发表。斯诺去世后，1991 年由罗伯特·M.法恩斯渥斯编成一册《埃得加·斯诺的云南之旅》，我国译作《南行漫记》，由国际文化出版公司 1994 年 6 月出版。翻开这些七十多年前的文章，仿佛看到一组岁月凝固的老照片，在斯诺新闻纪实的大手笔下，我们惊诧于有"南方丝绸之路"美誉的滇西一线，竟是现代文明抛弃的"马帮"。勤劳朴实的儿女，竟是惨遭涂炭的奴隶。行路的艰难，土匪的出没，鸦片的肆虐，瘟疫的恐怖……在古老的驿道上，村寨里，神殿中，在古朴而落后的风情习俗中，像幽灵一样徘徊侵扰，历史的残破衰败，炎凉悲怆一一得到了解读。现代著名作家施蛰存写于 1939 年的《驮马》①则以江南水乡人的眼光来看关山阻隔的云岭峰峦中的马帮，体会到它对抗日的贡献，多少是融入了对中国历史的沧桑感。正是带着这种沧桑的欣慰，他在这篇短短的文章里浓缩了云南马帮文化的历史，显示出奇谲的色彩。

20 世纪上半叶，也是云南人民斗争与创造的历史时期，成为寄寓着"伟大"与"崇高"的一页。当我们触目杨知秋的《人字桥下的悲歌》、萧乾的《血肉筑成的滇缅路》②这些令人惊心动魄、阴森恐怖的文字时，我们不能不感同身受，置身于从腊哈地到芒村六十多公里的桥隧相接的盘山铁道上，俯瞰着万丈深渊；辗转于怒江大峡谷与高黎贡山毗邻的盘山公路上，经受着如履地狱般上刀山下火海的考验。在世界反法西斯战争最艰苦的岁月里，云南各族人民用自己的血肉筑成了一条抗击日本法西斯的国际通途——滇缅公路。萧乾先生用激情的笔调，悲壮的话语，在 1939 年 3 月为它做了实况报道，那就是《血肉筑成的滇缅路》，刊载于 1939 年 6 月 19 日的香港《大公报》。毗邻滇越铁路线上蒙自城的是老阴山下的锡都个旧。公元前 6 世纪，云南已产铜锡和金；被称为"有色金属王国"的云南，锡矿的储量居全国总储量的前列。云南著名彝族

---

① 见周良沛主编《散文中的云南》（上），云南教育出版社 1997 年 3 月版。

② 见周良沛主编《散文中的云南》（上），云南教育出版社 1997 年 3 月版。

作家李乔发表于 1937 年 3 月 20 日《中流》2 卷 1 期的《锡是怎样炼成的》[①]，以纪实的笔法追踪着破产农民到个旧锡矿当砂丁的足迹，记录了"渗着砂丁们的血汗的大锡"是怎样炼成的，浓缩了旧社会云南工人的血泪史，烛照出滴着肮脏热血的资本原始积累史。

云南的历史有着太多的悲哀，太多的惨伤，因此，我们无法像西方民族那样有着与生俱来似的幽默感，偶有作品露出端倪，令人刮目相看。这里有当年是西南联大学子，后来成为著名作家的汪曾祺先生回忆抗战时期昆明生活的两篇散文《跑警报》和《泡茶馆》，令云南的历史有了一次会心的微笑："我们这个民族，长期以来，生于忧患，已经很'皮实'了，对于任何猝然而来的灾难，都用一种'儒道互补'的精神对待之。这种'儒道互补'的真髓，即'不在乎'。这种'不在乎'的精神，是永远也征服不了的。"[②] 正是这种"不在乎"的气质和"泡茶馆"的精神，造就了 20 世纪中国乃至世界教育史上的一大奇迹——西南联大。

四　民族文化之美——七彩纷呈，蔚然大观

泱泱华夏，有着上下五千年的传统文化。这传统文化中，包容着 56 个民族的文化，是 56 个民族千百年从事物质生产和精神生产勤劳智慧的结晶。56 个民族中，云南就有 26 个，并以拥有 25 个少数民族为全国之最，而其中如傈僳族、佤族等 15 个少数民族为云南一地独有。再者由于云南特殊的地理环境和历史环境，有些已经成为"文明史上的化石"的民族传统文化，还能在云南找到它的活标本。可以毫不夸张地说，云南是民族文化的家园，26 个民族的文化以多姿多彩的形态，透射出中华民族精魂之美丽，是云南地域散文挖之不尽的一座富矿。

就物质文化而言，云南是史前文化——照叶树林文化之源。照叶树林带的山地和森林，孕育出不同于其他地带的独特的文化，其最基本、最重要的文化内容是以栽培杂粮（包括陆稻）和薯类为主的砍烧地农耕。照叶树林文化以后

---

① 见周良沛主编《散文中的云南》（上），云南教育出版社 1997 年 3 月版。

② 见周良沛主编《散文中的云南》（上），云南教育出版社 1997 年 3 月版。

的农耕文化，作为其核心的稻作文化，也源于云南；而亚洲栽培稻也源于云南。因此，云南以其杂粮文化的立体性和丰富性形成了由 26 个民族创造的民族饮食文化。对这一地域物质文化艺术性的描绘，可以《隔锅香——滇味琐谈》^① 一书窥一斑而见全豹，正应和了上述命题和学术研究结论。该书以飞扬的文采，散文的笔法，演绎了云南丰富多彩而又奇谲的饮食文化——滇味。在《滇味珍奇——遥知不是雪，为有暗香来》一章里，把云南傣族、白族、撒尼人、纳西族、哈尼族、普米族、佤族、怒族、景颇族、傈僳族、阿昌族、回族、壮族、彝族……千姿百态、万种风情的文化习俗"炒作"在它们的美味佳肴里，令人诚服云南的确是民族文化的家园。且看《孔雀之乡傣味美》一篇这样写来："单看这双手捧着紫米饭、水香菜、绿蕨菜、芭蕉叶粽子，像一只只孔雀翩翩而至的小卜少，就可略见一斑：她们小巧玲珑的鹅蛋脸上，黑闪闪的杏眼含着热情而又温顺的微笑。头上的孔雀髻乌云层叠，又斜插着一串或鲜红或嫩黄或粉紫的花儿。上身着净色镂花齐腰紧身褂，下身是齐脚面长的鲜艳花筒裙，迈着小碎步，不声不响地飘然来到客人面前，宛若晨曦中的凤凰花，又似月光下的凤尾竹，明丽而不妖艳，多情而又单纯，轻言细语，有理有节；灵活顾盼，温文尔雅。你从他们捧上的盘里抓取一撮紫米饭，捏成团，就像吃下了一枚圣诞节的彩蛋；拈起一支水香菜或蕨菜，就像得到了一双幸福的如意或一对名贵的翡翠。再从最后一位端着大圆盘小卜少手里接过一瓣蜜香蜜香的菠萝，那你真是沉醉在傣家人最吉祥的祝福中了。"^②——这哪里是在吃傣味，分明是在品藻傣族优秀的文化。

从精神文化来看，拥有 26 个民族的云南以七彩纷呈而又蔚为大观的民俗文化而骄傲。这种骄傲洋溢在不少作家的记叙中。经历了"马帮旅行"艰难险阻的斯诺先生得到的第一个慰藉是大理苍山脚下的春节，舞龙灯的盛况令他欣喜惊奇难忘。朱自清先生的《蒙自杂记》则记述了每年农历六月二十四至二十六日的火把节。这是彝、白、纳西、哈尼、傈僳、拉祜、普米等民族共同的"新年"，古称"星回节"。节日之夜，云岭高原处处火把灿烂，似繁星降地，眼花缭乱，村村歌舞狂欢，热闹异常，通宵达旦。对这一盛况朱自清有一段动

---

① 郭之瑗著，云南人民出版社，1998 年 2 月出版。
② 郭之瑗：《隔锅香——滇味琐谈》，云南人民出版社 1998 年版，第 93 页。

情的描述："这火是光，是热，是力量，是青年。四乡地方空阔，都用一棵棵小树烧；想象着一片茫茫的大黑暗里涌起一团团的热火，光景够雄伟的。四乡那些夷人，该更享受这个节。他们该更热烈地跳着叫着吧。这也许是个被除节，但暗示着生活力的伟大，是个有意义的风俗；在这抗战时期，需要鼓舞精神的时期，它的意义更是深厚。"① 热爱火的民族是英勇无畏的民族。"上刀山，下火海"在它们不仅是豪言壮语，还是一种精湛的艺术，是一个民族的传统节目。云南知名作家杨世光的《火的艺术， 火的爱情——刀杆节纪事》② 就记述了傈僳族每年农历二月初八刀杆节"上刀山，下火海"的壮举，显示出这个民族英勇无畏的精神气质。

与居住在大山里的民族具有的"火文化"不同，居住在河谷平坝的傣族具有柔情的"水文化"，男女老少爱水、恋水、惜水、敬仰水，以水表示祝福，表示自己的洁净……傍晚，山风轻拂，翠竹婆娑，夕阳如金，劳作一日，收工回归，寨边小河里水牛戏水，妇女沐浴，少女洗发，构成一幅美丽温馨的画面，摄下这动人的风情画，让人们咀嚼"水文化"的意蕴的是一篇《晚浴》，③ 写尽了柔情似水的傣家少女这"水的民族"的精魂。杂居于汉、壮、瑶、彝、哈尼等兄弟民族之间的苗族，则以芦笙舞的艺术形式表现其源远流长而又独具特色的文化品格。芦笙舞不但以其独特的乐器——芦笙和铜鼓吸引着国人，也使得来自大洋彼岸的美国人驻足观看并为之倾倒。约翰·帕里斯（美国北卡罗莱州《市民时代报》高级编辑）的《芦笙悠悠苗家人》④ 就从芦笙舞的表演切入，抒写了苗族久远的文化历史。帕里斯先生的另一篇散文《古朴如画的大研镇》⑤ 则从建筑美学的角度揭示了以东巴文化和洞经音乐自豪的滇西北高原纳西族辉煌灿烂的文化。著名散文家方纪的《笛音和歌声》⑥ 则把石林撒尼人传统舞蹈"阿细跳月"栩栩如生地展现出来，让人们又一次领略了"火文化"的激情和内蕴。

---

① 见周良沛主编《散文中的云南》（上），云南教育出版社 1997 年 3 月版。
② 见周良沛主编《散文中的云南》（下），云南教育出版社 1997 年 3 月版。
③ 见周良沛主编《散文中的云南》（下），云南教育出版社 1997 年 3 月版。
④ 见周良沛主编《散文中的云南》（下），云南教育出版社 1997 年 3 月版。
⑤ 见周良沛主编《散文中的云南》（下），云南教育出版社 1997 年 3 月版。
⑥ 见周良沛主编《散文中的云南》（中），云南教育出版社 1997 年 3 月版。

以上所述仅是云南地域散文的"冰山"之一角，相信在人们的阅读历程和经验中，还会发现更多的精品，笔者将与其"奇文共欣赏，疑义相与析"而获得又一次的审美愉悦。

天人之际：贵州少数民族民间文学的生态意识

谢廷秋

"纵观人与自然关系发展的历史和未来，可以根据人类生产实践的不同水准，划分为四个阶段：第一阶段是原始时代，第二阶段是农业文明时代，第三阶段是工业文明时代，第四阶段将是生态文明时代"[①]，"我们已处于后工业文明时代——生态文明时代"[②]，学者们在人类现今所处的历史时代的命名上似乎达成了共识，那么，生态文明的时代是否真的已经到来了呢？其实，这些看上去信心十足的论断背后所包含的更为真实和强烈的愿望是对建立一种新的人类文明的迫切期待和呼吁。因为现代社会没有餍足的发展对自然的索取和伤害已大大超过了它所能够承受和自我修复的限度，从而引发了一系列生态危机的出现。

20 世纪 60 年代，人们就已经认识到了问题的严重性。由于发生在世界范围内的生态危机日益严重，导致了生态运动的兴起，这一运动引发了一场来势凶猛的生态思潮，它无可避免地波及了文学的领域，从而产生了对于文学的生态维度的思考和关注。人们不再盲目歌颂人类理性精神的伟大，相反地对科技发展和现代化进程保持警惕和反思。作家更倾向于去描摹人在世界中简单生活、诗意栖居的状态，重新做回自然之子。人们在经历了许多弯路之后才得出的认知，先民们早在千百年前就已在亲身践行了，他们相信万物有灵，珍视一切生命，

[①] 徐恒醇：《生态美学》，陕西人民教育出版社 2000 年版，第 4 页。
[②] 曾繁仁：《生态美学导论》，商务印书馆 2010 年版，第 41 页，第 41 页。

敬畏自然、守护自然。这份对于大自然的依赖延续了千百年，成为人类繁衍生息史上最美好的品质，也是最值得我们去发掘的宝贵财富，而民间文学则是这些精神财富最具代表性的载体之一。

"民间文学，是广大民众集体创作、口头流传的一种语言艺术。它运用口头语言叙述故事，展示生活，塑造形象，抒发感情。它是广大民众生活的组成部分，是他们认识社会、寄托愿望、表达感情的重要方式之一。"① 主要包括这样一些文学类型，如神话、古歌、民间传说故事、民间歌谣、民间叙事诗、史诗、民间谚语、民间谜语、民间说唱、民间戏曲等。贵州少数民族民间文学就是这样一种展现多民族人们生活状貌和思想感情的艺术表现形式，它特别集中地表现了敬畏自然、守护自然的朴素生态观。本文选择苗族、布依族、侗族、水族的民间文学来探究贵州民间文学的生态意识。

生态批评主要是在生态哲学思想指导下进行的文学批评，而"生态整体主义是生态哲学最核心的思想。其主要内涵是把生态系统的整体利益作为最高价值，把是否有利于维持和保护生态系统的完整、和谐、稳定、平衡和持续存在作为衡量一切事物的根本尺度，作为评判人类生活方式、科技进步、经济增长和社会发展的终极标准"② 。这种生态整体主义思想的形成可以说是人类思维方式的一次大革命，让人们在面对他所赖以生存的自然时不再狂妄地以自我为中心，也不再简单地视自然为只是供给人类资源及能量的客体存在，人类与自然应该建立起一种平等友好的主体间性关系。贵州少数民族民间文学所反映出来的"天人合一"观正是对这种哲学思想的充分诠释。

一 "雾起万物"：自然起源观

关于宇宙万物的起源，东西方各有不同的解释。西方有大爆炸之说，泰勒斯认为万物源于水；阿那克西美尼则认为空气是万物的始基；赫拉克利特则把一切都归源于火；克塞诺芬尼认为万物生于土与水；恩培多克勒认为有四种元素：火、水、土、气，由爱和恨把它们造成万事万物。东方则把宇宙的起源归

---

① 李惠芳：《中国民间文学》，武汉大学出版社1999年版，第13页。
② 王诺：《生态批评与生态思想》，人民出版社2013年版，第141页。

于气。《国语·周语上》："夫天地之气，不失其序；若过其序，民之乱也。""阳伏而不能出，明迫而不能燕，于是有地震。"中国文化用气来说明、理解宇宙万物和各种现象。可见东西方的立足点有着很大的不同。

而苗族先民认为天地万物始于云雾，苗族古歌对此有着清晰的记录，如在古歌《开天辟地》中就以对答的形式这样唱道："我们看古时 / 哪个生最早 /……/ 姜央生最早 / 姜央生最老 /……/ 云来诓呀诓 / 雾来抱呀抱。"[1] 这一组古歌以问答的形式回答了到底是什么生得最早，亦即什么才是宇宙的起源。苗族人民把世界的本源归结为"云雾"，坚持自然创造了万物，信守自然起源观。关于开天辟地的古歌，如果考察其完整的故事，一开始它也和其他古代神话一样，把创造世界万物的力量归结为许多巨人的盖世力量，至少出现了姜央、府方、养优、火耐、剖帕、修狃等等这些巨人。但是一直追问下来，苗族先民还是把最终的创世力量归结为自然界的云雾，而不是超凡的巨人。较早研究苗族古歌的吴晓萍就曾经指出："苗族先民在古歌中对宇宙的本源作了天才的猜测，他们借盘歌的形式一问一答，逐步揭示出世界的统一本源是雾罩。"[2]

为什么苗族先民在万物起源的问题上会产生如此惊人的看法，这与他们的居住区域和实际生活环境有关。贵州苗族大多聚居在黔东南高山密林中，那里云烟缭绕，雾气弥漫，苗族先民也许就是从这种自然环境中得到了启示。他们在宇宙形成的根源上坚持了物质是天地的起源的唯物主义观点，并把这种物质明确为云雾。

布依族先民认为宇宙起源于"气"。如布依族古歌《造天造地》一节唱道："从前那时候，/ 古老那些年，/ 世界空荡荡，/ 世上广无边。/ 只有清清气，/ 飘来飘去像火烟，/ 只有浊浊气，/ 飘来飘去如火烟。/ 还有一个'圆砣砣'/ 一个'扁块块'，/ 在'呼呼呼'地飘。"[3]

根据古歌的描述，这是布依族祖先布灵出现前宇宙的面貌。布依族认为自己的祖先布灵是创造万物的始祖，但是在布灵还没有出现之前，"气"就已经存在了。其实，在布依族先民的潜意识里，宇宙还是产生于"气"，即古歌中

---

① 潘定智、杨培德、张寒梅：《苗族古歌》，贵州民族出版社1997年版，第5页。
② 王治新、何积全编：《民族民间文学论文集》，贵州人民出版社1984年版，第68页。
③ 中国民研会贵州分会编印：《民间文学资料·第六十四集》，1980年版，第30页。

所述的"清清气"和"浊浊气",宇宙也就是这两种气交互作用的结果。这一定意义上也可以被视为以存在论为基础的自然观的反映。正如曾繁仁在《生态美学导论》中所论述的,"至阴之气寒肃,至阳之气燥热;寒肃之气出于天,燥热之气发于地;两者交汇中和而万物诞育,这就是不见其形的道的作用。由此可见,庄子认为宇宙万物的诞育生成是阴阳之气交汇的结果。庄子这种阴阳冲气以和化育万物的思想,是存在论为根据的宇宙万物创生论"①。又如布依族古歌《赛胡细妹造人烟》:"很古很古那时候,/世间只有清清气,/凡尘只有浊浊气,/清气浊气乱纷纷,/清气呼出蒸腾腾,/浊气卜卜往上升,/清气浊气同相碰,/交粘成个葫芦形。"②从古歌中,我们似乎看到了浩瀚纷沓的星云壮景。"清气"与"浊气"相互作用,终于"交粘成个葫芦形"。这就表明,在布依族先民看来,"气"才是世界的本源和始基,是构成宇宙万物的最初的材料。我们再来看看《布依族摩经文学》中的一段话:"布灵出世时,/没有地和天,/只有清清气,/飘来飘去像火烟,/只有浊浊气,/飘去飘来如火烟,/浊气和清气,/紧紧同相粘。/清气圆螺螺,/好像一口锅,/浊气螺螺圆,/也像一口锅,/一口向上升,/一口朝下落。/上升的叫'闷',/下落的叫'惹'。/从此世间上,/有了天和地。"③这段古歌为我们更加形象地说明了天地的形成,清气浊气本来是紧紧相粘在一起的,清气向上升,浊气朝下落,从此世间有了天和地。天地的形成都是清气和浊气相互作用的结果。与西方基督教创世神话中体现的神与人二元对立的观点不同,中国人眼里的宇宙"是一个有机体,是由若干动态的能量场,而不是由静态的实体构成的。的确,思维与物质的二元论在这种精神生理结构中就派不上用场了。使宇宙成其为宇宙的,既不是精神的,也不是物质的,而是二者的统一。这是一种生命力,这种生命力既不是脱离了躯体的灵魂,也不是纯物质。"④由此可见,在人与自然的关系上,布依族的创世神话没有把自然置于人的对立面,而是把自然与人紧紧联系在一起,让二者合而为一。

---

① 曾繁仁:《生态美学导论》,商务印书馆 2010 年版,第 41 页,第 41 页。

② 朱桂元:《中国少数民族神话汇编·开天辟地篇》,中央少数民族古籍整理办公室 1985 年版,第 222 页。

③ 韦兴儒、周国茂、伍文义:《布依族摩经文学》,贵州人民出版社 1997 年版,第 4 — 5 页,第 26 — 27 页,第 92 页,第 93 — 94 页,第 25 页,第 41 — 44 页,第 41 — 44 页。

④ 杜维明:《存在的连续性:中国人的自然观》,《世界哲学》2004 年第 1 期。

早在千百年前，先民们就已经懂得认识宇宙的物质性、承认人是自然之子，这是最为可贵的朴素生态观。

二 "蝴蝶生人"：人类起源观

先民对于自身的来去问题一直在进行着探索，"我们从哪里来"一直是人类思考的问题。商周时代有"踩巨人脚印而感生"的始祖神话，《圣经》中有上帝造人之传说，也就是我们通常所说的神创论。《太平御览》卷七十八引《风俗通义》说："俗说开天辟地，未有人民，女娲抟黄土作人，剧务，力不暇供，乃引绳絚于泥中，举以为人。故富贵者，黄土人也；贫贱凡庸者，引絚进絚人也。"[①] 这则神话反映的是母系社会时期，中原人民对于人类起源的一种想象和猜测。它仍然强调的是人在社会发展中的主导作用。

苗族古歌中叙述的人类起源却和东西方的造人神话迥然不同，在黔东南苗族世代传唱的古歌中，叙述着"蝴蝶生人"的人类起源神话。关于枫木——蝴蝶生人的传说是一组古歌，其中有一节这样唱道："砍倒了枫树／变成千万物／锯末变鱼子／木屑变蜜蜂／树心孕蝴蝶／树丫变飞蛾／树疙瘩变成猫头鹰／半夜里高鸣高鸣叫／树叶变燕子／变成高飞的鹰鹞／还剩一对长树梢／风吹闪闪摇／变成鸡尾鸟／来抱蝴蝶的蛋。"[②] 以上所引的是这组古歌中的一小部分，从中也可以窥见苗族先民认为人类诞育于自然界中的枫木和蝴蝶。这一组古歌是一个完整的关于人类起源的故事，故事梗概是这样的：许久以前，地球上是荒芜的一片，什么东西都没有，但天边有一棵白枫树，开着各色的花，还结着各色各样的籽。仙风吹落了枫树种子，有个叫榜香的巨人犁耙天下，将枫树栽在了老婆婆的水塘边，枫树很快长大了；东方飞来的鹭鸶与白鹤在枫树上做窝，是它们偷吃了水塘的鱼秧，而赖枫树，最后找来理老打官司，最终还砍伐了枫木树。于是树心生出妹榜和妹留，即蝴蝶妈妈，蝴蝶与水泡游方，生出十二个蛋。由继尾鸟孵蝴蝶的蛋而生出人类，包括人类始祖雷公和姜央，以及人的伙伴虎、水牛、大象等。关于这一故事有不同的异本，在《苗族史诗》中分为《古枫歌》

---

① 李昉：《太平御览》，上海影印厂 1985 年版，第 322 页。
② 潘定智、杨培德、张寒梅：《苗族古歌》，贵州民族出版社 1997 年版，第 5 页，第 5 页。

和《蝴蝶歌》两组歌,故事内容基本相同,也是榜略和水泡游方生出十二个蛋,继尾鸟帮助孵化十二个蛋而生出人类。在《蝶母诞生》中是这样唱的:"榜略和泡沫游方,/他们后来配成双。/榜略嫁去多少年? /嫁去十二年,/生十二个蛋。"①后面的一组歌名为《十二个蛋》,叙述的是这十二个蛋如何由继尾鸟孵化生出人类。由此可见苗族古歌和史诗虽然吟唱的形式不同,但都有着相同的人类起源观。他们的思维和东西方的神创论和人创论不同,枫木——蝴蝶生人传达的是一种自然造人的观念。

在人与自然的起源问题上,苗族人民坚持一体化的世界观,是世界同源化的体现。"在人的层次上,人类统一到始祖姜央那儿;在动物的层次上,包括人类在内的动物统一到蝴蝶那儿;在植物的层次上,包括树种在内的有机物统一到枫香树那儿;在宇宙的层次上,苗族先民把宇宙天体、万事万物都统一到云雾那儿。在'人'的这一分枝上,是通过姜央——蝴蝶——枫树——云雾这么一个顺序,使得人得以与人类、动物、有机物、自然界不断获得新的高度的统一。"②人与自然的亲缘关系在苗族人民的自然及人类起源神话中得到了很好的体现。

侗族先民对于人类起源有两种说法。一种认为人是由树繁衍而来的:"起初天地混沌,世上还没有人,遍野是树莼。树莼生白菌,白菌生蘑菇,蘑菇化成河水,河水里生虾子,虾子生额荣,额荣生七节,七节生松恩。"③

侗族《人类起源歌》不仅涉及了侗族的生命起源,也叙述了人类的整个产生过程,即无生命的混沌状态——生命的产生——低等动物的产生——人的产生。它从自然本身去寻找人的起源,指出人是自然界长期发展进化的结果,表现了朴素的唯物主义意识。还有一种说法认为人是由乌龟下蛋而产生的:"有四个龟婆来孵蛋,龟婆孵蛋在溪边。因为溪边地土不好,四个蛋坏了三,有个白蛋孵出诵藏……有个白蛋孵出诵摁。"④

诵藏与诵摁是侗族的祖先,这里追根溯源找到了侗族的源头是乌龟,没有

---

① 马学良、今旦译注:《苗族史诗》,中国民间文艺出版社 1983 年版,第 168 页。
② 何积全、石潮江:《苗族文化研究》,贵州人民出版社 1999 年版,第 131 页。
③ 王胜先编:《侗族文化史料》,黔东南苗族侗族自治州民委民族研究所 1986 年版,第 189 页。
④ 杨权、郑国乔整理:《侗族史诗——起源之歌(第 1/2 卷)》,辽宁人民出版社 1988 年版,第 29 — 30 页。

乌龟就没有侗族万物。无论哪种观点都奠定了以自然为母体的生态思想,侗族先民为后人铺垫下了人与自然相连的生态观。在侗族神话关于侗族起源的部分中,侗族人民认为自己的祖先是由大自然撮合而成,《侗族民间故事选》中写道,洪水滔天过后人间只剩下兄妹俩姜良和姜妹,为了繁衍人类,金龟、乌鸦、竹子和天上的启明星都撮合兄妹俩结婚,这才有了后来的侗族。创世史诗体现出侗族人民对自然的重视,他们认为没有自然就没有其他万物:"天上要有风驰云走,地上要有江流河荡;天上要有日月星辰,地上要有平原山冈。还要把那天篷呀,撑离地面四十八万八千里,好让万物万类啊,能在地上空中好好地生长。"①有了风雨雷电、日月星辰之后才能有人类,先有自然后有人类这样的观念延续下来,便渐渐形成了侗族的生态意识。

布依族先民认为人以及自然万物都是由祖先布灵的身体各个部位演变而来的。在布依族古歌中有如下记载:"布灵拔下身上的毛,/哈了三口气,/就变成了人;/砍下了左手,/哈了三口气,/就变成了树和藤。"②古歌向我们展现了一个人格化、形象化的人和自然万物的创造过程。万物都是真实存在的,布依族先民将它们的形成过程与艺术的想象、变形、隐喻、象征天然地联系在一起。布灵身上的毛幻化为人,左手幻化为树和藤,耳朵幻化成花,头发幻化成草。在布依族先民的原始思维中,人并非凌驾于万物之上,它也是被造者,是由布灵身上的毛变化而来,布依族人们追求的是人与自然融为一体的生态伦理观。换句话说,人和自然万物的组合才能构成一个整体——"布灵"。正如恩格斯所言"我们连同我们的肉、血和头脑都是属于自然界和存在于自然之中的"③。人和自然万物都应该被同等看待,它们是同根同源的,都是布灵在自身"变形"过程中的产物。

关于人类诞育的神话中,布依族古歌《人类起源》向我们提供了这样一种说法:"洪水滔天之后,人类淹没了,只剩兄弟二人,一人顺南盘江而上,找到一只母猴做妻子;一人顺北盘江而上,找到一只母猿做妻子,繁

---

① 杨保愿整理:《嘎茫莽道时嘉——侗族远祖歌》,中国民间文艺出版社 1986 年版,第 9 页。
② 韦兴儒、周国茂、伍文义:《布依族摩经文学》,贵州人民出版社 1997 年版,第 4 — 5 页,第 26 — 27 页,第 92 页,第 93 — 94 页,第 25 页,第 41 — 44 页,第 41 — 44 页。
③ 马克思、恩格斯:《马克思恩格斯选集·第三卷》,人民出版社 1972 年版,第 383 页。

衍了后代。"[1]

在布依族先民眼中人和动物之间不存在明显的界限，人与动物之间甚至可以结合，共同繁衍后代。这种人类起源观虽然是建立在想象的基础上，但这当中却无意识地透露出布依族先民人兽同祖同源的思想，人只是自然的一部分，人类的诞育正是由自然演化而来。人兽同祖同源的思想也在另一首关于人类产生的古歌中得以体现："……/ 炸到了大江中，/ 垮到了大海中。/ 垮了三天整，/ 江中见小猴。/ 垮了五天整，/ 海面见猴崽。三天小猴长牙齿，/ 五天猴崽长毛衣。/ 小猴游在大江中，/ 猴崽游在大海中。/ 有的仰着水上游，/ 有的扑着游江中。/ 这时神仙爷爷来，/ 在天上吩咐：'仰的就为阴，/ 扑的就为阳。/ 第一代人呀，/ 是你们，/ 人类的祖先呀，/ 是你们！/ 你们去生养姑娘呀，/ 你们去生养后生。'/ 这时才有雄和雌，/ 这时才分男和女。/ 雌雄来配合，/ 男女结合造人烟。/ 我们的爷娘岩中来。/ 我们的祖先山中来。"[2]

由古歌不难看出，布依族先民在人与自然的关系中已经意识到人是从自然界演变而来的，自然界孕育了人类。人与自然界其他成员同祖同源，它们是人类的朋友。这种人与自然的一体观反映了布依族先民对人与自然同生共存关系的心理认同，没有大自然就没有人类的诞育。布依族先民用最简单原始的想象表达了本民族社会发展中人与自然和谐共处的内在要求，他们将人与自然一体观的思想建立在人与自然万物的同源性、生命本质的同一性的基础上。

三 "天地与我并生"：万物同源观

张岱年先生在《中国哲学大纲》一书中说，人与自然的关系问题实际上就是"天"与"人"之间的关系问题，通俗地说就是人在宇宙间处于何种位置的问题，即人类生存的道德问题。[3] 人与自然之间是一种基本的物质、经济关系，同时

---

① 陈明丽：《布依族经典古歌》，贵州民族出版社 2008 年版，第 17 页。

② 贵州省社会科学院文学研究所编：《布依族古歌叙事歌选》，贵州人民出版社 1982 年版，第 48—49 页。

③ 张岱年：《中国传统哲学的批判继承》，《理论月刊》1987 年第 1 期。

也是一种生态、伦理关系。与西方"人类中心主义"不同的是，贵州先民在长期的历史发展过程中形成了强调人和自然的协调统一的生态整体观，即"天"与"人"融为一体。"天人一体"本质上强调人与大自然的一致性，人与自然万物相互依存、共生共荣。布依族古歌《十二层天，十二层海》向我们展示了布依族先民对"天"和"人"的看法。

"……/我们来到第三层，/天上的鸭子挤成堆，/天上的天鹅拢成群。/鸭子咿呀咿呀地叫着，/在天边吃田螺，/天鹅咿哟咿哟地叫着，/在云中唱着歌。"[1]天上也有鸭子和天鹅这样的动物，它们仿佛是人间动物的倒影。布依族先民们根据自己生存的自然环境，来想象存在于他们头顶上的"天"，那么"天上"也应该存在一个和"人间"相同的世界。

"我们上到六层天，/来到'达哈'上。/'达哈'地方出好米，/'达哈'地方出好粮。/仙女卖米摆成几条街，/仙女卖米摆了几十行。/卖的白米几十种。/摆的谷子几十样。/……/我们上天来到第七层，/七姊妹在织梭罗。/穿梭像射箭，/织布像闪电。/那织布机声咔咔响，/好像弹月琴，/那穿梭的声音呀，/好像仙女在唱歌。/七姊妹拿出花布来晒，/七姊妹拿出花绸来晾。/花布晒满三十九条街，/花绸晾满九十八条街。"[2]这古歌向我们展示了一个有着农业和手工业、简单的商品交换、男耕女织的"天"。不管是"人间"的自然物还是社会形态都在"天上"得到了投影和复制。虽然这个复制带着想象、夸张、虚幻的色彩，但它却真实地体现出布依族先民"天人一体"的观念。在当时无法科学认识"天"的情况下，布依族先民只能以地观天，他们以自己的生活为蓝本，赋予自然之天无限的可能性，潜意识中将"天"与"人"看成相同相通的不可分割的、浑然而一的统一体，这就是布依族先民的"天人合一"的观念。

《十二层天，十二层海》的古歌展现了一幅"天地与人共存"的和谐画面。大地上的自然万物又是如何向我们诉说着和谐的生态之美呢？利奥波德的大地

---

① 韦兴儒、周国茂、伍文义：《布依族摩经文学》，贵州人民出版社1997年版，第4—5页，第26—27页，第92页，第93—94页，第25页，第41—44页，第41—44页。

② 韦兴儒、周国茂、伍文义：《布依族摩经文学》，贵州人民出版社1997年版，第4—5页，第26—27页，第92页，第93—94页，第25页，第41—44页，第41—44页。

伦理观强调了大地是一个共同体，这个共同体内包含了包括人在内的所有自然之物，他们相互依赖着生存。在生态学视野中，自然界是没有尊卑等级的统一体，自然万物都平等和谐地相处着。布依族古歌《造万物》为我们提供了一个很好的范例："天上有闪电，/天上有了雷，/天上有了风，/天上有了雨，/天上有了乌云，/天上有了彩云，/他们同是姊妹，/他们同是兄弟，/不准乱争吵，/一定要和气，/以后对大地，/要同齐出力，/给大地雨露，/给大地光明，/给大地送凉，/给大地遮阴。"①

在布依先民的观念中，一切自然现象好像都有生命，它们都懂得相互依存，和谐共处，它们是构建生态和谐之美不可或缺的元素，那么大地上的动植物又是怎样一种状态呢？古歌这样唱道："有树没有鸟，/大树枉自好，/要是有鸟雀，/在树上筑巢，/晚上就抱蛋，/白天喳喳叫，/世上就欢乐，/世间就热闹。/世上有鲜花，/鲜花香喷喷，/鲜花四时开，/鲜花最惹人。/有花没有雀，/鲜花枉自红，/要是有雀鸟，/飞在花丛中，/雀鸟在歌唱，/鲜花香更浓，/世上就热闹，/世间乐融融，/……/世间有了树，/大树结甜果。/地上有了花，/花香蜜蜂多。/世间有了草，/青草绿满坡，/地上有雀鸟，/雀鸟唱欢歌。/有鸟没有兽，/还不算齐全，/林中的雀鸟，/'喳喳'飞上天，/茫茫山林里，/到处都冷淡。"②大自然就是在花、鸟、草、兽等的共生共存之中达到一种澄明的和谐之境。正如李明华在给《人在原野》一书作序时说过："没有人，世界将是不完整的；但是，没有猩猩和大熊猫，苍鹰和蚂蚁，橡树和三叶草，原野与河流，艳阳和明月，世界也是不完整的。"③卡西尔在《人论中》也指出："有一种基本的不可磨灭的生命一体化，沟通了多种多样形形色色的个别生命形式。"④布依族先民强调人和自然、自然万物之间的共生共存、和谐统一。它是布依族生态整体观的体现，这种生态观对构建动物和植物的平等、人与自然的平等、自然万物的一体化具有重要的作用。

---

① 韦兴儒、周国茂、伍文义：《布依族摩经文学》，贵州人民出版社1997年版，第4—5页，第26—27页，第92页，第93—94页，第25页，第41—44页，第41—44页。
② 黔南文学艺术研究室三都水族自治县文史研究组：《水族民歌选：岛黛瓦》，黔南文学艺术研究室三都水族自治县文史研究组1981年版，第53—54页，第48页。
③ 潘朝霖、韦宗林主编：《中国水族文化研究》，贵州人民出版社2004年版，第4页。
④ ［德］恩斯特·卡西尔：《人论》，上海译文出版社1985年版，第105页。

在布依族古歌《造万物》描绘的想象世界里，处处彰显着世俗生活的情趣。布灵造万物是在太阳、星星、月亮等这些物体提的建议下进行的。例如古歌中叙述："太阳、月亮、星星及天河的后代风、雨、雷、电出生之后，太阳、月亮还是觉得孤单，于是布灵在它们的建议下，创造出乌云和彩云，从此在天庭与日月星河为伴。"[①]

日月星河向布灵提出建议，布灵也愿意尊重它们，他们之间是一种平等的关系。布灵这位已经被神化了的人与象征着自然的日月星河之间的关系，也为我们提供了一个人与自然和谐相处的范例。

水族民间神话《十二个仙蛋》中记述了牙巫与风神相交之后生下十二个仙蛋的故事，这十二个仙蛋四十九天之后变成了十二种生物：人、雷、龙、虎、蛇、熊、猴、牛、马、猪、狗、凤凰。[②]人与其他的十一种生物同为牙巫所孕，反映了人兽同源的观念。水族古歌《开天地造人烟》中有这样的句子：

> 初造人，成四兄弟，
> 共一父，面目不同。
> 那老大，是个雷公，
> 人老二，老虎第三，
> 那老四，是条蛟龙。[③]

古歌《造人歌》中这样唱道：

> 初造人，有个牙巫。
> 牙巫造，四个哥弟：
> 头一个，是"母头雷"，

① 李明华：《人在原野》，广东人民出版社 2003 年版，第 11 页。
② 韦兴儒、周国茂、伍文义：《布依族摩经文学》，贵州人民出版社 1997 年版，第 4 — 5 页，第 26 — 27 页，第 92 页，第 93 — 94 页，第 25 页，第 41 — 44 页，第 41 — 44 页。
③ 韦兴儒、周国茂、伍文义：《布依族摩经文学》，贵州人民出版社 1997 年版，第 4 — 5 页，第 26 — 27 页，第 92 页，第 93 — 94 页，第 25 页，第 41 — 44 页，第 41 — 44 页。

二一个，就是蛟龙，

三一个，才是老虎，

小满崽，是我们人。①

古歌《人龙雷虎争天下》的开头这样唱：

据传说，人、龙、雷、虎，

远古时，都是弟兄；

雷最大，人是二哥，

虎排三，老四是龙。②

众多水族古歌吟唱中关于人、龙、雷、虎是亲兄弟的说法都确凿无疑地在证明着水族先民对于人类与自然物同源共生的认识，这种认识的实质就是承认了人类同自然万物在其诞育之初即所具有的平等地位。而强调人与自然物平等共生，不狂妄、傲慢地视人类为"万物的尺度"，正是生态意识的重要内容。

水族古歌《开天地造人烟》中关于洪水滔天的灾难之后，兄妹成婚再造人类的一节中也有相同观念的表达：兄妹成婚后生下了个"磨石子"（一坨没头没脑、无手无脚，像团磨石一样的肉疙瘩），两人很生气，就把它剁烂扔到了山上，乌鸦却来将它们叼去吐遍了山冈，于是就"人满山梁"了：

肝脏变，成为苗族，

皮和肉，变虽、干、耶，

那骨头，变成客家，

拉杂变，禽兽牛羊。③

---

① 祖岱年、周隆渊编：《水族民间故事选》，上海文艺出版社 1988 年版，第 8 — 11 页。

② 黔南文学艺术研究室三都水族自治县文史研究组：《水族民歌选：岛黛瓦》，黔南文学艺术研究室三都水族自治县文史研究组 1981 年版，第 53 — 54 页，第 48 页。

③ 范禹主编：《水族文学史》，贵州人民出版社 1987 年版，第 49 页。

（虽、干、耶：水语，即水族、侗族、布依族。）

洪水滔天的大灾难使得普天下的物种几近灭绝，幸存下来的兄妹二人成婚后所生的肉疙瘩成为人类及"禽兽牛羊"再生的共同母体，它身体的不同部位幻化成了不同民族的人民和其他的自然生物，这样看来，人类和自然物的再生就又是同源的了。这些人与自然物同源共生的描述毫无疑问"是一种人与自然和谐统一及模糊混沌生育观念的表现反映"[①]，在人类与其他自然物所共同组成的生态整体中，水族先民已然确信了这种平等诞育的关系。由水族民间文学里这些创世神话和古歌所描述出来的天地开辟、万物诞育和人类起源中，我们可以深切地体会到先哲庄子那句深谙生态智慧之道的话语："天地与我并生，而万物与我为一。"在水族先民们看来，天地万物与人类的创生是绝对平等的，而人与其他自然物又往往同出一体，宇宙万物是大法则，人只是其中的一分子而已。具有这样的观念和意识，就不会戴上"人类中心主义"的有色眼镜去主客二分地看待和审视所谓的自然他者，就会在同自然的交往中对其主体性给予真诚的尊重，从而达到人与自然友好相处的和谐之境。

---

① 潘朝丰、陈立浩主编：《水族民歌选：凤凰之歌》，三都县民族事务委员会、贵州大学中文系1981年版，第7页。

个案研究

试论马识途小说的民族化追求

张旻昉

文学的民族化即是使文学作品具有民族性，只有具备了民族性的文学作品才能称为是民族化了的作品。我国小说的民族化又具体表现在哪些方面？李希凡在《从小说的艺术传统谈民族化问题》一文中，做了具体的阐述："民族形式，民族风格，以至于艺术表现手法，首先烙印着每一民族特定历史精神生活的轨迹，它是在长期发展的艺术传统中逐渐培植形成的。"[①]民族化的作品是以最为广大的人民群众为对象、为他们提供文学服务的，因而只有民族化的作品才更容易得到最为广大的读者的认同。

在艺术表现上，马识途的小说努力追求一种中国老百姓所喜闻乐见、具有中国作风中国气派的表现形式。这种追求在《夜谭十记》这部小说中有着充分的体现，而这种民族化的艺术形式的追求与小说的内容、题材相得益彰，较好地起到了发挥传播文化意识、倡导民族风尚的作用。

一 古老的联缀式结构的承袭翻新

在文学创作的艺术原则各方面弘扬民族特色、展现中国作风和中国气派，绝不意味着对传统形式、传统手法、传统技巧的照搬照用。今天人们的审美心

---

① 李希凡:《从小说的艺术传统谈民族化问题》,《光明日报》1983 年 6 月 9 日。

理、审美需求随时都可能被烙上"现代"、"后现代"的印记，因此，作为文学"民族形式"的传统形式、传统手法、传统技巧也必须与时俱进，使自己既不失传统的血脉，又秉有现代的素质。在形式上，既要不拘泥于本民族传统，广采博纳，探索创新，又不能跟在别人后面亦步亦趋地去模仿。正如鲁迅所说："采用外国的良规，加以发挥使我们的作品更加丰满是一条路，择取中国的遗产，融合新机，使将来的作品别开生面也是一条路。"① 融合新机而不拘泥传统，使民族文学传统发生创造性的转化，乃是文学民族化的一条必由之路。

黑格尔也曾反复强调艺术的形式和内容的相融合相一致，所以作品内在的精神一定要通过外在的生活情况和形式、方式等表现出来，"因为艺术理想始终要求外在形式本身就要符合灵魂"②。马识途的《夜谭十记》在结构形式上似散文，但形散而神不散。它以一群小科员聚在一起谈天说地拉开序幕，十个小科员是"引子"，也是小说中的"牵头人"。十个人讲十个故事，就构成了"十记"。每个人讲的故事都各有头绪，记与记之间在内容和情节上没有连续性，然而十个故事都是围绕同一主题。在正题之外，作者首先呈现在读者面前的就是这十个性格迥异、身世阅历皆不同的小科员形象。他们虽不是故事的主角，却是小说缔造故事的始作俑者，是小说前后连贯的横线。

马识途在《夜谭十记》中表现出来的这种体例，便是极具民族形式的。并非只有章回体范式才是小说的民族形式，这里的民族形式是对古老的联缀式结构的承袭翻新。《夜谭十记》虽有近于薄伽丘的《十日谈》和阿拉伯故事《一千零一夜》等外国文学体式的借鉴，但它那富有故事情节的、段段都有悬念的、叫人拿起来放不下的故事，它那将复杂的生活素材和神奇的社会内容包括在一个统一的框架内，匠心独具的形式，不得不说是为我国多数读者所欢迎的一种传统与创新结合的民族化表现形式。

这种形散而神不散的结构形式不仅体现在全书的结构形式上，也体现在各个故事中。《盗官记》中，讲述"土匪"张牧之买官进城当县太爷之前，从县长上任落水溺毙、师爷冒充县长搜刮民脂民膏说起，引出成都鹤鸣茶社买官卖官的勾当后，才逐渐说到故事主人公张牧之身上，开始介绍他的身家背景、如

---

① 鲁迅：《〈木刻纪程〉小引》，《鲁迅全集·第六卷》，人民文学出版社 2005 年版，第 50 页。
② ［德］黑格尔著：《美学》第一卷，朱光潜译，商务印书馆 1979 年版，第 200 页。

何当了"土匪",逐渐拉开故事序幕。这个过程中,还顺带介绍了黄天霸这样的土豪劣绅收租、放债之外,还"放棚子"(走私鸦片、抢劫路人)的土匪行径。使读者对当时的时代背景有了更深入的了解,会觉得这个土匪当县长的故事并不荒唐,不过是那个荒唐时代的必然产物,从而增加了张牧之这一人物的真实性,增加了读者对他的认同感。

而另一个故事《娶妾记》的"入话"则是从与主人公看来毫无联系的"天府之国盛产军阀"说起,特别提到某"更富于浪漫色彩"的军阀剪人长袍、满城屠狗、收集姨太太等种种荒唐事,对当时统治阶层普遍存在的荒唐无耻状态做了一番描述后,才话锋一转,讲到故事主人公上海一破落户王康才身上,开始讲述他是如何在这个荒唐时代里顺应"潮流"而从王康才变成"王有财"的。

《夜谭十记》不拘泥于现有结构模式,而是适应群众的艺术兴趣和欣赏习惯,多采用说书人讲故事的形式展开叙述(第七记《亲仇记》由于"无是楼主"有生理缺陷,难以口头演讲而采用书面体除外),在叙述方式上便给读者一种似曾相识之感,再辅之以新奇而有趣味的内容以及作者自己进行革命活动和在旧社会生活几十年的许多经验和素材,这样别开生面的艺术结构,引人入胜的传奇情节,如散文般形散而神不散,显示出它独特的艺术魅力。通过《夜谭十记》,马识途验证了民族形式在当代的艺术生命力,并在小说的民族化、群众化上做了有益的探索和尝试。

二 第一人称叙事手法

马识途的《夜谭十记》虽以一种类似于说书人讲说评书的结构形式来展开全篇,但其以第一人称手法叙事的艺术视角和表达方式,又向旧小说那种全知全能的叙述模式发出了强有力的挑战,从而使作者鲜明而强烈的爱憎感情得以传达,为我们展示出20世纪三四十年代旧中国的社会面貌和世态人情,同时也体现出中国小说源自民间、流行于民间,因此其写作手法、语言表达、情节安排等都牢牢地贴近广大民众,与民众生活相近,与民众的喜怒哀乐情感相契合的特征,即赛珍珠所说:"中国小说主要是为了让平民高兴而写的。"中国小说就是"这样默默地通过在茶馆、乡村和城市贫贱的街道上,由一个未受教育的普通人对平民讲故事的方式出现"①。

马识途的《夜谭十记》将这一点体现得淋漓尽致，从前记里的不第秀才来叙述"冷板凳会"缘起，到第十记《踢踏记》同样由不第秀才来终了这个"冷板凳会"，通过峨眉山人、三家村夫、巴陵野老等一群饱尝官场冷暖、历尽人世沧桑的小科员之口，以第一人称叙事视角来讲述故事，并用他们各自的眼光来观察和评论社会人生。这并非是作者在语言上刻意玩花样，而是出于一种文学的自觉。从叙事学角度讲，通过第一人称叙事视角的使用，可以使叙述者"我"和人物"我"之间达到一种"零距离"的贴合，"我"构成了小说中的人物同时还参与了故事叙述，成为一个不断被修正和建构的形象，从而获取了一种营造主题的便利。

韦恩·布斯说："不管一位作者怎样试图一贯真诚，他的不同作品都将含有不同的替身，即不同的思想规范组成的理想。正如一个人的私人信件，根据与每个通信人的不同关系和每封信的目的，含有他的自我的不同替身，因此，作家也根据具体作品的需要，用不同的态度表明自己。"②由此可见，小说的人称问题绝非是一个简单的称呼，它是一个小说家用来表现生活的突破口，同时更关系到如何提炼题材的问题。在《夜谭十记》中，为了使小说能更好地表达其深层思想意蕴，每一个故事作者都以第一人称叙事视角为透视点，灵活地变化角度，或直接描写，或曲折反映。"我"作为叙述人不仅具有叙述形式的功能，而且"我"把小说作者马识途的价值观、情感世界以读者更能接受的方式带到小说的叙述中去了，既达到了对小说人物冷峻审视的效果，同时也形成了一种对叙事者本身的反讽结构。同时这种叙述实际又是以一种委婉有致、引人入胜，摆龙门阵的口气，让人读来毫不费力气，随时随地都可以拿起来看一看，看了后却又忍不住一口气读下去，"常常叫人在听他讲极惨痛的故事时也不能不笑出来"③，从而达到"文艺的潜移默化的功能"④。

---

① ［美］赛珍珠著：《中国小说——1938 年 12 月 12 日瑞典文学院诺贝尔文学奖授奖仪式上的演说》，见《大地三部曲》，王逢振等译，漓江出版社 1998 年版，第 961 页，第 962 页。

② 韦恩·布斯著：《小说修辞学》见［美］W. C. 布斯：《小说修辞学》，华明、胡晓苏、周宪等译，北京大学出版社 1987 年版，第 81 页。

③ 韦君宜：《读〈夜谭十记〉随笔》，《文艺报》1984 年第 7 期。

④ 陆文璧等编：《马识途研究专集》，四川文艺出版社 1988 年版，第 99 页。

正是因为作者在作品结构、叙事手法上，沿袭和延续了中国传统小说的艺术风格和审美情趣，才使小说保持了其自身独有的风采和魅力；也正是因为作者尽量将中国地方文化传统吸收到自己的作品中，将这些民间文艺的特色与属于世界进步的文学影响结合在一起，才形成了既具中国特色的民俗风味又有更广泛影响的民族化作品。

三　方言口语的运用

民俗生活的内容与形式，民间文艺的语言表达结构、风格、神韵等，都全面而综合性地表现出自己的审美特指，并从整体上影响上层的文艺创作与欣赏。老舍认为："所谓民族风格，主要的是表现在语言文字上。"[①] 而"方言与地域文化之间也有着千丝万缕的联系，它既是地域文化的重要载体，又是地域文化整体的一部分，它积淀着地域的历史文化内涵，反映着某一地域独特的风俗和民情"[②]。马识途作品中撷取了生动鲜活、富有表现力的四川方言，不仅能让读者在了解四川地方风土人情的同时更好地感受作品所含的地方文化，更重要的是这对于作品人物的塑造、场面的描述、情节的推进和故事氛围的营造都起着举足轻重的作用。

《夜谭十记》中，作者大量运用富有地方色彩的方言，如"啥子"、"秋二"、"欺头"、"娃儿"、"咹"、"哦嗬"等具有鲜明四川地方特色的词语，或者虽是普通话中的词句，却有独特的地方意义。如"保险"（类似语气助词，表达对推测的肯定性）、"潮"（形容词，用于形容手艺差、技艺生疏）。这些词语都极具表达能力，是文学上很宝贵的财富。只要真正懂得这种语言的人，一看就会联想到非常丰富的内容，而另外一部分读者也会在似懂非懂的阅读中，感受到作品浓郁的地方特色。作者为了顾及当地民众的欣赏和其他地区更多读者的阅读，不着痕迹却又精心地设计了这样的语言，将文艺作品和民俗活动在当代的审美语境中联系到一起。

如《盗官记》中张牧之的形象便是通过大量的方言口语的使用使之更形象

---

① 老舍：《老舍文集》第六卷，人民文学出版社1984年版，第237页。
② 周春英：《论苏青作品的地域文化意蕴》，《内蒙古大学学报》2005年第2期。

化、立体化的，如："'去给我弄个师爷来！'张牧之又做出决定了。于是下边的兄弟伙就去想方设法，'弄'一个师爷来。"① 又如："陈师爷当时没有回答，张牧之也不估倒他马上回答。"② 再如："张牧之和他几个兄弟伙一听是这么个整法，就冒火了。张牧之叫道：'算了，老子不给他收了。'"③ "张牧之硬是怎么说，怎么干，一点也不走展。"④ 其中"估倒"、"兄弟伙"、"老子"等词语均是十分典型的四川方言口语，而一个"弄"字含义丰富，充分体现出挖空心思，费尽办法也要去找一个师爷来，"硬是"、"走展"则进一步表示强调，肯定了张牧之说一不二、言出必行的特性，活脱脱地将其粗犷豪放、雷厉风行的绿林好汉形象呈现在了读者眼前。马识途恰当地运用这些形象生动的四川方言，无疑更进一步增加了作品的亲和力。

西汉扬雄有言："考八方之风雅，通九州之异同，主海内之音韵，使人主居高堂，知天下风俗也。"⑤ 由此可见，方言口语往往同当地的风土习俗交织在一起。不仅如此，作者除了在人物的话语中表现出这种风格情趣，同时还在整体叙事、记人及写物的表达上，将这种极具四川民俗色彩的风格情趣与中国传统语言的风韵和气质融合在一起，构成一种独具神韵的意趣审美效果的艺术形态。

《夜谭十记》中的语言表达就像四川民俗生活的一面面镜子，作者通过运用口语化的方言语言系统，用四川方言词汇勾画出了一幅幅具有浓郁地方特色的民间市井风情图，为读者全面了解四川的民风民俗提供了丰富的资料。民以食为天，饮食是日常生活的重要部分，《夜谭十记》中饮食民俗是通过方言这支生花妙笔将其展现了出来，在《亲仇记》中我们不仅能看到"热气腾腾的干饭和可口的又酸又辣的小菜……还有豆腐干、盐黄豆、腌山鸡、酱兔子或熏火

---

① 马识途：《马识途文集 2：夜谭十记》，四川文艺出版社 2005 年版，第 82 页，第 83 页，第 91 页，第 93 页，第 213 — 214 页，第 221 页，第 193 页。
② 马识途：《马识途文集 2：夜谭十记》，四川文艺出版社 2005 年版，第 82 页，第 83 页，第 91 页，第 93 页，第 213 — 214 页，第 221 页，第 193 页。
③ 马识途：《马识途文集 2：夜谭十记》，四川文艺出版社 2005 年版，第 82 页，第 83 页，第 91 页，第 93 页，第 213 — 214 页，第 221 页，第 193 页。
④ 马识途：《马识途文集 2：夜谭十记》，四川文艺出版社 2005 年版，第 82 页，第 83 页，第 91 页，第 93 页，第 213 — 214 页，第 221 页，第 193 页。
⑤ ［晋］常璩：《华阳国志》卷十上，《先贤士女总赞》，转引自刘叶秋《中国字典史略》，中华书局 1983 年第 1 版，第 178 页。

腿，帮你下酒……有的人坐在小板凳上，慢悠悠地抽着呛人的叶子烟……有些人围坐在一张小桌边，很有味道地品尝新上市的嫩叶香茶……正如摆在小桌上谁都可以舀一碗来喝的老鹰浓茶一样……"①这样的四川饮食民俗，还能看到关于"用麦秸扎成龙头、龙身和龙尾，用布条连接起来，这就叫旱龙。找几个青年把旱龙举起，到附近深谷里的乌黑的深水潭边去请水龙王……龙神感动了，就会去东海请示他的老祖宗龙王爷，兴风步云，降下雨水来"②，这样的解决干旱问题的礼俗描述。

在《沉河记》中我们同样看到了关于贞节牌坊"连掉一块石头也不容许，因为据说这是神的谴责，证明这个女人不是贞洁的，所以立不起贞节牌坊来"③的礼俗描写，还看到了将追求自由爱情的青年"沉河"的场面，以及一系列官商合一、禁烟者卖烟、卖官鬻爵、卖女求生的描写，表现出作者对民族生活状况的断层扫描，达到对民族生活特点的明白剖析。同时，极具四川地方民俗意味的语言表述也在小说的审美活动中起到了无法替代的作用。

"每一种语言本身都是一种集体的表达艺术"④，不可否认，正是因为马识途对这种概括传神的方言口语的具体应用，对民族世态、人情味、乡土气和风俗画的具体描写，才使他的作品读来琅琅上口、雅俗共赏，使其作品独具民族风格，为各阶层所喜闻乐见。

四　朴实无华的白描淡写

关于"白描"，鲁迅先生曾做过这样的解释："'白描'却并没有秘诀。如果说要有，也不过是和障眼法反一调：有真意，去粉饰，少做作，勿卖弄而已。"⑤

① 马识途：《马识途文集2：夜谭十记》，四川文艺出版社2005年版，第82页，第83页，第91页，第93页，第213－214页，第221页，第193页。
② 马识途：《马识途文集2：夜谭十记》，四川文艺出版社2005年版，第82页，第83页，第91页，第93页，第213－214页，第221页，第193页。
③ 马识途：《马识途文集2：夜谭十记》，四川文艺出版社2005年版，第82页，第83页，第91页，第93页，第213－214页，第221页，第193页。
④ 萨丕尔：《语言论》第十一章，转引自陈光磊《修辞论稿》，北京语言文化大学出版社2001年版，第130页。
⑤ 鲁迅：《作文秘诀》，《南腔北调集》，人民文学出版社2006年版，第215页。

老舍也曾说过："晦涩是致命伤"，"自然是最紧要的，不要多说废话及用套话，这是不作无聊的装饰"①。

《夜谭十记》正是以充满民间习俗的生活图画来结构全篇，在作品中运用了大量真实、生动、传神的细节描写。这些细节描写，不仅在推动情节发展、烘托或渲染典型环境以及刻画人物性格方面发挥着重要作用，而且细节本身的描写方式也同样是白描的。"中国传统文学尤其是中国小说的突出特点，是'其言直，其事核'的写实性——即清代学者蒋彤所说的'文洁而事信'和'无虚假无疏漏'的'坚实'，是对'白描'技巧的倚重，是紧紧贴着人物的心理和性格来刻画人物，是追踪蹑迹地追求细节描写的准确性和真实感，是强调文学的伦理效果和道德诗意。"②《夜谭十记》的十个故事中，无论是正直老练又乐观通达的"峨眉山人"，还是奉公唯谨、寡言少语的"巴陵野老"，又抑或是口吃木讷却文笔不俗的"无是楼主"和大学毕业后谋职无路、空有一肚子学问的"不第秀才"，作者在描绘他们的形象时，虽都只有三言两语，却使之个个都有自己的特色。正是因为这种描写，才为人物打上了那个时代的、社会的、阶级的、民族的烙印，从而大大丰富了人物的个性特征。而也正是因为有了这种历史的烙印，才获得了它独有的民族气质和性格特征。

不仅如此，白描淡写的手法也体现了作家使传奇性情节现实化的努力。在《夜谭十记》中，作者善于在看似平淡的日常生活场面的描绘中，表现出不平常的深远意味；在可笑之中写出可歌可泣的东西；在庄严神奇的地方揭露出可笑可鄙的一面；以朴实无华的描写展现出辛酸之态；又以白描之笔勾勒出一种令人尴尬的场面，为读者刻画了社会中一系列可笑、可厌、可鄙、可憎的人物形象：贪官污吏、政客谋士、封建余孽、巨商大贾、骗子巫婆……这正符合齐白石的一句名言：作画妙在似与不似之间，太似为媚俗，不似为欺世。

如《破城记》中，围绕新生活视察委员身份真假这个问题展开故事，情节曲曲折折，跌宕起伏。开始，县长把剃头匠误认成了视察委员，一阵折腾后误会解开，剃头匠师傅开始剃头了，却又变成了来卧底暗访的视察委员，搞得众人不知所措。接着，在欢迎视察委员的接风宴上，县里各色人物纷纷粉墨登场。

---

① 老舍：《老舍文集》第十五卷，人民文学出版社 1990 年版，第 132 页。
② 李建军：《直议莫言与诺奖》，《文学报》2013 年 1 月 10 日第 39 期。

次日一早，却又发现这个视察员是肥皂刻了个公章冒充的，已经跑掉了。县长知晓上当后正暴跳如雷间，真的视察员方才到来。县里各色人物又重新为真视察员接风。觥筹交错间，假视察员突然回来，并且不知自己身份已经被人揭发，让人不禁担心起他的命运来。谁想转瞬间形势再次逆转，假视察员居然是共产党游击队队长，倒把县长、高队长、高老太爷一举擒获。至此，视察委员真真假假变了好几次，才揭晓为何这个故事叫作"破城记"。这正符合了赛珍珠所说："中国人生性喜爱富于戏剧性的故事。于是说书人便开始增加他的内容……他把这些经历添枝加叶地修饰一番，但不用文学的措辞，因为人们并不喜欢这样的词语。他总是想着他的听众，他发现他们最喜欢的是一种流畅通俗、清晰易懂的更个，也就是运用他们日常生活使用的简短语言……"①

《破城记》中不仅有曲折故事的粗笔勾勒，还有扣人心弦的场景和人物音容笑貌的白描刻画。如县太爷等人知晓剃头匠就是视察委员时的惶惶然不知所措，花厅内假视察委员、高老太爷如何阴险设计捉拿假视察委员、假视察委员如何深入虎穴擒拿高老太爷等人，这些情景都写得绘声绘色、惊心动魄，使人读来或欣赏赞叹，或摇头品味，在茶余饭后看起来觉得有味道，在含笑之间增加了对小说的认同感。苏轼云：发纤秾于简古，寄至味于淡泊。纤者，纹理细腻；秾者，色泽润厚也，此言在简朴古雅之中能够抒发纤微浓厚的思想感情，在朴素无华的语言中能够寄托遥深的意趣追求。正所谓大味必淡，真水无香。马识途在小说中正是因为使用了最重要的写作技巧——自然，才使广大民众能够并乐意接受他的创作，通过明白晓畅、朴实无华的白描淡写才表现了"艺术的真实"和显出主体的灵魂——民族的精神与灵魂。

近现代以来，中国小说受外国的影响越来越大，这不能说就不是好事。问题在于，我们在吸收国外先进的文艺思潮的同时，如何对传统的民俗思想与观念，包括小说的创作思想与方法进行有效的反思，以及对国内外的文艺和美学思想进行整体思考，吸取精华，扬弃糟粕。别林斯基指出："不管诗人从什么世界为自己的作品汲取内容，不管他笔下的主人公隶属于什么民族，可是，他本人却永远始终是自己民族精神的代表人物，用自己民族的眼睛去看实物，把自

---

① ［美］赛珍珠著：《中国小说——1938 年 12 月 12 日瑞典文学院诺贝尔文学奖授奖仪式上的演说》，见《大地三部曲》，王逢振等译，漓江出版社 1998 年版，第 961 页，第 962 页。

己民族的烙印镌刻在这些事物上面。"①

　　马识途以《夜谭十记》为代表的小说作品"绝不追求高雅，淡淡的哀愁，默默的怨恨的格调；那种转弯抹角，扑朔迷离，故作深奥的作品；决不去追求少数人才懂的高级的作品，或少数人看了也迷迷糊糊的作品"②，而是深深扎根于民族文化传统追求，具有中国作风和中国气派表现形式的作品。这种追求在《夜谭十记》中，是为中国读者喜闻乐见的联缀式结构的承袭翻新，是以第一人称摆龙门阵的口气，是方言口语的运用和民俗风貌的刻画，是朴实无华、白描淡写的写作手法，这些均充分显示了马识途在小说民族化追求中民族形式方面的追求与探索，为我们的民族文学走向世界提供了可以参考的范例。

---

①　别林斯基：《别林斯基文集》第 3 卷，上海译文出版社 2005 年版，第 204 页。
②　马识途：《且说我追求的风格》，《青年作家》1985 年第 1 期。

抗战叙事的艺术探索
——论《战争和人》

廖四平

王火的小说《月落乌啼霜满天》《山在虚无缥缈间》《枫叶荻花秋瑟瑟》最初分别于 1987 年、1989 年、1992 年由人民文学出版社出版；1993 年，三部又合在一起以《战争和人》为题由人民文学出版社出版。《战争和人》再现了中国人民八年抗战艰难而又复杂的历程，揭示了中华民族虽屡经苦难但仍蓬勃兴旺的根本原因——坚忍不拔、不屈不挠的民族意志和生生不息的爱国主义精神，对历史与人生进行了颇有深度的审视，堪称一部抗战题材的力作；从艺术表现的角度来看，小说也颇有亮点。

一

小说在艺术表现上最突出的成就是塑造了童霜威、童家霆、方丽清等堪称典型的人物形象。

童霜威为一法学家、官僚。其父亲是一个有儒学功底的秀才，也是一个长期悬壶济民的医生，他本人则在青年时代就投身于孙中山领导的革命，并在参加 1913 年的"第二次革命"后，亡命日本；从日本学成归国后，先后做过律师、教授、编辑、国民政府司法行政部秘书长、中央公务员惩戒委员会委员兼秘书长等。他结过两次婚，前妻柳苇是共产党人，两人因政见不合而离异；续弦方丽清出身于富商之家，两人因情趣不同而互不投机。"他自幼熟读孔孟，早些年又研究过宋儒之学"①，加上父亲童南山教导他"言谈要谨慎，遇事要三思，爱国莫为人后，趋利莫在人先"②。于是，从政后，谨守孔孟之道：在政治上搞"中庸"——"对蒋介石是既拥护也反对……对那种不抵抗主义和对日本的卑躬屈膝以及对英美的逢迎谄媚，都感到从心里发出厌恶……害怕共产党那种极端的'左'的做法，觉得那不符合国情……但对用屠杀的血腥办法来剿灭共产党，他又从心里反感"③；西安事变发生后，所想的是"两方面，我都不得罪，我都挂个号！"④西安事变平息后，赞同国共合作。为人处世谨慎、稳重甚至圆滑——在目睹江津的黑暗后，虽对国民党当局不满，但仅是远离官场而不稍作反抗；既主张抗日又希望能和平解决中日问题；"既对贪赃枉法深恶痛绝，又收受了江怀南巧无痕迹的贿赂"⑤。恪守"己所不欲，勿施于人"的儒家准则，洁身自好、乐而不淫——不强人所难，也不以邻为壑；平时总以文人雅士自居，"不像许多中枢要人一样喜欢女色。烟酒只是稍沾一点。要讲嗜好，倒是读读诗词，种种花草，游山玩水，比较喜欢"⑥。葆有民族气节和爱国心、追求进步——在得知谢元嵩背着他替他在汪伪中央委员会名单上签名后，他立即奋笔疾书文天祥的《正气歌》，并寄给远在重庆的于右任；在"猴脑宴"上，日本特务要他充当"和平"的牵线人，他拒不相从；面对汪派的李士群、江怀南等，蒋派的叶秋萍、张洪池等，在蒋汪之间翻云覆雨的谢元嵩、管仲辉等，

---

① 王火：《战争和人》（一），人民文学出版社 1996 年版，第 178 页，第 69 页，第 70 页，第 34 页，第 156 页，第 106 页，第 105 页，第 132 页，第 106 页，第 319 页，第 143 页，第 53 页，第 181 页，第 688 页，第 20 页，第 97 页。

② 王火：《战争和人》（一），人民文学出版社 1996 年版，第 178 页，第 69 页，第 70 页，第 34 页，第 156 页，第 106 页，第 105 页，第 132 页，第 106 页，第 319 页，第 143 页，第 53 页，第 181 页，第 688 页，第 20 页，第 97 页。

③ 王火：《战争和人》（一），人民文学出版社 1996 年版，第 178 页，第 69 页，第 70 页，第 34 页，第 156 页，第 106 页，第 105 页，第 132 页，第 106 页，第 319 页，第 143 页，第 53 页，第 181 页，第 688 页，第 20 页，第 97 页。

④ 王火：《战争和人》（一），人民文学出版社 1996 年版，第 178 页，第 69 页，第 70 页，第 34 页，第 156 页，第 106 页，第 105 页，第 132 页，第 106 页，第 319 页，第 143 页，第 53 页，第 181 页，第 688 页，第 20 页，第 97 页。

⑤ 谢永旺：《别开生面——评〈战争和人〉》，《当代》1993 年第 1 期。

⑥ 王火：《战争和人》（一），人民文学出版社 1996 年版，第 178 页，第 69 页，第 70 页，第 34 页，第 156 页，第 106 页，第 105 页，第 132 页，第 106 页，第 319 页，第 143 页，第 53 页，第 181 页，第 688 页，第 20 页，第 97 页。

以及方丽清的威逼利诱、软硬兼施,方丽清娘家人冷嘲热讽……他毫不苟且妥协,并以自残的"苦肉计"寻求自由,为能前往大前方而不惜装成痴呆症病人;他自己饱历了人生坎坷后,加入到为祖国的民主、统一而斗争的行列,如加入"三民主义同志联合会",在"特园"参加了"民联"的第一次全体大会,并在会上做了积极的发言;参加了反内战联合会并也做了发言。不过,他也自私、冷酷、无情——柳苇身陷囹圄、血洒刑场时,他虽身居国府要津,但未曾稍伸援助之手;柳苇遇难后,他对收尸安葬之事也避而不管;内弟柳忠华被捕入狱,他起初并未积极营救;柳忠华因思念姐姐的遗孤童家霆而登门拜访,作为童家霆的父亲,他先是避之唯恐不及,后是冷漠少言相待,直至童家霆离去。

总的来看,童霜威可谓性格复杂、个性鲜明,颇具典型性,是抗战期间国民党中间派政治力量的代表;"童霜威对国民党及其政府的认识和态度,由自命清高、实则依附的中间偏右派,到心存幻想、藕断丝连的中间派,直至分道扬镳、勇敢斗争的'左'派的转变过程……是当时大批正直的国民党人做出的历史选择,不但在政治上极具代表性,而且在艺术上极具典型性"[1],真实地反映了民主革命思想及实践对正直的旧式知识分子的积极影响。

作为一个文学形象,童霜威具有独特的意义和价值:

其一,童霜威是中国现当代小说史上最早出现的国民党中间派高级官员形象,因而,具有"开先河"的性质;

其二,童霜威"是一个信守民族气节的爱国者……是一个由国民党的高级官吏向一个革命的民主派转变的典型"[2]——他身处国民党阵营,但基本上能洁身自好,而且能不屈服于外来强敌的淫威,是现实生活中同类人物的代表,其转变过程也是现实生活中同类人物转变过程的真实写照;

其三,童霜威"是当代文学画廊中一个前所未见的、真实而丰满的人物典型"[3]——小说把童霜威这一人物形象放在中国整个民主革命的进程中、放在国

① 邹琦新:《历史地描写具体人性的一个典范——王火的〈战争和人〉新论》,《邵阳学院学报(社会科学版)》2008年第1期。

② 谢永旺:《别开生面——评〈战争和人〉》,《当代》1993年第1期。

③ 谢永旺:《别开生面——评〈战争和人〉》,《当代》1993年第1期。

共日伪各种政治势力的角逐中、放在家庭及社会诸方面的矛盾中进行刻画，且注重对其方方面面性格的刻画，从而使之显得血肉丰满，令人信服。

童家霆是童霜威之子，是一个由思想和斗争方式都不太成熟、注重个人感情的高中生成长起来的思想成熟、能独立思考、将国家的和平大业和光明前途放在首位、办事讲策略的热血青年。他富有文采——既喜欢"雨后春笋满林闹，淋雨一夜一尺高"①之类的旧体诗句，又喜欢"女神呦！／你去，去寻那与我的振动数相同的人；／你去，去寻那与我的燃烧点相同的人／……把他们的智光点燃吧"②之类的新体诗句，还喜欢外国诗，如雪莱的诗；在高中时发表了长达十一万字的关于河南大灾荒的纪实文章《间关万里》，后又创作了一些作品并发表在自己和同学燕寅儿合办的《明镜台》上。他爱憎分明——关心父亲、思念母亲、厌恶后母、崇敬老师、看重友情、钟爱情人，而且均形诸言行。他孝顺——父亲被特务劫走，他忧心如焚；在父亲被软禁于南京潇湘路故居时，他朝夕服侍；在父亲从楼梯上跌下摔伤脑子回到上海后，他不顾后母娘家的冷嘲热讽而精心照料。他正直、善良、富有同情心——虽然他与燕寅儿合写的《黄金存款舞弊案之谜》一文的内容牵扯到自己所主持的《明镜台》的投资人杜月笙和褚之班等，但他也置之不理；在前往香港的途中，方丽清命丫头金娣为自己遮挡炸弹，金娣被炸死，之后，金娣的妹妹和母亲到方家索赔，结果被方家轰出，他则从家里拿钱欲送给她们；大舅妈"小翠红"被其丈夫方雨荪害死，他为此悲伤不已；对国统区官场的腐朽义愤填膺，对百姓的悲惨处境则充满同情。他正直勇敢、积极进取——在江津国立中学读书时，校长邵化对学校实行专横统治，他和同学们奋起反抗；在与蓝教官对抗时，同学窦平被打伤了，他勇敢地站出来为窦平打抱不平；在民声新闻专科学校学习时，他与燕寅儿一起关心国家时局，呼吁热血青年都关注抗日形势；为救冯村而四处奔走。

总的来看，童家霆"这个人物的成长反映了历史的进步"③。同时，童家霆也是中国当代文学史上的一个崭新的人物形象——它与此前的知识青年形象，无论是《红旗谱》中的运涛、江涛，还是《青春之歌》中的林道静、余永泽、

---

① 王火：《战争和人》（三），人民文学出版社 1996 年版，第 67 页，第 109 页，第 240 页。
② 王火：《战争和人》（三），人民文学出版社 1996 年版，第 67 页，第 109 页，第 240 页。
③ 王火：《关于〈战争和人〉答书城杂志记者问》，《书城》1995 年第 2 期。

江华、卢嘉川以及《三家巷》中的陈文雄、陈文婷等都迥然不同：既不像江华、卢嘉川那么激进，又不像余永泽、陈文雄、陈文婷那么"落后"；虽像林道静那样随着时代的发展而前进，但其步子没有林道静迈得那么大；因此，它实为一个崭新类型的知识分子形象。

方丽清为童霜威的续弦。她虽然"个儿高高的,长得丰满,皮肤白白的"①，"外形长得像'电影皇后'胡蝶那么漂亮"②，"却庸俗、狭隘，无知无识，一点也不可爱"③——"尹二背后叫方丽清'双十牌牙刷'，意思是说她'一毛不拔'，吝啬。庄嫂背后叫她'狐狸精'，这是因为方丽清的名字谐音像'狐狸精'。刘三保背后叫她'铁公鸡'，那也是觉得她'一毛不拔'"④；常常搞得全家不得安宁，如烹吃童家霆饲养的鸽子，对金娣"不是骂就是劈脸一个嘴巴子，不是揪头发就是掐大腿"⑤……贪婪——她虽然家境富足，但只关心钞票，甚至出于自身利益而劝童霜威附逆。无情无义、狭隘自私——她对童霜威的兄弟童军威和儿子童家霆均漠不关心甚至视同路人、冷若冰霜："既嫌童军威长得不讨欢喜，又嫌童军威食量大饭吃得多，更嫌童军威并不是童霜威的同天地亲兄弟"⑥；在前往香港的路上遭遇空袭，她让金娣挡在自己身上，致使金娣被炸死；在抗战开始后，一家漂泊流离，她没有产生丝毫的国仇家恨，而想到的只是自己过

① 王火:《战争和人》(一)，人民文学出版社 1996 年版，第 178 页，第 69 页，第 70 页，第 34 页，第 156 页，第 106 页，第 105 页，第 132 页，第 106 页，第 319 页，第 143 页，第 53 页，第 181 页，第 688 页，第 20 页，第 97 页。

② 王火:《战争和人》(一)，人民文学出版社 1996 年版，第 178 页，第 69 页，第 70 页，第 34 页，第 156 页，第 106 页，第 105 页，第 132 页，第 106 页，第 319 页，第 143 页，第 53 页，第 181 页，第 688 页，第 20 页，第 97 页。

③ 王火:《战争和人》(一)，人民文学出版社 1996 年版，第 178 页，第 69 页，第 70 页，第 34 页，第 156 页，第 106 页，第 105 页，第 132 页，第 106 页，第 319 页，第 143 页，第 53 页，第 181 页，第 688 页，第 20 页，第 97 页。

④ 王火:《战争和人》(一)，人民文学出版社 1996 年版，第 178 页，第 69 页，第 70 页，第 34 页，第 156 页，第 106 页，第 105 页，第 132 页，第 106 页，第 319 页，第 143 页，第 53 页，第 181 页，第 688 页，第 20 页，第 97 页。

⑤ 王火:《战争和人》(一)，人民文学出版社 1996 年版，第 178 页，第 69 页，第 70 页，第 34 页，第 156 页，第 106 页，第 105 页，第 132 页，第 106 页，第 319 页，第 143 页，第 53 页，第 181 页，第 688 页，第 20 页，第 97 页。

⑥ 王火:《战争和人》(一)，人民文学出版社 1996 年版，第 178 页，第 69 页，第 70 页，第 34 页，第 156 页，第 106 页，第 105 页，第 132 页，第 106 页，第 319 页，第 143 页，第 53 页，第 181 页，第 688 页，第 20 页，第 97 页。

的日子苦；在经济上对童霜威"严防死守"。不守妇道——她竟然与已沦为汉奸的自己丈夫昔日的学生江怀南勾搭成奸。

总的来看，方丽清是一个出生于富商之家并深染商贾固有恶习且不知悔改的恶妇。作为一个文学形象，方丽清除了以其鲜明的个性而颇具"文学"价值外，在文学史的层面上也具有意义——在中国现当代文学史上，她是继张爱玲《金锁记》中的曹七巧，路翎《财主底儿女们》中的金素痕之后的另一类恶妇形象。

二

小说在艺术表现上也颇有特色，其中，最为夺人眼球的大致有以下几点：

（一）人物形象众多而又个性鲜明。

除童霜威、童家霆、方丽清等外，小说还塑造了其他众多的人物形象，其中，有些是虚构人物，如管仲辉、叶秋萍、江怀南等，有些则是历史上的真实人物，如毛泽东、蒋介石、汪精卫等①。从成分来看，人物可谓形形色色——从官僚、政客、特务、流氓、军人到普通民众，一应俱全。对于这些人物，小说往往善于抓住其语言、神态、动作的特征予以刻画，因而刻画得个性鲜明，能给人以活灵活现之感，如"矮胖秃顶皮肤光溜溜的谢元嵩，长着两只蛤蟆眼和一张蛤蟆嘴，笑起来给人一种挺老实憨厚的印象"②，短短的几句话，就把谢元嵩的音容笑貌一股脑儿地写了出来，让人能如闻其声、如见其人。而对江怀南、冯村、方丽清兄妹等的刻画，则能根据其身份、教养来使用语言，如同样是写信，江怀南做过县长，贪且奸，文化程度较高，便在写信时使用古雅的语言；冯村受过高等教育，做过童霜威的秘书，便在写信时使用文气浓重而又并不酸腐的语言；方丽清兄妹出身于富商之家，深受商贾气的濡染，凡事"利"字当先且

---

① 参见吴野：《美和真的结合，诗和史的汇聚——〈战争和人〉管窥》，《理论与创作》1993年第5期。

② 王火：《战争和人》（一），人民文学出版社1996年版，第178页，第69页，第70页，第34页，第156页，第106页，第105页，第132页，第106页，第319页，第143页，第53页，第181页，第688页，第20页，第97页。

爱"明码实价"，便在写信时使用浅显直白的语言……人物形象由此而个性鲜明，跃然纸上。

（二）史诗性特征强。

小说从空间上来看，涵盖了南京、南陵、武汉、香港、上海、河南、成都、重庆、江津等为数众多的地区，实际上为除东北沦陷区、华北解放区之外的大半个中国，地域相当广阔；从时间上来看，涵盖了自西安事变至解放战争爆发前夕的整个抗战时期；从所描写的对象来看，涵盖了西安事变、西安事变之后国民党内部蒋派和汪派的旧梦新怨、卢沟桥事变、庐山讲话、"八一三"事变、南京大屠杀、平型关大捷、台儿庄激战、广州的陷落、武汉的失守、河南大灾荒、湘桂溃败、重庆谈判、共产党的多次声明和国民党的重要会议以及国际舆论的动向等重大历史事件，而且许多事件实有所据，颇具全景性地展现了抗战时期风云变幻、波澜壮阔的历史画卷，熔历史小说、政治小说、社会小说、家庭小说于一炉，内容深沉凝重，史诗性特征鲜明[①]。

（三）结构宏大而又严谨。

小说包括三部，每部又分多卷，如《月落乌啼霜满天》分为八卷；各部之间既彼此独立、自成一体，又紧密联系；卷与卷前后连贯、一气呵成，有些内容即使前后似欠衔接，那也只是表象，如小说整体上是以童霜威父子的行踪为线索行文的，可《月落乌啼霜满天》的第六卷《啊！血雨腥风南京城》并没有描写童霜威一家，而是描写南京沦陷后军人和百姓的悲惨命运，歌颂为国捐躯的战士和顽强抵抗的普通劳动人民，因而看起来好像情节不连贯，结构松散，而实际上则并非如此：在小说中，童霜威是一个具有"枢纽"性质的人——各种矛盾汇聚其身；他也是一个颇为敏感的人——外在的事情很容易引起其情绪的波动，而像战争这种大事件，则更容易引起其内心的震撼，因此，当作为政府首都的南京惨遭屠城，且其家园、其家人和亲朋均陷其中时，其内心世界必然是"波诡云谲"，他也便自然而然地重新审视自己及其所生活的世界，

---

① 参见王火：《〈战争和人〉三部曲创作手记》，《理论与当代》1998 年第 2 期。

其思想、感情、性格也会随之发生变化，也就是说，这一卷的内容实际上即为童霜威的思想、感情、性格发生变化的依据……小说由此而显得结构宏大而又严谨。

（四）诗情画意，"散发着中国古典的美学风韵"。

作者在创作《战争和人》之初的预想是：该小说是一部有"中国味儿、中国生活、中国民族精神的长篇"①，既有当代意蕴又"散发着中国古典的美学风韵"，既有阳春白雪的品位又能吸引一般读者的眼球②——小说也确实达到了作者的这些写作预想，具体地说：

其一，小说的主人公童霜威本身就是一个深受中国古典文、史、诗、书、画等影响的文人，散发着"古色古香"的气息，诗意色彩浓郁。

其二，小说引用了大量的古典或旧体诗词，如标题"月落乌啼霜满天"引自张继的《枫桥夜泊》，"山在虚无缥缈间"引自白居易的《长恨歌》，"枫叶荻花秋瑟瑟"引自白居易的《琵琶行》——就小说而言，以古典诗句作为标题至少有两个作用：其一，标示了各部小说的中心情节或主要线索；其二，勾勒出了主人公所处时代的总体历史氛围。③童霜威每当犹豫伤感时，总是借诗抒发忧思，如在"双十二"的消息传到后，他在玄武门的城墙上借吟王安石的《桂枝香·金陵怀古》以表示对国民党内贪污腐败的不满，在重游寒山寺时，借清代胡会恩的送春词——"画鹢苍苔陌上踪，一春心事怨吴侬；晓风欲倩游丝缩，愁杀寒山寺里钟"④以表达对已故前妻的思念；在被软禁在寒山寺时吟咏元末诗人倪瓒的诗以表达自己的心志："秋风兰蕙化为茅，南国凄凉气已消。只有所南心不改，泪泉和墨写《离骚》"⑤；柳苇则通过其生前在照片上的自题诗句"一陂

---

① 王火：《〈战争和人〉三部曲创作手记》，《文学评论》1993 年第 3 期。
② 王火：《〈战争和人〉三部曲创作手记》，《文学评论》1993 年第 3 期。
③ 参见冯宪光：《史和诗的一体化——评王火长篇小说〈战争和人〉》，《当代文坛》1992 年第 6 期。
④ 王火：《战争和人》（一），人民文学出版社 1996 年版，第 178 页，第 69 页，第 70 页，第 34 页，第 156 页，第 106 页，第 105 页，第 132 页，第 106 页，第 319 页，第 143 页，第 53 页，第 181 页，第 688 页，第 20 页，第 97 页。
⑤ 王火：《战争和人》（二），人民文学出版社 1996 年版，第 237 页。

春水绕花身，花影妖娆各占春；纵被东风吹作雪，绝胜南陌碾作尘"①来彰显其风采和性情……从而大大地增强小说的诗意。

其三，景物描写富有诗意。如对南京景物的描写："荒烟衰草，一登古城墙，天已暮色四合。冷月升起。银光下，湖上和四下里淡淡的白雾氤氲浮动，到处仿佛都蒙上了清凉的水汽。南京城北，此时已经清静下来。远处近处电线杆上都亮着昏黄的金莲似的灯泡。夜，幽深、萧条。看看朦胧中的湖光山影和冬日的枯树荒草，看六朝时留下的古意盎然的城堞，再看看从十六日起戒严的南京城，童霜威沐着冷风，心事浩茫，也说不出为什么会有凄凉心情。那玄武湖畔台城上的垂柳和烟景，是清代公认的'金陵十八景'中著名的一景，叫作'北湖烟柳'，亦即唐诗中写的'无情最是台城柳，依旧烟笼十里堤'。此刻，夜色茫茫，从台城上眺望岸堤，叶片落尽的垂柳，朦朦胧胧，烟气更盛，使人有一种置身幻境的意味。"②在这里，比喻等修辞手法及古典诗词和典故的运用，不仅很好地烘托了人物心理，而且营造出了一种浓郁的抒情氛围，诗意盎然。其他如对缙云寺夜晚景物的描写也颇富诗意③——此类描写在小说中触目皆是。另外，小说中"有大量的对雨的描写，甜蜜之雨，忧伤之雨，矛盾之雨，光明之雨，多样的雨景已经和小说中的人物融为一体，打上了情感的烙印，表现了主人公的喜怒哀乐、悲欢离合和社会的动荡离乱、变幻无常"④，增添了小说的诗意。

其四，对人物的描写满蕴感情。如对柳苇，小说这样写道："她纯洁得像一片雪花，像一泓清泉，一片芳草，是气质美和形象美的统一，和谐、秀丽，在俯仰顾盼、一笑一动之间，都似乎洋溢着芬芳、素雅、清新的气息。她会吹箫，

---

① 王火：《战争和人》（一），人民文学出版社1996年版，第178页，第69页，第70页，第34页，第156页，第106页，第105页，第132页，第106页，第319页，第143页，第53页，第181页，第688页，第20页，第97页。

② 王火：《战争和人》（一），人民文学出版社1996年版，第178页，第69页，第70页，第34页，第156页，第106页，第105页，第132页，第106页，第319页，第143页，第53页，第181页，第688页，第20页，第97页。

③ 王火：《战争和人》（三），人民文学出版社1996年版，第67页，第109页，第240页。

④ 邓英：《穿越历史的烟雨——解析长篇小说〈战争和人〉中的雨及其意义》，《四川教育学院学报》2006年第9期。

月夜时，一支余音袅袅的洞箫能使他有一种如闻仙乐置身仙境的感觉"①，此外，她还有一双明亮、倔强的大眼睛——这些使她成为纯洁、执着美和崇高的化身，诗意浓重。其他如对欧阳素心、卢婉秋的有关描写也与此异曲同工。

其五，虚实相生地描写人和事。小说"重点写了蒋管区兼沦陷区，也通过人物重点虚写了解放区和游击区，并实写了共产党人在蒋管区、沦陷区的活动和牺牲"②；对柳苇，小说在总体上是虚写——在小说故事情节展开的时间里，她已不在人世，而只是活在童霜威的回忆及童家霆的怀念里，但她的被回忆或被怀念往往是出现在童霜威或童家霆面临着重要的人生抉择之际，因而，她又成了小说中一个不可或缺的角色；她也因此而显得虚虚实实，小说则因此而具有朦胧美。

其六，塑造了形形色色、情感饱满的女性形象。小说中的女性人物有名有姓的有二三十人，其中，饱蕴着感情的也有十多个，如秋瑾式的英雄柳苇、杨秋水等，地下革命者式的人物燕珊珊、燕寅儿、银娣等，在日寇铁蹄践踏和反动邪恶势力摧残下痛苦呻吟着的善良无辜的弱女子欧阳素心、卢婉秋、"小翠红"、金娣、庄嫂，醉生梦死的势利小人方丽清，手眼通天、翻云覆雨而内心空虚的陈玛荔③。总的来看，女性形象的塑造虽然并非小说最主要、最突出的成就，但又大大地增添小说的内涵和光彩——整部小说因而显得内容丰富、结构和谐、诗意盎然。

（五）心理描写细腻。

小说的心理描写细腻，如对童霜威、童家霆、江怀南、方丽清等一系列人物均有细腻的心理描写④，其中，对童霜威有关心理的描写尤其细腻。

童霜威是一个饱读诗书、深受中西文明熏陶同时又身处复杂环境的人，不由得时时谨慎、处处小心，甚至处事圆滑以求明哲保身，于是，往往看起来心

---

① 王火：《战争和人》（一），人民文学出版社 1996 年版，第 178 页，第 69 页，第 70 页，第 34 页，第 156 页，第 106 页，第 105 页，第 132 页，第 106 页，第 319 页，第 143 页，第 53 页，第 181 页，第 688 页，第 20 页，第 97 页。

② 王火：《关于〈战争和人〉答读者问》，《当代文坛》1995 年第 6 期。

③ 参见黄伊：《王火与〈战争和人〉》，《博览群书》1995 年第 10 期。

④ 参见雷达：《小说见闻录——〈战争和人〉随感录》，《小说评论》1995 年第 6 期。

如止水而实际上则是心潮澎湃。小说在刻画这一人物时,颇注重描写其心理——小说主要采取白描的手法,写得丰富、细致、深入、有层次,非常细腻,如有关童霜威处事圆滑的描写:在西安事变发生时对蒋派与汪派两边兼顾,对是否接受江怀南的贿赂、留在南京与之共存亡、前去抗战中心武汉为国出力、去英租界香港隐姓埋名等心理的描写。又如,描写他在避居香港时的有关内容:在香港,他因受到季尚铭的邀请而游子一般漂泊无着落的心感到一种温煦的抚慰;一方面,季家的美丽花园、豪华陈设引起他一阵若明若暗的艳羡;另一方面,一发觉季尚铭的谈话之中隐含着亲日倾向,他便立马警觉起来;本不想多去季家,但接到邀请后又身不由己地去赴约;在季家见到摆好的文房四宝便欣然提笔写下草书屏条,再去见自己所写的屏条精裱悬挂在客厅醒目处时暗自涌起几分愉悦,但随后又有几分后悔,自责不够检点;在“猴脑宴”上,一方面是席面上宾主觥筹交错、亲热有加,另一方面是他本能的反感:对“醉美人”猴脑、妖艳女人香味、席间以政事大局作为谈资及吹捧日军武器精良、贬损台儿庄胜利、“联日,防共”等论调、可疑的“缅甸珠宝商何之蓝”等的反感,以至于最后离席。

（六）线索清晰。

小说主要采用了欧洲古代流浪汉小说的手法,让主人公童霜威、童家霆父子“从这个到那个,从这里到那里”[①],形成结构线;在行文时,往往是由一个人物引出另一个人物,再通过回忆来叙写现实,但又都紧紧围绕主人公童霜威这个中心人物展开,以各色人物的众生相来反映社会百态,线索十分清晰。

三

《战争和人》虽然相当优秀,但也存在一些缺憾。其中,最为显著者:
一是“雅化得过分”。

---

① 王火:《〈战争和人〉三部曲创作手记》,《文学评论》1993 年第 3 期。

像"来回踱躞很久","头发银白，头顶大部牛山濯濯","侑酒陪客","一种徒呼负负的感伤","阃令森严","蹋蹋地向自己房里走去","蹋蹋迈步","上来迓迎","心情凄凉杌陧","杌陧的时局","大局蜩螗","工事窳败","午间跏趺入睡","疰夏","褙伙着"等生僻或僵死的文言词句，虽然体现了小说"雅化"的艺术追求、提升了小说阳春白雪的品位，但又在一定程度上妨碍了读者对小说的接受，制约了小说对更多读者的吸引力；古典诗词的引用或使用，虽然增强小说的"中国古典的美学风韵"、能使小说更具"中国味儿、中国生活、中国民族精神"，对小说人物形象的刻画、主旨的表达也确实能起到画龙点睛的作用，但引用或使用过多，便有点适得其反——小说由此而有落入中国古典小说"有诗为证"的窠臼之嫌[①]。

二是烦冗芜杂，拖沓重复。

小说日记式记录了主人公日复一日的生活起居；对主人公所到之处的生活环境、人际关系、社会矛盾、风俗习尚，小说往往都有详细、充分的描写，有时甚至还花相当的篇幅追叙主人公过去的经历见闻，从而给人有写得太足太透之感，而没有给人留下应有的想象和联想空间；人物对政治局势的议论过多，在布局上缺少变化[②]；从而，显得有点烦冗芜杂、拖沓重复。

三是内容衔接不够紧密。

如小说在写方丽清宰吃了童家霆养的鸽子后，童家霆发火回到自己房间，童军威也去安慰他，但随后就没有任何下文了——就此戛然而止，略显突兀。又如，欧阳素心名字的初次出现与欧阳素心本人的出现相距过远，两者有点搭不上"界"。

不过，小说尽管存在着这些缺憾，但仍不失为一部成功之作；从抗战题材小说乃至中国现当代小说发展史的角度来看，有几点颇为引人注目：

其一，小说突破了当代革命战争题材长篇小说的模式，在中国现当代小说史上第一次把一个国民党政府的高级官员作为第一主人公来刻画，"为中国新文学和中国文学画廊增添了前所少见的人物形象，在时代的社会认识意义上，

---

① 参见邓经武等：《全球一体化语境中本土文学的自我确认——〈战争和人〉得失谈》，《西南民族学院学报·哲学社会科学版》2002年第12期。

② 谢永旺：《别开生面——评〈战争和人〉》，《当代》1993年第1期。

在人生哲学的审美意义上，都有相应的价值和独到的特色"①。

其二，小说虽然篇幅宏大、内容广博、笔采庞杂，但又笔力集中、重点突出，即着重描写一个在博大精深而又源远流长的民族精神与抗日战争这个特定的时代风云同时作用下所出现的一个社会阶层——爱国民主人士，他们虽然与保守、落后甚至反动势力有着千丝万缕的联系或或多或少地受其羁绊，但也继承了中华民族的优秀传统，弘扬了民族精神，并随着时代的前进而前进，从而为中国现当代小说增添了一个新的人物类型，也为中国长篇小说的艺术探索提供了一个较为成功的范例。

其三，小说描绘了一幅色彩纷呈的人性图谱：或大义凛然、不畏强暴，如谢团长和八百壮士固守四行仓库，面对仇寇，无所畏惧，即使牺牲生命也在所不惜；或自尊自重而决不苟且偷生，如尹嫂毁容自戕、誓不受辱；或圆滑世故，如谢元嵩左右逢源，总能游刃有余于各种势力之间；或刚直，不愿随势俯仰但又心有不甘，如于右任、冯玉祥不曲意逢迎但又有郁郁不得志之感；或城府深、善包藏，如叶秋萍阴鸷深沉；或卑劣，如张洪池为了一己之利而不分是非；或出淤泥而不染，如日本医学博士冈田不与日本军国主义者同流合污；或诚挚、干练，如冯村对师长童霜威所表现的；或"外强中干"，如陈玛荔虽手眼通天但内心空虚……它们组合在一起，揭示了人性的多面性、复杂性、隐秘性，从而深化了中国现当代小说对人性的刻画。

其四，小说"写出那一时代的'神气'"——"它的许多人物许多场面进入了神似的境界"②，从而让人感到真实而绝无胡编乱造、虚假拼凑之感。

正因为如此，小说在出版后在文坛上乃至社会上产生了相当强烈的反响——一些机构先后组织了研讨会，如中共四川省委宣传部、四川省作家协会及《当代文坛》杂志社于1992年8月在成都举办了研讨会，人民文学出版社也于同年9月在北京举办了研讨会；一些著名的作家，如萧乾、邓友梅、马识途等，著名的评论家，如陈荒煤、谢永旺、张炯、蔡葵、江晓天、陈辽、滕云、雷达、宋遂良、冯宪光、殷白、胡德培、吴野、戴翔、陈朝红、游仲文等，纷纷撰文评论……《人民日报》《光明日报》《新闻出版报》《文艺报》《文

---

① 殷白语，转引自王火：《关于〈战争和人〉答读者问》，《当代文坛》1995年第6期。
② 雷达：《小说见闻录——〈战争和人〉随感录》，《小说评论》1995年第6期。

学报》《作家报》《文学评论》《小说评论》《当代作家评论》《云梦学刊》《理论与创作》《理论与当代》《当代》《读书》《人物》《红岩》等为数众多的报刊所发表的文章超过一百五十余篇；有些刊物还刊出了专版、专辑、特辑评论或转载了相关评论，如《文艺报》刊出评论专版，《作品与争鸣》刊出了专辑，《当代文坛》刊出了特辑，《新华文摘》转载了《作品与争鸣》上的文章；有的刊物，如《文学故事报》连载了小说部分章节的改写稿；小说的第二部《山在虚无缥缈间》被列作《世界反法西斯文学书系》的一卷出版；四川人民广播电台自 1994 年 5 月连播小说，峨眉电影制片厂将小说改编为三十集电视连续剧；天津社会科学院出版社出版的《中国当代文学专题史》将小说专列一题予以析评；四川文艺出版社出版了评论集的《王火〈战争和人〉论集》；一些重要的文学奖项也对之颇为眷顾，如小说的第一部《月落乌啼霜满天》获首届郭沫若文学奖，整部小说于 1994 年获人民文学出版社的"人民文学奖"[1]，并于 1997 年获第四届茅盾文学奖。

---

① 参见王火：《关于〈战争和人〉答书城杂志记者问》，《书城》1995 年第 2 期。

旋风中的升降

——《尘埃落定》发表 15 周年及其经典化

王一川

15 年前，四川作家阿来的长篇小说《尘埃落定》（脚印、洪清波责编，人民文学出版社 1998 年版）一出版，就给了我一种意外的惊喜。在尚未走出惊喜之时，就不得不应约匆忙地为它寻找一种新的说法——这个说法就是我那时只能找到的作家文化身份视角。从这一作家身份视角出发，我那时把这部小说视为一次新的"跨族别写作"，认为作者着意探索关于少数民族生活的一种新写法。跨族别写作是一种跨越民族之间界限而寻求某种普遍性的写作方式，意味着对新时期以来关于少数民族生活的两种写作浪潮的跨越：无族别写作和族别写作。阿来尝试跨越族别之间界限而寻求普遍性，这既有别于不大在意族别差异的"无族别写作"（如巴金的"激流三部曲"着眼于无民族界限的普遍性），也不同于强调族别差异的难以消融的"族别写作"（例如张承志的《心灵史》等作品），而是要跨越上述两重境界，在特定族群生活中去寻求全球各族别生活体验之间的有差异的普遍性。正是这样，这一"跨族别写作"为"我们解读中国少数民族生活的、从而也为整个中国的现代性进程提供了一个新的感人的美学标本"①。

15 年后的今天，《尘埃落定》已经通过持续的常销不衰直到突破百万册这一销售业绩，而被一拨又一拨读者实际地奉为一部文学"经典"了，确实是可

---

① 王一川：《跨族别写作与现代性新景观——读阿来长篇小说〈尘埃落定〉》，《四川文学》1998 年第 9 期。

喜可贺的事情。在这个特殊时刻去重读这部"经典"，有意思的是，我的上述看法并没有发生什么明显的改变，只是确实又增加了一些新的阅读兴味，包括好奇地去想它为什么会被读者予以"经典化"。这里有两点想法说出来，就教于各位方家。①

一　杂糅而多义的人物形象

首先，我的重新阅读视线不得不再次凝聚到小说的绝对主人公傻瓜二少爷身上，发现这一人物形象在内在身份构成上具有一种杂糅而又多义的特性。这部小说的成功，很大程度上正是来自其独创的这一特色独具而又兴味蕴藉的人物形象。这一人物形象的内涵具有一种奇异的多元杂糅性：他仿佛是鲁迅笔下的"狂人"形象（《狂人日记》，《新青年》1918 年 5 月 15 日 4 卷 5 号），又是与韩少功笔下的"丙崽"形象（《爸爸爸》，《人民文学》1985 年第 6 期）之间一种跨越时空距离的奇异交融和跨越的产物。他一方面具有"狂人"那种超常的历史透视能力，另一方面又有"丙崽"那种反常的憨傻、笨拙。重要的是，他的性格特点在于，看来反常的和否定性的憨傻和笨拙性格，反倒常常体现了一种正面的和积极的建构力量，尽管最终还是落得悲剧结局。再有就是，他的身上明显地还有外来文学影响的因子，其中颇为鲜明的是福克纳的《喧哗与骚动》中先天性白痴班吉的投影，以及《百年孤独》人物群像中传达的那种四处弥漫的魔幻气息。

从更深层次上着眼，他或许还笼罩在巴尔扎克笔下的鲍赛昂子爵夫人等没落贵族的令人哀婉的身影下。当然，这一切都需要落实在藏族的民间叙事歌谣的特有曲调及其渲染的悲剧性情调之中。如果这个体会有点道理，那么，阿来笔下的中国川西北藏族傻瓜二少爷，其实是一位中国现代文学传统熏陶与西方文学影响及藏族民间叙事传统感召之间的持续涵濡（acculturation）的产物，至少涵濡进了狂人、丙崽、班吉、鲍赛昂子爵夫人以及本地藏族民间叙事曲等多重中外文学形象因子。这些因子（当然不限于此）在这个形象内部形成奇异的

---

① 本文根据 2013 年 4 月 11 日在"向经典致敬——《尘埃落定》出版十五周年纪念会"上的发言稿整理而成，特此说明。

杂糅式组合，具有令人回味无穷的功效。正是由于涵濡了多重中外文学形象因子，傻瓜二少爷体现了外表憨傻而其实内在睿智的神奇特点，成就了一位憨而智的艺术形象。这样一个杂糅式及多义性艺术形象的诞生，是此前中国文学画廊和西方文学画廊里都没有出现过的，属于中国四川藏族作家阿来对中国文学传统、从而也是中国文学传统对世界文学的一份新的独特贡献。

由此看，这部小说之被读者经典化，该与这个艺术形象的杂糅与多义性本身有关吧？

二 "旋风"形象与革命世纪

但是，我的问题在于，就是这样一位憨而智的神奇人物，最终也没能逃避那走向毁灭的悲剧性命运。原因在哪里？这就触发了我的另一点新品味：小说中关于"风"或"旋风"的描写。它们在这次重读中竟意外地给了我更加新鲜的印象。小说中每每写到"风"或"旋风"时，似乎都有某种特定的用意在。风的形象在小说中的作用，颇类似于月亮形象在张爱玲的《金锁记》等小说中的作用，如烘托情境、塑造人物、揭示历史大趋势等。

一翻开《尘埃落定》第一章第一节野画眉，就可以读到下面的描写："所有的地方都是有天气的。起雾了。吹风了。风热了，雪变成了雨。风冷了，雨又变成了雪。天气使一切东西发生变化，当你眼鼓鼓地看着它就要变成另一种东西时，却又不得不眨一下眼睛了。就在这一瞬间，一切又变回了原来的样子。"（第4页）风类似这样在小说里多次出现，起到与主人公命运相关联的作用。我的感觉是，这样的风、特别是旋风，绝不是无缘无故地刮起来的，而总是带有一种隐喻意味——它似乎就是现代中国的彻底决裂式的、摧枯拉朽般的革命世纪或革命时代的隐喻。在这样一股股强劲的革命之风吹拂下，所有的一切都会变样。

第三十七节当翁波意西失去了舌头、傻瓜二少爷决定不再说话时，有这样的描写："太阳下山了，风吹在山野里嚯嚯作响，好多归鸟在风中飞舞像是片片破布。"（第292页）这风显然正是历史的变化的风，风中的破布恰是主人公的悲剧命运的暗喻。又写道："风在厚厚的石墙外面吹着，风里翻飞着落叶与枯草。"

这里的风以及风中的"落叶与枯草",产生的修辞作用是一样的。"风吹在河上,河是温暖的。风把水花从温暖的母体里刮起来,水花立即就变得冰凉了。水就是这样一天天变凉的。直到有一天晚上,它们飞起来时还是一滴水,落下去就是一粒冰,那就是冬天来到了。"(第293页)这里的风绝不是人们通常用来烘托积极的、肯定性的或上升意味的风,而是相反的消极的、否定性的或下降的风,它指向的是生物界的枯败的冬季而非欣欣向荣的春季。

小说中更有意味的毕竟还是"旋风"。第四十六节"有颜色的人"写道:"一柱寂寞的小旋风从很远的地方卷了过来,一路上,在明亮的阳光下,把街道上的尘土、纸片、草屑都旋到了空中,发出旗帜招展一样的噼啪声。好多人一面躲开它,一面向它吐着口水。都说,旋风里有鬼魅。都说,人的口水是最毒的,鬼魅都要逃避。但旋风越来越大,最后,还是从大房子里冲出了几个姑娘,对着旋风撩起了裙子,现出了胯下叫作梅毒的花朵,旋风便倒在地上,不见了。"(第372页)这股携带着"鬼魅"的而又需要"梅毒"才能抵挡的旋风,似乎正是历史的无常命运的绝妙隐喻。

最后一节第四十九节"尘埃落定"这样写道:"一小股旋风从石堆里拔身而起,带起了许多的尘埃,在废墟上旋转。在土司们统治的河谷,在天气晴朗,阳光强烈的正午,处处都可以看到这种陡然而起的小小旋风,裹挟着尘埃和枯枝败叶在晴空下舞蹈。"这样的旋风的意义已经显而易见了。"今天,我认为,那是麦其土司和太太的灵魂要上天去了。"这不正是横扫土司制度的革命的旋风吗?"旋风越旋越高,最后,在很高的地方炸开了。里面,看不见的东西上到了天界,看得见的是尘埃,又从半空里跌落下来,罩住了那些累累的乱石。但尘埃毕竟是尘埃,最后还是重新落进了石头缝里,只剩寂静的阳光在废墟上闪烁了。"只要联系小说的整个语境来体会,这股旋风的意义就更清晰了:它并非一般的笼统的历史宿命隐喻,而是仿佛与中国及世界的历史兴亡大势——革命的世纪紧密相连。你看,它竟具有区分两种不同物质的神奇力量:让看不见的轻灵的物质上升,而让看得见的尘埃降落,从而给予这个世界的走向及其结局以支配。

也正是这股旋风,最终有力地推动傻子二少爷走向仿佛是前世命定的毁灭的归宿:"我看见麦其土司的精灵已经变成一股旋风飞到天上,剩下的尘埃落下来，融入大地。我的时候就要到了。我当了一辈子傻子，现在，我知道自己不是傻子，也不是聪明人，不过是在土司制度将要完结的时候到这片奇异的土地上来走了一遭。"旋风具有神奇的区分精灵与尘埃的效果。"是的，上天叫我看见，叫我听见，叫我置身其中，又叫我超然物外。上天是为了这个目的，才让我看起来像个傻子的。"这里一再出现的旋风，正是历史兴亡大势的实际执行者。也就是说，旋风代表的是全球历史兴亡大势，简称历史大势，其主旋律则是革命。置身于这种可以决定一切的历史大势中，无论如何灵异的憨而智的智者如傻瓜二少爷，都无法逃脱被历史潮流"裹挟"的命运。

读到这里，我想就可以进一步回答这部小说之被经典化的疑问了。无论个人如何憨而智，都无法逃避被遍及全球的革命"旋风"所无情摧毁的命运。正像巴尔扎克笔下的鲍赛昂子爵夫人等没落贵族一样，在无情的历史大势的"旋风"般"裹挟"下，他们难道有更好的命运吗？

三 "旋风"中的现代中国

说到历史大势，《三国演义》早就诠释了"分久必合，合久必分"的古代历史兴亡感慨，而《尘埃落定》也可以被视为一则足以穿越古今历史迷雾的中国现代革命历史演义，当然是在更加蕴藉深沉的寓言故事意义上。可以看到，在这个寓言故事中，这个傻瓜对于包括土司制度在内的一切旧制度及自我的毁灭命运，都有清醒的觉察或洞见，从而传达了一种历史智者清醒的现代革命历史的反思意识，同时又不失对于个体的悲剧性命运深切的悲悯情怀。

不过，有趣的是，这部小说或许具有一种难得的双重阅读价值和兴味：你既可以直接阅读它的表层意识文本意味本身，为藏族土司制度和傻子二少爷的悲剧性命运而发出理智式分析和同情式感叹；同时，你也可以更深入地品味它的深层无意识文本意蕴：从傻子形象联想到那些被身不由己地"裹挟"入现代革命"旋风"的整个中华民族的千千万万儿女的命运，他们身上不都有着这个傻子的某种影子吗？由此，不难发现这部小说具有深厚蕴藉的双重文本性，可以视为一部明确直露而又深沉蕴藉的带有寓言性的文本。读者在此可以各擅其长，既可以直读其明说的兴味，又可以品评其潜藏的兴味，都会有所得，可谓各显神通。当然，从中国美学的兴味蕴藉传统来说，越是高明的或优秀的小说文本，越善于让自身具有多重阅读兴味和可供再度回味的可能性。《红楼梦》《阿Q正传》等古今经典小说莫不如此；而相应地，饱受这种兴味蕴藉传统熏陶的古今中国读者也善于品鉴这类兴味深厚的文本。这种来自中国艺术传统的兴味蕴藉特质的打造，可能正是这部小说之被读者经典化的一个重要的缘由。在这个意义上，《尘埃落定》的出现，堪称被迫纳入世界文学进程的地方文学即中国现代文学结出的一枚硕果，或者说是这种全球化进程在其地方化意义上的一块显眼的里程碑。

更进一步看，《尘埃落定》独特的兴味蕴藉意义在于，它所叙述的藏族土司制度在现代中国革命洪流冲刷下衰败的故事及其中傻瓜的个人悲剧命运，都是属于现代中国革命语境下四川西北部阿坝藏区族群的独特体验，是世界上任何其他地方不可能有的独一无二的故事，也就是高度地方性的生活体验。但是，与此同时，这个高度地方性的生活体验中所缠绕的革命、权力、英雄、宗教、信用、仇杀、爱情等话题，却在当今世界范围内都具有现代的或全球的普遍意义。因为，生活在20世纪全球各国的人，都曾经历过同一现代性进程中的革命洪流及其中种种关联事件的不同而又相通的困扰。正是在这一现代革命的巨大平台上，土司家族二少爷的故事一方面呈现出全球化时代地方生活状况即中国四川西北部藏族土司家庭的悲剧性，另一方面却又透露出一种跨越地方性的全球普遍性或普世性。正是这种植根于地方化族群生活而又透露全球普世意味的文学体验，突出展现了当今时代中国与外来他者之间的相互涵濡特点，既是地方的又具备普世性，代表了中国作家对全球化时代地方性与全球性相互交融趋势的艺术敏感和反响，可以作为来自中国族群的独特的地方性声音而加入到当前全球各民族文学的普世性对话中。由此看，如果将来有一天，阿来的这部小说及其他作品能够在世界文坛释放出更加强劲的影响力，就不会令人奇怪了。

再次读完《尘埃落定》，感觉就像沐浴在一股中国文化与世界文化交融的文化"旋风"之中，真切地领略了"文化如风"的意味。但这里的文化之风既非送别寒冬的春风，也非催化成熟果实的夏风，而是专门"裹挟"枯枝败叶和尘埃的"旋风",显然属于冷酷的秋风或寒风。这"旋风"不也正是指那无情地横扫一切旧制度或旧世界的革命历史大势的隐喻吗？"革命"一词，在英文中为 revolution，其原初意义正是旋转（revolve）啊！正像小说所描写的那样，处在现代世界的革命"旋风"季候中的中国人及中国文学，注定了会遭遇全球历史大势的持续"裹挟"，导致有些东西上升，有些东西下降，这是不以任何个人的意志为转移的。

小说的心理特权与历史化的紧张关系

——阿来小说阅读札记

陈晓明

　　柄谷行人在论述日本文学的现代性起源时，揭示了现代性文学的显著特征就是在心理特权和民族国家诉求二方面展开有效的社会实践①。文学与民族国家的建制存在着共谋关系。这已经不是特别新鲜的观点。不过，在心理特权这一意义上，我们可以看到这种特权依然复杂的建构形式。也就是说，文学一方面以其细腻的情感表达，来满足并同时塑造现代人的心理需求；另一方面就是提供现代的民族国家想象，作为维系国家政治共同体的一种有效手段。这二方面显然是存在着既共谋又矛盾冲突的关系，现代性文学就是在这二方面的紧张关系中来展开实践。我们可以看到，在 20 世纪后半期，文学作为民族国家想象建构的需求功能普遍弱化，中国文学这样的现代性功能的弱化要晚近得多，但在 90 年代中期也开始趋向于弱化。而文学主要作为社会的心理特权起作用，这种心理特权必然与原来的民族国家的叙事构成更加紧张的冲突。当然，多元分化局面实际上缓解了这种冲突，因为整体性破解本身，使这些多元的碎片重新在建构一种分散的，或者更加复杂和离散的谱系，这使冲突不可能采取二元对立的形式，而是更加复杂的和错位的分离结构。

　　但是阅读阿来的小说则有一种非常有趣的现象，他的小说揭示的那种心理特征总是与历史化的民族国家建制发生深刻冲突，这种心理特权并不是正

---

　　① 参见柄谷行人：《日本现代文学的起源》，生活·读书·新知三联书店出版社，2003 年版。

面冲突，而是以它独有的方式，在抵制抗拒历史的进行。特别是像《尘埃落定》这部小说，人物的心理意识被表现得那么强大和深入细致，他总是要超出历史化，超出到来的历史。我们可以看到那个傻子"我"的悲剧，是心理如何被历史化的民族国家的重新建制所摧毁的。那个傻子的心理无论如何都是现代人的心理，但是他却无法融入现代的新的民族国家的建制中。这使我们会去思考，文学中的心理特权的表现，与民族国家构成的关系要复杂得多，它从历史中脱落出来，最终被现代性的历史所碾碎，但它却是现代性历史废墟上遗落的最为鲜艳的花瓣。

《尘埃落定》讲述一个声势显赫的藏族老麦其土司，在酒后和汉族太太生了一个傻瓜儿子。小说开始就是这个傻子 13 岁起床的行为，这个行为延续了如此长的时间，以至于作为叙述人的傻子已经把自己的身世，把麦其土司家的基本情况交代清楚了。就这点而言，阿来的叙述是相当出色的，这个开头蕴含了如此丰富多样的内容，却叙述得如此轻松活跃。傻子这个叙述人算是一个高招，这个视点使得他可以超越现实逻辑，可以把生活现实的逻辑全部打碎进行重组，拼贴出离奇的、怪诞的、本质的生活情境，在这样的生活情境中，心理现实和魔幻现实最大可能地自由呈现。很显然，这个傻子就是叙述人，他自我命名为"傻子"，他也一再陈述他的爸妈、他周围的所有的人都把他看成傻子。但实际上，他的"傻"仅仅是一种借口托词，他心里比谁都明白。他的一些被认为傻的举动，不过有一点偏离常规而已，有些是青春期的叛逆，有些则是故意胡闹，有些则是为了保护自己。小说一开始写到的他只有 13 岁，他就明白，就是因为他傻，他才可以安然无恙地活到今天，并且继续活下去。这是一个比谁都明白的聪明人。恰恰是把一个聪明人，甚至一个大智大慧的人降低到傻子的姿态（或者进行傻子的伪装），这使他可以获得更为自由的生存法则。他在日常生活方面与现实常理相悖，但在大是大非方面，却有惊人的睿智，甚至有着超常的预感和决断。他历来就超越常规逻辑，这使他在为家族生存寻求道路时，总是能高出他的竞争对手。麦其土司家因种植罂粟而大发横财，但他并未一条路走到黑，而是见好就收，适时开创新的局面。其余土司遍种罂粟时这个傻子却突然建议改种麦子，结果鸦片供过于求，一钱不值，阿坝地区遍地饥荒。成群结队的饥民投奔麦其统治。麦其家族的领地和人群迅速壮大强盛。这个傻子也因此娶到了美貌的妻子塔娜，由此还开辟了康巴地区第一个边贸集市。

实际上，小说叙事中也多次暗示傻子少爷并不傻，甚至他父亲也另有看法，小说中有一段这样写道：

> ……我没有问他什么要开始了。对我来说，最好的办法就是静静等待。哥哥正在南方的边界上扩大战果。他的办法是用粮食把对方的百姓吸引过来变成自己的百姓。等我们的父亲一死，他就有更多的百姓和更宽广的土地了。他在南方战线上处处得手时，我们却把许多麦子送给了茸贡土司。所以，他说："那两个人叫茸贡家的女人迷住了，总有一天，女土司会坐到麦其官寨里来发号施令。"
>
> 他说这话的口气，分明把父亲和我一样看成了傻子。
>
> 哥哥这些话是对他身边最亲近的人讲的，但我们很快就知道了。父亲听了，没有说什么。等到所有人都退下去，只有我们两个在一起时，他问我："你哥哥是个聪明人，还是个故作聪明的家伙。"
>
> 我没有回答。
>
> 说老实话，我找不到这两者之间有多大的区别。既然知道自己是个聪明人，肯定就想让别人知道这份聪明。他问我这个问题就跟他总是问我，你到底是个傻子，还是个故意冒傻气的家伙是一样的。父亲对我说："你哥哥肯定想不到，你干得比他还漂亮。该怎么干就怎么干，这话说得对。我要去睡了，开始了就叫我。"
>
> 我不知道什么就要开始了，只好把茫然的眼睛向着周围空旷的原野。地上的景色苍翠而缺乏变化，就像从来就没有四季变迁，夏天在这片旷野上已经两三百年了。

这个傻子弟弟一直没有被他的英勇聪明的哥哥放在眼里，直到这个傻子得到人民的拥护，哥哥才如梦初醒，家族内部关于继承权的残酷斗争终于以傻子弟弟的胜利告终。

傻子的视点也是孩子的视点，其实展现出生存史或生活中的另一侧面，那是反常规的、充满喜剧精神的荒诞感，它最大可能地超越了现实逻辑，让我们领略了生活弯曲变形的更为丰富的侧面。那些英雄事迹，史诗式的英雄人物，都在傻子的视界中显现出荒诞可笑的本质。面对历史或者家族不可抗拒的命运，像麦其土司，其他的土司，他的哥哥那些"英雄们"终究都变成一群愚蠢的争斗者，自相残杀者。只有傻子自得其乐，傻子预知未来的胜负，傻子知天命。

这部小说的叙事格局可以说是史诗式的作品，那是一个家族的兴衰史，也是发生在地缘区域里的争斗史。小说把这段家族史放置在巨大历史变异的时间段落中，那就是西藏从前现代的农奴制社会进入现代社会前夕的时期。小说并没有过多表现外部历史对西藏历史的介入，而是写藏民自身对外部社会的反应，他们内部的争斗，家族内部和土司之间的争斗。但这一切，都因为傻子的视点而被改变，历史呈现为一出戏谑的和略显荒诞的舞台剧。这部小说就是把大历史与小视点结合得如此恰到好处，这就是叙述的四两拨千斤。那个傻子也是始终长不大的孩子，历史就是孩子眼中的戏剧，或者说皇帝的新衣，多么残酷、悲壮都不过是戏剧，都不过是虚无和灰飞烟灭。

这部小说因为采用了傻子的叙述视点岂止是自由洒脱，几乎是神采飞扬。无拘无束，出神入化，浑然天成。真是行到水穷处，坐看云起时。那是因为傻子的视点没有限制，超越常规逻辑。傻子的原则就是快感原则，傻子的精神就是游戏精神。因而苦难与戏谑并行，悲壮与虚无共舞。正是戏谑的叙述使这部小说消解了痛苦，史诗式的痛苦已经被虚无化，所有严肃认真的事都因为傻子的观点而变得没有意义，傻子得到也容易，失去也无所谓，正如他喜欢的美貌妻子塔娜与哥哥私通，他也轻而易举就原谅了她。塔娜说"美丽的女人谁都想要"，傻子就原谅她了，她重新躺在他的怀里。傻子真是快乐，这是一个快乐主义者，永远保持孩童式的快乐。这里叙述也是快乐主义式的叙述，快乐主义原则就是这小说的美学原则。痛苦死亡，如此轻易地来到，又轻易地消失。麦其土司一家人在解放军到来时最终归于灭亡，傻子最终为仇人所杀，那鲜红的血流了一地，但他依然没有痛苦，像是得到期待已久的结局。他曾经有那么复杂微妙的心理，但最终流到历史重新开始的大地上的是他的鲜血，就像是他对历史的馈赠。鲜血样的鲜花散落在历史废墟上，是对历史的废墟般的命名。因为这些鲜血，现代性的历史本质上就是废墟，一种历史劫难之后的废墟。

当然，也不难看出这部小说的叙述深受福克纳《喧哗与骚动》的影响，也可以明显看到马尔克斯的《百年孤独》的韵致，但阿来确实写得颇有自己的独到之处，那是藏文化的底蕴在起作用，就此而言，当属于更深的研究课题。

《尘埃落定》之后，阿来已是名满天下，2005年，人民文学出版社出版阿来的《空山》，从长篇小说的眼光来看，这部书的叙述颇为另类，故事性并不明晰，主要是关于一个叫作机村的村庄的"传说"，这是些片断式的故事。按阿来的构想，《空山》有数卷的体制，2005年出版《空山1》，其中包括二卷。各卷的故事没有明显的连续性，如《空山1》前半部分称之为"随风飘散"，是关于格拉的故事，后半部分是称为卷二的"天火"，关于多吉和格桑旺堆的故事。格拉在小说的前半部分就死了，他的母亲桑丹也疯了。后半部分与前半部分几乎没有联系，唯一有联系的是机村这个村庄，以及那个将要消失的神湖。小说的写法既像是纪实的，又像是文体实验。第一卷的叙述更具主观性，叙述视点有意造成客观性的距离，实际则是主观视点在起调整作用。第二卷"天火"则更写实些。在阿来这里，他的叙述已经不再考虑其他外在的和内在的连续性、对称、关联和呼应等等，没有完整性的规则可循，他只是写，只是按照传说，而不是主体意识支配下的虚构。他只是面对"草民"和"贱民"的生活进行纯粹的书写，书写"草民""贱民"纯粹的生活史，在传说中获取存在的事实，那可能呈现生存的坚实事实，呈现生命体验的那种深远状况。

那个格拉被村民诬陷向兔子甩了鞭炮，兔子快死了。所有的人都莫名其妙地怀疑格拉，就是因为格拉是野种，他的母亲桑丹总是和男人钻草堆，不幸的母亲却生活得盲目，她并不觉得生活的苦楚。只有兔子相信那个致死的鞭炮不是格拉扔的，兔子还要起誓，证明格拉的清白，在这样的遭遇中，两个少年朋友的友情与忠诚显得极其可贵。小说对这种生活的情境的刻画相当有力，它写出一种生存的事实，在存在的极限处去看生命经受的磨砺，而这种磨砺是落在一个私生子小小少年格拉身上，他最终还是死了，他的母亲后来也疯了。也许是应了兔子的誓言，也许格拉确实并没有扔那个鞭炮，这说明存在本身是不可知的。但小说最动人的地方，在于写出藏民在如此困苦的境遇中，依然保持人性的善良。好个还俗的恩波，这家人从不欺负格拉母子，"这一家人好，在机村人心里那杆秤上，分量是很足的"。小说的叙述相当简洁，这些故事都显得随意而纷乱，但有一种原生态的质地，那是生存事实本身的过硬，机村的生存境遇本身就具有奇异性，生存的荒凉与贫瘠，生存的无望与坦然，在生活尽头的承受，这些都写出了那种特殊的存在的深远性，其中却流荡着结实的悲悯与爱，这是对草民与贱民的爱，是他们之间自然表露的爱。这种爱有一种感人至深的力量，不经意地流出，但却具有抹不开去的那种弥漫性。

后半部分写多吉与格桑旺堆的故事，当然还有其他的人，索波、老魏、央金等等，都写得相当有味道。多吉是个放火烧荒的巫师，他能识风向，放火不会烧着森林。每年烧荒才能让地上长出供牛羊吃的青草，多吉每年领头放火都要被公安抓进牢房，然而很快被村民保出来。现在遭遇"文化大革命"，多吉被当成反革命分子关起来，抓去枪毙，但他逃脱了。机村外的森林着了大火，烧毁了大片的森林。地质工程师放出神湖水想扑灭大火，结果神湖塌陷，湖水消失了，火却越烧越旺，最后把机村也烧了。这个故事写出了多吉这样的藏民，他们在历史中只是"草民"和"贱民"，他们以卑微而倔强的方式显示独特的生存状态。那种魔幻、迷信、蒙昧与神奇相混合的生活，也被卷入现代性的革命的历史、政治、国家、集体以及红色的海洋。故事要揭示的不只是藏民的生活事实，同时也是被现代性的革命侵入并改变的生存形态。后者开始是隐约地穿插于其中并逐渐地成为主导性的主题，也可看出阿来的构思和叙述还是很下功夫的。在文明与蒙昧冲突的现实场景中，阿来试图颠倒习惯性的解释，他要确认的价值取向显然倾向于对现代性的批判。

2007年出版《空山2》也内含二卷，卷一是"达瑟与达戈"，卷二是"荒芜"。《空山2》的故事性要强得多，在写法上已经很不同于《空山1》的卷一的"随风飘散"。在艺术上，阿来的《空山》可能会有不小的争议，如果不计较卷一"随风飘散"，小说的叙事还是显得随意松散，如此松懈的叙述如何结构如此篇幅漫长的长篇小说呢？在我看来，阿来在探究一种个人化的长篇小说，特别是叙述方式和语言表达方式。他要用最朴实本真的语言切近生存最本真的事实，他要把西藏生活最本质的事项、最原初的生活以汉语的形式呈现出来。在《空山》中，阿来已经写到汉文化以革命的形式进入到藏民生活中去，特别是"文化大革命"对藏民生活的冲击，这些文化冲突以完全外在的陌生化方式进行，但藏族的生活以坚厚的方式延续它自身的历史，但天长日久，文化变异也是潜移默化，那些希望和愿望是从哪里生长出来的？那些新的心理动向，是历史变异的最深刻的支点，是它们预示了历史化的变异，预示了西藏的历史与现实今非昔比。所谓"人心不古"，那就是现代性，但心理变异则完全溢出历史。就像那个一心想当歌唱家的色嫫一样，她要走到外面的世界，要去上大学。什么才是一种新的生活呢？这种新的心理动向，会使"西藏"的历史或"藏民的历史"被严重改写。《空山》并不以强大的事件性，或者也不以悲悯之情来书写机村的传说，而是异常平静地写出那种生活自在的变异，写出那些藏民微妙的心理变化，几乎就是如风飘散般地行进。写作就是要进入存在事实，进入无意义的生活空地，进入超出历史与现实的心理，也就是进入存在的荒凉，进入"草民"和"贱民"的本真生存中去，在那里发现悲悯、善与爱，这可能更切近一个民族的生活，一个深藏于文明深处的民族在"现代"的另类而又困扰不安的存在方式。

颂歌、我－你关系、知音及其他

——关于吉狄马加诗歌的演讲

敬文东

各位同学，大家晚上好。

今天，想跟诸位聊聊彝族诗人吉狄马加，尤其是他的长诗近作《致马雅可夫斯基》。吉狄马加是我大学时代就开始关注，至今仍然很感兴趣，甚至还很喜欢的诗人——虽然诗人这个身份，在今天听上去很是可疑。吉狄马加早期或许是效法兰斯顿·休斯（Langston Hughes）的作品，给我留下的印象既深刻，又美好。那批诗称得上单纯、透明、深情以至于忘情，近乎高地歌谣，毫无凝滞之态，完全不似 20 世纪 80 年代的先锋诗歌那般尖锐、神经质和"扮酷"、"求怪"。事实上，这种特质至今仍然回荡于吉狄马加的所有诗作，只是饱经世事后获取的单纯更加坚实有力，更能寸劲制敌。诸位都是修习中国现当代文学的博士研究生，想必知道，吉狄马加的诗歌生涯起始于 20 世纪 80 年代早、中期，迄今已逾三十年。诗人自己呢，也从青葱、粉嫩的少年，渐次步入沧桑中年；他从故乡大凉山开始写作，途经成都、北京、青海，直至现在的整个世界。简单观察一下吉狄马加三十多年的诗歌样态，便不难发现：他的写作既不先锋（比如跟他的四川老乡欧阳江河、肖开愚等人相比），也说不上保守（比如与他的前辈贺敬之等人相较）。当然，自命先锋派的那些人，会觉得他趋于保守；而自命革命、其激情大多也源于"革命力比多"的人 ①，会觉得他的诗中自有一些

---

① "革命力比多"是我十多年前整出的一个概念，模仿的是杰姆逊（Fredric Jameson）的"历史力比多"。参阅敬文东：《在革命的星空下》，《文艺争鸣》2002 年第 3 期。

先锋性的异质之物，颇为打眼，实在有违革命话语给出的基本教义。

　　吉狄马加具有超强的行动能力，对行动本身充满了渴望。但他更是一位"博"览群书，同时也"驳"杂群书的诗人。他熟悉整部世界诗歌史，尤其是自 19 世纪末期以来的西方现代主义诗歌史。但无论是他的诗歌作品，还是他的散文作品，三十多年来，一直倾向于清新、清澈和单纯，但又不可以说成"浅显"，更和通常意义上与"浅显"、"易懂"没有瓜葛——问题的关键和症结，均不在此处。这样一个原本足够复杂的人，给自己许下如此这般的写作心愿，一定是深思熟虑后的自觉选择，很可能还有更多不为人知的人生缘分在起作用。德国哲人费希特（Johann Gottlieb Fichte）早就在某处说过：一个人选择什么样的哲学，关键要看他是什么样的人。一个人与文学风格、文学情怀、文学理念间的关系，实在太神秘，太不可思议。吉狄马加曾坦承他有很多诗歌师傅，但他可能更愿意像杜甫所说的那样，"转益多师是吾师"。在众多师傅里边，艾青无疑给了他更为重大的影响[①]。顺便说一句，艾氏或许才算得上一整部中国新诗史上"第三条道路"的真正发起者：既不食洋未化貌似先锋，也不会无端被革命激情所焚化。像其师傅一样，吉狄马加也是"第三条道路"的践行者，虽孤独，却满具韧性，蛮有孤胆之豪情——这也是他给人留下深刻印象的地方。

　　最近，吉狄马加有一首长诗，名曰《致马雅可夫斯基》，发表在今年（即 2016 年）的《人民文学》第 3 期，篇幅近 500 行。这样的体量，在当下中国的诗歌写作中比较罕见，也显得有些意味深长，甚至不同寻常。今天，我准备重点谈论这首诗，尤其想谈谈这首诗带来了哪些启示，更想看看这些启示是否有可能为当下诗歌写作提供帮助。如果可能，我想将启示具体化。或许，谈论这个问题，远比谈论吉狄马加的诗作更重要；而要对他的全部诗作做一个整体性的评价，现在显然不是时候——一切都在进行之中，一切似乎皆有可能。不过，我的讲解需要绕道或曰借道而行，这倒不仅仅是我喜欢弧线的缘故，主要还是因为《致马雅可夫斯基》能够引发的问题与思考，必须跟漫长的古典汉诗传统联系在一起，才能得到恰切的说明，也才不算辜负它庞大的体量。

---

① 张清华:《火焰与土地的歌手》,《大昆仑》2011 年第 1 期。

请诸位多准备点耐心，多付出点等待。

打开吉狄马加几乎所有的诗集，扑面而来的，或者说，让读者印象至为深刻的，乃是膂力强劲、味道醇正、态度真诚，未曾显现矫揉造作之姿容的颂歌^①。也许，这就是最近三十多年来，吉狄马加有别于所有大陆中国诗人的奇特之处，以及醒目之处。稍知中国当代文学史的人无不清楚，在 20 世纪 80 年代以前的很长一段时间内，被谑呼为"歌德"的那种古怪且古老的德行，曾占据了包括诗歌在内的所有中国艺术之要津。这方面的极端例证，或许正是吉狄马加的四川同乡、大文豪郭沫若先生制造出来的。此老有一首名作，写于红彤彤的 1967 年 6 月 5 日，题为《献给在座的江青同志》——

> 亲爱的江青同志，你是我们学习的好榜样
> 你善于活学活用战无不胜的毛泽东思想
> 你奋不顾身地在文化战线上陷阵冲锋
> 使中国舞台充满了工农兵的英雄形象

新时代随"口"而"占"的"新绝句"琅琅上口，很是押韵，熨帖着距离口占者不远处的被颂扬者。但当这等人间奇景迅速破灭后，颂歌几乎一夜之间，就沦为"浅薄"的代名词，"陈腐"的同义语，"矫情"的同位语。更重要的，则是与"无耻"一词的语义近距离地相对称，并且心心相印。因此，自 20 世纪 80 年代以来，人人都对"歌德"式的颂歌避之唯恐不及，包括那些原本准备"麻"起胆子媚上，以获取好处的人。从此，颂歌被认作现代汉诗中的不可能之物。

历史地看，汉民族制造的颂歌打一开始，就是献给个人（比如祖先、帝王、官僚）、自然与山川（比如泰山、黄河）的，无视神灵或超验性。或许，屈原的《九歌》算得上不可多见的例外。《九歌》之所以有资格成为例外，大致与屈原所在的楚国有关。楚国所属的巫楚文化（长江流域）与《诗经》所属的中原文化（黄河流域）很不一样。当北国——也就是黄河流域——已经"绝

---

① 我曾对此做过十分详细的分析，但主要从彝族文化入手。参阅敬文东：《在神灵的护佑下》，《天涯》2011 年第 4 期。

地天通"时，亦即人可以不理会神的心思自作主张时，南楚故地——也就是今天湖南、湖北一带——仍然巫风大盛，楚民们依然需要视神灵的脸色行事，生怕一不留"神"，惹"神"灵不高兴而招致祸端。这种看似原始、落后的情形，不仅孕育了屈原那种既小心翼翼，又辉煌灿烂的想象力，也让他的诗与巫风联系在一块儿。因此，《九歌》里确实有不少"颂诗"是献给神灵的。但需要注意的是：《楚辞》虽然伟大，却算不得汉语诗歌的正宗。我们常常宣称汉语诗歌有两大传统，一是北方的《诗经》，一是南方的《楚辞》。实际上自秦汉以来，特别是汉末五言诗大规模流行起来之后，《诗经》里的四言体，《楚辞》中长短不一的句式、句法和语法，统统没有得到继承——两汉以后的中国人的呼吸，似乎不同于两周时中国人的呼吸。说《诗经》和《楚辞》是汉语诗歌的传统，主要指的是精神方面①；至于《楚辞》中那些神秘、超验的成分，在后世诗歌中保留得更是少之又少，几近于无或零。从这个角度看，颂歌在古代汉语诗歌史上确实存在，却基本和神灵没有关系。古典汉语诗歌成长于"一个世界"（西方是"两个世界"）；这"一个世界"上不存在彼岸，不存在拯救，不存在神灵和超验性。它只是一个孤零零——但又从不光秃秃——的世界；古典汉语诗歌打一开始，就是世俗性的。《诗经》以"关关雎鸠，在河之洲"为起始，不以"起初神创造天地"②为开篇，或许就是要开宗明义：《诗经》中的所有诗篇，都将是尘世的，与超验无关，与神灵无涉。此处可以举一个小例子。《诗经·周颂》的第一首颂歌是《清庙》，足够短小，但也足够精悍：

  於穆清庙，肃雍显相。

---

① 吕正惠：《抒情传统与政治现实》，华中师范大学出版社 2011 年版，第 20 页。缪钺也说："昔之论诗者，谓吾国古人之诗，或出于《庄》，或出于《骚》，出于《骚》者为正，出于《庄》者为变。……盖诗以情为主，故诗人皆深于哀乐，然同为深于哀乐，又有两种殊异之方式，一为入而能出，一为往而不返，入而能出者超旷，往而不返者缠绵，庄子与屈原恰好为此两种诗人之代表。庄子持论，虽忘物我，齐是非，然其心并非入槁木死灰……庄子虽深于哀乐，而不滞于哀乐，虽善感而又能自遣。屈原则不然，其用情专一，沉绵深曲。……盖庄子之用情，如蜻蜓点水，旋点旋飞；屈原之用情，则如春蚕作茧，愈缚愈紧。自汉魏以降之诗人，率不出此两种典型，或偏近于庄，或偏近于屈，或兼具庄、屈两种成分，而其分配之比例又因人而异，遂有种种不同之方式，而以近于屈者为多。……古论者谓吾国诗以出于《骚》者为正。"（缪钺：《古典文学论丛》，浙江大学出版社 2009 年版，第 80－81 页）但暗示的还是精神上的。
　　② 《圣经·创世记》1：1。

济济多士，秉文之德。

对越在天，骏奔走在庙。

不显不承，无射于人斯。

"於"在此读"呜呼"的"呜"（wū），不读"关于"的"于"（yú）。"于"（yú）在简化前，和"於"（wū）长相完全相同。在此，它是叹词，也有人将它认作发语词。但无论叹词，还是发语词，都跟颂诗的情绪与呼吸节奏相般配。为了简便，但更是偷懒起见，我在网上找到了一个还算不错，还算准确的白话翻译，大致如下：

啊！庄严而清静的宗庙，助祭的公卿多么庄重显耀！

济济一堂的众多官吏，都秉承着文王的德操；

为颂扬文王的在天之灵，敏捷地在庙中奔跑操劳。

文王的盛德实在显赫美好，他永远不被人们忘掉！①

华夏诸族自商、周以降，便极力倡导祖先崇拜。无论是尊贵如王室者，还是一般性的贵族（庶民暂且勿论），无不以祖先崇拜为第一崇拜——《清庙》里的周文王，就是作为被崇拜的周之先祖而出现。在此，可以很容易地辨识出：颂扬者和被颂扬者之间的关系，不是亲密的我—你关系。它是在庄严的祭祀场所中，"我"对第三者，亦即对周文王的颂扬；而文王作为已故者，作为被"我"颂扬的人，乃是不在场的；在场的，仅仅是文王在"我"心目中的那缕"精神"，我则是文王的后人，是文王匍匐在地的崇拜者。很显然，颂扬者的"颂扬"及其赞词和被颂扬者之间，是隔着一层的；它不是针对某个在场者的颂扬，而是对经由祭坛隔离开来的某种精神的膜拜。这时候的颂歌，可以说，是颂扬既在场又不在场的某种精神，不是颂扬某一个有血有肉的人，或扎扎实实的物。西方的颂歌传统不比我们晚，但和我们不一样：它从一开始，就是有意识地献给神灵的，具有超验的性质。促成中西差异的原因，至今仍是斯芬克斯之

---

① "古诗文网" http://so.gushiwen.org/view_263.aspx?Web-ShieldDRSession Verify = SgE0 RfENr20jxDCacBf9。

谜。赫西俄德（Hesiod）颂扬的宙斯，但丁（Dante）颂扬的跟"他"的"主"（his God 而不是 my God）相关的天堂，都是超验的，不具备尘世的味道，虽然那也不是实体的人或物。中国的颂歌永远都是献给名山大川，以及曾经存活的人，其实体不在，精神却既在场又不在场，这就是所谓的间接性，与郭沫若制造颂歌时拥有的直接性，简直不可同日而语。《诗经》里无论《周颂》还是《商颂》，颂扬者与被颂扬者之间，都不是亲密无间的我—你关系，因为根本不具备直接性。这一点，倒是和赫西俄德、但丁遭遇的情形相等同。

古典汉诗中另一种规模更大的颂歌，就是我曾经鄙夷过的"押韵的谀辞"①。它施予的对象，通常是皇帝，是达官贵人，是某个难堪者有求于"人"的那个"人"。这种诗是直接性的，是赤裸裸的——非直接、非赤裸对"押韵的谀辞"毫无意义；被颂扬者是在场的，并且始终是活物——非活物对"押韵的谀辞"也毫无意义。这可以被看作一种不对等的我—你关系，比喻层面上需要加引号的我—你关系："我"和"你"面对面，"我"把颂歌献给"你"，只因为"我"有求于"你"，因而我在生命或人格上注定低于你。就像第一类颂歌，人在祖先的英灵面前是跪下去的。跪天地、跪祖宗、跪山林……在中国的传统里广受褒扬，但跪尘世间某个有权有势的人则要遭到唾弃，不过却屡屡有人这样做，此中情由，诸位不难知之。我们伟大的杜甫，情急之下，就写过很多谀辞，献给那些他以为可以帮他走出困境的人。他曾向人诉说过自己的卑贱之举："朝扣富儿门，暮随肥马尘。残杯与冷炙，到处潜悲辛。"（杜甫：《奉赠韦左丞丈二十二韵》）朱大可在一篇著名的文章里很是幽默地调侃说：官方拒绝了"此人痛苦的申请"②。这句话说得特别好：谀辞并不总是管用，而在它不管用时，反倒会加深谀辞面临的难堪与屈辱。在中国，类似于杜甫这种充满直接性的"押韵颂歌"，可谓源远流长，至少延续到 20 世纪 80 年代以前。1959 年，郭沫若和周扬两个诗歌大佬联袂主编了一本民间歌谣集，自称胜过了《诗经》中的"国风"诸篇③。那些歌谣用语之夸张，远超《周颂》诸篇。杜拾遗穷愁之际写就的"押韵谀辞"，从颂扬者和被颂扬者的关系上看，隔着词语和纸张；

---

① 敬文东：《牲人盈天下》，广西师范大学出版社 2011 年版，第 308 页。
② 朱大可：《流氓的精神分析》，《花城》1996 年第 6 期。
③ 郭沫若、周扬主编：《红旗歌谣·前言》，红旗杂志社 1959 年版。

这种"隔",看起来好像促成了关系上的间接性,就像宗庙里祭祀周文王时的赞美之词,但实质上是完全不一样的。纸张和词语只是表象,它的直接性很明显:词语一如马克思所说,只能震动树叶和空气,却能直接刺激被颂扬者的耳膜,进而温暖其心田;纸张不过是将声音化的语言以记号(sign)为方式,承载起来而已——那层窗户纸事实上很容易被捅破。

兜了个大圈子后,现在可以回到吉狄马加,继而回到《致马雅可夫斯基》。吉狄马加之所以敢违时而动,逆向性地使用颂歌,也许跟他背靠着的彝族文化有关。彝族是大陆中国出现得最早的民族之一,有自己水深土厚的文化传承,令它的兄弟民族好生羡慕。在吉狄马加早期歌颂自己民族的一首诗作中,我们大致上能够看出些许端倪:

> 给我们血液,给我们土地
> 你比人类古老的历史还要漫长
> 给我们启示,给我们慰藉
> 让子孙在冥冥中,看见祖先的模样
>
> ——吉狄马加《彝人谈火》

像黑人兰斯顿·休斯代表全体黑人感谢河流那般,吉狄马加在代表他的族人感谢火,这太阳的人间片段。他的颂扬声感情真挚,不掺杂念,动用的是膜拜的神情,以及与这种神情相般配的颂赞体,亦即刘勰所谓的"四始之至,颂居其极。颂者,容也,所以美盛德而述形容也"[1]。虽然吉狄马加与火是面对面的,却仍然够不上我—你关系,因为在彝人眼中,火是太阳的片段,是太阳派驻人间的大使,具有世俗和超验的双重身份,它代表太阳君临一切的架势,早已谢绝了火与任何人拥有任何平等关系的可能性——至少彝人的先祖们乐于如此认为[2]。

---

① 刘勰:《文心雕龙·颂赞》。
② 木乃热哈、张海洋:《火文化与和谐社会》,陈国光主编《中国彝学》第三辑,中央民族大学出版社2009年版,第294页;参阅陈国光:《论彝族的"火塘文化"》,陈国光主编:《中国彝学》第三辑,前揭,第303—304页。

吉狄马加对火的态度，与早他几年的多多对太阳的态度完全不同。多多除了对真实的太阳——而非它的人间片段——拥有高度的感激外，更多的，反倒是悲悯与同情，而且，最终还要落实于同情与悲悯："你不自由／像一枚四海通用的钱！"（多多：《致太阳》）多多表达的，是一个普通人对神奇造物的理解和同情，胸怀宽广、博大，却不似吉狄马加那般虔敬与沉静。吉狄马加的如此做派，或许跟彝人顶礼膜拜的大经大典——《勒俄特依》——深度有染。这本书记载着一个跟火（这太阳的人间片段）有关的故事。说的是大洪水退去后，整个世界只剩下躲在木桶里、方才逃脱劫难的居木武吾。此人和天神的女儿结为连理，却遭到了天神的报复，生下了三个哑巴儿子。居木武吾后来碰巧窥得神意，知道了如何让儿子开口说话的秘密，于是取火烧水，用开水给儿子洗澡，长子说声"俄底俄夺，成为藏族的始祖"；次子说声"阿兹格叶，成为彝族的始祖"；三子说声"毕子的咯，成为汉族的始祖"[1]。在几年前草就的有关吉狄马加的小文中，我对此有过粗陋的评论，此处不妨直接挪用："和《圣经》中巴别塔故事的寓意很可能恰相反对，彝人的火，不仅跟创生有关，还跟语言和种族有染；汉、藏、彝三个伟大的民族，拥有一个共同的发源地、共同的祖先。或许，在火的声援下，《勒俄特依》杜撰的巴别塔故事的寓意恰好是：尽管三个民族言语不通、难以交流，却没有任何理由相互仇恨和杀戮，毕竟它们拥有共同的肉身性的祖先，而不是《圣经》暗示的那样，人是上帝用语言创造出来的。"[2]

和语言相比，肉身具有不容分说的直接性。连神都知道，这个世界从来不存在大于肉体的真理[3]；而被同一种肉体定义过的一切，都值得来自于这个肉体的子民的颂扬。或许，这就是彝人吉狄马加从祖先那里获取的信念；历经三十多年的寒霜雨雪，这个信念看上去仍然坚不可摧。正是基于这种来自民族文化深处的心性，吉狄马加才本能性地倾向于艾青的"第三条道路"，他的写作打一开始，就跟最近三十多年公认的诗歌源头——朦胧诗——没啥直接的关系；

---

① 《勒俄特依》，凉山彝族自治州人民政府组织编选：《中国彝文典籍译丛》第一辑，四川民族出版社 2006 年版，第 51 页。

② 敬文东：《颂歌：作为一种抵抗的工具》，《民族文学》2011 年第 6 期。

③ 敬文东：《事情总会起变化》，中国台湾秀威书局 2009 年版，第 64 页。

他打一开始，就懂得如何将现代性导致的情愫（比如孤独），跟民族文化界定过的那种情愫（比如赞美）结合起来。

我一直对如下问题有兴趣：像吉狄马加这类有深厚的本民族文化素养，又用汉语写作的诗人，他们到底能给当下的汉语写作带来什么？汉语写作这几十年来写得更多的，是仇恨，是厌世，是对孤独和自恋的把握，是自我抚摸，是对世、人（不仅仅是"世人"）的不信任。吉狄马加的颂歌对当下汉诗写作意义何在？接下来我想同诸位讨论这个问题。

但现在，有必要事先介绍一下吉狄马加的赞颂对象——马雅可夫斯基。在我上中学和上大学的 20 世纪 80 年代，马雅可夫斯基在中国名声极大。贺敬之、郭小川等一大批诗人，都不同程度地学习过马雅可夫斯基，尤其是他的楼梯体。楼梯体在俄语中可能有它的过人之处；在汉语中，也极其适合"歌德"体，尤其是能够帮助"歌德"体迅速达至它瞄准的目标，但实在是严重败坏我汉语名节的一种搞法。只不过从这个角度，可以很方便地看出，马雅可夫斯基确实一度在中国非常流行。

马氏的诗人身份十分复杂，至少包含着两重身份。一重是现代主义诗人，具体讲，就是十月革命前后，短暂活跃于俄罗斯的未来主义诗人。这伙人叫嚣着要把普希金扔进大海，要写围绕着机器组建起来的、那套来自科学和理性的新东西。总体来说，马雅可夫斯基写出的现代主义诗歌确实很地道。在题为《关于这个》（罗大冈译）的诗篇里，他如是说：

> 做四次老头儿
> 我将使自己恢复青春四次
> 在走进坟墓之前。

年轻，但幻想着死亡；词语青葱，却刺眼地征用了"坟墓"。你不假思索就能认出，这是一个典型意义上的现代主义诗人。因为现代主义的教义虽然有千条万条，其精髓"一言以蔽之曰"：不过是绝望和哀歌。另外一方面，马氏还是一位名声显赫的社会主义诗人，热衷于社会主义预示的光明未来，对十月革命后的苏联充满信赖，并以极大的热情加入其中。以下例证可以证明，在马氏的内心深处，对社会主义该是多么自信：1922 年春，茨维塔耶娃离开俄罗斯（或苏联）去欧洲前夕，在莫斯科某个地方巧遇马雅可夫斯基。她问后者有什么话要转告欧洲。马雅可夫斯基很坦然地说，告诉他们，真理在我们这边。他的诗更可以为他的自信和热情做证：

> 我把这一切，
>
> 从武装到牙齿的军队
>
> ——这支军队二十年来
>
> 节节胜利——
>
> 直到最后一页诗稿，
>
> 都献给你，
>
> 全世界的无产阶级
>
> ——马雅可夫斯基《放开喉咙歌唱》，岳凤麟译

马氏集现代主义诗人和社会主义诗人于一身，至此班班可考；两者之间相互冲突的迹象，也必将显露无遗。时时在诗中和现实生活中思考死亡，就是冲突促成的结果，既合情又合理。早在 1916 年，他就在《脊椎骨的笛子》（罗大冈译）中写道："我愈来愈想 / 拿一粒枪弹来作我生命的最后的句点。/ 今天 / 完全碰巧 / 我开了诀别奏演会。"1917 年，他又在《人》（罗大冈译）中写道："让 / 我的灵魂 / 无痛无楚 / 被引向太空。"没有必要怀疑，死亡乃现代主义最重要的少数几个主题之一。从波德莱尔（Charles Pierre Baudelaire）开始，甚至从波氏追认的先驱者爱伦·坡（Edgar Allan Poe）开始，无论是作为主题，还是意象，死亡都是现代主义艺术（包括诗歌）挥之不去的阴影。或许就是这一点，导致马雅可夫斯基终其一生，都在希望与绝望之间左右摇摆，在生存与毁灭之间左顾右盼，无所适从。很显然，期盼着吊死在同一棵树上的人虽然愚蠢到单纯、固执，但是既保险又安全；脚踩两只船的人虽然复杂到很聪明，却十分危险。就这样，马雅可夫斯基总是纠葛在个人和大众之间。作为一个未来主义诗人，他本该关心自己的内心甚于一切；作为一个社会主义诗人，他又本该

关心大众甚于一切。他两方面都看似做得很彻底，却又根本不可能做彻底：他始终没有能力让自己吊死在同一棵树上。他想退守个人心智时，另一种力量却拉着他变成大众——反过来也一样。最终，诸位都知道，是现代主义的重大母题，也就是死亡，战胜了一个社会主义诗人本该关心的所有东西，包括希望、自信、战斗和热情——这世上，唯有死神永生。马雅可夫斯基临前有几句话说得很好："我还没有活完我人间的岁月，在人间我还没有爱够可爱的东西。"①话虽如此，迫于广泛冲突带来的巨大压力，死亡作为胚胎，实际上早早落户于马雅可夫斯基之身。茨维塔耶娃以女人的敏感，看出了其中的奥秘："作为人的马雅可夫斯基，连续十二年一直在扼杀潜在于自身、作为诗人的马雅可夫斯基，第十三个年头诗人站起身来杀死了那个人。他的自杀延续了十二年，仿佛发生了两次自杀，在这种情况下，两次——都不是自杀，因为，头一次——是功勋，第二次——是节日。"但天才的茨维塔耶娃到底还是错了，她相中了马氏身上的凡人素质，却忘记了凡人想扼杀的诗人具有双重身份。遗憾的是，茨维塔耶娃的错误还不止于此，因为她从马雅可夫斯基之死中，总结出了一个极其不祥，却又貌似高贵的"定理"："像人一样活着，像诗人一样死去。"马氏终于在 1930年 4 月 14 日开枪自杀，更接近于像人一样死去，不大像诗人一样死去。

又兜了一圈。现在再次回到吉狄马加，回到他的《致马雅可夫斯基》。我在此指指戳戳，就是想给大家看看：吉狄马加为什么要赞美马雅可夫斯基这样一个失败者？赞美倒也罢了，为什么还要特意启动来自肉体首肯过的那种赞美力量？如果我们足够敏锐，就很快会发现，吉狄马加试图通过致敬马雅可夫斯基，尤其是通过亲近马氏那种跟肉身、跟灵魂多方撕扯的写作方式，反对或矫正当下汉语诗歌写作中从词到词（或称词生词）的坏倾向。作为"第三条道路"的践履者，吉狄马加有此念头（或潜意识），实属正常。遍读吉狄马加之诗会发现，他的诗歌哲学很透明，也看似很简单，不过是对具体的人、事、物进行歌咏，甚至赞美；不仅及身，而且及神，但尤其是及肉，因而反对语义空转，反对词汇养虎为患，反过来抽干了人、事、物。从诗歌本体论的角度看，诗人唯一的现实，就是纸和笔（或纸和笔的替代者）；附着于纸张之上的，

---

① 余振主编：《马雅可夫斯基选集》第二卷，人民文学出版社 1984 年版，第 359 页。

则是笔尖刻画出来的词语、词语和词语，终归是词语。现代汉诗一路蹒跚到
而今，早已比历史上任何时候更加注重技术，无数诗人热衷于发挥技术方面
的复杂性，妄图穷尽一切可以穷尽的写作技巧，许许多多词语已经被许许多
多诗人挨个儿绑架了一个遍，所有词语都在被算计，所有词语也在被算计中。
不用说，从词到词的写作现象，跟长达一个多世纪的现代主义联系在一起：
当一个人无限转向自己的内心，长时间地沉迷于自己的内心，内心势必会耗空。
这种由词生词而不及身、及神、及肉的作品，在当下比比皆是——

  见刀子就戳，见梦就做，见钱就花。
  花红也好，花白也好，都是花旗银行的颜色。
  见花你就开吧。花非花也开。
  ……

        ——欧阳江河《万古销愁》

  如果没有"见钱就花"中的那个"花"字，后面几行诗就会自动消失，根
本没有机缘面世。这些诗句，就像被打开的水龙头，自动性地哗哗直流，可以
词语接龙般，永无休止地"接龙"下去，甚至还可以搞出一个海角天涯来让尔
等瞧瞧。而写诗的那个人，一旦停止了"接龙"的游戏，作为读者的我们就有
理由问你为什么？你究竟想干吗？但即便如此，这样的诗行组合终究是没有意
义的，顶多算词语搭配。有望怡智，而无望于怡神、怡心，跟肉体反应更是毫
无关系：从词到词原本就是以根绝肉身为旨归的。吉狄马加很可能认为，正是
马雅可夫斯基在身份上的痛苦冲突，揭示了写作跟神志有多么密切的关系，也
道明了词语和肉身在怎样的程度上生死相许，甚至不惜以肉身的死亡为之付账。
《致马雅可夫斯基》在多处暗示：马氏的自杀或自杀的马氏，正是写作诚实的
象征——

  那些没有通过心脏和肺叶的所谓纯诗
  还在评论家的书中被误会拔高，他们披着
  乐师的外袍，正以不朽者的面目穿过厅堂

他们没有竖琴，没有动人的嘴唇

只想通过语言的游戏而获得廉价的荣耀

——吉狄马加《致马雅可夫斯基》

所谓词生词或从词到词，就是"那些没有通过心脏和肺叶的所谓纯诗"；反过来说，也只有经由心脏和肺叶——这肉身各部件中的带头大哥——处理过、过滤过和抚摸过的词语，才可能构筑有呼吸、有心跳的诗篇。这些诗篇当然是粗粝的，不是表面光滑的；对于这个不义的世界，对于这个恶时代，没有摩擦力的纯诗基本上不具备力量，而伟大的诗篇总是不纯的。只有经过不纯之物的长期洗礼，而后重新归来的天真才更有力量；词生词提供的天真，要么是装天真，要么是内心贫瘠，空空如也。吉狄马加以马雅可夫斯基的写作生涯为例，暗示的是：只有经过内心修炼，并不断反刍，词语从仓颉那里出发后，方能得到再次锻造；词语呈现出的每一个姿势，每一个偏旁，每一个内部的拐弯处，都经过内心力量的赋予、浸染，这个时候出现的诗句一定是不纯的，但也才显得更有力量。如果说，我们还相信，或者还愿意相信诗歌这种艺术形式具有特别的"纠正性力量"，就必须破除从词到词，或词生词这样的现代妖孽。为此，吉狄马加不惜对马氏动用颂歌的方式：

因为你，形式在某种唯一的时刻

才能取得没有悬念的最后的引力

当然，更是因为你——诗歌从此

不仅仅只代表一个人，它要为——

更多的人祈求同情、怜悯和保护

无产者的声音和母亲悄声的哭泣

——吉狄马加《致马雅可夫斯基》

词语以及词语构成的形式，只能从内心获取力量，因为词语本身无所谓力量——它在被使用之前，只不过是一堆表情漠然的符码。在吉狄马加的赞美声中，遥远的俄国人和词语的关系，反倒更能暗合汉文化的一个基本伦理：所谓写作，就是修行；你的境界有多高，你能赋予形式的力量就有多强大，也才能在某些必要的时候，做到一锤定音，亦即"没有悬念的最后的引力"。吉狄马加赞美的，是那种不仅仅是技术的写作。我不懂俄语，不知道俄国人马雅可夫斯基是否真的做到了这一点，至少吉狄马加宁愿相信他做到了这一点。"宁愿"一词中，有令人心酸的成分，其潜台词是"但愿"。苏东坡一声"但愿人长久"，之所以具有摧枯拉朽的作用，之所以能让百代之下的人依然百感交集、五味杂陈，差不多全赖"但愿"两字带来的冲击力。只有在这等境地，诗歌的力量才值得信赖，也才显得重要。这就是吉狄马加的祈祷：

> 诗没有死去，它的呼吸比铅块还要沉重
>
> 虽然它不是世界的教士，无法赦免
>
> 全部的罪恶，但请相信它却始终
>
> 会站在人类道德法庭的最高处，一步
>
> 也不会离去，它发出的经久不息的声音
>
> 将穿越所有的世纪——并成为见证！
>
> ——吉狄马加《致马雅可夫斯基》

如果诗仅仅修炼到词生词为止，就基本上可以休矣，因为它除了为某些人带去并不高明的文字游戏，并不多么好玩的智力体操外，什么也没有。从古至今，也无论中外，诗都不具备止恶、息（或熄）战的能力。鲁迅半开玩笑半是严肃地认为：赶走军阀的不是文章，而是革命军的枪炮。但诗确实具有见证的能力，而见证自有其力量。杜甫的《石壕吏》开篇两句是："暮投石壕村，有吏夜捉人！"在这里，没有任何技巧存在，仅仅是一个目击者情急之下的口不择言——但它需要双倍的感叹号。见证的力量在于它的真实性；而真实性，就寄居于口不择言这种话语方式之本身，不需要修辞，不需要装饰：是事情催生了词语，并且赋予了词语及诗形以力量，但这等情形仍然取决于内心的修炼，内心的坚强。在俄罗斯，马氏之死向来被不少人当作谜语看待。他身为社会主义诗人，当他为社会主义讴歌，当他目睹斯大林时代的罪恶①，当他目睹乌托邦总是和集中营、大屠杀联系在一起②，并受未来主义诗人之身份的监督，他笔下的诗行当真没有打滑吗？他使用的楼梯体应和着俄语的本性，真的将见证的力量推到了高潮？而最终，当两种身份相互冲突，当马氏欲"站在人类道德法庭的最高处"而终不可得，他究竟该怎么办？吉狄马加的赞美能力获得过祖先肉身的首肯，因而他的赞美终归是善意的，这种善意毫不犹豫地排除了上述疑问，"宁愿"相信被赞美者在真诚地见证，在没有矛盾地记录。而颂歌，其力量的来源之一，在于本心的良善。我猜，吉狄马加之所以要把颂歌献给马雅可夫斯基，更有可能出于对"霸权"的憎恶——

> 他们只允许把整齐划一的产品——
> 说成是所有的种族要活下去的唯一
> 他们不理解一个手工匠人为何哭泣手
> 他们嘲笑用细竹制成的安第斯山排箫
>
> ——吉狄马加《致马雅可夫斯基》

恰如吉狄马加的暗示，霸权无处不在，歧视无处不在。强者（比如美国）可以成为霸权主义的渊薮，弱者（比如残疾人）难道真的不可以成为霸权主义的基地？你见过美国打伊拉克，也得看见母亲盛怒之下打残了自己幼小的孩子。不要以为世界上只有美国、欧洲这样的霸权国家，在任何国家里边，总有一些强势阶层在凌辱其他的阶层，也许情况更糟糕，也更惨烈。不要以为吉狄马加乐于批判的，仅仅是霸权以及它带来的摧毁力；实际上，他更乐于批判的，乃是一切试图或者已经凌驾于他人之上的力量——以这样的方式定义霸权，可能更精准一点。此外，吉狄马加或许对社会主义时期"人人平等"的理念记忆深刻，愿意从马雅可夫斯基的诗作中，尤其是他的生平中，发掘社会主义的遗产，

---

① ［英］奥兰多·费吉斯著：《耳语者：斯大林时代苏联的私人生活》，毛俊杰译，广西师范大学出版社 2014 年版，第 140 – 200 页。

② 包亚明：《现代性与时间、空间问题》，包亚明主编：《都市与文化：现代性与空间生产》，上海教育出版社 2003 年版，第 9 页。

才写下了赞美马氏的诗句。但这个问题太复杂，暂且打住不论。

放下复杂的不予谈论后，可以说得更感性一些，也许反倒可以更好地理解吉狄马加的上述诗句。但愿我的观察没有错：彝族人，尤其是彝族人里面比较敏感的知识分子，对自己民族目前遭遇到的困境很忧虑。他们认为，在全球化的势头面前（全球化是另一种不经商量，就强加于所有人的霸权），很多少数民族的语言和风俗将会慢慢减弱，甚至消失。他们当然知道，汉语同样受到帝国主义语言（即英语）的威胁，只是汉语遭遇的情况，和彝语的命运完全不一样。我敢打赌，直到地球毁灭之前，如果还有语言存在，最有可能存活下来的，一定是我们心心念念的汉语，也就是张枣宁愿换血，也不愿被其他语言替换的汉语。很遗憾，彝语就没有这样的底气了。所以，吉狄马加才会借道于赞美马雅可夫斯基而写道："他们不理解一个手工匠人为何哭泣手……"这里面当然有一种感同身受的东西。每一个人都有乡愁，每一个民族也有自己的乡愁。吉狄马加的诗句透露的，已经是人类共通、共同的东西，不再是地方性的遗产。我们可能没机会了解某些情、事、物，但我们也许有能力理解这些不曾了解到的情、事、物。了解和理解终归是两个不同层面的东西，不可以混为一谈。在吉狄马加的颂歌里，最有力量的马雅可夫斯基，不是未来主义诗人的马雅可夫斯基，甚至不单纯是社会主义诗人的马雅可夫斯基，当然，更不会是自杀的那个马雅可夫斯基，而是自杀后，仍然能够致使其诗作长久存活与呼吸的那个马雅可夫斯基：他才是马雅可夫斯基自身的精华部分，是碾不碎、磨不灭的传奇，是珍珠、玛瑙和宝石——但这样的比喻很可能俗气了一些。有最具力量的马雅可夫斯基存在，或者，有吉狄马加颂扬的那个马雅可夫斯基存在，胜利看起来是可以企盼的：

> 马雅可夫斯基，新的挪亚——
> 正在曙光照耀的群山之巅，等待
> 你的方舟降临在陆地和海洋的尽头
> ——吉狄马加《致马雅可夫斯基》

在这里，吉狄马加以如许颂歌，为我们构造了一个类似于创世记或挪亚方舟的故事。这是颂歌的题中应有之义：颂歌原本就是为希望、光明与和平而设。它倾向于一切美好的名词，涉及一切美好的动词，但也需要中性的介词和助词作为转渡，或桥梁。如果不存在希望，或者压根儿不提供希望，颂歌就是没意义的，因为它压根儿不知道自己将前往何方。这个问题如此重要，以至于在此需要再重复一遍：吉狄马加颂扬的那个马雅可夫斯基，不是死掉的那个马雅可夫斯基，而是强有力的那个马雅可夫斯基，是未来主义诗人和社会主义诗人在较劲过程中，最后惨胜的那个马雅可夫斯基。我不知道究竟哪个马雅可夫斯基胜利了，但其中一定有一个更有力量的、能够挡住自杀本身的那个胜利者。当然，这里边有一种很神秘的东西，我说不清楚，但最好是不要说清楚，冒犯神秘毕竟是不祥的，正如叶芝（William Butler Yeats）说"见解是不祥的"。

《致马雅可夫斯基》能够继续引发我们思索的，是诗学上的知音问题。诸位想必都知道，古典汉诗中，有两大相互依存的主题，一个是万古愁，另外一个就是知音难求。在别的地方，我曾专门论及过这两个问题，此处只就吉狄马加的新作，对知音问题谈点额外的体会或心得。《诗经·伐木》有言："嘤其鸣矣，求其友声。"就是说，无知的鸟儿们相互间都在鸣叫酬答，长有四个心室的人难道不更应该如此吗？古典诗人普遍相信，知音总是与万古愁联系在一起：人生苦短导致了万古愁，万古愁需要知音去弥补，或充实。彼此相知如此重要，以至于万难解决的万古愁，都希望经由它得到解决。从《诗经》开始，知音一直是古典汉诗中特别重要的问题。关于知音难求，古人已经说得够多了：钟子期从俞伯牙浩浩汤汤的琴声中，辨析出"高山"和"流水"，是中国古人赋予知音的绝佳意象；靖节先生的《停云》之所以被王夫之评为"深远广大"①，也是因为它对友情与理解的渴求真挚感人，以至于"停云"一词几经转换，终于成为兄弟和知音的替换语。无论是陶渊明的"目送回舟远，情随万化遗"，还是钟鸣的"这就是那只能够'帮助'我们的鸟／它在边远地区栖息后向我们飞来"，知音都是实实在在、扎扎实实的我—你关系，也就是曼德尔施塔姆那句著名的话：我们应该"朝向朋友、朝向天然地与他亲近的人

---

① 王夫之：《古诗评选》卷二。

们"①。这种关系是面对面的，也必须是面对面的；和颂歌中的间接性相比，面对面在此显得至关重要。日本学者松原朗说得很好："人们在作诗的时候，即使类似'咏怀'那样的独白的抒情诗，也需要有一个跟自己相关的他人的存在，来作为倾吐心声的对象。这种诗歌的结构，可以说在面对某个超越性存在的祈祷中，或者针对为政者的嗟怨中，或者是寄送友人的怀念之情中，都同样存在……甚至可以说，诗歌本身就是从唯恐与他人断绝关系的情感中生发出来。"②

这里反复被道及的我—你关系，始终是世俗的，不曾是神学的。对20世纪的神学史稍有常识的人都知道，神学中存在着一种典型的我—你关系。马丁·布伯（Martin Buber）有一本很著名的小书，就题作《我与你》，很是醒目，也很让人神伤。在这本书中，神学家马丁·布伯的核心意思不过是：只有通过"你"，才能成为"我"。马丁·布伯所谓的"你"，指的是"上帝"。在所有有可能同人相关的关系中，上帝（即"你"）与人（即"我"）的关系始终是，也绝对是第一关系。而在"我"（即"人"）与"你"（即上帝）组成的关系中，上帝（即"你"）无疑拥有毋庸置疑的先在性，只因为"你"（即上帝）是"我"（即"人"）的定义者、制造者。在此基础上，或在此前提的笼罩下，才是作为凡人或信众的"你"与"我"在面对面。很显然，前者不是平等关系，因为"你"让我匍匐，构筑起一种伪装的面对面；后者也许是平等关系，因为"你"至少跟"我"一样，都是肉身凡胎。

在中国古典诗学的知音关系里边，我和你是一种对等关系。我呼唤的那个你，有时候是具体的人，甚至就是我认识的某个人，而有时候，只是我想象中的某个完美对象——总之，是能够解我心结、销我万古愁的那个你。随着词语组成诗行，随着诗行构筑完整的诗篇，我一路上总是在呼唤你，让你在词语、诗行的形成间，在诗篇一步步得到完成间，在诗篇形成的氛围里边，渐渐成形。和我面对面的那个你，是我通过编织词语编织出来的，但背后，仍然是寻觅知音的冲动，滚烫、热切而迫不及待；你仅仅是一种氛围性的成形，不是事实上的成形——你只是被心性浸染的词语召唤出来的。事实上，古典汉诗的精确性，

① ［俄］曼德尔施塔姆著：《时代的喧嚣》，黄灿然等译，作家出版社1998年版，第42页。
② ［日］松原朗著：《中国离别诗形成考论》，李寅生译，中华书局，2014年版，第4页。

就来自于它营造的那种氛围。这是氛围性的真实。对于伟大的古典汉诗，这一点至关重要，虽然很少被人提起。

在吉狄马加对马氏的颂歌里，"我"（即吉狄马加）与"你"（即马雅可夫斯基）看上去虽然是面对面的，但"我"在事实上远低于"你"："我"对"你"采取的，仅仅是仰视，却不臣服的姿势。做个不恰当的比喻，马雅可夫斯基对"我"（即吉狄马加来）来说，几乎是一种"半神"式的存在。当然，这个"半神"仅仅在比喻的意义上才能成立，没有宗教色彩——它是仰慕，但不是匍匐的对象。所以，《致马雅可夫斯基》终归是颂诗，不是知音之诗。知音是面对面的相互理解，至少也是氛围性的互相理解。吉狄马加表达的，仅仅是"我"对"你"的单边性理解。一定要注意：所有的颂歌，都是"我"对"你"的理解，不是我们彼此间的互相理解。也就是说，被颂扬的那个"你"是否理解"我"的理解，一点都不重要，但"我"必须理解"你"，这绝不是无所谓的事情；而在极端的情况下，还得理解"你"对我的不理解。颂歌终归是一种单边关系，是在理解"你"的情况下，是在更进一步理解"你"的情况下，乐于赞美"你"。这情形，不能被当作"剃头挑子一头热"的样板来看待。那是"我"急需"你"的帮助，最终，自觉自愿地"傍"上了"你"。这有点类似于周人在明堂里颂扬他们的祖先周文王，他们根本不在乎文王是否知道自己被祭祀；他们只是认同围绕伟大祖先组建起来的那套价值理念，或者说，那个既在场又不在场的精神。虽然吉狄马加的诗中有如下句式，好像表达的是面对面的我—你关系：

> 马雅可夫斯基，纵然你能看见飞行器……
> 马雅可夫斯基，毫无疑问——
> 你正穿越一个对你而言陌生的世纪
> 在这里我要告诉你——我的兄长
> 你的诗句中其实已经预言过它的凶吉
> 在通往地狱和天堂的交叉路口上……
> ——吉狄马加《致马雅可夫斯基》

但这只是假装或被冒认的我—你关系。不能因为诗中出现了世俗性的"兄长"一词，就自动解除了"你"对"我"拥有的"半神"地位。当然，还有另一种情况需要得到小心翼翼的照看——

> 无论是你的低语，还是雷霆般的轰鸣
> 你的声音都是这个世界上——
> 为数不多的仅次于神的声音……
>
> ——吉狄马加《致马雅可夫斯基》

但也不能因为诗中出现了"仅次于神的声音"，就认定吉狄马加将马氏当作了"半神"，虽然从表面上看，"仅次于神"就是我们所说的"半神"。事实上，"半神"既不是宗教意义上的神，也不是人格神，仅仅是高于人，几近于神的领域，可以无限接近，但似乎又永远到不了的那个地方。这种性质的赞美，或许可以获致美好的结局，恰如吉狄马加在早期诗作里写到过的那样——

> 啊，黑色的梦想，就在我消失的时候
> 请为我的民族升起明亮而又温暖的星星
> 啊，黑色的梦想，让我伴随着你
> 最后进入那死亡之乡……
>
> ——吉狄马加《黑色狂想曲》

此处的"进入死亡之乡"，不是马雅可夫斯基那种跟子弹绑在一块的"死亡"。相反，这种彝人式的死亡几乎是复活的同义词——《勒俄特依》对此有上好的叙述。汉族先祖中的达观之士认为："生者为过客，死者为归人。"（李白：《拟古十二首》其九）一个心悦诚服的"归"字，道尽了死的理所当然，甚至道尽了死的……甜蜜。在华夏诸族眼中，死从来就不是西方人理解中的惨烈之事，而是生之为人者在人间需要完成的最后一件事。因此，"进入死亡之乡"就是自然而然的，像睡眠一样。它是放大了的休息，是无限倍数的睡眠。古人有言：

"贫者士之常也，死者人之终也，处常得终，当何忧哉？"[①]"处常得终"不仅不值得忧伤，反倒是人生幸事——就是说，"处常归终"才是人之为人的胜利。如果颂歌带来的是失败，颂歌就没有意义；颂歌一定要讴歌胜利，因为它原本就是为胜利而生。自有现代艺术以来，无论是小说、电影、诗歌、戏剧、雕塑、绘画，几乎全是悲观绝望的，颂歌万难得见。即便是最接近颂歌的米斯特拉尔（Gabriela Mistral）的诗歌，也笼罩着质地厚重的绝望，那根本上就是一种强露欢颜的赞美。不用说，这种质地特殊的赞美是极其虚无的：那仅仅是在虚无之乡做好了迈步的准备，却不知道去往何处。因此，那顶多是提起了一只脚，却永远无法，也不会踩下去——颂歌正处于沃尔科特（Derek Walcott）所谓"尿道阻塞的丛林中"。但在吉狄马加这里，托彝族祖先的福，没有虚无，有的只是实实在在的胜利，哪怕最后"进入那死亡之乡"。

诸位，时已至此，我们是否有资格得出一个很肤浅的小结论呢？通过解读《致马雅可夫斯基》，我们也许可以看到，因为某种外来的文明因素（比如彝文化）进入现代汉诗，致使现代汉诗虽然身处这个喧嚣的社会，却不仅可以像华夏古人那样寻找知音，还居然拥有更为艰难、更加骇人听闻的赞美能力。而且这种赞美能力，以及它焕发的道德力量，不会让我们为它感到虚妄，更不会让我们为它感到肤浅和矫情。看起来，只要我们用心寻找，用心而不仅仅是用词体悟一切，既四处"开源"，又绝不自动"节流"，赞美的力量终归还是存在的——这就是《致马雅可夫斯基》给我们带来的启示。至于《致马雅可夫斯基》在写作技术方面的好坏、优劣，反而显得很不重要；重要的，是它引发了我们对这些问题的重新思考。我觉得，这些启示，恰恰是当代汉诗写作面临的难题。汉诗行进至此，已经不是可以斤斤计较的战术问题，而是过经过脉的战略问题；按照某些"妙人儿"的新说法，这很可能是个"拐点"，就看汉语诗歌的有心人将怎么"拐"、将往哪里"拐"。

谢谢诸位。

[①]《列子·天瑞》。

以诗歌信仰名义呈现的时代宣言书与精神启示录

——对吉狄马加长诗《致马雅可夫斯基》的一种解读

谭五昌

2016 年伊始，诗人吉狄马加为诗坛带来了一部长诗《致马雅可夫斯基》。与前年的长诗《我，雪豹》一样，这部作品以其深刻丰富的思想内涵与世界性眼光的凸显，获得了诗坛的强烈关注与广泛好评。可以说，《致马雅可夫斯基》进一步奠定并强化了吉狄马加在中国当代诗坛独特而重要的身份与地位。海德格尔曾以海德格尔 I 和海德格尔 II 来指示那些试图研究他的人。在吉狄马加身上，诗人身份也展示出前所未有的丰富性，且呈现出理想化的叠加与递进状态。简而言之，吉狄马加首先是杰出的彝族诗人，他自觉书写母族记忆和彝族审美文化经验，是彝族文化的守望者与代言人；其次，吉狄马加也是重要的中国当代诗人，他对传统与现代的文化冲突以及城市化进程中乡土中国命运的审美揭示，显示出独特而鲜明的现代性经验质素；再次，吉狄马加还是一位世界性诗人，他对本土题材与地域经验的诗性表现，融合了普遍性的人类审美情感经验，体现出世界性的思想意识与文化诉求，在当下的全球化语境中，做到了本土化（中国化、民族化）与全球化（世界性）的有机统一。

与许多中国当代诗人以地域文化、自然生态、人类处境等为对象的客观型写作或外向型写作不同，近年来吉狄马加有意识地加强了内向型写作的力度。他不再重点描述他，转而深入打量与审视诗人主体内部世界，开拓诗人自我的精神空间。长诗《致马雅可夫斯基》就是这样的精神内向型的鸿篇巨制。它既是吉狄马加与他的异国"兄长"——俄罗斯"白银时代"的伟大诗人马雅可夫斯基所进行的一场跨时空的灵魂对话，某种程度上也是诗人与自我进行的一场灵魂对话，是诗人与诗人之间、诗人与自我之间的双重性的灵魂对话。这种对话涉及的都是关乎人类前途、信仰与生存等重大的思想命题。与许多诗人沉迷于小情小调的把玩与趣味截然不同，吉狄马加一向自觉关注时代精神状态、民族前途命运、人类生存危机等宏大命题，由此凸显与众不同的精神分量。从思想主题层面而言，《致马雅可夫斯基》主要由对诗人主体形象的去蔽、还原与重构、批判现实的忧患意识与社会使命感、对诗歌信仰与道德信仰的呼唤与建构等三个思想维度组成，而这也是这部长诗的主要价值之所在。

一　马雅可夫斯基：诗人主体形象的去蔽、还原与重构

> 正如你预言的那样，凛冽的风吹着
> 你的铜像被竖立在街心的广场
> 人们来来去去，生和死每天都在发生
> ——吉狄马加《致马雅可夫斯基》

> 你是词语粗野的第一个匈奴
> 只有你能吹响断裂的脊柱横笛
> 谁说在一个战争与革命的时代
> 除了算命者，就不会有真的预言大师
> ——吉狄马加《致马雅可夫斯基》

在诗作的开端部分，吉狄马加就给马雅可夫斯基进行了一个崇高定位：预言家与先知。在《圣经》里，预言家与先知是同一种光荣的角色，如以利亚、耶利米等。他们投身政治活动，劝诫国王，警示百姓，写下预言般的诗篇，对流放与迫害毫不妥协。

作为 20 世纪最为杰出、最具传奇性的俄苏诗人之一，某种意义上，马雅可夫斯基的一生就如同旧约时代的先知一样，其作为俄罗斯诗人骨子里那种悲怆无畏却坚持真理的宗教情怀显露无余。虽然被视为革命先锋，并一度被苏联

官方册封为无产阶级思想的诗歌代言人，但马雅可夫斯基的诗人本性和真诚品质在一次次残酷激烈的政治运动中得到考验、锤炼与锻造，且得以完整保留。虽然最终马雅可夫斯基以悲壮的自杀来表达其乌托邦社会理想的彻底幻灭，但其纯粹诗人的形象反而获得了最高程度的彰显。

从 20 世纪上半叶至中后期半个多世纪的时间里，马雅可夫斯基杰出革命诗人的名声在世界范围内广泛传播，尤其在苏联与中国受到了人们的追捧与崇拜。在 20 世纪 50 年代至 20 世纪 70 年代的中国诗坛，马雅可夫斯基成为无产阶级诗人的最高典范，以贺敬之、郭小川等为代表的一大批中国当代政治抒情诗人及数量相当可观的读者们，都心甘情愿地奉其为诗歌导师与精神领袖。马雅可夫斯基诗歌的主题连同他最具个人风格标识性的"楼梯体"形式也在新中国成长起来的一代诗人中广受模仿。马雅可夫斯基作为一位政治诗人的耀眼光芒与巨大价值无人能及，他被历史之手推上了神坛，构成了中俄几代人一段深刻的诗歌文化记忆。但是，进入 20 世纪 90 年代以来，随着苏联的解体以及中国社会的转型，革命英雄主义与政治情结在当代诗歌与文学中开始出现大面积的退潮现象，马雅可夫斯基连同他的诗歌在中国和他的祖国逐渐淡出了人们的视野，甚至开始被许多人遗忘。这种"历史遗忘症"与精神的庸俗化与自我堕落关联密切。在此情形之下，马雅可夫斯基作为诗人的命运便展现出悲剧的色彩与性质，不仅体现在其遭遇到时代性的深度遗忘，也体现在其生前与死后遭受世人的误解、隔膜乃至嘲笑。正如吉狄马加在诗作中深怀热爱、同情与敬意所揭示的那样，诗人马雅可夫斯基的本来面目遭遇了人为的重重遮蔽：

> 原谅这个世纪！我的马雅可夫斯基
> 你已经被他们——形形色色追逐名利的
> 那一群，用各种理由遮蔽得太久
> 就在昨天，他们看见你的光芒势不可挡
> 他们还试图将一个完整的你分割
>
> ——吉狄马加《致马雅可夫斯基》

诗中的"他们"就是指历史与现实生活中的庸众与小人,"他们"既无发现天才诗人的眼光、能力,更无欣赏或容忍天才诗人的胸怀与气度。"他们"所热衷的就是不断去"抹黑"与"肢解"其周边的天才,于是天才诗人只能独自承受悲剧性命运:

> 然而天才总是不幸的
> 在他们生活的周围总会有垃圾和苍蝇
> 这些鼠目寸光之徒,只能近视地看见
> 你高筒皮靴上的污泥、斑点和油垢
> ——吉狄马加《致马雅可夫斯基》

由此,可以看出吉狄马加对马雅可夫斯基知音般的深刻理解与诗人之间的惺惺相惜。对马雅可夫斯基的理解,很大程度上就是对共产主义运动、社会乌托邦梦想以及理想主义情结的理解。在这一点上,吉狄马加显示出了一位理想主义诗人的动人情怀与穿越历史尘埃的深刻洞察,同时有力反衬出芸芸众生对马雅可夫斯基这位天才诗人预言家的无知与偏见:

> 他们哪里知道——是你站在高塔上
> 看见了就要来临的新世纪的火焰
> 直到今天——也不是所有的人
> 都知道你宝贵的价值
> ——吉狄马加《致马雅可夫斯基》

正是对于马雅可夫斯基作为一个伟大的诗人预言家的巨大价值的高度认同与极端推崇,才激发了吉狄马加还原其本真诗人面目的强烈渴望,这是创作此诗最为直接而强大的一个动机。他在诗作的开头部分充满深情地呼唤着马雅可夫斯基的"重新归来":

> 你应该回来了,可以用任何一种

方式回来，因为我们早就认识你

你用不着再穿上——那件黄色的

人们熟悉的短衬衫。你就是你！

你可以从天空回来，云的裤子

不是每一个未来主义者的标志，我知道

你不是格瓦拉，更不是桑迪诺

那些独裁者和银行家最容易遗忘你

因为你是一个彻头彻尾的诗人

——吉狄马加《致马雅可夫斯基》

众所周知，马雅可夫斯基是以其"未来主义"的激进创作主张和著名的先锋诗作《穿裤子的云》为世人所熟知的。吉狄马加在此根据自己的理解与想象，力图完整复原马雅可夫斯基的本真诗人形象。吉狄马加呼唤马雅可夫斯基的"重新归来"，实际上是对后者诗人身份的重新确立，因而吉狄马加如此声称："你用不着再穿上——那件黄色的／人们熟悉的短衬衫。你就是你！"在这里，马雅可夫斯基纯粹的诗人身份得以回归，他长期为许多人误解、扭曲甚至抹黑、诋毁的诗人形象也得以重新构建。在此必须强调的是，吉狄马加不仅仅给我们还原了一个"彻头彻尾的诗人"马雅可夫斯基，更是着力为我们重构了一个极富自我意识与英雄意识的主体诗人形象。在吉狄马加带有主观色彩和历史想象的叙述当中，马雅可夫斯基是以一个充满思想与艺术双重创造力的强悍诗人形象出场的，具有十足的英雄气概与领袖气质：

马雅可夫斯基，不用其他人再给你评判

你就是那个年代——诗歌大厅里

穿着粗呢大衣的独一无二的中心

——吉狄马加《致马雅可夫斯基》

应该说，吉狄马加对马雅可夫斯基强有力的诗人主体形象的塑造，总体上是符合历史事实的。比起不少人心目中愤世嫉俗的革命先锋和叛逆分子的角色定位，马雅可夫斯基横扫一切、领袖群伦的先锋诗人形象无疑来得更为真实与可信。吉狄马加曾用茨维塔耶娃、阿赫玛托娃等同时代的伟大诗人对马雅可夫斯基的认同与推崇作例子，以此来衬托马雅可夫斯基无比崇高的诗人形象。在吉狄马加笔下，马雅可夫斯基被塑造成一个传道者，如同旧约时代的挪亚、新约时代的施洗约翰一样，他在街头布道，大声诵读诗歌（真理的化身），成为时代的号角和鼓手，在不被人理解的处境中仍然坚持对真理的执着宣扬与坚定维护。虽然马雅可夫斯基作为个体生命意义上的人的结局是悲剧性的，但作为一个诗人，"预言大师"、"使徒"、"伟大的祭司"、"旷世的天才"、"酋长"、"词语王国里的大力士"、"那个时代最伟大的诗的公民"等被吉狄马加用笔加冕的一长串荣耀与头衔，却将马雅可夫斯基高高矗立的光辉诗人形象异常鲜明生动地呈现在每一个读者的眼前。

二　时代宣言书：现实批判、忧患意识与社会使命感

如果说吉狄马加对马雅可夫斯基诗人形象的还原式塑造是其明显的创作动机，那么，其内在隐秘而强大的创作动机则源于吉狄马加对当下现实的强烈不满。准确地说，有感于当下普遍存在的思想迷惘、价值困惑与道德滑坡，吉狄马加对于现实与时代的介入与干预欲望被空前强烈地激发起来。他对这个时代整体坠落的精神状态甚感忧虑进而尖锐发言，其鲜明的现实批判意向体现出诗人可贵的知识分子精神与文化立场。吉狄马加在作品中对现实与时代的种种精神乱象予以了全方位的揭示：

> 可是近在咫尺的灵性，却被物化的
> 电流击穿，精神沦落为破损的钱币
> 被割裂的自然，只剩下失血的身体
> 那些在大地上伫立的冥想和传统
> 没有最后的归宿——只有贪婪的欲望
> 在机器的齿轮中，逆向的呐喊声嘶力竭
> 异化的焦虑迷失于物质的逻辑

这无论是在东方还是西方——
都没有逃脱价值跌落可怕的结局
因为，现实所发生的一切已经证明
那些启蒙者承诺的文本和宣言
如今都变成了舞台上的道具
用伸张正义以及人道的名义进行的屠杀
——从来就没有过半分钟的间歇
他们绑架舆论，妖魔化别人的存在
让强权和武力披上道德的外衣
一批批离乡背井流离失所的游子
只有故土的星星才能在梦中浮现
把所谓文明的制度加害给邻居
这要比哥伦布发现新大陆更要无耻
这个世界可以让航天飞机安全返航
但却很难找到一个评判公理的地方
所谓国际法就是一张没有内容的纸
他们明明看见恐怖主义肆意蔓延
却因为自己的利益持完全不同的标准
他们打破了一千个部落构成的国家
他们想用自己的方式代替别人的方式
他们妄图用一种颜色覆盖所有的颜色
他们让弱势者的文化没有立锥之地

——吉狄马加《致马雅可夫斯基》

当今这个时代所普遍流行的拜金主义、物质主义、享乐主义，工业化进程的空前加剧以及与之相关的土地与田园的大面积沦丧，价值标准的跌落，启蒙主义的颓败，人道主义的扭曲，文明、正义与公理的异化，国际强权政治的横行泛滥，世界范围之内强势文化对弱势文化的无情吞并，人类精神家园的严重失落，如此等等诸多非正常社会现象均在吉狄马加的笔下被一一揭示出来。诗人以一个社会良知者的心态与身份对其进行了毫不留情的话语抨击，其批判态度十分鲜明有力，令人警醒。需要指出的是，吉狄马加对当下社会与时代乱象的批判矛头并不仅仅局限一隅，而是把批判的目光投向整个东西方，非常鲜明地彰显出其国际性视野，由此使得其现实批判具有思想的深度、视野的广度与经验的宽度。这再次雄辩地证明了吉狄马加的诗歌写作已经拥有了一种世界性的精神背景。他本人曾在许多公开演讲或私下交流中表示：当下中国诗人的写作已经处于全球化的语境中，任何一个诗人的写作都应该自觉融汇到全球化的诗歌文化潮流中去。由此可见吉狄马加是位出色践行自身诗学理念的诗人。

在作品中，吉狄马加对现实、社会与时代的批判态度，不仅契合其富有精神信仰的彝族诗人身份，更显示出其知识分子的思想姿态与精神气质。在诗人的现实批判意向背后，我们可以感受到一种深刻鲜明的忧患意识与社会使命感。这正是中国知识分子最具标志性的精神品质，也是人文知识分子薪火相传、历久弥新的思想精神传统。吉狄马加以其对于现实与时代的宏阔观察能力与理性把握能力，为我们呈现了一幅末日般的恐怖生存图景：

> 你能看见——古老的文明在喘息着
> 这个地球上大部分的土地——
> 早已被财富的垄断者和奸商们污染
> 战争还在继续，在逃亡中死去的生命
> 并不比两次大战的亡灵更少
>
> ——吉狄马加《致马雅可夫斯基》

诗人对于人类前途与命运的忧愤令人印象深刻且肃然起敬。更为可贵的是，结合时代背景，吉狄马加对忧患意识的表达已经上升到整个人类生存危机的高度：

> 在 21 世纪的今天，不用我们举证
> 那些失去传统、历史以及生活方式的人们
> 是艾滋病与毒品共同构成的双重的灾难

毫无疑问，这绝不仅仅是个体的不幸

而是整个人类面临的生死存亡的危机

——吉狄马加《致马雅可夫斯基》

吉狄马加对现实弊端与时代之恶的直率揭露与尖锐警告，表现出诗人可贵的现实担当精神与社会使命感。强烈的社会使命感使得诗人在对现实的猛烈批判中，又自觉建构着立场鲜明的人文关怀与生命道德理想：

20 世纪和 21 世纪两个世纪的开端

都有过智者发出这样的喟叹——

道德的沦丧，到了丧心病狂的地步

精神的堕落，更让清醒的人们不安

那些卑微的个体生命——只能

匍匐在通往灵魂被救赎的一条条路上

马雅可夫斯基，并非每一个人都是怀疑论者

在你的宣言中，从不把技术逻辑的进步

——用来衡量人已经达到的高度

你以为第三次精神革命的到来——

已经成为不可阻挡的又一次必然

是的，除了对人的全部的热爱和奉献

这个世界的发展和进步难道还有别的意义？

——吉狄马加《致马雅可夫斯基》

吉狄马加怀着内在的激情与马雅可夫斯基进行想象中的心灵对话，高度认可马雅可夫斯基"第三次精神革命的到来"的时代性宣言。两位诗人对"技术逻辑"所代表的科技主义与工具理性的共同否定，表明他们拥有共同的社会理想与生命价值观。而吉狄马加对"道德的沦丧"与"精神的堕落"所表现出来的真诚救赎愿望，以及他所流露出来的人本主义（人道主义）思想，不但表现出他与马雅可夫斯基思想上的强烈共鸣与深刻认同，也展示了吉狄马加的现实批判意向、忧患意识与社会使命感所达到的思想高度与精神境界，堪称一部理想主义诗人充满人文情怀的时代宣言书。

三　精神启示录：诗歌信仰与道德信仰的呼唤与建构

尼·别尔嘉耶夫曾在《俄罗斯思想》一书中指出："在19世纪的俄罗斯文化中，宗教问题具有决定意义。不仅在各种宗教流派中是如此，而且在宗教以外的和反抗上帝的各种倾向中也是如此，即使它没有被意识到。"①对于成长、生活在19世纪末20世纪初"白银时代"的马雅可夫斯基来说，他无法摆脱时代的精神氛围，即使其本人是一个深受布尔什维克思想影响的无神论者和唯物主义者。如同吉狄马加在诗中所说的那样："马雅可夫斯基，因为你相信人的力量／才从未在上帝和神的面前下跪"。但是，马雅可夫斯基诗歌的话语方式却体现出浸透基督信仰的俄罗斯精神。

吉狄马加在全诗中使用了"圣词写作"（例如诗中出现的"祭司"、"十字架"、"信徒"、"神"等众多圣经词语和宗教用语），对马雅可夫斯基表达出了近乎宗教般的尊敬与崇拜。虽然吉狄马加在诗中批判了"人设宗教"，对盲目的偶像崇拜也保持着警惕，但对待马雅可夫斯基本人，吉狄马加潜意识中无疑将之视作弥赛亚式的人类救赎者。而这也诚如尼·别尔嘉耶夫所说："对于19世纪的俄罗斯意识来说，有特殊意义的事，俄罗斯的各种不信教倾向——社会主义、民粹主义、无政府主义、虚无主义和我们本身的无神论——都有宗教问题，都感受到宗教的热潮。"②由此，宗教崇拜心态在人类身上存在的普遍性与内在性被揭示出来了。

问题的实质在于，吉狄马加创作《致马雅可夫斯基》一诗的目的不仅在于对马雅可夫斯基诗人形象的深度还原，其最终目的或根本动机，是为了表达吉狄马加对精神信仰的强烈追求与内在召唤，这才是全诗的思想价值精华之所在。

---

① ［俄］尼·别尔嘉耶夫著：《俄罗斯思想》，雷永生、邱守娟译，生活·读书·新知三联书店1995年版，第159页，第162页。

② ［俄］尼·别尔嘉耶夫著：《俄罗斯思想》，雷永生、邱守娟译，生活·读书·新知三联书店1995年版，第159页，第162页。

结合《致马雅可夫斯基》这首长诗的语境，吉狄马加所呼唤、所追求的精神信仰首先是一种诗歌信仰（包括对诗歌与诗人的信仰）。在此，现实的庸俗恰恰有力地反证或衬托出诗歌信仰的重要价值，诗歌成了平庸的日常生活的价值之光。换言之，正因为诗歌信仰的严重缺失（具体表征就是诗歌与诗人在社会上遭受边缘化的漠视与冷落），导致人们普遍的理想失落、精神空虚以及种种令人痛心的现实乱象，因而呼唤重建诗歌信仰是吉狄马加极其强烈的心声。正是在这个意义上，他在作品中反复预言或宣告着自己对于诗人马雅可夫斯基必然"复活"的坚定信念：

> 这虽然不是一场你为自己安排的庆典
> 但你已经到来的消息却被传遍
> 马雅可夫斯基，这是你的复活——
> 又一次的诞生，你战胜了沉重的死亡
> 这不是乌托邦的想象，这就是现实
> 作为诗人——你的厄运已经结束
> 那响彻一切世纪的火车，将鸣响汽笛
> 而你将再一次与我们一道——
> 用心灵用嘴唇用骨架构筑新的殿堂
> 成为人的臣仆和思想，而只有冲破了
> 无尽岁月的诗歌才能用黑夜星星的
> 贡品——守护肃穆无边的宇宙
> 并为无数的灵魂在头顶上洒下光辉……
> 　　　　　　　　——吉狄马加《致马雅可夫斯基》

　　不难看出，诗中马雅可夫斯基的形象类同于弥赛亚（犹太／基督教文化中的救世主）。吉狄马加借用这一形象，在诗歌中完成了对诗人马雅可夫斯基"被弃——受难——复活"的"先知重生"主题叙事模式的表达。在此，吉狄马加热情洋溢而又充满自信地宣告马雅可夫斯基的死而复生。马雅可夫斯基其人其诗的复活，标志着对人类肉体死亡和历史遗忘症的胜利，是人类理想精神与审美意志的伟大胜利。马雅可夫斯基本身就是诗歌信仰的符号，代表着诗歌精神与生命理想。而对于马雅可夫斯基及其诗歌的信仰就是人类的精神价值之源，也是人们超越庸俗现实的必经之途与最佳方式。因而，吉狄马加这样热烈地赞美马雅可夫斯基诗歌的意义与价值：

> 马雅可夫斯基，时间和生活已经证实
> 你不朽的诗歌和精神，将凌空而至
> ……
> 你诗歌的星星将布满天幕
> 那铁皮和银质的诗行会涌入宇宙的字典
> 你语言的烈士永不会陨落，死而复生
> ……
>
> ——吉狄马加《致马雅可夫斯基》

对于马雅可夫斯基来说，肉身的死亡并不意味着生命价值的消亡。恰恰相反，死亡是诗人复活的前奏与进入永恒的前提。只有外在的一切全然被弃绝时，才能显现出诗歌精神的不朽价值。吉狄马加对马雅可夫斯基其人其诗的复活信仰，有力地表明了吉狄马加对人类精神命运与文明本身的强大信仰，给人以深刻启示。

吉狄马加在《致马雅可夫斯基》一诗中除了表达诗歌信仰之外，还表达了道德信仰。前者与作者的诗人身份关系紧密，后者与作者的知识分子精神立场、民族生活方式与伦理道德内在关联。吉狄马加在诗中如此表达自己对于社会生活的道德诉求：

> 马雅可夫斯基，尽管这样，人类从未
> 能打破生和死的规律，该死亡的——
> 从未停止过死亡，该诞生的每天仍然在诞生
> 死去的有好人，当然也有恶棍
> 刚出生的未必都是善良之辈，但是

未来会成为流氓的一定是少数

这个世界最终只能由诚实和善良来统治

——吉狄马加《致马雅可夫斯基》

由此可见，吉狄马加在诗中所表达的道德信仰是极为朴素的，与其说是属于知识分子（如果我们把诗人理解成知识分子）的道德理想，不如说更多体现出民间伦理道德的普遍诉求。当然，这种道德理想也是具有人类性的。而在更高的层面上，吉狄马加往往把诗歌信仰与道德信仰融为一体，并且用诗歌信仰来提升道德信仰，在情感体验上具有仰望星空般的庄严感，充满着宗教色彩的审美情调。请看该诗的结尾：

马雅可夫斯基，新的挪亚——

正在曙光照耀的群山之巅，等待

你的方舟降临在陆地和海洋的尽头

诗没有死去，它的呼吸比铅块还要沉重

虽然它不是世界的教士，无法赦免

全部的罪恶，但请相信它却始终

会站在人类道德法庭的最高处，一步

也不会离去，它发出的经久不息的声音

将穿越所有的世纪——并成为见证！

——吉狄马加《致马雅可夫斯基》

毫无疑问，马雅可夫斯基在此代表诗歌信仰与道德信仰的双重力量，诗歌信仰扮演着道德审判的光荣角色。吉狄马加充满拯救人类的激情，为人类理想化的生存秩序发出语调铿锵的呼吁与宣告，强力地凸显出精神信仰的力量。吉狄马加虽非宗教信仰者，但诗句本身弥漫着浓郁的宗教情怀，当然其宗教情怀实际还是根植于诗歌信仰（艺术信仰）。正如诗人在诗作开篇引用的亚·勃洛克的名言："艺术作品始终像它应该的那样，在后世得到复活，穿过拒绝接受它的若干时代的死亡地带。"在这个意义上，吉狄马加与马雅可夫斯基无疑属于同路人，他们都有意无意地渴望以诗歌艺术为各自的时代提供一份关于信仰问题的精神启示录。

总而言之，吉狄马加的《致马雅可夫斯基》是一部艺术性与思想性有机结合的长诗力作。它精心营造的结构与节奏、广阔的构思、生动的叙述、丰富的想象、悲壮崇高的审美风格，展示出诗人非凡的艺术功力。考虑到当下诗坛流行的日常生活写作与解构性写作（后现代性写作）所导致的思想空洞化与精神庸俗化，《致马雅可夫斯基》在思想精神层面的严肃探索与表现尤其值得我们高度重视，诗人对时代重大命题的关注与书写所体现出来的精神重量更值得我们发自内心的尊重。

一曲永不停息的生命之歌

——杨牧创作思想初探

林 平

杨牧是我国当代著名的"新边塞诗派"的代表诗人。他少年罹难失学，青年流浪新疆，曾在新疆度过二十五个春秋。中年崛起诗坛，更兼他传奇的人生经历和多种社会角色的转换，成为一种"杨牧现象"。近年来，引起人们再度关注，特别是对于杨牧的诗歌及创作，人们在思考，同时也在反思。可以这样说：对杨牧的关注，也是对中国诗坛的关注，对杨牧的思考，也是对中国诗歌现状的思考。杨牧的创作涉及诗歌、诗剧、纪实文学、影视文学、散文、杂文、评论等，《杨牧文集》（上、下卷）的出版为我们呈现了他的创作经历。纵观杨牧的创作历程，其创作思想主要表现为：主张现实主义创作原则，崇尚粗犷、豪放、刚健、沉雄的艺术风格，追求多样化的艺术表现手法，走为祖国民族而歌唱的创作道路。正因如此，使他成为时代的歌手，他用手中芦笛吹响了一曲永不停息的生命之歌！

第一，主张现实主义创作原则。现实主义"是指作家按照生活的本来样子，通过艺术概括和典型化创作，以客观的叙述和冷静的分析来逼真地具体地再现生活的一种创作原则"[①]。其基本特征主要表现在：一是强调现实生活的客观再现；二是注重形象的典型概括；三是主张思想感情的隐性流露。作为从生活底层一路坎坷走过来的杨牧，在他身上有着比常人更深厚的生活积淀和更深刻的

---

① 柯秀经、胡长文等编著：《新编文学理论教程》，天津人民出版社 1996 年版，第 188 页。

人生体验与感悟。一个诗人和作家，面对现实，不仅是写什么的问题，更主要是以什么态度怎样写的问题。在生活面前，杨牧不仅坚持现实主义创作原则，而且用自己的创作实践，走出了一条坚实的现实主义创作道路。他在《在迷纷中寻觅和确认自己》一文中写道："我总以为，现实主义作为一种思想方法和创作方法，应该是最基本的，因而也是最广阔的。否定它，也就否定了唯物主义，否定了文艺的广阔道路和赖以发展的坚实根基。"①针对有人对现实主义艺术生命的怀疑和否定，他说："问题也恐怕并不是一定在现实主义，而在于怎样正视现实主义，怎样真正走一条现实主义深化、开拓和发展的道路。"②这表明他坚定的现实主义创作立场。现实主义要求作家立足于现实，一切从生活出发，通过个别揭示一般，通过现象揭示本质，在个性中反映共性，由此去揭示和表现生活的本质、规律及普遍意义。从杨牧诗歌题材的来源和表现看，充分地印证了现实主义创作原则这一要求。他的政治抒情诗，如《我是青年》《我骄傲，我有辽远的地平线》等，是诗人饱含爱国主义激情和历史使命而真情流露的社会性抒情；而那些边塞风物风情的诗歌，如《哈萨克素描》《维吾尔人的黧色幽默》等作品，是对新疆南北民族风物、历史变迁富于变幻的真实写照。还有如十五行组诗《边魂》等一类作品，是诗人表现经历大苦难、大悲辛的自我生命体验的诗情外射，是既富于时代又具有历史内涵同时又深谙哲学文化内蕴的呈示与抒写。可以这样说，杨牧的全部诗歌，几乎都与"西部"有关。在《杨牧文集》（上）诗歌卷 400 多首诗中，边塞诗题就占一半以上，正是大西北给予了他的生活，滋养了他的生命，使他获得了诗歌，他在《野玫瑰》创作杂感摘抄里写道："我爱边疆，刻骨铭心；边疆爱我，肝胆相照。看似等量，其实是个不等式：边疆生活给我的诗情、给我的灵感更慷慨得多。"③对于一个饱受生活磨砺的诗人，杨牧对生活的认识是深刻的，深知文学的"根"和"源"在于生活，因此，他始终与生活融合在一起，血肉般不可分离，他一方面成为生活

---

① ［芬兰］奚梅芳:《杨牧文集》（下卷），重庆出版社 2003 年版，第 738 页，第 737 页，第 783 页，第 742 页，第 739 页，第 748 页，第 749 页，第 738 页。

② ［芬兰］奚梅芳:《杨牧文集》（下卷），重庆出版社 2003 年版，第 738 页，第 737 页，第 783 页，第 742 页，第 739 页，第 748 页，第 749 页，第 738 页。

③ ［芬兰］奚梅芳:《杨牧文集》（下卷），重庆出版社 2003 年版，第 738 页，第 737 页，第 783 页，第 742 页，第 739 页，第 748 页，第 749 页，第 738 页。

的"奴隶",另一方面又成为生活的"主宰",他说:"我的生活放牧着我,我也放牧着我的生活。"①由此,进一步说明杨牧的诗歌扎根于现实生活的土壤,对生活进行加工提炼和典型化概括,深刻地揭示和表现了社会生活的内蕴,具有内蕴的真实和本质的真实,蕴含了较大的社会普遍性和典型意义。他在《那是一个悲剧的诞生》中写道:"如果把诗 / 写在自己的纽扣上 / 然后,钉牢,盖棺似地 / 合上衣襟 / 如果,举着一面旗帜 / 旗上是一只 / 幽蓝的 / 蝇 //……// 热爱世界 / 只是 / 热爱属于自己的一隅 / 承认世界 / 如果只是 / 承认世界对自己的承认 //——那是一个悲剧的诞生"。诗人用形象的比喻指出那种漠视社会,疏离生活,逃避现实,或者沉溺于个人狭隘的一隅,对社会和他人漠不关心,这是缺乏担当和责任的表现,最终将是一个悲剧,而这个悲剧既是个人的,也是社会的,既是现实的,也是历史的! 该诗表现了诗人对社会责任的承担和深沉的忧患,同时,也充分说明了他对待现实的态度。他的长篇自传体纪实文学《天狼星下》,更是一部现实主义力作,是对特殊的历史时代扭曲了的人性的典型概括。因此,作品已超过"自传体"的性质。透过作品,让我们看到的是那个时代鲜明的病态特征、社会的弊病和民族的苦难,以及个人命运的特殊性同社会的普遍性的相互依存关系。作品反映了众多盲流和农工在社会政治和自然合力的挤压下痛苦而艰难的挣扎,显示了在那个特殊的时代环境中命运的不可把握和人与命运的抗争,以及对苦难的忍受和对苦难的超越。作者从更高、更深、更广的理性视角来观照审视生命个体和群体在自然和社会合力挤压下的生存状态,表现出对历史文化深沉的哲理思考,因此,作品对于研究作者本人,研究中国当代文学乃至那段特殊的社会历史等方面具有史料价值,充分体现了杨牧的现实主义创作原则。

第二,崇尚粗犷、豪放、刚健、沉雄的艺术风格。文学风格是作家的创作个性在文学作品中的鲜明体现,它是由作品的内容和形式有机统一所呈现出来的一种整体性的与众不同的艺术特色。从这一意义上说,风格是指作家的创作个性在文学作品的整体中通过言语结构所显示出来的、能引起读者持久审美享受的艺术独创性。而作家的创作个性和具体话语情境,总是受一定时代的社会

① [芬兰]奚梅芳:《杨牧文集》(下卷),重庆出版社 2003 年版,第 738 页,第 737 页,第 783 页,第 742 页,第 739 页,第 748 页,第 749 页,第 738 页。

生活的制约和影响，作家作品的风格就不可避免地带有一定时代的特点，可以说，风格是特定历史时代的修辞表达。杨牧作品呈现出的风格也带有鲜明的时代的烙印，他曾经说过，当整个中国还未进入世界经济、文化繁荣的中心，都还处在"边"字的范畴，很需要向现代文明拼搏进取的时候，不倡导积极、昂奋、豪迈、壮实的诗风，"至少是有点不明智的……琐屑局促、孤芳自赏，乃至'人比黄花瘦'的顾影自怜，怕是很难吟出一条民族的壮实脊梁的！"①杨牧的诗歌具有鲜明的时代特色和个性特征，不仅苍凉、慷慨、深厚，而且明朗、刚健、朴实，为中国诗坛注入了一股新鲜的活力，《我是青年》震动中国诗坛，引起了广泛而强烈的反响与共鸣："就是这雄性的声音打破了整个中国刚刚复活的新诗坛的宁静，点燃了整整一代人如火的热情，世界因之沸腾起来！"②诗评家张同吾曾说，他每次读到杨牧的《我是青年》，都感觉那烈火喷吐般的诗句，"让人心旌摇撼……让人增添向上的力量和开拓的精神"③。

杨牧的诗歌诞生在大西北，表现出独特的创作个性和粗犷、豪放、刚健、沉雄的艺术风格，而这种创作个性和风格与大西北息息相通、形影相随。在他的笔下，绿色的星、复活的海、褪色的军装、长城的头、最后的残雪、北方的泥土、拓荒者、荒原与古剑、绿洲与草原、沙海与战马、迷路者与驼铃、残夜与笛声、困兽与断崖、大漠与烈日、雪山与瀑布、戈壁与地平线……无不给他生命的感召，激发起他的创作热情。他写"奔腾的马"、"壮美的山"、"搏击的鹰"是那样的明朗、刚健、雄浑；他写"飞流"、"雪峰"、"旷野"是那么浩瀚、苍凉、粗犷；他写"士兵"、"猎人"、"牧民"是那样的旷达、英武、剽悍。他在《我曾喝过我战马的血浆》写道："我曾喝过我战马的血浆，/ 向着诀别，/ 向着悲怆；/ 向着一个 / 崇高的杀伤，/ 我曾饮下 / 一个绝望中的希望。// …… // 我曾喝过我战马的血浆，/ 我从此确认：我就是战马，/ 我的血管 / 粗壮而浩荡。/ 马鬃从我的脊背长出，/ 我知道，那是征帆，/ 就从我的血管起航！"该诗表现出刚毅、果敢、诀别与坚定的个性精神和刚健沉雄的风格特征。诗歌《我骄傲，我有辽远的地平线》集中鲜明地突出了诗人豪放、乐观、深沉、坦荡的气质："我

<hr>

① 转引自雷业洪：《论杨牧边塞诗价值系统的整体性》，《当代文坛》2004 年第 6 期。
② 唐旭：《真诚感悟生命的诗人杨牧》，《丝路学刊》1994 年第 1 期。
③ 转引自雷业洪：《论杨牧边塞诗价值系统的整体性》，《当代文坛》2004 年第 6 期。

博大而广袤的准噶尔啊，/ 你给了我多少恢宏的画展。//……// 于是我赞美粗犷和爽快，/ 于是我敬重豪放和乐观；//……// 啊，不出茅舍，不知世界的辽阔！/ 啊，不到边塞，不觉天地之悠远！/ 准噶尔啊，感谢你哺育了我的视力——/ 即使今后走遍天南地北的幽谷，/ 我也能看到暮云的尸布、朝晖的霞冠；——/ 日落和日出都在迷人的地平线上，/——死亡与新生，都是信念。// 我骄傲，我有辽远的地平线！" 纵观杨牧的诗歌，几乎都洋溢着这种"壮美"的基调，这种基调既源于他对大西北神奇、雄浑、瑰丽的大自然的真切感受和体验，也源于他对祖国和民族振兴之理想与追求。杨牧曾经在《自叙传略》中说："柔情似水是美，惊涛裂岸也是美"，主张"壮和美相结合"，但他更喜欢"豪壮美"[①]。为此，杨牧以自己艰苦卓绝的文学创作充分体现和实践了他的艺术主张和审美追求，"粗犷、豪放、刚健、沉雄"的艺术风格成为他作品的主要的气质与风骨，由此，谢冕认为："在周涛、章德益、杨牧时期，西部的诗因了地域特色，以雄伟壮丽的美感加入到新诗潮中，他们对中国新诗在审美领域的贡献功不可没。"[②]

第三，追求多样化的艺术表现手法。杨牧始终将自己置身于时代和生活之中，他以极大的热忱关注现实世界，因此，他的诗歌激扬和澎湃着现实主义精神。现实主义作为创作原则，仅属于现实主义文学，而现实主义精神则属于一切文学和艺术，其写作具体方式既可以是现实主义的，也可以是浪漫主义的，还可以是现代主义的。从创作方式看，杨牧的诗歌在大胆运用中国传统手法"赋"、"比"、"兴"的同时，又对西方现代主义创作手法进行借鉴，他既注重继承《诗经》《楚辞》优秀传统，又努力尝试与外来品种嫁接、杂交的实践，同时，还不断从民歌中汲取养料，在文学体裁和创作方式上不断创新。因此，虽然他是一个现实主义诗人，但也有不少篇章是浪漫主义作品，同时，有的作品还融入了现代主义的因子和元素。例如神话叙事长诗《塔格莱丽赛》，可以称得上是一部冰雪之战的史诗。杨牧以流散在维吾尔族中关于雪莲的传说为创作基因，对素材进行编织创造，以作品主人公塔格莱丽赛和坎赫曼的爱情作为线索，把

---

① 杨牧：《自叙传略》，《当代文学研究参考资料》1981 年第 7 期。
② 北野：《单一的诗多元的诗和重要的诗——北大教授谢冕一行与新疆青年诗人的一次会晤》，《新疆日报》1998 年 8 月 26 日。

几千年来，特别是"文化大革命"十年来对黑暗与光明、严寒与火热的真实感受象征性地寓于神话之中，既具有现实主义的再现性与逼真性，又具有浪漫主义的表现性与虚幻性，还具有现代主义的暗示性与朦胧性，并将它们巧妙地糅合在一起。对于创作，杨牧在谈到艺术表现手法时说："我希望在现实主义的砧木上，嫁接一点别的东西。"[①]他希望"能够找到第三条路——一条在现实主义的土地上、既能连着民族传统又有某些现代手法、真正属于现代中国读者的路"[②]。杨牧以自己的创作实践探索着，由于他始终坚持现实主义精神进行创作，因此，他创作的具体方式是多样化的，他常常采用对比、隐喻、象征、暗示、铺陈、影射、渲染、烘托和虚实显隐的艺术手法，表现诗歌背后隐藏着的思想内涵，由此来加强作品的艺术表现力，因而，他的诗歌，从审美意蕴上具有想象丰富、以约驭博、返璞归真、含蓄蕴藉的特点，蕴含强大审美的张力，给人无穷的审美意蕴。如：十五行系列组诗《边魂》《错影》《圣土》，作品通过"边魂"、"错影"、"圣土"三个意象间接地比拟了诗人在特殊的社会环境中的生命状态，同时，又以完整的形态从总体上比拟和隐喻了人类不断遭受苦难，又不断超越苦难所经历的生命历程、情感历程和精神历程，它既是个别的又是整体的，既不脱离作者特定的生活又不囿于特定的生活情景，具有一种喻意的超越性，由于采用了多种艺术表现手法，从而使作品获得了深刻的思想内涵和丰富的审美意蕴，由此带给读者极大的审美想象空间，它超越了语言本身，而这正是杨牧在创作方式上追求多样化的艺术表现手法的成功实践。

第四，走为祖国民族而歌唱的创作道路。现实主义要求诗人走出"象牙之塔"，关注时代，反映生活。"诗人的感情生活应该有时代的联系；同时更重要的，诗人必须关心自己的时代。"[③]作为一个诗人、作家，杨牧始终将自己与时代联系在一起，为祖国和民族而歌唱，做时代的歌手。他说："一个作家，一个有希望的有出息的作家，总应该站在时代的高点，怀着对世界和人生的恋情，

---

① ［芬兰］奚梅芳:《杨牧文集》(下卷)，重庆出版社 2003 年版，第 738 页，第 737 页，第 783 页，第 742 页，第 739 页，第 748 页，第 749 页，第 738 页。

② ［芬兰］奚梅芳:《杨牧文集》(下卷)，重庆出版社 2003 年版，第 738 页，第 737 页，第 783 页，第 742 页，第 739 页，第 748 页，第 749 页，第 738 页。

③ 艾青:《诗论》,《诗人论》，人民文学出版社 1980 年版，第 145 页。

代表或体现一个民族最先进的思想、最美好的愿望，为民族的精髓而歌唱。"①
这种强烈的社会责任感和爱国主义热忱，成为他创作的自觉追求，诗歌《我是青年》真实地表达了在失而复得的春天到来时的一代人的心情，诗人并没有为"青春曾在沙漠里丢失"顾影自怜，而是在饱噙辛酸的泪水中发出了激越坚定的呐喊："我爱，我想，但不嫉妒。/ 我哭，我笑，但不抱怨。/ 我羞，我愧，但不自弃。/ 我怒，我恨，但不悲叹。/ 既然这个特殊的时代 / 酿成了青年特殊的概念，/ 我就要对着蓝天说：我是——青年！"诗中抒情主人公"我"的"呐喊"不仅是诗人个体的心声，而且喊出了一代人共同的愿望！诗歌饱含着强烈的爱国主义情感，它既来自诗人对"文革"历史的反省和对现实的正视，也来自诗人对民族使命的理性认同，这种情感在《天安门，我该怎样爱你》一诗中得到进一步表现："天安门，我该怎样爱你呢？//……// 你应该更美，天安门！美过世间的一切建筑；/ 你应该更高，天安门！高过以往的任何世纪；/ 你应该更新，天安门！就像我们希望的那样；/ 你应该更加雄伟，天安门！宛如人们心中的设计。//……// 我甚至想提议：我们要重建天安门！/（而不是简单的装饰和修葺）/ 用二十一世纪的砖，用二十一世纪的瓦，/ 用最新的建材构筑东方辉煌的殿宇。"在诗中，诗人将对祖国对民族的挚爱自觉地升华为一种历史的责任和使命，喊出了时代的最强音，发自肺腑，令人震撼！

由于对祖国对民族怀有深沉的爱，并自觉地把这种爱上升为一种责任和使命，这使杨牧不仅坚持现实主义创作原则，而且还将它升华为一种现实主义精神，成为一种精神理念，由此，而构成他作品的精髓与内核。杨牧创作表现出的现实主义精神既植根于现实生活的土壤，又突破了现实主义理论的框架，它是一种精神与态度，是作者对待现实的一种姿态，在他"进取人生"的意识中，在对现实和历史进行关注和思考的同时，始终保持了一种独立的理性批判精神，而不是盲目地歌颂和赞美，把文学变成时代精神单纯的传声筒和政治的工具；他关怀、介入和评判现实，既不媚雅，又不媚俗，懂得责任的承担，在现实面前，他不趋时、不趋势、不附会、不迎合，有着自己的清醒，忠实生活，不论生活是善是恶、是美是丑，他都能以诗人特有的敏锐与眼光把它真实地表现出

---

① ［芬兰］奚梅芳：《杨牧文集》（下卷），重庆出版社 2003 年版，第 738 页，第 737 页，第 783 页，第 742 页，第 739 页，第 748 页，第 749 页，第 738 页。

来，以一种独立的人格和理性去评判，表现出一种高度的社会责任感。他说："人应该长两只眼睛，既看到阳光，也看到黑暗，而两只眼睛都同时连着一条神经：对未来的追求。"①正是这种创作精神和态度，才使他的作品具有现实主义精神核质，这种精神核质在《那是一个悲剧的诞生》《在历史的法庭上》《长城的头》《站起来，大伯！》《今天》等作品中都得以充分的体现。诗剧《在历史的法庭上》，针对"文化大革命"期间"空头政治"所造成的生产凋敝、国民经济几乎崩溃的灾难和罪行进行了严正的诘算和审判，表现了作者深切的忧患和对过去历史理性的反思。在那个荒诞的年代，给杨牧留下了无法弥补的痛苦，作为一个饱受生活磨砺，经历过人生苦难与艰辛，身陷政治漩涡，头顶上始终高悬着一柄达摩克利斯利剑的诗人，对自己的人生经历有着深刻的体验和记忆，但他始终没有忘记自己肩上的责任与义务，他在《复活的海·后记》中说："即使痛苦，祖国、民族承受过的是一个苦海，我的痛苦小得更几乎没有分量。我所感到沉重的是：义务与责任！——为祖国分忧，为民族负重，振兴中华也振兴自己，创造生活也创造诗的崇高责任！"②他借此来表达自己不沉溺于过去的伤痛，以及对祖国和民族肩负的责任与义务；"天下兴亡，匹夫有责"，杨牧始终把自己与祖国和民族的命运联系在一起，站在时代的前列，感受时代脉搏，他说："我患过病，但我自信我只得过胃溃疡。我倒觉得越需要营养，真正的营养——人民的爱憎，民族的兴衰，国家的命运，现实生活的新鲜乳汁。我的脉搏必须和时代一起跳动！"③正是这种责任和义务激发了他的爱国热情，使他的作品始终激扬和澎湃着现实主义精神，走为祖国民族而歌唱的创作道路，成为时代的歌手。

纵观杨牧的创作历程，我们不难发现，主张现实主义创作原则，崇尚粗犷、豪放、刚健、沉雄的艺术风格，追求多样化的艺术表现手法，走为祖国民族而歌唱的创作道路，成为他创作思想和艺术追求的集中表现，他为中国当代诗歌

---

① ［芬兰］奚梅芳：《杨牧文集》（下卷），重庆出版社2003年版，第738页，第737页，第783页，第742页，第739页，第748页，第749页，第738页。

② ［芬兰］奚梅芳：《杨牧文集》（下卷），重庆出版社2003年版，第738页，第737页，第783页，第742页，第739页，第748页，第749页，第738页。

③ ［芬兰］奚梅芳：《杨牧文集》（下卷），重庆出版社2003年版，第738页，第737页，第783页，第742页，第739页，第748页，第749页，第738页。

及文坛，以自己卓尔不群的创作实践走出了一条现实主义深化、开拓和发展的道路，由此，使他成为时代的歌手，他用手中芦笛吹响了一曲永不停息的生命之歌！

城乡故事：时代漩涡中的个人

——读裘山山的《春草》

高　明

　　在当代作家中，裘山山颇为值得关注，其作品有着十分丰富的意涵，比如，对崇高的追寻、对女性生存处境的关照、对日常生活的审视以及对小人物状态的发掘等，从中不难看出作家的现实关切和情感取向。有意味的是，裘山山坦陈自己"对农村生活几乎没有体验"①，但其作品却通过对普通人生存状态的书写，触及了城乡结构变迁等一系列当代社会最重要的问题，在这方面，《春草》堪称代表性作品。《春草》主要叙写了"当代农村女性的奋斗史"，可以说，正是"当代""农村""妇女"及"奋斗"等词语提供了开启作品的钥匙。

　　小说主人公春草的经历在时间上贯穿了20世纪60年代到当下的历史和现实，在空间上则横跨了当代社会的城乡结构。我们可以从三个层面讨论这部作品：首先，让人印象深刻的是作品明确的历史意识，全书三十三个章节都是以年份作为时间标尺，由此给人物经历标识出清晰的历史刻度，不过，人物面临的真正难题是城市和乡村的巨大鸿沟。城乡结构的激烈变动将春草卷入历史漩涡当中，并深刻地改变着人物的人生方向和情感结构。其次，春草进城之后，面临着严峻的生计问题。作为"城市里的陌生人"，春草对生活既充满希望并抱着不屈不挠的精神，但也时时遭遇歧视、屈辱以及挫折。最后，值得特别讨论的是，春草为了实现理想，不得不压抑自己最起码的生活及生理需求，只有

---

　　① 姜广平：《小说是我对生活的设问——与裘山山对话》，《文学教育》2011年第1期。

在某些时刻，如梦中，才透露出人物最真实的一面，更为残酷的是，在生活的接连打击和重压面前，春草几乎被推向了精神崩溃的边缘。可以看出，《春草》深入地把握到了"小人物"的当代史，并由此揭示出了其背后的历史根源和现实力量。

城乡夹缝中的奋斗者

如果说，春草在出嫁前迫切的想法是要离开父母的家，那么，嫁给何水远之后，他们就开始了"自己的生活"。然而，理想的生活并没有展开，反而是充满了辛苦、劳累，小说写道："春草借着油灯看着自己一双伤痕累累的手，忍不住一声叹息：瞧瞧这双手，什么生活不能做啊！砍柴打猪草烧火做饭纳鞋底，采茶种蘑菇编竹篮，粗活细活样样都行，而且一年到头不歇着，怎么就挣不来钱呢？"[①] 显然，春草生活的困苦境况和某些 20 世纪 80 年代乐观的音符不同，生计的艰难和家里失火等不幸，使春草不得不离开农村走向城市。在 1986 到 1988 年期间，春草和何水远到陕西一个小城做小买卖，获得了生意上的成功，并成了梦寐以求的万元户。这段叙事充满活力，洋溢着生活的希望，大致来说，这又和 20 世纪 80 年代的历史氛围相契合，而且是有现实基础的。

然而，20 世纪 90 年代之后，由于何水远被骗，春草一家负债累累，跌入了生活的低谷。为了还债，春草抵押了农村的房子，为了寻找远走他乡的丈夫，她不得不再次进城打零工，此后春草陷入了艰难而不稳定的状态之中。然而，生活带给春草最大的变化是，变为"城里人"成了最大的生活梦想，城市已经不是暂时的安身之所，而变成了理想的归宿。事实上，春草的选择不只是个人选择，而是和农村与乡村的结构性变动有关。

在春草离开农村之后，家乡已经发生了很大变化。1993 年，春草回乡探亲，从弟弟春风、春阳的不幸遭遇以及阿明生意的衰败中，已经看出了乡村的凋敝。

---

① 裘山山：《春草》，江苏凤凰文艺出版社 2016 年版，第 95 — 96 页，第 198 页，第 269 页，第 260 页，第 93 页，第 253 页，第 312 页，第 168 页，第 299 页，第 301 页，第 203 页，第 196 页，第 37 — 308 页，第 311 页。

就小说而言，一方面，这是一次对乡村的认真审视，使得我们看到 20 世纪 90 年代乡村的深层问题；另一方面，使得春草坚定了留在城市的决心，她给何水远说道："看来我们只能在城里待下去了，我这次回去看到乡下的日子不好过，比我们还难。"[①] 这不只是个人认知的变化，隐含的实际上也是中国城乡关系的重大转折。此后，对许多像春草那样的人，都不得不将在城市生活作为了生活的目标和归宿。

从乡村到城市不只意味着生活空间的转变，人物情感结构也随之发生变化。在城乡断裂处，春草并没有完全变成自私自利的个人奋斗者，作为 20 世纪 60 年代的一代人，他们和农村仍有着无法隔断的亲情纽带，比如，为了给母亲看病，春草不惜掏出一大笔积蓄；为了丈夫何水远家里过得更好些，给了小姑子水清一千元补贴家用。这是农村生活经验在一代人身上的情感积淀，然而，农村出身造成了春草无法克服的情结，因而她迫切需要城市的肯定。由于生意做得好，春草被商场评为"先进工作者"，她很激动地想"连城里人都服我呢"。有意无意之间，城市的认同成了她自我肯定的价值来源。尤有意味的是，城市"景观"也时时冲击着人物的感官，小说写春草第一次到娄大哥家，"春草定下心来，才注意到娄大哥的家那么漂亮。尽管原先想过，城里人的家一定很漂亮，但如此漂亮还是超出她的想象，她一边啧啧地叹着，一边东瞧西看。……参观到厨房时，春草说，你这哪里像厨房啊，比我们家困觉的地方还干净"[②]。

由于长久处于城乡的夹缝之中，春草的心态也不知不觉发生了改变。一方面，春草有重情重义的一面，可以说，看重"人情"是她的生存之道，孙经理、娄大哥和蔡大姐等人，都是基于"人情"而给了她很大的帮助。春草身上还留存着乡村社会带来的"人情"的观念，这是小说中的亮色和温情之处；

① 裘山山：《春草》，江苏凤凰文艺出版社 2016 年版，第 222 — 223 页。无疑，这强化了春草在城市生活的决心，而这个梦想也延伸到下一代的身上。春草回乡接儿子进城之后，对尚且不懂事的孩子说："以后这就是你的家了，你要在这里过日子，娶媳妇，你要做个城里人！"同前，第 221 页。

② 裘山山：《春草》，江苏凤凰文艺出版社 2016 年版，第 95 — 96 页，第 198 页，第 269 页，第 260 页，第 93 页，第 253 页，第 312 页，第 168 页，第 299 页，第 301 页，第 203 页，第 196 页，第 37 — 308 页，第 311 页。

但另一方面，春草并不是"滥好人"，比如，为了得到一点"实惠"，她从两家主人的菜钱里打主意，就是"在菜市收市时买一些便宜菜，甚至拣别人扔下的菜，拿回家打理一下，第二天拿到主人家报账"①。在真诚与世故、利人与自利的关系中，春草的付出中羼杂着小小的算计和世故，人物形象无疑是立体、复杂的。

然而，城市生活并不理想，让春草尤为沉重的是城乡身份不平等带来的歧视和屈辱。在春草给某事业单位当清洁工期间，单位领导的夫人丢了钱，春草却成了首要怀疑对象而被盘问，由于耽误了时间，在家里等着的孩子被烫伤。事后证明这只是一个误会，但春草却强烈地感到："不仅仅是钱的问题，重要的是她被人欺负了！欺负出大事体来了！她需要有人替她做主。"②娄大哥是春草的精神依靠，春草希望他能做主，但娄大哥最终选择了妥协。作为农村人，春草的尊严无法维持，背后实则和城乡结构中的认识装置有关，诚如张鹂所言，官方表述"倾向于将外地人描绘为受贫困驱使的盲目、物质的同质化群体。而这种无力、缺乏教育、素质低的群体形象与那些被认定为是惊喜的、现代的、可靠的城市固定居民成为两个无交集的对立人群"③。不难看出，在人物情感对立的背后，隐喻的正是城乡社会结构的对立。在城市和乡村的巨大鸿沟面前，任何试图跨越者，都面临着难以想象、无法预期的困境。

"城市里的陌生人"及其生计

1985 年春草嫁给何水远，走出了人生的第一步，"不过春草的新生活的表

---

① 裘山山：《春草》，江苏凤凰文艺出版社 2016 年版，第 95 — 96 页，第 198 页，第 269 页，第 260 页，第 93 页，第 253 页，第 312 页，第 168 页，第 299 页，第 301 页，第 203 页，第 196 页，第 37 — 308 页，第 311 页。

② 裘山山：《春草》，江苏凤凰文艺出版社 2016 年版，第 95 — 96 页，第 198 页，第 269 页，第 260 页，第 93 页，第 253 页，第 312 页，第 168 页，第 299 页，第 301 页，第 203 页，第 196 页，第 37 — 308 页，第 311 页。

③ ［美］张鹂著：《城市里的陌生人：中国流动人口的空间、权力与社会网络的重构》，袁长庚译，江苏人民出版社 2014 年版，第 33 — 34 页，第 2 页。

现形式和原来差不多，依然是辛苦的、劳作的、贫困的"①。如果说，这只是生活的开头，那么，在艰苦的奋斗之后，到了1995年，"春草觉得自己的命就是不断地重新开始，不断地回到起跑线。……春草重新开始的生活在本质上一点儿没变，依然是辛苦劳作"②。春草似乎陷入一个残酷的轮回当中。重要的是，不光人物的命运发生了改变，历史似乎也失去了温情和给人希望的能量。《春草》最后写道，大家都在庆祝新世纪的到来，"不过对春草来说，时间不是这样划分的，没有新世纪老世纪，时间是按她的人生目标划分的。比如结婚那年，比如姆妈做手术那年，比如着大火那年，或者买卖开张那年，何水远跑掉那年，伢儿上学那年，断指头那年……"③可见，让春草记忆深刻的是个人生活中的重要事件，而这些个人事件与作品章节标识的历史时间形成了鲜明的对照。或许可以追问的是，对春草来说，城市生活究竟意味着什么？

春草的生活从一开始就充满了挫折、打击和磨难，这主要是两方面造成的：一是家庭的不幸，尤其是丈夫何水远的不成器——做生意被骗，又和别的女人私奔，等等；另一方面，又是城乡不平等结构的重压。对春草而言，最重要的是生计问题，或者说，首先要活下来。何水远因被骗破产而远走他乡，春草进城去寻找，城市已经显现出其残酷的一面，春草丢了钱和身份证，"没有了身份证，她随时可能被当作三无人员被关起来遣送回老家。她遇见过这种事情的。她把身家性命给弄丢了！"小说写道：

> 生活再一次变得狰狞，城里人也变得可恶起来。……买票的女人催促她赶快付钱，站在后面的人也在催促她，她突然脸红筋涨地破口大骂起来：你这个该死的贼！你个千刀万剐的贼！你要遭报应！你已经生在城里

---

① 裘山山：《春草》，江苏凤凰文艺出版社2016年版，第95—96页，第198页，第269页，第260页，第93页，第253页，第312页，第168页，第299页，第301页，第203页，第196页，第37—308页，第311页。

② 裘山山：《春草》，江苏凤凰文艺出版社2016年版，第95—96页，第198页，第269页，第260页，第93页，第253页，第312页，第168页，第299页，第301页，第203页，第196页，第3 7—308页，第311页。

③ 裘山山：《春草》，江苏凤凰文艺出版社2016年版，第95—96页，第198页，第269页，第260页，第93页，第253页，第312页，第168页，第299页，第301页，第203页，第196页，第37—308页，第311页。

个案研究 | 385

的，为什么还要欺负我们？你不得好死！你要被车撞死！被雷劈死！吃饭噎死！①

如果说，这只是在城市中遭遇的一次意外，那么，接下来的生活则更是磨难重重。

表面看来，春草的厄运是何水远带来的，先是他轻信别人投资被骗，之后又和阿珍私奔，作为丈夫，何水远当然有着不可推卸的责任。但在某种意义上，何水远和春草都处在城乡结构当中，小说写到和阿珍私奔回来之后，何水远"变成了像个爱唠叨的妇人，没完没了地说着些重复的话"，他以诉苦的口吻诉说自己的苦难经历：

> 有一回我到一个私人老板的厂里清洗编织袋，那老板让我白天干五六个小时，夜里干八九个小时，干了三天我就累得受不了了，腰都直不起来，一共清洗了四吨编织袋，可老板最后只给了我十元钱。
>
> 夏天最热的辰光，有个姓王的建筑老板让我到他的建筑工地和泥，讲好一天十元的工钱。筛沙、担水、搅拌只有我一个人，要供六个大师傅用泥。当时我感冒还没好，动作稍一慢老板就在旁边骂。我想这份工作来得不易，苦也好累也好，挨骂受气都得忍着。可干了整整一天后，那老板说我干活太慢、不下力，一分钱没给就把我辞了。②

如果放置在城乡结构当中，何水远的遭遇同样富有深刻的历史含义。当然，对春草来说，城市生活更是充满了艰辛，她忍无可忍之时向何水远"反诉苦"说："这两年我一个人带着两个伢儿，做三四家的家务，每天早上六点起床十二点睡觉，夏天衣服汗湿了从来没干过，冬天手冻烂了没一处好肉。我累得尿血，

---

① 裘山山：《春草》，江苏凤凰文艺出版社 2016 年版，第 95 — 96 页，第 198 页，第 269 页，第 260 页，第 93 页，第 253 页，第 312 页，第 168 页，第 299 页，第 301 页，第 203 页，第 196 页，第 37 — 308 页，第 311 页。

② 裘山山：《春草》，江苏凤凰文艺出版社 2016 年版，第 95 — 96 页，第 198 页，第 269 页，第 260 页，第 93 页，第 253 页，第 312 页，第 168 页，第 299 页，第 301 页，第 203 页，第 196 页，第 37 — 308 页，第 311 页。

累得晕倒在地，累得蹲下去就站不起来，累得出气都不匀！"①何水远和春草的遭遇无疑是艰难生存状况的写照，但又何尝不是农村人进城最为现实的遭遇。作为"城市里的陌生人"，为了生活，春草卖茶叶蛋，照顾病人，挑着担子卖炒货，开炒货店，当清洁工，做家政，而为了孩子的学费，在无路可走的时候，甚至偷了娄大哥家的项链，这个过程的艰难此处无须重复，但主人公的命运却不能不让人倍感沉重。这一现实可以在社会学研究中得到印证，按照张鹂的说法："大多数拥入城市的外地人都一无所有，只能出卖劳动力为生。运气好的人可以在大部分城里人所不屑一顾的行业里找一份临时工，例如建筑工地、饭馆、工厂、家政、环卫。不过也有很多人什么工作都找不到，只能绝望地从一地漂泊到另一地。他们不享受城市居民的权利，并且往往在日常生活中受到歧视，隔三岔五还会被驱逐。"②因而，社会学将这类人称之为"城市里的陌生人"，春草正是其中的一员。

陌生的感觉不光针对他人或城市的社会关系，更重要的是，在某些情境中，春草甚至面对自己也感到陌生。最有意味的是春草在娄大哥家洗澡的心理活动。娄大哥曾多次给困境中的春草施以援手，这让春草对他感激不尽，并暗生情愫。一次娄大哥出了车祸，春草前去探望，此时他的妻儿都已出国，正是独居状态。在为娄大哥换膏药中，春草甚至想到以身报恩，这是一个极为暧昧的场景，但两人都无法点透。此处小说加进了洗澡的细节，写道："春草定下心来，脱光了，站在大白盆里，正想开水龙头，忽然从卫生间的镜子里看见了自己，天哪，太丢人了，她竟然这么赤条条的。她连忙转过身来对着墙壁不去看'她'。可心里还是有种怪怪的感觉，好像自己变成了另一个女人，一个陌生的女人。"③无疑，春草对自己陌生化主要是第一次在城市的家居环境中洗澡，而身体的、私密的

① 裴山山:《春草》，江苏凤凰文艺出版社2016年版，第95—96页，第198页，第269页，第260页，第93页，第253页，第312页，第168页，第299页，第301页，第203页，第196页，第37—308页，第311页。

② 裴山山:《春草》，江苏凤凰文艺出版社2016年版，第95—96页，第198页，第269页，第260页，第93页，第253页，第312页，第168页，第299页，第301页，第203页，第196页，第37—308页，第311页。

③ 裴山山:《春草》，江苏凤凰文艺出版社2016年版，第95—96页，第198页，第269页，第260页，第93页，第253页，第312页，第168页，第299页，第301页，第203页，第196页，第37—308页，第311页。

感觉冲击实则隐含了新的城市经验和震惊体验。这一情节将作品推到了一个新的向度上。

"梦"与现实

城市生活是春草最大的梦想,其目标和动力就是做城里人,哪怕把希望寄托在儿女的身上,照她的话来说,就是做"城里人的妈妈"。城市生活对春草的改变是巨大的,金钱成为左右她选择的重要力量,春草的理性几乎到了残酷的程度。小说讲到虽然蔡大姐给春草介绍了几份工作,这在城市是难得的人情,但为了更多的收入,她依然抛弃了蔡大姐而投向其他主顾。显然,这里无关乎人的品性,主要是在现实面前不得不做出的理性选择。在沉重的生活压力面前,春草根本无暇顾及自己的真实需要,她不得不一再克制自己的基本需求,即便如此,在某些非常态状态中,仍然能够分辨出春草的真实感觉和心迹。在小说第十三章,春草和何水远做生意初见成效,在难得的夫妻欢爱的时刻,春草念念不忘的却是算着收入的数目,突然想到存着的一笔钱,甚至要立即打断两人的欢愉——其金钱意识几乎强化到无意识的程度。丈夫何水远因负债而远走他乡之后,春草病倒了,娄大哥体贴地照顾她,小说写道:"到凌晨时她做了个奇怪的梦,梦见一只手。也不知是谁的手,无比温暖柔和,轻轻抚摩着她的脸庞,抚摸她的身体,一遍又一遍,让她浑身都绵软无力,一种快感从头到脚弥漫开来,她快乐得想发出声音来。"① 按照弗洛伊德的说法,"梦是以一种幻觉的方式来使人的愿望得到满足的"②,这里透露出的不光是春草生理需要,恐怕也有在孤苦无依状态中对爱的渴求。

透露出春草真实一面的不光是梦境,在某些脱出正常意识轨道的情境中,裘山山也敏锐地捕捉到人物的感觉以及某些微妙的心理。春草在城市的奋斗,除了坚定的生活信念和辛苦劳作之外,几乎一无凭借,而她似乎也很少反思自

---

① 裘山山:《春草》,江苏凤凰文艺出版社 2016 年版,第 95 — 96 页,第 198 页,第 269 页,第 260 页,第 93 页,第 253 页,第 312 页,第 168 页,第 299 页,第 301 页,第 203 页,第 196 页,第 37 — 308 页,第 311 页。

② 〔奥〕弗洛伊德著:《超越唯乐原则》,《弗洛伊德后期著作选》林尘译,上海译文出版社 1986 年版,第 33 页。

己的生活状态。值得讨论的是小说临近尾声的一个情节：在给孩子交学费的当口，何水远却偷偷用光了家里所有的钱，穷极无奈的春草偷了娄大哥妻子的铂金项链，被发现之后，娄大哥"看着春草，像不认识似的。春草只一瞥，就从那目光里看到了震惊，失望，难过，沉痛，恼恨，羞愧，悲伤，还有怜悯"。这让春草羞愤交集、无地自容。在整部小说中，这确实是一个极其重要的时刻：首先，春草突然想起了自己悲惨的经历：

> 我这是怎么啦？我怎么会这样？我成罪人啦？我一直苦苦地做，拼死拼活地做，我没有偷过一天的懒，没有抄起来手歇过一天，我的每一分钱都是血汗换来的……我没有做过一件对不起良心的事，最坏最坏的事体也就是多向主人家报了一点菜钱……我对每个人堆满笑，说好话，我咽下眼泪咽下怨恨咽下委屈咽下伤心，熬心熬血地做，只是想过好一点的日子。

如果说，这是春草在自我质疑中的自我辩护的话，那么，春草进而激烈地对社会提出质疑："我流浪，我沿街叫卖，我起早贪黑，我被人欺骗，我被人诬陷，我也遇到好人，孙经理、张大姐……我说过要报答他们，可我自己到现在都没有过好……我尿血，我摔断腿，我忍受了世上所有的罪孽，只是想好好地活下去啊，我只是想让我的伢儿过上好日子啊……辛辛苦苦，忙忙碌碌，种瓜不得瓜种豆不得豆，这是为什么啊？！我看见曹主任那样的人，坐在家里都有钞票送来，蔡大姐那样的人有了钱连自家的饭都懒得做！可我拼死拼活地却找不来钱！"然而，春草的质问又无疑是绝望的："我没有贪心呀，我没能读成书，想让我的伢儿读；我没能生在城里，想让我的伢儿住在城里……我花的力气还小了吗？我受的罪还不够多吗？我的心还不够诚吗？我春草就不能开花吗？"[①]这是难得的春草对自己整个经历和状态的反省，也是她和时代最深入，也是最激烈的一次对话——之前的春草只是凭着辛苦劳作来抗击生活的重压。然而，

① 裘山山：《春草》，江苏凤凰文艺出版社 2016 年版，第 95 — 96 页，第 198 页，第 269 页，第 260 页，第 93 页，第 253 页，第 312 页，第 168 页，第 299 页，第 301 页，第 203 页，第 196 页，第 37 — 308 页，第 311 页

这些理由最终仍无法让春草赎"罪",她最后冲进娄大哥的厨房,拿刀砍下自己一个手指,算是给娄大哥赔罪,也由此完成了自我救赎。有论者提到:"在小说《春草》改编成电视的结尾,对于春草该不该偷项链的问题上,很多人都无法接受这个情节,他们太喜欢春草了,她的坚强,她的韧性。人们知道人性恶的存在,却始终不敢面对内心的罪恶。裘山山解释说,人是复杂的,心里藏着天使也藏着魔鬼,遇到特殊情况魔鬼有可能跑出来。还有,人都会有一念之差,这个情节来自现实生活,很真实。"[1] 然而,这恐怕不能单单归结为人性的复杂,真正值得检讨的除了人性复杂、丈夫离弃等因素之外,恐怕对春草所处的时代也需要稍作检讨。在我看来,这也是裘山山对时代的一次认真发问。但小说最后写道:"春草觉得自己的一截手指让何水远改过,让娄大哥原谅了她,让两个孩子一直读书到今朝,让他们一家一直在城里待了下来到现在,很值得。"[2] 裘山山尖锐地提出了问题,但似乎无意进行更彻底的追问。

和通常的底层叙事相比,《春草》多了不少亮色,在一次访谈中,访谈者提出有人评价裘山山的作品"缺乏一种男性作家的冷静和尖锐,而显得温情有余冷静不足",裘山山的回答是:"丑恶和残酷我看到了,但我往往回避了,我喜欢表达美好的东西,喜欢善良和温暖,愿意去肯定和包容。"并且说:"文学是应该给人温暖和抚慰的,作家是应当具有悲悯情怀的。"[3] 因而,在面对城乡结构、城市的生存状态等重大问题,裘山山对生活更多的是"肯定"和"宽容"的态度。由此不难理解,何以面对个人与社会的对立,作家没有将两者的关系推向极端,而是试图寻找调和的空间和可能,并在历史正义和文学正义之间艰难地做出自己的探索。

① 孙婧:《寻找失落的精神——裘山山的日常生活书写与当代的文学理论价值建构》,《当代文坛》2011年第4期。

② 裘山山:《春草》,江苏凤凰文艺出版社2016年版,第95—96页,第198页,第269页,第260页,第93页,第253页,第312页,第168页,第299页,第301页,第203页,第196页,第37—308页,第311页。

③ 裘山山、孙婧:《在主妇和艺术家之间游走——裘山山访谈录》,《世界文学评论》2011年第1期。

诗意世界的多维建构

——读梁平诗集《深呼吸》

张德明

弗里德里希曾说："现代诗歌创作是去浪漫化的浪漫主义。"①此语耐人寻味。其意大概在于，现代诗歌必须保留诗人对宇宙人生的浪漫想象和奇幻寻思，但在语言表述上，则应该去除那种外溢式的直抒胸臆、火山爆发式的倾泻情感等方式，而尽可能做得内敛和含蓄。阅读梁平的诗集《深呼吸》中的作品，不难发现它们与弗里德里希所定义的"现代诗歌"有着惊人的吻合度。现代诗歌的述说语式是平和的、安静的、不动声色的，但在内涵上却充满着浪漫的情调、奇崛的想象与丰厚的韵味。换句话说，梁平的诗歌显示出了过人的成熟和老到，表面看上去波澜不惊，风平浪静，但内在之处却显得云蒸霞蔚，气象万千。诗人以融含着丰富的思想与情绪的抒情话语，在历史、文化、民族、地域与现实人生的多维视域中，建构起璀璨晶莹的诗意世界，给人带来无尽的艺术熏染和思想启迪。

想象历史的方式

我们该如何理解历史？历史并不是封存在岁月深处的人类陈迹，或者呆立于某个暗角无生命的化石，而是有呼吸、有心跳的生命活体，它始终在我们当

① ［德］胡戈・弗里德里希著：《现代诗歌的结构》，李双志译，译林出版社2010年版，第16页。

代人的精神血脉、文化记忆、民族习性和思维空间里存活着，静默着，等待我们用神奇的想象去点燃和照亮。梁平的诗歌，正是借助非凡奇崛的想象对历史进行着诗化演绎与艺术呈现。

对中国人来说，汉字就是历史的标本，在每一个汉字中，几乎都有历史的印痕和踪影，通过汉字来想象和表现历史便构成了梁平诗歌的一种基本策略。《说文解字：蜀》云："蜀不是雕虫，／与三星堆出土的文物里，／那些人面虎鼻造像，／长长的眼睛突出眼眶之外的／纵目面具有关，／那是我家族的印记。"从"蜀"的说文解字里，解读出"家族的印记"，这体现的是独特的历史辨认术。《犍为的犍》最后一节写道："犍为的犍，／只有一个读音，／就是前进的 qian。／那头公牛阉了之后，／留下了这粒字。建元六年，／汉武帝置郡，／把这个字挑选出来，／插上了花翎，／犍就落地生根了，／有了方圆。"犍为是四川乐山市下辖的一个县，诗人从"犍"的音义索解中展开对历史的追踪，既让我们看到了汉字本身创造的源起，也让我们看到犍为这个地域悠久的发展历程和深厚的文化根基。

在汉字中辨认历史还只是梁平诗中所体现的历史陈述法的极小部分，而在风景中徜徉、思忖，借助风景中的史迹追寻和文物考证来想象和呈现中国大地上曾经发生的风云变幻，则构成了梁平诗中最为显赫和突出的内容。如《龙居古银杏》《汉代画砖像》《吊卫元嵩墓》《西川佛都》《瓦子庵的张师古》《儒家学宫》《李冰陵》《慧剑寺》《惜字宫》《龙泉驿》等等，无不是此方面的典型之作。《李冰陵》首节如此道来："洛水之上，李冰最后的脚步，／停留在这里，一部巨大的乐章休止了。／这是和大禹一样，／因水而生动的人，千古绝唱，／成为生命归宿的抒情。／长袖洛水，是他最温润的女人，／与他相拥而眠。"在李冰的陵墓前，沉吟墓主灿烂的一生和"最后的脚步"，一段生动的历史由此在眼前复现。在次节中，诗人继续书写："那双官靴上的泥土有些斤两，／尽管水路从来不留痕迹。／李冰在自己撼世杰作的落笔处，／选择放松，回味逝去的烟雨，／乌纱、朝服闲置在衙门外，／秦砖汉瓦搭建的纪念，／总有水润的消息。"在眼前的陈列物上来追思李冰晚年的生活，写出了这位治水大师高洁的人格。历史的烟尘早已在岁月之中湮灭散尽，历史的真相却在现实人间流淌漫延，但一般人往往对之迟钝，只有诗人才能将它捕捉和呈现。从这个角度上说，真正的诗歌都是想象和呈现历史的诗歌。《龙泉驿》第一节以极为简洁的语句，将这个古老驿站悠长的历史发展历程进行了最为精练的概述："那匹快马是一道闪电，／驿站灯火透彻，与日月同辉。／汉砖上的蹄印复制在唐的青石板路，／把一阕宋词踩踏成元曲，／散落在大明危乎的蜀道上。／龙泉与奉节那时的八百里，／只一个节拍，逗留官府与军机的节奏，／急促与舒缓、平铺与直叙。／清的末，驿的路归隐山野，／马蹄声碎，远了，／桃花朵朵开成封面。"这描述如此凝练精致，大有几行之内写尽中国古代历史的风范。借"龙泉驿"这古老驿站的一角，诗人掀开了中国古代历史的篇章，并将视野由汉唐而拉回到"桃花朵朵"的现实之中，千年之变集于一瞬，在对悠远历史所作的简笔画里，诗人那敏锐的时间感知力和深厚的历史洞察力由此可见一斑。

很多情况下，梁平对历史的追溯与曾经岁月的辨认，往往是在现实语境中展开的。诗人以现实场景为思维起点，来想象和呈现历史，既能在历史与现实的对话中深切品味历史的滋味，又能在现实与历史的互动中生动呈现现实的精神厚度和文化意蕴。《少城路》一诗在细致追述了与这条路有关的历史故事之后，最后一节这样收尾："毡房、帐篷，蒙古包遥远了，／满蒙马背上驮来的家眷，／落地生根。日久天长随了俗，／皇城根下的主，川剧园子的客，／与蜀的汉竹椅上品盖碗茶，／喝单碗酒，摆唇寒齿彻的龙门阵。／成都盆底里的平原，一口大碗，／煮刀光剑影、煮抒情缓慢，／一样的麻辣烫。"曾经刀光剑影、灰飞烟灭的历史变迁，就这样以"落地生根"的方式稳定下来，并与本土融合凝聚，演进为常态化的当下生活。这样一来，历史的韵味没有凭空消散，而是浸入到现实的肌肤之中；当下的生活也不是平淡如水，而是散逸着远久的历史意味，流淌着人类文明的精神血液。《落虹桥》是对一条街道的历史沉吟之作，诗歌先描述这条街的当下状态，并由描述当下而自然过渡到对历史的返观与追叙之中，结束语则以议论语式铺展开："没有人与我对话，那些场景，／在街的尽头拼出三个鲜红的繁体字／——落魂桥。落虹与落魂，／几百年过去，一抹云烟，／有多少魂魄可以升起彩虹？／旧时的刑场与现在的那道窄门，／已经没有关系。进去的人，／都闭上了眼，只是他们，／未必都可以安详。"诗人以一个当代人的视角来观照历史的风烟，在那里阅读出别样的人生味道。可见，在现实语境中烛照和品嚼历史，是可以挖掘出诸多启人心智的深意的。

地域诗性的彰显

"速度在词语里奔跑，／成都、重庆互为起点和终点。"是诗集中《已知》的两句。常年穿梭于成都与重庆两地的诗人梁平，对巴蜀大地上的地理格局和人文环境是极为熟稔的，在他的地理学认知中，巴与蜀无疑构成了最重要和最关键的两大地域板块，而在诗歌中，巴与蜀又成为他书之不尽、常写常新的诗歌题材。经过多年的创作积累，梁平以言语平实而意蕴丰厚的诗化表述，逐步建构了属于他自己独有的"重庆词典"和"成都词典"，从而将这两个地域特色浓郁的城市的诗性内涵鲜明地彰显出来。

在《感谢重庆》一文中，梁平曾说过："这个城市生养了我，是这个城市给了我所有的快乐和伤痛。"①的确，作为诗人的出生地和最初工作地，重庆在梁平心中占有着举足轻重的位置，重庆的地理地貌和城市品性早已深烙在他的记忆沟回里，并不时通过分行的文字而呈现出别有趣味的状态。在诗人眼里，重庆的城市个性无疑是突出的，《造的句》就写出了重庆那种卓尔不群的独立个性："一座半岛城市，／对于我是一本书。／我最初是里面的一个句子，／拆散以后，每一个字，／不能和另外的字重新组合。"重庆这本独特的"书"，它的句子"比其他句子坚硬、干净，／没有多余的字，甚至标点符号都可以省略"，而城与人、人与城总是纠缠在一起的，重庆鲜明的地域个性，也会在所有生活于这块土地上的人们身上体现出来。"如果句子移植到体内，／生出些其他章节，／肋骨开出疼痛的花朵，／所有的叙述楚楚动人，／可以卷起风暴"。在《丰都》一诗中，诗人开篇就写道："籍贯填写这两个字习惯了，／其实我不在那里生长。／但是我死后，／要回到那里，那里是天堂，／人最后归宿的地方。／他们都是去，而我是回家，／老家的路，指向我的每根肋骨。"作为故乡的"鬼城"丰都，是与诗人的生与死纠缠在一起的，由此可见梁平的思乡之切、爱乡之深。短诗《江津的江》更是将重庆版图上的"江津"所独有的地理特征描画得活灵活现，

---

① 梁平：《感谢重庆》，参见《阅读的姿势》，四川文艺出版社2014年版，第205页。

风韵十足:"长江在这里拐了弯,一个几字, /围一座嚼不烂古音的半岛。/城市浸泡在水里, /生长柔软的爱情阳光。/通泰门旧时的烟火散了, /中渡客船的汽笛, /纠缠在梦里。/只有行走在江上的涛声, /一成不变:平,上,去,入, /入成巴蜀天籁。""嚼不烂古音的半岛","生长柔软的爱情",哼着天籁般的"平上去入"的涛声,所有这一切,构筑起一个充满着人间情味和有着地方特征的"江津"图谱,勾勒出一幅极为传神的城市肖像。

　　对于重庆的书写,梁平着眼于当下状态的传达,重点刻绘了重庆地理的现实图貌。而对成都的描摹,梁平则主要从历史深处切入,在历史与现实的交响中呈现成都城市地理的历史底蕴和文化内涵。成都是梁平现今的工作地,在这座城市工作与生活了十多年,这里的大街小巷他早已不陌生了,许多地理名词书写起来自然也得心应手。《九眼桥》如此道来:"第九只眼在明朝, /万历二十一年的四川布政使, /把自己的眼睛嵌进石头, /在两江交合处最激越的段落, /看天上的云雨。/另外的八只眼抬高了三尺, /在面西的合江亭上, /读古人送别的诗, /平平仄仄,挥之不去。"诗歌通过对古代传说的讲述来追溯九眼桥的来历,从而为成都这个城市涂抹上一缕神秘的人文色彩,赋予其幽深的文化底蕴。《黄龙溪》采用的历史学笔法也与《九眼桥》同出一辙:"溪是千年的溪了。千古就该有绝唱, /清是一阕,澈是一阕,都是久远, /比那些记事的结绳更加明了。/末代蜀王最后的马嘶,以及刀光剑影, /遗落在水面上的寒, /痛至切肤。""千年"的时间符号,预示着这段溪水悠久的历史脉络和源远流长的文明记忆。此外,《燕鲁公所》《交子街》《草的市》《纱帽街》等诗章,均为成都地理书写之作,它们也主要是在历史的回望中展现成都作为现代城市的魅力。历史赋予了成都这座城市不凡的文化品位和别样的精神气度,如果一味追随现代化的节奏而漠视城市的历史根基,必将带来对城市内涵的某种抹杀甚至破坏。梁平的"成都词典"里也借助对城市现代格局的真实展示,表达出对现代性的深度反思与理性批判。如《草的市》结尾处云:"草市街楼房长得很快, /水泥长成森林,草已稀缺, /只剩下心里的几星绿。"高楼大厦的迅速崛起,必将破坏原有的地理格局,进而消蚀人们津津乐道的文化传统,这是梁平深感惋惜的地方。既有对历史记忆的激活,又有对当下城市化进程的审视与批判,梁平的"成都词典",体现出开阔的文化视域和敞亮的意义空间。

梁平的"重庆地理"与"成都地理"呈现着同样的精彩和别致，若要问这两个地域在诗人心中孰重孰轻，恐怕连梁平自己都无法找到一个确切的答案。《回家》一诗就是他真实心态的表白："和别人不一样，／我在两者之间无法取舍。／从成都到重庆说的是回去，／从重庆到成都说的也是回去。／／路上留下的表情，／归去和别离都是一样。／／城市固然清晰，／我现在的身份比雾模糊。／／成都有一把钥匙在手，／重庆有一把钥匙在手，／往往一脚油门踩下以后，／人在家里，手机开始漫游。"不言而喻，重庆和成都在梁平心里有着同样的分量，它们都是诗意洋溢、让人留恋的地方。通过"重庆词典"与"成都词典"的书写，梁平为当代诗歌奉献出一个具有独特诗学意义的城市地理学谱系。

现实人生的素描

梁平的诗歌不是那种远离尘世、天马行空的想象，也不是故作高深的空玄之论，而是紧接着地气、贴近日常生活和现实人群的切实之作。梁平认为诗歌应该是"现代社会的真实版本"。在讲述自己的诗歌创作时，他曾说过："我把诗歌的形式和技巧置于我的写作目的之后，我更看重诗歌与社会的链接，与生命的链接，与心灵的链接。"[1]《深呼吸》中的不少诗作，正是通过对现实人生的诗意素描，来体现诗人倡导的文学创作与当下社会、生命和心灵相链接的诗学理想的。

《刑警姜红》《知青王强》《好人张成明》《邻居娟娟》《痴人唐中正》等，可以视为梁平的"诗歌人物"系列，它们都是诗人对身边普通人生存状态的描画和命运轨迹的呈现，体现着原汁原味的生活本色。对普通人现实生活的描述，梁平擅长用简笔画，寥寥几笔就将人物的精气神勾勒出来，如写"刑警姜红"："一支漂亮的手枪，／瓦蓝色的刺激和诱惑，／在外衣遮挡的左腋下，／生出英雄的旋风。／他的故事行走在这个城市，／坏人闻风丧胆。"用语虽不多，而刑警的飒爽英姿已毕现无遗。再如《好人张成明》："厂里老老小小都说他好，／我父母特别琐碎，说他的好，／说病了他买水果来病房，／路上遇见，也下

---

[1] 梁平：《诗歌是现代社会的真实版本》，参见《阅读的姿势》，四川文艺出版社 2014 年版，第 212 页。

车陪他们聊点家常。"这里通过两个简单生活细节的叙述，将好人张成明之"好"清楚地言明。与此同时，梁平在描述普通人的生活过程中，还巧妙地将人物所处的时代背景与特征暗示出来。如写"知青王强"，先陈述他因爱而不得导致生病："白在黑夜里的白，惊心动魄，／王强在篱笆墙的外面，／偷看了素芬洗澡。／／看了就看了，／王强经不起刺激，／恍惚了，病倒在自己的床上。"作为来到村子里的第一个知青，王强追求爱情、希望得到异性青睐的心理渴求是无可厚非的，只是在那样一个年代，爱情的追求与表达是一个相当奢侈和危险的事情，王强的爱郁积于心，由此病倒也自在情理之中。这首诗的最后三节更是耐人寻味："月亮在眼前晃动，在夜的黑里，／王强坦白了自己的病因，／想得到爱情的原谅。／／素芬已经站起身来，／周身瑟瑟发抖，／鸡蛋和愤怒一起砸向王强：'流氓！'／／月亮不见了，／素芬和风一起走了，／王强还躺在床上，时间1974。"明明相爱的两个人，却无法走到一块，是畸形的时代与畸形的人心，导致了这场悲剧的发生。从《好人张成明》《邻居娟娟》《痴人唐中正》等诗中，我们也能辨认到时代的某种踪影。

梁平还写过一些记录和描述自我生活的诗篇，如《一指残，一种指向》《丰都》《回家》《立秋》《写一首诗让你看见》《端午节的某个细节》《那件事情》《1998年的最后几天》等。从这些诗歌中，我们能大致能看到诗人的日常生活状态，如《端午节的某个细节》："诗人都在过自己的节日，／我在堆满诗歌的办公桌上，／把烟头塞满烟缸，把烟丝排成行，／一行一行地数落自己，／数到第五行的时候，被迫打住，／刚更换的靠椅显得格外生硬。"作为诗人和诗歌编辑，读诗、改诗应该是他最基本的工作了，这首诗交代的正是诗人梁平的生活常态。自然，梁平对自我生活的描画，从来不停留于只是简单录写生活程序的浅层次上，而是在日常生活的运行轨迹中，积极思索生命的本真，发现一般人难以察觉和发现的生活奥义。《端午节的某个细节》最后一节写道："窗台看出去的街上，堵得一塌糊涂，／我和城市同时胸闷、感到心慌，／我们都不愿意声张。／粽子、黄酒以及府南河上的龙舟赛，／与我们没有关系。还是那个城市，／我在等待另一个城市的电话。尽量保持／节前的那种安静。端午节应该肃穆，／一个诗人的忌日，所有的人都快乐无比。"梁平将"一个诗人的忌日"与端午节"所有的人都快乐无比"加以对比，写出了这个节日中存在的某种不为人觉察的悖论，给人带来一定启发。再如《一指残，一种指向》一诗，描述了诗人在一次旅行途中小拇指意外骨折的事故，而正是这个意外事故，引发了诗人对生命中许多要义的深沉考量，催生出不少精彩的诗句来："没有前因的后果是恐怖的，／这与没有疼痛的创伤一样……我知道自己不再顾影自怜，／伤痛和冷暖，甚至生死，该来的都要来，／没有人可以置之度外……比痛更痛的是从来没有经历过痛，／比伤更伤的是从来没有受过伤"，这些精彩的诗句，使诗人在对日常生活的描述中获得了某种意义的升华。

"梁平笔法"：神奇的整合术

梁平的诗歌语言常常是平实的、朴素的，但其内涵却是丰厚的、充满韵味的，这得益于他独有的诗歌笔法，即善于在多种视角和多种维度中进行巧妙的嫁接与整合。概括起来，梁平的诗歌整合术大致有历史与现实的整合、史实与想象的整合、庙堂与江湖的整合、个体与群体的整合、轻盈与滞重的整合、具象与抽象的整合、大与小的整合等等。

在一次访谈中，梁平谈到了有关诗人的基本素质，他指出："一个优秀的诗人要身怀绝技，也要掌握十八般武艺，要偏激也要接纳与包容。"[1] 梁平正是一个掌握了"十八般武艺"的优秀诗人，他在诗歌创作中能将奇幻的整合术运用自如，依靠的也正是他谙熟诸多知识门类的"十八般武艺"。梁平在诗歌创作中，常常能不着痕迹地将现实与历史嫁接和整合到一处，形成精彩的艺术表述，如《龙居古银杏》中："一地芙蓉含笑，／半山梅兰邀宠，／隐约都是花蕊的影子。／究竟是哪个夫人写的词好，／那树，尽收眼底。"这里既是在写千年银杏的现实形态，又渗透着历史的斑驳踪迹，现实和历史由此完美地整合在一起。在《瓦子庵的张师古》次节中："清朝的江山比其他朝代，／更需要土地滋养。／瓦子庵的张师古不知道，／甚至也不知道有一个贾思勰，／和自己一样埋头农事。／农人想的是土地上的庄稼，／一点心得罢了。"张师古埋头著《三农经》是实有的历史典故，而诗中对他当时所思所想的描述，又是建立在虚构的想象

---

① 王成章、王艳、梁平：《访谈：诗人随时要警惕自我复制》，参见《阅读的姿势》，四川文艺出版社 2014 年版，第 236 页。

上，很显然，这里是将历史事实与诗人的想象和虚构巧妙地糅合在一处了。《李冰陵》最后一节有这样的诗句："牌坊、石像、颂德坛，／影印在李公湖清澈的波光里，／都不及他在岷江上的拦腰一截。／游人如织，织一种缅怀，／织出连绵涛声作都江堰的背景。"牌坊、石像、颂德坛等，无疑代表了朝廷对李冰的嘉奖，而"游人如织，织一种缅怀"，则显示着民间对李冰的崇敬与怀念，这一处显然是庙堂与江湖有机嫁接与整合的范例。在《想象中倾斜了一点》中，诗人描写了陕西神木的地理诗性，其中有句曰："有人爱它了，／有女人为它的直立倒下。／四面八方的欢呼，奔涌而来。"前二句里的"有人"、"女人"属于个体描述的词语，而"四面八方的欢呼"则指向群体，个体与群体在此接洽扭结在一起，被诗人整合到共同的诗意空间之中。

如果说上述整合方式主要是指诗人在诗歌内容上的技术处理的话，那么诗人在轻盈与滞重、具象与抽象、大与小等向度上的嫁接与整合则是指诗歌形式上的有效安排。在对一些事物进行描画时，梁平往往显示出能适时地举重若轻或者举轻若重的表达功力，在轻盈与滞重之中作巧妙的转换与整合，以催化出浓郁的诗意。例如《李子坝》首节："李子坝最美的姿势斜靠江边，／好多年都是这个样子。／李花飞白的时候，／嘉陵江从脚下一晃而过，／几片涛声几片唇红。"李子坝是嘉陵江边的一座大坝，全长 1.8 公里，显然不是一个微小事物，但诗人以"最美的姿势"、"斜靠"等语词来形容李子坝的情势，其"以轻御重"的表达策略是异常明显的。再如《皮灯影戏》中："三五件道具，／一个人的角色转换，／十指翻动的春夏秋冬，／在皮制的银幕上剪影，／剪出一出川戏。"其中"十指翻动的春夏秋冬"、"剪出一出川戏"等，正是以重写轻的典型表述。在梁平的诗歌中，抽象与具象的嫁接、大与小的整合是极为普遍的，很多篇章中都不乏其例。如《剪纸》："我的年轻、年迈的祖母，／以及她们的祖母、祖母的祖母，／游刃有余，／习惯了刀在纸上的说话，／那些故事的片段与细节，／那些哀乐与喜怒，／那些隐秘。"诗中"故事的片段与细节"是言说具体，"哀乐"、"喜怒"、"隐秘"则是言抽象，具体与抽象熔铸在一处。再如《藩库街》："那时候朝廷割地赔款，呛一口黑血，／屈辱开始有了疼痛"，诗句里"屈辱"与"疼痛"的组合，可以说也是一种抽象与具体整合的方式。大与小的整合则更是不胜枚举了，如《草的市》："一首诗，熬尽了黑天与白夜"；《滇池与郑和》:"手语可以解冻,可以冰释,／郑和的和,一枚汉字,／和了海上的风,海上的浪,／世界第一条航海之路,／和了";《黄龙溪》:"一流返古,／返回历史的褶皱与花边";《米易》:"一千年阳光包了浆的米,／一千年月光包了浆的米"等等,这些诗句在大与小的整合上都较为典型。

多样性的错杂与整合,构成了独具特色的"梁平笔法",由此建构出的诗意世界,显得跌宕多姿、丰厚蕴藉,闪烁着不俗的艺术辉光。

寻求岩层地下的精神力量

——读罗伟章的几部小说有感

陈思和

　　罗伟章的小说，我以前都是在杂志上读到的，杂志一般不容易保存，读的时候也没有要特别的做笔记，所以，现在要说起对作家的印象，总是有种模模糊糊的感觉。但是，对他的小说的叙事手法绵密老到，日常生活细节描写从容不迫的印象，却是在不同时候的阅读中始终如一地顽强表现出来。此外，我还有些别样的感受。记得我在主编《上海文学》的时候，第一次经手编发罗伟章的小说，是一篇篇幅不短的短篇《水》，当时还有一篇将要同时编发的小说，是安徽许春樵的《来宝和他的外乡女人》，两篇中将哪一篇列入刊物主打栏目《月月小说》发表，颇费了一番踌躇，最后还是选择了许春樵的一篇，而《水》列入小说《创造》栏目的头条。为什么这么安排？现在已经完全忘记了当时的感觉，今天为了写这篇评论，我又重新读了这两篇小说，比较一下，我的阅读兴奋点告诉了我，在小说呈现精神性的力量这一点上，我取了许春樵的一篇，但是，难道罗伟章这一篇小说没有涉及当代精神现象的表述吗？当然不是，那既然已经描述了，又将是怎样的一种精神状态呢？

　　还是要从许春樵的小说《来宝和他的外乡女人》谈起，这篇小说写的是有腿疾的农村青年来宝，接受了一个以婚姻行骗的"放鹰"女人，乡里所有的人，包括介绍人、母亲都怀疑这个女人的身份，唯独来宝真心实意地相待，甚至为这个女骗子筹款而不慎下狱，为此感动了女骗子，在来宝家门口上吊自尽。照作家的说法，唯有文学的精神力量可以使人"离开"当下的"有罪的生活"。这种有罪的生活之普及化,在 2008 年三聚氰胺事件中已经被充分证实了,说明我当时对这篇小说的当下性和尖锐性的判断没有走眼,而且更重要的是,作家不单单揭露了当下生活的"有罪",而是从文学理想的立场,提出了战胜"有罪的生活"的精神信念,他还是相信了人性的力量。我们再来读罗伟章的《水》,这也是一篇相当有分量的作品,但是作家展示了一种完全相反的精神景象。日常生活的悲剧产生于一件毫无意义的小事:于学校食堂工作的高见明,在极其偶然的情况下摸了一下曾经是女学生的农村姑娘白花花的肚皮,没有人看见,也没有进一步的"故事",两人就匆匆分开了。按照一般的故事演绎,这对邂逅的男女也许会以此契机进一步发展感情的纠葛,或者是被旁人发现而引出社会悲剧,但一切都没有发生,而纠葛却这样存在了高见明的心里:

> 高见明的脑子里沸腾着一锅糨糊。他想说声对不起,可这句话是不能说的,不说,事情出了也像没出,说出来就确定化了。他咳嗽了一声,说花花,我忘了买盐呢,我还要回镇上买盐。白花花没有应声。他希望白花花回答一句,如果白花花说见明哥你去吧,我自己背得动,那就说明她也把有事当成了没事。但白花花没有应声,说明那件事在她心里搁着。

很显然,其实真正把这件事搁在心里的不是白花花,而是高见明,之所以要搁着,高见明是怕白花花的哥哥,打架不怕死的流氓白定喜。白定喜无法无天,就是喜爱自己的妹妹,所以——

> (别人)只拍了白花花的头,白定喜就下这样的狠招,摸了她的肚皮,该会是怎样可怕的后果……高见明后悔极了,真不该来那一下冲动!

看来,一个无聊的小人物做了一件无聊的小事情,偶尔的犯规竟成了他的心病,使他不停地玩味、琢磨和自我怜惜。不过作家没有马上朝这个方向写下去,而是充分发挥了四川作家摆龙门阵的特长,用一支闲笔枝枝蔓蔓地写开去:食堂里工人们的插科打诨,白花花的沉重劳动,白定玉为表弟做媒人,以及白定喜终于犯事入狱判刑……终于，在一个百无聊赖的境遇下，高见明向食堂里的那帮插科打诨的人们，闪烁其词地透露自己与白花花的那个"隐私"，在他的潜在想象里，这已经成了一件令人艳羡的外遇了。

> 他本来不打算说那颗痣，可不说心里就发鲠，鲠得他心里很不舒服。他要说出来才舒服。他不仅要让张大强们相信，还要让自己相信：我真的跟这个女人睡过。

到这里，小说叙事已经过去了一半，才又回到了主要故事的发展：一个谣言由此传开去，高见明家里骤起离婚风波，接着而来的是被撤职，闹得里外不宁，但是高见明却忘记了"祸从口出"是他自己犯下的错误，"他再一次揣度：究竟是谁说出去的？他以前隐隐约约地觉得自己有责任，而今他不这么看，——我从来就没透露过什么，说不定是那小贱人透露的，她家里这么穷，她想找个靠山……"这些描写里，我们不仅想到了鲁迅笔下阿Q调戏了吴妈后即刻就忘记、反而跑回去看热闹的喜剧，但是在高见明懵懵懂懂的心理活动中，还夹杂了一些比阿Q还要可恶的东西：他是真心实意逃脱自我心理的谴责，一心一意地把自己置放在受害者的位置，乞求人们的可怜。

但是，事情仍然朝着不利于高见明的方向发展。白花花在劳动中失足掉进深潭，舆论一下子转向同情白花花，高见明深感冤枉："要死，死给谁看呢？不就是逼我吗！"但紧接着还有一个更加可怕的消息传来，白花花的哥哥在狱中放出话来："我出狱的时候，就是我判死刑的时候。"于是，"高见明吓得浑身瘫痪……真想找个无人的荒野，痛痛快快地大哭一场。他觉得自己太不幸了。"

小说就这样子结束了。我们不妨对比一下来宝与高见明这两个人物的不同（其实也是小说风格的不同），来宝经历了骗子女人、贩毒朋友、下狱受审等等，每一款都可以是惊天动地，在这一系列传奇式的故事背后，支撑着一股友情、正义、自我牺牲等人性中最美好的力量，足以改变并净化生活环境。作家相信，健康的人性是一种力量，可以克服邪恶。而在高见明的世界里，怯弱，敷衍，逃避，贪小便宜，在狭窄的天地里自艾自怨，过着没有希望的"日子"（小说最后写道，高见明整天计算着白定喜出狱的日子，也就是他的忌日。正是这种毫无希望的生活的象征）。在罗伟章的艺术世界里并不是没有人性美好的力量，不仅存在而且相当美好，如善良的白花花，她在谣言诬陷的包围中还在为高见明着想：

> 她本以为那件事都过去那么久，早就烟消云散了，没想到坝上的人早就在传，像炒菜一样翻过去翻过来，都炒煳了！一定是当时有人看见，白花花想，即使没有人看见，天看见了，地看见了，天地都是长眼睛的，它们会以说不清道不明的方式泄露秘密……都是我不好，要是当时我不计较，天地也就不会当回事，也就不会泄露出去。深深的自责，使白花花饮食不思，人很快就消瘦下去了。

白花花的道德感，正是中国民间传统中最正义也是最善良的伦理观念，一方面是因果报应，善恶有报；另一方面是个人一念动天地，把个人恩怨置于天道之下。她就是这么认为的：如果当时她没有怨恨，那么天道就不会惩罚肇事者。在这种神秘主义伦理观支配下，窦娥敢呼吁天道以六月飞雪来为她鸣冤；而白花花竟是自责：因为自己的怨恨导致了天道对高见明的惩罚。这种敢于负责的善良和天道观，与高见明的怯弱逃避，正好形成对照，显示了民间伦理的正面力量。但是，在罗伟章的艺术世界里，这样美好的人性因素并没有产生积极意义上的结果，或者说，它太微弱，不足以产生改变现实环境的力量，世道仍然是在国民的劣根性麻醉下一日一日地坏下去。我们在罗伟章的这部作品中，很容易看到与"五四"新文学精神一脉相承的东西，也是"五四"以来注重人生、注重现实、注重底层的乡土文学主流自然发展的结果。

这一传统下的文学创作中，不是忽略了人性中美好的精神力量，而是过于沉重的现实生活的滚石，把精神力量深深地压到了叙事的内在深层，常常是闪烁一现而逝，这种精神力量是需要去努力开掘，才能够把握其所蕴藏的巨大的改变生活的能力。而作品所呈现在叙事表层的日常生活的艺术图像中，它好像浑然不存在似的，或者是被人久久地遗忘了。以这样的理解去读罗伟章的另两部小说《骨肉》和《红瓦房》，有些问题就可以迎刃而解。像《骨肉》这样一个写城里子女对乡下老人薄情寡义的故事，像《红瓦房》这样一个写子女为家产干涉老人婚姻的家庭题材（因为作家把故事放在较为宽广的社会层面上给以表现，因此也可以把这两部小说视为社会题材小说），在文学创作中并不少见，但是我注意到，在这些作品里构成健康的人性力量的因素，如《骨肉》中最后出现的女婿谭洪礼主动承担了赡养、照顾老人的重担，如《红瓦房》里，老人陶志强与三妹的双双出走，远走高飞，好像是解决了叙事结构中的主要矛盾，但其实他们的豪举并不能改善他们周围的生态环境。如果追问下去，故事将会怎样发展？那就是一个"娜拉出走以后怎么办"的问题。他们所面对的，不是个别人的道德败坏，也不是个别基层官员（如镇长）的鱼肉百姓，而是整个社会在发展变更中出现的整体性"坏了"的问题。这是一张无法冲破的社会网络。

但是，我还是看重小说里深深埋藏在潜在叙事的内部的精神力量。《骨肉》的叙事结构是以三女儿王小青丢了饭碗，与早就下岗的丈夫谭洪礼吵架出走开始的，最后又是以夫妇双双承担起老父亲的赡养责任为结束，可见叙事内容虽然围绕父亲与子女的赡养问题展开，但其内在意义还别有所指，那就是王小青的夫妇感情问题。王小青以女大学生的身份下嫁工人谭洪礼，是怀着"克服"的感情过日子的，原因是她曾经失恋，把自暴自弃地处理自己的婚姻当作对背信弃义者的"报复"，这当然与对方其实是无关的，缺失爱情的婚姻生活只是王小青自虐心理的选择，但对于被她选为自虐"工具"的谭洪礼，既是无辜，也不公平。小说最后，作者写道：

> 谭洪礼在一瞬间就明白了三兄妹之间的所有关系。他拉住王小青的手，说："别哭。哭有什么用呢？"这是他第一次在众人面前不管不顾地拉住王小青的手。王小青手心滚烫。
>
> 那一时刻，她知道，自己打定主意要花一辈子工夫去"克服"的东西，已经土崩瓦解了。
>
> 说真的，她一点儿也不愿意让它土崩瓦解……

这是不是说，谭洪礼的善良与无私已经真正打动了王小青，促使她改变了长期陷于自虐情绪而不拔的精神状态，准备迎接即将产生的真正的爱情生活了？如果这个推理是合情合理的，那么，这部小说在描述那些促使王小青变化的精神性因素的重要性，要高于王成召老人与三个子女的故事，当然王小青的变化是从其丈夫的慷慨与兄姐的暧昧自私的对比中来的，我前面已经说过，下岗工人谭洪礼的"豪举"也许并不能改变生存的环境，但能够改变王小青的绝望的自虐心理，催生了她的爱情新生，我以为，这里仍然是有着重大的精神性的力量。文学之所以不能等同于媒体的社会新闻报道或者居委会的家庭纠纷调解，就是它在叙事事件的背后要有一种别样的精神存在。

在《红瓦房》的叙事里，精神力量更加隐秘。但是在叙事开始的一段里，已经隐隐地透露了退休公务员陶志强的美好的精神追求：

  陶志强朝红瓦房走去的时候，天还没怎么黑，沙湾镇羞羞答答的夜生活，还没真正开始。红瓦房在镇东头，虽有条煤渣路使之与街区连成一体，事实上它是被孤立起来的，像随手扔出去的一件东西。现在陶志强似乎要去把那件东西捡起来。不过他很犹豫，甚至很痛苦，因为他把握不住自己这想法对不对。……仲秋时节，河坝上的芦苇花白茫茫的一片，让人神思恍惚。陶志强站在高处的土坡上，摸出一颗烟来抽，看似气定神闲地吐着烟圈，目光却从那烟圈里溜出去，四处瞅。浣衣的女子都回家了，沙滩上的猪牛市场，也呈现出空荡荡的落寞。清溪河的水面上，野鸭急匆匆地扇翅归巢，将夕阳残晖扑扇得金星乱溅。陶志强把烟塞在坚固有力的齿缝间，不像在抽，而像在咬，他这么咬了一阵烟，等河面上的余晖全部熄灭了，才像下定了某种决心，踏着墙根底下青黑色的小路，朝镇东的红瓦房走去。

我们从这段描写可以看到，作家采用了平时难得用的一连串文雅精致的语句，用来烘托主人公的心理：黄昏的余晖下，他正在走向一个新的生活，走向一个略带神秘和禁忌，但又是含有全新意义的生活。当然，随着故事叙述的发展，这种美好的期待并没有完成，其阻力来自两个方面：一个来自陶志强的儿子，他们为了继承家里的房产而拒绝别的女人加入这个家庭；另一个来自政府部门副镇长何开勋长期霸占并欺负这个女人，而且正在厌倦她。本来，这样两条线索可以使小说的叙事变得更加复杂，人物心理变得更加微妙，而现在的结局（陶志强与三妹双双离开小镇，远走高飞）并不是作家最好的选择。罗伟章对于社会下层的日常生活非常熟悉，一支笔枝枝蔓蔓地蔓延着各种社会传说，人际关系，枝节上套枝节，总是把小说场景呈现得非常广阔。比如，在陶志强的故事过程中不断穿插何开勋的升官故事，何开勋叔叔的背景故事，陶志强大儿子陶科与何开勋的关系，陶科与陶家的不同性格等等，而且所有这些背景故事也不是静态的，而是处于动态的、变化的、发展的，这就使陶志强的故事不再是一个孤立的过程，而是在弱水三千中的"一瓢"，它的完整性成了相对的，与其他事物都牵连在一起的过程，我正是这样来理解罗伟章的小说，才觉得他们的离家出走的选择并不是最好的选择，也就是，在故事的整体发展上还没有把他们推向最后的"这一步"。这也是小说最初所透露的对精神新生的呼唤，为什么在小说终结时没有获得应有的回响。

我觉得罗伟章是一位适合写长篇的作家，他对生活经验的丰富理解，以及摆龙门阵似的讲述形式，比较适合用长篇小说的形式来表达他对生活的经验。这是我读了长篇小说《不必惊讶》后的直接的印象。我以后在讨论农村题材小说时还会分析这部小说，几乎是同样的人物关系《骨肉》《红瓦房》和《不必惊讶》的人物结构都是男性主人公中年丧偶，把三个孩子拉扯长大，进而展开父子间（包括第二代的夫妻间、妯娌间、兄弟间等）的各种伦理冲突和经济冲突。长篇小说的多元叙事的视角和充分铺张的篇幅都有助于作家从容展开人物的内心世界，并且深度地开掘人物的精神能力，表达出对农村经济衰退趋势的多视角多维度的思考。因此，我还是愿意进一步考察罗伟章的长篇小说，只有这样，才能真正把握这位作家的整体性的创作特点，以及在当前文学创作领域的独特的贡献。

"命定"的"康巴"史诗

——读达真的小说《康巴》及《命定》

路晓明　陈　慧

　　"康，藏语的意思是边地，巴，即人意，康巴，意为边地康区境内的藏人。"而如今人们提到"康巴"，通常是指"大致与横断山系重合的青藏高原东部五十万平方公里的康巴地区"。因其地理位置独特，历来是汉藏交往的民族走廊，藏汉互市的茶马古道。作为造物主的恩宠，康巴拥有得天独厚的自然景观和丰富深厚的文化积淀，是康定情歌的故乡，格萨尔王的故里。作家达真就生活在这片神奇的土地上。大学毕业后，经过二十几年的阅读、体验与思考，达真的两部长篇小说《康巴》《命定》相继面世，引起了评论家和读者的极大关注，受到广泛好评。在《康巴》的封底，麦家写道："这是一部康巴藏人的史诗，每一处细节都包含着人性最深处的美好与感动。"李敬泽指出："（达真的）作品不仅仅属于康巴的历史和文化，更属于康巴藏人的深刻人性……这是藏族文学题材的又一收获。"在《命定》的封底，谢有顺认为："达真小说的民族经验和精神质地，如此特异、灿烂，他所寻找的多文化的冲突与和解这一交汇点，也值得各民族正视。"达真怀着创作"史诗化"作品的抱负，以独特的历史文化视角，对康巴大地百年的历史风云成功地进行了"全景式"的呈现，强调了康巴藏区民族、宗教、文化和平共处给人们的启示，并通过塑造颇具特色的人物谱写了大爱与宽容的人性赞歌。在"史诗化"创作普遍不能走出"叙事困境"的今天，达真用自己作品做出了极其有益的尝试，昭示了"史诗化"创作某些新的可能。

一　史诗：“叙事困境”背景下的写作

被称为“史诗”是对小说艺术价值的高度肯定。“史诗”这个词频繁地出现在评论达真小说的文字中，我们知道：“从五十年代开始，史诗成为衡量长篇小说艺术价值的最高标准。是否具备了史诗的品格，是否符合了史诗的要求，是评论家观察一部长篇小说的最根本的视角，甚至是唯一的视角。读五六十年代评说长篇小说的文章，会发现‘史诗’是使用率极高的两个字，是许多文章共有的‘关键词’。说一部长篇小说是‘史与诗的结合’，那是对它最大的肯定。”① 然而，审视近年来长篇小说创作过程中再次频繁出现的“史诗化”现象，我们会发现：“(作家们)都面临着一个致命问题，就是在意识形态的统一性瓦解之后，面对错综的历史和纷乱的现实，如何为自己的史诗化叙述寻找一个可以建立叙述逻辑、整合价值体系的内在支点？也就是……在‘宏大叙事’解体后，如何进行‘宏大的叙事’？”② 这个“致命问题”，使许多有“史诗化”追求的作家不得不面对“叙事困境”。达真具有“史诗化”追求的创作能否走出这种“困境”，又是如何走出这种“困境”的，是我们阅读《康巴》和《命定》时不应该回避的问题。

M. H. 艾布拉姆斯认为，史诗“在严格的意义上是指起码符合下列标准的作品：长篇叙述体诗歌，主题庄重崇高，风格典雅，集中描写以自身行动决定整个部落、民族或人类命运的英雄或近似神明的人物”③。卢卡契也把19 世纪优秀的现实主义长篇小说称为史诗。对社会历史进行“全景式”的展现，在作品中“揭示历史的本质”使小说具有了史诗的品性。改革开放后的八九十年代，文学作品中的意识形态色彩逐渐淡化，在“现代派小说”、“先锋小说”、“新历史小说”、“新写实小说”等小说形态的冲击下，“史诗化”追求逐渐式微。在“去政治化”的同时，形式探索的强调、民间野史的展现、

---

① 王彬彬：《茅盾奖：史诗情结的阴魂不散》，《钟山》2001 年第 2 期。
② 邵燕君：《“纯文学”方法与史诗叙事的困境以阿来〈空山〉为例》，《文艺争鸣》2009 年第 2 期。
③ ［美］M. H. 艾布拉姆斯：《欧美文学术语词典》，北京大学出版社 1990 年版，第 91 页。

个人欲望的表达等开始代替"揭示历史的本质"的追求,成为文学发展的基本动力。但"史诗化"创作的冲动和愿望仍然顽固地在作家们心中存在着。新世纪以来,具有"史诗化"追求的长篇创作又呈现丰收的景象,如贾平凹的《秦腔》、莫言的《生死疲劳》、余华的《兄弟》、阎连科的《丁庄梦》、范稳的《水乳大地》、张炜的《你在高原》等等。然而,这些作家比他们20世纪五六十年代的前辈们面对着严重得多的障碍。"作为一个小说家他需要故事情节有实在的支点,需要人物之间有稳定的联系,人物必须有共同的行动范围和目标。"[1]但在意识形态的统一性逐渐瓦解之后,这一切都成了困难。它严重困扰着当下试图创作"史诗化"作品的作家们,虽然不同的作家采取了不同的应对策略,但结果呈现出的却是零碎化、肤浅化和庸俗化的状态,其作品在现实性、批判性与思想精神性上有着明显的缺陷,引起诸多评论家和读者的不满。

和汉族作家相比,康巴壮丽崇高的深谷雪山,丰富神秘的民间传说,活泼生动的民间语言,特别是藏族史诗《格萨尔王》的存在,都为达真的创作提供了丰富的创作资源。藏族史诗《格萨尔王》,是世界上最长的史诗,它历史悠久,内容丰富,气势磅礴,语言丰富。达真的小说"接受了藏族史诗的背景,史诗讲起来非常漫长,故事叙述起来有非常深远的背景,这是史诗很典型的叙述方式"[2]。具有宏阔的视野是"史诗化"小说创作的前提,同样重要的是,作为藏族作家,作者要对自己的民族、文化身份有清醒的自觉,要有自己观照社会历史变迁的视角。达真说:"康巴这片多个民族、多个信仰的交汇地,同样告诉我,大量'混血'的故事在风中受孕、怀胎、分娩、成长。能将这些题材演绎为'混血'精品,让人在阅读中领略杂居地多个民族的秘史,是我的终极目标。"[3]达真的小说"在这里获得了新的历史视野。所以这部小说是把传统的史诗和现代的事业加在一起,所以有一个很高的起点。……现代进入藏族文化,藏族进入现代,它和现代相遇的命运,这也是非常有历史深

---

① 〔匈〕卢卡契:《卢卡契文学论文集》(卷二),中国社会科学出版社1981版,第294页。

② 阿来、陈晓明:《〈康巴〉二题》,《当代文坛》2010年第6期。

③ 达真:《康巴》,浙江文艺出版社2009年版,第344页,第17页,第18页,第8页,第58页,第23页,第346页,第166页,第333页。

度的东西。作者抓住这样一个历史环节去写，这个纬度把握得非常好，就是在一个史诗的创作中有一个现代的视野"①。背靠康巴大地丰富的历史文化资源，抓住康巴"混血"的"交汇地"这个重要的特征，以康巴藏族现代化进程为视角，是达真进行自己"史诗化"写作所选择的出发点，也是达真在目前"史诗化"创作存在的普遍"叙事困境"的情况下进行极有意义的尝试和探索并取得成功的保障。

二　康巴：多元共生"交汇地"的呈现

　　长篇小说的叙事要有一个广阔的空间作为依托，而"史诗化"长篇小说更需要对某个时期的社会生活进行"全景式"的展现。达真的小说以自己的故乡康巴作为叙事的背景。康巴境跨西藏、青海、四川、云南四省区，在青藏高原与四川盆地之间，怒江、澜沧江、金沙江、雅砻江、大渡河平行地纵穿全境，河谷形成天然的通道，是汉藏等各民族交流的"民族走廊"，康巴自古就是"茶马古道"的核心地区，是汉藏两种文化的"中间地带"、"过渡地带"。康巴地区生活着以藏族为主的众多民族，各民族和谐共处。藏传佛教的五大教派并存于此，与伊斯兰教、儒教、道教、苯教、基督教及众多民间信仰、原始宗教并行不悖。在这里，藏文化与汉文化、回文化、纳西文化、彝文化、羌文化等众多民族文化汇集，呈现出千姿百态的民风民俗。"康巴地区多样化的自然环境以及作为民族走廊地区的多民族交融与互动，形成了具有突出多样性、复合性与兼容性特点、极富特色和典型意义的康巴地域文化。就多样性而言，世界上恐怕很少有一种地域文化能与康巴文化相媲美。在藏族三大历史区划中，康巴藏族无论在语言、服饰、建筑、宗教信仰、风俗习惯、婚姻形态、社会类型等各个方面呈现的多样性、丰富性都是堪称首屈一指。"②

　　《康巴》《命定》作为长篇，涵盖了特定历史时期、本地区生活着的数量

<hr>

　　①　阿来、陈晓明：《〈康巴〉二题》，《当代文坛》2010 年第 6 期。
　　②　石硕：《关于"康巴学"概念的提出及相关问题兼论康巴文化的特点、内涵与研究价值》，《西藏研究》2006 年第 3 期。

众多的各色人物。这些人物，社会地位不同从属行业各异：从官员、土司、涅巴、商人、锅庄主、活佛、神父、阿訇、国外学者到普通兵卒、牧民、背夫、驮脚娃、男女佣工、僧侣、劫匪不一而足；民族身份多样：有藏、汉、回、彝、纳西、蒙古等众多民族；宗教信仰纷呈：藏传佛教、伊斯兰教、基督教、苯教、道教等宗教都和平共处。如此宏大的"全景式"历史画卷逼真的展现，是对作者叙事艺术的一个不小考验。《康巴》巧妙地采用三线并进的叙事结构，整部作品按照三条主要的线索展开：大土司云登格龙家族三代人从辉煌走向没落的兴衰历史；大商人尔金呷家族与降央土司家族的爱恨情仇故事；内地回族青年郑云龙由川入康，从士兵到军官的传奇经历。独具匠心的是通过云登家族的绒巴对领地的巡视、尔金呷的二儿子达瓦率领驮队的贸易、郑云龙跟随汉族军队的军事行动，小说将康巴大地的自然景观和人文风俗从方方面面进行了细致的展示。三大叙事线索之外穿插了众多的传奇故事和别具特色的人物，综合运用魔幻、梦境等叙事手法，使小说显得丰满，使康巴呈现神秘。小说在头绪纷繁中展开，故事进展却井然有序。《命定》采用双线合一叙述结构，围绕着犯了淫戒的喇嘛土尔吉和因赛马纠纷而杀人的康巴汉子贡布展开，作品分"故乡"和"异乡"上下两部分。上部"故乡"分别讲述了土尔吉和贡布在家乡的生活，下部"异乡"讲述在逃亡中相遇后，土尔吉和贡布两个人一起参加抗日远征军奔赴战场的故事，并认定这一切是主人公自己选择的结果，更是历史偶然中的必然。

在《康巴》和《命定》中，作者通过精巧的叙事结构对康巴地区的自然景观（神山、大河、草原、民居等）和人文景观（婚礼、庆典、锅庄舞、僧俗生活等）进行了细致鲜活的展现。依据"空间批评"理论：空间是景观的抽象概括和隐喻，人们重视景观所蕴含的社会、文化等内涵；景观是构建文学作品故事的要素，通常是指作品中的地点、场景等，人们多重视其自然因素。可以将景观看作一个社会价值观念的象征系统，"空间本身既是一种'产物'，是由不同范围的社会进程与人类干预形成的，又是一种'力量'，它要反过来影响指引和限定人类在世界上的行为与方式的各种可能性"①。背夫杨大爷对初入藏地的四川青年郑云龙说："只要你能闻到一股酥油茶泡米饭、咸青菜炒牛肉的气味,康定就到了。"并解释说："康定是一个藏汉回等民族杂居的地方,藏族喝酥油茶,汉族吃米饭,回族吃牛肉,当这三样东西混在一起之后,这就是康定。"②

进入郑云龙视野的康定,房屋同川西平原的房屋相差无二,不同的是一楼一底木质穿斗屋架加了半截石头墙,唯一的变化就是底层的铺面的店主多了穿藏袍的商人;走在一半铺鹅卵石一半是黄泥路的紫气街,街道两边有几家小小的客栈,几家米铺屋檐下的横木飘舞着米铺的布招牌;卖土杂的店主的手抄在袖筒里在与买家讨价还价。……霎时,那些藏人用宽大的袖口罩住嘴和鼻子,将头缩在皮袍里;戴小沿礼帽的汉商则用手压住帽子,顶风前行;偶尔一两个穿旗袍的女人连忙半蹲着用双手一前一后地压住旗袍,一脸的羞涩与无奈。这一场景是康定的风留给他俩最深刻的印象。从坛罐街跨越下桥,这是一座盖了瓦的防雨桥,桥的栏杆下蹲着几个披毡衫留"一片瓦"(彝族男人的发型)的人,他们怀抱着火药枪,几条瘦削的撵山狗(猎狗)东张西望地坐在自己的后腿上。"这里什么族都有一些。"郑云龙自问自答。③

老土司云登格龙比初入藏地的郑云龙有着更深刻的认识:"自从爷爷辈起,朝廷像被蝼蚁镂空的堤坝一般,崩塌泄洪,汹涌而来的法国人在康定最好的地段修建了大教堂;清真寺的唤礼楼下的穆斯林兴旺发达;陕商、晋商、川商、滇商、徽商占据了最好的店面并疯狂地使之延伸。生意场上,这些移民拼命似的跑在了云登家族属下的几十家锅庄前面。面对这一切,仿佛自己家族只有招

---

① [美]菲利普·韦格纳:《空间批评:批评的地理、空间、场所与文本性》,见阎嘉主编《文学理论精粹读本》,中国人民大学出版社 2006 年版,第 137 页。

② 达真:《康巴》,浙江文艺出版社 2009 年版,第 344 页,第 17 页,第 18 页,第 8 页,第 58 页,第 23 页,第 346 页,第 166 页,第 333 页。

③ 达真:《康巴》,浙江文艺出版社 2009 年版,第 344 页,第 17 页,第 18 页,第 8 页,第 58 页,第 23 页,第 346 页,第 166 页,第 333 页。

个案研究 | 413

架之功……眼下，他必须依靠大智慧来稳住基业。"①为显示自己博大的胸襟，以便维护自己家族的地位，云登格龙产生了仿照"巴宫"建造一座包容各种宗教的"康巴宗教博物馆"的设想，并用后半生为这个"设想"而努力。商业的交流和藏传佛教的包容对这个"空间"里不同民族、宗教的和谐相处起到重要的作用。康定是茶马古道上的重地，锅庄是各族商人交易的纽结，锅庄主"白阿佳谙熟牛皮、药材、茶叶的行情……不懂官话（汉话）的藏商将运来的牛皮、羊皮、药材全都委托阿佳与汉商交涉，每笔生意下来，藏商和汉商都很满意"②。商业的沟通交流，促进了汉藏等康巴大地上的各民族的相互了解，在当地占主体地位的藏传佛教提倡宽容包容，是康巴地区各种宗教文化和平共处的保障。对此，《康巴》中西绕活佛的观点颇具代表性："弘扬佛法并非一朝一夕之功，我们的宗教在雪域大地传播了一千二百多年，在前弘期和后弘期中，一代接着一代的高僧大德前仆后继，在异端之说面前表现得如此镇静，足以说明佛教的宽容和包容是海纳百川，我们的信仰将永远屹立在雪域高原……"③

此外，作者站在"中华民族"这个大视野上，重点强调了康巴人充分参与中国现代化进程的历史事实。详细描述了刘康生、王震康等年轻一代康巴人和内地的交流，特别在《康巴》中通过郑显康参加抗日远征军让读者注意到，生活在康巴地区各族民众的抗日热情，而《命定》主要叙述的就是康巴藏族土尔吉和贡布参加抗战的故事。在土尔吉眼中，自己参加抗战是"命定的"："如果说为情而逃是根源的话，那么刘大爷北上打鬼子的故事便是引领你身不由己地来到战场的诱因。……几年前在一旁偶然获知的听闻，今日却同日本鬼子真枪真刀地干在一起，这不是命中注定吗？佛说的因果关系早已摆在那里了。不是吗？"④"命定"观念古已有之，简单讲，就是相信过去、现在和未

　　① 达真：《康巴》，浙江文艺出版社 2009 年版，第 344 页，第 17 页，第 18 页，第 8 页，第 58 页，第 23 页，第 346 页，第 166 页，第 333 页。

　　② 达真：《康巴》，浙江文艺出版社 2009 年版，第 344 页，第 17 页，第 18 页，第 8 页，第 58 页，第 23 页，第 346 页，第 166 页，第 333 页。

　　③ 达真：《康巴》，浙江文艺出版社 2009 年版，第 344 页，第 17 页，第 18 页，第 8 页，第 58 页，第 23 页，第 346 页，第 166 页，第 333 页。

　　④ 达真：《命定》，四川文艺出版社 2011 年版，第 268 页，第 346 页，第 34 页。

来的命运都是早已被决定了的,"命定思维很容易跟各种不同的信仰形态结合。一般个人很容易会把可能发生在身上或身边的任一事件,视为上天有意的安排。如果此一事件的呈现与自我的心理期待正相符合,会将之视为上天的恩赐与鼓舞;如果与心理期待相违,会将之视为上天的考验与惩处。总之,在知识面、心理面、信仰面与价值面,人们的心灵都可以得到一定程度的安顿"①。讲述康巴儿女在中国现代化进程中的故事,在达真看来是具有重大历史意义的,"既然中国是五十六个民族组成的大家庭,历史的教科书就理应增加其他五十五个少数民族的历史内容,只有这样中华民族的历史才是完整的"②。我们知道在《文化身份与族裔散居》这篇论文中,斯图亚特·霍尔指出:"我们先不要把身份看作已经完成的、然后由新的文化实践加以再现的事实,而应该把身份视作一种'生产',它永不完结,永远处于过程之中,而且总是在内部而非在外部构成的再现。"③国家、民族等观念其实是一种变化着的历史构建,在这一过程中,需要叙述者对历史进行创新性的理解与整合,叙事起到了重要的作用。显而易见,达真的创作在这方面做出了贡献,他将"交汇地"各种民族、宗教的和平共处、交流包容看成是"命定性的",并以此为基础构建了自己宏阔的"史诗"大厦。

三 命定:"大地阶梯"上人性的赞歌

神秘的西藏寄托了人们无尽的期待和想象。藏区被认为是一片与世隔绝、未受污染的净土,那里居住着一群充满着神性的人群。达真对于人们对藏地过多的"误读"和想象是不满的,对游客们"见到寺庙就进香,见到雪山就磕头,见到湖水就跪拜,这一切的虔诚和不曾了解的未知,统统视为神秘而体面

---

① 曾汉塘:《几个传统命定观类型及其省思:思维方式及其现代意义》,第四届华人心理与行为科技学术研讨会,台北中央研究院民族学研究所,1997年8月。
② 达真:《康巴》,浙江文艺出版社2009年版,第344页,第17页,第18页,第8页,第58页,第23页,第346页,第166页,第333页。
③ 〔英〕斯图亚特·霍尔:《文化身份与族裔散居》,见罗钢、刘象愚主编《文化研究读本》,中国社会科学出版社2000年版,第208页。

地将无知加以回避"①的状态充满了遗憾。作家阿来在评论达真的小说时说："达真……力图从不同的角度和层面向外界化解那些像藤蔓一样七缠八绕地绞在一起的那种'雾障'……向外界作真实的呈现，告知外界一个一直'被遮蔽的西藏'。"②对西藏好奇的人们，不仅仅是向往那里的高原雪山，寺庙经院，人们更关心生活在"世界屋脊"上的人，好奇他们的生活。"史诗化"的优秀长篇小说，必然要求作者有自己的精神追求，成功地塑造有血有肉的人物，写出他们的欢笑和泪水、幸运和苦难，并要求作者对塑造的人物注入自己的价值评判。

在达真的这两部小说中，我们看不到畏畏缩缩、瞻前顾后的角色，康巴儿女敢爱敢恨，快意情仇，康巴汉子的雄健英勇被表现得淋漓尽致。康巴有世界上最复杂的地形地貌，雪山深谷、高山大河的阻隔，使这里既少卫藏地区那种宽阔的河谷农地，也少安多地区那样广袤的草原。和卫藏、安多相比，康区的生存环境最恶劣、人们生存也最艰苦。正是这艰苦的自然环境，造就了康巴人强健的体格和坚忍的性格。《康巴》中云登格龙的保镖桑根，为了尊严徒手制服凶猛的藏獒，尔金呷的二儿子达瓦继承家业，率领驮队跋山涉水，用坚强的勇气战胜冰冻和匪患，特别值得一提的是《命定》中的康巴汉子贡布。"卡颇热（为了面子也要争口气）"是贡布的信念，既表现在对日军英勇地作战上，也表现在自己日常的生活中，如从赛马到抢亲。抢亲是贡布雄健坚毅性格最集中的展现，"贡布两眼瞪着朝俯在地上一直不敢起来的杜吉啐了一口吐沫……说完用双手握住刀刃用力一掰，喤的一声，在场的人顿时听见金属折断的脆响声，那一瞬间，刀被人'杀'了，断成两截，然后被扔向远处，一抹血滴紧跟残刀滑过人墙掉在河心。……只见杀'刀'者将带伤的手在额头上一抹，顺势在额头上留下了鲜红的血印，像在怒发冲冠的头发根部点燃了即将燃烧的熊熊烈火"③。康巴，拒绝懦弱的身体和意志，这里需要的是顶天立地的英雄，需要的是刚毅雄健的康巴汉子。

面对变幻莫测的自然，康巴人不仅需要强健的体魄和勇敢的意志，也需要宗教的慰藉作为生存的重要支撑。宗教彰显的是对神的敬畏，以虔诚、神

---

① 达真：《命定》，四川文艺出版社 2011 年版，第 268 页，第 346 页，第 34 页。

② 阿来、陈晓明：《〈康巴〉二题》，《当代文坛》2010 年第 6 期。

③ 达真：《命定》，四川文艺出版社 2011 年版，第 268 页，第 346 页，第 34 页。

秘，以对虚幻世界的追求和对现实世界的忍让为基调。《康巴》中专门用一章描述藏人虔诚的朝圣之路，一家五口，祖孙三代，面对生命中的苦难，经历雪灾和亲人逝去的痛苦之后，毅然走上朝圣之路，来求得生命的圆满。益珍阿妈在冬天一个人过着艰难的生活，却有一颗善良的心，为了救幼獐面带笑容地永远倒在雪地里，"从老人慈祥的容颜和微微上挑的嘴角纹看，她在心脏停止跳动的那一刻，似乎非常满意地看见獐子吃到了茶叶"①。这些有着虔诚信仰的人，不管遭遇怎样艰苦的环境，不管经历怎样艰难的生活，他们都用善良和隐忍默默地面对，用自己的虔诚谱写动人的人性之歌。此外，我们会发现阿满初是作者钟爱的人物，《康巴》就是以阿满初在丈夫和儿子陪同下回故乡布里科结束的。她美丽、活泼、善良，代表着人间的宽恕和大爱，是尔金呷和降央土司两个家族的仇恨，毁灭了阿满初和土登纯真的爱情，最终这固执的仇恨也使得两家都家破人亡。在这场两家同归于尽的仇杀中，善良的阿满初幸免，在教堂的庇佑下活下来。多年之后，当得知仇人降央家族的结局时，她没有快意而是为仇人念起了《为罪人诵》。作者借圣母对阿满初说出了自己的心声："上帝的孩子，你忘记了忏悔，但你在饭桌上平静的举动，赢得了主的赞许，来吧，主的孩子，我领着你一同念诵《为罪人诵》，宽宏些，来吧，赞耶稣寻觅失群之羊。得之背回羊圈者，求耶稣可怜降央全家，赐之痛悔改过，使其行善……"②历史云谲波诡，而人们身上虔诚、善良、宽恕的高贵品质却会恒常永存，达真笔下的人物用爽朗的欢笑和泪水为我们唱出了一曲高扬的人性赞歌。是虔诚的信仰，是大爱，支撑着在变化莫测大自然中生存的藏人，是这片神奇的土地塑造了具有个性的康巴儿女，康巴藏人对待生活的宽容、善良、乐观、隐忍都与脚下的大地共生。人性赞歌的高扬使得达真的创作具有了"庄重崇高，风格典雅"的品质。

藏族作家、藏地题材的文学作品在中国当代文学版图上占据着非常重要

---

① 达真：《康巴》，浙江文艺出版社 2009 年版，第 344 页，第 17 页，第 18 页，第 8 页，第 58 页，第 23 页，第 346 页，第 166 页，第 333 页。

② 达真：《康巴》，浙江文艺出版社 2009 年版，第 344 页，第 17 页，第 18 页，第 8 页，第 58 页，第 23 页，第 346 页，第 166 页，第 333 页。

的一块，阿来、扎西达娃等作家的创作对中国当代文学的发展有着重要的影响。达真的创作给我们带来了新的惊喜，他背靠雪域高原丰厚的文化资源，以自己独特的历史视角，述说康巴大地上波澜壮阔的历史，塑造着鲜明生动的人物形象，呈现了一个"真实的康巴"。在讲述"交汇地"各个民族、各种宗教的并存与融合的过程中，高扬大爱与包容的人性赞歌。作为具有"史诗化"追求的作品，《康巴》与《命定》的出版，昭示了当下"史诗化"写作的某些可能，给身陷"史诗叙事困境"中的作家提供了一些有益的启示。"康巴三部曲"中的《康巴》和《命定》无疑是成功的，我们期待着《极限》的问世。

建构女性作为主体性的历史

——论何大草的历史题材小说

刘永丽

何大草在他的历史小说中虚构了丰富多彩的女人形象,《盲春秋》中木樨地散发着各种独特气味的女人、《所有的乡愁》里日常凡俗生活中的女人、嬴政身边的女人、女词人李清照……为什么何大草如此热衷于书写女人？我认为，这种对女人的书写，反映了何大草试图重构历史的一种企图，其中折射了他的历史观、女性观。

一

孟悦、戴锦华在《浮出历史地表》中曾说，在中国两千多年的历史中，女人一直是盲点，是"一切已然成文的历史的无意识"[①]。这是指女人不是没有自己的历史，而是无由说出自己的历史，因为一切的历史都是男性写成的。有关历史，贝克尔曾下过如此的论断："历史就是说过和做过的事情的记忆"，据此观点，没有记忆的就不是历史。而在一切的历史上记忆空缺的那一块永远都是女人："必须承认，历史作为人类活动的场域，女性作为实践主体在其中的政治、经济、宗教、战争乃至文学等公共领域和公共空间的活动基本缺失，由历史所

---

① 孟悦、戴锦华:《浮出历史地表——现代妇女文学研究》, 中国人民大学出版社 2007 年版, 第 4 页。

涵括的关于公共领域和公共空间的各种宏大叙事,涉及女性的部分几为空白。"①
所以,性别关系中的等级制度与权力模式,已经成为历史意识中的"超稳定结
构"。福柯说过,历史充满了断裂,也充满被强权意识形态所压制的他异元素,
所以史学的任务就是要对历史进行"谱系研究",揭示断裂,让历史中被压抑
的他异元素诉说自己的历史。这样的谱系学家写的才是真实的历史②。毫无疑问,
历史中的女性正是被压制的"他异元素"。何大草的历史小说,正是力图书写
历史中被压制的"他异因素",建构女性作为主体性的历史。

　　何大草在小说中有意地叙述女性的历史。在《盲春秋》中,叙述历史的主
人公就是一位女性——明朝末代公主朱朱。何大草曾这样说明他对历史的看法:
"写在纸上的人,总是没有活过的这个人复杂。……世上没有一支笔,能够把
记忆完全地掏出来"③。历史是丰富多彩的,而文本的历史永远只是单层面的。
何况是女性被放逐了的历史,其局限性更是毋庸置疑。何大草在《盲春秋》中
借助女性来叙述历史,就是通过在历史中被压抑的他者因素的诉说,来展示多
层面的历史形态。《盲春秋》还有另外一位女性叙述者,即是给朱朱讲叙宫廷
内幕的黑妃。饶有意味的是这两位叙述者的身份,一个是作为皇帝私生女,一
个是被皇帝摞下的妃子。私生女的身份昭示了"正统"之外的民间眼光,而被
弃的妃子代表的是一种游离于中心的边缘视角。这两位女性都是正统历史中被
压抑的"他者元素",以这样的女性作为历史的叙述者展示了作者力图"让历
史中被压抑的他异元素诉说自己的历史"的企图。那么,这样的两位女性所诉
说的历史是否有其可信性?何大草在小说中强调了两位叙述者的独特之处。首
先是朱朱。作为木樨地里生长的女子,其特异之处是不受世俗伦理规范的约束。
木樨地,在小说中是一个只关风月不关世事更远离政治的民间场所,来自木樨
地的女子,自然而然获得了一种超越于传统世俗规范评判的眼光。所以在朱朱
的心中,没有惯常的荣辱观念、羞耻观念,她所看到的一切,是超越了男权历
史既定的规范的,这就赋予了朱朱作为叙述者的独特性,即是一种"原生态"

---

　　①　王侃:《历史·语言·欲望——1990 年中国女性小说主题与叙事》,广西师范大学出版社
2008 年版,第 36 页,第 123 页,第 119 页。
　　②　徐贲:《走向后现代与后殖民》,中国社会科学出版社 1996 年版,第 49 页。
　　③　何大草:《盲春秋》,《十月》2007 年第 6 期。

的眼光。她所还原的是作为日常生活的民间形态的历史。而黑妃，小说中说她原本是从琼崖搜来的一个船主的女儿。她的被冷落是因为她与皇帝言语不通，缺乏交流的基础。也因此，"黑妃发了狠……向后宫愿意和她说话的每一个人，学习宫中的口音"。由此她"把后宫的秘闻、帝后的房帏，以及芝麻一般又多又碎的家长里短，都装满了一肚皮"。何大草以这样的言说方式，证明了作为边缘人的黑妃，其叙述所具有的"权威"性。她叙说的是与国家大事无关的"家长里短"，同时又是真实存在的宫闱生活，而正统史书上所载的有关国家、民族的宏大叙事也是以这些看似微不足道的日常生活所决定的。如小说中的客奶奶，只不过是靠近皇帝的一个奶妈，却能令魏忠贤威震天下，拥有炙手可热的权势。其中诡秘之处，只能从日常生活中去寻找。所以黑妃作为宫廷日常生活的参入者，其叙述的可信性毋庸置疑。这样，民间的视角、边缘人的诉说、原生态的生活，构成了何大草历史小说的主要内容。这样的历史，更有其鲜活的合理形态。正如他在小说中借人物之口强调的："我一直倾向于认为，借助手势，甚至歌谣、口语流传的历史，要比竹简碑铭、雕版印刷更经得住时间的推敲。"

何大草在小说中不仅试图重构在历史上一直被压抑的女性的历史，而且把女性放在了与男性同等地位的历史创造者的主要位置，在他眼中，历史并不是男人独掌天下，而是男人和女人的合谋。历史是生命的循环和延续，是一个被男人、女人繁衍"生产"的过程。在《盲春秋》中，作者设计了一个奇特的场景，即天启皇帝对"柜子"的迷恋。造柜子的依据是《天工开物·蝥说》。天启皇帝倾尽心力，试图造出书中所说的能够"变成另一个人"的柜子。他制造了108块部件，但是组成柜子只需要107块，最后一块如镇纸般的部件却无论如何也找不到安放的位置。而皇帝倾其终生也无法弄清的秘密却被目不识丁的客奶奶道出：即107块木头拼出的，是女人的身体，而多出的一块，"是女人的男人"，即男人点燃生命的阳具。这样由男女组成的世界，才是活的世界，才是"生了又生，生生不已"的历史。

这就解构了男性为主体的传统史书所强调并一直为人们秉承的观念：男人是历史的创造者。何大草在小说中，不是否定男性在历史上的创造者地位，而是突显被遮蔽的女性在历史上的地位。在小说中，他从来没有把女性放在从属的、次类的地位上，而是肯定女性的主体性。有关主体性，是女性研究的新锐学者王侃重点强调的一个关键词，主体性如此重要，是因为它是甄别是否具有女性意识的一个重要尺度。"历史特许这一个或那一个主体为最高的中心，为真理和意义的终极起源和记录者，而所有其他的事物必须借助于那些术语才得以被理解和被解释。"① 以此来观照既定的历史，可以发现，历史都是由男权意识形态话语建构的，"既有的历史不过是男权意志的实现过程"。由男性建构的历史毫无疑问视男性为历史主体，"男性被特许为最高中心，成为'真理和意义的终极起源和记录者'"②。而女人在被由男性书写的历史中，一直被放逐、被遮蔽、被贬抑和扼杀，既有的历史文本涂改并消解着女性历史的本体性。由此，作为男性作家的何大草对女性主体性的书写就有极其重大的意义。在他最早的小说《衣冠似雪》中，女人就是政治运作中不可小觑的强大力量。如嬴政母亲的行为，不仅影响了嬴政的日常生活情绪，而且影响了他的政治决策。在《盲春秋》中，他借小说中人物的话来说，"女人都是不可以小看的"。令魏忠贤拥有翻云覆雨之权势的客奶奶不可小看，同样不可小看的还有周皇后，献给吴三桂的小沅（后改名为陈圆圆）……众多的女人或以直接的方式参入历史，或以对握有权势之男人的影响改变了历史。总之，女人在历史上绝不是男权话语所说的，是与男人相对立的"他者"，处于被支配的从属地位，而是创造历史的重要一翼。

二

何大草强调女性在历史上的主体性，其重要的表现是对女性欲望的肯定与书写。有关欲望，虽然马尔库塞说它是历史与文明的动力，但在人类文明史上，欲望一直是被抑制和规训的话语机制。费孝通指出，社会对于性的歧视，个中原因在于"性威胁着社会结构的完整"，"性可以扰乱社会结构，破坏社会身份，解散社会团体"。③ 而在以家族制为核心组织的中国儒家社会，因其对

---

① ［美］波林·罗斯诺:《后现代主义与社会科学》，上海译文出版社 1998 年版，第 93 页。
② ［美］波林·罗斯诺:《后现代主义与社会科学》，上海译文出版社 1998 年版，第 34 页。
③ 费孝通:《乡村中国·生育制度》，第 140 页。

血亲伦理的强调,对女性的欲望更是严加防范。传统中国文学中所塑造的贞女、烈女的形象,无非是男权社会对女性欲望进行规训的一种方式。而以男权制为中心的传统社会对男性的欲望却从来都是免于道德监控的。在中国古代文学所描写的两性关系中,女人要么是作为增添男性功力的器具功能而存在,要么是作为男性的欲望对象而存在,而更为常见的是宣扬女人是祸水的观念以此为男人的荒淫开脱。总之,中国历史上两性关系中以男人为中心、为主体是毋庸置辩的事实。

何大草在他的历史小说中首先肯定了女性的欲望。在他的观念中,女性的欲望也是人力所无法掌握的原始力量,是女性作为自然人与生俱有的一种力量。在某种程度上,正是欲望才是历史发展的原动力。他早期的小说《春梦·女词人》中,就写到历史上以委婉、典雅而芳名流传的女词人李清照也面临无法自控的情欲冲动,这种冲动,令她"羞恼交加",令她千方百计地掩饰,但这种掩饰"却欲盖弥彰地提示着自己防线的虚弱",面对这种原始强力,她觉得"自己的身体就像案板上一块任人宰割的肉——"。如果说在《春梦·女词人》中还存在着理性与情欲的冲突,那么到了《盲春秋》,何大草已全然肯定女性的欲望。《盲春秋》中的朱朱,坦言地诉说自己的自慰,是种"说不出的曼妙欲醉"。值得注意的是朱朱在诉说自己的自慰时的态度,全无羞惭之心,表明了其对欲望存在之合理性的认同。《盲春秋》除了写到朱朱的自慰,还写朱朱目睹到的同性性爱那种超乎一切的力量:"即使是身边山崩地裂,她们也不会听到的。"有关自慰,在女性研究专家王侃那里,具有反男权的实质:"自慰的反抗意义在于要从欲望关系中抹去男性的一维,成为自体性欲望。"① 我想对于何大草来说,在这样的一种对女性欲望的肯定叙事中,也暗含了颠覆传统男权社会视女性欲望为祸水的意涵。在西方经典女性主义立场上,女同性恋"不只是作为一种性选择或'另一种生活方式',甚至不是作为少数人的选择,而是一种对统治秩序的最根本的批评,是妇女的一种组织原则"②。何大草笔下的女同性恋发生在宫

---

① 王侃:《历史·语言·欲望——1990 年中国女性小说主题与叙事》,广西师范大学出版社 2008 年版,第 123 页。

② 〔英〕玛丽·伊格尔顿:《引言》,《女权主义文学理论》,湖南文艺出版社 1989 年版,第 4 页。

闱——一个阴气过盛阳气不足的地方，她们或是寂寞的宫女，或是被遗弃的王妃，这样的女同性恋的产生就有一种象征意涵。它是公然若揭的"性政治"存在的后果，是男权在性关系方面凌驾于女性的表征。这样的书写便有了反男权的意味，体现出"对统治秩序的最根本的批评"。肯定女性欲望，批判既定的男权规范对女性的贬抑，这体现了何大草重构历史的一种努力。

何大草在书写两性欲望时，有一个重要的特征，即在两性关系中，他强调女人所处的主动地位，男性往往是作为女性欲望的对象而存在，由此突出女性在历史上的主体性。如他早期的《春梦·女词人》中写到女词人和寐生之间的性爱："就在这一刻，寐生感到女词人的两条腿伸上来箍在了自己的腰后，并带着一股强力将他往前一掀，他颓然扑倒在了她怀里。"在这种描写中，女词人的主动、男人的被动关系显而易见。接下来，作者写到男人的感觉："寐生明白自己真正变成了一条溜滑的鱼，无路可逃地射进了一个飞速旋转的漩涡中，一头撞在一张坚韧的渔网上。……他觉得自己正在黑暗中突围。""被捉的鱼"、"无路可逃"、"突围"都表明了男性被女人所掌控的一种姿态。其他如《衣冠似雪》中，被认为是荆轲母亲的女人——一个被无数贵族、将相、名流、好汉拥爱过的名姬，在男女关系中也一直是居于支配地位："男人始终不能从她的眼中窥见被征服的迹象。"《盲春秋》中的朱朱看到漂亮的太监，"傻兮兮地看着他，觉得他非常的好看"，以至于"他被我看得低了头"。历来的文学作品中都是女人作为欲望的对象而被男人观看，而何大草颠覆了这样的以女性作为欲望对象的书写方式，突出女性的自主性、主动性，这也体现出他重构历史的一种写作策略。

与此同时，何大草笔下的"诱奸"场景，女人也不再是传统文学一直固定化的书写模式：即作为"被污辱被损害"的形象而出现，而是心甘情愿地承受。如《盲春秋》中的客奶奶，被男人（保罗）袭击时，既没有挣脱，也没有呼叫，而是焦灼地期待并渴望。这完全颠覆了视欲望为丑恶、视出轨女性为不贞洁的传统书写话语。想起鲁迅笔下的吴妈，仅仅因为阿Q说"我和你困觉"的非礼之言，便寻死觅活，感到自己受到了不能忍受的污辱，便可见其解构男权话语的意图。在《所有的乡愁》所建构的男女两性关系中，女人甚至成了主动的诱奸者。如包英良对渡江的掌控，酒馆的老板娘对包博望的挑逗，卖榴梿的妇人对金有种的引诱，以及董英对小坡的撩拨……在这样的叙事话语中，女性不再是两性关系中的弱者被性侵犯，而是把男人作为实现自身欲望的工具。女性的自主意识由此得以突显。

与此相俱，何大草在他的历史题材小说中也颠覆了传统文学中对女性形象的单一描绘。传统小说中对女性形象的描述存在着扁平化的现象，正如有论者所说："在男权传统的文学表达中，经典的女性形象被固定在天使和妖女这两个极端化的神话形象之间"，"与天使相连的形象谱系包括天使、圣母，淑女、贞女等，代表着无欲无念、忠诚顺从的男权规训，在价值上处于褒义。与妖女相连的形象谱系包括女巫、荡妇、娼妓等，代表着邪恶与不可驯服的利比多，在价值上处于贬义。"①何大草笔下的女人，丰富多彩，不再是被扁平化、类型化的形象。在《女词人·春梦》中，作者一改历史上著名女词人李清照清婉、典雅的大家闺秀形象，突出她作为凡人的生命欲求的一面。同样的，在《所有的乡愁》中，作者塑造的那个为国家民族效命的英雄包忠良，也不再是概念化的具有完美形象及品格的英雄，而是放浪不羁的女人形象，她的爱国也不是因为她有崇高的理想及信念，仅仅是出于自己是中国人的朴素情感。

何大草突破传统女人扁平化形象最突出的一点是对母亲形象的书写。在何大草的笔下，有值得引起我们注意的一点，就是他对女性的书写更多强调的是女人性而不是妻性、母性，换言之，何大草的笔下少有传统社会所认定的贤妻良母形象。如他最早的小说《衣冠似雪》中，嬴政放荡的母亲一直是嬴政心底的痛，让他感觉痛苦与屈辱。而据传是荆轲母亲的那个女人，则是一个"被无数贵族、将相、名流、好汉拥爱过的名姬"，她放弃母亲的责任而把荆轲遗弃给前来向她求欢的男人。在《盲春秋》中写到的木樨地的女人们，也是母性寡淡、女性突出的女子。即使是宫中的女人们，如父皇所宠爱的皇后王妃们，作者突出强调的也是她们与男人对立的"性"特征而不是母性。客奶奶回到自己的亲生孩子身边时，竟然是一种"空空的感觉"。这样的书写饶有意味。西方女权主义者认为，男权文化对母亲角色的圣洁化处理，其意图在于掩饰母亲妊娠的痛苦，同时还"认为母亲角色是有诱导作用的意识形态手段，用来限制

---

① 王侃:《历史·语言·欲望——1990年中国女性小说主题与叙事》，广西师范大学出版社2008年版，第119页。

女人的自我意识和对公共事务的参入"①。客奶奶放弃了自己的母亲角色，而突出了作为女人的"性"征：一双既养育生命又供男人把玩的具色情意味的巨乳，使她在无形中获取了"对公共事务的参入"，由此，才产生了握有历史舵盘、左右历史进程、并对许多人握有生死大权的人物魏忠贤。对女性形象的这种书写，也体现出作者对传统史学进行颠覆，进而重构历史的良苦用心。

总之，何大草的历史题材小说突破了传统史学的言说方式，以对女人独特的书写建构了女性的历史，呈现出历史的多种形态，为我们看待历史提供了一种别开生面的独特视角。

---

① ［韩］卢升淑：《中国现当代女性文学与母性（序言）》，荒林、王红旗编《中国女性文化》，中国文联出版社 2000 年版。

李一清的农民体验与乡土作家的身份突围

何希凡

从 1975 年在《四川文艺》发表第一篇小说《田英》算起，李一清已走过了 40 年的创作历程。他 19 岁发表作品，但与许多起步于农民身份的作家一样，真正的登堂入室势必要经历一段常人难以想象的曲折路程。他最初十余年的摸爬滚打并未引起社会的广泛关注。直到 1991 年中篇小说《山杠爷》在《红岩》发表，他才有了自己的成名作。尽管戏曲、影视纷纷跟进改编这部小说，但多项显赫的大奖都只更多嘉惠于影视戏曲的成功改编，而李一清的原创小说则基本与之无缘。迄今为止的学术研究对由小说衍生的再创造热情有加，而对小说的研究却相对冷寂。好在各种艺术门类的改编从不同侧面证明了小说强大的艺术辐射力，而任何成功的再创造也难以替代乃至遮蔽小说的独特审美魅力。事实上，《山杠爷》在读者心中已成为与作家互名的标志性文本，亦是文学史家所遴选的乡土小说经典文本。[①] 李一清在此后二十余年的创作中继续开掘着自己所富有的乡村生活库藏和刻骨铭心的农民体验，相继收获了厚重的中短篇小说集《山杠爷》和《傻子一只眼》，创作了广受关注的长篇小说《父老乡亲》和《农民》。此后，他又沉潜数载，终于在 2011 年以长篇力作《木铎》竖起了继《山杠爷》之后更为引人瞩目的艺术标杆。

---

① 2012 年，《山杠爷》入选白烨主编的《中国当代乡土小说大系（1979 — 2009）》（农村读物出版社），与高晓声的《陈奂生上城》等足以代表"新时期"以来中国乡土小说最高水准的经典作品并列其中。

从本色农民到专业作家的人生跨越，李一清身上难免被罩上许多光环，这些光环在不断升华着他的农民体验，也在不断敦促鞭策着他的身份突围。时至今日，他的创作已经吸引了包括学院派在内的众多读者的热切关注。《木铎》出版后颇获好评，中国作家协会于 2012 年 9 月在北京举行了研讨会，专家学者对《木铎》做出了精彩的意义诠释和深刻的价值评判。① 然而，因为李一清曾经的本色农民身份，也因为他的创作更多是对乡土和农民体验的文学表达，迄今为止的研究和评论一般都是在农民体验和农民立场上关注李一清的创作，却未能充分注意到李一清从一个本色农民到专业作家的身份嬗变历程，更未能充分注意到其间蕴含着农民体验的提升和文人化跨越。张未名先生曾以"在生存中写作"和"在写作中生存"来区分打工者和专业作家的打工题材写作②，我认为这种区分也适用于考察乡土作家的农民体验与其身份突围之后的创作体验。本文拟就李一清四十年的创作进行历时探寻，并力图将这种探寻广延为对乡土作家所面临的共同困惑的理性思考。

一 在生存中写作——农民身份的定格与恋学情结的释放

李一清的农民体验不仅是祖辈农民身份的自然传承，还起步于读书生涯的过早终结。个中原因不仅在于贫穷，更在于"祖父做过伪军官"的历史在狠抓阶级斗争的年代决定了升学无望的命运。他凭着"愚蠢的骨气"，"不到初中毕业，便提前离开了学校"。③ 只有在这梦醒了无路可走的生命情境中，当他不能再像其他同龄人那样对未来的人生之路翘首以盼之时，一个农家少年的农民体验才是相对本色而纯粹的："天天与泥土打交道"而且"干了许多在他那个年纪不该干的活儿：挑粪、抬石头……繁重的劳动有没有影响他正常的身体发育？长大后他个头不高。"④ 很显然，李一清的农民体验经历了从被动承受到融入角色的过程，他的灵魂慢慢融进了乡土乡亲，也渐渐有资格说

---

① 参见何建斌《李一清长篇小说〈木铎〉北京研讨会纪要》，《作家文汇》2012 年第 9 期。
② 张未名：《关于"在生存中写作"》，《文艺争鸣》2005 年第 3 期。
③ 李一清：《〈山杠爷〉后记》，《山杠爷》，四川文艺出版社 1995 年版，第 255—256 页。
④ 李一清：《〈山杠爷〉后记》，《山杠爷》，四川文艺出版社 1995 年版，第 255—256 页。

说农民、谈谈土地了。但即使如此，曾经的负气失学并不意味着他对求学机会的甘心放弃，只不过面对严峻的生存现实，强烈的求学愿望只能被郁积在心灵深处。但他喜欢读书的习性并没有被超负荷的劳动所磨蚀："一本袖珍字典很快被他翻得稀烂。有时为借书读，少年可以走一二十里山路。"更何况他多少也接受了一些家庭文墨的濡染："家中珍藏的一部《古文观止》，被祖父和父亲列为他的必修课。"①一个原本酷爱学习而又失去了入学机会的孩子，强劲的补偿心理往往会使他的恋学情结远胜于拥有正常学习机会的孩子，想读书而又无书可读的人也往往较之那些四壁皆书却仅以此装潢门面的人更有阅读的饥渴感，所以古人就有"书非借而不能读"之说。由于精神深处牵连着学生时代的梦幻，挥之不去的恋学情结给李一清的农民身份平添了一种异质性的因素，使他的农民体验始终跳荡着一个抗争命运的灵魂。李一清在农村生存磨砺中把很多被迫失学、黯然回乡的孩子都有的恋学情结升华为虽则灿烂却不免遥远的文学梦："不知从哪天起，少年萌生了写作的念头呢，某日，有人看见他从破烂衣衫的口袋中掏出个牛皮纸大信封，鬼鬼祟祟地投放进邮筒里……从此，少年再没有停止这项活动。天长日久，竟有些散散的文章在报刊上发表了……他写跟他一样有着苦难经历的农民，写父老乡亲，用自己的坦率和真诚。"②从1975年至1979年，他先后在当时四川唯一的专业文学刊物《四川文艺》（现为《四川文学》）上发表了《田英》《女婿》《蹲点第一天》《闲话》等小说。一个在生存重压中竟然还能释放出剩余精力的不安定灵魂，一个完全进入农民角色体验却又不断角色越位的"农民书生"，他的冒险尝试终于有了预期的回响。

毫无疑问，李一清20世纪70年代的创作都浸染着浓郁的"文化大革命"色彩，就连作者的署名都带有"文化大革命"特有的标志——"公社社员李一清"。因为阶级斗争是时代之纲也是作家的写作之纲，初叩创作之门的李一清是不可能超越这种时代共名的。他对于农民生活的文学书写也不可能纯然是农民体验的生命书写，而不可避免地要带上被政治话语扭曲的畸形表达。尽管"文化大革命"结束的政治时间是人所共知的以粉碎"四人帮"为标志的1976

① 李一清:《〈山杠爷〉后记》，《山杠爷》，四川文艺出版社1995年版，第255—256页。
② 李一清:《〈山杠爷〉后记》，《山杠爷》，四川文艺出版社1995年版，第255—256页。

年 10 月,但历史积聚的强大思维惯性即使到了新时期之初,也还有着明显的"后文革"话语残留。如何看待李一清这一时期的创作不仅仅是一个文学识见的问题,更取决于我们能否返回到那个年代,对作家在特定语境中的创作做出设身处地的理解。创作于 1974 年的小说《田英》,写从小就立志当一个"耕田种地的英雄"的姑娘田英初中毕业后果然兑现誓言回乡务农,先是担任大队团支部委员,后来走马上任当了生产队长。其间围绕着追回外出挣钱的"老牛筋"等人,查出会计田守贵挪用集体钱做买卖,斩断卧龙岩、引进青龙河水抗旱保苗,尤其是推广双季稻等关乎集体生产发展的事件,充满着"两条路线"的尖锐斗争。发表于 1977 年的小说《女婿》,是作者在当时四川省树立的学大寨先进集体——剑阁县化林大队的蹲点之作。小说写生产队长兼记分员刘春正带领社员学大寨,大战水利工程,"又收回了外流单干的五匠"。但其准丈母娘金二娘却出工不出力,想沾未来女婿的光,还把主要精力用于编背篼赚钱。其间少不了地主婆黑老鸹的煽风点火。刘春在群众的支持下揭穿了黑老鸹的阴谋,扭转了金二娘的落后思想,为学大寨扫清了障碍。这两篇小说都难免主题先行之嫌,即使笔涉农村和农民,其农民体验也被强大的政治话语所整合,其间殊少作家的个性化开掘。但它们仍然在某些技术性环节上体现了那个时代的文学水准。除去必不可少的阶级斗争内容和时代话语对人性的扭曲之外,小说语言较有生活气息,故事情节也有作者的创作心机,因此仍然能够让读者感到曲折有致,波澜横生。而《蹲点第一天》和《闲话》,不仅因历史的渐变而明显弱化了阶级斗争,在技术性层面也有了明显的强化。《蹲点第一天》虽然还有一些政治标签,但也传达了历史变迁的信息。其中的杜大嫂写得真切鲜活,县委罗书记也写得真实感人,汪支书的转变可谓扣人心弦,其所体现的农村基层干部作风问题至今仍有借鉴意义。《闲话》通过孙全老汉和康成大伯两位老人的一席闲话,解开了面对时代变化而顾虑重重的后生正月的心结,闲话从人物口中娓娓道来,编织了小说曲折有致的经纬,这是李一清在 20 世纪 70 年代写得最富小说味的作品。

较之后来的成名作,李一清 20 世纪 70 年代的创作是无法与之同日而语的。所以在时至今日的研究中,这一时期的创作尚未得到任何关注。如果仅以创作水准而论,这是完全可以理解的。但从对作家创作轨迹的整体性把握而言,这又难免是一种偏颇和缺失。因为他这一时期的创作已经意味着其农民体验初步收获了笔耕心织的回馈，也意味着他初步实现了对纯粹农民的身份突围和生命超越。所以我认为，李一清20世纪70年代的创作是在农民的生存体验中产生了诉诸文字表达的冲动，又是在文人的精神体验中初尝了创造性劳动的滋味。这无疑是李一清艰难而独具生命原点意义的创作起步，是此后几十年创作的重要前奏。

二　在写作中生存——文人化塑身与农民体验的超越

如果说李一清20世纪70年代到20世纪80年代初的创作还主要属于在生存中写作，当一个农民的文字劳作结出了果实并产生了一定社会影响的时候，他就有可能逐渐离开农民生存体验的现场直至丢掉农民身份。从受聘乡、县文化基层干部、市级文学刊物《嘉陵江》小说编辑，到正式就职西充县文化馆、南充市创作办公室，从担任市"创办"主任到市作协主席、省作协副主席，李一清离农民生存体验的现场渐行渐远。如今他的身份和事业都在农民和文人之间发生了根本性的置换。作为创作资源，农民体验是他珍贵的生命窖藏和永久性的情绪记忆，但专业作家的身份使命和社会期许，又促使他必须加速自己的文人化转变，社会和读者需要他更像一个作家而不是更像一个农民。然而，他早已被读者和文坛定位为"农民作家"又使他不能片刻离开农民体验，似乎一旦远离了农民和乡土就会失去创作生命。在这样两难情境中，文人品格需要强化，农民体验又不能流失，倘要获取更为鲜活的创作资源，就只能更多仰仗昔日农民体验的生命记忆和深入生活的即时性现场体验了。这样，李一清就不得不从"在生存中写作"走向"在写作中生存"的人生嬗变。值得欣慰的是，李一清并未因为这样的命运转轨而在创作中弱化了乡土气息和农民体验，文人品格的实质性提升反倒激活了农民体验。他已实现了对原生态、自在性（也极有可能是片面性）生存体验的超越，从而把农民体验由一般性的现象层面引向了对乡土世界和农民命运的深层追问。从中短篇小说集《山杠爷》《傻子一只眼》到长篇小说《父老乡亲》《农民》，都无一例外地承载着李一清刻骨铭心的农民体验，远非农民体验可以涵盖的《木铎》也依然离不开农民体验的升华。倘使那些本色的农民读到这些作品，都会不同程度地感到李一清写的就是他们生活的乡土和经历的人生。然而，富有独创性的作家是不会停留在仅仅契合读者的公共性回应这个层面的，他理应为读者提供人人都似曾相识却只为作家个人所独有的东西。史铁生说："艺术或文学，不要做成生活（哪怕是苦难生活）的侍从或帮腔，要像侦探，从任何流畅的秩序里听见磕磕绊绊的声音，从任何熟悉的地方看出陌生""作家不要相信自己是天命的教导员，作家要贡献自己的迷途"。① 那么，李一清是怎样从"熟悉的地方看出陌生"，又是怎样"贡献自己的迷途"呢？

　　通读李一清自《山杠爷》以来的百余万字小说可以看到，他始终瞩目于20世纪晚期以来的乡土现代化变迁，而农村土地承包责任制的普遍实施则成为这一历史变迁的肇始。土地大包干无疑是对新中国成立以来实行几十年的平均主义大集体生产方式的反拨，它契合农民的心灵呼唤、有效地调动农民的生产积极性，其所彰显的历史进步性是显而易见的。但是，土地大包干也并非一劳永逸的农业生产组织策略，它的有效性是有具体的历史阶段指涉的。当中国的现代化建设逐步迈向纵深的时候，尤其是当中国市场经济的格局初步形成并受到全球化趋势牵引的时候，土地大包干就难免显现出对古老农业时代的返祖化倾向，也蕴含着对静态乡土文明的原宥和迁就。于是，国家整体性现代化的强大驱动力与固守乡土文明的反现代化历史惯性之间的颉颃，就成为中国乡土现代化进程中最为普遍也最为深刻的矛盾。在这样的矛盾中，以鲁迅为代表的20世纪早期中国乡土作家心中曾经涌动的乡愁就极有可能在历史的相似性中成为20世纪晚期以来的当代乡土作家心中的乡愁。因此，"乡愁"对于今天的乡土作家而言不仅没有过时，而且还因当今中国现代化进程的盛况空前而变得更为强劲了。但文人的乡愁不是一时一地的农民即时性感受的片面表达，亦非是对现代化进程非此即彼的二元价值判断，文人的乡愁是具有超越性的。它要求文人不只是亲临乡土生活现场，更要抵达乡土生活的深层；不仅具有真切的农民体验，更要善于发现农民自己也未能注意到的生存真相。作为作家，当李一清在感性化的农民体验和知性化的文人眼光交汇中敏感到发生在乡土上的现代化与反现代化冲突时，他也发现了乡土审美

---

① 史铁生：《病隙碎笔》，陕西师范大学出版社2002年版，第15页。

表达的无限张力，在人们"熟悉的地方看出陌生"，在很多作家都难免的乡土诗意陶醉中感到了自己的困惑。成名作《山杠爷》是一个令人回味不尽的文本。小说把农民的命运系于山杠爷这样一个深孚众望的农村基层干部身上，但在作家笔下，山杠爷却是无法用简单的"好"与"坏"的标准来评判的。作品通过他的复杂性写出了农民命运的复杂性，写出了现代法制观念和乡村文化传统之间的对接与抵牾。山杠爷并非是乡村传统文化的简单体现者，他首先是现代乡村基层干部，忠实地执行党和国家政策是他的使命和秉性。不论是在村民的心中还是在上级的眼里，山杠爷的操劳尽职、品行能力都是无可挑剔的。他全身心为了村子，不贪不占，正气堂堂，村民无不衷心敬服。他把上级和村民赋予的权力变成了挥洒自如的"魔杖"，别的村头痛难治、上级束手无策的事在他那里却顺风顺水。小说选择了几个典型事件让我们充分领略了山杠爷威震一方的气度：为了及时缴清拖欠已久的公粮，他私定政策惩罚拖欠者按照 1 比 1.5 多交，用于补贴代劳的民兵，还私自囚禁蛮横抗交公粮的王禄；为了村里土地不致抛荒，他私拆外出挣钱久催不归的明喜不标地址只有"内详"的家信，并派人循此"请"回了明喜；尤其是对于经常打骂婆婆的莽娃媳妇，他不仅罚以放电影，当众让她的父母尴尬难堪，而且还将她游村示众以致其不堪羞辱喝农药自杀……在上述事件中，山杠爷都超越了自己的权限乃至法律的界限。但他又并非简单的"法盲"，他分明已从一个现代社会的村长回归到了古代家族社会的族长，颇具"土皇帝"色彩。他的所有越权越位又都是为了国家、集体的利益，他的违法犯罪中都有不得不如此的苦衷。因此，当未臻完善的政策法规尚未周延到村民的日常生活纠纷，当常规的说服教育在部分村民的道德顽疾面前软弱无力的时候，山杠爷的越权越位就不仅蕴含着为国为民的忠肝义胆，而且也蕴含着他对农民身上普遍存在的精神奴性淋漓尽致的利用。当事人虽然都曾与他抗衡较量，而一旦被他制服便无不额首服膺。村民并不计较他的违法犯罪，反而由衷敬服他的尽职尽责、屡显奇能。就连上级也并不细究他建功立业的过程而对其治理结果多有嘉许，山杠爷还因此成了县上的劳模。只要看一看小说结尾，当山杠爷被民警带走的那一刻，当事人为之开脱求情，成百上千的村民围住警车"牵衣顿足拦道哭"，那悲壮的情境就连民警和乡公安员也为此动情落泪。山杠爷犯法了，但他对腊正的嘱托和腊正对他的郑重承诺，村民对"山杠爷效应"的普遍眷怀，都意味着山杠爷不会因为犯法而消失在堆堆坪。可见，山杠爷的越权越位、违纪违法不是孤立的个人行为，而是有着广泛坚实的社会文化土壤。李一清把穿越历史时空隧道的宗族文化传统晾晒在现代社会的强光之下，当我们面对显在的现代村长与隐性的古代族长的奇妙组合，面对这好人的违法和违法的好人，面对国法在乡村不能完全奏效而村规却屡试不爽，面对村民宁愿不受国法保护也要虔诚维护村规，面对乡土民间世界如此多姿多彩而"土皇帝"效应又如此具有生命力……我们一定会忍不住追问：现代社会究竟还需不需要"土皇帝"？我们如何在现代化和宗法制之间做出抉择？作家是极难对这些问题做出非此即彼的价值评判的，李一清只能把自己的困惑和迷途呈现给读者，从而将其辐射为更多人的深层次困惑与迷途："生活中真有山杠爷吗？生活中不能没有山杠爷，抑或本来应该没有山杠爷""山杠爷注定这辈子要困惑我了"。① 这些困惑与迷途虽然没有答案，但当作家的惊人发现和精彩呈现在读者心中形成了强大的冲击波，文学创作干预现实的期许也就由此得以实现。《山杠爷》之后，李一清便带着这些交织着农民感性体验和文人知性思考的困惑进入了更为漫长的审美叩问：《磨坊老人》中的父亲几十年如一日固守磨坊，儿子高中毕业后子承父业，颠覆了传统劳作方式代之以机器生产，还杀掉了老牛"黄沙"，老人失去了精神支撑而死在老牛的坟前，父亲之死震撼了儿子的灵魂，儿子对父亲的忏悔也传达了作家在现代与传统之间艰难抉择的隐痛与困惑。《雪地》所展现的古老淳朴的村风居然能天衣无缝地与现代社会的精神文明对接，但乡村青年男女野合的故事却又强悍地冲击着神圣庄严的村风，而冲破禁区的又偏偏是向来博得人们尊敬的醇厚之家的子女，而且竟然是两代人宿命般的传承，现代文明进程在强大的村风民俗磁场中显得如此举步维艰。此后的小说《白冢》《水水的政权》《爷爷和我正在经历的故事》《父亲对儿子的侵犯》《苞谷地》《傻子一只眼》等，都一再延续或深化了这些主题，篇篇都有浓郁的"乡愁"洋溢其间，但因为未能达到或超越《山杠爷》所抵达的思想和艺术高度，它们都很难再在读者心中形成同样强

---

① 李一清：《山杠爷的困惑》，《山杠爷》，四川文艺出版社1995年版，第65—66页。

大的冲击波。

三　两难中的突围——农民身份的返顾与文人优势的凸显

20世纪90年代以来，在文学制度、商业力量和主流文学观念的共同作用下，长篇小说成为一种愈演愈烈的文体崇拜。作家通过长篇小说创作可以获得较之其他文体更为丰厚的利益回报，长篇小说也成为衡量作家创作实绩和创作水准最重要的标尺。以至于很多作家耐不住中短篇创作的寂寞，一拥而上写起了长篇。李一清已有了较长时间的中短篇创作历练，自然也会引发跃跃欲试的心理冲动。他试图以更为宏阔的篇章向社会证明自己并未丢失对乡土的审美感知或者向父老乡亲证明自己从未改变农民的本色，遂于世纪之交的几年间相继创作了长篇小说《父老乡亲》和《农民》。这两部长篇都彰显了作家对土地的贴近，对农民现实命运感同身受的心灵体察，以至不知道作家身份嬗变的读者都会以为作家还是本色农民。在所有对这两部小说的学术关注中，冯宪光教授和苏永延博士的跟踪式研究给我留下了较深的印象。冯宪光认为"《父老乡亲》的成功之处，首先在于作者对于当前农村生活有独特的体验和发现，敢于正视当前农村现实生活中广大农民所面对的生存矛盾和困境，并且善于运用现实主义的艺术手法去揭示这些还可能没有意识到的矛盾和困境"①。而苏永延对《农民》的独到之处也有自己的看法："它通过描绘农民在解放后几十年间经历的数次土地的得与失，探寻了造成农民贫困落后的诸多原因，并展示了农民的最终命运走向，为我们留下了他们步步血泪的履痕，发人深思。"②但在我的阅读感受中，《父老乡亲》和《农民》的深层创作动因乃在于作家身份嬗变后潜意识中的身份焦虑，作品分明流露出对乡土、对乡亲、对自己已然丢失的农民身份的深情回眸和返顾。最初成为定居城市的专业作家的时候，李一清是兴奋而自豪的。但当他真切感受到城市和文人生活也难免庸常的时候，"农民作家"必须书写农民的使命感与实际上远离农民生存现场的虚空感，都对他形成了显在

---

① 冯宪光：《关注当代农村父老乡亲的命运——读李一清长篇小说新作〈父老乡亲〉》，《文艺理论与批评》1998年第4期。

② 苏永延：《土地悲歌——评李一清〈农民〉》，《当代文坛》2004年第1期。

或潜在的心理重压。在已逐渐实现了文人化转变而又不得不魂归乡土的生命两难中，他急切需要找回自己的农民身份感，急切需要向文坛也向父老乡亲呈现自己更有深度和广度的农民体验。于是，他深刻地注意到延续数千年的传统农业社会已经被裹挟进急遽演变的现代化进程，而困守乡土的农民则在这个进程中受到无情的拨弄，他们在远未完善却来势迅猛的市场经济冲击下难免四顾茫然、漂泊无依。《父老乡亲》中真正的农民安福老汉如此，亦商亦农的凉粉客殷宗厚也是如此，就连始终具有政治怀旧情结的党支书郭爷也未能逃过现代化的碾压。而《农民》中最富土地情怀的主人公牛天才，虽然也曾离开土地而进入城市，但经历了"土地——城市——土地"的命运循环之后，农民的灵魂还是难以觅到稳妥的安放之地。李一清触及了乡土和农民最为严峻的生存现实，他似乎也再度找回了自己遗失多年的身份感。我在两个文本中也能真切感受到作为农民儿子的李一清与他的父老乡亲同步同位的受难者体验。但这两部小说的审美魅力仍然更多得益于文人化的转变，文人化的语言强化了长篇叙述的诗化品格，尤其是《农民》的叙述语言和叙述视角都令人看到了中国当代文学高水准的创作风范。两部长篇也在农民与土地的复杂关系描写上形成了互补趋势：《农民》的叙述语言和叙事策略在整体上都较之《父老乡亲》更胜一筹，但《农民》对土地大包干政策之于农民精神情怀的描写还显得浅泛而有失片面。当农民终于得到了土地，我们更多看到与社会共识高度一致的热情迎接和生命狂欢，而未能看到作家对这一历史性变迁独到发现所呈现的复杂心理景观和多部乐章混响。《父老乡亲》有效地弥补了这一审美缺陷，生动地再现了土地大包干中不同的心理反应和情感态度，其历史惯性和现实呼应的复杂交织让我们有重返历史现场之感。贺绍俊先生认为《农民》的成功在于它是一部"贴近了农民真实心理的小说"，"他写的是农民与土地的关系"，"像李一清这样浓墨酣畅地表达农民与土地的亲情、恋情、生死情，在今天就显得很稀罕了"。[①]我相信，这样的感觉在《父老乡亲》中也同样能够找到。由此可见，李一清对乡土的深情回眸、对农民身份的返顾是卓有成效的。

然而，人们对这两部长篇小说的评价更多是源于作品本身的意义阐释，

---

① 贺绍俊：《在路上还是在土地上》，《文艺报》2004年6月28日。

而未能放到自《山杠爷》以来的历时性创作中加以比较审视。尽管出版社曾对《父老乡亲》和《农民》做过较大力度的宣传，《农民》获得四川文学奖后也有同名的话剧改编，但它们在读者中的影响都无法与《山杠爷》相比。其中不乏打动读者的人物，但都未达到山杠爷那样呼之欲出的鲜活程度。这两部长篇之所以不及《山杠爷》更具艺术独创性，还在于作家有意无意地呼应了社会流行的价值标准。政治和政策层面一度关注的"三农"话题的宏观牵引与作家对农民身份返顾的合力，也使作品带上了明显的社会功利色彩。作家的创作并非不能关注社会热点话题，但其关注当以审美发现和艺术开掘超越对社会公共性话语的直接呼应，凸显作家特长而非屈就社会流行价值标准。《山杠爷》所体现的不仅是对农民体验的现实观照，更是作家所同时具备的文人知性眼光对现实与历史文化的深刻穿透。而《父老乡亲》和《农民》更多生存现实的共时性表达，却殊少历史文化渊源的深层次开掘。农民身份感和农民体验才是作家最有优势的精神自觉，而文人优长则更多成为一种自在性的审美包装。

真正使李一清在必须书写农民体验而又实际上远离农民生存现场的两难中成功突围的，是他的长篇新作《木铎》。《木铎》延续了作家一以贯之的农民体验，但其魅力绝不仅仅止于此。在 2012 年 9 月的北京研讨会中，学者们对小说在人物形象塑造、文化反思、语言水准等诸方面所抵达的崭新高度给予了肯定。这种肯定的可信度不在于学者们的单个文本考察，而在于既以作家的既有创作为比较又以对同期当代中国优秀长篇小说的阅读经验为参照。[1]自《山杠爷》问世的二十余年之后，《木铎》让我们见识了"祖母"葛来凤、二先生等堪与山杠爷同辉并美的鲜活形象，其浓墨重彩的川北嘉陵江地域景观和风俗文化又让我们领略了远胜于《山杠爷》的诗性语言风范。小说中书卷气息与乡土气息一贯到底的氤氲交融，构成了李一清此前小说所没有的独特审美气场。但这部小说最强烈的审美刺激在于它接续了《山杠爷》对家族历史文化传统的追索，且从《山杠爷》所立足的现实世界返回到历史场景，一改作家过去二十年间单向性的乡土生存现实关怀，形成了较之《山杠爷》

---

① 参见何建斌《李一清长篇小说〈木铎〉北京研讨会纪要》，《作家文汇》2012 年第 9 期。

更为气势磅礴、更为复杂深邃也更令人驰魂夺魄的历史文化叩问。作为深具文化符号学意义的家族指令性道具，"木铎"的所指意义在于对家族精神人性的模铸与整合，而其能指意义则直抵民族性格、民族精神的塑造。"木铎"所凝聚的以尚柔为特质的儒家文化，曾使得温柔敦厚成为中国人精神人性的憧憬，但这种柔性精神又难敌现实命运的无情挑战。所以小说在将木铎神化和魔幻化的同时，又着力通过李天开父子来彰显家族文化人格塑造的失败。而"祖母"葛来凤这个女中丈夫对两代男人的精神重塑又凸显了在反叛中的文化改造。最后以李天开父子经过人格重塑后的不同人性归宿，从正反两方面揭示了木铎所承载的文化传统的复杂特质。小说的高明之处在于不做非此即彼的文化价值判断，而是以人物的命运沉浮和历史的曲折发展冲击读者的心扉。既生动地展示了文化传统的神圣伟大，又深刻地揭示了传统造成的人性扭曲和心灵阵痛。对于文化传统二重性的深刻认知，使作家把对历史文化叙述的雄心变奏为摇荡读者灵魂的挽歌，从而区别于陈忠实等作家在对家族历史的叙述中单向性的文化陶醉，也使小说的文化探寻逼近了历史文化传统的真实底蕴。尽管这部小说仍然关注乡土人生，也在一定程度上彰显了作家的农民体验优势，但历史文化思考决定了这部小说丰富的历史信息和文化含量。而作家宏阔的历史书写与深沉的文化叩问，也使偏处一隅的里村、里镇的文化际遇上升为中华民族共同的文化际遇。不言而喻，这部小说对作家文人素养的知性要求远远超过对作家农民体验的感性要求，就连作家设置的叙事者，其身份不仅是中学历史教师也是负有续写家族历史的文化使命的文人。作家充沛的文人素养和超越农民体验的历史文化思考成功地克服了创作的两难，《木铎》成为李一清四十年创作生涯的扛鼎之作就是水到渠成的事情了。

结语：有待唤醒的理性自觉

李一清带着自己的农民体验对农民身份的文人化突围，践行了中国乡土作家共同的创作生命轨迹。时至今日，我们仍然乐于对作家做出各种各样的身份定位，而定位的依据则更多源于曾经的身份和在场的生活体验。对于身份体验的强调本无可厚非，因为任何作家的创作都无一例外地起步于身份体验且终身受益于这种体验，无视体验就等于无视作家创作生命的源泉。然而，身份体验仅仅是创作所必需的基础，它本身并不意味着创作的完成。作家创作的旨归在于把体验升华为艺术而不在于把艺术降格为体验。不重视身份体验固然会导致创作的向壁虚构，但将身份体验绝对化就会在无形之中滋生出身份的优越感，从而导致因文人知性素养的缺失而止步于体验的复写。因此，对于乡土作家而言，即使他还葆有农民身份，只要他的生命行为溢出了农民而进入具有创造意义的写作空间，他就实际上开始具有文人意味的劳作了。可是，这些本属常识层面的道理并没有引起我们足够的重视。21世纪以来，中国乡土文学创作仍然被一些在历史的惯性中沉淀下来的现实问题困扰着：比如，知识分子立场和话语表达的淡出与农民立场的凸现，作家主体生命的弱化与对流行话语呼应的强化，作家对乡土诗意和田园牧歌的深度迷恋与对乡土历史文化传统理性思考的缺失，作家紧跟历史的外部变动去反映最易感知的乡土现实问题、却缺乏对影响乡土生存现实的深层次因素有超越公共性感知的独到发现等等。我认为这几个问题都在严峻地考验着当代中国乡土作家的创作关怀。在中国现当代文学史上，很多著名作家也很在意自己的乡土身份体验，但越是在意就越意味着他们早已脱离了原来的身份。沈从文自1922年到北京生活了六十余年后还多次强调自己始终是"乡下人"，但他对"湘西世界"的全部审美呈现，无一不是经过文人化转变后立足大都市的乡土回眸与返观。贾平凹在离开乡土多年后还执着地说："我对自己的定位还是农民，我的本性依旧是农民，如乌鸡一样，是乌在骨子里了。"[①]但他同时又指出："我更反对将题材分为城市和农村甚至各个行业，我无论写的是什么题材都是我虚构世界的一种载体，载体之上的虚构世界才是我的本真。"[②]莫言力图超越曾经影响深远的"为老百姓写作"而提出"作为老百姓写作"[③]，这其实越发彰显了他已经不是纯粹的老百姓，以至有学者认

---

① 贾平凹：《秦腔》，作家出版社2005年版，第560页。
② 贾平凹：《高老庄》，春风文艺出版社2006年版，第279页。
③ 陕西电视台"开坛"栏目组编：《开坛——文化名人纵横谈》，中国青年出版社2002年版，第151页。

为其是一种"伪民间立场"①。其实，不论我们给作家做出何种身份定位，不论作家怎样强调自己曾经的在场身份体验，都掩盖不了作家终究还是作为知识分子而写作的实质。大凡优秀的乡土创作，往往都是作家在与自己真切体验过的乡土现场拉开了必要的身份距离和时空距离之后的审美超越。因为人离乡土远了、心离乡土反而更近了。由此可见，李一清的身份突围实际上已蕴含着中国乡土作家的群体经验。作家带着自己的身份体验而又不断做出超越自我的身份突围，是必要也是必然的。身份问题不应当成为困扰作家的无物之阵，而身份突围则应当成为作家应有的理性自觉。

---

① 南志刚:《叙述的狂欢和审美的变异——叙述学与中国当代先锋小说》，华夏出版社2006年版，第222页。

怎样的一种"魔幻现实主义"？

——浅析扎西达娃的小说创作

张　莹

在"西藏新小说"作家中，扎西达娃的创作常被认为是"魔幻现实主义"的代表，这几乎成为扎西达娃的一个标签。虽然在某个层面上这确实说明扎西达娃的作品具有十分显著的魔幻现实主义特征，但是"魔幻现实主义"这一术语是一个舶来品，而且在引进之初就借着拉美文学"爆炸"的东风迅速传播开来，一方面这种趋势显示出中国当代文坛对拉美文学成就的认可和向往，另一方面正是由于这种近乎狂热的热情传播使文坛学界在使用该术语时存在许多问题，对魔幻现实主义的内涵外延、创作特征等存在许多似是而非的认识，而对拉美魔幻现实主义与中国魔幻现实主义的关系问题认识也非常模糊。正是这种种"模糊"导致了我们对中国作家创作中的魔幻现实主义的某些偏见或误解，对扎西达娃创作的解读亦存在类似问题。因此如果想要接近扎西达娃创作的真相，进一步重估其创作的文学价值和地位，就需要从问题的原点出发，以期在较为客观全面地理解中国的魔幻现实主义的基础上更好地理解扎西达娃和他的创作。

但是当进一步深究扎西达娃的魔幻现实主义的归属时，则面临两个具体问题的探讨。一是，扎西达娃的魔幻现实主义是中国的还是拉美的，这一问题的界定涉及对扎西达娃创作性质的评价，但目前鲜少专文提及；二是，扎西达娃的魔幻现实主义是"形式的"还是"内核的"，亦即他的魔幻现实主义只是与拉美魔幻现实主义简单形似还是其也存在着某种精神内核层面的魔幻，这一问题对界定扎西达娃魔幻现实主义的内涵与外延具有重要的坐标作用。遗憾的是，由于对扎西达娃魔幻现实主义创作简单的"一刀切"归类，使针对其的研究极易走向两个极端。当然，类似问题并不只出现在扎西达娃的研究中，对当时中国魔幻现实主义的研究普遍存在这种倾向，往往一开始即限定作家作品的所属范畴，接着画地为牢以此为基础展开评述，这样做极易影响评述的力度和深度。今天重新审视扎西达娃的魔幻现实主义，不仅能够部分地窥见其魔幻现实主义的真相，亦能够帮助我们更好地认识这个作家的实际身份。

一　中国的还是拉美的？

一直以来，对扎西达娃的小说创作，特别是对他 1985 年以后发表的作品，评论界颇多关注，尽管一早就被冠以"魔幻现实主义"的头衔，但他的创作究竟是怎样的一种魔幻现实主义，他的魔幻现实主义究竟具有怎样的内涵，与拉美魔幻现实主义关系如何却深究不多。过往评论文章中对扎西达娃 1985 年以后创作的小说是否属于魔幻现实主义，是否照搬拉美魔幻现实主义的相关论述十分值得商榷。

有学者指出，扎西达娃后期的小说创作不应划归魔幻现实主义范畴，而只能看作一般的现实主义作品，理由是他的小说反映的是西藏司空见惯的"现实生活"并非严格意义上的"魔幻现实"，[①]这一观点比较多见于藏地生活的见证人和参与者。但事实却是，在理论层面上，魔幻现实主义的内核在于展现"神奇的现实"，亦即"魔幻现实"，它既非虚幻想象，又非一般单纯现实，在这一点上，以扎西达娃为代表的西藏当代作家所描绘的"现实"正属此种范畴。李双焰先生曾说，在外人看来不可思议的事，对生活在其中的人来说却是不仅关乎"信仰问题"，更"是日常生活中的必须的事务，它与吃饭、睡觉、买东卖西、早出晚归没什么区别"，[②]李先生在这里一再强调的"真实"实际就是一种"魔幻"意义上的"真实"。由此，身为藏地生活见证者和参与者的

---

① 李双焰：《我们是何人？》，《西藏艺术研究》1991 年第 4 期。
② 李双焰：《我们是何人？》，《西藏艺术研究》1991 年第 4 期。

这番论述恰恰证明了李先生关于"扎西达娃创作并非魔幻现实主义"的偏误。同为"西藏新小说"作家的马原（尽管他并不完全属于魔幻现实主义的阵营）曾这样评说金志国："他做了十年群众文化工作因而对西藏的民俗太熟了，他只是用小说记录了一些故事就被看作是写魔幻的好手，其实那些故事不过是他看到的和听到的真事和传说。"① 这一关于金志国小说创作的评说恰与拉美魔幻现实主义作家一再强调的"记录"神奇现实的创作方法暗合，从另一侧面说明了西藏的现实正是"魔幻现实"，而扎西达娃的创作正是属于魔幻现实主义范畴的。

在创作层面上，扎西达娃的《西藏，系在皮绳结上的魂》《西藏，隐秘岁月》及"虚幻三部曲"充满了魔幻现实主义作品中常见的另类"魔幻现实"，这些"现实"来源于作家所在的藏地域藏民族文化中的神话传说与宗教传统，来源于作家用敏锐洞察力捕捉到的事实：穿过莲花生大师的掌纹地带就能到达理想国"人间净土"香巴拉，塔贝只为了这样一个传说就走上寻找的路，历尽艰辛锲而不舍。这在外地人、外族人看来无疑是十分荒谬和不可思议的，但若看过大昭寺外风雨无阻孜孜不倦磕长头诵经的老人，看过布达拉广场上凌晨起便步履蹒跚跟在大人后面转经的孩童，看过自己不吃不喝也要为寺庙供养的牧民，塔贝就一点也不荒谬和离奇了——在西藏，有无数个塔贝，他们不分性别不分年龄甚至不分职业。又譬如，年幼的次仁吉姆可以画出人世间生死轮回的图盘，可以跳出早已失传的格鲁金刚神舞，这是比塔贝更不可思议的。但在西藏的现实生活中，活佛圆寂之后都会有"转世灵童"继承衣钵，这些灵童经过一系列不为外人知的神秘离奇的仪式被最终确定下来，他们往往出生时就有吉兆，从小便显示出某些异于常人的禀赋，模样俊俏，聪明伶俐，经过适当训练即能够胜任活佛职责，这对远离西藏的"外人"来说就像天方夜谭，虽然外人觉得不可思议，但藏人并没有生活在神秘世界里，次仁吉姆就是这样一个灵童，这就是"现实"。由此可见，扎西达娃小说中反映出的种种，都是藏地藏人与生俱来的作为生活常态的"魔幻现实"，故此，他的创作正是不折不扣的魔幻现实主义。

---

① 马原:《西藏魔幻文学》,《文学报》1988 年 4 月 7 日。

扎西达娃的后期创作带有十分明显的魔幻现实主义特征毋庸置疑，但学界对其魔幻现实主义的来源仍语焉不详。虽然一般认为扎西达娃的创作借鉴了拉美魔幻现实主义的创作手法，具有明显拉美魔幻现实主义文学相应特点的观点确有其合理性，但却同时忽略了中国文化自有的魔幻文学因子对其魔幻现实主义创作的重要影响。在西藏新小说崛起之时，马原曾经说过："几年以来，胡安·鲁尔福、博尔赫斯、略萨、马尔克斯这些洋人和他们的洋小说就是他们（扎西达娃等西藏作家）饭后茶余的谈资，他们熟悉那些小说就像熟悉自己的儿子。"[①] 作家们的这种探讨正说明在当时的时代大背景下，"拉美魔幻现实主义"对他们的冲击和影响是巨大的，但是我们不能据此无视中国传统"魔幻文学"给予作家创作的滋养。无论作家们是否承认，中国的魔幻现实主义在接受拉美魔幻现实主义影响的同时，亦与中国的本土魔幻文化有着密不可分的联系，如果只看到"舶来品"对他们的影响而忽视中国文化这个内因，明显是有失偏颇的。一定程度上，"拉美魔幻现实主义"之所以在中国特别是在西藏能够生根发芽开花结果，与中国本土魔幻文化自身的丰富储备是分不开的。扎西达娃作品中直接反映出的藏文化中的宗教元素与神话体系，无疑都是中国自己的魔幻因子，是独立于"拉美魔幻现实主义"之外的魔幻，如果有意无意地回避这一点，势必无法还原扎西达娃的魔幻现实主义真相。那些关于莲花生大师的传说，关于转世轮回的时间生命观念，关于原产藏地的鬼魅故事，无一不是土生土长的藏文化的一部分，这些才是扎西达娃小说中魔幻的主要来源，而非远在千里之外的拉丁美洲大陆上光怪陆离的神奇生活。在这个层面上，把扎西达娃的"魔幻现实主义"看作单纯的舶来品在中国西藏的翻版，把西藏新小说作家的魔幻现实主义创作看作单纯的对拉美魔幻现实主义的模仿，是失准的。确切地说，扎西达娃的魔幻现实主义确是在传入中国的"拉美魔幻现实主义"的召唤下逐渐形成的，但若没有中国文化特别是藏文化中魔幻文化的丰富储备，他的魔幻现实主义只能是一座空中楼阁。

---

　　① 　马原:《西藏魔幻文学》,《文学报》1988 年 4 月 7 日。

二 形式的还是内核的？

扎西达娃的后期作品之所以发表伊始就被贴上"魔幻现实主义"的标签，很大程度上是由于其小说的外在形制与拉美魔幻现实主义小说的惊人相似：神话原型、隐喻、影射、象征以及夸张的大量运用，使读者、评论者很自然地将其归入"魔幻现实主义"范畴。一方面，这样的外在形制使扎西达娃后期的小说具有了较好的风格辨识度，但另一方面却也使我们容易言必称"形式"而忽略其创作中精神内核层面的"魔幻现实主义"特质。比如，较早对扎西达娃等西藏新小说作家的创作展开研究的评论家张军就曾指出，西藏魔幻小说在"小说叙事形态"上具有明显的魔幻特征，而拉美魔幻现实主义小说则与之不同。这里虽然并未明确指出扎西达娃的魔幻现实主义就是"形式的"但却有意无意地强调了扎西达娃们创作"形式"的魔幻而忽略了其"内核"的魔幻。事实上，魔幻现实主义之所以成其为魔幻现实主义，并非仅凭其作品外在形制的"魔幻"，或者说其实是魔幻现实主义的精神内核决定了其外在形制的某些特征，所以扎西达娃后期作品除却"形式"上的魔幻特征，更重要的则是具有十分明显的魔幻的"精神内核"。

虽然拉美魔幻现实主义与西藏魔幻现实主义存在许多类似的内外在因素，但它们的发展轨迹却并不完全相同。西藏的文化和民族构成均相对单一（主要民族是藏族，尽管还有珞巴、门巴等，但基本属于一个大的藏文化系统之内），全民信教（除了藏传佛教之外，原始苯教在藏地藏人心目中的地位也十分重要），且由于地处高原、社会政治经济状况相对落后，使外来文化较难在西藏产生即时巨大的影响，这些特点决定了西藏魔幻现实主义的文化来源不如拉美魔幻现实主义般丰富，而主要只来源于宗教、本民族本地域神话及传统等方面，从而自成一个相对封闭而独立的系统，有别于拉丁美洲相对开放的系统。而魔幻现实主义在西藏的催生很大程度上是由于其时中国文坛正掀起"寻根文学"的热潮，作为非主流文化中的重要组成部分（所谓"寻根"即寻找民族文化之根，即寻找长期以来被遮蔽或被忽略的主流文化之外的"根"），西藏十分符合这一要求，西藏需要表达，西藏创作者开始寻找、尝试、修正，才终于从拉丁美洲的魔幻现实主义中找到了所需的营养用以传达西藏的"形态神韵",这与拉美后殖民时代的民族觉醒及反对强权的历史背景明显不同。另外,"在当代西藏小说中……叙事的组合……是随着心灵的流动或跳跃展开。因此它面对的不是现实,而是生活在现实中的人的心理,迷失、荒诞常常是它的主题……这种内心世界也不是那种'神奇的心灵',而是现代人的思绪,现代人面临困境的反应"①,扎西达娃甚至表示"我没有考虑如何写西藏的历史",由此可见,西藏魔幻现实主义作品最终指向的是创作者对现代性的寻求,这种寻求包含着西藏面临的传统与现代的碰撞所带来的阵痛与尴尬,包含着创作者对西藏文化的反思和在西藏语境下对现代性的思考,并且与当时"寻根文学"的文学大环境相契合的是,西藏魔幻现实主义文学在寻找、推崇之外对传统与现代无可避免的格格不入也颇多着墨,这与拉美魔幻现实主义"返祖崇仰"的书写心态并不是一回事。

但发展轨迹的不同并不能磨灭二者精神内核上的某种同一性。无论是马尔克斯笔下的马孔多和布恩地亚家族,还是阿斯图里亚斯那里的皮希古伊利托村和几十户拉迪诺人,无不包含着作家生活的土地上与众不同而又神奇瑰丽的人文风物和信仰观念,这些"魔幻"的现实,正是作家及其周围人的日常生活,却自成一体不为外人理解,作家对这些独特现实的记录和张扬恰恰暗合了"记录'神奇的现实'"的魔幻现实主义最主要特征。由于我们必须以这一主要特征作为判断是否魔幻现实主义的重要依据(前文所述魔幻现实主义的产生发展中已论及相关作家、评论家观点,这里不再赘述),因此"记录'神奇的现实'"理应成为魔幻现实主义的精神内核,也只有从这一精神内核出发,才可能进一步寻求"返祖崇仰"或"现代性反思"的深意。由此反观扎西达娃后期作品便不难发现,其中满是莲花生大师的掌纹地带、塔贝、次仁吉姆、巨蚊、贝吉曲珍以及普通人对佛的虔诚供养等这样唯西藏独有的"魔幻现实",他们共同构成扎西达娃作品的主调。从这里出发,我们所看见的是一个自幼在汉地长大的藏族知识分子对藏地、藏人、藏文化的复杂心绪。综上,扎西达娃的后期创作不仅在外在形制上,更重要的是在精神内核上有着典型的魔幻现实

---

① 张军:《如魔的世界——论当代西藏小说》,《西藏新小说》,西藏人民出版社 1989 年版,第 442 页。

主义特征。

　　客观地说，以扎西达娃为代表的西藏新小说作家的魔幻现实主义创作在中国当代文坛并非完全独树一帜和标新立异，而从具体创作考察，他的作品也不能说是最圆融成熟的，但在接受者那里，他和他的创作无疑是"魔幻现实主义"的典型代表。这其实在很大程度上得益于扎西达娃所反映的藏域和藏文化——由于对西藏那片土地并不熟悉，于是导致"人们的期待心理在作怪——他们对西藏唯一的心理资源就是神奇"[①]，这种期待心理使得接受者对西藏的"陌生感"客观上加剧了其小说作品的"陌生化"效果，那些被扎西达娃们视作日常生活的"魔幻现实"，在外人那里是不可思议的和极易引起阅读快感或不适的，这就进一步促成了其稍欠成熟的魔幻现实主义创作在当时中国文坛的典型意味。诚然，扎西达娃笔下的西藏是需要我们走进去理解的，但作为一个文化身份归属复杂的作家，他关于西藏的创作却并不全然是藏人对藏地、藏文化的解读。虽然扎西达娃以藏民族文化体系成员的身份出现，却仍是在用"外来者"的姿态关注着西藏和藏人。在他笔下有着关于西藏（特别是拉萨）、藏族文化人群在新时期所经受的现代化进程中必要经历的酸甜苦辣，但其特殊的文化身份和藏族精英知识分子的立场在某种程度上却使他所营造的魔幻世界并非他融入的那个西藏，而是他冷眼旁观的那个西藏，这一点正是扎西达娃的魔幻现实主义与拉美魔幻现实主义最根本的区别。

---

① 扶木：《顺行与颠覆——西藏新小说的思考》，《西藏文学》1995 年第 1 期。

在混血中寻求美德

——论阿库乌雾的民族志诗学

耿占春

彝族诗人、学者阿库乌雾（罗庆春）把这个时代命名为"混血时代"，他对文化之"混血"怀着充分的理解也怀着极其矛盾的情感。对此，阿库乌雾一方面从文化史角度进入认知性的思考，又从个人偶然境遇的隐秘感知加以抵抗性的表达。可以说，他一边充满信心地探索这个混血的时代，描述着它花样翻新的融合与创新方式，一边感受并表达着一种由于语言、文化的混血所带来的"危机四伏的生命伦理"。与博物馆化的保护叙事不同，他看到的是许多河流的汇聚，许多文化"血缘"的混合，完整性与纯粹性已经构成了它自身的神话，而不是可能的现实，也许他心中有着对逝去的"纯粹性"的惋惜与哀悼，但总体而言，他审慎的目光依然是前瞻性的，注视着、描述着"混血"状况及其之后的流向。

阿库乌雾保持着情感上的纯正，又拥有智性上的混血。而我对阿库乌雾的解读也将随着这位彝族诗人学者的纷繁意象而形成一种非线性的、非推论性的思想叙述，保留着他对处境的细致描述与辨识，也提示着认识路径的模糊性与多重歧义。

一 族群与个人

族群区分有着一些最古老的涉及个体与群体身份认知的文化标识。一个族群将自己的出身追踪到某种动物是一种奇异的智慧。它借助一种图腾符号区分于其他族群，却又将自己认同于一种与人类生命更为不同的生物类型。图腾包含着区分与认同的辩证法。阿库乌雾在"熊人"中讲述了这样一个故事："在史诗《勒俄》的"雪子十二支"一章中记录得很清楚，鹰、蛙、蛇、熊、猴这五种有气有血的动物与人类同宗同源的图腾史。"后世的人们对图腾的认知却是十分模糊的，阿库乌雾揭示了关于民族记忆一种普遍的处境：神话叙事早已模糊，宗教社会学的思索也未成熟，图腾符号已分崩离析为一种关于族群或种族意识形态的可疑的知识碎片。

作为学者，阿库乌雾知道"族群"意识的价值：种群认同意识的存在，吸收化解着个人的孤单、脆弱和寂寞。种群是孤独、脆弱的个人的一种归属，这种归属感既存在于一种熟悉、信赖的地域、空间特性之中，也存在于历史与记忆的共同体情感及其叙事话语之中。但他也知道族群观念和它的象征物也并非是全然无辜的，他如此写道："浴血的战场，当战争双方的士兵先后战死沙场，那代表战争最高利益的旗帜必然沾满了鲜血，而那些斑斑血迹正在残存的血旗上构拟着新的图案和文饰。此时，我看见成群成群的苍蝇和牛虻嗅到血腥，迅速从四面八方赶来，疯狂地吸食着那布满弹孔的旗幡上英勇无畏者残留的血迹。"(《旗帜》)与那些著名的人物、墓地与纪念碑之类的事物一样，旗帜是族群的圣物之一。但不容忽略的是，这些圣物总是与谎言、欲望、死亡联系在一起。如果人们不传播民族神话，如果不把凡俗的事物神秘化，不把利益遮掩在动听的谎言中，如果不制造一些神话性的符号与叙事，屠戮与死亡就不会变得神圣。

阿库乌雾的思维方式就是这样，当他讽刺一种事物的时候，他也会转眼看见其渎圣的一面；当他赞美某种事物时，他即刻又意识到他和他赞美的事物已经遭遇一种语境化的讽刺或解构。对圣物的反思不仅来自圣物与暴力、欲望、冲动的关联，圣物在当代社会已遭遇着一种讽刺性的语境，在世俗化的过程中，圣物与符号不再具有它固有的象征意义。因此在他抒情的时候，他的音调又会转向反讽："我以祖先的名誉打着锈迹斑斑的旗帜，躲藏在城市的角落，我的旗杆上发不出嫩芽，周遭的人们不再领会我的旗语，我的旗面上爬满时髦的蚊虫，生存犹如一只毒蝎，正在剥夺我成为合格旗手的资格。"

他意识到自身早已不是神圣象征物的合法继承人，圣物所具有的意义会投射到人们身上，圣物或它的象征物所遭遇的反讽也会把意义的消失带进人的有缺陷的生活。

阿库乌雾理解自己民族的方式是独特的。他常常通过一些圣物、符号和器物，一些物质化的符号，解读出它们从神话诗学、宗教社会学的精神向度朝着族群的意识形态化衰落的寓言化进程。这是一个诗人的理解与阐释方式，他从圣物与器物的符号学解读开始，又触及一种从生活意象和历史细节中所产生的独特的认识。

作为诗人的阿库乌雾深深懂得并热爱自己民族"抒情的历史"，和音乐般的个体的美学与道德意义。从理想、理性的意义上说，"个人的自由发展"是人类社会的最终目标，但与此同时，尤其从回溯性的民族主义精神而言，最原始的生存竞争常常是以族群为单位的，价值选择的困难使诗人陷入复杂的自我意识。背靠着、背后是一个相对弱小的族群，它有着自己充满挫折和失败的历史叙事，我们能够感受到，这些纠结在一起的问题怎样成为一个真诚的诗人所必须承担的思想使命："千百年历史的沉重包袱，/仿佛是个人的过错，/压得我喘不过气。"（《蜕变》）对阿库乌雾而言，理解与阐释自己民族的历史与文化价值，最终仍然是对更为普遍的人类共同体所依赖的价值观的探索。

在阿库乌雾关于个人与族群的众多"辩证意象"或概念的星座中，"爱情"与"生殖"提供了另一种富有深意的比喻式的论证。在诗人看来，爱情"就是自我发掘中发掘我们高贵的种族和美妙的性力的过程"。与之相反，诗人极富洞见地指出："而生殖是爱情的麻醉剂，制剂者常常以自我麻醉的方式来企图麻醉别人。其醉人的成分来自种群繁衍的伦理，麻醉之后就会使天性狂躁的身心走向集体的沉静。"个人的最高价值与认同是"爱情"，而族群的最基本目标是"种群繁衍"，二者相互寄生又充斥着矛盾。

阿库乌雾的这些叙事与讨论将把我们带向这一视域：关于个人与共同体之间的关系，关于个人的价值认同，我们正在从传统的血缘关系的"民族"、"宗教民族"的单一范式内，面临着向"文化民族"和"政治民族"这样一些正在出现、将会出现的新的共同体的转换。这意味着，个人所寻求的归属，并非传统的血缘性的共同体，而是对更具普遍的价值观及其更为合理的社会规范所产生的认同。

二　汉语和母语

在一个多民族的国度里，少数族裔的个体一直生活在一个情感的、血缘的，也是地域的、语言的共同体，和另一种更大的共同体之间。当更大的共同体缺乏合理性的时候，这不像是一种生存空间，不是个人的一个合适的位置，而更像一道夹缝。阿库乌雾说："我来自母语与汉字之间剩下的最后一道裂缝。"（《尘埃》）这是一个同时以母语和汉语写作的诗人内心的自白。我曾听到阿库乌雾说过他少年时代学习汉语的经验："因为一直难以理解汉语'杀人不见血'的意思，我久久注目手中锋利的刀刃，琢磨为什么汉语可以做到'杀人不见血'而我的母语不能。"（《利刃》）

作为敏感的诗人，他更进一步意识到："汉语的确是这个世界上最擅长用暗器伤害对手而使对手毫无觉察的锋利无比的语言之一。"无论从统治还是从反抗的角度看，汉语都充满了"明枪暗箭"、"投枪匕首"，这是历史语言学的一个考察对象。革命、战争、战役的比喻钩织着现代汉语的象征结构，敌对和敌人以及它的邪恶化、妖魔化的人格化无处不在，因此语言成为武器受到爆裂的崇拜，作为暗器受到频繁的利用。似乎语言不再是交流、理解、协商与沟通的媒介，而是相互伤害的"利刃"。

更普遍的语言伤害行为来自取消个体特性的命名，事物专有名称的普遍减少，来自于漠视个人的抽象范畴的神圣化。更普遍的语言暴力存在于专有名称的消失，来自于一些民族母语的逐渐衰亡，或许这亦是"杀人不见血"。"此间，英语继续在世界各地肆虐无度尸横遍野，这些地方是不是有锋利的刀刃在某位诗人的手中紧握？"当语言成为"工具"并进而成为"利刃"与武器，甚至连某些诗人也幻想能够用利刃来进行反抗："毫无疑问，利刃可以获取自由，利刃可以剥夺自由。如果自由是生命的目标，如果利刃是游戏的部分，如果游戏是自由的前兆。那么，谁掌握刀柄谁就操控利刃，谁就可以占有自由，或者买卖自由，或者创造更多的自由。于是，自由就按照自己的意愿走向了自己的反面。"阿库乌雾以"利刃"这个词语形象反思了工具论语言的政治意义，反思了武器化、攻击性的语言的社会伦理意义。尽管他愿意想象一个诗人的目光也许会让利刃像"山顶的积雪"一样融化，"利刃，依然在我的目光的照耀下闪闪发光"。

阿库乌雾意识到自身"久久执迷于汉字的深壑与险滩，我的躯体明显缺乏固有的定力"，但作为一个同时用汉语写作并获得认同的诗人又意识到这一事实："我的王冠当然来源于汉字的余晖，可我身体里腐朽的品质，同样归功于那些锈蚀的汉字。"(《珊瑚》)这意味着阿库乌雾对汉语同时拥有另一种更复杂的、有时又是充满诗意的体验："来到这个世界，我打着一面一面小小的汉字的旗帜，去到森林和海洋，寻找我命定的生命的火把，犹如我难以脱逃的命定的姻缘毫无破绽地完成了我的肉身在世间的完美。忽然间，我似乎获得神示般的通达：珊瑚在我身体里的力量，不都是因了她那自由往返于两种生命形态之间神奇的天分么？！……"(《珊瑚》)

对一个能够以汉语思考、写作的诗人来说，异己感不是仅仅来自于不同族类的区分意识，而是来自于一种语言中逐渐强硬起来的非自然元素，恰如阿库乌雾所说："其实，只要与水有缘，吸收了水的全部的性灵与智慧，生命就不可以再做简单的分类。"(《珊瑚》)"珊瑚"的意象中包含着"语言"的形象，只要处在水、生命源泉之中就不至于成为死的东西。这是"母语"更深层次的含义。

诗人触及一个致命的问题：语言的谎言化、工具化与暴力化。与"母语"所携带着的水的意象或温暖家园意味相反，在语言被利刃化被工具化的时代里，一切"母语"都在偏离自己的保护性，而倾向于使用它更锋利的工具化的一面。

诗人设想："我假设自己是万能的毕摩，模仿电影电视里的方法，给那些丧失母语能力的彝族人，或者他们所穿的服装，所使用的劳动工具和生活器物，以及他们留在地上的脚印和装在心里的梦想都安装上用汉语或英语制作的精美绝伦的假肢。"在诗人看来，人们所掌握的他人的语言只是一种思想上的"假肢"，没有生命的体温，缺乏有机性。事实上，每一种语言都在淡化它的母语特性，淡化母语固有的心念、情绪内涵，淡化母语所包含的对事物的富于体温的感知，而急剧增加着语言的工具性。语言不再是情感与内心的一个故乡，甚至连母语也不是。它日渐成为支配性的工具，成为极具功能性的"利刃"与"假肢"。诗人由此预感到"故乡的河流全部丧失了倒影的能力，紧接着所有的人与物瞬间丢失影子。我预感渴望影子的时代来临！"（《假肢》）

伴随着语言的功能化需要即"假肢"化，语言加剧了脱离自然的倾向，词与物在脱节，符号与意义的关系遭遇着进一步的分解。"人类历史上创造的一切经典，都会跟一些动物或植物的生命与习性有关，同时，人类又不断地使这些物种的生命和特性在逐步靠近人的需求的过程中走向衰微和枯竭"。人们创造了诸如"铁乌鸦、铜乌鸦、塑料乌鸦、玻璃乌鸦，甚至纳米乌鸦或电子乌鸦"，除了借用"乌鸦"的声音、词汇和文字符号外，再也难以让后世的子孙想象天然乌鸦的生命姿态、活力与内涵。（《乌鸦》）词与物的脱节，事物与意义的脱节，意味着一种什么样的未来命运呢？

在掌握着纯粹技术性的、工具性的乃至"利刃"式的语言时人们的心性与心智将产生令人恐惧的变异。"城市深处，巨人的指纹延伸为四通八达的迁徙线路，属于灵魂的物质，终归被象征，被封存，言说终止。"（《大泽》）在阿库乌雾看来，母语就是这种"属于灵魂的物质"的象征之一，但越来越多的"母语"终归"被封存"，被博物馆化，残存在一些人迹罕至的学院系科里，成为一些非凡的"绝学"。

阿库乌雾就是这样一个拥有母语记忆、拥有毕摩的神圣知识、掌握着"绝学"或"圣学"的文化保管人。但他知道，母语文化的"抢救"、"保管"都只能是对活的文化的博物馆的认同而已，而不是一位诗人所渴望的，流注在人的血脉之中。因此，阿库乌雾也就多了一份对母语文化薪火传递的忧虑："当我们面对丧失母语的孩子扬扬得意的神情，我们用什么去照射出他们的苍白？内心毫无信仰的族人行色匆匆，我们拿什么去劝慰他们的灵魂？"（《镜子》）作为学者，阿库乌雾感受着一种悲伤，意识到自己只是一个民族语言文化的挽歌作者。他作为学者所做的也许包含着"抢救"、"保管"、"守护"的职责，然而他作为诗人的最高使命是致力于新的精神价值的创造，致力于正在被博物馆化的文化重新焕发崭新的生命力。

三　技术、城市与自然

　　每次转换一个题目时我都意识到，阿库乌雾的民族志书写需要从一系列不同的角度加以阅读。因为与固定的地点的民族志调查者不同，作为一个诗人他的"调查"与"报告"是多点叙事。从《混血时代》可以读到这一视点的转换：在族群或民族国家之间的冲突之外，技术与自然的对立构成了近代世界史的主要情节。技术使人类社会变成一个以高度聚居的形象而出现在对自然的控制进程中。这一进程的巨大力量已经将大凉山这样的地方裹挟进来。阿库乌雾在一种不祥的语调中对这一进程进行了描述："离开故土时，我点着了古老森林最敏感的部位，让那旷古的火灾送我上路。"但在诗人眼里，城市与森林之间存在着令人迷惑的延续性："城市是传说中的怪兽么？城市里兽与兽的故事从未停止；城市是史诗里的天堂么？可城市里的神仙吃尽人间五谷杂粮；城市是大地上长出来的蘑菇的变体么？犹如我的身体上长满鲜嫩的肉蕾；城市是遗留在梦中的古战场么？据说梦中的战乱比现实中的战争还激烈；城市是人兽共享的欢乐宫么？宫中的欢乐让城墙长出裂缝；城市是人类永恒迁徙途中暂时的驿站么？脚印像花草一样枯荣；我带着迷惑的箭镞继续守护着身边这虚虚实实的城市。"（《城市》）这是一首投射着原始阴森邪恶气息的城市叙事。人与怪兽之间失去天真意义的森林童话。城市是一个族群杂居之地，在某些方面依然有如森林，依然存在着生物之间的生存竞争。在这个世界保持人的某种自然习性是困难的："我们是失去流向和出口的地下河，我们是被群山压抑地心的火山湖。我们生性狂放不羁的品行，在城市虚假的石头缝里犹豫不决，我们自古刚正果敢的性格，在城市金属冰冷的骨质间开始徘徊不前。我们是天神不腐的发丝失落大地形成的森林，我们是天神温暖的泪珠掉进泥土后生长的谷物，我们是荞麦，却长期受困于饥荒，我们是江河，却时时焦渴难抑。"（《缝隙》）这里尖锐地表达了个人与族群的社会身份的压抑感，个人与族群的自然属性的碎片化与断裂感。阿库乌雾将这种社会身份与自然属性的双重肢解表达为一个族群的非主体化的特性，并将这种被肢解的主体属性与人的城市生活环境进行了并置。

　　从城市"地下河"一样阴暗肮脏的自我印象中，诗人回忆着自身的自然形象："我们曾经用宝石和湖水来照见我们自己的形象，我们的身体如宝石和湖水般清澈而圣洁。"（《镜子》）无论个人还是族群，其本真性、整体性与纯洁感是一个回忆的形象，变成了一种消失的范畴。寻找自己的真实身份与整体性的意向却被卷入了另一种相反的进程。因此，诗人描写的这个圣洁的形象包含着自身的非圣洁的历史叙事：在城市的蛊惑下"我"曾经选择了"离开"，而现在，又"学会了出卖"。"命定的敌人抢走了我们命定的女人，阉割在鲜花和赞美中早已开始，战争的遗火是否已经熄灭？骁勇和彪悍、智慧和敏锐是否早已成为神话中的神话，成为历史叙事深处最为荒诞的词汇？"（《镜子》）在文化史的现代叙事中，英雄史诗的时代早已进入市场贸易的时代，神话叙事让位于历史叙事，但古老的抢掠与苦难依然存在，却披上了技术经济文明的盛装。

　　"原始的"母语早已不能叙述这件事，史诗与神话的母语无法进行现实的指控。但敏锐的诗人还是感到："始终目睹影子在犯罪，始终抓不到影子的罪证；反复观赏镜中人的舞蹈，但你无法感受真正的快乐；总有一天，我们会习惯于镜中人的角色，一切真假，一切冷暖全由镜中人自己做主。"（《镜子》）技术经济对自然的征服似乎使种种掠夺和隐秘的战争隐形化了，购买使抢掠合法化了。事实上，技术经济对自然或土地、山野、河流的开发与征服渐渐地成为族群冲突或民族国家之间暴力冲突的一种合理化的替身，技术经济成为一切隐匿主体的不在场证明，成为无罪证明，甚至遮蔽了受害者的存在。听听一位诗人孤独的见证与近乎无效的起诉吧："祭坛和神龛同时毁于男人一句错误的咒词，脚印和马蹄被强行钉上铁掌，女人的嘴唇和生育门同时被陌生人封锁，婴幼儿的口腔发出异己的元音，山神被野火带走，森林被偷换种类，原生的物种纷纷逃亡，在飞行途中渴死的鸟儿，掉落下来砸伤人类的影子，战争还没有开始就已经宣告结束，外来生物最终侵占了神话的土地。"（《梦魇》）诗人意识到一个族群的虚幻性，一种非主体性，一种主权的彻底丧失。关于族群，关于神话，关于故土，一切浪漫主义叙事都被它击碎了。面对这种现实性，诗人依然保持着自己的批判性叙事，一种将不合理的现状非现实化的意图，他愿意将这一切视为一种"梦魇"，不是为了接纳它，而是为了激发其一种反抗性的自我批判："于是，我们看到的山河是梦魇的背景，我们身边的人类是梦魇中的角色，我们说出的话语是别人说过数万次的重复，我们从中接受和理解的智慧与情感是虚伪而肤浅的。……我们只剩下带着明显种族印记的名字、肤色和轮廓。"最终，"种族印记"成为一种空洞化的符号。诗人暗藏的论争或指控逻辑似乎是，一切仍将归于尘埃。但请注意，对阿库乌雾来说，最终的命运提醒我们的恰恰是需要建构一种尘世的和普世的伦理。

四 认识谬误、疾病与药物的隐喻

阿库乌雾并非一个幻想着原始、乡野和自然之美的浪漫主义者，他不仅以神话诗学的叙事看待民族文化传统，亦从宗教社会学的角度如是分析族群信仰中所包含着的古老的苦难事实与认识论上的谬误。通过阿库乌雾的指引，我们会看到，一部民族志的书写将与多少物种、多少事物神秘地联系着。一部民族志、一部信仰的历史叙事就是一部关于人们对世界万物的观察、解释与叙事，一部民族志就是一部这个民族的神话叙事学、历史语言学和宗教社会学。反过来，一个民族聚居区的植物志与生物史，也映射着这个民族的神话、历史与社会叙事。虽然麻风病，几千年的文明与古老智慧无法克服的威胁被现代科学与理性消除了。然而，诗人预感到："人类又遭遇了新的敌人。昨夜，我的家神托梦告诉我：孩子，你们所居住的地球患上了麻风病！"（《麻风》）现代技术文明带来了一些可见的福利，却也带来了生态灾难与更为隐秘的生命伦理的危机。"谁能医治地球的麻风病？谁能还给我们一个完美的地球？"关于疾病、痛苦与苦难，以及拯救的药物和方式的叙事，阿库乌雾又突然倒转了其叙事逻辑。

作为学者的阿库乌雾在进行材料、文献的论证时，作为诗人的阿库乌雾就会同时将之悄然转向诗人的象征叙事。因此，这一方法使得他得以保持对事态的双重视域的注视。传统知识体系在具体知识上存在着重重谬误，在这些知识被抛弃之后，却依旧能够归于神话，并且其叙事抵达了永恒的诗学意义。但是为什么人类科学技术在零碎的正确知识体系中却抵达了一种在整体上令人怀疑的生活方式和一种巨大谬误？人类社会潜伏着"危机四伏的生命伦理"（《剽窃》）。当科学技术支配的世界使整个文明陷入新的魔魅控制之时，"原始文化"的叙事话语中或许包含着日益混血的文化的解毒剂。由此，诗人产生了这一顿

悟——"顿悟：自己是年代久远的昆虫！/可以入药的翅类！！"(《迁徙》)
在这种诗性的顿悟之下，对母语的热爱，对少数族裔文化价值的认识，阿库
乌雾写作的意义就不单处在"抢救"的叙事结构之中，也不单单笼罩在"哀悼"
的氛围里，对阿库乌雾来说，"抢救"与"哀悼"的寓言与我们置身其中的更
广泛的价值危机深切相关。他的写作包含着一种启迪，在濒危的"生命伦理"
的边缘，在文化的混血之中，他没有把"差异性"作为唯一的价值，而是耐
心地寻求它的相容性，共通性，把目光投向了对更广泛的人类共同体命运的
关注。

且行且思：论颜歌的小说创作

王小娟

　　"80 后"的文学创作主要包括现实题材和幻想题材两种类型，蕴含了两个成长向度：一个是朝向社会，一个是朝向自我。[1] "80 后"小说家颜歌，通过自我和社会两个向度的追问和求索，为社会提供了难得的反思精神。她出版了《关河》《良辰》《异兽志》《五月女王》《声音乐团》等十余部风格多样的作品。从唯美苍凉的《朔夷》《锦瑟》，到蕴含复杂情思的《良辰》，再到本土化风格的《段逸兴的一家》，颜歌一直追求对社会和人生的双重拷问，拒绝私人化写作。茅盾文学奖得主阿来评价颜歌的小说"更接近我们关于文学经典的想象"[2]，这一称赞肯定了颜歌的创作实绩，揭示其文学作品的思想深度和艺术力量。

一　青春视角下的成长阵痛

　　与绝大多数的"80 后"作家一样，颜歌也着眼于青春期的成长阵痛。在其早期创作中我们可看到这样一些特点：以短篇小说为主、讲究唯美精致的语言、天马行空的瑰丽幻想、青春期的爱与烦恼。同样是诉说青春视角下的成长，颜歌的笔调相较同年龄的青春文学作家来得更为细腻柔软，因而更能

---

[1]　苏文清：《"80 后"写作的多维透视》，中国社会科学出版社 2011 年版，第 189 页。

[2]　张弘：《80 后作家出版新小说〈声音乐团〉》，《新京报》2011 年 8 月 16 日。

深入触碰到同龄人的内心。许多精辟的句子，更是一针见血地指出绝大多数人在青春期经历的迷茫和忧伤，让人不由得惊叹这个年轻女子的生活感悟竟是如此饱满而深刻。

《我的十六岁和村上世界的尽头》是颜歌获得第四届新概念作文大赛一等奖的作品，只有18岁的她在文中思考的深度远远超出了还沉浸在象牙塔的同龄人。文中弥漫着少女式的浪漫梦想和淡淡忧伤，以一个16岁女孩的视角，向读者展示了当代青少年在成长时期的无奈、尴尬、梦想。颜歌在《关河》自序里说："我希望你看看这部小说，我想要告诉你的所有其实都隐藏其中——即使，是以一种比较矫情的方式。我不敢说这是一部好小说，我现在甚至不知道小说的定义到底应该是什么，但我认为它至少还不算太糟糕，如果你能沉静地阅读，你必然会发现你自己的内心和过去，纯美和爱——我希望并假设它们是存在的。"就像一段幽深隐秘的探险，颜歌以清丽的文字带着读者走入一个即将迈进成人门槛的女孩的秘密世界。从写作技法上看，这部小说具有西方意识流小说的写作样式，她通过书面语言层面探索意识的未形成语言层面的精神存在，采用"我"的内心独白的方式，打破了时间和空间，形成蒙太奇的叙述效果，[①]"我"、独角兽、村上春树、鼠、飞鸟、羊男、宋朝，这些看似风马牛不相及的碎片在颜歌漫无边际的想象中实现了时空交错的对话，建构了16岁的"我"之内心意识流。

和所有就读中文系的女孩子一样，读书时代的颜歌对古代文风有着别样的偏爱，《十七月葬》的名字就显得那样古朴典雅。《锦瑟》《朔夷》《东荒》《桃花归》，仿佛带着绵远悠长的回响，细细述说着一个少女前世今生的全部心思。《关河》仍然延续了颜歌古风背景、精致文字的偏好。以杜、兰、陈、司马四大家族的爱恨纠葛为主线的小说《关河》，可以视为颜歌写作生涯中一个里程碑式的作品，标志着她的创作走向成熟。"它对故事本身倾注了一定的注意力，加大了对结构的控制，对复杂、烦琐的人际关系的梳理上花了很大的心血，表现出了对复杂故事的驾驭能力。但是这部小说，就故事的主题，叙述方式上对华丽精致的语言的偏重而言，都没有太多的改变，基本上可以说是在整体风格

---

① ［美］汉弗莱著：《现代小说中的意识流》，程爱民、王正文译，湖南人民出版社1987年版，第30—78页。

上依然延续了她旧有的创作路数。"①学者王冰也认为最后的《残片·盒中对话》是多余的。但笔者认为，杜家的第一代史官杜一有着心系人类福祉的普罗米修斯的影子。看守昆仑山的杜一为了让人类不白白送死，与天帝争执，最终被砍去九个脑袋，并且遭到生生世世的诅咒。宿命悲剧加上神话因素，颇有古希腊命运悲剧的味道。《关河》依然充满了颜歌式的思考，对因果宿命的唏嘘感慨，对于真相的辩证看法，对爱的不懈追求。一年后的颜歌再为这部作品写序的时候，已经是一种与过去割裂的态度，不为它的稚嫩做辩护或修改；而是冷静地看作是文学生命中一个自然而然的阶段，那个时期她个体经验的真实写照。正是这样理性的心态，让颜歌能够毫无牵挂地向前探索，不断思考；让她的作品免于沦入自欺欺人的境地，而有着蓬勃的生命力。可以说，颜歌的作品和她的青春年华是在共同成长的。

二　游走在人性与兽性边缘的拷问

写《异兽志》时的颜歌，显然已经不是当初那个极富激情却又个体经验匮乏的小女孩了。每一次的创作，她都会将触角延伸到更深更远的地方，试图挖掘寻常生活中被忽略的问题。算上后记和附录的故事，《异兽志》总共讲了十一种兽的故事，它们或高调或低调地生活在永安城。那是一个奇异的城市，兽和人可以相安无事地平静共存，甚至可以与人类通婚。传说，在永安城地下有个灵魂的城市，居住着兽和人的魂灵。在环环相扣的谜团中，"我"的生活与兽的事件相互纠缠，从而牵扯出一幕幕悲欢离合的故事。小说末尾，钟亮告诉"我"一个残忍的真相："哪里有什么亡灵的世界，那下面都是人……"，"我们这里的都是兽……"②颜歌在这里进行了精心布局，在每个人都以为故事要平静地走向结束时，给人以"震惊"，令人幡然醒悟，原来人才是兽，兽才是人。让人不得不思考"我"的母亲在小说开头就提到的话："你怎知道兽不是人，而人不是另一种兽。"

---

① 王涛：《试论颜歌近期小说创作中的转向》，《贵州民族学院学报》（哲学社会科学版）2010年第6期。

② 颜歌：《异兽志》，天津人民出版社2005年版，第164页，第61页。

穷途兽的故事是最值得反复咀嚼回味的。在饥饿难忍之时，人类冷漠以待，穷途兽不得不自己吃自己。就算是这种情况，它们也没有怨恨人类。它们对清贫的生活甘之如饴。故事看到一半，所有人都会为穷途兽打抱不平，心生怜惜。而在末尾，却揭露了这样一个谜底，穷途兽以绝望为食。被穷途兽照顾过的孩子或是伤心人，不久后都会死去。原来穷途兽帮助人类只是为了维持自己的生存，这样的行为是否还能称为崇高？它们到底是给人类带来解脱的使者还是送人们到黄泉路的刽子手？人类到底应该选择痛苦的生活还是快乐的死去？"我"的母亲说的另一句箴言："兽就是兽，怎样也不是人的。"[①]如此来看，兽和人的界限到底在哪里？

《声音乐团》的刘蓉蓉为了报复夺走自己父亲的同父异母的哥哥，亲手毁掉了生命中最纯真的一份爱情——为了惩罚孙震玷污了自己的清白，在菜夹馍里掺了降血糖的白色粉末，让孙震溺水，失去了弹琴的能力。孙震又用同样的方法杀死了刘蓉蓉和"我"。如果说刘蓉蓉实施了报复之后是一种恐惧和后悔，那孙震的表情则是一种变态的快感。标榜着"理性"与"博爱"的人类，居然也像兽类一样自相残杀，冤冤相报。兽类的互相残杀大多是为了繁衍后代或是无意识的行为，而人类的行为却是经过周密思考的理性行为，从这个意义上说，人类是否更有兽性。有人说，人类之所以区别于兽，就是因为人会思考。若是人类利用这样的思考使自己沦落到兽性的地步，那岂非自甘堕落？颜歌也无法作答，也许她是乐观的，所以才会在《声音乐团》的最后写到刘蓉蓉终于放弃了报仇，感悟到爱与宽容才是解决问题的方法。

颜歌在作品中通过游走在人性和兽性边缘的拷问，重审人性。《异兽志》蕴含了庄子《齐物论》思想，具有很强的隐喻性。庄子怀疑存在着客观有效的是非标准，追究人们惹是生非的思想根源，嘲笑那些自以为是者的虚妄无知，庄子要通过"齐物"来泯是非，破除自我中心，[②]"齐物"思想是颜歌对人类中心主义的传统理性的批判，充分传达了颜歌的生命体验。

① 颜歌:《异兽志》，天津人民出版社 2005 年版，第 164 页，第 61 页。
② 陈少明:《〈齐物论〉及其影响》，北京大学出版社 2004 年版，第 9 页。

三　悬念丛生的叙述方式

颜歌的小说情节一波三折，给人一种"我知道开头，却猜不到结尾"的感觉，这和她惯于采取的悬念丛生的叙述方式密不可分。《关河》通过七个互相独立却又紧密联系的篇章，将杜、兰、陈、司马四大家族的复杂关系展现得淋漓尽致。故事环环相扣，引人入胜。每个故事都有关于上个故事的一些答案，同时还会牵扯出下个故事的讲述。只有看到最后的广陵郡篇，才能梳理出纵横交错的人物关系，但这样的叙述仍然存在割裂之感，过渡显得有些生硬。

颜歌在创作上勇于探索的精神不仅表现在创作的内容上，还表现在叙述方式上。《异兽志》依然采取了章回体的形式，但它的叙述方式却不同于《关河》。它的篇章之间有了形式上的呼应，通过人物的对话和行为承上启下，引出下一个故事，显得更为自然。报纸编辑、小虫、"我"的导师、钟亮等主角配角，通过"我"与他们的互动，衍生出更多的故事。

相对于带着稚嫩痕迹的《关河》和《异兽志》，《声音乐团》中的篇章连接则有了成功的探索。"套中套"的框套型故事模式源远流长，早在古印度的《五卷书》等古籍中就已出现。而颜歌在《声音乐团》中的框套型模式，有着自己的创新。小说采取复杂的四层双向结构，成功地制造出犹如交响乐团四重奏的恢宏气势。颜歌大胆地尝试这"俄罗斯套娃"的结构，成功地扩张了小说的叙述空间，构成了多层平行世界的样式。每一个故事都是一个独立的世界，都有自己的运行规则，而冥冥之中又有某种巧合，虚实相生。颜歌的巧妙之处，还不仅如此。她安排小说的逻辑层次时，并不是由大到小地按照四个《声音乐团》的先后顺序依次安排，而是把第一层小说（故事）分割成四个部分，穿插于第二层和第三层故事的前后与中间，把第四层的故事又融入第一、二层故事里。这就意味着颜歌并不想用完整的、封闭的团块思维来建构每一层《声音乐团》的整体故事和内容，她是有意将完整的故事、连贯的情节打散、拆分、拼接，甚至只用只言片语和若干细节串联起关键性的情节脉络。①四个被打碎的故事被精心重组，意味着读者不能轻易看懂。它就像一盘被打乱的拼图，只有细心地对比、拼接，才能还原成一幅完整的画作。不同于《关河》和《异兽志》中的后记和附录生硬地插入一个独立的故事，四个独立的《声音乐团》的故事通过框套的形式，完美地组合在一起，看不出缝隙。

从《关河》到《声音乐团》，可以看出颜歌对叙述模式的创新和探索。她的小说总是悬念丛生，谜团密布，不看到结尾，你解不开全部的谜团。这些谜团通过情节的讲述，丝丝入扣，正如欧·亨利式的小说结尾，"既在意料之外，又在情理之中"。从开头到尾声，每个情节都渗透了结局的线索，只待一个导火索将其引爆。颜歌大胆地把小说撕成碎片，让读者拼凑，扩大了读者的想象空间。在接受采访，谈到是否是"刻意去转变"的问题时，颜歌如是说："作为一个作家，我还很年轻，用一套稳定有效的方法来讲故事固然旱涝保收，可是也太无聊无趣了一点。……从《良辰》的时候开始，我就意识到小说创作本身区别于故事倾诉的地方，也就是说，小说的'小说性'，并且开始在这方面研究和探索。"②颜歌在《声音乐团》中对复杂庞大的小说结构的熟练驾驭，让我们对她的叙述技巧有更多的期待。

四 互相连接的体系创作

颜歌是一个有野心的作家，她在提到《关河》的修订时，曾毫不避讳地评价自己："是的，我是一个善变的写作者，或者说我在写作上的野心远不止于此。"③野心对于一个作家来说，意味着她对写作不断探索的精神和热情。颜歌在创作《五月女王》的时候，就已经有计划地开始构建以"平乐镇"为中心的文学世界。

如果文学世界有一张地图的话，那"平乐镇"无疑是颜歌圈占的领地。"毫无疑问，我在构筑一个文学世界，就是'平乐镇'。……当然了，每个人都有

---

① 李畅：《一部恢宏的文艺交响乐：颜歌〈声音乐团〉简论》，《当代文坛》2012年第5期。
② 陈晓勤：《颜歌：我一直在写我们镇上人的故事》，《南方都市报》2013年4月28日。
③ 颜歌：《关河》，中国少年儿童出版社2009年版，第14页。

自己的独特性，这个独特性也可以说成风格，这样说的话，'平乐镇'当然是我的风格，里面的人都是我的父老乡亲，张口说的都是四川方言——这就是我的精神家园。"①颜歌是土生土长的四川女孩，聚集了巴山蜀水的灵气，对这里的一切有天然的亲切感。身边的乡亲父老都不免成为她小说里的原型，就连她自己也不例外。在接受《图书馆报》采访时，颜歌如是说："《五月女王》就是我的青春迷惘啊。当然，用川西小镇志的方式写出来，似乎不是那么'青春'了。不过基本上，青春期的我就是里面的人物袁青山。"②

构建一个文学世界，可不是在地图上随便画个圈打上自己的记号就可圈占为王的。颜歌在创作时，也不仅仅是把小说的故事背景设置为同一个地方如此简单，它需要内容方面的支撑。例如小说中人物形象的刻画，从外貌描写到语言描写都要体现川西小镇"平乐镇"的风土人情。极富特色的四川方言，在运用上要恰到好处，既要给人以新鲜感，又不能使人有距离感。可以说，"平乐镇"在作家的多重叙述中逐步符号化，③不断赋予"平乐镇"以能指的形象，深化其背后所隐藏的所指意义，因而，作家在生活细节的选取上，也少不了要花一番心思，于是"盐煎肉"、"肥肠粉"、"冒菜"等极具地方特色的饮食也被纳入小说之中，在具体的符号化建构过程中让读者感受平乐镇所代表的四川特色文化。

体系建构离不开作品之间或明或暗的内在联系。在早期获奖作品《我的十六岁和村上世界的尽头》里，就能隐约看到颜歌在日后创作中还延续的风格和保留的元素。首先是开头和结尾都高调出现的独角兽，在2005年的时候，颜歌为兽写了一个故事集，于是有了备受赞誉的《异兽志》。《声音乐团》里，反复提到的神秘的"兽的鸣叫"成了解决谜团的终极密码。然后是"宋朝熙宁年间"，颜歌对于这个年份有着特殊的偏好，《锦瑟》的背景同样放置在那个时间。《声音乐团》中逐渐老去的女作家，丈夫是钟某，写过关于兽的文章，让读者不由自主地把她和《异兽志》的小说家当作同一个人。这些反复出现的元素，像藤蔓般纠葛在一起，竟也形成了一种纷繁复杂的美感。

---

① 师文静：《颜歌：写我认为有意思的小说》，《齐鲁晚报》2012年4月14日。
② 解慧：《写作，归根结底是愉悦的》，《图书馆报》2012年7月13日。
③ 林敏、洪长晖：《外滩：一个符号的所指变动与空间政治》，《新闻界》2013年第11期。

而在《我的十六岁和村上世界的尽头》并不明显的时空交错，在《锦瑟》中有了更大的发展，"我"和"锦瑟"穿越时空的对话，揭示了古今共有的生存困惑。

成名之初，颜歌的故事背景多设置在遥远的古代，掺杂着神话因素。这样的特点固然能展示出她玫瑰色的想象力，然而，"画鬼容易，画犬马难"。故事的背景设置在遥远的古代，意味着她要靠着间接经验（史料）去写作，对生活场景的刻画相对不会那么严密。故事的背景越是远离现实生活，越是有想象的空间，因而写作的难度也会相对降低。而在《段逸兴的一家》中，她成功地将现实生活的琐碎和荒谬连皮带骨地扯下来嫁接到小说里，使得故事更有血有肉，都是四川人家地道的生活写照。

文学世界的建构离不开文学语言。与初期的唯美语言不同，如今颜歌的文字变得更加干净和干练，在不失"口语化"亲民的同时，意味深远又值得反复咀嚼。颜歌曾这样评价自己语言风格的转变："《锦瑟》是我十六岁时的作品，那个时候，我在写作上追求的是一种意境，追求文字上的优雅。但是现在，我所追求的是白描，我力求把文字化到最简。就像我喜欢的许多作家一样，你觉得他的作品好，就是那种直直白白的好，没有过多的形容词，文字非常简洁。"[1] 从《五月女王》开始，颜歌在写作中大量使用日常生活中出现的四川话。《声音乐团》中"母老虎"杨英和万福街其他妇女的对话："第一个月不收钱，大家街坊邻居的，哪个信不过哪个，来一下觉得不好就算了，来耍嘛！""有那个闲钱何必给娃娃学琴嘛，学琴有啥用？又不能多考两分成绩，又不能长两坨肉，还不如多吃几顿盐煎肉。"[2] "耍"、"娃娃"、"坨"等极具川味的方言让小说的语言读来有滋有味之余，也让人物的形象更为生动丰满。越是贴近生活的文字，越能考验作家的文字功底，对度的把握。构建文学世界时，相信颜歌能把四川话完美地融入写作中，从而"平字见奇"，更重要的是这些带有浓厚川味方言的差异性不断建构着小说人物形象的差异性，[3] 进而在差异中不断赋予人

① 参见《只是写作者——访 80 后青年作家颜歌》，http：//tieba.baidu.com/p/16851546。

② 颜歌：《声音乐团》，天津人民出版社 2011 年版，第 95 页。

③ 胡言会：《差异的主体性与语言的异质性》，《兰州大学学报》（社会科学版）2009 年第 5 期。

物在日常生活中的主体性形象。

五　纯文学写作的坚守与启蒙精神的重构

关于纯文学的定义，从王国维把它从西方引进之时，就众说纷纭。而随着时代的变化，纯文学写作也有了更丰富的含义。先锋派女作家残雪对纯文学有这样的理解：在文学家中有一小批人，他们不满足于停留在精神的表面层次，他们的目光总是看到人类视界的极限处，然后从那里开始无限止地深入。写作对于他们来说就是不断地击败常套"现实"向着虚无的突进，对于那谜一般的永恒，他们永远抱着一种恋人似的痛苦与虔诚。表层的记忆是他们要排除的，社会功利（短期效应的）更不是他们的出发点，就连对于文学的基本要素——读者，他们也抱着一种矛盾态度。自始至终，他们寻找着那种不变的、基本的东西，像天空，像粮食，像海洋一样的东西，为着人性（首先是自我）的完善默默地努力。这样的文学家写出的作品，我们称之为纯文学。[①]

纯文学写作本身包含了人性完善的努力，进言之，颜歌以先锋派的姿态进行人类启蒙的反思与重构。康德在《答复这个问题："什么是启蒙运动？"》中说："启蒙运动就是人类脱离自己所加之于自己的不成熟状态。不成熟状态就是不经别人的引导，就对运用自己的理智无能为力。"[②]启蒙的核心就是人的理性，颜歌的先锋派姿态表面上打破了传统的写作理路，但其中却沉淀着更深层次对新理性的追寻和关怀。年轻的她或许还未能做到"目光总是看到人类视界的极限处"，但从她的创作成果来看，她确乎"不满足于停留在精神的表面层次"。《关河》中四大家族的爱恨纠葛是明线，暗线却是对真相的追寻。因为对真相的痴迷，命运才缠绕在一起。小说总是在恰到好处的地方插入对"真相"二字的讨论。又如《异兽志》里对"人本位"思想的发难，到底是兽阻挠了人类的生活，还是人类断绝了兽的空间？人类和兽的区别又在何处？颜歌都通过笔端给我们呈现出了她对传统理性的反思。另一方面，颜歌并不满足于对传统理性的解构，相反，她极力在文学的世界里重构人类的新理性，重审人的自身

---

① 残雪：《究竟什么是纯文学》，《大家》2002 年第 4 期。

② ［德］康德著：《历史理性批判文集》，向兆武译，商务印书馆 1990 年版，第 22 页。

价值。较早创作的《我的十六岁和村上世界的尽头》，颜歌便开始了这种重建的过程，展示她对人性纯美和爱的向往。她的许多小说通过先锋派的写作技法深层反思人性的真相及其回归本真状态的路径，表达了一个作家对世界的思索和文学启蒙的把持。

正因为颜歌的这种坚持，使她的创作始终忠于其内心的声音，而不愿一味迎合读者的口味。"我不得不说读者对于我来说有和没有是一样的，我有读者，他们来看我的东西，可以给我一些回馈，我也开心。但是我是一个没有责任感的人，我的作品从开始写到结束，都是为了让自己在这个世界上继续以一种比较能够接受的方式存在下去。所以我真不是很在乎读者，我写的时候也从来没有考虑过读者，可能如果这个是所谓的'自我'的话，就应该是这个样子。"①颜歌曾这样解释她的坚持和尝试。颜歌的严肃写作区别于很多青春写手为了满足特定消费人群的市场化创作，她只想写出贴近内心真实的小说——坚守灵魂的反思、坚持文学启蒙。她内心有这样的声音，就把它还原出来了，无关乎读者，更无关乎销量。这是个没有大师的时代，"快餐文化"、"低俗趣味"、"垃圾读物"等名词层出不穷，让不少人对中国文学之路深表担忧。而以颜歌为代表的青年作家，让我们看到"80后"的责任与承担。颜歌在文学的朝圣之路上能够且行且思，坚守文学启蒙理想，为当代中国文学的书写提供了一道难得的美丽风景线。

---

① 解慧:《写作，归根结底是愉悦的》,《图书馆报》2012 年 7 月 13 日。

草根诗人郑小琼与中国新诗传统

谢应光

　　"草根"一词，既是对当代诗人与诗歌类型的划分，也是对当代诗人和诗歌的一种性质界定。草根诗人不同于学院派诗人，因为他们没有学院派诗人那样的社会地位；草根诗歌也不同于学院派诗歌，因为他们没有学院派诗歌的"儒雅"；草根诗人不同于口语派诗人，因为他们没有口语派诗人那样"粗放"；草根诗歌也不同于口语派诗歌，因为他们没有口语诗歌那样关注自己。至于与"下半身"诗人群和"口水"诗人、诗歌相比，草根诗人及其诗歌简直可以称得上是另类，他们不仅可以认为是极其高雅，而且其作品是太诗化了。"草根"的普通和大众，"草根"的通俗和乡野，"草根"的底层和厚重，"草根"的朴实和正派，都是"草根"的特色。郑小琼就是典型的草根诗人。一个打工妹，很难让人把她和诗人联系在一起。她获得过许多诗歌大奖，有机会脱离打工生活，但她仍扎根工厂。她涉世不深，为学不厚，但诗神却以天赋的方式眷顾了她。这样一位诗人如何与中国新诗的传统发生关联？这是一个值得思考的问题。现代中国文学作为对中国社会发展进程介入很深的审美意识形态，具有强烈的社会责任意识，许多中国作家，尤其是草根作家无不受到深刻的影响。就诗歌而言，郑小琼是生活在中国新诗传统之中的，她可能直接接受了一些西方古代和现代诗歌的意识和技法的影响，也可能通过中国现代诗人间接地接受了西方诗歌意识和技法的影响；至于中国古代诗歌的影响，每一个中国人都身处其中，诗人所受的影响应该更甚。当然，郑小琼还很年轻，她不可能是完美的，但可以肯定地说，她是美丽的。

一　人的觉醒

中国新诗作为中国现代新文化的重要组成部分，在中国现代文化转型过程中起到了重要的作用。整个现代诗歌，通过对人的劳动的尊重、性灵的解放、爱情自由的追求、人的拷问，将人的高度自觉、自我觉醒作为了诗歌的重大主题。人的觉醒的主要体现就是人的自我意识的加强，精神需求的提高，人与物的差异度更加敏锐，对人的异化在精神上更加痛苦。人的觉醒，不独体现在现代社会对封建道统的批判上，而且更体现在现代人对现代社会自身的批判上。

郑小琼的诗歌在这一点上完全继承了现代诗歌的批判性质。这个小姑娘，对"人"太敏感了，对人的精神的黑暗有着强烈的痛感，对现代化对人的异化表现出异常强烈的愤慨。她的诗歌中有一个刺人的意象，那就是"铁"。在她的眼里，那些打工者就是一块块生硬、沉默、坚韧，没有生气、受人打压的黑铁。她"看见疲倦的影子投影在机台上，它慢慢地移动 / 转身，弓下来，沉默如一块铸铁"，那些打工者，他们是"在时间中生锈的铁，在现实中战栗的铁"。铁的存在方式，就是打工者的生活方式，所以这首诗的题目就叫《生活》①。这些打工者，甚至不需要姓名和性别，只需用"他们"来代替，"他们"就是"这些铁，在时光中生锈的铁"；"我记得他们的脸，浑浊的目光，细微的战栗 / 他们起茧的手指，简单而粗陋的生活"（《他们》）。把"铁"意象发挥到最高程度的是《铁》这首诗。它描绘了打工者"铁样的打工人生"，"他们"不是"人"，只是"沉默的铁。说话的铁。在加班的工卡生锈的铁"。

如果只是打工者外表沉默如铁但却有着丰富的内心生活也就罢了；如果只是打工者如此，而社会上的芸芸众生在现代社会中能够有着高贵的精神生活，我们也会感到一丝庆幸。但郑小琼的诗歌，让我们对"人"感到深深的疼痛和绝望。她对打工者有着厚重的爱，但没有忽视他们的麻木。作为打工者之一，在沉重的生活下，她意识到自己其实也开始变得"空心"，所以，她说"我只

---

①　本文中所有援引的郑小琼诗歌均出自《郑小琼诗选》，广东花城出版社 2008 年版。

是一个空心人"(《耻辱》)。来来往往的打工者，走进畸形的现代都市，走过都市的一道特殊风景：人行天桥。然而，他们是"那么多虚幻的人走过，那么多空心人走过"(《人行天桥》)。郑小琼对她身边的工友的漠然感到不满，她说："工友们从不看书读报，不关心工厂以外的世界，下班只看电视，或倒头呼呼睡去。"①

现代化确实推进了中国的发展，但正如那些已经现代化的西方国家出现的问题一样，毋庸讳言，中国社会在现代化进程中也出现了大量的"现代化问题"，这些问题的核心就是物质高度增长，精神快速下滑。随着物质极端膨胀，人性在逐渐稀薄。因此，在现代化的大都市中，"我只能抓住一张张虚幻的面孔／那些空心人从报纸上走过／那些匆匆而过的面具从电视上走过／那些橡皮人从新闻与广告中走过"(《完整的黑暗》)。这样的"人"让人恐怖，这样的"人"的脸，让人感到厌倦和憎恶。我有个朋友说，他每天出门最多只能看 20 个人的脸就想把眼睛闭上，千篇一律，太累了。读了郑小琼的诗，我更深刻地感受到了这一点。现代社会的高度竞争，工业化的整齐划一，使得人们在高度紧张中机械地生活着。"他们"有着"迷茫而疲惫的脸，一张张麻木的脸"，与他们居住的城市一样，"有着一张工业制造的脸／模糊而怪异的脸，饱蘸着商业与工业的脸"(《幻觉者的面具》)。

如果说"五四"时期人的觉醒主要体现在个体意识的觉醒上，那么当代中国人的觉醒则主要体现在对现代工业文明的批判上。马克思关于人的异化的论断，不独资本主义社会才有，社会主义初级阶段在局部地区也可能存在。对现代人的异化，郑小琼有一段精彩的描绘：

> 在一张张疲惫的面孔后面，一颗颗被时代虚构的心
> 沉浸在虚无之中，工业高楼与商业资本的阴影中
> 一个个被奴役的人，惊慌失措地奔波着
> 行人在扭曲的兴奋中，变成了一个个奴隶
> 房奴，车奴……伸出机器的手臂握住我的手

---

① 转引自成希、潘晓凌《郑小琼：在诗人与打工妹之间》，杨宏海主编《打工文学备忘录》，社会科学文献出版社 2007 年版。

……

　　这些拥挤的人群不知走向何处，它是动荡的

　　这些在机器的阴影中活着的灵魂，它是动荡的

　　这些不知所措的爱，信仰，希望……它们全都是动荡的

这些人被资本扭曲，有着共同的欲望，灵魂和肉体早已分裂。

　　……张张虫蚀的面孔

　　所有面孔都将是一张面孔

　　个体的面孔将是众人的面孔

　　在光明中沦入黑暗，在黑暗中返回光明

　　在舞动的肉体与静止的灵魂

　　你把自己跟自己分开

　　　　　　　　　　　　——《幻觉者的面具》

　　现代化，人类呼唤的现代化，中国通过百年奋斗寻找的现代化，是不是也有值得反思的地方呢？

二　强烈介入社会现实

　　中国新诗可以说是在世俗关怀中成长的，初期白话诗关注的是百姓的劳动和生活，这与古典诗歌在总体上的贵族化恰恰相反。后来，在蒲风倡导的诗歌大众化和七月诗派的"拥抱现实"中，新诗实现了与现实的零距离。在中国民主革命和民族斗争的艰难岁月里，新诗与中国社会一同成长。就是九月诗派，他们对社会现实也有着强烈的关注。改革开放三十年，新诗在 20 世纪 80 年代，可以说是直接干预了现实；尽管在 90 年代有所分化，但对社会现实的关注并未中断；21 世纪初涌现的草根诗人群体，他们将新诗介入社会现实推向了一个思想和艺术的新高度。

　　郑小琼的诗歌对社会现实的介入主要是通过两个方面来展示的：一是对沉

重的打工生活的揭示，二是对工业和商业资本现代化弊病的批判。在资本原始积累的过程中，我们看到处于生活最底层的打工者的痛苦生活。他们已经成了工厂流水线的一部分，丧失了姓名和性别，过着"合同包养的生活"(《生活》)。他们"穿过加班，微薄的工资，职业的疾病 / 她在机台，卡座，工地上老去 / 她的背后，一座座高楼林立的城市 / 又把他们遗弃"(《厌倦》)。他们是"在时光中生锈的铁"，他们的"忧伤，疼痛，希望都是缄默而隐忍的"，"都有着铁一样的沉默与孤苦，或者疼痛"(《他们》)。他们就是那个拾荒者，"那个在风中追赶着铝罐的老妇人"，她的名字叫田建英，"她咳嗽、胸闷，她花白的头发 / 与低沉的咳嗽声一同在风中纠缠，一口痰 / 吐在生活的面包上，带血的肺无法承受生活的风"(《风中》)。这些人，承受着繁重的劳动，生活的重压，还要忍受城市人的白眼，还要经常被欠薪。他们微薄的收入常常被克扣，精神生活几乎被剥夺，身体受到过度的使用。他们是我们的兄弟姐妹，但被现代化的工业社会和商业资本社会所吞噬。

因此，郑小琼对社会现代化的种种弊端有理由给予无情地揭露和批判。现代化高度膨胀的物质欲望，异化了人性，在这样的情况下，人们开始变得无耻，骗子和妓女成了城市的风景。环境污染、社会腐败、社会分配两极分化日益突出，社会的精神和文化受到沉重打击。让我们同样感到触目惊心的是现代都市对古老乡村的侵蚀，这是一种美丽、悠扬而宁静的古老文化被丑陋、急促而喧嚣的现代文化所取代的恐慌和悲哀，是人失去了家园的感觉。这一点，郑小琼在她的诗中有精彩的描写：

> 站在河边落着泪的马，我从它
>
> 灰暗的眼神里寻找寂静，在它四蹄下
>
> 尘世与枫叶一起落光，在它四蹄下
>
> 红尘像人生的缩影，最后的风
>
> 吹拂着，灰暗的远山，灰蒙蒙的小镇
>
> 一匹离家的马低下头颅站在庞大的落日里
>
> 它的蹄音像群山一样逶迤
>
> ——《村庄史志》

总的来说，"现代化问题"归根到底还是人的问题。在人类的现代化进程中，人应该怎样保持自我，保持一种人才应该有的生活样式，拥有人的尊严和人的心灵，这是人类面临的共同难题。在这里，我不想一一列举郑小琼对现代社会种种弊端的揭露和批判，我只是想说，一个小姑娘，她不是从书本上读到的这些现代社会的文明病症，她是用自己的身体和心灵在中国的南部城市体验着现代化社会的阵痛。

三　中西杂糅的诗歌技法

中国现代新诗与中国古典诗词有着不可分割的联系，同时又受西方现代诗歌的影响。从诗歌技法上来看，现代中国新诗既有中国古典诗词的影子，更有西方现代诗歌的印痕，但如果认为中国新诗只是中国古典诗歌的余续或者是西方现代诗歌的翻版，那就错了。现代中国新诗从总体上来看，它既继承了中国古典诗词的某些传统，同时又吸收了西方现代诗歌的某些精华，从而形成了一种既不同于中国古典诗词又不同于现代西方诗歌的中国现代特有的新诗形式。这种形式也许并未完全成熟，但它的基本形式却已比较稳定，并通过一些代表性作品得到固化。① 从诗歌技法上来看，现代中国新诗的特点正是中西杂糅。在郑小琼的诗歌中，尤其是她近期的一些作品，这一点我们的感受更为强烈。

郑小琼的诗中有许多精彩和经典的句子，有的直接链接于中国古典的诗词，对接古典的中国文化。譬如："碧草连天的伤心，往世盘踞于角落，严肃沉稳如夕阳"（《幻觉者的面具》）；"这幻觉的国度，身体如此虚弱，它在等待壮阳药／孔子的仁，孝，义"（《魏国记》）。有的直接链接于西方现代诗歌，对接西方现代的理念。譬如："那么多疲惫的脸走过，那么多湿漉漉的面孔走过"（《人行天桥》），让人想起了美国意象派庞德的《地铁站口》；而"悲剧的诞生——他在说上帝已经死亡／一双多么美妙的手——海德格尔如此说"，则直接将西方现

---

① 参阅谢应光《中国现代诗学发生论》，中国文联出版社 2005 版。

代哲学的伟大哲人入诗。

但我认为，郑小琼在诗歌技法上面最拿手的一是将意与象直接对接。譬如，"一口痰／吐在生活的面包上"（《风中》）；"生活是一种怀旧的内伤"（《幻觉者的面具》）；"像床上蜷伏的被套，折叠着肉体与潦倒的人生"（《幻觉者的面具》）等等。二是用诗意的哲理显示生活的深度。譬如，"我怀疑的正在确定，我确定的正在遗忘／我洞彻的正在虚无，我希望的正在来临"，"眼盲的人看清楚世界的命运，耳聋的人听见未来的动静"（《幻觉者的面具》）；"熟悉命运的人正在被命运捉弄"（《幻觉者的面具》）；"我低声说：他们是我，我是他们"（《他们》）等等。三是用细节直击人心。譬如，"我记得他们的脸，浑浊的目光，细微的战栗／他们起茧的手指，简单而粗陋的生活"（《他们》）；"坐在理发店门／打牌的暗娼们，她们涂满白粉的脸／她们的口红，香水，冲进了六岁孩童的记忆中"（《河流：返回》）等等。四是大规模高密度的意象排列。譬如对商品经济社会滚滚红尘的描绘，"马赛克贴面人造美人电视塔／经理人决策者股东原罪官商／红顶商人世袭制法律八旗子弟／立法机构流言信仰撞人的宝马车／二奶经济顾问团一号文件"（《完整的黑暗》）；对当代中国文化一瞥，"阅读解禁的《少女之心》／跟博士导师的《沙床》以及／木子美的日记，《乌鸦》妓女们《灯草和尚》／最后是《废都》《废城》《废村》……／在快感的尖叫中，剩下一双丰乳与／一个肥臀在拯救着中国文化"（《完整的黑暗》）等等。

这些手法的运用，其实在中国现代诗歌中并不鲜见。如艾青的诗歌就有譬如意象的排比、细节的动人等，他的诗歌受到了法国象征派诗人波德莱尔的影响，受到了俄国和苏联诗人普希金、马雅可夫斯基的影响，同时还有阿波利奈尔、凡尔哈伦等人的影响，郑小琼是否直接受到那些外国诗人的影响，我们不得而知，但受到艾青的影响并可能通过艾青而间接受到上述西方诗人的影响基本上是可以肯定的。在中国现代诗坛上，穆旦是中国式现代主义诗歌的代表人物，他的对生活深刻而细致入微的体察，对生命和人生的哲理性思考，他的诗歌中东西文化的深度融合，都是一般人不能够匹敌的，但我们在郑小琼的诗歌中却能够看到一些穆旦的影子，虽然现在那还仅仅不过是影子而已。这些都说明，郑小琼的诗与中国新诗的传统是密切相联的，即使在技法上也是如此。

四　美丽耀眼但并非完美

郑小琼，出生在中国西部而在中国南部工厂打工的一个草根诗人，她的出现无疑是黯淡的中国新诗天空一道耀眼的光环。她有着诗人天赋的感觉，有着诗性表述的天然能力，读她的诗歌让人感到兴奋。这个小个子农村姑娘，让那些大个子城里男人都感到惭愧。因为，她用她的声音，告诉了中国，有一个庞大的人群——打工者，他们的生活现状和思想感情。

不可否认，郑小琼对生活的认识还有待进一步深入，她的思想境界需要进一步拓宽，其诗歌表现的技法还不够纯熟。在人生的经验上，她是稚嫩的；在学识上，她需要大幅度提高。即使如此，郑小琼作为草根诗人的代表之一，她的新鲜，她的勇敢，她的天赋，都不得不让我们对她寄予更多的期望。

藏地村庄演绎的描述与追忆
——格绒追美小说创作论

胡希东

乡土是人类生存繁衍之地，也是人类发展依托之根，而在人类文明进程中，村庄一直是人类生存的重要空间。藏地乡土社会，藏地村庄更是中国乡土社会的独特形态。作为藏族作家，格绒追美的小说始终难以忘怀那片充满神秘的藏地乡土，那云遮雾挡、雪域映衬的村庄。村庄是他生命的摇篮，也是藏民祖祖辈辈繁衍生存的地方，无论是他之前的小说集《失去时间的村庄》，还是他的长篇近作《隐蔽的脸》，都可看到一位藏族作家对藏地村庄故园的独钟复杂之情。

一

在格绒追美的小说中，他多次以作品人物的口吻说，"我"要担当故乡村庄忠实的记录员。而在他冠以《家园》的自序里，更是他有关故乡定曲河谷村庄独特优美的抒情，这篇优美如诗的文字是他对村庄的日日夜夜以及四季优美风光的描绘，对故乡人的"英雄性格"、故乡山山水水的由衷热爱之情："英雄的秉性延续在故乡人的血脉中。他们不畏风霜，顽强坚韧，天性质朴而善良，不争功夺利……故乡的山水是俊美的，林莽是衣，草地如毡，雪山似银子浇铸，溪水像洁白的牛奶，海子幽蓝似青天一角。河水就是那银丝编织的长长哈达……原始、自然、古朴，一切那样明净，幽远，而又博大深沉。"①
正是出于对故乡、村庄这种由衷的情感，格绒追美的小说都是有关他故乡藏
地村庄的描绘与追忆，这成为他文学创作的重要资源："故乡，这么多年来，
我写下的所有文字里都流淌着你的身影，都是你的精灵幻化的舞蹈啊……离
开了你，我便成为无源之水，无本之木。"②他在《失去时间的村庄》的题诗中
直接呼唤妙音女神央金拉姆："请赐予我灵感的光翎 / 天赋的种子吧 / 引导我
步入歌者的行列 / 在雪域的天空像一只雪鸟 / 点燃生命化作诗歌的一束光焰 /
为我的村庄和亲人生生不息地歌唱。"

　　格绒追美的家乡四川甘孜藏族自治州，是康巴地区的主体与腹心地带，由
于其独特的自然因素：气候、雪域、山地、河流、草地，以及独特的民族风情，
使他笔下的村庄形成了不同于一般乡土社会的独特形态。他的小说既有对这些
独特形态的描绘，但更注重村庄的历史演绎，在《失去时间的村庄》中，他曾
把村庄的发展归为四个历程，连枷时代：牧场、土屋，牛羊、田地，男耕女织，
婚娶嫁丧，生老病死，僧侣和俗人，充当农民和牧人双重身份的庄户人；铁器
时代：穿着异族服装的队伍进村，村庄步入群体劳作岁月，铁器在田间劳作中
闪耀着光芒；水轮和机器时代：庞大的水轮转动起机器，电杆林立，电线串织
成网，灯光照亮了村庄；末法时代：土地被切割，时间被分割，村庄骚动不安，
人们难得相聚，欲望野心沸腾。③他的小说就是对村庄历史演绎的追忆与描绘：
村庄在历史沧桑中演绎，村民们的生老病死、痛苦忧伤，以及他们在应对外来
冲击时所做的价值抉择。

　　长篇《隐蔽的脸》是一部藏地村庄演绎的史诗，作品借神子的视角，叙
述了定曲河谷定姆村庄的历史，以及定姆人的独特生活方式。小说分为风
轮、风云、风马三部分，以绕登一家逃难到定姆开始，分别叙述了头人土司
时代、藏地解放后以及藏地在改革开放背景下村庄演绎的历史。正如作品叙述，
在神子投胎为人之前，"村庄的岁月悠长而寂寥"，村庄有着悠远的历史与神
话传说。作品描绘的村庄由金沙江支流定曲河滋养，封闭于雪域褶皱山系间。

---

① 格绒追美：《家园》，《失去时间的村庄》，四川民族出版社 2005 年版，第 3 页，第 3 页。
② 格绒追美：《家园》，《失去时间的村庄》，四川民族出版社 2005 年版，第 3 页，第 3 页。
③ 格绒追美：《失去时间的村庄》，四川民族出版社 2005 年版，第 3 页。

而定崩桑神山是该山谷的神山，它披着袈裟微微向东南方躬身积极赶路的外形，与格萨尔王分配财宝时定崩桑迟到了有关。除这座大的神山外，还有无数小小的神山，而居住其间的是无数神山与神灵们，这是对定曲河谷神灵们的神奇描绘：

> 神灵们在天空中自在地飞翔着。她们说着各自的语言，依着自己的性情变幻着各种身形，有时显身在天空，有时显身在树林中，有时又幻化为一泓泓泉水。人们扑到泉水边，用双手掬起粼粼的泉水正要喝下去时，泉水突然失去了影子。眼前仍只剩了干燥的枯手，人们恍然里认为这是自己眼前出现的幻觉。有时她们也化成袅娜的呈现出暗蓝色的饱含雨意的云影，人们争先恐后地跑到云影下乘凉，又满心期待着沐浴甘霖。有时，她们化成山形，高高挡住人们的去路……人们陷入了无边的幻影和现实交错的混乱中。

——格绒追美《隐蔽的脸》

格绒追美笔下的村民们就生活在无边神灵的幻影和现实交错的混乱中，这是定姆人思维与生活的主要特征：现实与梦幻的交织，梦魇对日常生活的主宰，未知的神奇力量，能摆脱肉体的自由灵魂，祈福禳灾的咒语等等，都频繁出现于村民们的日常生活中。《隐蔽的脸》中雅格老喇嘛整天被梦魇纠缠；绕登一天被噩梦主宰，后被树木砸伤；藏民认为红军路过留下的红五星，以及死去活佛的法帽可以辟邪；头人多吉对进藏解放军负隅顽抗而被乱枪射杀后他的灵魂久久飘游于村庄的上空，卓玛在鬼魂附身中死去。《古歌》中村民里流传着绒木活佛到亚垅沟求雨见到神龙的传说。《岁月的河》中一只野鹿闯入村庄而扰乱村民们平静的生活，村民们担心定有什么灾难降临村庄。《与神共度》中童年的"我"被右眼皮上毒瘤的梦魇所纠缠，不知是真实还是梦境；爷爷能神奇地预知自己离世日子：那一刻，祖父安然地闭上了眼，坐化了；而这一刻，人与神同在："我推开门，走出屋子。头顶是辉煌灿烂的银河，显得无比深邃……"奶奶被带预兆的梦主宰，燃烧麦堆以祭奠神灵。正如作者所言："藏人啊，一代代，一世世，执着梦，与神同行。"（格绒追美《与神共度》）这种与神同行，现实与梦幻交织的生活方式，体现了藏民对苯教、藏传佛教的原始信仰，格绒追美写出了藏地文化的神韵。

活佛与藏民们的生活密切相关，转世灵童的显圣与寻找以及活佛与身俱在的神奇法力成为藏地文化最神奇的所在。活佛是作家尽力捕捉的对象，这也成为藏地村民的灵魂与精神寄托之地，以及藏地村庄历史演绎的精神线索。在格绒追美的小说中有不少地方是对活佛佛法神奇力量精彩绝伦的描绘。以下是定姆登必降村活佛在皇宫中觐见康熙时与康熙气势的较量，以及他让经书上的文字灵活消失与最后复原的出奇表现：

> 活佛双手合十，双目微闭，高声念起经文来。约半个时辰之后，神奇之事终于发生了。只见从头顶的空中，密密地降下黑色的苍蝇，它们跳着舞，有规则地一个紧挨着一个，落到那空白的经文纸上，然后倏忽间消隐，此刻，空白的经纸上满是密密的经文了。后来，有人说，那经文字母从头顶降下时，雍和宫里充满了一股檀香味；有人说，降下时如飞雪呢；另一个说：不，那是黑色的雨；还有人说，瞬息间，经文就恢复了原状呢。

> ——格绒追美《隐蔽的脸》

登必降村活佛是定姆活佛体系中最昌盛，也是定姆人最值得骄傲的神奇传说。活佛、喇嘛、高僧是藏传佛教的主体，藏民们与神灵同在成为藏地文化以及藏民生活的重要特征，这是作家对藏文化神秘性的独特表现。《追忆牧歌岁月》写出了曾经禁绝的藏民信仰再一次在村庄复兴时的情境："村庄躁动了起来。人们中悄悄流传着说，替上天传布寓言的人已经来到了人间。她正四处奔忙传达神灵的旨意。说佛法之门已经打开，佛法又要兴盛了。"村民们似乎在迷茫中窥见了希望，他们脸上露出甜蜜欣慰的笑，期盼着传播寓言的人莅临村庄；在人们的翘望与焦急中，手捻佛珠，口念经文自称是空行母化身的女人真的来到了村庄，村庄轰动了。而活佛喇嘛们也从人世间最底层的苦难中走出，他们的地位再次青云直上，备受尊崇。该作还写到了益西多吉出生时的神奇，他最初的显圣，他在平时生活中所表现出的神秘力量，以及他最终成为人们拥戴的"活佛"。《失去时间的村庄》里亚拉家的房屋挡住了空行母的去路，且房门对着神山，亚拉家的人都相继死去，因此，只有房门转向或迁房才能保住一家平安。藏文化中，佛法与村民们的生活紧密相连，藏民对苯教、藏传佛教的虔诚，神灵、活佛以及未知的神秘力量密布村庄，云绕着村庄的发展演绎。

当作家用诗意的笔法来描绘村民们这种与神同行、现实与梦幻交织的生活时，作家笔下的村庄便带着浓厚的牧歌情调。而事实上，作家对藏民们人神同游，以及他们带有原始宗教信仰的近于疯狂的执着给予了忧虑，正如他在《古歌》中描绘了村庄藏民牧歌般的生活，但对村民们近于愚昧迷信的原始信仰，以及他们辛劳一世的生活发出了由衷的喟叹："为生存作的挣扎是富于悲剧性的……古铜色的衰老的皮肤越发显出苍凉啊。岁月却无情地将要跨进公元2000 年。在这富饶、森林密布的山沟里，自从居住那天起会有多么漫长的岁月和辛酸的发展史啊。"因此，作家在描绘村民们的原始信仰，以及他们与神同在的生活方式的同时，更多地描绘了村庄的苦难，村民们的痛苦忧伤——这不是源自村民们四季的辛勤劳作，而是源自人性深处的魔性与愚昧。《隐蔽的脸》描绘定姆人的"魔性"，以及它给村庄带来的苦难。"定姆"的"定"是指魔性、邪恶、业障，定姆人是魔女的后裔，灵魂中盘踞着魔鬼和魔鬼般的人性。作品写出了定姆人被魔性驱使，如头人多吉的亲戚巴登对外来者绕登妻子卓玛的凌辱，写家族与家族、村寨与村寨、藏民与藏民之间的血拼、杀戮、械斗，且巴头人对自己妹夫布根丁真的预谋杀害，写藏民杀活佛（庞措·翁青活佛被昂翁家族的人活活用乱棍、火铳打死）、甚至活佛也杀人（古鲁活佛和拉错的儿子、阿木用斧头将人砍死于青冈林中惹上命案而外逃）、牧民们对神灵不敬到神山狩猎等等，而最终的报应就是定姆脏病"麻风"的降临，这是定姆人遭到的惩罚与诅咒。正是这魔性给村庄带来了太多的苦难与不幸，凝聚了作家思想情感的"神子"也为之动容："人间的烟尘一代代绵绵不绝，人间的纷争永无止境，而我的歌声也总有停歇的时候。时间的磨砺中，我都要生出一副表情生动的面孔了，啊，不，我不能这样，如果那样，我落入的将是轮转不休的磨盘，从此将变得无力而无奈。算了，我还是闭目塞听吧，任人间烽烟四起，任人类心灵欲望滚沸如海，没有片刻的停息。"

二

以上论述的是格绒追美笔下村庄的"连枷时代"，而在他的小说中，更多的是表现外来文化，尤其是现代（都市）文明对村庄的冲击与影响，即村庄经历"铁器时代"、"水轮和机器时代"和"末法时代"。长篇《隐蔽的脸》中的风云、风马部分，就是写村庄在这些时代的演绎。作品中头人多吉带着手下负隅顽抗而被进藏的解放军乱枪射杀，此后，汉地历史风云开始在藏地村庄上演。首先是外来文明如何开始渗透藏地村庄，小孩进入学校开始学汉语、算数与藏文，而汉地的历史灾难与风云突变也在这里上演，活佛、喇嘛被当成"牛鬼蛇神"批斗，杨洛桑牵头砸寺庙、毁佛像，定姆人遭受饥荒袭击等等。而雅格家族达瓦当兵并将尼布娶进家门似乎为雅格家族带来复兴的希望；雅格家与夏超家换亲，格列志美入赘进夏超家与格绒曲珍结婚，夏超家的二女拥珍家与雅格家的三儿子雅格罗嘎结婚；绕登经历了人生磨难后瘫痪在床而死去，卓玛也在鬼魂附身中死去；而那个穿越于自由时空的"神子"也投胎为人并开始他的"求学"等生命历程；村庄正经历末法时代；定姆被当作"香格里拉"发源地；更多外界人涌入定姆，村民们开始做起外来人的生意，其中有不少人来找活佛、老人寻根刨底，更有蓝眼睛、白皮肤的外国人来采访庞措·白玛、庞措·绒登活佛等等。

显然，作家不是简单再现村庄演绎的历史，而是要写出现代（都市）文明对藏地村庄的冲击与影响，面对这种冲击，村民们的信仰以及生活方式会做怎样的价值判断与未来选择？而在这价值抉择背后，更多的是作家的矛盾、犹豫与惶惑！面对喧嚣的现代文明，格绒追美对藏地村庄的纯净岁月发出由衷的赞美：

> 乡村的天高而悠远，蓝的天，白的云都赏心悦目。空气洁净无烟，肺叶也快活地张开：山野恬静，脱离喧嚣和噪音的安宁似参禅的心境；亲情浓郁，令泪水和欢笑都丰沛起来。回归乡村，可以感受亲近大自然的泥土

和河流，森林和草地的欢愉和真诚；躁动如火山的心灵可以宁静如秋水不波动一丝涟漪，心灵得以享受毫无防备的完全自由的天堂般岁月。可以忘却物欲横流世界里的失落、忧伤和难以实现的理想。回归乡村，因为那里能看到灿烂真挚的笑靥，能感受真挚无私的母爱，能够认识仍有泥土本质的庄户人。他们是最纯粹的土地主人。回归乡村，因为那里是我最初的萌芽，有着我童年的最初恋歌和理想焰火这一切不可能再度拥有了；回归乡村，那里是我精神的故乡，是心灵中阳光灿烂的日子，是水声和鸟语都十分芳香的地方，是剧变世界正在失去许多珍贵东西而它仍然拥有的宝地。①

可他营造的小说世界并非张扬村庄纯净的牧歌岁月，更多是对村民们的生活发出忧虑与批判。小说集《失去时间的村庄》表层是关于村庄日常琐屑生活的描述，是村民们的欢乐、痛苦与忧伤，他们面对苦难的执着坚忍，但更多的是表现出藏地村庄面对外面世界的冲击与诱惑时，他们该如何应对现代文明的冲击，他们该如何做出明智的价值抉择。《失去时间的村庄》中，村庄正经历"末法时代"，村民们都被欲望驱使。刀登的生意经就是"骗"，为了钱他六亲不认："做生意嘛，就是恩重情深的父母都可以骗！"显然，这与作家彰显的故乡人"英雄性格"相违背！这样的商人只能称雄于村里，面对现代都市，他惶恐、狼狈、无所适从，更在离家乡不远的康定栽了跟头：他与呷嘎老人倾其所有合伙收购的贝母、子母被骗得血本无归。刀登的哥哥桑吉为了钱，敢去神山偷猎，嘎玛活佛带口信让他戒猎（杀生），他回敬说："嘎玛活佛给我发钱？我不去打猎，我有什么办法挣钱？""世间人顾这顾那，怎么能挣到钱？不骗不猎哪里挣钱，世间人没有钱财，谁又给他们供养？"为欲望所驱使，定然村唯一的干部医生次登竟然偷窃医院的白布，被公安局带走。这让次登的亲人们慌了，他们长途跋涉到县里寻求营救的办法，害怕次登坐牢而让家族丢尽脸面。在他们看来："如果是个大宗案也罢，在别人面前还能抬起头。说他偷白布，怎么说得出去。那日怪竟偷小玩意，不争气。"从村民可笑的言谈举止看出了他

① 格绒追美：《后记》，《失去时间的村庄》，四川民族出版社 2005 年版，第 222 页，第 223 页。

们的价值取向。《已经消失的帐篷》既是农业对牧业的冲击，也是欲望世界对村庄牧歌岁月的冲击。当村庄多数人过着亦农亦牧的生活，达拉还坚守牧场。富于戏剧性的是村外世界对松茸的需求，使村民们无法遏制对金钱的欲望，即使是达拉也不例外，他心爱的儿子就死于寻找松茸时遭遇雷雨交加的恐怖中。

也许贫困、愚昧使村民们难以遏制金钱的诱惑，丢弃了曾经拥有的"英雄性格"，而摆脱贫困、愚昧也许是村民们的最佳抉择？《奔马》写改革开放给村庄带来了富裕。改革开放前村庄遭遇的是苦难、贫困，村民毁寺庙佛像，他们到神山狩猎；改革开放给故乡村庄带来了强烈影响，金碧辉煌的寺庙佛像在废墟上又建立起来，大家商议集资办厂，并让活佛当顾问，新修的路延伸到村口，吉普车开进了村里……村庄像马儿一样奔腾起来迈向富裕的明天。而在格绒追美的小说中，他深刻地写出村民们，尤其是年老村民们在选择未来之路时的惶惑与尴尬，其结局甚至是悲剧性的。《魔·白桦树·晚霞》写村外现代都市文明对父亲的吸引，他终于像英雄般地离开了村庄，可他却在都市大厦前显得渺小、无所适从，作为猎手的他选择了悲哀的死："父亲将头枕着猎枪，紧闭双唇，在火光前平静地睡去。"虽然父亲死亡的选择是悲剧的，但显示了父亲死亡的庄严与崇高。《失去时间的村庄》中已经年老的呷嘎老人敢与刀登合伙到成都、广州做生意，面对大都市他们无所适从、惊魂未定，甚至被骗得血本无归。也许对现代文明的接受是村民们适应这急速变化世界的最佳选择，于是《村庄的荣耀》中顽皮捣蛋的吉米离开了村庄，到中国最著名的都市里读大学："他终于完成了一个山里人千百年来的读书梦仿佛村庄的饥渴都附在了他身上。"而在《失去时间的村庄》的结尾："村里读书的孩子三三两两出山了……他们纷纷走出村庄，走出县城，四处闯荡，村庄只是他们怀想的家园，一个温馨的梦。他们在远乡异地，不断改造着在村庄定型的思维、情感、心血、生活方式，以应付来自城市的不测和打击，并拓展自己的生存空间。"

而《隐蔽的脸》中对村民们的"魔性"（欲望）、信仰做了如下选择：针对村民们的"魔性"，作家让"麻风"一次又一次袭击定姆人，而"麻风"更成为一个重要意象与原型，反复出现于他的小说中，它成为村民堕落而招致报应的重要符号。而象征定姆人信仰的雅格家族，由兴旺到一代一代衰落，雅格家族的后代普措与梅朵这对堂兄妹结婚，标志着雅格家族的彻底衰落。作品写他们在父辈的撮合下交欢媾合，可生下的却是三条腿、带尾巴的婴儿，这与魔幻现实主义巨著《百年孤独》的结尾布恩地亚家族最后一代那长有猪尾巴被蚂蚁吃掉的婴儿有着惊人的巧合。雅格家族衰败到尽头，这是否象征着藏地村庄精神支柱的崩塌？针对村民们的原始信仰，他们梦幻与现实的交织，人神同在的生活方式，作家采取了最切实的魔幻现实主义表达方式。与魔幻现实主义相联系，在对村庄的叙述视角上，作品借"神子"视角来展开村庄叙述。这来无影去无踪的神秘精灵"神子"有着超越时空的自由与魅力，他既是演绎村庄前世今生的叙述手段，还是一个重要意象，这一意象凝聚着作家的思想情感，更凝聚了藏文化灵魂不灭的观念，因此，神子既能超越时空，又投胎做人生命轮回。在亲历了村庄演绎与苦难后，他脱离肉体的躯壳而涅槃，带着对村庄的不舍从山巅回首村庄："从雅格的房顶升起了一缕若有若无的炊烟啊，那是人世的尘烟，是生命的征象。"这既是对藏民族生命轮回的叙述，更是对藏民族生命坚韧的肯定！而"河谷的村庄像一朵幽闭的花朵，再次催生出滔滔岁月之河和历史的风波，而麻风也像人脸上的雀斑正潜滋暗长"。让我们联想到波德莱尔对巴黎的感受："内心高兴我登上山冈，/ 居高临下把宽阔的城市俯瞰；/ 到处是监狱、炼狱、地狱，一片片医院、妓院。// 这一切犹如一朵巨大的鲜花，/ 在万家之上绚丽开放。"① 这种"恶之花"的母题似乎成为村庄摆脱不掉挥之不去的苦难与轮回。经历了村庄苦难的"神子"陷入了整个人类经历的各种灾难的巨大悲悯中，他看到了藏民族之外的人类经受的苦难，"神子"的思想情感得到了升华，格绒追美完成了对藏地村庄以及藏民族苦难的超越作家必须拥有博大的胸襟，它既是自身民族的，更是全人类的，这是一个作家文学生命的源泉与文学生命恒久的根本。他曾说："地球是人类的村庄。故乡是我的村庄。村庄构成人类的基石，是最活跃的单元，是文明的主体，也是这个世界最易忽视的底层。我从村庄看雪域，看世界；看过往岁月，看当下进程，也窥探未来的面目。村庄也从里面看着外面的世界，冷冷地审视着我和关于村庄的文字。村庄是我立身之根本啊。它也是生长文学野心的地方：牵一发而动全局，窥一斑而见全豹，最终

---

① ［法］夏尔·波德莱尔：《结束语》，《巴黎的忧郁》，生活·读书·新知三联书店 2004 年版，第 175 页。

成就我和我的村庄，成就雪域的梦想。"①显然，这是作家独特的小说学，是格绒追美那么执着于藏地村庄演绎的原动力，正如当时自诩"乡下人"的苗族作家沈从文那么执着于他的故乡"边城湘西"一样。村庄是这个世界不容忽视的底层，它定会成就无数作家的文学梦想，也定是格绒追美小说独具文学魅力与生命之所在。

<hr>

① 格绒追美:《后记》,《失去时间的村庄》, 四川民族出版社 2005 年版, 第 222 页, 第 223 页。

坚守农民身份与本土传统的乡村微观史写作

——评贺享雍的系列长篇小说《乡村志》

曾　平

　　作为四川乡土作家的领军人物之一，贺享雍有一个庞大的写作计划，即要为当下的四川乡村撰写一部十卷本的乡村志，如此宏大的构架和体量的乡村志，在中国乡土文学中是前所未有的创造。目前，贺享雍的乡村志[①]系列小说已出版了五部：《土地之痒》《民意是天》《人心不古》《村医之家》《是是非非》。以一座村庄为线索，描写中国乡村改革开放以来巨大的历史变迁与心理、文化、风俗的变迁，这一宏大的构思本身在中国当代文学史上就极具开创价值。

　　莫言2012年获诺贝尔文学奖，给当代中国作家很大的激励，而莫言的文学灵感和源泉，正来自于他的家乡——山东高密乡的田野村镇。围绕这片乡间故土的历史与现实，莫言构筑了他庞大的文学王国。莫言和"五四"以来众多描写乡村生活、农民命运的作家最大的不同之处，是他对山东高密乡的乡间习俗、地方文化、民间宗教等等曾被"五四"学人斥为落后、野蛮象征的乡村古老文化传统的高度认同。但莫言笔下的高密乡和一班生活于其间的高密乡民感受到的当下高密乡，完全是两个不同的概念，中间横亘着的是莫言长期的作家身份、城市经验、拉美魔幻现实主义的文学表现手法以及莫言个人的暴力美学追求。对贺享雍而言，他与他的贺家湾村民却没有这条难以逾越的鸿沟。直到

---

　　① 贺享雍的"乡村志"系列长篇小说自2013年起由四川文艺出版社陆续出版。其中，卷一《土地之痒》于2013年2月首版；卷二《民意是天》、卷三《人心不古》于2014年1月首版；卷四《村医之家》、卷五《是是非非》于2014年9月首版。

今天，身为作家的贺享雍的情感与命运，仍然与他的贺家湾紧紧捆绑在一起。贺享雍本人长期务农，做过最基层的村级干部，长期生活在川东乡村，如今虽已成为四川乡土作家的领军人物之一，但天天打交道的主要群体仍是农民。贺享雍之所以不愿远离他笔下和生活中的贺家湾，远离乡村与农民，是因为他深知，这是他文学创作得以展开、深入的源泉，是他笔下的文学王国赖以生存的根脉。莫言的写作，依托的是他的精神故土高密乡；贺享雍的写作，则无法离开他的情感故园贺家湾。

一

从贺享雍十卷本乡村志中的已经公开出版的五部系列长篇看，他的创作不仅篇帙浩大，在创作质量上也有了飞跃。与几年前出版的长篇小说《村级干部》相比，这五部小说有意避开宏大叙事的诱惑，不再粉饰现实与图解政治，而是踏踏实实地回到乡土中国的日常生活和乡民生存状态本身，书写长期被遮蔽的普通乡民的微观历史。

家长里短，邻里纠纷，两口子拌嘴，锅碗瓢盆的日常琐事，由贺享雍用地道的川东乡音娓娓道来，如同一幅幅色彩斑斓的川东乡村民俗画卷徐徐在读者面前展开，乡间的烟火气、村野气及人情世故便随之扑面而来了。看贺享雍的小说，有时疑心是在看现代川东乡村版的《金瓶梅》。尽管贺享雍有意以文学方式书写在历史转折时期的当代乡村志，立意极其宏大，但入手却踏实，以自己熟悉的贺家湾及其乡民，作为折射中国改革开放三十多年来乡村巨变的缩影。这让人不得不联想到巴尔扎克《人间喜剧》以系列长篇小说为时代书记员的宏大构思与创作理念，也让人联想到深受法国文学影响的李劼人创作《死水微澜》《大波》等小说的思路。但有别于李劼人等近现代四川乡土文学大家的知识分子身份，贺享雍一直坚守的是自己的农民立场。

"五四"时期，新文化人曾经提倡平民文学。但鲁迅对当时及历史上出现的所谓"平民文学"却表示了深刻质疑。在1927年4月8日给黄埔军官学校做的题为《革命时代的文学》的演讲中，鲁迅有过入木三分的剖析，他说："在现在，有人以平民——工人农民——为材料，做小说作诗，我们也称之为平民文学，其实这不是平民文学，因为平民还没有开口。这是另外的人从旁看见平民的生活，假托平民的口吻而说的。……现在的文学家都是读书人，如果工人农民不解放，工人农民的思想，仍然是读书人的思想，必待工人农民得到真正的解放，然后才有真正的平民文学。"①新中国成立以后，在政府的有意扶植下，的确也出现过不少农民作家，但由于特定的历史原因，这些农民作家所创作的作品往往沦为图解政治的工具。乡村社会真实的政治生态、文化传统与日常生活，仍然被文学所遗忘，仍然长期处于被遮蔽的状态。从这个意义上说，坚守农民身份的乡土作家贺享雍，是弥足珍贵的。就如同《村医之家》的主人公贺万山一样，虽然有多次脱离农民身份的机会，但贺享雍最终还是拒绝了走出"贺家湾"的诱惑，始终以农民的立场，以内在于乡村的视角对乡土中国的微观历史进行文学书写，并在他的写作中慢慢地褪去浮华，一步步更深地回归乡村和传统，让当下的乡村与乡民被遮蔽的处境、命运、历史与内心世界慢慢地浮现在文学的地表之上。

对农民立场的坚守，也决定了贺享雍对本土文学经验与民间文学传统的高度认同。和"贺家湾"的乡里乡亲一样，贺享雍也是看着《三国演义》《水浒传》《西游记》这些古代白话章回小说，听着民间说书艺人的评书和乡村草台戏班的川戏长大的，对这些扎根于乡土中国的通俗艺术形式，有一种天然的情感认同。因此，当贺享雍逐渐成熟到能够拒绝外在浮华的诱惑，完全回归"土里刨食"的农民身份和立场时，他必然会选择回到自身的文化根脉深处来寻找书写乡村志的灵感，必然会最大限度地从川东乡民所熟悉的本土文化传统中汲取创作经验来书写属于乡民自己的历史。对本土文化传统的尊重与创造性吸纳，也造就了《乡村志》独特的艺术风味。贺享雍乡村志中的人物，呈现出立体丰富的色彩，显示出同生活本身一样复杂的成色与厚重的质感，已鲜有《村级干部》中人物塑造的公式化、平面化倾向。每个人物似乎都是一面多棱镜，在不同的视角和不同的光线下，折射出不同的光芒与色彩，人物的内心世界因此变得层次丰富、生动复杂。

如何吸收中国古代章回小说的创作经验及民间说唱艺术形式，把它灵活地

---

① 《鲁迅全集·第三卷：而已集》，人民文学出版社 1981 年版，第 422 页。

运用到当下的小说创作中，用以表现行进中的当下中国乡村呢？赵树理、周立波等文学大家在这方面都进行过大量成功的艺术尝试，为采用民族形式描写乡土中国积累了大量可贵的艺术经验。赵树理从学生时代开始，就立志做一个为底层民众写作的通俗文艺作家，他不仅熟悉乡村生活，也以山西乡村的方言土语进行写作，并吸收了大量民间说唱艺术的表现手法进行写作，为一个时代的乡村生活勾勒出极其生动的文学面影。周立波在《山乡巨变》中描写了湖南乡村的社会政治生态及日常乡居生活，采用了大量当地的方言土语，写活了湖南乡间的风土人情与美丽的乡野景致，为中国当代文学增添了旖旎动人的山乡景色。和赵树理、周立波、柳青这些擅写乡村题材的作家不同，贺享雍生活在一个开放的时代，没有承受前辈作家以文学图解政治的巨大现实压力。所以，当贺享雍以农民身份进行写作时，他有更大的自由度，可以从容避开干扰，真正以农民的视角来建构自己独特的文学王国。而贺享雍对农民身份的坚守，使他在身份认同和文化视野上均有别于留法归国的李劼人。因此，尽管贺享雍创造性地吸收了赵树理、周立波等前辈乡土作家的艺术经验，同时，也延续了自李劼人开始的四川乡土文学的地方志写作传统，但贺享雍却以真正的农民立场为乡土文学提供了全新的艺术景观。

贺享雍"乡村志"系列小说与中国本土古老的通俗文学传统潜在的呼应，最突出地表现在卷四《村医之家》中。《村医之家》，"从医疗卫生视角透视农村伦理道德演变"，描写的是正在乡村中国逐渐消逝的群体，即乡村中的草药医生。贺享雍的乡村志，不仅仅是乡土中国当代史的书写者，从《村医之家》中，我们发现，他的写作，已深入到乡村已经消失与正在消失的历史传统之中，让一段几乎湮没于时间深处的乡医历史以文学的方式得以完整呈现。令人瞩目的是，这卷小说的叙述方式也很特别，完全以村医贺万山的口吻与视角展开叙述，有意避开作者全能视角的干扰，是中国传统小说说书人的叙述方式和西方现代小说第一人称叙述方式结合的产物。主人公贺万山的身份，在小说中有多重意义，担任了多重角色：既是主人公，又是说书人，有时又暗中跳出第一人称叙述的有限视角，转化为故事之外、有着全知全能视角的第三方叙述者。如果说在前三卷乡村志系列小说中，贺享雍还只是暗中吸纳了中国古典小说的叙述方式和结构模式，那么，在这部《村医之家》中，贺享雍则完全以说书人口吻展开故事，有意与乡土中国的文学趣味接上血脉，与深厚古老的民间文学传统续上前缘。但贺享雍的小说又绝不仅仅是中国古代小说的现代翻版，而是将现代西方小说的有限视角和第一人称叙述方式整合到传统的叙述模式之中，让村医贺万山的身份在故事演进中不停地发生变化与游移，或是说书人，或是故事主人公，或是故事的观察者与见证人，或是外在于故事的小说建构者，造成了小说叙述空间的破碎与多元。而小说在结构故事方面所显示的流畅自由，也来自于主人公兼叙述者"贺万山"身份及叙述视角的灵活多变。贺享雍有意将千百年来中国百姓熟悉的说书形式整合到当代小说的叙述模式之中，积极吸纳中国古代小说的艺术经验，既深化和拓展了当代乡土小说的历史感，又与乡土中国的集体潜意识形成巧妙呼应，表达了作者对古老的民间艺术和民间文化传统的强烈认同。如果说莫言的小说从拉美魔幻现实主义创作理念中获得了崭新视野，那么，贺享雍则力图从乡土中国的古老文学传统中获得书写乡村志的灵感与视角。

二

贺享雍对农民身份的强烈认同，也影响到"乡村志"在人物塑造上的特点。贺享雍笔下的文学王国"贺家湾"，是一个真实地存在于今天的川东乡村的真实农人眼中的世界。在中国文学史上曾经出现过大量的山水田园诗，但即便是陶渊明、王维这些山水田园诗大家笔下的田园，仍然只是士大夫眼里的田园，绝非真正农人眼中真实的乡村故土。

贺享雍拒绝成为外在于乡村的"城里人"，恐怕也正是出于这种深刻的忧虑，即一旦农民身份、农民立场不复存在，这一身份所赋予他的情感与视角也将不复存在，他也就无法真正以川东乡民的方式构筑一个属于川东乡民自己的文学世界。但执着于自己的农民身份，既给贺享雍的乡村志写作带来了无法替代的独特性，同时，也为他的写作带来了无法避免的局限性。

在人物塑造方面，贺享雍笔下生活在贺家湾这片土地上的乡村人物最为生动丰满，如同生活本身一样复杂多元。尤其是当贺享雍大量采用川东乡村方言来进行描写时，笔下的乡村人物立即跃然纸上，有呼之欲出的生猛与鲜活。在整部乡村志的篇章结构上，贺享雍的写作也凸显了农人本色。对乡土中国的农人而言，土地是他们的衣食父母与精神皈依，是他们的命和天，"乡村志"开卷便将目光集中到农人与土地的关系上来书写改革开放三十年的乡村巨变，的确出手不凡。《土地之痒》中的主人公贺世龙是中国乡村千百万淳朴乡民的代表，他一辈子把土地当儿孙来照料，当祖宗来侍奉，当父母来孝敬，当恋人来热爱。如果不是长期生活于农村，如果不是以农民的身份来体会一代又一代农人对土地的感情，贺享雍根本无法将贺世龙这位地道农人与土地之间的爱恨纠缠写得如此细致入微、丝丝入扣。更重要的是，贺享雍通过贺世龙及贺家湾乡民对土地情感的一系列变化，巧妙地折射了改革开放三十年中国乡村及乡民命运、观念的巨变。虽大处立意，却小处着眼，入手极为踏实，将普通农人贺世龙的形象塑造得极为扎实厚重，为乡村志的写作开了一个好局。

在"乡村志"已出版的五卷系列长篇中，故事似断实联，人物关系也相互呼应，互为衬托，互为背景，构成一个流动开放的整体空间，大大增加了每卷小说的容量与气势。而这一效果，来自于贺享雍对乡村人物勾魂摄魄的生动刻画，来自于他的农民身份所打开的广阔生活视野。由于对农民身份的坚守，写作《乡村志》的贺享雍拒绝粉饰他笔下的乡村和乡民，拒绝以乡民以外的眼光来审判和规范笔下的乡村人物。对于自己生于斯、长于斯的乡村，贺享雍既拒绝居高临下的启蒙姿态，也拒绝大唱赞歌的刻意粉饰。如此，贺享雍笔下的乡村和乡民，终于恢复了在乡民自己眼里的本色，于一饮一啄、劳作耕耘、家长里短、生老病死的日常生活中流淌出自己的节奏与旋律。贺享雍所描写的乡村人物，和李劼人《死水微澜》中的人物一样，没有英雄圣贤，也没有大奸大恶，每人都有自己的小算盘，也有自己的烦心事儿，有赤裸裸的权力角逐与利益之争，也有温暖宜人的邻里戚旧之情。这卷小说里的主角，可能就变成了另一卷小说里的陪衬；这卷小说里的正面人物，在另一卷小说里，可能就会犯浑，因权力而滋生欲望，因欲望而滥用权力，最终为村民所不耻。比如在第一卷《土地之痒》中能干果敢的复员军人贺春乾，在卷二《民意是天》中，却逐渐成了乡村黑恶势力的代言人，是压制草根民主的黑手。而在《民意是天》中，为贺端阳出谋划策、甘愿牺牲个人名利来成就新生的草根民主的贺劲松，在卷五《是是非非》中，却无法抵御更大的经济利益的诱惑，不惜背信弃义，出卖乡民的权利和贺端阳对他的信任，与贪官与奸商达成黑幕交易。贺享雍的"乡村志"，对人性的复杂，有了比之前的小说远为深入的洞察和理解，故他笔下的人物，不仅色彩丰富，也处于不断变化发展之中，成为小说中流动的无法预知的风景，引起读者阅读和探究的欲望。

　　但不可否认的是，贺享雍对农民身份的执着认同，也为《乡村志》带来内在的局限性。苏轼《送参寥师》一诗有云："阅世走人间，翻身卧云岭。"[①] 文学创作与生活的关系，是既要"阅世走人间"，入乎其内，方有深情；又要"翻身卧云岭"，出乎其外，方有高致。对贺享雍而言，"入乎其内"做得很好，"出乎其外"却尚需努力。中国的乡土社会一直是人情社会、关系社会。从《金瓶梅》《红楼梦》到曾经热播的电视剧如《大宅门》《甄嬛传》等，都在宣扬一种几乎成为共识的观念：即任何事情要办成，走康庄大道是行不通的，必须上下打点，进行权钱交易，或者钩心斗角、玩弄权术。中国社会的现代化道路漫长而又艰难，这种现代化绝不仅仅是物质层面的，更大意义上是指精神层面的现代化。贺享雍的《民意是天》便是围绕着村级干部选举这一乡土中国最基层的政治事件展开。作者本来是想通过主人公贺端阳屡战屡败、屡败屡战的竞选村主任事件来表现乡村社会民主选举理念的逐渐萌芽、壮大乃至成熟。可是，主人公贺端阳对民主政治的理解与作为反面角色、以卑劣手段操纵民意的贺春乾等人却在同一水平线上，靠的都是收买人心、走上层路线和利用各种人脉关系。贺端阳最后的胜利，不是乡村民主的胜利，也并非小说标题《民意是天》所希望表现的那样是民意的胜利，而是机心、权诈与人脉资源的胜出。贺端阳的成熟，也不是民主意识的成熟，而是从不谙世事、年轻气盛蜕变为老于世故、擅用关系的结果，是曾经在新一代乡民中萌芽的民主政治理念在乡村政治生态中彻底异化与失败的结果。随着故事情节的渐次展开，主人公贺端阳越来越像他的敌人贺春乾。我们可以理解贺端阳以其人之道还治其人之身的苦衷，但这种乡土社会中的微型政治角逐与中国历史上大大小小的政治斗争异曲同工，在乡土中国的民主化进程中并不具备多少正面意义。正如鲁迅在《阿Q正传》《风波》等多部小说中表现的那样，清末民初的维新变法运动包括辛亥革命，并未

---

　　① 郭绍虞主编：《中国历代文论选》（第 2 册），上海古籍出版社 2001 年版，第 303 页。

从实质上改变当时中国乡村的政治生态，最大的成果，不过是到处都挂了一张"咸与维新"的招牌，店里的货色却依然成色不变。贺享雍笔下的乡村中国，对来自现代文明的民主政治，以乡民自己的方式，将其整合为已有政治生态和人情社会的组成部分，显示了乡土中国对异质文化的巨大同化能力。

耐人寻味的是，《人心不古》中的主人公，县重点高中的老校长贺世普，作为现代文明和现代法治理想的代言人，却被作者无意之间漫画化了。作者将一个恪守法律、充满济世情怀和启蒙意识的现代知识人，塑造得如此僵化古板、面目可憎，没有一点儿人情味儿，毫不通晓人情世故，缺乏起码的生活智慧。作者对淳朴乡民的认同，对温情脉脉的人情社会、关系社会的认同，在《人心不古》一书中得到最为强烈直白的表达。而这一潜在的立场，与小说的标题也形成呼应。人心不古的是谁呢？表面上看，小说是在批评现代法治思想在乡村社会受到的集体抵制，是在描写推进现代文明理念在乡土中国所遭遇到的巨大阻力，似乎是在批判中国乡土社会在现代文明冲击下呈现出的保守性、落后性。可小说标题显然暗含了另一潜台词、另一情感维度和价值判断，即对现代文明试图改写乡土社会、人情社会的否定。小说中，人情社会、乡土社会充满了温暖和睦，恰恰是贺世普僵化刻板的所谓现代文明理念，给原本和谐淳朴的乡土社会带来困扰与伤害。作者所谓的人心不古，其实不是对世风日下的感叹，而是对现代文明破坏乡土社会固有文化生态的质疑。颇为吊诡的是，小说的标题与潜在的情感，正是对小说表层主题和表层逻辑的否定。作者以其笔下温情脉脉的乡土社会否定了作为乡村外来者、闯入者的主人公贺世普。这种自相矛盾和自我解构，反倒形成了小说独特的张力和小说多重语境的交汇、冲突，造成小说众声喧哗的多声部效果，丰富了贺享雍乡土志的意义空间。

三

贺享雍对农民身份的坚守，也表现在他对乡间的各种习俗与文化传统的认同上。从表面上看，《乡村志》每卷都有一个明确的主题，都旨在表现当下乡村的某一热点问题，但贺享雍一路写来，却往往斜逸横出、别开生面，绝不为表面的主题束缚了手脚。在每卷乡村志中，贺享雍都花了大量笔墨来描写乡间的各种风俗习惯、节日庆典、民间信仰及神话传说等乡村的文化生态。因此，我们既可以将《乡村志》看成是一部有关改革开放三十年中国乡村巨变的微历史，也可将其视为一部有关中国乡村民间传统、民间艺术、民间信仰的微型乡村地域文化史。尤其令人瞩目的是，对这些"五四"新文化人视之为落后、愚昧、野蛮现象的民间文化传统，贺享雍既没有对此进行局外人一般的猎奇式渲染，也没有进行居高临下的针砭批判，而是始终将其视为乡民生活自然而然的组成部分加以接受与认同。在对本土文化传统的描写中，我们看到的是贺享雍对这一传统的尊重与温情。作者在描写当下乡村社会政治变迁与文化、心理变迁的同时，随时穿插对川东地区古老民俗民风的大量描写，如看风水、算卦看相、走人户、杀年猪、游彩亭、分家立灶、婚丧嫁娶习俗、坝坝戏、祭祀习俗等等。在着力描绘火热的现实生活之外，贺享雍又以乡村古老的历史根脉与文化传统、民间习俗、民间信仰为背景为铺垫，使得小说呈现出丰富多元的底色与层次，造成众声喧哗的多声部效果。这一特点在贺享雍之前的小说中并不突出，而在乡村志中，则成为作者的有意追求。

在《民意是天》中，作为民间知识分子的贺贵和算命高手的贺凤山，为小说带来独特的人文景观。贺贵被乡民认为是疯子，可他博览群书、通今知古，尤其是对当下的乡村政治极有见解，并以儒家士大夫经世济民的热情积极主动地介入其中，成为贺端阳选举活动的政治智囊。但他对于政治和民主的看法，却打上了封建时代的深刻烙印，崇尚人治社会和圣贤政治，自称草民，喜欢上访，总指望有青天老爷出面主持正义，拨乱反正。贺贵成为贺端阳的精神导师，他对民主政治儒家化、民间化的理解，在某种程度上也可视为作者对民主政治的一种看法。而贺凤山以看风水、看相算卦介入到贺家湾乡民的精神生活之中，构成了贺家湾人文环境的另一种生态。贺家湾乡民的各种重要活动，都离不开贺凤山的参与，生老病死、婚丧嫁娶甚至分家立灶、乡民选举，都要请贺凤山这位乡村的通灵之人求签算卦、占卜吉凶。通过贺贵与贺凤山，古老的儒家传统，古老的民间信仰、宗教仪式及祖宗先辈的人生信条与价值观念，与当下乡民的内心世界与情感信仰有了奇异深入的交融，共同绘制了贺家湾村民的心灵地图与精神疆域。

对当代中国乡村进行文学书写，在许多作家那里，遇到的瓶颈是在情感上、生活上已经疏离了真实的乡村生活，是作家外在于乡村的他者身份对处理此类题材造成的局限、隔膜与妨碍。但对贺享雍而言，如果说尚未完工的十卷本乡村志仍有提升开拓空间的话，妨碍他的，恰恰是他在深深融入乡村、乡民的世界之后无法走得更远。以贺享雍的才华、悟性与深厚的积淀，我们完全有理由期待，他的后五卷乡村志将会为读者展现中国乡村更加深邃、更加广阔的历史景观与现实景观，会以贺享雍自己最为独特的方式刷新四川乡土文学的传统与版图。

新疆大地的诗意体验

——论刘亮程

李昌云　胡昌平

从黄沙梁、虚土庄到库车老城和阿不旦村，从诗歌到散文到小说，刘亮程构筑起了新疆大地上他"一个人的村庄"。评论界称刘亮程为"20世纪最后一位散文家"和"乡村哲学家"，但也有人认为他拒绝现代性而刻意营造乡村与城市的对抗，且不断复制自我和迎合读者。尽管褒贬都有依据，但隔靴搔痒之论多，深入阐释之作鲜。我们认为，引入"地方性知识"也许能更好地理解刘亮程作品中新疆大地的诗意体验。

一　"土著"身份与北疆书写

刘亮程在北疆沙湾县的一个小村庄长大，学历不高，但掌握当地的"地方性知识"不少。人类学家吉尔兹指出，法律"乃是一种地方性的知识；这种地方性不仅指地方、时间、阶级与各种问题而言，并且指情调而言——事情发生经过自有地方特性并与当地人对事物之想象能力相联系"①。吉尔兹所谓"情调"即"地方性知识"产生的情境包括当地人的思维方式。吉尔兹认为，要获得"地方性知识"，必须具有"文化持有者的内部眼光"。盛晓明认为"地方性知识"是"一种新型的知识观念"，"涉及在知识的生成与辩护中所形成的特定

---

① ［美］克利福德·吉尔兹著：《地方性知识——阐释人类学论文集》，王海龙、张家瑄译，中央编译出版社2000年版，第273页。

的情境（context），包括由特定的历史条件所形成的文化与亚文化群体的价值观，由特定的利益关系所决定的立场和视域等"①。刘亮程"属于西部的纯粹土著"②，他的诗集《晒晒黄沙梁的太阳》、散文集《一个人的村庄》《风中的院门》和长篇小说《虚土》等呈现了北疆乡村的"地方性知识"。

作为北疆乡村的"土著"，刘亮程"全部的学识"就是"对一个村庄的见识"，这是关于土地、人、动物、植物、沙尘、风和云等的"地方性知识"，也是他的生存体验和对世界的理解与思考。刘亮程首先将其"地方性知识"体验植根于土地之中。"土地无声无息／听人一步步走完一辈子／而后人的脚步声／从村庄那头重新响起"（《面对土地》）。土地孕育生长一切，它既是人类的生存之源，又是人类生生不息的见证。土地之上，一切都是作物，"我们黄土高筑的村庄是／另一片作物"（《太阳偏西》）；"家也是土地的一部分／人也是庄稼的一种"（《有无收成都是一年》）；"父亲们类似一种晚秋作物"，"就在黄沙梁这块地方／我们和父亲父亲的父亲／等同一粒麦子长熟"（《黄沙梁》）。耕作使人融入土地而成为大地之子，"我们在原野宽厚的胸脯上种地／生儿育女混成跟它一样的颜色／一样厚重而又浑然不觉"（《走几里抬头看一眼》）。耕作带来收获，"不论收多收少，秋天的田野都叫人有种莫名的伤心，仿佛看见多少年后的自己，枯枯抖抖站在秋风里。多少个秋天的收获之后，人成了自己的最后一茬作物"（《最后一只猫》）。收获的不仅仅是庄稼，更是人的一生。人源于土地，又归于土地，"知道自己同样是一棵树／终归是要种下去／把整个身体当根须埋进黄土"（《丧事》）。《虚土》的结尾一段只有四个字："树叶尘土"，也指向回归土地。在刘亮程的"地方性知识"谱系中，土地无疑是最基础、最根本的，若缺少这一项，"一个人的村庄"是无法构筑起来的。无论是熟地、荒地，还是沙漠、戈壁，都是土地的不同形式，只有经过耕种，才能使荒地变成熟地，才能在沙漠和戈壁间建起绿洲。面对土地，刘亮程悟出"心地才是最远的荒地，很少有人一辈子种好它"（《野地上的麦子》），他自己种好了吗？

扛着锄头，在田间地头闲逛，睡觉，晒太阳，看月亮，数星星，听虫叫鸟鸣，观云聚云散，辨风来风往……作品中的刘亮程显然不是一个辛勤的农夫，而较

① 盛晓明：《地方性知识的构造》，《哲学研究》2000年第12期。
② 范培松：《重塑"自我"灵魂的狂欢》，江苏人民出版社2005年版，第30页。

为"闲散"或"不务正业"。"闲散"使他能充分地体验到新疆大地上的诗意从而去种好"心地"。在黄沙梁,"傍晚时靠着土墙","晒晒黄沙梁的太阳"(《晒晒黄沙梁的太阳》)是一件很惬意的事。"大人们在远远的田野里干活 / 累了就用明晃晃的太阳金币从山那边 / 买回一个睡大觉的夜晚 / 星星是找回来的零钱 / 找回多少也没人管了 / 他们都做梦去了 / 留下我一个人清点 // 数呀数呀谁也不知道 / 我用那些数不清的星星凑成了 / 一颗金灿灿的太阳"(《星星是找回来的零钱》)。这首诗以孩童的视角记录了乡间夜晚的静谧、祥和及孩子的奇思妙想,充满童趣与诗情画意。天空中,"一朵叫刘二的云飘向天边 / 经年不散一场叫韩三的黄风 / 一刮五十三年昏天暗地"(《我未经历的一年》),地之子与自然之物浑然一体,自在自为。大地上的一切息息相关,黄沙梁的树会记住许多事情,鸟在别处认出了巢穴附近的人,而风改变了所有人的一生。这些"地方性知识"都是"土著"刘亮程生存体验的诗意表达,而不是"伪造审美现场"的"矫情时代的散文秀"①。

除土地上的作物、各种花草树木外,刘亮程在其作品中描写了大量的动物,这既是其"地方性知识"的重要组成部分,也是其思考人自身的有效途径。黄沙梁是人畜共居的村庄,"我们和众多牲畜住在一个村里 / 我们和它们走同一条路 / 它们踩起的土落在我们身上 / 我们踩起的土落在它们身上"(《很多年村庄悄无声息》),人畜都是村庄的主人。"我的生命肢解成这许许多多的动物。从每个动物身上我找到一点自己。渐渐地我变得很轻很轻,我不存在了,眼里唯有这一群动物。……我的生命成了这些家畜们的圈。从喂养、使用到宰杀,我的一生也是它们的一生。我饲养它们以岁月,它们饲养我以骨肉。"(《通驴性的人》)刘亮程关注和尊重生命本身,平等地看待各种生命,他与动物合一,既善待动物,又拒绝盲目的素食主义,符合自然之道。刘亮程描写动物,不仅从人的视角去观察动物,更重要的是从动物的视角来观察和反思人自身。

黄沙梁这个小小的村庄蕴含着许多"地方性知识":老死窝中的黑狗是师傅;爱藏蛋的母鸡是老师;温顺卖力的老牛教人容忍;犍牛身上的鞭痕让人

---

① 陈枫:《矫情时代的散文秀——对刘亮程散文的另一种解读》,《社会科学论坛》(学术研究卷)2007年第1期。

体悟不顺从的罹难和苦痛；鸟儿也许养育了多舌女人；猪可能教会了闲懒男人；原野、小草、流云、风和起伏向远的沙梁都对人的性格、心境乃至日常生活产生了重要影响。在很大程度上，这些"地方性知识"是刘亮程的想象和创造，他不是简单地描摹，而是真诚地体验，体验也就意味着创造，意味着感悟与反思。在《卖掉的老牛》一诗中，"牛和父亲一样饱经风霜"，父亲不愿宰杀而是卖掉老牛，"也可能他想到了自己"。父亲的命运跟牛类似，任劳任怨辛苦一生，最终老去。旅途中的人与驼"在岁月的最荒凉处 / 彼此孤寂"，而无法返回的是人，一代又一代的旅人迷失在路途，将白骨抛在异域他乡，但"悟透一切的并非透悟自己 / 苦乐荣辱都一样要活下去 / 走吧"（《驼》）。人与动物难分彼此，刘亮程通过驼感悟到坚忍地活着，不停地前行才是生命的真谛；他也从驴身上悟出了"驴也好，人也好，永远都需要一种无畏的反抗精神"（《通驴性的人》）。容忍、坚忍、达观、反抗，这些都是北疆乡村赋予刘亮程和乡下人符合自然之道的精神。在体验和创造"地方性知识"时，刘亮程试图进入动物的灵魂世界，有时好像无法达到，譬如难以揣摩老牛、黑狗和猫的心思，然而更多的时候则将其逼真地描画出来。《逃跑的马》从马的视角来写人："在马眼里，你不过是被它驮运的一件东西。或许马早把你当成了自己的一个器官，高高地安置在马背上，替它看看路，拉拉缰绳，有时下来给它喂草、梳毛、修理蹄子。"这可能有些不真实，但谁又能否定呢？人类自以为是万物的灵长，殊不知动物也有意识，也有对世界和人的看法，只不过人类不知道而已。在北疆乡村的体验中，刘亮程万物平等的观念使他似乎达到了通灵的境界，故在《虚土》中出现了狗能看见人做的梦、虚土庄人全变成老鼠、"我"的老鼠变形记、"我"的鸟儿变形记等神秘离奇的情节。这可做多种阐释，但都离不开刘亮程的"地方性知识"体验及其所蕴含的思维方式和价值观念。

文学中以动物视角观察人类反思存在，刘亮程不是第一个，但以黄沙梁的动物视角来书写北疆乡村的诗意体验，他是唯一一个。尽管刘亮程是北疆乡村真正的"土著"，但生长在这片大地上的动物是更为原始的"土著"。从"地方性知识"来看，可将动物视角与思维称作"土著思维"，它可能有悖常理，但往往能把握住比现实更为本真的存在。周鸿、刘敏慧认为刘亮程"获得了一种观察和理解自然的方式，那就是人在与大自然万物的和谐中体会真、善、美，把握村庄和自然界里最真实也最具稳定性的精神内核"①。这种"观察和理解自然的方式"就是"土著思维"，它有利于更为深入地体验北疆的乡村生活，描写和谐、自然的人畜共居的村庄，传达一种符合自然之道的价值观念和审美图景。

人及其生活也是刘亮程"地方性知识"谱系中的一个组成部分。相对于黄沙梁的动物，人只是众多生灵中的一种而并不占据中心位置。但刘亮程对北疆乡村的所有书写最终都可以归结为写人，即呈现人的生存状态、反思人的本质和意义。黄沙梁大致有两类人，一类是悠闲慵懒的人，另一类则是忙忙碌碌的人，两者同样度过一生，但很难说谁更实在些。在观察冯四这类慵懒人时，刘亮程悟出"接近平凡更需要漫长一生的不懈努力"（《冯四》）。无论是诗歌中的王五、王老爷子，散文中的冯四、韩老二，还是《虚土》中的冯二奶、冯三、张望、刘扁、冯七、韩拐子等，他们都是平凡人。刘亮程无意塑造性格鲜明、栩栩如生的典型人物形象，他笔下的人物是"扁平人物"，是类型化的。《虚土》中，每个村庄都有一个瞎子、聋子、瘸子、傻子和哑巴，就像必须有一个村长、会计和出纳一样，"村庄用这种方式隐瞒一些东西，让一些人变聋、变哑、变瞎、变傻……到最后，有眼睛的人会相信瞎子看见了真实。聋子听到了真音。哑巴没说出了的话，正是我们最想听的"。刘亮程观察村庄中的每个人，就是想揭示人的生存中被遮蔽的真相、真音和真话，也就是揭示存在的本质。《虚土》尽管采用了多重叙事视角，但却以一个五岁小孩的视角为主，以便更加接近生存的本相，从而完成去蔽的任务。这实际上也是体验和创造"地方性知识"的"内部眼光"。

刘亮程的"土著"身份，既体现为土生土长，又体现为动物意识、孩童视角等"内部眼光"，更体现为万物有灵万物平等的价值观念。刘亮程的乡村散文出现之后，有许多模仿者，但很少有乡村"地方性知识"真正而深入的体验与创造，故戏仿之作居多。刘亮程北疆乡村的诗意体验与书写，发掘和创造了较为系统的"地方性知识"，其目的是构筑"一个人的村庄"，即自己的精神

---

① 周鸿、刘敏慧：《灵魂的领地——刘亮程散文集〈一个人的村庄〉阅读札记》，《当代文坛》2001年第4期。

家园，这应该也包括南疆的库车老城和阿不旦村。

二　内部眼光与南疆叙事

　　散文集《库车行》和长篇小说《凿空》以南疆库车及阿不旦村为叙事对象。刘亮程对库车老城的巴扎、店铺、小巷、附近村落以及维吾尔人的生活进行了细腻描绘，让读者对黄沙梁之外的新疆有了更多的了解，尤其是对南疆维吾尔族文化有了较多的认识。如果说刘亮程是北疆乡村的"土著"，那么，他只是南疆的旅客和异乡人，但他以"文化持有者的内部眼光"获得了南疆尤其是库车老城和阿不旦村的"地方性知识"。

　　少数民族文化如民俗风情、宗教信仰、饮食服饰等可以为汉族作家的作品增添异乡色彩、他族情调，然而，大多数作品"衣服帽子是少数民族的，面孔却仍是汉族的"。汉族作家以自身固有的观念带着一种好奇心理甚至以居高临下的姿态去看待少数民族文化，必然会带有"文化猎奇"的心理而缺乏理解与认同，也就是说，未能以"文化持有者"的"内部眼光"去获得少数民族的"地方性知识"。《库车行》在一定程度上也是一种"文化猎奇"的产物。刘亮程坦承："仿佛我是生活其中的一个人，又永远地置身其外。"（《一切都没有过去》）刘亮程欲融入库车维吾尔人的生活，但作为异乡异族的访客只能置身其外，他的库车行在最初是一次"文化猎奇"之旅。但我们又不能把《库车行》只看作是以本民族的思维方式与思想观念来观察他民族的一种"文化猎奇"。多次的库车之行，刘亮程在这里逐渐找到了与自己心灵相契合的东西，由文化相通而获得了真正的感动与深刻的体验，他的叙述也由外部眼光变成内部眼光，由此获得了库车的"地方性知识"，并在那里寻找自己诗意的精神家园。

　　库车的"地方性知识"是丰富多彩的，刘亮程在力图呈现其多样性时，更对那些古老的东西情有独钟。《最后的铁匠》叙述了维吾尔族打铁这一手工业面临消失的命运。打铁既是一种谋生的技艺，又是一种生活方式，包含着生活态度、情感体验、思维方式及价值观念；它的消失必然会影响到民族传统文化的承传。然而，除了打铁外，制陶、钉驴掌、做驴拥皮等各种手艺都或快或慢地正在消失，维吾尔族古老的生活方式正发生着巨大的变化，这在带来进步喜悦的同时，更带来了深深的忧虑。当然，刘亮程善于发现变中的不变，龟兹—库车的维吾尔族只用坎土曼和镰刀两件农具，千年未变。他"想问一句：你们为何不变。突然又有一个更大的疑问悬在头顶：我们为什么要改变"（《正在失传的手艺》）。这样的反问，表明作者在反思自身的同时已经拥有了获得南疆维吾尔族"地方性知识"的"内部眼光"。

从"内部眼光"去体验南疆维吾尔族的生活，刘亮程理解其与汉族的不同，以更好地反观自身，进而在不同中寻找相似以达到对其的认同。《木塔里甫的割礼》较为详尽地叙述了维吾尔族男孩行割礼的过程，并通过这一习俗来表现维吾尔族与汉族的不同，"我和木塔里甫的区别，会在最后时刻显得绝对而彻底……我们的生和死，都完全地不一样了"。两个民族有很多的不同，如维吾尔族取名习惯把父名缀在后面，若出现重名，则以职业、外号等加以区分（《五千个买买提》）；汉族取名希图吉利，求富求贵求长生，如冯富贵、冯得财，但习惯按排行呼小名（《虚土》）。汉族小孩在捉迷藏的游戏中长大（《捉迷藏》），维吾尔族在托包克游戏中遵守誓言承诺（《托包克游戏》）。在南疆，许多汉族人认为维吾尔族农民较懒而使地里长满了草，但刘亮程却有不同的看法："这跟懒没关系，而是一种生存态度。在许多地方，人们已经过于勤快，把大地改变得不像样子……除了人吃的粮食，土地再没有生长万物的权利。"（《通往田野的小巷》）的确，维吾尔族农民不是懒，而是懂得生活，他们的收入不高，但幸福指数很高，生活质量的高低，并不必然与收入高低成正比，而与生活观念密切相关。《龟兹驴志》将库车的毛驴与北疆的毛驴做了比较——这实际上是两种生活方式的比较，作者由衷地赞美维吾尔族原本自然的生存方式，达到了对维吾尔文化某些方面的认同。同时，在比较中，刘亮程也找到了二者的相似之处：

> 无论佛寺还是清真寺，都要召唤人们到一个神圣的去处，不管这个去处在哪儿，人需要这种召唤。散乱的人群需要一个共同的心灵居所，无论它是上天的神圣呼唤，还是一头小黑毛驴的天真鸣叫。

不管是维吾尔族还是汉族，无论是北疆人还是南疆人，都需要精神家园或心灵归宿，而这向前走不一定到达，可能更需要往后看才能找到，也就是要返回生命本身，合乎自然的生存，犹如经由毛驴的天真鸣叫而通往上天的神圣呼唤。陈静认为，刘亮程揭示了"现代人被异化的生存困境，即通过驴与人对照，以驴的自在自得烛照现代人日渐萎缩、空洞、物化的生存现状。现代人身体随时间进入了现代，在物欲的满足和享乐中，已渐渐听不见心灵真实的呼唤和需求，越来越远离了生存本身"①。这是对《龟兹驴志》及刘亮程笔下驴描写的深刻阐释。在"地方性知识"视域下，这也可看作是对某种特定情境中文化或亚文化价值观念的认同。

以"内部眼光"去获得乃至认同"地方性知识"，意味着不将观察和体验的对象仅仅当作对象，而是当作主体。在北疆书写中，刘亮程将动物、植物等当作主体，体现的是万物平等的观念；在南疆叙事中，他将维吾尔族当作主体，体现的是民族平等的观念。当然，民族平等观念不是政治学上的，而是人类学上的。民族之间有很多的不同，但作为人类，人性中又有更多的相同。《两个古币商》中的肉孜和小兰分属两个不同的民族，却是库车钱币行的一对好搭档，后来也都从古币商贩变成真正的收藏家，他们的民族身份是次要的，因同类同行而同命运。由于拥有"内部眼光"，有了价值认同，在库车老城的街上，刘亮程就像是一位维吾尔族同胞，"当我坐在街边，啃着买来的一块馕，喝着矿泉水，眼望走动的人群时，我知道我和他们是一样的"，"这一刻里我另外的一生仿佛已经开始"（《我另外的一生已经开始》）。生命开始的地方是故乡，刘亮程在南疆也找到了他"一个人的村庄"。《库车行》的最后一篇《无法说出》写道："这里原本就有我熟悉的许多东西：陈旧土墙的气息，我吃惯并喜爱的馕、抓饭，我认识的各种树木，能——叫上名字的鸟儿，以及沿街摆卖的早年我使用过的手工镰刀、坎土曼；还有，跟我的黄沙梁一样缓慢、古老的生活。"这些正是刘亮程所获得的库车老城的"地方性知识"，他的库车行之初带有"文化猎奇"的心理，而在行程结束之际，已转变为一种内在的文化需要。

刘亮程还通过长篇小说《凿空》来构筑南疆大地上他"一个人的村庄"。这部小说叙述了龟兹县阿不旦村的日常生活，情节似乎有些散漫，由一些看似

---

① 陈静：《高亢的驴鸣——论刘亮程散文中的"驴崇拜"意识》，《当代文坛》2005年第2期。

没有必然逻辑联系的生活事件组成。小说内容繁杂,有人的故事与动物的故事,有维吾尔族的风俗习惯、宗教信仰、民族心理,有古老的坎土曼和毛驴,有文物研究与买卖,有石油开采与"西气东输"……可以说,《凿空》是一幅南疆维吾尔族乡村生活的全景图。刘亮程将《库车行》中所写的内容几乎又全部写进了《凿空》,但绝不是简单的重复,而是更为详细、真实,充满了再创造。如果说《库车行》多少带有一些"文化猎奇"的色彩,那么,《凿空》则毫无半点的"文化猎奇",它是作者以"文化持有者的内部眼光"对南疆维吾尔族"地方性知识"的全景扫描,又是对自己"乡村哲学"的形象化演绎。

李垣璋根据学界的研究将刘亮程的"乡村哲学"概括为两个方面:一是天人合一的原始思维,二是"命"的纠缠。[①]我们将天人合一的原始思维称作"土著思维",它具有好奇、敬畏、原始、童真等特点,又蕴含了万物平等万物有灵的观念。在《凿空》中,动物同人一样都具有思维与灵魂,我们常常看到驴、狗、鸡、羊的思维活动,而又以驴为最明显。"土著思维"最重要的一点就是人与自然万物平等地、和谐地相处。阿不旦村的人几乎都爱惜、善待所有家畜,故而每一家畜都有师傅,人们通过动物师傅去与动物平等地交流沟通。阿不旦村的人没有鲜明突出的个性,但大都善良、纯朴、保有自然人性,人与人之间也是和谐相处的,即使是对村子里唯一的汉族张旺才一家也从多方面加以照顾、帮助。《凿空》展示了自然、美好、和谐的维吾尔族乡村生活图景,充满了人情美、人性美。

然而,这一切正在消失,而且消失的速度越来越快,这就是"乡村哲学"的第二个方面,即"命"的纠缠。《凿空》叙述了人的命,动物的命,坎土曼的命。张旺才、玉素普、村长、铁匠、阿訇、村里的那帮老人都思考着自己或他人的"命"。动物也对自身的命运充满了焦虑,所以才出现了万驴齐鸣的场景。《通驴性的人》中"驴的鸣叫是对世界的强烈警告";《凿空》中的万驴齐鸣应是最最强烈的警告了,警告什么呢?人类不停地征服自然,不停地向自然索取,不停地破坏自然,必然会遭到自然的报复。

龟兹研究所的王加把"西气东输工程"和玉素甫挖洞都归纳成坎土曼事件;

---

① 李垣璋:《刘亮程研究十年综述》,《十堰职业技术学院学报》2008年第5期。

他认为阿不旦村最古老的坎土曼和毛驴都到了生死攸关的时刻。这可以归结为文化的"命",即以坎土曼和毛驴为象征的维吾尔族乡村文化在现代化进程中的"命"。坎土曼和毛驴是南疆维吾尔族乡村"地方性知识"两个重要的符码。阿不旦村的人们手握加大号的坎土曼等待"西气东输工程",他们希望通过坎土曼在这项重大工程中挖埋管沟挣大钱,然而,白白地等待了许久却没能挣到一分钱。坎土曼是维吾尔人上千年的农具,在他们的历史与现实中起着重要的作用,却在现代化进程中面临被淘汰的命运;而古老的毛驴也逐渐被拖拉机与三轮摩托取代。

《凿空》通过阿不旦村自由自在、和谐自然的生活被打破来对现代性进行了深刻的反思。阿不旦村被各种形式各种目的的挖洞凿空了,人失去了生存的根基,心灵也被凿空了,在现代化进程中找不到灵魂的安息之所。尽管现代化进程无法扭转,我们也需要像刘亮程那样回头望望,像阿不旦村人那样守护着传统的某些东西,才不会迷失在现代化的征途中。这也许正是南疆维吾尔族乡村"地方性知识"的意义所在;而对现代性的反思,也是刘亮程构筑新疆大地上他"一个人的村庄"的重要支柱。

三 现代性反思与精神返乡

离开黄沙梁来到城市,刘亮程从乡下人变成了城里人,体验到了城乡间的差异,《一个人的村庄》第三辑就反映了这些。对都市生活的描绘,不是刘亮程关注的重心,且时时以乡村来对照都市,它存在着乡村—城市的结构模式,也可以说是"地方性知识"—现代性知识模式。有人认为刘亮程以乡村对抗城市而拒绝现代性,我们则认为这是对现代性的反思,是审美现代性的体现与精神返乡。

刘亮程以"乡下人"的眼光观察城市,他的"地方性知识"经验让他适应了自己的工作,但似乎又难以完全适应城市的生活而产生了认同危机。进城之初,刘亮程觉得"城市就像一块未曾开垦过的荒地一样充满诱惑力",他把编辑报纸当作种地一样而得心应手。许多"扛着铁锨进城"的农民,"像种庄稼一样种植了高楼林立的城市"(《扛着铁锨进城》)。这种"地方性知识"的思维方式在《凿空》中也有表现：龟兹县的农民认为新城广场上的鼎是用来煮羊肉供全县人民吃的一口大铁锅；他们还认为"西气东输"工程挖埋管沟就是国家从宏观上考虑让农民的坎土曼有活干并发挥大的作用。面临新的环境，以往的经验在身份认同中起到了重要的作用。但"地方性知识"难以适应现代性知识，龟兹县的农民没能吃上鼎里煮的羊肉，他们的坎土曼也未能在"西气东输"工程中挣到钱。刘亮程也发现城市生活与乡村生活的不同，从单位在试用期扣押金到吃饭和住宿等问题，以往的经验都有些用不上，这自然就产生了身份认同危机，即乡下人难以成为城里人，"我只是这座城市的客人，永远是。无论寄住几天或生活几十年；挣一笔钱衣锦还乡或是变成穷光蛋流落街头。城市没一件属于我的东西"（《城市过客》）。

走在库车老城的街上，刘亮程认为自己另外的一生开始了，而走在乌鲁木齐街头，他似乎难以找到归宿。城市没有可以耕种的土地，没有缓慢、古老的生活，没有人畜共居的自然景象。城市是"现代的复杂性的场地和传统消解的场所"①，这里没有乡村的、传统的人际关系，个体虽然是自由的，但也是孤独的。在早年的诗歌中，刘亮程希望朋友间"凭一段友情互相惦记/并能常常欢聚在一起"，即使"当我们把路全走黑"，友情也会像一棵树"用它挡风遮雨的叶子/遮挡住夜色/我们站在它下面/一点不觉得黑"（《当诗歌忘记我们》）。但在城市中，传统被消解了，真挚的友情成了奢侈品。

在城市中，刘亮程也目睹了人性的丑陋、欲望的膨胀与主体的迷失。城市既代表现代文明的成就，又展示了现代性的代价。《谁能言富》中很多城里人不愿向真正的乞丐施舍；而以自己的身体作贱人的乞丐则表现了人性的丑恶。城市是贫乏的，缺乏怜悯、温情和爱。城市也是丑恶集中滋生的地方，这使得城市就像地球的恶性肿瘤一样。散文集《天边尘土》中的《七种鬼和一种人》描画了城市夜幕下穷鬼、浪荡鬼、酒鬼、色鬼、赌鬼、胡日鬼等的丑态，揭示了人性的丑陋和城市现代文明的肮脏之处。刘亮程淡化了乡村生活的苦难和不幸，也没有过多地描写城市生活的丑恶，这是生存的审美化，是审美现代性的体现。审美现代性"广泛地呈现在人对自然的审美理解，对自我和感

---

① ［美］乔纳森·弗里德曼著：《文化认同与全球性过程》，郭建如译，商务印书馆2003年版，第318页。

性的解释和发现，对日常生活惯例化和刻板化的颠覆，以及生存审美化的种种策略等等"①。身居城市，刘亮程以乡下人的审美方式来颠覆城市日常生活的刻板，他"会在适当的时候给城市上点牛粪"（《城市牛哞》）。刘亮程给城市上的"牛粪"就是他的文学创作，清新，纯朴，自然，充满活力。李健吾将沈从文的《边城》当作是"一颗千古不磨的珠玉"，"在现代大都市病了的男女，我保险这是一副可口的良药"②。刘亮程的作品也可以说是治疗都市病的良药，尽管无法医治城市人忙碌的、欲望的身体，却能慰藉他们疲惫的、荒芜的心灵。

现代性不可扭转，"在现代性的许多方面业已全球化了的情势下，没有任何人能够选择完全置身于包含在现代制度中的抽象体系之外"③。治疗现代都市病，不是拒绝现代性，而是反思现代性；刘亮程是通过乡村对照城市、传统对照现代来进行反思的。乡村在现代化进程中远远落后于城市，但跑在最前面，"在更加空茫的未来，我们真能获得一种强大的力量来抵挡过去？"（《天边大火》）如果"路走绝了，我们从哪里重新开始"（《逛巴扎》）。这些质问，让人们不得不慢下脚步来反思现代性。"现代性是要付出代价的，现代性的成就（例如，流动性）经常在与之相关的某个生活方面带来令人失望的结果（家庭和社区的感觉越来越淡薄）……那个要达到的目标或要获得的价值，在眼看着唾手可得之际，被暗中破坏了。转变成了对它自身的空洞的模仿。"④现代性许诺的目标或价值可能走向它的反面；刘亮程的质问与反思是一种深深的忧虑，是作家良心的坚守。在刘亮程看来，古老的生活方式也许能照亮现代之路：库车"老城是活的历史，是依然鲜活存在的我们的古老生活"，"老城之老、之旧、之落后、之乱糟糟，也许正是老城的魅力和财富"，"驴车是我们千年前的祖先坐的车，我们还能坐在上面，真是福分。但愿我们不要失去这已经稀有难得的福分"（《正在失传的手艺》）。但在现代化进程中，我们无法返回过去，刘亮程也只能像沈从文那样在变化中哀叹古老的、传统的、

① 周宪：《作为地方性概念的审美现代性》，《南京大学学报》2002年第3期。
② 李健吾：《咀华集·咀华二集》，复旦大学出版社2005年版，第28页。
③ ［英］安东尼·吉登斯著：《现代性的后果》，田禾译，译林出版社2000年版，第73页。
④ ［美］劳伦斯·E.卡洪著：《现代性的困境——哲学、文化和反文化》，王志宏译，商务印书馆2008年版，第294—295页。

美的东西的消失。

　　然而，刘亮程没有停止对现代性的反思，2012 年出版并获第六届鲁迅文学奖的散文集《在新疆》延续了这一主题。现代化进程的加速，整个中国越来越忙碌："忙人已经把世界折腾得不像样子了"，挖洞、筑堤、拆迁、占地、建厂子、倒腾土地，"结果呢，倒霉的是农民。地倒腾坏了，农民被倒腾得吃饭都成了问题"（《拾的吃》）。现代性扩张至地球的每个角落，偏僻的农村也不能幸免，乡村"地方性知识"的诗意体验已成为过去。古老的墩麻扎村在新农村建设中彻底变新了，刘亮程希望"这个村庄的人，他们不会因为住进崭新砖房而有所改变，相信他们的心灵依旧是古老的。这些古老心灵，才是比文物更需要细心保护的"（《墩麻扎村禁地》）。又到库车，刘亮程依然赞叹老城生活本身就是更有价值的文物，他在《牙子》中列举了许多事物，都是古代的，都是值得珍惜的。当一切都被现代性侵入，唯有心灵才能返回过去；当我们的身体急行在现代化的路途上时，我们的心灵应该慢一些，应该返回到精神的故乡。在城市生活多年，刘亮程应该如鱼得水而减少认同危机了，但他未能在城市生活中体验到诗意，所以未能将城市也纳入他"一个人的村庄"。然而，《在新疆》连同刘亮程的所有创作实际上展现了在整个新疆大地上构筑他的诗意村庄的宏图。《在新疆》的最后一篇《向梦学习》中说《一个人的村庄》和《虚土》都是写梦，《凿空》则写醒来，但无论是梦中还是醒来，乡村都让人有诗意的体验，返乡是反思现代性的重要途径。

　　离乡之后总是盼望着返乡，刘亮程也在散文中叙述了自己返回黄沙梁的一些经历，但返乡之后还得再度离乡。漂泊之人真正的返乡只能是精神返乡，刘亮程"所有的文学写作其实一直在为自己寻找一条走回去的道路"（《只有故土》）。他在《文学：从家乡到故乡》中认为："家乡是地理和文化的，故乡是心灵和精神的。家乡存在于土地，故乡隐藏在心灵。""文学写作，就是一场从家乡出发，最终抵达故乡的漫长旅程。"[①] 故乡就是精神家园，精神返乡就是心灵回到故乡。刘亮程的身体走出了黄沙梁，黄沙梁走不出刘亮程的心灵。

　　心灵定居的村庄是精神家园，刘亮程的"村庄"已经成形，然而还没有最

---

　　① 刘亮程：《晒晒黄沙梁的太阳》，浙江文艺出版社 2013 年版，第 192 页。

终完成。我们从"地方性知识"切入刘亮程的文学创作，梳理了构筑新疆大地上他"一个人的村庄"的宏图，仍有隔靴搔痒之嫌。但我们看到了"土著"以"内部眼光"来体验新疆大地的诗意栖居，看到了对古老、缓慢生活的留恋，看到了对现代性的反思与审美化的精神返乡。刘亮程的文学创作，无法阻止我们的躯体往前走，但能让我们急促的脚步慢一些，让我们浮躁的心灵静一些。也许，慢就是快，因为能顺利地返回"自己的村庄"，把心灵安置在精神家园里。